AF201760

EMILY THIEDE
This Vicious Grace
Die Auserwählte

EMILY THIEDE

THIS VICIOUS GRACE

DIE AUSERWÄHLTE

Roman

Ins Deutsche übertragen
von Susanne Gerold

LYX in der Bastei Lübbe AG
Dieser Titel ist auch als E-Book und als Hörbuch erschienen.

Die Bastei Lübbe AG verfolgt eine nachhaltige Buchproduktion.
Wir verwenden Papiere aus nachhaltiger Forstwirtschaft und verzichten
darauf, Bücher einzeln in Folie zu verpacken. Wir stellen unsere Bücher
in Deutschland und Europa (EU) her und arbeiten mit den Druckereien
kontinuierlich an einer positiven Ökobilanz.

Die Originalausgabe erschien 2022 unter dem Titel
»This Vicious Grace« bei Wednesday Books.
Copyright © 2022 by Emily Thiede.
Published by arrangement with Rights People, London.

Für die deutschsprachige Ausgabe:
Copyright © 2023 by Bastei Lübbe AG, Köln
Textredaktion: Ulrike Gerstner
Umschlaggestaltung: © Giessel Design unter Verwendung von Motiven von
© B.illustrations / Shutterstock; HiSunnySky / Shutterstock;
Tori Art; photonova; Faraz Hyder Jafri
Satz: Greiner & Reichel, Köln
Gesetzt aus der Adobe Caslon
Druck und Verarbeitung: GGP Media GmbH, Pößneck
Printed in Germany
ISBN 978-3-7363-1864-9

1 3 5 7 6 4 2

Sie finden uns im Internet unter lyx-verlag.de
Bitte beachten Sie auch: luebbe.de und lesejury.de

Für die kleinen Mädchen,
die »zu viel« reden und »zu intensiv« fühlen.
Bleibt, wie ihr seid.

Und in liebevoller Erinnerung an ein ganz besonderes Mädchen.
Wir vermissen dich.

SAVERIO (Stadt)

← Altari

Karte von SAVERIO

Kontinent ↗

Dantes Strand

Cittadella

Piazza

SAVERIO (Stadt)

Schwarzer Sandstrand

Tiefpunkt

Finestraspitze

Tanp ↙

Hafenhöhle

Liebe Leser:innen,

dieses Buch enthält potenziell triggernde Inhalte.
Deshalb findet ihr auf der letzten Seite eine Triggerwarnung.

Achtung: Diese enthält Spoiler für das gesamte Buch!

Wir wünschen uns für euch alle
das bestmögliche Leseerlebnis.

Euer LYX-Verlag

Benedizioni Della Dea
(L'originale)

Alla fine del principio,
la Dea creò isola santuario per i fedeli,
benedicendoli con tre doni:
Alcuni nacquero con la magia.
Un salvatore, per migliorare.
E quando venne il momento della battaglia,
i guerrieri sarebbero stati forti,
perché Lei diede loro una fonte di guarigione.

Deas Segen
(Übersetzung)

Am Ende des Anfangs
Schuf die Göttin Inseln der Zuflucht für die Gläubigen,
Sie segnete sie mit drei Gaben:
Mit Magie, mit der einige geboren wurden.
Mit einer Retterin, um die Magie zu stärken.
Und wenn die Zeit für die Schlacht kam,
würden die Kämpfer stark sein,
denn ihnen gab sie eine heilende Quelle.

übersetzt 242 D.I.,
Herkunft unbekannt

1

Attraverso la Finestra Divina,
la luce riduce i demoni in cenere.
Durch die Göttliche Finestra verbrennt
das Licht die Dämonen zu Asche.

Drei Hochzeiten.

Drei Begräbnisse.

Ein besserer Mensch wäre am Boden zerstört gewesen, aber Alessa senkte den Kopf, um die tränenlosen Augen zu verbergen, während sie vor dem Altar bei dem mit Juwelen verzierten Sarg kniete. Der Tempel unter der Cittadella roch nach Schimmel und Tod, und die Luft war voller Staubflöckchen, die wie geisterhafte Glühwürmchen dahintrieben.

Sie *würde* noch weinen. Später. Sie weinte immer. Schließlich war es tragisch, schon mit achtzehn Witwe zu werden, und niemand von denen, die mit ihr die Verbindung eingegangen waren, hatte es verdient, zu sterben. Trotzdem war es schwierig, zum dritten Mal die Tränen zum Fließen zu bringen.

Hugo, ihr dritter Fonte und der bedauernswerte Leichnam vor ihr, hatte es auf seine Nervosität geschoben, als seine Hand in ihrer zu zittern begonnen hatte. Sie hätte es besser wissen müssen. Sie *hatte* es besser gewusst. Aber die Götter hatten sie auserwählt, und sie hatte ihn erwählt. Und daher hatte sie ein zweites Mal die Hand nach ihm ausgestreckt, obwohl sie gewusst hatte, dass dies möglicherweise die letzte Berührung sein würde, die er jemals spüren würde.

Alessa Paladino, die heilige Waffe der Götter.

Ihr letztes Hochzeitskleid war verstaut und gegen ein Morgengewand und kniehohe Stiefel eingetauscht worden, ihren Kopf bedeckte eine schwarze Mantilla. Und natürlich trug sie Handschuhe. Immerzu Handschuhe. Dennoch drang die feuchte Kühle ihr bis in die Knochen. Auch auf einer ausgedörrten Insel konnte die Sonne nicht erwärmen, was sie niemals berührte.

Alessa legte die Hände trichterförmig um den Mund, als würde sie beten, und erzeugte einen winzigen Windstrom zwischen ihren Handflächen. Das schwache Echo von Hugos Gabe hatte nur einen Augenblick Bestand, aber sie gab sie ihm dennoch zurück. Die Leere, die übrig blieb, fühlte sich wie eine Buße an.

Ihre Knie schmerzten, doch sie erhob sich erst, als auch die letzten Nachzügler ihren Platz gefunden hatten. Es war nicht leicht. Jede Minute, die sie trauernd verbrachte, konnte sie sich nicht damit beschäftigen, ihren nächsten Fonte zu wählen, und sie durfte keine Zeit verlieren. Oder womöglich noch weitere Fontes.

Auf der einen Seite des Gangs zum Altar saßen die zwölf Mitglieder des Consiglio und beobachteten sie mit unergründlichen Blicken. Das taten sie immer. Beobachten. Warten. Erst darauf, dass sie alt genug geworden war, um sich überhaupt einen Partner aussuchen zu können. Dann darauf, dass sie erneut einen wählte. Oder eine Partnerin. Und dann das Ganze noch einmal. Schon bald würden sie ihr nächstes Opfer herbeirufen.

Nein, Partner. Ihren nächsten *Partner*.

Dieses Mal musste sie es richtig machen. Der Consiglio

würde die nächste von ihr erwählte Person, wenn nötig, mit vorgehaltener Klinge zur Cittadella zwingen, aber Alessa wollte, dass sie *bereitwillig* mitkam.

Auf dem Weg zu ihrem Platz blieb Alessa kurz stehen, um einen Knicks vor Renata Ortiz zu machen, der vorherigen Finestra, deren Macht an jenem Tag vor fünf Jahren erloschen war, an dem Alessas erblüht war. Renata nickte kühl und reserviert, während ihr Fonte Tomohiro Miyamoto ihr freundlich zulächelte. Die beiden waren eine gute Verbindung. Eine großartige Paarung. Genau das, was Finestra und Fonte sein sollten.

Als die beiden ihre Hände verschränkten, durchzuckte sie ein vertrauter Stich der Eifersucht.

Sie würde alles geben für eine Hand, die sie halten könnte. Oder für eine Umarmung.

Sie würde für eine Umarmung *töten*.

Im wahrsten Sinne des Wortes.

Alessa setzte sich auf ihren Platz und presste sich eine Faust gegen den Mund, bevor ein scharfes Einatmen zu einem Kichern oder – schlimmer noch – zu einem Schluchzen werden konnte. Als sie ihre Atmung beruhigte, spürte sie, wie sich der steife schwarze Stoff ihres Trauergewands über ihrem Brustkorb spannte. Wenn sie geahnt hätte, wie oft sie dieses Gewand brauchen würde, hätte sie nach dem ersten Tragen um ein neues gebeten.

Adrick schlüpfte neben sie; er zupfte an seinen Aufschlägen und gab sich alle Mühe, resigniert auszusehen. »Keine Tränen für den guten alten Hugo, kleine Schwester?«, murmelte er, fast ohne die Lippen zu bewegen. »Was für ein Glück, dass neben dir ein Platz frei war.«

»Neben mir ist *immer* ein Platz frei.« Alessa drückte die behandschuhten Hände gegeneinander, versuchte vergebens, ihre Finger zu wärmen.

Von der anderen Seite des Gangs warf Renata ihr einen warnenden Blick zu.

Es war nicht *ihr* Fehler, dass Adrick sich nicht an die Regeln hielt. Er hätte sie möglicherweise sogar umarmt, aber sie hatte ihn niemals darum gebeten. Eine Finestra durfte erst nach Divorando wieder jemanden außer dem erwählten Fonte berühren. Und es war zu gefährlich, das Risiko einzugehen. Bei der Vorstellung, ihr Zwillingsbruder könnte da oben auf dem Altar liegen, drehte sich ihr der Magen um.

Adrick hätte irgendwo anders sitzen sollen. Von der Finestra wurde erwartet, dass sie alle Verbindungen zu ihrem früheren Leben kappte. Über allen stand und von allen getrennt war. Immer. Sie sollte noch nicht einmal von ihm als ihrem Zwillingsbruder *denken*, und sie sollte definitiv nicht mit ihm sprechen.

»Hast du schon jemanden ausgesucht?«, signalisierte Adrick, während der Chor sich raschelnd an seinen Platz bewegte. Er signalisierte es *gewissermaßen*. Ihr gemeinsamer Nonno war taub, daher beherrschten sie die Gebärdensprache fließend, aber die »geflüsterten« halben Zeichen, die er in seinem Schoß geformt hatte, verfälschten diese Sprache auf eine Weise, die nur sie deuten konnte. Papa wäre peinlich berührt gewesen. Aber Papa war nicht hier. Und er war auch nicht mehr ihr Vater.

»Überlege noch«, gestikulierte sie zurück.

»Beeil dich lieber«, sagte er dieses Mal im rauen Flüsterton. »Im letzten Monat sind ein Dutzend von Saverio geflohen.«

In ihrem Bauch sammelte sich Angst. Sie hatte den Überblick darüber verloren, wie viele wählbare Fontes noch auf der Insel waren, aber sie konnte es sich nicht erlauben, noch mehr zu verschrecken. Sie widerstand dem Drang, sich umzudrehen und nachzusehen, wer noch da war.

Alle Fontes wurden bei Geburt mit Schutzmagie gesegnet – Feuer, Wind, Wasser, Erde, Elektrizität und so weiter – und daher respektiert und verehrt. Ganz egal, ob sie erwählt wurden, um zu dienen oder nicht, sie galten als kostbare Ressource. Sie erhielten großzügige jährliche Bezüge, mussten keinen Wehrdienst leisten und wurden vor Schaden bewahrt.

Bis zu dem Punkt, an dem es aufhörte.

»Na, dann tschüss«, zischte Alessa. Zorn war sicherer als Panik, und sie kannte ihre Pflicht; sie durfte nicht für andere sichtbar zusammenbrechen. »Wer immer bereit ist, sein Volk im Stich zu lassen, ist es nicht wert, mein Fonte zu sein.«

Die Gabe der Fontes war ohne eine Finestra, die ihre Macht absorbierte und vervielfachte, ziemlich schwach, aber immerhin *besaßen* Fontes nützliche Kräfte. Im Gegensatz zu ihr, denn ohne jemanden, von dem sie zehren konnte, war ihre Kraft praktisch wertlos.

Und daher konnte sie auch nichts dagegen sagen, als Adrick antwortete: »Ein unwürdiger Fonte ist immer noch besser als gar keiner.«

Sie riskierte einen raschen Blick. Abgesehen von seinen Augen – die an einem guten Tag grün, meistens aber haselnussbraun waren – war ihr Bruder ganz anders als sie. Groß und schlaksig, mit gebräunter Haut und goldenen Locken, schlenderte Adrick mit müheloser Anmut durchs Leben. Sie dagegen hatte die dunklen gewellten Haare und die cremeweiße Haut ihrer Mutter und bekam schnell einen Sonnenbrand, und ihre Unbefangenheit und Anmut waren von Vorschriften und jahrelanger Isolation ausgelöscht worden.

»Du könntest mich ein bisschen mehr ermutigen«, flüsterte sie.

Adrick schien über diese Möglichkeit nachzudenken. »Irgendjemand muss darüber lachen.«

»Es ist nicht witzig.«

»Natürlich nicht.« In seiner Stimme war ein leichtes Zittern. »Aber wenn ich zu sehr darüber nachdenke, komme ich nicht mehr aus dem Bett.«

Alessa schluckte. Als Emer gestorben war, ihr erster Fonte, hatte Adrick am Fuß der Mauern der Cittadella gestanden und stundenlang mit seiner besten Piratenstimme derbe Seemannslieder geschmettert, bis ihr Schluchzen zu einem Schluckauf geworden war, weil sie so hatte lachen müssen. Adrick war niemals ernst, ganz egal, wie schrecklich etwas wurde. Aber nachdem sie sich jahrelang gewünscht hatte, dass er ihre Situation ernst nehmen würde, war sie sich jetzt nicht mehr sicher, ob sie damit würde umgehen können, wenn er es wirklich tat.

Eine Solistin begann den Canto della Dea in der Gemeinsprache, und bald stimmte eine zweite in der alten Sprache ein, dann andere, bis ein Dutzend Sprachen eine Harmonie woben, die so komplex wie die Gemeinschaft war.

Vereint beschützen wir. Gespalten wanken wir.

Nachdem der letzte Ton verklungen war, schlurfte der runzelige alte Padre Calabrese die Stufen hinauf und räusperte sich mehrmals, obwohl niemand etwas sagte.

»Die Götter sind grausam, aber barmherzig«, begann er.

Er hat leicht reden.

»Am Anfang schuf Dea die Menschheit, aber Crollo behauptete, dass wir zu fehlerhaft, zu selbstsüchtig sind, um fortzubestehen. Als Crollo Feuer schickte, schuf Dea Wasser, um es zu löschen. Er erzeugte Stürme, und sie gewährte Schutz. Und als Crollo schwor, die Erde zu säubern und noch einmal von vorn zu beginnen, forderte Dea ihn heraus, denn sie glaubte an uns. ›Ein Mensch allein‹, sagte sie, ›ist ein Faden, der leicht durchtrennt werden kann. Miteinander verwoben sind wir stark genug, um zu überleben.‹«

Alessa wand sich auf ihrer harten Bank. Bei ihrem Glück würde sie das Gefühl in den Beinen verlieren und prompt hinfallen, sobald sie aufstand. Dea hätte den Handel wirklich versüßen sollen, indem sie der großen, tödlichen Macht ein bisschen mehr Toleranz für Unbequemlichkeiten gegönnt hätte.

Als sie spürte, dass Padre Calabrese seine Aufmerksamkeit auf sie richtete, setzte sie sich aufrechter hin.

»Und so schlossen Dea und Crollo eine Wette ab: Crollo konnte seine alles verschlingenden Günstlinge schicken, aber Dea würde Inseln aus dem Meer aufsteigen lassen, auf denen die Getreuen Zuflucht finden und danach streben konnten, in Harmonie zu leben, um so ihre Würdigkeit zu beweisen und Crollos Zynismus zu trotzen. Und weil sie uns liebt, hat sie ihre Kinder mit Gaben gewappnet ...«

Alessa versuchte, so mit Gaben gesegnet wie möglich auszusehen, als verstohlene Blicke in ihre Richtung huschten.

Obwohl all das *wahr* war und sie Dea ganz offensichtlich etwas schuldeten, hätte die Göttin sich durchaus für eine einfachere Lösung entscheiden können. Vielleicht einen undurchdringlichen Schild. Oder sie hätte die Inseln unsichtbar machen können. Vielleicht hätte sie Crollo auf eine *einzige* planetare Säuberung herunterhandeln können, dann wären sie mit diesem Unsinn vor einem halben Jahrhundert durch gewesen. Aber *oh, nein,* in ihrer unendlichen Weisheit hatte Dea beschlossen, ihre Kinder etwas über Gemeinschaft und Partnerschaft zu lehren, indem sie Retterinnen und Retter erschuf, die nicht allein retten konnten.

Die göttliche Paarung existierte als fortwährende Mahnung, dass gemeinsame Stärke der Pfad zur Rettung war. Und deshalb konnte eine Finestra nur die Gabe von jemand *anderem* verstärken.

Hand in Hand mit einer Opernsängerin konnte eine Finestra

auch den härtesten Musikkritiker in die Knie zwingen. Nachdem eine Finestra einen Bogenschützen berührt hatte, konnte sie ein paar Minuten lang das Schwarze einer jeden Zielscheibe treffen. Und mit einem Fonte verbunden, konnte eine Finestra eine Dämonenarmee abwehren, die der Gott des Chaos geschickt hatte.

Zumindest war das der Plan, wie es funktionieren *sollte*.

Als Alessa zum ersten Mal vor dem Consiglio gestanden hatte, hatte die Gruppe aus runzligen Alten es so leicht klingen lassen, wie bis drei zu zählen.

1. Erwähle einen oder eine Fonte.
2. Töte ihn oder sie *nicht*.
3. Verstärke seine oder ihre Magie, um alle und alles auf Saverio zu retten – oder sei die Erste, die stirbt.

Alessas Blick huschte zu dem glitzernden Sarg.

Nun ja, nicht die *Erste*.

Selbst jetzt beharrten manche noch darauf, dass die Todesfälle ein gutes Omen waren. Furchtbar traurig natürlich, aber beruhigend. Eine Finestra, die so mächtig war, dass sie unabsichtlich ihren ersten Fonte tötete? Sie würden bei der Belagerung gut geschützt sein. Und ihre zweite Fonte? Nun ja, Unfälle passierten. Davon abgesehen war sie jung, und solche Dinge brauchten Zeit. Sicherlich würde Alessa das nächste Mal vorsichtiger sein. Aber nach drei Begräbnissen fühlte Alessas Stärke sich nicht mehr wie das Versprechen eines Sieges an, und ihnen lief die Zeit davon.

Die Gedenkfeier endete mit: »Per nozze e lutto, si lascia tutto, però chi vive sperando, muore cantando.« *Bei Hochzeiten und Trauerfeiern lässt man los, aber wer mit Hoffnung lebt, stirbt singend.*

Das war möglicherweise das Traurigste, was sie jemals gehört hatte. Hugo hatte die Welt ganz sicher nicht singend verlassen.

Als die Sargträger den Gang entlangschritten, streckten die Gäste die Hände aus, um über die glatte, glänzende Oberfläche des Sargs zu streichen.

Alessa nicht. Was immer von Hugo noch übrig war – sein Geist oder nur ein Nachhall davon –, würde es gewiss bevorzugen, wenn sie Abstand zu ihm hielt.

Als der Sarg unter einem Torbogen aus in den Stein gehauenen Göttern hindurchgetragen wurde, murmelte die Menge: »Ruhe in der Gesellschaft von Helden«, und dann war er weg.

Held war vielleicht ein *bisschen* hoch gehängt – alles, was er getan hatte, war zu sterben – aber sie hatte nicht das Recht, dazu etwas zu sagen.

Die Menschen standen auf, zogen die Jacken glatt und rückten mit langsamen Bewegungen die Röcke zurecht, strichen sich unsichtbaren Staub von der Kleidung.

Alessa zuckte zurück, als Adrick ihr den Ellbogen in die Rippen stieß; bei der seltenen Empfindung eines körperlichen Kontakts begann ihr Herz zu rasen.

Oh. Alle zögerten. Sie hatte den Wink nur nicht mitbekommen.

Sie gestikulierte kurz in seine Richtung, dann stand sie auf und ging zu Deas Schrein vor dem Tempel. Alle konnten fliehen, während sie so tat, als würde sie beten.

Was für eine pflichtbewusste Finestra. *So* fromm. *So* gehorsam.

In dem Alkoven war Alessa vor neugierigen Blicken geschützt, und sie setzte sich neben der steinernen Dea auf den Altar und legte die Wange an die kalte Marmorschulter der

Göttin. Ihre Brust schmerzte, fühlte sich leer an angesichts all dessen, was sie nicht hatte.

Familie – aufgegeben.

Freunde – keine.

Selbst die Festung, die in das Felsgestein der Inseln gehauen war, war nicht für sie gedacht. Wenn Divorando kam, würden sich andere Menschen – Menschen, die Familie und Freunde *besaßen* – dicht gedrängt in der Dunkelheit zusammenkauern und den Göttern dafür danken, dass sie nicht sie waren.

Als es so klang, als wäre das Tempelschiff leer, stieg Alessa allein die breiten Stufen zur Piazza hinauf, musste sich dabei in dem engen Gewand Mühe geben zu atmen. Mit jedem Schritt wurde es wärmer, und der schweißnasse Stoff klebte an ihrer Haut. Nachdem sie bei der letzten Mittsommergala fast einen Herzschlag erlitten hatte, war ihr vom Consiglio immerhin erlaubt worden, während privater Veranstaltungen den Schleier abzunehmen. Die gegenwärtig modernen Cape-Kleider, die im Rücken voll und lang waren, vorne aber aus sich überlappenden Stoffbahnen bestanden, die sich in Kniehöhe kreuzten, bewahrten sie täglich davor, in Saverios Hauptstadt, der Stadt der Tausend Treppen, hinzufallen.

Alessa trat auf die Piazza, blinzelte im Licht und nahm ihren Platz neben Tomo und Renata ein. Die rotgesichtigen Wachen, die die breiten Stufen zur Cittadella säumten und in ihren Uniformen schwitzten, salutierten, und die Wartenden verstummten, verbeugten sich und machten Knickse.

Wenn sie von ihrem Balkon im vierten Stock der Cittadella aus auf die Stadt hinunterblickte, sahen die modisch gekleideten jungen Frauen von Saverio, die in ihren juwelenfarbenen Röcken in Scharen herumschlenderten, oft wie Pfauen aus. Jetzt waren sie in Grau und Schwarz gekleidet und drängten sich wie schmutzige Tauben am Rand der Piazza zusammen.

Niemand sah Alessa direkt an, als wäre ihr Anblick zu entsetzlich, um sie mit bloßem Auge zu betrachten. Dennoch spürte sie ihre von allen Seiten kommenden Blicke wie eine erdrückende Last.

Macht schon. Verbeugt euch vor der gesegneten Retterin, die nicht aufhört, eure Freunde und Familien zu töten.

Renatas bohrender Blick ließ Alessa erröten, als hätte sie ihre blasphemischen Gedanken laut ausgesprochen. Auch wenn sie zwei Jahrzehnte trennten, sah Renata mit ihrer bernsteinfarbenen Haut, den goldenen Haaren und den tiefbraunen Augen jung genug aus, um Alessas Schwester sein zu können. Für Renata war Alessa jedoch eine Pflicht, die sie zu erfüllen hatte, denn sie gehörte weder zu ihrer Familie noch war sie ihre Freundin. In Augenblicken wie diesen wurde das immer wieder auf schmerzhafte Weise deutlich.

Tomos Gesichtsausdruck hingegen wirkte warmherzig und ermutigend. »Vergiss nicht, verängstigte Menschen sehnen sich nach Sicherheit.«

»Du bist *zuversichtlich*«, sagte Renata leise. »Du hast die Dinge *unter Kontrolle*.«

Alessa fletschte die Zähne zu einem »zuversichtlichen« Lächeln, das eine der Wachen zusammenzucken ließ. Daraufhin nahm sie das Lächeln etwas zurück.

Aber mal im Ernst. Wenn sie alle Beschreibungen auflisten müsste, die *möglicherweise* auf sie zutrafen, würden »zuversichtlich sein und Kontrolle haben« es sicher nicht auf eine solche Liste schaffen.

Als sie zum ersten Mal auf dieser Piazza vorgestellt worden war, hatten sich alle dicht um sie geschart, in ihren Augen hatte Hoffnung gestanden, und das Lächeln der Leute hatte verheißungsvoll gestrahlt.

Am Tag zuvor war Alessa noch ein gewöhnliches Mädchen

gewesen, am nächsten Deas auserwählte Retterin. Geliebt, bedeutend und so beliebt, dass sie gar nicht gewusst hatte, wo sie zuerst hinschauen sollte.

Jetzt war alles anders. Niemand riss sich noch darum, ihr Fonte zu werden. Niemand wollte seine oder ihre Gabe mit ihr teilen. Auch wenn es gar kein *richtiges* Teilen war, oder? Teilen bedeutete, dass sie etwas zurückbekommen würden. Dass am Ende der Transaktion beide am Leben sein würden. Doch dieses Versprechen konnte sie nicht geben.

Aber sie hatte sich bemüht. Sie bemühte sich immer.

Selbst in einer so unruhigen Menge war es leicht, die Fontes zu finden, denn sie waren in ein sichtbares Miasma aus Schwermut gehüllt. Sie hatte sie viele Dutzend Male getroffen, und doch waren sie für sie noch immer nichts weiter als Fremde mit vertrauten Namen:

Kaleb Toporovsky, dessen Blicke ein wenig zu schnell davonhuschten, während er sich die glänzenden kupferfarbenen Haare mit einem Ausdruck immerwährender Langeweile glatt strich.

Josef Benheim, tadellos in Mitternachtsschwarz gekleidet, dessen Blick so unerschütterlich war, dass sie fast schon hören konnte, wie er sich ermahnte, nicht zu blinzeln. Er sah seiner älteren Schwester so ähnlich, dass es Alessa die Kehle zuschnürte. Familien hatten selten mehr als einen Fonte, aber wenn doch, wurde das als Zeichen der Stärke gesehen, als Zeichen göttlicher Gunst. Er hätte einer von Alessas bevorzugten Kandidaten sein sollen, aber sie hatte seinen Eltern schon ein Kind genommen.

Andere Fontes begegneten ihrem Blick zögerlich: Nina Faughn, Saida Farid, Kamaria und Shomari Achebe.

Die meisten versuchten, mit der Menge zu verschmelzen. Sie konnte es ihnen nicht verübeln. Während sie diejenigen, die sie getötet hatte, kaum gekannt hatte, waren die Fontes alle zusammen aufgewachsen.

Und jetzt erwartete man von ihnen, dass sie so taten, als wollten sie unbedingt von einem Mädchen erwählt werden, dessen Macht ohne ihre nutzlos war.

Dea, gib mir ein Zeichen.

Was sie wirklich brauchte, war ein Anstoß. Stunde um Stunde beobachtete sie alles von hoch oben über der Stadt, sehnte sich danach, unter Menschen zu sein, aber wann immer sie ihrem goldenen Käfig entfloh, vergaßen ihre Flügel, wie man flog.

Sie schaffte nur drei Schritte, als eine plötzliche Unruhe in der Menge sie innehalten ließ.

Eine Frau schob sich durch die dicht gedrängt stehenden Menschen und trat auf die freie Fläche.

In ihrem leuchtend weißen Gewand fiel sie auf wie ein Stern in einer mondlosen Nacht. Was für ein Mensch drängelte sich bei einem Begräbnis so durch die Menge?

Alessa fing den lodernden Blick der Frau auf.

Einen bizarren Moment lang war sie peinlich berührt. Es war einige Jahre her, dass jemand in ihrer Gegenwart von religiösem Eifer überwältigt worden war, und dies war ein ungünstiger Moment für einen Anfall religiöser Verzückung.

Die Frau verzog das Gesicht, ihre Augen verdunkelten sich, und dann begann sie zu rennen.

Alessas Puls raste im Gleichklang mit den Schritten auf den steinernen Bodenplatten.

Die Frau in dem weißen Gewand wurde weder langsamer noch zuckte sie zusammen, und sie achtete auch nicht auf die Wachen, die von allen Seiten auf sie zueilten. Ohne ihre Schritte zu verlangsamen, holte sie mit einem Arm aus.

Und warf etwas.

Etwas, das mit einem schmerzhaft schrillen Geräusch an Alessas Kopf vorbeipfiff.

Wachen packten die Frau, rangen sie zu Boden, und ihre Körper erstickten die Worte, die die Fremde zu schreien versuchte.

Alessa griff sich mit einer Hand an den Hals, und die Fingerspitzen ihres Handschuhs wurden warm und feucht von Blut.

»*Dea*«, keuchte sie. Nicht *so ein* Zeichen.

2

Chi cerca trova.
Suche und du wirst finden.

Alessas Atemzüge waren schnell und flach, während sie das heiße Rinnsal an ihrem Hals abwischte. An ihren Handschuhen würde kein Blut zu sehen sein und in ihrem Gesicht keine Furcht. Das war unmöglich.

Ihr Blick folgte der Spur aus roten Tropfen auf dem Boden, die zu einem Dolch führte, der im Sonnenlicht glänzte. Hätte sie einen Schritt weiter links gestanden, würde die Klinge, die ihr Ohr gestreift hatte, jetzt in ihrem Schädel stecken.

Der Hauptmann der Wache bellte Befehle, und seine Soldaten bildeten einen Schutzwall um sie herum. Zum ersten Mal in ihrem Leben sehnte sie sich nach dem Schutz, den die hohen Mauern der Cittadella boten.

»Wartet«, sagte Renata. »Sie müssen sehen, dass sie unverletzt ist.«

Alessa ballte die Fäuste. Sich zu verstecken war keine Option. Nicht für sie. *Niemals* für sie. Die Pflicht rief, daran änderte auch das bisschen Blut nichts.

»Kopf hoch, Finestra«, murmelte Renata. »Zeige ihnen, dass du keine Angst hast.«

Alessa kämpfte gegen den entsetzlichen Impuls zu lachen an, während sie das Kinn reckte und dafür sorgte, dass niemand die Tränen sehen konnte, die in ihren Augen brannten.

Als sie beruhigend winkte, lief eine Woge der Erleichterung durch die Menge – zumindest hoffte sie, dass es Erleichterung war. Renata gab schließlich das Zeichen, dass sie sich zurückziehen sollten.

»Wie schlimm ist es?«, fragte sie, sobald sich die Tore dröhnend hinter ihnen geschlossen hatten.

»Könnte schlimmer sein.« Alessa betastete ihre Verletzung und zuckte zusammen. »Warum tut jemand so etwas?«

Das Ganze ergab keinen Sinn. Es war unvorstellbar, dass eine Finestra vor Divorando starb. Oder zumindest hatte sie es immer für unvorstellbar gehalten. Einige waren *in* der Schlacht verwundet worden, aber sie alle hatten lange genug gelebt, um zur Finestraspitze emporzusteigen. Ohne Finestra und Fonte wäre Saverio gegen die Dämonen vollkommen schutzlos.

»Wer kann schon die Entscheidungen einer verwirrten Person erklären?«, sagte Tomo, während er Renata den Ellbogen anbot. Sie wechselten einen angespannten Blick.

»Wenn ihr etwas wisst, sagt es mir.« Alessa folgte ihnen durch den Korridor mit der gewölbten Decke zum Innenhof. Neben Tomo, der ungeachtet seiner gesundheitlichen Probleme immer noch groß und athletisch war, wirkte Renata noch zierlicher als sonst.

»Du kannst sie nicht für immer beschützen, Tomo.«

»Renata«, bat Tomo, und seine gebräunte Haut färbte sich ein bisschen grau. »Wir wissen noch nicht einmal, ob er etwas damit zu tun hat.«

Er? Das Messer hatte eine Frau geworfen.

»Wer?«, fragte Alessa. Sie antworteten nicht. In Augenblicken wie diesen wurde sie unsichtbar.

»Ich habe dir gesagt, wir hätten ihn verhaften lassen sollen.« Renatas Stimme knisterte förmlich vor Wut. »Wir hätten ihn an die Finestraspitze binden und dem Tod überlassen sollen.«

Tomo seufzte, als hätte er diese Worte bereits unzählige Male gehört. »Weil er an Straßenecken Reden schwingt?«

»Weil er zur Gewalt aufhetzt!«

»Wer denn?«, fragte Alessa, dieses Mal lauter, und sie drehten sich um und sahen sie an, als wäre sie plötzlich wieder existent geworden. *»Wer* hat nichts damit zu tun? *Wer* sollte dem Tod überlassen werden? Sagt es mir. Ich bin die Finestra, kein verängstigtes Kind.« Wenn sie es nur nachdrücklich genug sagte, konnte sie vielleicht sogar sich selbst davon überzeugen.

Tomo wedelte mit einer Hand, als wollte er eine Fliege verscheuchen. »Irgendein lächerlicher Straßenprediger, der sich Padre Ivini nennt. Er schürt nur Ängste, um sich die Taschen zu füllen.«

»Und was sind das für Ängste?« Alessa schlang die Arme um sich; ihr war plötzlich kalt. Sie wusste, was *sie* fürchtete – Schwärme dämonischer Insekten, die vom Himmel herabstießen, während alle darauf zählten, dass *sie* sie aufhielt. Denn es war die Bürde der Finestra, dem Schrecken zu trotzen, damit die anderen es nicht mussten.

»Närrisches Geschwätz. Alle, die ihre Sinne beisammen haben, beachten ihn nicht weiter.« Tomo sah Renata um Unterstützung heischend an, aber sie zuckte nur mit den Schultern.

Alessa deutete auf ihr Ohr. *»Alle?«*

»Alle bis auf ein paar verzweifelte Seelen, die nach Sicherheit in einer unsicheren Welt suchen. Genug davon.« Tomos Lächeln war freundlich, aber bestimmt. »Wir haben uns um Wichtigeres zu kümmern.«

Wichtigeres als ihr Leben? Alessa runzelte die Stirn. Sie hatte es zwar geschafft, ihnen eine Antwort zu entringen, aber das hieß nicht, dass sie auch die richtigen Fragen gestellt hatte.

Renata seufzte. »Es wird nicht noch einmal vorkommen. Denk nicht mehr drüber nach.«

Richtig. Die vielen Dinge, die Alessa in Erinnerung behalten *sollte*, hatten die Tendenz, ihr zu entschlüpfen, wie Sand, der einem durch die Finger rinnt. Aber es war unwahrscheinlich, dass sie einen Dolch vergaß, der auf ihren Kopf zugeflogen war.

Renata rieb sich die Schläfen. »Je eher sie ihren Fonte erwählt, desto besser.«

»Ich bin noch nicht einmal dazu gekommen, mit irgendjemandem zu sprechen«, sagte Alessa. »Ich muss eine fundierte Entscheidung treffen. Dieses Mal *muss* es klappen. Bitte.«

Bitte lasst nicht zu, dass ich wieder jemanden töte. Sie hätte es genauso gut laut sagen können. Sie wussten, was sie meinte.

Tomo machte eine Bewegung, als wollte er ihren Arm drücken, doch dann strich er sich stattdessen unbeholfen über den Ärmel. »Wie wäre es mit einer Vorführung? Einer Gala, bei der alle wählbaren Fontes ihre Gaben zeigen können. Dann hättest du die Möglichkeit, mit ihnen allen zu sprechen.«

Unter Alessas Brustbein rührte sich so etwas wie Vorfreude. Sie hatte angenommen, dass sie die nächsten Tage in völliger Abgeschiedenheit verbringen und Dea um ein Zeichen bitten würde, bevor sie die Person erwählte, an die sie sich binden würde. Möglicherweise war aber eine Vorführung genau das, was sie brauchte, um wenigstens einmal die richtige Wahl treffen zu können.

»Morgen.« Renata nickte. »Und sie muss überweltlich aussehen. Je mehr Juwelen, desto besser. Ich möchte, dass sie vor Deas Gunst regelrecht trieft.«

Alessa verdrehte innerlich die Augen. Früher einmal mochte sie Reichtum und Juwelen mit dem Wert einer Person gleichgesetzt haben, aber inzwischen kannte sie die Wahrheit: Die Götter gaben und nahmen aus ihren eigenen unverständlichen Gründen, und nur Narren versuchten, einen Sinn darin zu erkennen.

Sie. *Sie* war die Närrin. Weil sie immer noch verstehen wollte.

»Perfekt«, sagte Tomo. »Wenn unsere Gäste von hier weggehen, werden sie von ihrer gesegneten Retterin schwärmen, die bereit ist, ihren endgültigen *wahren* Partner zu wählen. Das wird die Schwarzseher zum Verstummen bringen.«

Alessa wusste immer noch nicht, was genau zum Verstummen gebracht werden musste, aber sie war wieder zurück in die Unsichtbarkeit geglitten, daher überließ sie Tomo und Renata ihren Plänen und stieg mit bleischweren Beinen die Treppe hinauf.

Adrick würde wissen, was dieser Ivini gesagt hatte – er sammelte Gerüchte wie Kinder hübsche Steine –, aber sie hatte keine Ahnung, wann sie ihn das nächste Mal sehen würde.

Von außen wirkte die Cittadella wie ein massiver Felsblock, aber innerhalb der nüchternen Fassade war das Gebäude eine Mischung aus militärischer Festung und elegantem Anwesen, mit einem exquisiten Atrium im Zentrum und üppigen Gärten weiter hinten. In den beiden unteren Stockwerken befanden sich ausschließlich funktionale Räume wie eine Kantine, Unterkünfte für die Wachen, eine Waffenkammer und Übungsräume, während der zweite Stock als militärische Kommandozentrale diente.

Die oberen Stockwerke hingegen waren dem Duo Divino vorbehalten, der göttlichen Paarung. Den *Paarungen*, Plural, da die vorangegangene Finestra mit ihrem oder ihrer Fonte zur Cittadella zurückkehren sollte, wenn eine neue Finestra aufstieg und dort für die Dauer von fünf Jahren blieb – der Zeit, die Dea ihnen gewährte, um ihre Nachfolger auszubilden.

Dea musste allerdings das Kleingedruckte in dem wie auch immer gearteten göttlichen Vertrag übersehen haben, den sie mit Crollo unterzeichnet hatte. Denn statt ihnen Divorando genau am fünften *Jahrestag* des Aufstiegs der neuen Finestra zu schicken, wählte er willkürlich irgendeinen Monat im fünften Jahr. Solange die Erste Warnung nicht kam, wusste niemand genau, wann er zuschlagen würde.

Von Alessas fünftem und letztem Jahr waren bereits sieben Monate verstrichen, und sie war nicht näher dran, ihren Partner für die Schlacht zu finden als an dem Tag, an dem der Consiglio sie bestätigt hatte.

Der offizielle Bankettsaal im dritten Stock lag leer und dunkel da, und Tomo und Renata waren noch nicht in ihre Suite zurückgekehrt. Alessa sah daher keine Menschenseele, bis sie den vierten Stock erreichte, der einzig und allein ihr zur Verfügung stand. Das würde auch so bleiben, bis sie jemanden fand, der oder die ihn mit ihr teilte. Die größte Bibliothek auf Saverio, eine Privatkapelle und zwei Suiten für ein einziges einsames Mädchen.

Als sie das obere Ende der Treppe erreichte, wurde Lorenzo, der junge Soldat, der dafür abgestellt war, ihre Räume zu bewachen, trotz seiner olivfarbenen Haut bleich. Eigentlich sollte er ihr die Tür öffnen und ihre Suite gründlich inspizieren, bevor sie diese betrat, aber wie die anderen Wachen vor ihm weigerte er sich, irgendetwas zu berühren, das zu ihr gehörte.

Weshalb sie die Tür jetzt selbst öffnete.

Sie hätte es niemals laut gesagt, aber wenn jemand vor ihr zurückschreckte, schmerzte es jedes Mal wie Eiswasser auf bloßer Haut. Vor allem bei Soldaten. Sie hatten sich freiwillig gemeldet, um sich einem Schwarm Dämonen entgegenzustellen, aber sie verhielten sich, als wäre sie etwas weit Schlimmeres.

Lorenzo tat so, als würde er oberflächlich den Blick schweifen lassen, und zog sich dann auf seinen Posten zurück. Sie hörte, wie er leise etwas vor sich hin murmelte, das verdächtig nach *Ghiotte* klang.

Gierige.

Alessa versetzte der Tür mit dem Absatz einen Tritt, so dass sie zuknallte.

»Benimm dich nicht wie eine *Ghiotte*«, hatten ihre Eltern immer mit ihr geschimpft, wenn sie mehr als den ihr zustehenden Anteil an Süßigkeiten hatte haben wollen. Sie hatten das Wort weich ausgesprochen, sodass es fast zärtlich geklungen hatte, aber damals hatten sich Visionen von Crollos Dieben in ihre Gedanken geschlichen. Selbst jetzt träumte sie noch manchmal, dass ihr Klauen und Hörner wuchsen.

Alle Kinder auf Saverio wuchsen mit den Geschichten über die Ghiotte auf. Wie Crollo als Menschen getarnte Dämonen geschickt hatte, um vor dem ersten Divorando Deas dritte Gabe zu suchen. Als es den Ghiotte gelungen war, La Fonte di Guarigione zu finden – die Heilquelle, die für die Soldaten geschaffen worden war –, hatten sie ihre Kraft gestohlen und waren dadurch fast nicht mehr zu töten gewesen, während sie für die Truppen nichts übrig gelassen hatten. Ertappt und verdammt wegen ihrer Sünde waren sie zur Strecke gebracht oder ins Meer getrieben worden, und nichts war von ihnen mehr übrig geblieben als eine Warnung über die Folgen von Gier und Selbstsucht.

Manche Skeptiker glaubten, dass die Geschichte eine Metapher war, eine Moralgeschichte, die die Menschen auf Linie halten sollte, aber die Kirchenältesten beharrten darauf, dass jedes Wort in der heiligen Verità vergangene Geschichte war, die Dea selbst diktiert hatte.

Die Finestra war Deas erster Segen.

Die Ghiotte hatten den dritten gestohlen.

Und Alessa tötete immer wieder den zweiten.

Sie streifte die Handschuhe ab und warf sie zu den anderen, die sich neben ihrem Bett stapelten.

Eine warme, intensiv nach Zitronen duftende Brise vom Balkon wehte ihr die dunklen Locken in die Augen, als sie barfuß zu einem kleinen Tisch ging, auf dem sich verschiedene Sorten Brot, Käse und Früchte befanden. Der Käse hatte eine Fettschicht, die im ersterbenden Sonnenlicht schimmerte, und das Brot war alt. Kein Festmahl, das einer Finestra würdig gewesen wäre, aber sie konnte schlecht anderen vorwerfen, irgendwelche Erwartungen nicht zu erfüllen.

Auf der Oberfläche des Ozeans unter ihr spiegelte sich das Sonnenlicht und tauchte die Stadt, die sich als Ansammlung sonnengebleichter pastellfarbener Gebäude den ganzen Hügelhang hinunterzog, hier und da in einen rotgoldenen Schimmer. Es sah so aus, als würden die Stadtmauern alles in Schach halten, sodass sie nicht mit der Finestraspitze zusammenstoßen würden, die hoch über dem schwarzen Sandstrand aufragte und wo sie und ihr erwählter Partner ihren Platz an der Spitze der Armee von Saverio einnehmen würden. Immerhin hatte sie von ihrem Gefängnis aus eine hervorragende Aussicht.

Sie hätte baden sollen, um das Blut und den Angstschweiß abzuwaschen, aber stattdessen rollte sie sich in einem Lehnstuhl zusammen und zog eine Wolldecke bis zum Kinn hoch. Der Stoff war viel zu warm, aber er ließ Alessas Nerven, die den ganzen Tag geschlummert hatten, zum Leben erwachen, als er sich auf ihre bloßen Arme und den Hals legte. Es war zwar keine menschliche Berührung, aber trotzdem eine Berührung.

Nach einer Kindheit mit jeder Menge vergessener Hausaufgaben, verbrannter Brotlaibe und immer wieder nicht geleerter Mülleimer hatte Alessa ihre Mutter an dem Tag, an dem sie Finestra geworden war und damit aufhören musste, sie »Mama« zu nennen, endlich stolz gemacht. Aber selbst als jemand, die von den Göttern auserwählt war, enttäuschte sie alle. Natürlich hatte sie immer fest entschlossen versucht, andere zufrieden-zustellen. Sie hatte ihre Aufgaben erfüllen *wollen*, hatte sich an die Einkaufsliste erinnern oder nach dem Brot sehen wollen. So wie sie jetzt ihre gottgegebenen Kräfte kontrollieren *woll-te*. Aber ihr Versagen bedeutete jetzt nicht einfach nur, dass sie noch einmal mehr zum Markt gehen musste, sondern dass sie für tote Fontes und getrocknetes Blut auf ihrer Haut verant-wortlich war.

Papa hatte immer gesagt, dass bei Tageslicht alle Probleme weniger schlimm aussehen würden. Um ihre nicht so schlimm aussehen zu lassen, war allerdings ein schrecklich heller Son-nenaufgang nötig.

Sie schloss die Augen und zupfte an der Unterseite der De-cke, zwickte die Knoten, strich mit den Fingerspitzen über die Steppung.

Du bist nicht allein. Du bist am Leben. Du wurdest auserwählt.

Du bist einsam. Du wirst sterben. Vielleicht hat Dea die Falsche auserwählt.

Das alles war nutzlos. Sie konnte es sich nicht leisten, sich in einer niemals endenden Spirale aus Sorgen zu verfangen. Die einzige Möglichkeit, da herauszukommen, bestand darin, Ant-worten zu bekommen.

Alessa setzte sich auf, ließ die Decke auf den Fußboden glei-ten.

Wenn niemand in der Cittadella bereit war, ihr zu sagen, was los war, musste sie jemanden finden, der es tun würde.

3

Dio mi guardi da chi studia un libro solo.
Traue niemals einem Mann,
der nur ein einziges Buch studiert.

Alessa hatte nicht viele Möglichkeiten gehabt zu rebellieren, seit sie von zu Hause weggegangen war, aber jetzt würde sie das Versäumte nachholen. Sie hatte sich einen leichten Mantel unter den Arm geklemmt, trug in der einen Hand Stiefel und in der anderen eine grobe Zeichnung der Tunnel, die bereits vom Schweiß weich wurde. Als sie an den Küchen vorbeischlich, versuchte Lorenzo gerade, mit wenig beeindruckten Küchenmädchen zu flirten.

Sie blieb vor dem Bankettsaal stehen, lauschte der an- und abschwellenden Unterhaltung im Innern. Sie war nur eine *halbe* Gefangene und konnte sich innerhalb der Cittadella frei bewegen, allerdings würde sie sich verraten, wenn Renata die Schuldgefühle in ihrem Gesicht sah. Als sie Silber über Keramik kratzen hörte, hielt sie den Atem an und rannte auf den Zehenspitzen rasch vorbei.

»Wo sollen wir morgen nur anfangen?« Bei Renatas Worten spannte Alessa sich an.

Sie sackte gegen die Wand, bis ihre wackligen Knie sich nicht mehr ganz so wacklig anfühlten und sie weiterschleichen konnte. Hinter einem Bogengang, der vom Innenhof wegführte, verband eine Wendeltreppe die Cittadella mit der Fortezza darunter. Die uralten Steinstufen waren schmal und schlecht beleuchtet, und sie senkten sich zur Mitte hin, im Verlauf der Jahrhunderte von zahllosen Füßen abgetreten.

Die Cittadella war beeindruckend, aber sie war nichts, verglichen mit der Festung darunter. Das Labyrinth aus Tunneln und Höhlen, die in die Insel gehauen worden waren, stammte aus der Zeit der ursprünglichen Siedler, die die natürlichen vulkanischen Tunnel erweitert hatten, um die ganze Insel in eine Festung zu verwandeln.

Eine Finestra erkundete die Gegend von Natur aus nicht. Normalerweise betrat Alessa die Fortezza nur, um mit Tomo und Renata den Tempel zu besuchen, aber der Hauptschlüssel, den sie noch nie zuvor benutzt hatte, glitt leicht ins Schloss.

Sie zitterte eher vor Nervosität als vor Kälte und zog den Mantel an, dann trat sie durch das erste Tor hinaus, über die unsichtbare Linie, die die Mauer der Cittadella über ihr bildete.

Draußen hing die Süße der Rosen aus den Gärten der Cittadella in der warmen schweren Luft, aber sie wandte sich von den hohen Mauern ab und folgte den bescheidenen Gerüchen ihres ursprünglichen Zuhauses. Die Sonne ging über stillen Straßen unter, und Läden schlossen für den Feierabend.

Jede Terrasse quoll vor Geräuschen und Gerüchen über, die so eindeutig und unterschiedlich waren, dass sie sich mit geschlossenen Augen hätte durch die Stadt bewegen können. In einem Bereich, der stark nach Paprika und Kumin roch, spielten flinke Finger eine Melodie auf einer Gitarre, während stampfende Füße das Tempo vorgaben. Im nächsten Bereich brutzelten Klöße aus Knoblauch und Frühlingszwiebeln in heißem Öl, während jemand mit einer Stimme, die so zärtlich klang, dass sie einer Mutter gehören musste, ein Schlaflied sang, das sich wie auf ein Dach fallender Frühlingsregen anhörte.

Nahezu jedes Haus besaß einen Zitronenbaum, der häufig allein auf einer winzigen Insel aus Erde inmitten der Steinplatten stand. Getrocknete Zweige hingen über Türschwellen, befleckten ansonsten saubere Fenstersimse mit zähflüssigen Tropfen aus getrocknetem Saft. Es hieß, damit könnte man Crollos Dämonen abwehren – die aufgrund ihrer Ähnlichkeit mit gehörnten Käfern »Scarabeo« genannt wurden –, aber wenn das tatsächlich so war, hätte Saverio keine Finestra gebraucht.

Als sie an einem Fenster mit blauen Läden vorbeikam, ermahnte sie sich, weiterzugehen und so zu tun, als wäre dies das Zuhause einer Fremden. Dennoch blieb sie kurz stehen.

In der kleinen Küche machte ihre Mutter sich an einem Topf auf dem Herd zu schaffen. Sie griff nach dem Salz, ließ die Hand kurz darauf ruhen, als hätte sie vergessen, was sie vorgehabt hatte. Der kleine Tisch mitten im Raum war nur für zwei Personen gedeckt. Vielleicht wollte Adrick nicht mehr mit ihnen essen. Vielleicht fühlte sich das Abendessen im Kreise der Familie ohne sie nicht mehr richtig an.

Es war Wunschdenken. Wahrscheinlich arbeitete er einfach nur lange.

Das Abendessen roch nach etwas Herzhaftem, das stundenlang auf dem Herd gebrutzelt hatte, mit Lamm und Rotwein. Erinnerungen verhedderten sich um sie. Ein voll besetzter Tisch, Geschichten, die so viele Male erzählt worden waren, dass sie jede Bedeutung verloren hatten, zu Poesie geworden waren, Kinder, die im weichen Schoß von jemandem einschliefen –

Alessa wischte sich über die Augen und ging weiter.

Vielleicht würde sie niemals wieder ein normales Mädchen sein, das Rosmarin zum Abendessen klein schnitt, aber sie mussten überleben.

Je weiter sie nach unten stieg, desto enger wurden die Straßen, bis die Gebäude sich berührten und die Insel sich zeigte, als Wildblumen sich durch Spalten in den Pflastersteinen schoben und Ranken an den Hauswänden emporkletterten.

Als Alessa an den Wachen bei den Stadttoren vorbeiging, zog sie die Kapuze hoch, aber niemand beachtete sie. Die Wachen hielten nach Bedrohungen Ausschau, die von außen kamen, nicht nach Mädchen, die zum Hafen liefen, wo die Menschen lange aufblieben und in Schwierigkeiten gerieten.

Auf Saverio wurden Verbrecher für ihre Verbrechen gezeichnet, und jene, die Delikte begangen hatten, die als nicht wiedergutzumachen galten, wurden auf den Kontinent verbannt. Dort würden sie ohne jeden Schutz durch das Duo Divino und seine Armee beim nächsten Divorando umkommen. Die übrigen wurden nur gezwungen, ihre Schande öffentlich zur Schau zu stellen, allerdings mussten die Gekennzeichneten außerhalb der Fortezza bleiben und sich alleine durchschlagen, während die Saveriones sich darin verbarrikadierten. Nach der Sperrstunde war es niemandem mit einer Kennzeichnung gestattet, sich ohne einen von der Cittadella ausgestellten offiziellen Pass im Innern der Stadt aufzuhalten.

Auf der unbefestigten Straße, die zu den Hafenanlagen führte, war außer ihr niemand unterwegs, aber die Geräusche der Nacht dehnten sich aus, füllten die Leere mit dem Trippeln winziger Kreaturen und dem Surren von unsichtbaren Flügeln im Gras.

Als die Straße breiter wurde und mehr und mehr Menschen und Händlerzelte zu sehen waren, wurden die Geräusche der Insekten vom Ächzen der Schiffe überdeckt. Wenn die Stadt ein Vier-Gänge-Menü für die Sinne war, war der Hafen ein herzhafter Eintopf. Das Gemurmel unzähliger Sprachen war berauschend, und in dem Gedränge von so vielen Menschen war ein einzelnes Mädchen in einem Mantel praktisch unsichtbar.

Als größte der vier ursprünglichen Zufluchtsinseln hatte Saverio vor dem ersten Divorando das breiteste Spektrum an Menschen aus den nahe gelegenen Regionen angezogen, und selbst jetzt, fast ein Jahrtausend nachdem Crollos erste Belagerung auf den Kontinenten nur noch Gestein und Erde übrig gelassen hatte, prahlten die Saveriones damit, die ganze Welt im Miniaturformat zu sein. Das war ganz offensichtlich übertrieben, aber es war niemand mehr da, der diese Aussage hätte bestreiten können.

Alessa wurde langsamer, als sie Gesang hörte und ein Dutzend mit Umhängen bekleidete Gestalten aus einer Gasse auftauchten; ihre weißen Roben hoben sich deutlich vom dunklen, schmutzigen Hintergrund ab. Sie kniff die Augen zusammen, um die purpurnen Worte erkennen zu können, die ihre Rücken zierten. *Fratellanza della Verità.*

Passanten sammelten sich, von dem Spektakel gefesselt. Es war nicht schwer zu erkennen, warum. Der kaum hörbare Gesang der Gruppe sorgte dafür, dass sich auf Alessas Armen die Haare aufstellten, und die Kapuzen, die ihre Gesichter beschatteten, verliehen ihnen eine Aura unirdischer Anonymität.

Alessas Kopfhaut zog sich vor Angst zusammen, als eine der Gestalten sich von den übrigen entfernte und die Kapuze zurückschlug; ein eindrucksvolles Gesicht und vor der Zeit ergraute Haare wurden sichtbar. Der Mann lächelte wohlwollend, und ein paar Menschen begannen zu klatschen, obwohl er noch kein einziges Wort gesagt hatte.

Er trat in den grellen Schein einer Straßenlaterne und hielt ein großes Buch in die Höhe. Es war keine offizielle Ausgabe der Heiligen Verità – den Unterschied zwischen dem echten Buch und einer Fälschung konnte gerade sie nur zu gut erkennen –, aber die Schriftzeichen auf dem Deckblatt waren ähnlich genug, um die meisten Menschen zu täuschen.

Im vorderen Teil der Menge rangelten Frauen um die beste Position, sahen den Mann mit verzückter Hingabe an, und Alessa konnte endlich den Namen verstehen, der immer wieder geflüstert wurde. Ivini.

»Unsere Götter sagen uns, dass wir glauben und vertrauen sollen«, sagte er mit tiefer, hypnotischer Stimme. »Dass wir mit heiligen Rettern und Retterinnen gesegnet sind.«

Einer Retterin, deren Tod du heute fast herbeigeführt hättest.

»Aber wir sind selbstgefällig geworden. Vertrauensselig. Naiv.« Seine Gesichtszüge wurden weicher, zeigten eine sorgsam berechnete Traurigkeit, aber seine scharfen Augen schätzten die Reaktion der Menge ab. »Ich frage euch, seid ihr euch sicher, dass unsere *hochgeehrte* Finestra uns retten wird, oder überlegt auch ihr, ob die Götter uns vielleicht prüfen?«

Ein Kind in einem fleckigen Kleid schob sich durch die immer noch größer werdende Menge. Das Mädchen hielt einen Bettlerhut in der Hand, aber die meisten beachteten sie nicht, hielten vielmehr ihre Geldbörsen fest und mieden jeden Blickkontakt.

Ivini verfiel in eine unheilvolle monotone Sprechweise, und die Menge wurde still. »Die verlorenen Texte warnen vor dem Tag, an dem eine falsche Finestra sich erheben wird. Eine, die die Gläubigen erkennen werden, sobald sie sie sehen.«

Sein Blick streifte durch die Menge, blieb aber nicht länger an Alessas Gesicht hängen als an irgendeinem anderen. So viel zu seiner Behauptung. Allerdings war er ein überzeugender Lügner. Er schüttelte den Kopf, als würde er bedauern, was er als Nächstes sagen musste, und legte eine Hand auf sein Herz. »Dort oben sitzt sie, in *unserer* Cittadella, schlachtet *unsere* kostbaren Fontes ab, wird trotz ihrer Boshaftigkeit verhätschelt. Von Dea gesandt? Das erzählen sie uns. Aber würde Dea uns eine Mörderin schicken, die uns retten soll? Ich glaube nicht. Nein, das alles trägt die Handschrift von Crollo.«

Ein junger Mann mit zerzausten dunklen Haaren und sonnengebräunter Haut schritt an der Menge vorbei und warf einen verächtlichen Blick auf sie, und Alessas Schultern entspannten sich. Zumindest *einer* kaufte dem heiligen Mann seine Lügen nicht ab.

»Ich frage euch«, sagte Ivini, und sein Blick wurde schärfer, »wenn die Dämonen über uns kommen, um alles Leben auf Saverio zu verschlingen, wird unsere *teure* Finestra dann wenigstens so tun, als würde sie kämpfen? Oder wird sie einfach nur lachend zusehen, wie unsere tapferen Soldaten abgeschlachtet werden? Wird sie den Kreaturen zujubeln, wenn sie an den Toren der Fortezza nagen, oder wird sie sie ihnen sogar öffnen? Und wer wird als Erstes sterben? Wer wird am meisten leiden, wenn nicht diejenigen von euch, die keinen Zutritt zur Fortezza haben?«

Das Bettlermädchen stolperte, und die Münzen verteilten sich auf dem Boden. Ihr spitzer Schrei übertönte Ivinis Rede, und er verstummte mit einem lauten Seufzen, bedeutete einem seiner Gefolgsleute, sich um das Mädchen zu kümmern.

Alessa konnte sich nicht durch die Menge drängen, um dem armen Mädchen zu helfen, aber offensichtlich würde das jemand anderes tun.

Der weißgewandete Mann bückte sich, um das Mädchen am Kleid zu packen, und zwang sie, sich hinzustellen. »Gesegnet seien die Elenden, denn sie wissen nicht, was sie tun. Du würdest keine Münzen brauchen, wenn du klug genug wärst, auf die Autoritäten zu hören.«

Stirnrunzelnd machte Alessa unwillkürlich einen Schritt vorwärts.

»Lass sie los.« Die Menge teilte sich wie Butter unter einem heißen Messer, als der junge Mann vortrat. Sein verächtliches Lächeln war jetzt dunkler, geradezu furchterregend. Er konnte nicht mehr als ein paar Jahre älter als Alessa sein, aber er schritt mit der Autorität von jemandem vorwärts, der davon ausging, dass andere ihm Platz machten.

Ivinis Jünger richtete sich auf, bis die Zehen des Mädchens, das er fest im Griff hatte, kaum noch die Pflastersteine berührten. »Gehört sie zu dir? Wenn ja, musst du ihr ein paar Manieren beibringen. Die Götter schätzen es nicht – «

»Lass sie los, oder ich schicke dich auf der Stelle zu deinen Göttern.« Der junge Mann bewegte sich kaum, nur seine breiten Schultern verlagerten sich in der vagen Andeutung eines Sprungs. Trotzdem wich Ivinis Jünger stolpernd zurück, zog das Mädchen dabei unabsichtlich mit sich.

Er kam nicht weit. Der junge Mann packte sein Handgelenk und verdrehte es brutal, sodass sich seine Finger abspreizten.

Das Mädchen kam frei und schoss hinter ihren Retter, um ihn als Schutzschild zu nutzen. Mit aufgerissenen Augen sah die Kleine zu, wie der Rüpel vor Schmerzen wimmernd auf die Knie gezwungen wurde.

Schließlich ließ der junge Mann ihn los und wischte sich mit angeekelter Miene die Hände an der Hose ab.

Der Jünger hielt seinen verletzten Arm und blickte sich um, aber niemand sprang ihm bei, noch nicht einmal sein Anführer. Es schien, als würde der religiöse Eifer der Fratellanza nicht so weit reichen, dass er bereit war, sich selbst in Gefahr zu bringen.

»Bruder«, sagte Ivini mit kalter Stimme und brennender Wut in den Augen. »Lassen wir Gnade walten. Selbst die Boshaftesten werden vielleicht das Licht sehen können. Irgendwann.«

Der dunkelhaarige Fremde kniete sich hin, um dem Kind dabei zu helfen, die verstreuten Münzen einzusammeln. Er fügte ein paar aus seiner eigenen Tasche hinzu, ehe er aufstand und sich wieder auf den Weg machte. Er schritt an leeren Läden vorbei, dorthin, wo die Straße zu einer schmalen Gasse wurde. Er blieb unter einem verblichenen Plakat stehen, auf dem *Tiefpunkt* stand, und zog die Tür auf; ein Schwall lärmender Stimmen drang heraus. Dann drehte er sich um, als würde er Alessas Blick spüren, und sah sie an, zog in stummer Herausforderung eine Braue hoch.

Sie errötete und schaute weg.

Ivini redete weiter, ließ seine Wut in seine Worte fließen, und die Menge reagierte wie Feuer auf trockenen Zunder. Sie entflammte rasch und stürmisch.

Alessa stand kalter Schweiß auf der Stirn. Bei Renata und Tomo hatte es so geklungen, als ginge es um ein paar vereinzelte Abweichler, aber das hier war eine im Entstehen begriffene Revolte.

»*Wer* hat den Mut?«, fragte Ivini. »*Wer* ist tapfer genug und zerschmettert die falsche Prophetin?«

»Ich tue es«, rief eine Frau, und die Menge grölte zustimmend.

Alessa glitt zurück in die Schatten.

Der Tod rückte näher, aber dies war nicht der Ort, an dem sie vorhatte, ihm zu begegnen.

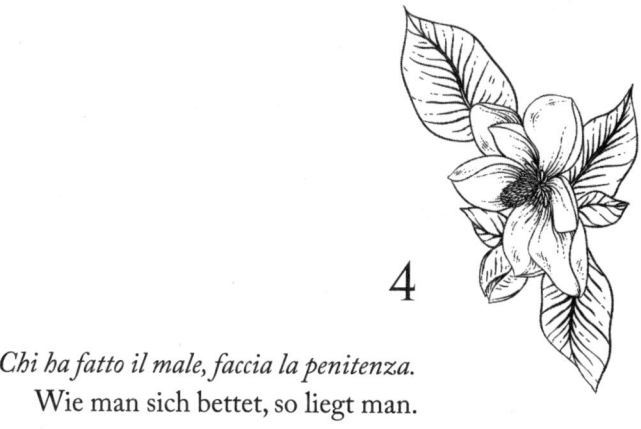

4

Chi ha fatto il male, faccia la penitenza.
Wie man sich bettet, so liegt man.

Eine Glocke klingelte über der Tür, als Alessa die Apotheke betrat. Glücklicherweise war Adrick der Einzige, der hier unten arbeitete. Er blickte auf, und seine wilden Locken hüpften, als er an dem Krug herumfummelte, den er einer älteren Frau gab.

Alessa signalisierte ihm, dass sie mit ihm sprechen musste.

Er signalisierte zurück, wobei er seine Bewegungen verbarg. »Willst du, dass ich verbannt werde?«

»Messer. Mein Kopf«, gestikulierte sie und schob die Haare zurück, sodass er den Verband sehen konnte.

Seine Nasenflügel bebten, und er bedeutete ein kurzes »Draußen, in zehn Minuten«, ehe er sich wieder der Kundin zuwandte und laut sagte: »Das hier ist mit getrockneten Kräutern aufgegossen, aber wenn Ihr mich fragt …«

Alessa tat so, als würde sie sich die Waren im Laden ansehen; sie entkorkte eine kleine Flasche und hüstelte angesichts des widerlich riechenden Inhalts.

Adrick warf einen eindringlichen Blick zur offenen Ladentür, und sie trat nach draußen, um dort auf ihn zu warten.

Als er eine Viertelstunde später aus dem nun dunklen Gebäude kam, hob er eine Hand, um sie daran zu hindern, etwas zu sagen, und deutete mit einem Nicken in Richtung der

Hauptstraße. Dann setzte er sich in Bewegung, ohne sich zu vergewissern, ob sie ihm folgte. Seine Beine waren deutlich länger als ihre, aber er machte keine Anstalten, seine Schritte ihren anzupassen.

»Hast du das gewusst?«, fragte sie und bemühte sich, mit ihm mitzuhalten. »Dass dieser Ivini behauptet, ich wäre eine falsche Finestra?«

Adricks Schweigen war Antwort genug.

»Adrick! Warum hast du mir nichts davon gesagt?«

»Ich wusste, dass es dich beunruhigen würde.«

»Fremde werfen Messer nach mir. Ich *sollte* beunruhigt sein.«

»Und warum bist du dann hier?«, versetzte er. »War dein Tag mit dem einen nach dir geworfenen Messer nicht aufregend genug?«

Sie wurde bleich. »Ich trage den Schleier erst seit Kurzem nicht mehr. Kaum jemand weiß, wie ich aussehe.«

»Signor Arguelles weiß es.«

»Nun, er hat mich nicht gesehen.«

Als Kinder hatten sie Stunden damit zugebracht, für ihren Nachbarn Kräuter zu zerstampfen, bevor Adrick sein Lehrling geworden war, und auch wenn sie sich nicht vorstellen konnte, dass der freundliche alte Mann sie verraten würde, wäre es nicht das schockierendste Ereignis der letzten Zeit.

»Erzähl mir, was du gehört hast.« Alessa blieb stehen und zwang ihren Bruder, sich zu ihr umzudrehen.

»Hör zu.« Adrick atmete schwer. »Es war ein langer Tag. Die Apotheke war gerammelt voll mit Leuten, die nach Tinkturen gesucht haben, mit denen sie ihre Tätowierungen entfernen können – was natürlich unmöglich ist –, und Medizinern, die Mittel brauchten, mit denen sie Leute behandeln können, die versucht haben, sie auszubrennen oder herauszuschneiden. Die Leute sind in Panik, sie glauben …«

»Dass ich sie nicht beschützen kann.« Sie hatte gedacht, dass sie die Einzige war, die nachts wach lag und davor Angst hatte, dass sie alle im Stich lassen würde. Stattdessen wurden ihre schlimmsten Befürchtungen an jeder Straßenecke lauthals verkündet.

Er zupfte sich am Ohr. »Nun – kannst du es?«

»Könntest du *bitte* an mich glauben?«

»Das tue ich. Es ist nur –« Adrick warf einen Blick nach vorn, wo sich ein paar Leute um eine Frau in einem langen Gewand versammelten. »Die Leute sagen alle möglichen Sachen, etwa dass Crollo dich verflucht hat, oder dass du eine neue Art Ghiotte bist, die geschickt wurde, um die Magie der Fontes zu zerstören. Manche glauben sogar, dass du der Beweis dafür bist, dass Dea uns verlassen hat und Crollo es dieses Mal wirklich zu Ende bringen wird. Verdammt, es gibt einen ganzen Kult von Leuten, die glauben, dass wir es alle verdient haben zu sterben und Dea sich ihm niemals hätte widersetzen dürfen.«

Viele Hundert Jahre hatten die Saveriones allen Widrigkeiten zum Trotz überlebt, hatten immer darauf vertraut, dass ihre Retterinnen und Retter sie beschützen würden, wenn die boshaften Geflügelten über sie kamen. Und jetzt gaben die Menschen auf. Ihretwegen.

Sie hatte sich niemals erkundigt, ob eines der selten vorbeikommenden Handelsschiffe Neuigkeiten über ihre wie auch immer bezeichneten Gegenstücke auf den anderen Inseln mitgebracht hatte. Es war durchaus denkbar, dass sie nicht allein auf diesem sinkenden Schiff war. Vielleicht fluchte jenseits des Meeres noch jemand anderes über die eigene Unfähigkeit, die Pflicht zu erfüllen. Es würde allerdings nichts daran ändern, dass sie im Fall ihres Scheiterns für den Tod allen Lebens auf Saverio verantwortlich sein würde. Wenn es den anderen Inseln besser erging, würden die Überlebenden eines Tages nach

Saverio kommen und eine kahle Küste und leere Ruinen vorfinden. Und falls es noch irgendwelche Aufzeichnungen gab, würde Alessa in den historischen Aufzeichnungen als warnendes Beispiel weiterleben:

Alessa, die letzte Finestra.

Deas größter Fehler.

Der Gedanke schnürte ihr die Kehle zu, und sie schluckte. »Und du? Glaubst *du*, dass ich eine … eine neue Art Ghiotte bin?«

Adrick feixte. »Ich habe dich mit Krämpfen im Bett liegen sehen. Eine Ghiotte wäre zäher.«

Sie bleckte die Zähne. »Adrianus Crescente Paladino, wenn *du* Krämpfe hättest, würdest du schreien wie ein Säugling.«

Als Adrick seinen vollen Namen hörte, machte er ein Gesicht, als müsste er sich gleich übergeben. »Ich weiß, ich weiß. Du bist die göttliche Kriegerin, und ich bin der nutzlose Bruder, den du zurückgelassen hast. Was kümmert es dich, was ich glaube? Du bist diejenige mit dem direkten Draht zu Dea. Frag *sie*.« Seine Lippen kräuselten sich mit einem Hauch Verbitterung.

»So läuft das nicht.« Sie warf einen kurzen Blick zum dämmrigen Himmel hinauf.

»Du da!«, rief eine in ein langes Gewand gekleidete Frau.

Alessa zuckte zusammen, aber die Frau schaute an ihr vorbei.

Adrick begann zu laufen. »Zieh den Kopf ein und beeil dich.«

»Kennst du sie?«

»Natürlich nicht. Die sind alle so aufdringlich.«

Sie runzelte die Stirn. Es hatte so geklungen, als würde die Frau mit jemandem sprechen, den oder die sie kannte. Alessa warf einen Blick über die Schulter. Die Frau folgte ihnen nicht. Kein wütender Mob jagte sie. Noch nicht.

»Was soll ich tun, Adrick?«

»Beweise ihnen, dass sie Unrecht haben. Nimm dir einen Fonte und sorge dafür, dass er dieses Mal am Leben bleibt.«

»Das *versuche* ich ja.«

»Ich weiß.« Er warf ihr einen Blick von der Seite aus zu. »Das tust du immer.«

Sie gingen schweigend weiter, näherten sich den flackernden Lichtern der Stadt.

Sie zog den Kopf ein, zeigte den schläfrigen Wachen an der Stadtmauer ihre nicht gezeichneten Handgelenke. Adrick wünschte den Männern eine gute Nacht, und sie wechselten eine Art forschen Händedruck.

Nachdem Alessa sich vergewissert hatte, dass sich niemand in der Nähe befand, schloss sie den ersten Tunneleingang auf, auf den sie stießen, und sie gingen hinein. »Ich kann immer noch nicht fassen, dass du mir nichts von Ivini erzählt hast.«

»Ich habe schon *gesagt*, dass es mir leidtut.« Die Gitterstäbe fragmentierten Adricks sich im Mondlicht abzeichnende Silhouette. »Schließ ab.«

Alessa drehte den Schlüssel herum, bis es klickte. »Zufrieden?«

»Nein. Ich sollte deine Schlüssel nehmen.«

»Es ist ein verbannungswürdiges Verbrechen, die Schlüssel zur Fortezza zu stehlen.«

»Oh, *nein*, nicht *verbannungswürdig*. Ich würde *niemals* etwas *Verbannungswürdiges* tun, wie etwa mich über die Erlasse der Kirche hinwegsetzen, um mich mit dir zu verbrüdern.«

»Sie würden dich nicht *verbannen*. Nur ein paar Tage lang einsperren.«

»Viel besser. Und jetzt, da ich meine Freiheit riskiert habe, sag mir, für wen du dich entscheiden wirst, damit ich ein paar Wetten abschließen kann.«

»Ich habe mich noch nicht entschieden, und wenn ich es hätte, würde ich es dir nicht sagen. Genau genommen hoffe ich, dass du der letzte Mensch auf Saverio sein wirst, der diese *sehr wichtige* Information bekommt.«

Er schnaubte. »Na schön. Ich hab's verdient. Aber alle haben mich gefragt.«

»Wieso erwarten sie, dass du es weißt? Ich bin nicht mehr deine Schwester, schon vergessen?« Sie konnte ihre Verbitterung nicht verbergen. »Du hast mich den Göttern übergeben.«

»Aber, aber«, sagte er und warf einen Blick nach oben. »Die Verità sagt, die *Eltern* müssen ein auserwähltes Kind an die Gemeinschaft abtreten. Wie das mit den Geschwistern ist, darüber gibt es nichts Genaues.«

»Ach, deshalb sprichst du also noch mit mir, ja? Ein brüderliches Hintertürchen?«

»Ich sage nur, dass *ich* in Deas Augen hier nichts Falsches mache.«

Im Gegensatz zu Alessa, die tatsächlich die heiligen Regeln verletzte. Wie passend für Adrick, dem Ganzen mit dem Hinweis auf einen göttlichen Formfehler auszuweichen und sie mit der Schuld zurückzulassen. Er hatte immer gewusst, wie er sich aus Schwierigkeiten herauswinden konnte. »Na ja, Hintertürchen oder nicht, wenn Mama wüsste, dass du ihr heiliges Opfer befleckt hast, indem du mit mir in Verbindung geblieben bist, würde sie dir den Arsch versohlen, dass du nicht mehr sitzen kannst.«

»Ach, Lessa, das ist nicht fair. Sie liebt dich, aber sie liebt auch Dea, und sie kennt ihre Pflicht. Sobald du Saverio gerettet hast und sie dich wieder aus deinem goldenen Käfig rauslassen, wird sie als Erste zu dir gerannt kommen und dich umarmen.« Sein Blick war auf alles Mögliche gerichtet, nur nicht auf seine Schwester. »Na ja, sie wird dich vielleicht nicht gerade *umarmen.*«

»Wenn du es sagst.« Alessas Stimme war zu hoch, zu leichthin.

»Du solltest lieber nicht weinen. Göttinnen können nicht in der Öffentlichkeit rumlaufen und weinen.«

»Ich bin keine Göttin. Und ich weine nicht.«

»Gut. Und jetzt mach, dass du zurück in deinen Palast kommst, und befehle ein paar strammen Wachen, dir Luft zuzufächeln, während du Bonbons isst, oder was auch immer du den ganzen Tag tust.«

Alessa schnaubte. »Oh, ja, ich lebe die ganze Zeit nur im Luxus. Wenn du dich freiwillig melden willst, um meinen Platz zu übernehmen – nur zu.«

Adrick lachte trocken. »Das würde ich tun, wenn ich könnte, kleine Schwester. Dea hatte an dem Tag, an dem sie ihre Wahl treffen musste, wohl kein Zielwasser getrunken, was?«

»Hmm, mir kommt da gerade eine Idee. Bring mir am Morgen nach der Gala ein paar von Mamas Macarons, dann sage ich dir *vielleicht,* für wen ich mich entscheiden werde. Für die Hälfte deines Gewinns.«

»Die Hälfte?« Adricks Grinsen kehrte in sein Gesicht zurück. »Keine Chance. Letzte Woche habe ich dir zwei Dutzend gebracht. Welche Normalsterbliche könnte so schnell so viele essen?« Seine Stimme wurde sarkastisch. »Ach ja, richtig, du bist ja keine Normalsterbliche.«

»Du bist furchtbar.«

»Und du liebst mich. Ich hoffe, Dea hat sich den richtigen Zwilling ausgesucht.«

Sie schnaubte. »Wie kannst du nur Zweifel haben, wo doch alles so gut läuft?«

»He!«, rief eine Männerstimme. »Ihr da, verschwindet.«

»Bis zum nächsten Mal, kleine Schwester.« Adricks Stimme wurde leiser, während er sich rasch davonmachte. »Und versuche, bis dahin niemanden umzubringen.«

5

Chi sta alle scolte, sente le sue colpe.
Der Lauscher an der Wand hört seine eig'ne
Schand'.

Am nächsten Abend wickelte Alessa viele Schichten dünnes Papier ab, bis das schönste Kleid vor ihr lag, das sie jemals gesehen hatte.

Die winzigen Knöpfe am Rücken sollten eigentlich von jemand anderem geschlossen werden, aber sie schaffte es selbst, indem sie die Rückseite des Kleids nach vorne schob und das Oberteil halb hochzog, es zuknöpfte und dann wieder zurückdrehte und die Arme durch den Ausschnitt und in die Ärmellöcher quetschte.

Als sie in den Spiegel sah, stockte ihr der Atem, und das hatte nur zum Teil mit ihrem eingeengten Brustkorb zu tun.

Sie funkelte wie ein Meer aus Diamanten. Das strukturierte Mieder bestand aus cremefarbener Seide und war mit Edelsteinen besetzt. Es öffnete sich zu einem tiefen Ausschnitt, der ihre Schultern frei ließ und in der Mitte noch tiefer wurde. Darunter blitzten bei jeder Bewegung die Schichten und Bahnen dieses Cape-Kleids silbern und golden auf. So viel Haut hatte sie seit – nein, eigentlich noch nie in der Öffentlichkeit gezeigt.

Als sie damals in die Cittadella gekommen war, hatte sie damit gerechnet, jeden Tag Partys zu feiern und einen Schrank voller Kleider wie dieses vorzufinden. Dann hatte sie erfahren, dass sie ihre Tage mit Studien, Waffentraining und dem Analysieren von Kriegstaktiken verbringen würde, und ihr war klar geworden, dass der größte Teil ihrer Kleidung vor allem einer Funktion dienen würde – möglichst viel von ihrer tödlichen Haut zu bedecken.

Dieses Kleid allerdings … *Dies* war ein Kleid, das zu einer Märchenprinzessin gepasst hätte. Es war auch überhaupt nicht für eine Finestra gemacht worden. Vielmehr war es bei der berühmtesten Schneiderin der Stadt beschlagnahmt worden, und irgendwo in der Stadt musste jetzt eine sehr reiche Frau berechtigterweise ziemlich wütend sein.

Mit einem Seufzen fand Alessa ihre längsten Seidenhandschuhe, sodass sie ihre Arme bis zu den Flügelärmeln bedecken konnte, und Strumpfhosen, die zu den verschiedenen einander überlappenden Lagen des Cape-Kleids zu passen schienen. Sie konnte sich allerdings nicht entscheiden, ob zu den blauen Topas-Ohrringen besser eine lange Perlenkette oder ein schweres Diamantcollier passte. Ihre Mutter sagte immer, der Trick, geschmackvoll auszusehen, würde darin bestehen, ein Schmuckstück zu entfernen, bevor man ausging, aber Renata hatte offensichtlich die Absicht, Alessa übermäßig protzig aussehen zu lassen. Sie legte daher mit einem Schulterzucken beide an.

Sie neigte den Kopf zur Seite und betrachtete ihre Schminkutensilien. Wollte sie Furcht einflößend aussehen? Ungefährlich? Hübsch? Es war nicht leicht, ein geeignetes Aussehen zu finden, das sagte: *Willkommen, Bewerber. Bitte stellt euch für das Recht vor, mich zu heiraten, und ich werde versuchen, euch nicht zu töten.*

Sie entschied sich für einen schmalen Lidstrich, pinkfarbene Lippen und bronzefarbenen Lidschatten. Funkelnd, aber zugänglich.

Es bedurfte einer scheußlichen Menge juwelenbesetzter

Haarnadeln, um ihre Locken zu bändigen, aber sie war stolz auf das Endergebnis, das hoffentlich eher »absichtlich zerzaust« als wirr aussah. Noch eine Handvoll Nadeln, und ein paar Locken verbargen die Verletzung an ihrem Ohr. Die Spitze würde von nun an eine lustige Form haben, aber nachdem das Blut abgewaschen war, war es nicht allzu schlimm. Wenn es einen Preis dafür gab, unbeschadet einem öffentlichen Attentat zu entgehen, würde sie *zumindest* lobend erwähnt werden.

Die filigranen High Heels, die sie aus einem Schuhstapel hinten in ihrem Kleiderschrank zutage förderte, verhießen verrenkte Knöchel und eingezwängte Zehen, aber sie würde stilvoll leiden. Außerdem war es ja nicht so, dass sie vorhatte zu tanzen.

Irgendwann nach Divorando, wenn sie ihre Macht beherrschte oder Dea sie an die nächste arme Finestra weitergegeben hatte, würde sie eine größere, bessere Party veranstalten, mit einem vollen Orchester, Diamantgläsern und einem Prosecco-Brunnen. Sie würde bis zum Morgengrauen aufbleiben, mit ihrem Fonte lachen und die ganze Nacht in Schuhen tanzen, die stylish *und* bequem waren. Es war eine Fantasie – aber dann konnte sie auch klotzen statt nur zu kleckern.

Sie sah strahlend aus und war eine Stunde zu früh fertig, was bedeutete, dass mehr als genug Zeit für das von Tomo und Renata anberaumte aufmunternde Gespräch zur Verfügung stand, bevor sie ihren nächsten Fonte für sich zu gewinnen versuchte. Etwas wackelig in den Heels und einem Kleid, das sie zu ersticken drohte, ging sie langsam die Treppe hinunter, hielt sich dabei krampfhaft am Geländer fest, sodass ihr großer Auftritt nicht in einer Kaskade aus Seide und Pailletten enden würde.

Die vorderen Tore waren offen, und jede Menge Lieferanten, Soldaten und Bedienstete strömten herein und hinaus, trugen Stühle und stapelweise Tischtücher hinunter zur Piazza.

Zwei schäbig aussehende Männer rollten ein Fässchen, das sich selbstständig gemacht hatte, wieder dahin, wo es hingehörte, und zeigten den Soldaten, die keinerlei Anstalten machten, ihnen zu helfen, eine rüde Geste. Als Alessa sich näherte, drehten sich die Menschen um und starrten sie an, und in die Furcht, die sich auf ihren ehrfürchtigen Gesichtern abzeichnete, mischte sich Anerkennung. Alessas Wangen wurden warm. Anscheinend sah der Todesengel zumindest dieses Mal eher engelhaft denn tödlich aus.

Zwei faszinierte junge Diener stießen zusammen, ließen begleitet vom lauten Geklirr des Porzellans ihre Tabletts zu Boden fallen, und die wütende Stimme des Hauptmanns übertönte das Getümmel. »Was in Deas Namen –«

»Es war mein Fehler, Hauptmann Papatonis«, rief Alessa. »All diese Juwelen müssen sie geblendet haben.«

Hauptmann Papatonis machte ein finsteres Gesicht, aber er konnte sie nicht tadeln. Oder bestreiten, dass sie tatsächlich funkelte.

Alessa verließ das lärmige Atrium und tauchte in das stille Labyrinth der dunklen Korridore ein; sie wünschte sich, sie könnte die Schuhe ausziehen, ohne dass es linkisch wirken würde.

Während sie weiterging und im Stillen bei jedem Zwicken zusammenzuckte, das eine Blase versprach, sah sie am Ende eines langen Korridors, der zu den Soldatenunterkünften führte, eine Bewegung.

Ein Mann. Und er trug keine Uniform.

»Entschuldigung«, rief Alessa. »Gäste haben hier unten keinen Zutritt.«

Er trat ins Licht; Schatten wurden zu dunklen Locken, einer ausgeprägten Kieferpartie, Augen mit schweren Lidern und einem vertrauten, herausfordernden Gesichtsausdruck.

»Aber du bist gar kein Gast«, sagte sie anklagend. Junge Männer, die im Hafen gegen Kultisten kämpften, waren nicht die Art Leute, die zu einer glanzvollen Gala in der Cittadella eingeladen wurden.

»Nö.« Sein verächtlicher Blick glitt an ihr herab, von den diamantbesetzten Nadeln in ihren Haaren bis zu ihren Zehen in den goldenen Schuhen. »Der *Tiefpunkt* hat mich geschickt, um alkoholische Getränke zu bringen.«

Sie sah ihn hochmütig an. »Das erklärt nicht, warum du dich hier unten herumtreibst.«

Er schlenderte näher heran, als hätte er alle Zeit der Welt. »Hab mich verirrt.«

Ein Trupp Soldaten kam begleitet von ausgelassenem Gelächter und gegenseitigem Schulterklopfen aus den Unterkünften am Ende des Gangs; sie hatten die Helme unter die Arme geklemmt. Ihr Lachen ebbte ab, als sie Alessa und den Fremden sahen, aber aus Gründen, die sie sich noch nicht einmal ansatzweise erklären konnte, befahl sie ihnen nicht, den Eindringling nach draußen zu führen.

Die Soldaten wechselten Blicke und gingen weiter, teilten sich um den Fremden wie ein Strom um einen Felsblock.

Alessa drückte sich an eine der Wände des Korridors, um sie vorbeizulassen.

Der Fremde musterte sie stirnrunzelnd.

»Was ist?«, wollte sie wissen.

»Versucht Ihr, Euch in die Mauer zu graben?«

Ihre Wangen brannten. Na schön, dann war sie eben nicht tapfer, dann war sie nicht stark, und sie war auch nicht darauf aus, eine Retterin zu sein, aber er musste sie deswegen nicht so ansehen, als ob er es *wüsste*. »Ich bin aus dem Weg gegangen.«

Er kniff die Augen zusammen. »Warum?«

»Aus *Höflichkeit*. Ein Konzept, mit dem du ganz offensichtlich nicht vertraut bist. Sie haben den Schaden gesehen, den ich anrichten kann.« In ihrer Stimme schwang Bitterkeit mit. »Ich kann es niemandem verübeln, Abstand zu mir zu halten.«

Er sah sie fest an. »Dann lasst sie um Euch herumgehen.«

Sie hatte ihm noch nicht einmal erklärt, in welche Richtung er sich halten musste, und doch ging der lästige Fremde weg, ließ Alessa allein im Korridor zurück. Sie stand stumm im dämmrigen Licht da.

Lasst sie um Euch herumgehen.

Als wenn es so einfach wäre.

»Ah, Finestra.« Tomo stand da und zupfte den Saum seiner smaragdgrünen Jacke zurecht, als Alessa das Militärarchiv betrat. »Unser gesegnetes Gefäß.«

Alessa zwang sich zu einem angestrengten Lächeln. Wieder mal das verdammte Gefäß. Früher einmal war sie eine Person gewesen. Jetzt war sie ein Tunnel. Ein Becken. Eine Linse. Oder irgendeine andere Metapher, die Tomo gerade einfiel, um ihr dabei zu helfen, ihre Rolle zu verstehen. Aber das Problem war nicht, sie zu *verstehen*. Sie wusste nur einfach nicht, wie sie diese *ausfüllen* sollte.

Er und Renata hatten vor ihrer Schlacht jahrelang Zeit gehabt, um miteinander zu üben, während sie ihre rechte Hand opfern würde, um auch nur ein paar Monate zu bekommen. Nun ja, vielleicht nicht gerade ihre Hand. Sie würde beide benötigen, da sie gleichzeitig ihren Fonte und eine Waffe festhalten musste. Dann vielleicht einen Fuß. Oder ein Ohr. Eines hatte sie ja schon fast verloren, aber mit der entsprechenden Frisur würde es niemand je bemerken.

Renata blickte von dem riesigen Buch auf, das fast so groß war wie der Tisch, auf dem es lag. »Wir haben es ihr tausendmal gesagt, mein Lieber. Ich bezweifle, dass noch ein Bild mehr etwas bewirken kann.«

Tomo wirkte ernüchtert. »Die Brücke zum Verständnis wird aus Worten gebaut.«

»Danke für den Versuch, Tomo«, sagte Alessa und ließ sich auf einen Stuhl sinken. »Du kannst wirklich sehr gut mit Worten umgehen.«

Tomo klopfte mit seinem Stift auf den Tisch. »Die einzige visuelle Hilfe, die mir einfällt, ist ein Prisma, und das zerlegt Licht, wohingegen eine Finestra das Gegenteil macht, sie mischt nämlich die Farben …« Er schweifte ab, murmelte irgendwas von Wellenlängen.

Alessas Buch mochte die größten Geheimnisse der Geschichte enthalten, aber es war in der alten Sprache verfasst, daher würde sie es niemals erfahren. Es war zu schwer für sie, um es zuzuschlagen, und der Versuch entwickelte sich zu einem Kampf, als die Seiten wieder zurückrutschten.

Renata schloss das alte Buch vor ihr und erzeugte eine Staubwolke. »Die Seiten sind voller blumiger Prosa, aber es gibt keinen *echten* Ratschlag. Ein Haufen Möchtegerndichter. Ich schwöre, wenn ich den Finestre von einst begegnen könnte, würde ich ihnen ein bisschen Verstand einprügeln.«

»Ooh, lass mich das tun.« Alessa gelang ein Lächeln. »Es würde mehr wehtun.«

Renata schritt durch den Raum; ihre mitternachtsblauen Röcke teilten sich, enthüllten grüne Strumpfhosen. Nach Ilsis Tod hatten die Menschen begonnen, Alessas feine Spitzenhandschuhe und mit Sandalen bekleidete Füße anzusehen, als wären sie giftige Schlangen, daher hatte sie sie bedeckt. Renata hatte kurz danach damit angefangen, Strumpfhosen unter ihre Röcke anzuziehen und behauptet, sie liebte Farben einfach zu sehr, um sich auf eine einzige zu beschränken.

»Sag es mir noch einmal«, sagte Alessa und versuchte, zuversichtlich zu klingen. »Wie sollte es sich anfühlen?«

Renata ließ einen Stuhl zwischen ihnen frei; ihre dunklen Augenbrauen zogen sich zusammen, als sie das Kinn in die Hände stützte. »Um beim Singen einen Ton zu halten, sammelt man die genau passende Menge Atem und steuert dann sorgsam das Ausatmen.«

»Aber woher weiß ich, wie viel? Singen lernt man nicht, indem man schweigt.«

Tomo legte ein Prisma auf den Tisch. »Oh, Renata, lass es mich versuchen. Mit *irgendjemandem* muss sie doch üben, und ich hatte seit Monaten keinen Anfall mehr.«

Renatas Gesicht verschloss sich. »Auf gar keinen Fall.«

Alessa malte unsichtbare Kreise auf den Tisch. Manchmal leuchtete ihre Liebe so hell, dass es schmerzte, sie anzusehen.

»Ein Fonte existiert, um zu dienen.« Tomo massierte Renata die Schultern.

»Um *seiner* Finestra zu dienen. Du hast deine Pflicht erfüllt.« Renata kniff die Augen zu. »Ich sage nicht, dass es für immer vom Tisch ist – aber bitte, Tomo, jetzt noch nicht.«

Renata hatte recht, Tomo hatte seine Pflicht bereits erfüllt, bevor Alessa geboren worden war, und jahrelanges Training, gefolgt von einer langen Schlacht, hatte sein Herz verletzt, sodass er oft tagelang ans Bett gefesselt war. Er hatte einen angenehmen Ruhestand verdient und sollte sich nicht wieder ins Getümmel stürzen müssen, um eine neue Finestra auszubilden, die den Ruf hatte, allen, die sie berührte, das Leben zu entziehen.

»Nein«, sagte Alessa entschlossen. »Ich brauche euch beide lebendig. Ich kann das alles nicht ohne euch tun.«

»Schön, schön«, sagte Tomo. »Finestra, warum gehst du nicht noch ein bisschen frische Luft schnappen, ehe die Gäste eintreffen?«

Renata hatte die Augen immer noch nicht wieder geöffnet. Alessa schlüpfte nach draußen, schloss die Tür hinter sich – und dann wartete sie und lauschte. In Renatas Worten hatte etwas Merkwürdiges mitgeschwungen.

Es dauerte lange, bis Renata endlich etwas sagte. »Was, wenn es mit dem Nächsten auch nicht klappt?«

»Es wird klappen.«

»Uns läuft die Zeit davon. Wenn sie recht haben, und sie kann wirklich nicht – «

»Hab Vertrauen, Renata. Die Götter werden uns nicht im Stich lassen.« Für jemanden, der eigentlich Spaß an einer lebhaften Debatte hatte, klang Tomo beinahe verärgert. »Sprich nicht mehr davon.«

Renata seufzte. »Ich *schlage es nicht vor*, aber wir müssen darüber reden, welche Möglichkeiten wir haben.«

»Eine fünfhundertjährige Tradition kann man nicht so einfach über den Haufen werfen.«

»Oh, dann ist es also in Ordnung, Präzedenzfälle nicht zu beachten und deine Gesundheit zu gefährden, aber – «

»Es ist eine Sache, die Regeln zu beugen«, sagte Tomo. »Eine Finestra *zu töten* ist etwas ganz anderes.«

6

Dai nemici mi guardo io, dagli amici mi guardi Iddio.
Die schlimmsten Feinde sind die im eigenen Haus.

Einige Tage vor ihrem vierzehnten Geburtstag hatte Alessa bei einem Wettlauf gewonnen und war Finestra geworden. Die beiden Ereignisse hatten nichts miteinander zu tun, aber sie hatte sich oft gefragt, ob sich das alles hätte vermeiden lassen, wenn sie stattdessen ein Buch gelesen hätte.

Nachdem ein für sein Alter großer Klassenkamerad mit der Statur eines jungen Ochsen die Mädchen überredet hatte, ihn über den Schulhof zu jagen statt andersherum, waren haufenweise Schulmädchen zu militärischen Strateginnen geworden. Einigen war es darum gegangen, sich einen Kuss zu ergattern, doch die meisten hatten einfach nur aus Spaß mitgemacht.

Alessa war weder die schnellste noch die entschlossenste von ihnen, aber sie war im richtigen Moment um die richtige Ecke gebogen. Oder im falschen Moment um die falsche.

Vollkommen überrumpelt hatte ihr anvisiertes Ziel keine Chance gehabt, und Sekunden später hatte sie erhitzt vom Sieg auf seiner Brust gesessen. Dann war ihr klar geworden, dass sie keinerlei Ahnung hatte, was sie jetzt mit ihm tun sollte.

Daher hatte sie seine Stirn berührt und gesagt: »Du hast verloren.«

Und er war gestorben.

Zumindest hatte sie geglaubt, dass er gestorben war. Seine Muskeln waren so angespannt gewesen wie Bogensehnen, und blutiger Schaum war zwischen den zusammengebissenen Zähnen hervorgetreten, als er sich unter ihr in Krämpfen gewunden hatte. Fast hätte er sich die Zunge abgebissen; er lispelte immer noch. Natürlich sprach er nicht mit *ihr*. Als die Wachen der Cittadella sie später an diesem Tag an seinem Haus vorbeiführten, hatte er so laut geschrien, dass sie angehalten hatten, um seine Eltern zu belehren. Damals waren Wachen noch gekränkt gewesen, wenn es um so etwas wie mangelnden Respekt gegenüber einer Finestra ging.

Adrick hatte sich in die Eskorte hineingeschwatzt, indem er behauptet hatte, ein paar »unbezahlbare Familienerbstücke« tragen zu müssen, und während des gesamten Weges zu ihrem neuen Zuhause hatte er vergnügt alles unaufhörlich wiedergekäut, ihre Tasche dabei von einer Hand in die andere geworfen.

Tomo und Renata hatten auf den Stufen vor der Cittadella gewartet, als er seinen Eindruck zusammengefasst hatte, und Alessa hatte sich gezwungen zu lachen, obwohl sie sich ein wenig unbehaglich gefühlt hatte. Vielleicht hatte sie bereits gespürt, dass ihre Berührung nicht das letzte Mal Schmerz erzeugen oder Deas Geschenk sich zu einem Fluch entwickeln würde.

Alessa brauchte ihre lodernde Wut, um sich zusammenzureißen, aber als sie in dem zum Innenhof führenden Bogengang wartete, floh diese Wut und ließ eine schmerzende Verletzung zurück.

Tomo und Renata saßen bereits am Tisch; in ihren stolzen Gesichtern zeigte sich nicht der leiseste Anflug von Zweifel oder Furcht.

Alessa hatte immer gewusst, dass sie zuallererst der Insel gegenüber loyal waren, nicht *ihr*. Aber selbst wenn ihr Tod nicht zur Diskussion stand – und es war schwierig, *das* beiseitezuschieben –, hatten die beiden geschworen, ihre Pflicht zu erfüllen, und die bestand darin, die nächste Finestra auszubilden – und nicht, sie zu töten.

Und sie hatte geglaubt, dass sie sich vielleicht sogar etwas aus ihr machen würden. Wenigstens ein bisschen.

Als die Trompeten Alessas Ankunft verkündeten, zog sie die Fetzen ihres Zorns um sich wie einen gegen Kälte schützenden Umhang. Eine Basstrommel oder eine falsch gestimmte Violine wären passender gewesen.

Die sorgfältig ausgewählten einflussreichen Bürger und Bürgerinnen drängten sich um Tische herum, die unter so vielen Kerzen ächzten, dass es ein Wunder war, dass noch niemand Feuer gefangen hatte.

Es flogen keine Dolche. Niemand schrie seine Loyalität zu Ivini heraus. Niemand ließ auch nur andeutungsweise erkennen, dass sie dabei waren, den Glauben an sie zu verlieren.

Wie ein pflichtbewusstes Zirkuspferd wandelte Alessa vorbei an Säulen, um die sich blühende Ranken schlängelten, und unter glitzernden Zauberlichtern hindurch, die an Schnüren aufgehängt waren und alle und alles in einen warmen, romantischen Glanz tauchten. Ein wahres Märchenbuch-Wunderland für die allseits unbeliebteste Eisprinzessin überhaupt.

Renata sah stolz aus, und Tomo lächelte, als Alessa ihren Platz zwischen ihnen einnahm.

Sie erwiderte das Lächeln nicht. Ihre Mentoren würden vielleicht eines Tages, wenn sie erst einmal ihren nächsten Fonte geheiratet hatte und die Schlacht vorbei war, vollständig vergessen, dass sie jemals in Erwägung gezogen hatten, sie zu töten. Alessa würde es niemals vergessen.

Sie rückte ihr Kleid unauffällig wieder zurecht, als das tief ausgeschnittene Mieder bei jedem ihrer unruhigen Atemzüge ein bisschen tiefer rutschte. Ein Versagen ihrer Garderobe mochte zwar einige Kandidaten in Versuchung führen, aber sie selbst würde in Tränen ausbrechen, wenn noch irgendetwas schiefging.

»Brötchen?«, fragte Tomo und deutete auf einen Korb mit dampfendem Brot.

Wie nett von ihm. Wie aufmerksam. Vielleicht stand *Stell sicher, dass die Finestra sich ausgewogen ernährt* im Mentorenhandbuch gleich unter *Halte deine Lebensgefährtin davon ab, sie zu töten*.

In den Geschichten hieß es, dass Renata sich ihrer Armee aus Scarabei entgegengestellt hatte, ohne ins Schwitzen zu geraten. Alessas monumentale Fehlschläge erschütterten sie dagegen so sehr, dass sie über Häresie *und* Mord nachdachte. Es war fast beeindruckend.

Vielleicht war es ungerecht von ihr, es ihnen übel zu nehmen. Dea allein wusste, dass *sie* jede Menge Gedanken hatte, die nicht gut ankommen würden, wenn sie diese laut aussprach. Was für ein Glück, dass niemand da war, mit dem oder der sie hätte sprechen können.

Selbst wenn ihr Leben davon abgehangen hätte – und vielleicht tat es das sogar –, hätte Alessa die Speisen des Menüs nicht aufzählen können, nachdem die Tische abgeräumt waren. Allerdings war ihr Magen nicht leer, also musste sie etwas gegessen haben.

Und jetzt sollte sie etwas *sagen*. Wenn sie sich doch nur aufspalten könnte, sodass die eine Hälfte sich zwanghaft mit ihrem Dilemma beschäftigen konnte, während die andere weiter dahintuckerte.

Livrierte Bedienstete gingen mit Tabletts herum, auf denen

kleine Kristallkelche mit Magenbitter standen. Das Getränk hinterließ eine brennende Spur in ihrer Kehle, half aber nicht, ihren Magen zu beruhigen.

Nicht alle Paarungen von Finestra und Fonte waren romantischer Natur, von daher war es nicht nötig, dass sie jemanden fand, der *perfekt* für sie war. Viele suchten sich nach Divorando Geliebte oder Lebenspartner, was das göttliche Band keineswegs abschwächte. Schließlich liebte das Herz immer auf mehr als nur eine Art. In ihren Tagträumen mochte ein Fonte vorkommen, der in *jedem* Sinn des Wortes ein Partner war, aber es war gut möglich, dass sie sich im richtigen Leben mit einem Freund zufriedengeben musste.

Oder überhaupt mit irgendwem, wie es inzwischen aussah.

Als sie aufstand, wandten sich alle ihr zu, um sie anzusehen, und ihr wurde bewusst, dass sie immer noch ihre Serviette in der Hand hielt und verdrehte. Sie ging leicht in die Knie, bis ihre Hände unterhalb der Tischplatte waren, und ließ sie fallen. Von einer Tischdecke gerettet.

»Äh … Hallo«, sagte sie. Was für eine begnadete Rednerin. »Ich heiße euch mit Freuden in unserer prächtigen Cittadella willkommen, der Krone von Saverios Festung und Sitz unserer Waffenkammer, in der wir unsere besten Waffen aufbewahren.« Oh, verflixt, *sie* sollte doch die beste Waffe sein. »Das heißt, unsere beste Waffe, abgesehen von den *Menschen* von Saverio. Wie ich einer bin.« Das ging daneben. »Und unsere Fontes! Unsere wunderbaren Fontes, von Dea gesegnet, um zu dienen und zu schützen. Und indem sie schützen, zu dienen.« Warum ließen sie sie überhaupt sprechen? »Und jetzt werden wir uns ohne weiteres Aufhebens« – und ohne weitere Worte – »durch Darbietungen eben dieser edlen Fontes unterhalten lassen.«

Dankenswerterweise begann Tomo zu applaudieren, und es dauerte nur tausend Jahre, bis andere sich an einer matten Runde Applaus beteiligten.

Die Fontes standen von ihren Tischen auf und begaben sich zu ihr, widerspenstige Boote, die gegen die Strömung geschleppt wurden.

Lasst die Spiele beginnen.

7

A conti vecchi contese nuove.
Alte Rechnungen, neue Streitereien.

»Als Erster wird uns heute Abend Josef Benheim etwas dar-
bieten«, sagte Tomo und sorgte damit für eine weitere Runde
Applaus.

Josef – schlaksig und langgliedrig, mit dunkelbrauner Haut
und ernsten Augen – war immer ein ernster Junge gewesen.
Die Lehrer hatten ihm den Spitznamen »Kleiner Mann« gegeben, und seit er seine Schwester verloren hatte, war sein sel-
tenes Lächeln noch seltener geworden. Oder besser, seit Alessa
ihm seine Schwester *genommen* hatte.

Josefs Auftritt verzögerte sich leicht, da Nina Faughn seine Hand festhielt. Die beiden waren Alessa vom Alter her am
nächsten, daher kannte sie diese besser als die anderen Fontes.
Es sah so aus, als hätte sich ihre langjährige Freundschaft in
den letzten Monaten in eine neue Richtung entwickelt.

Nachdem Josef sich aus Ninas Griff befreit hatte, schritt er
zum Mittelpunkt der zur Bühne erkorenen Fläche. Der silberne Saum seiner königsblauen Tunika glänzte im Licht, als er
sich verbeugte; seine Kleidung war eine subtile Ehrung von
Ilsi, die an dem Tag, als Alessa sie erwählt hatte, die gleichen
Farben getragen hatte. Josef war nicht boshaft, daher wusste
sie, dass es nicht als Spitze gedacht war, aber dennoch durchzuckte sie Schmerz.

Wie Tomo besaß Josef die Macht, Kälte zu erschaffen, oder genauer, Wärme zu entfernen, wie Tomo sie immer wieder nachdrücklich erinnerte. *Kälte ist nur ein Mangel an Wärme, und deshalb kann man Wärme entfernen, aber nicht Kälte erschaffen.* Ohne zu lächeln ließ Josef den Inhalt von ein paar bereitstehenden Gläsern gefrieren. Er belieferte nicht nur die ganzjährlich von seiner Familie geführte Gelateria, sondern machte seine Familie mittels seiner Gabe auch zum Hauptanbieter der Eisschränke von Saverio, und ihr Haus war eines der schönsten der Insel. Nicht dass seine Familie Josefs Gabe nur zur eigenen Bereicherung genutzt hätte – das wäre schändlich –, aber Eis an die Armen zu verteilen war nicht das, was ihr Heim mit Luxus vergoldete, und kam daher in Unterhaltungen nur selten zur Sprache. Verglichen mit den Kräften anderer Fontes war seine ziemlich unkompliziert – zielen, gefrieren, zusehen, wie der Scarabeo fällt und zerbricht –, aber sie hatte nur eine geringe Reichweite, und das konnte eine lange und langwierige Schlacht bedeuten.

Nach Josef stöckelte Nina in einem schlichten weißen Gewand über den Fußboden. Ihre blasse Haut war fast durchsichtig, abgesehen von den Sommersprossen, und als jetzt der erste höfliche Applaus ertönte, färbten sich ihre Wangen rosa. Sie hatte Requisiten mitgebracht – eine Sammlung kleiner Gegenstände wie Löffel und Steine – und benutzte sie, um zu demonstrieren, wie sie Materie verzerren konnte, indem sie feste Gegenstände verformte und verbog. Ihre Vorführung war beim Publikum ein Erfolg, aber je mehr Leute klatschten, desto mehr errötete sie, bis ihr Gesicht fast so rot war wie ihre rotblonden Haare.

Der nächste Kandidat verpasste seinen Einsatz.

Tomo überprüfte seine Notizen und suchte in den Schatten nach demjenigen, der als Nächster dran war, und Alessa ließ ihre Blicke zu den dunklen Bogengängen oberhalb der glitzernden Feier wandern.

Als sie eine Bewegung wahrnahm, verengten sich ihre Augen. Soldaten trugen Blau, und Bedienstete trugen Schwarz, also konnte eigentlich niemand in Weiß im dritten Stock sein, erst recht nicht um diese abendliche Zeit.

»Kaleb Toporovsky?«, rief Tomo dieses Mal etwas lauter. Alessa richtete ihre Aufmerksamkeit wieder auf die eigentliche Angelegenheit.

Sichtlich pikiert schaute Kaleb von seiner Unterhaltung mit einem gut aussehenden Jungen am nächsten Tisch auf.

Alessa rümpfte die Nase.

Mit seinen kastanienbraunen Haaren, den blauen Augen und der perfekt gebräunten Haut sah Kaleb auf fast schon absurde Weise gut aus – wenn man arrogante Arschlöcher mochte –, aber sie war dreizehn gewesen und er fünfzehn, als sie sich zum ersten Mal begegnet waren, und auch wenn achtzehn und zwanzig sich längst nicht so weit auseinander anfühlte, konnte sie nie das Gefühl abschütteln, dass Kaleb sie als ein nerviges Kind betrachtete, mit dem er sich widerwillig beschäftigen musste. Zugegeben, er betrachtete die meisten Menschen auf diese Weise, von daher war es vielleicht gar nichts Persönliches.

Kaleb ließ sich Zeit, um zur Bühne zu treten. »Finestra, Fonte … neue Finestra«, sagte er gedehnt. »Es ist eine Ehre, dessen bin ich mir sicher.«

Eine Ehre für ihn? Oder wollte er damit sagen, dass sie sich geehrt fühlen sollten, ihn hier zu haben? Sie versuchte, im Zweifelsfall zu seinen Gunsten zu entscheiden, aber sie konnte es nicht.

Lichtblitze tanzten auf seiner Handfläche, während er seine Fähigkeiten auf ziemlich dröge Weise erklärte. Er wirkte genervt, dass seine Gabe ihn für irgendetwas anderes wählbar machte, als in der Stadt herumzufaulenzen. Und dennoch – wenn man sich ansah, wie prächtig er gekleidet war, schlug er wohl die Vergünstigungen nicht aus, die damit einhergingen, von den Göttern berührt zu sein.

Als Nächste waren Kamaria und Shomari dran, Zwillinge mit kupferfarbener Haut, die beide den gleichen Ausdruck grimmiger Entschlossenheit zeigten. Shomaris Blick war ausdruckslos, als er sich mit dem von Alessa kreuzte, während in Kamarias Augen etwas glitzerte, das Alessa nicht deuten konnte. Obwohl sie das einzige andere Zwillingspaar waren, dem sie jemals begegnet war, kannte sie die beiden eigentlich nicht. Bevor sie Finestra geworden war, waren sie zusammen zur Schule gegangen, aber Shomari und Kamaria waren ein Jahr älter als sie, beliebt und Fontes gewesen, während Alessa damals ein Niemand gewesen war. Sie hatte sie aus der Ferne bewundert, aber niemals versucht, mit ihnen zu sprechen. Und jetzt *mussten* sie mit ihr sprechen, was nicht zählte.

Shomari hob das Wasser aus einem Trinkkelch und ließ die Tropfen in komplizierten Manövern durch die Luft wirbeln. Kamaria, die eine Kerze hielt, nutzte ihre Kontrolle über Feuer, um die Tröpfchen in kleine Dampfwölkchen zu verwandeln, und zwinkerte dabei gelegentlich der Menge zu. Manche Menschen wie Kamaria und Adrick waren mit so viel Charme geboren, dass sie schier von ihm überquollen, ungeachtet der Umstände.

Saida kam als Nächste. Sie überprüfte den goldenen Haarreif, der ihr die dichten Locken aus dem Gesicht hielt, ehe sie einen Windtrichter erschuf, der alle Servietten auf dem Haupttisch herumwirbeln ließ. Auch sie war ein Jahr älter als Alessa, aber als ihr applaudiert wurde und sie lächelte und sich dabei Grübchen auf ihren runden Wangen bildeten, wirkte sie auf einmal viel jünger.

Dank Hugo hatte Alessa ein bisschen Erfahrung mit Windmacht, aber nicht genug, um Saida automatisch zur Favoritin zu erklären.

Die nächsten beiden waren Fremde, die von außerhalb der Stadt angereist sein mussten. Das eine Mädchen kontrollierte wie Kamaria Feuer, das andere manipulierte wie Nina Materie, aber nicht sehr gut.

Vor der nächsten Darbietung entstand eine lange Pause, doch schließlich trat ein dünner Junge mit glänzenden schwarzen Haaren vor, der sich ein bisschen abseits der Gruppe gehalten hatte. Seine Arme hingen an den Seiten steif herab, sein Gesichtsausdruck verriet Entschlossenheit und Mut.

Alessa war schlecht.

»Jun Cheong?«, fragte sie Renata im Flüsterton. »Ist das dein Ernst?«

»Seine Eltern waren nicht begeistert, aber er ist alt genug.«

»Ist er das?«

Jun konnte nicht älter als dreizehn sein, und auch wenn die Verbindung zwischen Finestra und Fonte keine *normale* Hochzeit war, wollte Alessa doch auch kein Kind als Bräutigam.

»Nein. Absolut nicht. Ich war sein Babysitter.«

Renata protestierte, genau wie Alessa es erwartet hatte, aber Tomo stimmte ihr zu, was sie ebenfalls erwartet hatte. Und schon bald hatten sie einen Kandidaten weniger auf ihrer Liste. Alessa versuchte, Juns Eltern beruhigend zuzulächeln, aber sie wussten nicht, dass sie dafür plädierte, ihren Sohn zu streichen, und wirkten nur noch nervöser.

Als die letzte Vorführung vorbei war, überhäufte Renata die Fontes mit überschwänglichem Lob; es passte so wenig zu ihr, dass Alessa sich innerlich wand. Danach lud sie die Gäste ein, den Rest des Abends zu genießen, und warf dabei Alessa einen eindringlichen Blick zu.

Alessa trank einen letzten stärkenden Schluck Wasser, trat dann vom Podest herunter und ließ den Blick über die Fontes gleiten, suchte nach einem Hinweis für einen Erfolg versprechenden Anfang. Auf ein Lächeln zu hoffen, wäre sicher zu viel verlangt, aber vielleicht würde jemand sie ansehen, ohne zusammenzuzucken.

Kaleb und sein gut aussehender Freund nahmen einen Tisch mit verschiedenen Desserts in Augenschein, und ein Fonte mit Gebäck war verlockender als einer ohne, deshalb ging Alessa zuerst auf die beiden zu. Kaleb strich sich eine Haarsträhne aus der Stirn, und als sein Blick sich mit ihrem kreuzte, machte ihr Herz einen Satz. Seine Macht über Elektrizität könnte ihn zu einem mächtigen Fonte machen, vor allem, wenn er die Rolle freiwillig und nicht gezwungenermaßen annahm. Wenn er stark genug war, um ihre Berührung zu ertragen, würde sie auch mit seiner armseligen Persönlichkeit umgehen können. Und, wer weiß, vielleicht war er einer von diesen Menschen, die zwar verärgert *aussahen*, aber auftauten, sobald man sie besser kannte.

Als sie näher kam, kräuselten sich seine Lippen, und er beugte sich zu dem anderen Jungen und sagte etwas zu ihm, das sie beide zum Kichern brachte.

Mit heißem Gesicht bückte sich Alessa, um ein imaginäres Problem mit ihrem Schuh in Ordnung zu bringen.

Na schön. Kaleb dann also nicht.

Sie fand ein anderes Ziel. Kamaria, Shomari, Nina und Josef drängten sich zwar noch mehr zusammen, als sie sich näherte, aber sie wichen nicht zurück.

Auf Alessas zögerndes »Hallo« reagierten Kamaria und Shomari mit einem schnellen Blickwechsel, in dem viele unausgesprochene Worte mitschwangen. Kamaria öffnete die verschränkten Arme. Shomari nicht.

Nach einer Runde angestrengter Grußworte senkte sich Stille auf die kleine Gruppe. Die anderen nippten an ihren Getränken, aber Alessa hatte nichts, was sie festhalten konnte, und daher schob sie die Hände in die tiefen Taschen ihres Rocks, zupfte an einem losen Faden. Wenn Saverios Kampfgeist von ihrem Talent für Geplauder abhing, waren die Aussichten alles andere als rosig.

Nina zupfte an ihrem langen roten Zopf. »Steht in irgendeinem von den Büchern in der Cittadella, wann genau Divorando eintreten wird?«

»Nein«, sagte Alessa. »Das werden wir erst mit der Ersten Warnung erfahren.«

Die Idee der Götter eines Countdowns bis zur endgültigen Invasion bedeutete einen Monat voller Zerstörungen, Fluten, Stürme und Heuschrecken, damit die Menschen nicht vergaßen, dass etwas noch viel Schlimmeres auf sie zukam.

Nina wirkte nicht beruhigt. »Aber es wird *irgendwann* in diesem Jahr sein. Machst du dir keine Sorgen?«

»Natürlich tut sie das nicht«, sagte Josef. »Deshalb schickt Dea die Erste Warnung, sodass wir wissen, dass wir mit den Vorbereitungen beginnen müssen. Das ist noch nicht passiert, also haben wir noch eine Menge Zeit.«

»Genau«, sagte Alessa. »Sie wird nicht zulassen, dass wir es nicht mitbekommen.«

»Richtig«, sagte Nina. »Wie groß sind die Scarabei eigentlich genau?«

Anscheinend hatte Nina immer noch die Neigung, unangenehme Themen anzusprechen. Kamaria seufzte. »Nina, die meisten Leute werden niemals einen sehen. Einschließlich dir. Richtig, Finestra?«

»Nicht aus dem Innern der Fortezza«, sagte Alessa. »Ihr könnt die Scarabei mir überlassen. Und natürlich meinem Fonte.«

Die Scarabei waren so ziemlich das Letzte, worüber Alessa sprechen wollte.

Josef räusperte sich. »Dann hast du dich also entschieden?« Na schön. Doch nicht das Letzte.

»Noch nicht.« Alessas Lächeln war so angespannt wie eine Violinsaite kurz vor dem Zerreißen.

Als das Schweigen andauerte und erst unbehaglich, dann schmerzhaft wurde, machte Alessa einen vorbeihuschenden Diener auf sich aufmerksam, der die Arme so weit wie möglich ausstreckte, damit sie sich eine Nachspeise nehmen konnte.

»Ihr solltet sie versuchen«, sagte sie zu den anderen und strahlte dabei ein bisschen zu sehr. »Für die könnte man sterben.«

Die Worte blieben ihr in der Kehle stecken, als alle zusammenzuckten. Wo war ein Scarabeo, wenn man sich danach *sehnte*, in Stücke gerissen zu werden?

Sie schickte eine stumme Entschuldigung nach oben. *Dea, ich habe es nicht so gemeint. Bitte gib mir so viel Zeit wie möglich.*

Da sich die Pflastersteine nicht unter ihr auftaten und sie verschluckten, wie sie es sich gewünscht hatte, setzte sie ein Lächeln auf und entfernte sich mit einer gemurmelten Entschuldigung von der kleinen Gruppe.

Saida Farid saß allein, schrieb offenbar ein Rezept in ein kleines Notizbuch.

Alessa räusperte sich, damit sich das Mädchen nicht erschreckte. »Was schreibst du da?«

Saida errötete und ließ das Notizbuch in ihren Schoß sinken. »Das ist einfach nur ein Projekt, das mir am Herzen liegt. Es macht mir Spaß, Speisen zu analysieren und herauszufinden, aus welchen Zutaten bestimmte Gerichte bestehen, sodass ich sie nachkochen kann. Mein Ziel ist es, eine kulinarische Geschichte von Saverio zu schreiben und den jeweiligen Kulturen unserer Vorfahren durch ihre Rezepte ein Denkmal zu setzen.«

»Das ist ein ehrgeiziges Ziel.«

»Es war eigentlich eine Aufgabe für die Schule, aber es hat mich auf die Idee gebracht, dass viele Familien besondere Gerichte haben, die seit Generationen weitergegeben werden, aber nirgendwo aufgeschrieben sind. Ich möchte sicherstellen, dass sie verzeichnet sind, nur für den Fall, dass ...« Sie ließ das Ende des Satzes in der Luft hängen. »Wie geht es deinem ...« Sie deutete auf Alessas Ohr.

Verlegen überprüfte Alessa ihre Frisur, um sich zu vergewissern, dass das Ohr immer noch von den Haaren bedeckt war, und setzte sich auf einen freien Stuhl. »Es ist alles in Ordnung. Wirklich. Ist kaum ein Kratzer.«

»Trotzdem. Es muss beängstigend gewesen sein.«

Das Mitgefühl des anderen Mädchens ließ Alessa Tränen in die Augen steigen. Sie lächelte noch ein bisschen mehr, um sie zurückzudrängen. »Messer sind meine kleinsten Probleme, stimmt's?«

Saidas gebräunte Haut wurde blass. »Aber du hast daran gearbeitet, das ... äh ... in Ordnung zu bringen, oder?«

Verdammt. Sie hatte die Scarabei gemeint, nicht ihr Problem mit den allzu schnell allzu toten Fontes.

»Absolut.« Alessa stand schnell auf. »Ich bin *zuversichtlich* und ich habe alles *unter Kontrolle*.«

Hoppla. Sie hatte nicht vorgehabt, den letzten Teil laut zu sagen. Die Worte schienen Saida allerdings zu beruhigen, also hatte zumindest dieses Mal ihre Angewohnheit, auch das laut auszusprechen, was eigentlich nicht dafür gedacht war, die Dinge nicht nennenswert schlechter gemacht.

Es war nach Mitternacht, als Alessa in den relativen Frieden ihrer Räume zurückkehrte. Schlaf bot die einzige Möglichkeit, vor dem Summen aus ängstlicher Energie, die durch ihren Körper zuckte, zu fliehen. Ihr Bett wirkte auf sie allerdings eher bedrohlich als einladend. Wenn sie sich in die Mitte des riesigen Himmelbetts legte und die ebenfalls riesige kalte Leere beiderseits von sich spürte, schien ihr die Schlaflosigkeit unausweichlich zu sein.

Also sank Alessa stattdessen auf das Sofa.

Sie wusste immer noch nicht, für wen sie sich entscheiden sollte. Die Person, die am stärksten war? Oder deren Gabe am praktischsten war? Was für einen Unterschied machte es, wenn ihr erwählter Fonte nicht lange genug lebte, um zu kämpfen? Sie brauchte einen Fonte, der leben würde.

Es war so einfach gewesen, sich für Emer zu entscheiden, ihren ersten Fonte. Sein Begräbnis dagegen unerträglich.

Anfangs war sie furchtbar wütend geworden, wenn die Leute darauf beharrt hatten, dass er ein bisschen *zu* sanft gewesen war, aber die Vorstellung wurde zu einer Art Rettungsleine, an der sie sich festhalten konnte. Es war immer noch ihr Fehler, dass sie sich für ihn entschieden hatte, aber es war vielleicht nicht ganz allein ihre Schuld, dass er gestorben war.

Ihr naives, selbstsüchtiges Herz hatte den hübschen Jungen mit dem süßen Lächeln gewollt, und die Götter hatten nicht zugestimmt. Botschaft angekommen.

Beim nächsten Mal hatte sie sich klüger entschieden.

Ilsi, Josefs ältere Schwester, war so zuversichtlich, schön und kraftvoll gewesen, als wäre sie einem der Mosaike der Cittadella entstiegen. Alle hatten gewusst, dass sie stark genug sein *würde*, um Alessas Macht auszuhalten; auch Alessa hatte das gedacht und das ältere Mädchen ehrfürchtig bewundert. Einen kurzen Tag lang hatte Ilsi die Cittadella mit ihrer charismatischen Ausstrahlung und ihrem ironischen Sinn für Humor erhellt. Alessa hatte sich noch nicht einmal entschieden, ob sie Ilsi *haben* wollte oder ob sie Ilsi *sein* wollte, bevor Ilsi auch tot war.

Einmal war sie ihrem Herzen gefolgt. Und Emer war gestorben.

Dann hatte sie auf ihren Verstand gehört. Und Ilsi war gestorben.

Also hatte sie alle Regeln über Bord geworfen und jemand ganz anderen erwählt.

Armer Hugo.

Es war einen Versuch wert gewesen.

Sie konnte alle ihre Namen in einen Eimer legen und Dea bitten, ihre Hand zu führen. Oder ein weiteres Dutzend historischer Texte lesen und nach Hinweisen suchen, die nicht existierten. Vielleicht ihre Namen umformen und sehen, ob sie aus den Buchstaben irgendwelche lustigen neuen Wörter bilden konnte.

Wenn sie ihre Gedanken nur auslöschen könnte, so wie man eine Kerze ausblies. Ihre Familie hatte sich immer liebevoll über ihren »geschäftigen Verstand« lustig gemacht, aber es war nicht lustig, wenn sie zur Ruhe kommen wollte, ihre Gedanken sich aber weigerten, zu verstummen.

Sie hatte von Menschen gehört, die Probleme mit dem Einschlafen hatten, weil ihre Beine kribbelten, aber die Ruhelosigkeit, die sie nachts quälte, betraf viel mehr als ihre Muskeln. Es war eine bohrende Qual, als wäre ihre Haut beim Waschen geschrumpft und würde ihr niemals wieder richtig passen.

Tagsüber konnte sie sich genug beschäftigen, um nicht darauf zu achten, aber wenn es in der Nacht still und ruhig wurde, kehrte der innere Aufruhr zurück.

Ihr einziges Heilmittel war Bewegung, und daher verbrachte sie die meisten Abende damit, hin und her zu gehen. Selbst wenn sie nicht besonders besorgt war – was zwar nur selten, aber manchmal durchaus der Fall war –, stiefelte sie stundenlang durch ihre Räume. Aber in dieser Nacht war sie bereits lange auf den Beinen und gesellig gewesen – wenn man großzügig genug war, Stunden voller geziertem oberflächlichen Geplauder »gesellig sein« zu nennen –, daher schloss sie die Augen und lenkte ihre Gedanken auf einen Sandstrand. Zwischen ihren Zehen befand sich heißer Sand, während sie auf jemand Besonderen wartete, der mit frisch gefangenen Fischen fürs Abendessen zurück zum Ufer rudern würde. Die Sonne, blendend hell hinter einem winzigen Ruderboot, löschte die Gesichtszüge des Ruderers aus, aber die imaginäre Alessa wusste genau, wer er war, und ihr Herz weitete sich …

Dunkelheit senkte sich auf sie herab, aber ehe sie ganz herabgesunken war, wachte sie schlagartig auf.

Sie konnte nicht atmen.

Sie riss die Augen auf.

Konnte nichts sehen.

Etwas – jemand – hielt sie fest, drückte gegen ihre Luftröhre. Sie strampelte mit Armen und Beinen, versuchte, sich zu befreien. Ihre Finger strichen über Leder. Hände in dicken Handschuhen, die sich immer fester um ihren Hals legten.

Sie war nicht kräftig genug.

Alessa zwang sich, die Finger auszustrecken; sie berührte groben Stoff, eine harte Brust, dicke Arme – und einen Streifen bloßer Haut zwischen seinem Kragen und einer Art Maske auf seinem Kopf.

Der Griff des Mannes wurde schwächer. Sie sog einen verzweifelten Atemzug ein, ehe er die Arme streckte, um seine verletzliche Stelle außer Reichweite zu bringen.

»Mach es uns leicht, ja?«, knurrte er in einem rauen Flüsterton, während seine Hände wieder fester zupackten. »Ich versuche, das respektvoll zu machen. Also lass einfach los, dann wird es bald vorbei sein.«

Plötzlich waren Sterne vor ihren Augen, farbige Blitze in der Dunkelheit, wie ein Feuerwerk zur Feier ihres bevorstehenden Todes.

8

Di buone intenzioni è lastricato l'inferno.
Der Weg zur Hölle ist mit guten Vorsätzen
gepflastert.

Nein. Sie weigerte sich, auf diese Weise zu sterben.

Sie beugte den Rücken, streckte sich, bis sie den Kragen des Mannes zu fassen bekam, riss ihn nach unten.

Sie musste ihn nicht niederringen. Sie musste ihn nur berühren.

Sie drückte ihm die Finger ins Fleisch, und er schrie auf. Die erdrückende Last verschwand, und sie hörte trotz ihrer schweren, mühsamen Atemzüge, wie jemand um sich schlug. Als die Tür aufflog, setzte sie sich mühsam auf.

»Ein … dring … ling«, krächzte sie und deutete mit einer zittrigen Hand. »Hat mich angegriffen.«

Ihre Augen hatten sich ausreichend an die Lichtverhältnisse gewöhnt, sodass sie sehen konnte, wie Lorenzos Augen sich weiteten, während er von ihr zu dem Mann und dann wieder zu ihr blickte. Er war nicht der tapferste Wächter, aber zumindest war er da.

Sie hustete und zuckte zusammen, als die Schmerzen stärker aufflackerten.

Lorenzo untersuchte den Angreifer. In seinem Gesicht spiegelten sich Gedanken, die sie nicht entziffern konnte, außer einem Wiedererkennen.

Er zerrte den Mann auf die Beine, sein Gesicht hart wie Stein. Zoll um Zoll sah er aus wie der Soldat, der er war, und sie vergab ihm all die Male, die er als Wache schrecklich gewesen war.

Bis er sich den Arm des Mannes über die Schulter legte und zu ihr sagte: »Hört auf zu jammern, bis wir draußen sind.«

»Hast du nicht zugehört?« Alessa erhob sich taumelnd vom Sofa. »Er hat versucht, mich zu töten.«

Lorenzo spuckte auf den Boden. »Ihr hättet ihn machen lassen sollen.«

Sie konnte nichts anderes tun als ihn anzustarren, als er – ihr persönlicher Leibwächter – den Beinahe-Attentäter halb aus der Tür zog, halb trug, und zwei identische Stiefelpaare um die Ecke verschwanden.

Die Wände neigten sich, als würden sie versuchen, sie zu zermalmen, und Alessa fand sich im Korridor wieder, auf der Suche nach einer Sicherheit, die nicht existierte.

Der vernünftige Teil von ihr wollte um Hilfe rufen, wollte verlangen, dass ihre Mentoren und Hauptmann Papatonis ein ganzes Bataillon Wachen vor ihrer Tür postierten. Aber vielleicht würden sie sich gar nicht versammeln, um sie zu beschützen. Vielleicht hatten sie den Befehl gegeben, sie zu töten. Würden sie schockiert sein, wenn sie hörten, was passiert war … oder enttäuscht, dass sie noch am Leben war?

Wie tief reichte der Verrat?

Sie wäre am liebsten einfach davongerannt, wäre am liebsten so klein geworden, dass niemand sie jemals finden würde. Aber sie konnte nicht wegrennen, und der einzige Ort, an dem sie sich verstecken konnte, war die winzige Kapelle am Ende des Ganges, die für die täglichen Gebete der Finestra gedacht war. Sobald sie drinnen war, schloss sie die Tür ab und sank auf den Fußboden, legte die heiße Wange auf den kalten Stein. Wenn sie die Augen zudrückte, musste sie all die Bilder an den Wänden nicht mehr ansehen, auf denen ihre siegreichen Vorgängerinnen in ihrer ganzen Pracht erstrahlten.

Niemand kam, um sie zu holen.

Alessa öffnete verklebte Augen und starrte auf das lebensgroße Mosaik einer idealisierten Finestra. Engelhaft. Perfekt. Abgeklärt. Selbst zu den besten Zeiten war es ärgerlich.

Es war zu dunkel, um die verschnörkelte Schrift lesen zu können, die den gesegneten Kopf der Finestra wie ein Heiligenschein umgab, aber Alessa kannte die Worte auswendig.

Benedetti siano coloro per cui la finestra sul divino è uno specchio.

Gesegnet seien diejenigen, für die das Fenster zum Göttlichen ein Spiegel ist.

Wenn sie einen Spiegel gehabt hätte, hätte sie ihn zerschmettert und die gezackten Scherben dazu benutzt, sämtliche schillernden Zähne herauszukratzen.

Gesegnet. Oh, ja, sie war das *glücklichste* Mädchen auf der Welt, wehrte täglich Mörder ab für das Recht, lange genug leben zu dürfen, um gegen einen Dämonenschwarm zu kämpfen, der geifernd danach trachtete, ihre Knochen abzunagen.

Die Wände, der Fußboden und die Decke der winzigen Kapelle waren mit Glasfliesen sowie kostbaren Steinen geschmückt, aber im dämmerigen Licht hätten sie genauso gut auch aus Schiefer bestehen können. Vor langer Zeit hatte ein armer Künstler in jahrelanger Arbeit Mosaiken geschaffen, die die Geschichte von Saverio erzählten; ein ziemlicher Aufwand für ein Publikum, das nur aus einer Person bestand – und außerdem war es hier so dunkel, dass sie ohnehin nur Umrisse erkennen konnte.

Im Laufe der Jahrhunderte war Saverios Energieversorgungsnetz unzuverlässig geworden. Ungeziefer hatte die von der Wassermühle zur Stadt führenden Drähte angenagt, und die Saveriones konnten nicht die gleichen Materialien herstellen, die die Alten einst gehabt hatten. Deshalb hatte Alessa sich gar nicht erst die Mühe gemacht, es irgendjemandem zu erzählen, als die Glühbirnen an den Wänden eine nach der anderen flackernd erloschen waren. Es schien nur zu passend, dass die Lichter während ihrer Zeit als Finestra starben.

Aus einer der oberen Ecken der Kapelle starrten die Rubinaugen eines Onyxscarabeo auf sie herunter, zusammen mit den Silhouetten monströser Ghiotte, die zwischen kahlen Bäumen herumlungerten. Der dafür verantwortliche Künstler hatte entweder bizarre Ideen darüber, welche Art Kunst eine Person motivierte, oder er besaß einen sadistischen Sinn für Humor.

Sie setzte sich mühsam auf, zerbröselte mit dem Ellbogen die trockenen Blätter eines Blumenstraußes, der auf dem Altar lag. *Dieser* Tribut hatte ihr nichts genützt.

»Wenn du andere Blumen lieber magst, gibt es einfachere Möglichkeiten, mir einen Tipp zu geben.« Sie zupfte eine verschrumpelte Blüte von dem dürren Stiel und zermalmte die Blütenblätter zwischen den Fingern. Die Blüte hatte diese Strafe nicht verdient – aber wann hatte etwas zu *verdienen* jemals irgendjemanden geschützt?

Wäre sie gestorben, würde sich vielleicht eine andere Finestra erheben, um ihren Platz einzunehmen. Oder aber die Saveriones hätten beim Aufwachen festgestellt, dass sie vollkommen wehrlos waren. Ihre Familie hätte in einem einzigen Augenblick ihre Tochter *und* ihre letzte Hoffnung zu überleben verloren.

Unter ihren bloßen Füßen befanden sich Abbildungen der drei noch verbliebenen Zufluchtsinseln.

Die vierte fehlte. Die verlorene Insel war von den Karten getilgt worden und in Vergessenheit geraten, nachdem sie während des ersten Divorando gefallen war.

Es hing von Alessa ab, ob Saverio den nächsten überleben würde.

Sie rappelte sich auf, verzog angesichts der Schmerzen das Gesicht und kroch um die Statue herum zu der Glasplatte, die in die Wand eingelassen war. Sie musste ihren Feinden direkt entgegentreten, und den hier konnte sie zumindest von ihrer schnell wachsenden Liste von Gegnern streichen.

Die Hülle eines Scarabeo, geschrumpft und staubig von Jahrhunderten im luftlosen Grab, glotzte mit leerem Blick zu ihr zurück. Als wäre er ein gewaltiger, verzerrter Albtraum von einem Dreihornkäfer, besaß er drei geschwungene Hörner und einen glänzenden Panzer, der auf den ersten Blick mitternachtsschwarz wirkte, aber tatsächlich in allen Regenbogenfarben schimmerte, wie ein Ölschleier auf dunklem Wasser. Der vertrocknete Scarabeo – eine Erinnerung an den ersten Divorando, die als Beleg für das Überleben Saverios dienen sollte – verspottete sie.

Das Mädchen und das Monster, von Angesicht zu Angesicht. Das Mädchen, eine Mörderin. Das Monster tot. Oder vielleicht war auch das Mädchen ein Monster und würde schon bald tot sein.

Sie legte ihre gekrümmten Finger auf das Glas; ihre Nägel kratzten über die Oberfläche.

Tausende von diesen ... *Dingern* ... würden kommen. Um sie zu vernichten. Um Saverio zu vernichten.

Und jetzt musste sie sich mit Messern rumschlagen, die auf ihren Kopf zuflogen, und Händen, die ihr den Hals umdrehen wollten.

Verängstigte Menschen sehnen sich nach Sicherheit.

Sie war verängstigt, aber – was noch schlimmer war – unter der Angst und der Trauer und der Wut lag ein Hauch Erleichterung. Jahrelang hatte sie sich an die Zuversicht ihrer Eltern geklammert. Dann war sie die gesegnete Finestra geworden, und am Anfang war es leicht gewesen, zuversichtlich zu sein und Vertrauen zu haben. Aber jetzt, da niemand von den anderen mehr zuversichtlich war, stellte sich heraus, dass auch sie selbst kein Vertrauen mehr besaß.

Falls Ivini recht hatte, hatte sie die letzten Jahre ihres Lebens verschwendet. Das konnte sie nicht ertragen.

Hatte er aber unrecht, würde ihr Tod sie alle zum Untergang verurteilen. Das konnte sie nicht riskieren.

Papa hatte immer zu ihr gesagt, dass sie der Angst nicht trauen sollte, aber Angst war alles, was sie hatte.

Angst. Hartnäckigkeit. Und die brodelnde Wut, die sie unterdrückt hatte, seit das Messer sie verletzt hatte.

Jedes Mal, wenn sie schluckte, traten ihr Tränen in die Augen, aber zugleich drohte das Brennen in ihrer Kehle ein Feuer in ihrer Brust zu entfachen, das sich ausbreiten und die Oberhand gewinnen und sie von innen verbrennen würde, bis sie nur noch ein Haufen Asche war.

Und sie würde es geschehen lassen.

Beim nächsten Scheitern würde sie ihre Antwort haben, das Zeichen, auf das sie gewartet hatte. Wenn ihre Hände noch einmal töteten, würde sie sich für das Wohl der Allgemeinheit opfern.

Aber vorher musste sie es ein letztes Mal versuchen.

Alessa kehrte wieder in ihr Zimmer zurück und stellte sich mit zitternden Beinen vor den Spiegel. Die dunklen Schatten unter ihren Augen passten zu den blauen Flecken an ihrem Hals, aber ihre Augen funkelten vor Entschlossenheit.

Sie kleidete sich langsam an, wie in Zeitlupe, stieg in ein lockeres Kleid und zog es zollweise ihren Oberkörper hoch.

Dann legte sie sich sachte einen Schal um den Hals, der die Würgemale verbergen sollte. Wenn irgendjemand auf ihren Anblick reagierte, musste sie sicher sein können, dass es nichts mit dem Schock über ihre Verletzungen zu tun hatte, sondern nur damit, dass sie überrascht waren, sie lebendig vorzufinden.

Sie nahm die beiden schärfsten kleinen Messer in ihrer Küche und schob jeweils eins vorsichtig in jeden ihrer hohen Stiefel.

Als sie das Erdgeschoss erreichte, marschierte ein Regiment vorbei. Stiefel. So viele Stiefel. Jedes Paar sah genauso aus wie das, das *er* getragen hatte.

Alessa erstarrte, ihre Muskeln verkrampften sich vor Schreck. Sie hatte das Gesicht ihres Angreifers nicht gesehen. Er könnte einer von ihnen sein und sich immer noch ungestraft in der Cittadella bewegen.

Eine Soldatin warf einen kurzen Blick in ihre Richtung und runzelte die Stirn. Alessa konnte nicht sagen, ob dieses Stirnrunzeln Mitgefühl oder Abneigung bedeutete, aber es reichte, um sie aus ihrer Trance zu reißen.

Bevor sie die Tür öffnete, ging sie noch einmal ihren Plan durch. Sollten Tomo und Renata auch nur andeutungsweise geschockt oder enttäuscht wirken, wenn sie den Raum betrat, würde sie Bescheid wissen.

Sie trat hinein, wartete, während die Tür sich hinter ihr schloss.

Renata winkte ihr kurz zu und gähnte ihren Espresso an.

»Guten Morgen, Finestra.« Tomo schob seinen Stuhl zurück und verbeugte sich. »Du bist heute früh auf.«

»Ich darf keine Zeit verlieren.« Erzwungene Distanziertheit machte ihre Stimme kühl, sodass sie unnatürlich ruhig klang.

Sie bemerkten es nicht. Renata leerte selbstvergessen ihre Tasse, und Tomo wandte sich wieder seinem Nachrichtenblatt zu.

Alessa kämpfte gegen den Drang an auszuatmen. Zu vertrauen. Sie konnte nicht vergessen. Selbst wenn sie das Attentat von letzter Nacht nicht befohlen hatten, würden sie möglicherweise das nächste anordnen. Die Festung war für Alessa immer ein Käfig gewesen, aber jetzt schien sie eine Falle zu sein, die jederzeit zuschnappen konnte. Sie wäre dumm, würde sie irgendjemandem in der Cittadella trauen.

Sie brauchte einen Menschen, der ihr den Rücken deckte. Jemanden, der die Schwachen verteidigte und nicht an Ivinis Theorie glaubte. Jemanden, der sich vielleicht verzweifelt nach etwas sehnte, das nur sie ihm bieten konnte. Jemanden, der vor niemandem zurückwich oder beiscitetrat – ganz besonders nicht vor den Soldaten der Cittadella.

Hoffnung flackerte in ihr auf, hell genug, um zu brennen.

Sie musste den *Tiefpunkt* aufsuchen.

9

Chi ha più bisogno, e più s'arrenda.
In der Not schmeckt jedes Brot.

Der *Tiefpunkt* war letzten Endes ein treffender Name.

Dieser Teil von Saverio – Alessa hielt sich unauffällig die Nase zu, als sie das feine Etablissement betrat – war eine Brutstätte für widerwärtige Gestalten. Oft wurden sie als »Futter« bezeichnet. Wie in »Futter für die Scarabei«. Selbst wenn sie den Gestank nach Angst und Schweiß hätte ignorieren können – und das konnte sie nicht –, gab es in der schmuddeligen Kneipe noch nicht einmal einen unbegabten Musiker ohne jedes musikalische Gehör, der für Unterhaltung hätte sorgen können. Stattdessen drängten sich etliche Leute um einen Käfig, der groß genug war, dass ein Dutzend Männer hineingepasst hätten.

Aber es befand sich nur einer darin.

Menschen drückten ihre Gesichter gegen die Gitterstäbe, spotteten über den einzelnen Mann im Käfig. Den das nicht zu kümmern schien. Bronzefarben, barfuß und mit nacktem Oberkörper stand er mit dem Rücken zu ihr, schaute in die andere Richtung und packte träge die Gitterstäbe. Dunkle schweißnasse Haare kringelten sich in seinem Nacken, und seine Muskeln waren von Blutspuren überzogen.

Kämpfe auf Leben und Tod waren illegal, aber im Hafengebiet war es ein weit verbreitetes Vergnügen, auf Kämpfe zu wetten. Adrick hatte gesagt, dass es nicht als Mord galt, wenn am Ende des Kampfes beide Kämpfer noch am Leben waren. Falls irgendwelche schweren Verletzungen dafür sorgten, dass einer der Kämpfer *später* starb … na ja, das war dann einfach Pech.

Die Menge geriet in Aufruhr, und Alessa krümmte sich innerlich, benutzte ihren Umhang wie einen Schild gegen die sie anrempelnden Körper. Diese Menschen erkannten sie nicht und fürchteten daher auch ihre Berührung nicht. Es war ebenso beglückend wie erschreckend.

Sie war so sehr damit beschäftigt, die Umstehenden zu mustern, dass sie ins Stolpern geriet, als ein drahtiger grauhaariger Mann sich zusammen mit einem ungeschlachten Rohling durch die Menge schob. Beide Neuankömmlinge richteten den Blick auf den Käfig.

Der Mann im Innern ließ den Kopf kreisen, wobei sein Profil sichtbar wurde. Alessa murmelte etwas, das einer Finestra ganz und gar nicht angemessen war. Sie hatte gefunden, wen sie gesucht hatte, aber dem blutdürstigen Geschrei der Menge nach zu urteilen, würde er gleich zu Brei geschlagen werden.

Die ungleichmäßige Beleuchtung ließ seine Gesichtszüge scharf hervortreten. Er hatte deutlich ausgeprägte Wangenknochen, eine kräftige Kieferpartie und einen Mund, den eine tapferere Person vielleicht als Schmollmund bezeichnet hätte. Er schien allerdings nicht der Typ zu sein, der schmollte. Oder das Kompliment zu würdigen wusste. Er wirkte vollkommen unbeteiligt, doch seine Augen glitzerten. Der ältere Mann betrat den Käfig, knurrte ihn an und schnappte nach ihm, aber er zog einfach nur eine Augenbraue hoch, als wäre er leicht amüsiert.

Sie hingegen konnte kaum atmen.

Seine schlanken bronzenen Muskeln boten einen hübschen Anblick, aber die Arme seines Gegners waren so dick wie Baumstämme, von Narben und Brandflecken verunstaltet. Mit seinen riesigen Händen hätte er Alessas Schädel zerschmettern können. Nun ja, *ihren* nicht, aber den von jedem anderen Menschen.

Niemand mit einer so glatten, makellosen Haut und so anmutigen Bewegungen konnte auch nur den Hauch einer Chance gegen diesen gewaltigen, kampferprobten Wüstling haben.

Es würde ein Massaker werden.

Der Kommentator machte eine dramatische Schau daraus, dem brüllenden Koloss zu befehlen, sich zurückzuhalten, und wandte sich dann an die Menge. »Wir haben einen Herausforderer! Wird der vierte Kampf des Wolfs sein letzter sein, oder kann er den Bären erledigen? Wer wird auf eigenen Beinen von hier weggehen und wer hinausgetragen werden?«

Die Menge strömte näher heran, wedelte mit ihren Wettscheinen. Es gab keine Möglichkeit, sich der Flut zu entziehen, und Alessa versuchte es auch gar nicht. Zwar wollte sie nicht sehen, wie ein so schöner Mann zu einem blutigen Haufen zusammengeschlagen wurde, aber wegsehen konnte sie auch nicht.

Die Glocke läutete, und sie zuckte zusammen. Sie stellte sich auf die Zehenspitzen und versuchte, über die Schultern hinwegzusehen, die ihr teilweise die Sicht versperrten.

Der große Mann machte einen Satz nach vorn, sprang wieder zurück und machte erneut einen Satz, verhöhnte den jungen Mann. Den Wolf – so hatten sie ihn genannt. Es passte fast zu gut. Bereit, aber reglos, erinnerte er an die schattenhaften Kreaturen, die in den Wäldern auf der anderen Seite der Insel lauerten. Er kräuselte die Lippen, entblößte scharfe Eckzähne.

Ein Wolf, der von einem Bären in die Enge getrieben wurde und sich weigerte, einem stärkeren, tödlicheren Gegner gegenüber Schwäche zu zeigen.

Der Bär senkte den Kopf, um seinen Gegner umzurennen.

Der Wolf blickte nach unten und musterte seine Fingernägel.

Alessa biss sich auf die Zunge, um nicht aufzuschreien.

Im letzten Moment machte der Wolf einen Schritt zur Seite, und der andere Mann konnte gerade noch verhindern, dass er gegen die Gitterstäbe krachte.

Ihr Tanz setzte sich fort, bis der Bär seinen ersten Treffer landen konnte, seine Faust gegen das Kinn des Wolfs schmetterte.

Der Wolf legte eine Hand ans Kinn und schüttelte es, spuckte Blut auf den Boden. Dann landete er einen Schlag gegen den Bauch des großen Mannes, aber der nächste Hieb, den er wiederum abbekam, klang so, als wären ihm ein paar Rippen gebrochen worden. Alessa biss sich auf die Fingerknöchel.

Der Wolf hämmerte dem großen Mann eine Faust gegen die Wange und wollte schon mit einem zweiten Hieb nachlegen, als jemand ein Glas gegen die Gitterstäbe warf und ihn mit einem Scherbenhagel überschüttete. Der Wolf zuckte zusammen, drehte sich um und hielt sich ein Auge zu. Die Menge buhte, und der Kommentator forderte eine Unterbrechung.

Der Bär ignorierte den Ruf. Sein Gegner wandte ihm den Rücken zu, und er schmetterte dem Wolf eine Faust in den unteren Rücken.

Der Wolf sackte zu Boden.

Alessa war nicht die Einzige, die aufkeuchte. Alle im Raum schienen den Atem anzuhalten, als der Bär an den Wolf herantrat, um ihn mit dem Fuß anzustupsen.

Alessa kniff die Augen zusammen. Sie hätte nicht hierbleiben sollen. Sie wollte sich nicht an noch einen Toten erinnern müssen.

Die Menge jubelte, und sie öffnete die Augen wieder – und sah, wie der Wolf mühsam aufstand und dabei den Kopf schüttelte, um die Benommenheit zu vertreiben.

Der Bär machte ein finsteres Gesicht, als seine Ehrenrunde plötzlich abgekürzt wurde. »Schlag zu, Welpe!«

»Schlag zu«, flüsterte Alessa, und ihre Bitte wurde von anderen wiederholt, die ihre Loyalitäten anpassten und neue Wetten abschlossen.

Der Wolf legte den Kopf zur Seite, als hätte er vergessen, warum er hier war, und der Bär griff erneut an, nur um von einem Aufwärtshaken empfangen zu werden, der seinen Kopf nach hinten schleuderte. Stolpernd und auf unsicheren Beinen schüttelte der Bär sich, aber der nächste Schlag des Wolfs kam zu schnell. Dann noch einer. Und noch einer. Der große Mann wirbelte herum, noch auf den Beinen, aber gebeugt, was seinen Rücken verletzlich machte.

»Schlag zu!«, schrie die Menge, vibrierte förmlich vor Erwartung des Moments, in dem der Wolf Rache nehmen und einen solchen Treffer landen würde wie den, der ihn gefällt hatte. Stattdessen trat der Wolf zurück, ließ die Arme locker an den Seiten hängen.

Der Bär machte ein paar zögernde Schritte und sank dann auf die Knie.

Der Wolf hob den Kopf.

Der Bär senkte seinen.

Alessa erinnerte sich wieder daran, wie man atmete.

Die Menge brüllte, zu gleichen Teilen aus Freude und Enttäuschung, aber der Wolf brüstete sich nicht mit seinem Sieg, kostete ihn nicht aus. Er nahm ein Handtuch entgegen und benutzte es, um sich das Gesicht zu säubern. Auf dem schmuddeligen Stofffetzen war Blut zu sehen.

Dann öffnete sich das Tor des Käfigs, und er verschwand in der Menge.

Alessa brauchte eine Ewigkeit, den Raum zu durchqueren, und sie hatte schon fast die Hoffnung aufgegeben, ihn zu finden, als sie ihn plötzlich entdeckte.

»… fünfzehn, nicht zwölf.« Er schlug mit einer blutigen Hand auf die Theke. »Vier Kämpfe, und einen Bonus dafür, dass ich nie besiegt worden bin.«

Der Wirt sah ihn düster an und unterbrach seine Bemühungen, die zerkratzte Oberfläche der Theke mit einem Lappen zu polieren, der sogar noch dreckiger als das Holz war. »Abzüglich drei für die Unterkunft letzte Nacht und Verpflegung.«

»Dafür, dass ich auf dem Boden der Vorratskammer geschlafen habe? Das kann nicht dein Ernst sein.«

»Abzüglich –«

Der Wolf fluchte. »Dann gib mir zumindest einen Whiskey, bevor du mir die Taschen leerst.«

»Aber sicher doch, wenn du draußen in der Gasse schlafen willst.« Der Wirt richtete den Blick auf Alessa, als sie sich auf einen Barhocker setzte. »Was darf es sein?«

»Whiskey, bitte.«

»Guten, annehmbaren oder billigen?« Das begehrliche Lächeln des Mannes ließ einen wahren Friedhof aus grauen Zähnen sichtbar werden.

»Guten, bitte.«

Als sie die Münzen abzählte, blieb der Blick des Wirts an ihren Handschuhen hängen, und sie verzog innerlich das Gesicht.

In der Stadt bedeutete es, dass man etwas zu verbergen hatte, wenn man die Handgelenke bedeckte. Aber auch hier im

Hafen, wo so viele die Zeichen der Verbannung trugen, zogen einige es vor, die genauen Angaben ihrer Verbrechen geheim zu halten. Ausnahmsweise war Alessa einmal nicht anders, weil sie Handschuhe trug; sie war einfach nur eine weitere Fremde, die sich für ihre Vergangenheit schämte. Aber schwarzes Leder, das so dünn und weich wie Samt war, passte nicht an einen Ort wie diesen.

Nachdem der Wirt sorgfältig einen Fingerbreit einer bernsteinfarbenen Flüssigkeit in ein Glas gegossen hatte, schob er es in ihre Richtung. Er gab sich keine Mühe, die tätowierten Münzen an seinem linken Handgelenk zu verbergen. *Dieb.*

Alessa ließ die Flüssigkeit im Glas herumwirbeln und inhalierte die süße Wärme, ehe sie einen kleinen Schluck nahm. Es war nicht der beste Whiskey, den sie jemals probiert hatte, aber auch nicht der schlechteste. Sie spähte unauffällig unter ihrer Kapuze hervor, als der Wolf sich auf den Hocker neben ihr setzte. Er hatte sich ein Hemd angezogen, aber es nicht zugeknöpft, und er war kein bisschen weniger einschüchternd als zuvor, während er den Wirt, der alle außer ihm bediente, finster anstarrte. Er roch nach frischem Schweiß, was abstoßend hätte sein sollen, es aber nicht war.

»Ich werde seinen Whiskey bezahlen.« Alessa zog zwei glänzende Münzen aus ihrer Tasche. »Den besten, bitte.«

Der Blick aus den dunklen Augen des Wolfs huschte zu ihrem Gesicht. Er nahm das Glas, trank es in einem Zug leer und knallte es dann mit einem Grummeln auf die Theke; sie vermutete, dass es sich um ein Dankeschön handelte. Auch er gab sich keine Mühe, sein Zeichen zu verbergen.

Gekreuzte Messer, umrahmt vom Siegel von Saverio. *Mörder.* Sie erschauerte.

»Ihr solltet nicht hier sein«, sagte er, den Blick nach vorn gerichtet.

»Und warum nicht?«

»Wenn ich rausgefunden habe, wer Ihr seid, kriegt das auch jemand anders hin. Und die meisten Leute hier wollen nur zu gern sehen, was passiert, wenn Ihr sterbt.«

»Und du?« Sie hielt den Atem an. »Was willst *du*?«

Er stand auf. »Es kümmert mich nicht.« Er warf sich eine abgenutzte Umhängetasche über die Schulter und ging davon.

Sie schloss die Augen.

In einer Stadt voller Menschen, die sie fürchteten oder gegen sie intrigierten, mochte Ambivalenz das Beste sein, worauf sie hoffen konnte.

Er wusste sich zu verteidigen, also würde er auch sie verteidigen können. Vielleicht nicht aus Loyalität oder Hingabe, aber jeder Mensch hatte einen Preis.

Alessa warf ein paar weitere Münzen auf die Theke, ließ den Whiskey, an dem sie nur genippt hatte, stehen und erhob sich. Der Wirt würde den Inhalt wahrscheinlich wieder in die Flasche zurückgießen, sobald sie gegangen war, aber das war nicht ihr Problem.

Der Wolf war bereits ein gutes Stück entfernt, die Daumen hinter den Gürtel gehakt, als sie schließlich nach draußen trat.

Die Tür schlug hinter ihr zu, und in der Gasse wurde es still. Ohne sich umzudrehen, zog er die Hände aus dem Gürtel. Übel aussehende, locker gehaltene Klingen glänzten im Mondlicht – eine Warnung an alle, die auf die Idee kommen könnten, ihm zu folgen.

»Ich würde dich gerne anheuern«, rief sie, als sie sich immer noch ein gutes Stück hinter ihm und somit in sicherer Entfernung befand.

Er steckte die Messer wieder ein. »Nein.«

»Aber ich brauche deine Hilfe.«

»Tut mir leid.« Seine leise Ablehnung war gerade laut genug, dass sie diese noch hören konnte, während er wieder weiterging.

»Du wirkst nicht so, als würde es dir leidtun.« Sie versuchte, ihn einzuholen.

»Na schön. Es tut mir nicht leid. Und ich bin auch nicht interessiert.«

»Ich versuche, Saverio zu retten.«

»Von mir aus kann Saverio im Meer versinken.«

Ihr drehte sich der Magen um. Sie hatte geglaubt, dass er auf ihrer Seite war, weil er mit einem Straßenprediger spöttisch umgegangen war. Hatte angenommen, dass es ihm etwas ausmachen würde, ob sie lebte oder starb, weil er ein kleines Mädchen verteidigt hatte. Sie war so naiv gewesen.

Sie schüttelte das Gefühl ab. »Ich brauche Schutz, bis ich meinen nächsten – meinen letzten – Fonte habe.« Sie zermarterte sich das Hirn, sucht nach einem Argument – irgendeinem Argument, das ihn dazu bringen würde, stehen zu bleiben. »Ich werde dich bezahlen. Und für Unterkunft und Verpflegung sorgen.«

Er wurde noch nicht einmal langsamer. »Danke, ich komme zurecht.«

Alessa fiel die Kinnlade herunter. »Du kommst zurecht? Du kämpfst für Abfälle und verdünnten Whiskey, statt für Essen, Schutz, Geld und Sicherheit?«

»Ich will keine Sicherheit.«

Sie rannte hinter ihm her, zu aufgebracht, um vorsichtig zu sein. »Alle wollen sich sicher fühlen.«

»Ich nicht.«

»Wenn die Leute unrecht haben und ich getötet werde, werden alle sterben.«

»Dann hört auf, hier herumzulaufen.« Er klang vollkommen unbesorgt.

Alessas Beine wurden schwer, und die Entfernung zwischen ihnen wuchs, als er sich dem Ende der Gasse näherte und die letzten Fünkchen Hoffnung mitnahm.

»*Bitte*«, sagte sie; ihre Stimme brach.

Er blieb stehen und schüttelte den Kopf, als wäre er ungehalten über sich selbst.

Alessa schlug die Kapuze zurück, zog den Ausschnitt etwas nach unten und hob das Kinn. Ihre Blutergüsse waren inzwischen grün und purpurn. »Ich brauche deine Hilfe.«

Er drehte sich um, und sein Blick fiel auf ihre Kehle, blieb dort hängen.

»Ihr habt eine Armee. Ihr könnt …« Er sah sich auf der stillen Straße um und schritt zu ihr, senkte die Stimme zu einem leisen Knurren. »Ihr könnt mit einer Berührung töten. Ihr braucht mich nicht.«

»Doch, ich brauche dich.« Es war leicht, Angst und Hilflosigkeit in ihrer Kehle aufsteigen zu lassen und ihre Stimme schwer von ungeweinten Tränen zu machen. »Letzte Nacht hat ein Mann versucht, mich zu töten, und meine Leibwache hat ihm geholfen, zu entkommen.«

Wer A sagt, muss auch B sagen.

Sie faltete die Hände unter dem Kinn und ließ heiße Tränen die Wangen hinunterrinnen. In der Cittadella konnte sie sich eine solche Nachgiebigkeit nicht leisten, aber wenn Wölfe eine Schwäche für Jungfrauen in Nöten hatten, betrachtete sie es nicht als unter ihrer Würde, diese Rolle zu spielen.

Wenn es denn überhaupt eine Rolle war.

»Ich weiß nicht mehr, wem ich noch trauen kann oder wer für wen arbeitet. Ich brauche jemanden, der für *mich* arbeitet. Der mir den Rücken deckt. Vorübergehend. Nur bis ich meinen nächsten Fonte erwählt habe. Ich weiß, dass ich das tun kann«, log sie. »Aber nicht wenn ich tot bin.«

Er rieb sich den Nacken, und das Mondlicht verlieh seinen Haaren einen blauen Schimmer. »Vorübergehend?«

»Vielleicht sind wir in ein paar Wochen alle tot. Alles geht vorüber.«

Er zog eine Augenbraue hoch.

»Tut mir leid. Galgenhumor ist alles, was mir noch geblieben ist. Wenn du mir hilfst, verschaffe ich dir einen Platz in der Fortezza.«

Er rieb sich den Nasenrücken.

»Bitte?«

Als er einen genervten Blick zum Himmel warf, wusste sie, dass sie ihn hatte.

10

Bella in vista, dentro è trista.
Hübsches Gesicht, übles Herz.

Das aufregende Gefühl des Sieges verblasste augenblicklich.

Er war gezeichnet. Sie konnte ihn nicht durch die Stadttore bringen, ohne den Wachen ihre Identität – und ihren ungenehmigten Ausflug – zu verraten. Sie brauchte einen Plan, und außerhalb der Stadtmauern gab es nur einen Eingang zu den Tunneln.

Eine Frau trat ihnen in den Weg; sie trug ein Wickelkind. »Bitte, Miss. Alles würde helfen, dass mein Baby während Divorando in Sicherheit ist.«

Alessa hatte keine Ahnung, was Geld damit zu tun hatte, aber sie griff nach ihrer Börse und ließ ein paar Münzen in die ausgestreckte Hand der Frau fallen.

Als sie sich umdrehte, sah ihr neuer Leibwächter sie finster an. »Habt Ihr vor, allen zu helfen oder nur der hier?«

Alessa drehte sich nach der Frau um, die bereits die Straße entlangeilte, als würde sie fürchten, Alessa könnte es sich anders überlegen. »Wie meinst du das? Kinder sind in der Fortezza immer erlaubt.«

»Und wer wird sie bei sich aufnehmen und für sie sorgen, wenn ihre Eltern sterben?« Seine Stimme war kalt, seine Augen noch kälter.

»Ich … ich weiß es nicht.«

»Deshalb bettelt sie. Damit sie vor der Schlacht jemanden dafür bezahlen kann, die das Kind nimmt. In dem Wissen, dass sie sich vielleicht ein Leben lang darum wird kümmern müssen.« Seine Stimme war so scharf, dass sie eine blutende Wunde hätte verursachen können. »Willkommen in der wirklichen Welt, *Finestra*.«

»Das ist nicht *meine* Schuld. Ich will nicht, dass irgendjemand aus der Fortezza ausgesperrt wird. Ich *mache* die Regeln nicht, ich muss sie nur befolgen.«

»Nun ja, es ist ein bisschen spät, jetzt plötzlich das Gewissen zu entdecken.«

Als wäre *er* ein edler Anwalt der Armen. »Ich dachte, Saverio könnte im Meer versinken?«

Ein bitteres Lächeln umspielte seine Mundwinkel. »Lasst die ganze Insel brennen, oder gebt allen die gleichen Chancen, das ist alles, was ich sage.«

Alessa führte den Wolf an den maroden Hafengebäuden vorbei zu einem schmalen Trampelpfad, der in die feuchte Düsternis einer riesigen Höhle führte, die der Flotte bei Stürmen als Zuflucht diente.

Sie hörte ein schabendes Geräusch, und dann wurde das Gesicht des Wolfs von dem Streichholz erhellt, das er in der Hand hielt. »Geht schneller.«

Sie beschleunigte ihre Schritte, suchte in der Düsternis nach dem Schimmern eines Metalltors.

Derzeit befand sich nur ein Schiff in der gewaltigen Höhle, aber schon bald würden andere ankommen, vollgestopft mit Passagieren und Fracht von den Siedlungen auf dem Kontinent. Die unteren Höhlen würden mit Weinfässern, Saaten, Stoffen, Nahrungsmittelvorräten und Nutztieren gefüllt werden, all den Vorräten, die sie brauchen würden, um wieder aufzubauen, was verloren sein würde. Die mutigen Seelen, die sich entschieden hatten, zwischen den Invasionen auf dem Kontinent zu leben, würden mit warmen Betten in den Gästezimmern Saverios begrüßt werden, bis es für alle an der Zeit war, sich im Innern der Fortezza zu verbarrikadieren.

Sie war noch nie auf dem Kontinent gewesen, aber auf den Gemälden sah er rau und fremdartig aus, schien nur aus öden Ebenen und zerklüfteten Gebirgen zu bestehen. Es musste unglaublich sein zu erleben, wie zwischen den Angriffen neues Leben erblühte. Sie hatte einmal ein Buch darüber gelesen, auf welche Weise sich manche Tiere versteckten, wenn die Schwärme aufstiegen, aber ihre Mutter hatte es ihr weggenommen, als sie wegen der Tiere, die nicht überlebt hatten, immerzu weinen musste.

»Habt Ihr Euren Betreuern gesagt, dass Ihr heute Nacht losziehen werdet, um Euch einen Leibwächter zu suchen?«, fragte der Wolf gedehnt.

»Nein«, antwortete sie, obwohl es ihn eigentlich nichts anging. »Ich brauche keine Erlaubnis, um einen Leibwächter anzuheuern.«

»Ach, wirklich?«

»Ja, wirklich. Eigentlich. Ich meine …« Sie fing sich. »Wenn irgendjemand ein Problem damit hat, werde ich mich darum kümmern.«

Er machte ein skeptisches Geräusch.

Sie schlug die Kapuze zurück. Wenn sie in den Tunneln auf Wachen stießen, war ihr Gesicht der einzige Schutz vor einer raschen und tödlichen Strafe.

»Brauchst du ärztliche Hilfe?«, fragte sie.

Er sah sie gereizt an. »Nein.«

Sie bezweifelte das. Aber wenn Männer und Wölfe ihre Verletzungen unbedingt herunterspielen wollten, war es Zeitverschwendung, mit ihnen darüber zu diskutieren.

Er bewegte sich so leise, dass er sie auch hätte jagen können. Es erzeugte in ihr den Wunsch, wie ein verschrecktes Kaninchen davonzurennen.

Ihr Vater hatte immer gesagt, dass Angst mit dem Unbekannten begann. Vielleicht würde ihre Furcht also nachlassen, wenn sie mehr über den Mann erfuhr, der hinter ihr herschlich.

»Wie heißt du?«, fragte sie.

»Man nennt mich den Wolf.«

»Und mich nennen sie die Finestra, aber so heiße ich nicht.«

»Ich dachte, die Finestra hätte keinen Namen.«

»Hat sie bis Divorando auch nicht, aber zumindest weißt du, wie du mich nennen kannst. Soll ich dich also als den Wolf ansprechen? Oder als Herr Wolf? Oder einfach nur Wolf?«

Sie warf einen Blick über die Schulter und erhaschte ein erheitertes Funkeln in seinen Augen, das rasch wieder verschwand.

»Dante.«

»Hast du auch einen Nachnamen?« Sie musste wieder nach vorn schauen, damit sie nicht gegen die Tunnelwand lief.

»Nicht mehr.«

»Nun ja, schön dich kennenzulernen, Dante.«

»Tatsächlich?«

Entweder waren ihre kommunikativen Fähigkeiten eingerostet, weil sie diese so lange nicht benutzt hatte, oder er war jemand, mit dem zu sprechen außergewöhnlich schwierig war. Oder beides. Und wenn ihr auch bestimmte Charakterzüge fehlten – Hartnäckigkeit zählte nicht dazu. »Woher kommst du?«

»Ich weiß es nicht.«

»Wenn du es mir nicht erzählen willst, kannst du das ruhig sagen.«

»Ich lüge nicht. Ich weiß es nicht.«

»Sind deine Erinnerungen von zu vielen Kämpfen zu sehr durcheinandergeschüttelt worden?« Sie begab sich auf gefährliches Terrain, aber das schien das Motto des Abends zu sein.

»Könnt Ihr Euch an *Eure* Geburt erinnern?«, fragte er.

»Selbstverständlich nicht, aber meine Eltern haben darüber gesprochen.«

»Tja, meine Eltern sind tot«, sagte er mit ausdrucksloser Stimme.

Verdammt. Sie zuckte zusammen.

»Wo kommt *Ihr* her?« Die Frage klang wie eine Herausforderung, die dazu gedacht war, sie davon abzuhalten, weitere Fragen zu stellen, aber sie antwortete, als würde er es tatsächlich wissen wollen.

»Ich wurde hier in der Stadt geboren. Allerdings auf einer der unteren Terrassen, nicht in der Nähe der Cittadella.«

Jedes Tor schien lauter zu scheppern und länger zu quietschen, und das letzte vor der Cittadella jammerte laut genug, um die Toten im Tempel aufzuwecken. Alessa zuckte zusammen. Einen gezeichneten Mann durch die Fortezza zu bringen – ein Verbrechen, das bei jedem Menschen außer der Finestra mit dem Tode bestraft wurde –, fühlte sich in einer Zeit, in der so viele nach einer Rechtfertigung dafür suchten, sie zu töten, ein bisschen so an, als würde sie den letzten Stein aushändigen, den sie zum Werfen hatte, aber wunderbarerweise tauchten weder Geister noch Wachen in den Gängen auf.

Dantes letztes Streichholz erlosch, als sie den Eingang zu den Stufen unter der Cittadella erreichten.

Manchmal, wenn die Welt still genug war, konnte sie den Nachhall gestohlener Macht spüren, so wie die Funken von Ilsis Blitzen an ihren Fingerspitzen oder Hugos Wind beim Begräbnis. Vielleicht war *Nachhall* nicht die richtige Bezeichnung. Eher so etwas wie ein *Abdruck*. Die Kuhle, die ein Mensch auf einer Matratze hinterlässt, auf der er Stunden zuvor gelegen hat. Sie drehte die Handfläche nach oben und hauchte darüber einer winzigen blauen Flamme Leben ein. Sie schimmerte nur wenige Sekunden lang, aber das genügte, um das Schlüsselloch zu finden.

Dante starrte sie an. »Was war *das*?«

Sie errötete. »Ein Nachhall. Nichts, worüber du beunruhigt sein solltest.«

»Ein was?«

»Ein … Überbleibsel. Ich hatte nie die Gelegenheit, die Macht zu nutzen, die ich von meinen Fontes aufgenommen habe, deshalb bleibt ein bisschen davon zurück.«

»Könnt Ihr es noch einmal tun?«

Sie suchte in den Tiefen ihres Geistes, aber sie fand nichts. »Nein. Es war das letzte bisschen.«

Das Letzte von Emer. Ihr sank das Herz. Sie hatte sein Licht verbrannt, und es war noch nicht einmal für etwas Wichtiges gewesen.

»Warum braucht Ihr dann überhaupt einen Fonte? Ihr könnt ihn jetzt berühren und die Macht für die Schlacht bewahren.«

Sie schüttelte den Kopf. »Eine Finestra kann eine Gabe nur verstärken, wenn sie in Kontakt mit einem Fonte ist. Im besten Fall würde ich genug Macht haben, um die Invasion ein paar Sekunden hinauszuzögern. Wahrscheinlich noch nicht einmal das. Normalerweise behält eine Finestra die Macht von jemand anderem nur eine Minute oder so.«

»Es war mehr als eine Minute.«

Sie seufzte und schloss die Augen. »Weil ich ihn getötet habe. Stell es dir wie einen letzten Atemzug vor. Ich habe sein letztes magisches Ausatmen gestohlen.«

»Aber –«

»Glaub mir, wir haben es versucht. So funktioniert es nicht.«

Als Alessa Dante eine Wendeltreppe hinaufführte, lockerte sich der Schraubstock, der ihre Brust umspannte, ließ genug Raum für ein bisschen Triumphgefühl. Sie hatte es geschafft. Sie war aus der Cittadella entkommen, hatte einer Kneipe voller Krimineller und Ausgestoßener getrotzt und einen ungezähmten Wolf überredet, mit zu ihr nach Hause zu kommen.

Die zum nächsthöheren Stockwerk führenden Treppen befanden sich jeweils in einer anderen Ecke rings um die von Mondlicht gesprenkelten Steinplatten des Innenhofs, was bedeutete, dass alle, die in die oberen Stockwerke wollten, gezwungen waren, die gesamte Struktur abzugehen. Der Marsch hinauf in den vierten Stock würde daher für jede Menge unnatürliches Schweigen sorgen.

Der Gedanke war ihr kaum durch den Kopf gegangen, als eine Gestalt aus einem im Dunkeln liegenden Eingang auf sie zusprang.

11

L'uomo solitario è bestia o angelo.
Ein einzelner Mann ist entweder ein Unmensch
oder ein Engel.

»Vorsicht, Finestra.« Hauptmann Papatonis stieß Dante gegen die Mauer. »Er ist bewaffnet.«

Dantes Hemd war hochgerutscht und offenbarte etwas nackte Haut sowie Dolchscheiden links und rechts an seiner Taille. Selbst jetzt, als seine Wange gegen die Wand gedrückt wurde, schaffte er es, gelangweilt und genervt auszusehen. Papatonis mochte die Oberhand haben, aber nur, weil Dante es zuließ. Es war offensichtlich, dass er sich die grobe Behandlung nicht noch viel länger gefallen lassen würde.

»Ganz ruhig, Hauptmann«, sagte Alessa und richtete sich gerade auf. »Er gehört zu mir.« Genau genommen stand *sie* an der Spitze des Militärs, und er hätte gut daran getan, sich seiner Position zu besinnen. »Ich habe das Recht, mir meinen eigenen persönlichen Leibwächter auszusuchen, und mich für ihn entschieden.«

Hauptmann Papatonis sah in diesem Moment so zutiefst gekränkt aus, wie sie es noch nie zuvor bei jemandem erlebt hatte. Vielleicht war es nicht fair, wegen eines einzigen Verräters allen Wachen zu misstrauen, aber das alles war schon zu weit vorangeschritten.

Das Gesicht des älteren Mannes verriet, dass in seinem Innern eine wütende Auseinandersetzung stattfand, ehe er Dante losließ und beiseitetrat.

Dante starrte sie düster an, zupfte grob seine Kleidung zurecht.

»Bei allem gebotenen Respekt, Finestra.« Der ältere Mann verschluckte fast die Hälfte ihres Titels. »Wissen Signora Renata und Signor Miyamoto darüber Bescheid?«

»Natürlich.«

Hauptmann Papatonis straffte sich. »Er kann hier nicht einfach herumlaufen, so wie er aussieht.«

»Dann sorgt dafür, dass etwas Angemesseneres nach oben geschickt wird, Hauptmann.«

Trotz seines Barts und seiner dunklen Haut konnte Alessa erkennen, dass der Hauptmann errötete, ehe er knapp salutierte und davonstürmte.

Alessas zögerndes Lächeln führte nur dazu, dass Dante noch finsterer dreinblickte.

Als sie ihre Suite erreichten, fiel ihr der Schlüssel aus der Hand, und sie tastete herum, um ihn aufzuheben. Als sie ihn hatte, bekam sie ihn nicht mehr aus dem Schloss.

»Braucht Ihr Hilfe?«, fragte Dante.

»Nein.« Sie zerrte an dem Schlüssel und riss ihn dann mit einem Ruck heraus, wodurch sie rückwärts und gegen eine Wand aus Muskeln stolperte. Sie machte einen Satz nach vorn, griff nach dem Türknauf und drehte ihn ruckartig.

»Sieht so aus, als hättet Ihr doch welche gebraucht.«

Was sollte sie dazu sagen? Dass er sie nervös machte? Dass sie von dem Zwischenfall mit dem Hauptmann immer noch durcheinander war? Dass sie an einem einzigen Tag mehr Regeln gebrochen und Lügen erzählt hatte als in den fünf Jahren zuvor und sie nicht recht wusste, ob sie deshalb entsetzt oder begeistert sein sollte?

Sobald die Tür hinter ihnen zugefallen war, schloss Dante sie ab und beäugte die metallenen Klammern auf beiden Seiten des Türrahmens. »Die sind für eine Sperre gedacht. Wo ist sie?«

»Das weiß ich nicht.«

Er schnappte sich einen Sonnenschirm mit Spitze aus einem Schirmständer und schob ihn mit finsterer Miene zwischen die Befestigungen. »Ich werde etwas Besseres finden.«

Alessa starrte ihn an, als er ihre Suite wie ein gefangenes Tier abschritt.

»Was tust du da?«, fragte sie schließlich.

»Ich mache mich mit der Sicherheitslage vertraut.«

Sie hatte nicht viel Ahnung, was die Pflichten eines Leibwächters betraf – abgesehen davon, dass »vor der Tür stehen und ein grimmiges Gesicht machen« dazu gehörte, wofür er bestens geeignet schien. Sie biss sich daher auf die Zunge, als Dante alles untersuchte, was sie besaß.

Es war nicht *allzu* unangenehm, ihm dabei zuzusehen, wie er den Hauptbereich inspizierte, in dem sich eine gemütliche Sitzecke und eine kleine Küchenzeile mit einem Bistrotisch und Schränken mit Glastüren befanden. Allerdings begann sie, sich innerlich zu winden, als er ihren begehbaren Kleiderschrank und ihr Badezimmer betrat und einen Blick hinter den Paravent warf, der den Schlafbereich verbarg.

Schließlich zog er die Balkontüren auf, schritt nach draußen und lehnte sich über die Brüstung. Einen Moment lang bewunderte sie ihn einfach nur von hinten, weshalb ihr auch erst klar wurde, dass er im Begriff war, ein Stück Schönheit zu zerstören, als es bereits zu spät war. Ohne sich um die orangefarbenen und weißen Rosen zu kümmern, die sich daran emporrankten, packte er das Spalier und riss so lange daran, bis es sich mit etwas losem Gestein aus der Verankerung zu lösen begann.

»He«, sagte Alessa und rannte auf den Balkon. »Diese Rosen sind von der ersten Finestra gepflanzt worden.«

»Dann sind sie widerstandsfähig genug«, versetzte er und biss sich auf die Lippen, »um das hier zu überleben.« Ein letzter Ruck, und das Spalier löste sich endgültig mit einem kreischenden Geräusch von der Mauer und landete scheppernd unten auf den Pflastersteinen.

Zwei Wachen kamen um die Seite des Gebäudes herum gerannt, blickten erst das zerbrochene Spalier auf dem Boden an und schauten dann zu ihr hoch.

»Alles in Ordnung, Finestra?«

Sie winkte ihnen kurz zu. »Eine plötzliche Windböe!«

Während Dante im Zimmer herumspazierte, saß sie auf dem Rand ihres Betts, um die Stiefel auszuziehen, und fluchte leise, als ihr die Schnürsenkel durch die immer noch in Handschuhen steckenden Finger glitten. Sie hörte nicht, dass er näher kam, deshalb wäre sie beinahe vom Bett gefallen, als er sich dicht neben ihr räusperte.

»Habt Ihr Probleme?«

Alessa gab sich Mühe, ruhiger zu atmen. »Wenn man Handschuhe trägt, ist alles viel schwieriger.«

»Dann zieht sie aus.«

Er stützte sich auf ihrem Bett ab und warf einen Blick darunter; seine langen Finger gruben sich in die weiche Bettdecke.

Sie sprang auf, als hätte sie sich verbrannt.

Zufrieden, dass sich niemand unter dem Bett versteckte, öffnete er die kleine Tür in der Ecke und starrte in die Dunkelheit dahinter. »Wohin geht es hier?«

»Die Treppe führt zu den Salzbädern.«

Er sah sie ungläubig an.

»Nicht zu den *öffentlichen* Bädern. Die Cittadella hat ihre eigenen, und der einzige andere Zugang führt durch die Fonte-Suite. Die momentan leer ist. Logischerweise.«

Er starrte die Tür zu den Bädern düster an, als würde sie ihn höchstpersönlich kränken, ehe er ein letztes Mal durch das Zimmer schritt und sich umsah. Als er am Tisch vorbeikam, blieb er stehen und nahm einen großen Umschlag mit Prägung auf.

»Für Euch.« Er hielt ihn ihr eine Sekunde lang hin, bis ihm klar wurde, dass sie nicht vorhatte, ihn zu nehmen, und er ihn wieder auf den Tisch warf.

Sie hatte gewusst, dass der Brief kommen würde, aber als sie ihn jetzt sah, stockte ihr der Atem.

Alessa wollte ihn nicht lesen, während Dante sie beobachtete, aber der Brief ließ ihr keine Ruhe, wie ein dauerhaftes Summen in den Ohren. Also hob sie ihn auf und drehte ihn ein paarmal hin und her, ehe sie das Siegel brach und den blumigen Text überflog. Nachdem sie fertig war, zerknüllte sie das Papier in ihrer Faust, bis die scharfen Kanten sie durch die dünnen Handschuhe hindurch in die Handfläche piksten.

Dante betrachtete das misshandelte Papier, das sie immer noch in der Faust hielt. »Ein Liebesbrief?«

»Eine Vorladung.« Alessa warf das Papierknäuel in den Abfalleimer. »Morgen tritt der Consiglio zusammen.«

Er zog die Augenbrauen hoch. »Das ging schnell.«

»Sehr schnell.« Sie schluckte hart. »Ich dachte, ich hätte noch ein paar Tage mehr, aber es scheint, als würde die nächste arme Seele morgen Abend gefesselt und geliefert werden.«

Dante wandte sich ihrem Buchregal zu, strich mit einer Hand über die ledernen Buchrücken, als wären die Bände kostbar oder möglicherweise gefährlich.

»Normalerweise stehen meine Wachen nachts draußen vor

der Tür«, sagte sie, während sie auf den Paravent zuging. »Aber du kannst einen Stuhl mitnehmen, wenn du es bequemer haben willst.«

Während er einen verblassten Buchrücken musterte, gestikulierte er in Richtung des Sofas. »Ich werde da schlafen.«

Alessa unterdrückte ein Gähnen. »Nein, das wirst du nicht.«

»Ich bin nicht in eine Burg gekommen, um auf einem Stuhl zu schlafen.«

»Dann trag die Kissen in den Korridor. Du kannst nicht hier drin schlafen.«

»Warum nicht?«

»Das hier sind *meine* Räume.« Es war ihre Zuflucht, in der sie ihre äußeren Schichten ablegte und sich nicht darum sorgen musste, dass sie mit jeder Bewegung jemanden verletzen konnte. Aber das konnte sie nicht sagen. Sie weigerte sich, ihren Schmerz einem ungehobelten Fremden zu offenbaren.

Dante verschränkte die Arme, was dazu führte, dass sich das Leinengewebe seines Hemds über seinem Bizeps spannte. »Wie ist der Kerl hier reingekommen, der versucht hat, Euch zu töten?«

Sie blinzelte. »Durch die Tür?«

»Oder über den Balkon.«

»Du glaubst, er ist an einem vierstöckigen Gebäude hochgeklettert?«

»Da war ein Spalier.«

»Das jetzt – nachdem du dich so feinfühlig darum gekümmert hast – nicht mehr da ist. Ich kann keinen *Mann* in meinen Räumen haben. Es gibt Regeln.«

»Ihr seid die Finestra. Wenn Ihr die Regeln nicht ändern könnt, wer dann?«

»Du verstehst nicht, was meine Position bedeutet.«

»Und Ihr versteht nicht, wie Leibwächter arbeiten. Seht Ihr, *ich*« – er deutete auf sich – »beschütze *Euren*« – jetzt deutete er auf sie, malte Kurven in die Luft – »*Körper.*«

Sie glitt halb hinter den Paravent. »*Du* arbeitest für *mich*. Ich gebe die Befehle.«

»Ich mache keine halben Sachen. Wenn Ihr wollt, dass ich Euch bewache, werde ich das auf meine Weise tun.«

Wenn sie die Balkontüren schließen musste, um ihn dazu zu bringen, sich in den Korridor zurückzuziehen, würde sie sich in dem heißen, stickigen Raum die ganze Nacht im Bett herumwälzen, begleitet von Visionen von in Lederhandschuhen steckenden Händen, die ihr die Kehle zudrückten. »Na schön. Aber ich habe bereits drei Menschen getötet, und wenn du versuchst, dich an mich anzuschleichen, während ich schlafe, wirst du der vierte sein.«

Dante zog die Schuhe aus. »Gleichfalls.«

Sie sah ihn aus zusammengekniffenen Augen an. Wollte er damit sagen, dass er drei Menschen getötet hatte? Dass er sie töten würde, wenn sie sich an ihn anschlich? Oder beides?

Den Blick auf sie gerichtet, als wüsste er ganz genau, was sie dachte, machte Dante sich daran, das Hemd aufzuknöpfen. Sie flüchtete in panischer Hast, bevor sie sich noch mehr zur Närrin machen konnte.

Wie sollte sie sich entspannen, wenn sie nichts als ein halb durchsichtiger Paravent von einem halb nackten Fremden trennte?

»*Dea*«, keuchte sie. Er hatte doch wohl nicht vor, sich *ganz* auszuziehen.

Immer noch damit beschäftigt, seine Warnung zu entschlüsseln, lenkte Alessa ihre Gedanken entschlossen weg von dem kurzen Blick auf ein Stück Haut, das sich ihr nun ins Gedächtnis gebrannt hatte, und zog das weiteste Nachthemd an, das sie besaß.

Er war ein Krimineller. Möglicherweise war er schon dabei, ihre Wertsachen zusammenzuraffen, oder er wartete, bis sie eingeschlafen war, um ihr den Schädel einzuschlagen. Sie hätte einfach den Mund halten sollen, als ihr in der Gasse klar geworden war, dass er nicht der Held war, für den sie ihn gehalten hatte.

Das alles war lächerlich.

Sie trat um den Paravent, ein entschlossenes »Raus hier« auf den Lippen, aber er war nicht mehr da.

Die Tür zum Korridor war geschlossen. Im Badezimmer war es dunkel. Ein sorgfältig zusammengelegtes Hemd am Ende des Tischs war der einzige Hinweis, dass er überhaupt da gewesen war.

Ihr Blick huschte in alle Ecken, dann zur Decke, als hätte er wegfliegen können. In ihrem Nacken prickelte etwas Warmes, und sie wirbelte herum, aber es war niemand da.

Der Wind drehte sich und trug die Gerüche von Saverio ins Zimmer.

Der Balkon.

Dante stand direkt vor den Türen; die Hose hing tief über seinen schmalen Hüften, die Messer steckten in den beiden Scheiden. Seine Daumen tasteten zu den Griffen der Klingen, glitten dann wieder weg, und das Ganze wiederholte sich mehrmals, als wollte er sich immer wieder vergewissern, dass sie nicht verschwunden waren. Die breiten Schultern und der muskulöse Rücken, die im Käfig während des Kampfes so golden und lebendig ausgesehen hatten, wirkten im Mondlicht wie versilberter Marmor.

Er hätte das Meisterwerk eines Bildhauers sein können: *Mann auf dem Balkon.*

Irgendwo in der Ferne erklang ein Geräusch, und er spannte die Muskeln an. *Mann auf dem Balkon, bereit zum Kampf.*

Langsam, ganz langsam senkten sich seine Schultern, und seine zu Fäusten geballten Hände öffneten sich. Seine Brust hob sich, als hätte er sich selbst befohlen, sich nach und nach zu entspannen. Er machte einen Schritt nach vorn und verharrte dann mit einem leichten Kopfschütteln, als würde er dem offenen Himmel vor ihm nicht trauen oder fürchtete, dass die Freiheit eine Falle war. Er rieb sich den Nacken und drehte sich um, warf über die Schulter einen Blick über die Stadt hinter ihm.

Alessa lief weg, bevor er zu dem *Mann auf dem Balkon, der dich beim Glotzen erwischt hat* wurde.

Er hatte in der Vorratskammer einer Kneipe auf dem Boden geschlafen. Sie konnte ihm eine ordentliche Nachtruhe zugestehen. Ganz offensichtlich hatte er mit seinen eigenen Dämonen zu kämpfen, und sie war keiner davon.

Außerdem ging es ja nur um eine Nacht.

12

Anche in paradiso non è bello essere soli.
Es gibt keine größere Folter, als im Paradies allein zu sein.

Alessa lag in einem Sarg.

Nicht tot. Noch nicht.

Adrenalin strömte scharf und sauer durch ihre Adern, als die eingeatmete Luft verbraucht war.

Sie erwachte mit einem Schreck und schlug wild um sich. Ihre Finger krümmten sich zu Klauen und griffen in etwas Warmes und Festes.

Ein zischender Atemzug. In dem kraftlosen Licht vor Anbruch der Dämmerung hielt Dante seinen Arm fest.

»Was machst du da?« Alessa riss die Decken bis zum Kinn hoch. »Ich habe dir doch gesagt, dass du mir nicht zu nahe kommen sollst!«

Er verzog das Gesicht und schüttelte die Hand, als hätte er sich verbrüht. »Ihr hattet einen Albtraum. Ich dachte, Ihr würdet Euch verletzen.«

»Dann hättest du mich das tun lassen sollen.« Ihre Worte, die denen von Lorenzo so ähnlich waren, trafen sie wie ein Schlag. »Tu das niemals wieder.«

Er warf ihr einen düsteren Blick zu. »Glaubt mir, das werde ich auch nicht.«

An der Tür ertönte ein scharfes Klopfen. Mit einer Handbewegung bedeutete Dante ihr zu bleiben, wo sie war, und ging um den Paravent herum. Trotz seines anfänglichen Widerwillens nahm er seine Aufgabe ernst. *Zu* ernst.

Alessa zog sich etwas an und folgte ihm.

Er hatte einen Kleiderstapel in den Armen und starrte die Tür an. »Sie ist weggerannt. Die Zofe oder wer auch immer das war.«

»Kannst du ihr das verdenken?«, fragte Alessa unschuldig. »Du bist ein bisschen einschüchternd. Du solltest öfter lächeln.«

Der Blick, mit dem er sie ansah, sprach Bände.

»Falls es dir hilft, dich besser zu fühlen – vor mir laufen sie auch weg.« Sie deutete auf das Badezimmer. »Da drin kannst du dich waschen.«

In Dante schien Zorn aufzuwallen, aber dann schlich er davon.

Sie hatte gar nicht andeuten wollen, dass er *grundsätzlich* schmutzig war, aber da jeder Versuch, das klarzustellen, alles nur noch schlimmer gemacht hätte, biss sie sich auf die Zunge und schwieg. Es war sein Problem, wenn er beschlossen hatte, ihr jede einfach so dahingesagte Kleinigkeit übel zu nehmen. Sie vergrub ihr Gesicht in einem Kissen, verkniff es sich jedoch hineinzuschreien.

Als sie endlich die Energie aufbringen konnte, dem Tag entgegenzutreten, wanderten die ersten Lichtfinger der Morgendämmerung über den Fußboden. Vermutlich warteten die Mitglieder des Consiglio bereits unten darauf, dass sie ihnen ihre Entscheidung überbrachte, so dass sie ihren nächsten Fonte kommen lassen konnten. Allerdings hatte sie immer noch keine Ahnung, für wen sie sich entscheiden sollte. Sie würde ihnen eine Liste mit den Namen derjenigen Kandidaten geben, die sie ausschloss, und ihnen die Entscheidung überlassen. Das war feige, aber zumindest würde sie ein Feigling sein, der nicht dafür verantwortlich war, erneut die falsche Entscheidung getroffen zu haben.

Ein paar Minuten später tauchte Dante wieder aus dem Badezimmer auf; er trug jetzt ein frisches weißes Hemd und eine Hose des Militärs. Sie war ein bisschen eng, aber der Hauptmann hatte seine Größe gut eingeschätzt, und sie wollte sich keineswegs darüber beklagen, wie sich der Stoff an seinen Körper schmiegte. Allerdings konnte sie nicht vorhersagen, ob Hauptmann Papatonis mit Dantes Aussehen zufrieden sein würde. Die Ärmel waren bis zum Ellbogen hochgekrempelt, der oberste Hemdknopf geöffnet und die Lederhandschuhe hatte er sich in die Tasche geschoben. Während er damit für sie beunruhigend attraktiv war, sah er nach den Maßstäben der Cittadella kaum seriös aus.

Sie schenkte ihm ein höfliches Lächeln. »Schon besser.«

Dante machte ein finsteres Gesicht, als hätte sie ihn erneut beleidigt.

Sie ging jetzt selbst ins Badezimmer, in dem es ziemlich feucht war. An sämtlichen Haken und Stangen hingen Kleidungsstücke – Dessous, die sie von Hand gewaschen und zum Trocknen aufgehängt hatte. Aber es waren keine schönen, seidenen Teile, sondern ihre praktische, für den alltäglichen Gebrauch bestimmte Unterwäsche.

Gut gemacht, Alessa.

Nachdem er inmitten ihrer langweiligsten Unterwäsche gebadet hatte, konnte er wohl kaum noch von ihrer arroganten Finestra-Haftigkeit beeindruckt sein. Sie nahm alles ab und stopfte es in eine Schublade.

Die Anspannung machte sie blasser als üblich. Ihre Augen waren übermäßig groß, und ihre Haare hingen in schlaffen Strähnen herab und nicht in den üblichen wippenden Wellen, die sich an feuchten Tagen richtig lockten. Sie sah so gar nicht nach einer heldenhaften Retterin aus, was sich zwar irgendwie richtig anfühlte, aber trotzdem nicht hinnehmbar war.

Sich zu waschen war ein Anfang, aber Dante befand sich gleich auf der anderen Seite einer Tür, die kein Schloss hatte. Wenn er sie aus irgendeinem Grund öffnete, würde sie vollkommen nackt dastehen. Er konnte sie zwar nicht berühren, weder ohne noch mit ihrer Einwilligung, aber *trotzdem. Er würde sie sehen.*

Sie schnitt ihrem Spiegelbild eine Grimasse. Nicht dass er ein Interesse daran haben würde, so etwas zu tun.

Nachdem sie gebadet hatte, kramte sie in ihren Schminkutensilien herum. Der heutige Tag verlangte extreme Maßnahmen, weshalb sie auf die Lippen durchsichtigen Gloss auftrug, ehe sie schwarze Tusche auf ihre Lider strich und verwischte, sodass sie schließlich wie ein Racheengel aussah. Angesichts von so viel Rauch und Schatten würde nichts auf ihre Schwäche hindeuten. Dabei sollte dieses Aussehen eigentlich niemanden beeindrucken, sondern vielmehr ihr selbst Mut machen.

Nachdem sie mit ihrem Gesicht fertig war, begann sie, die blauen Flecken an ihrem Hals mit Creme und getöntem Puder abzudecken, aber es tat weh, mit den Fingern darüberzustreichen.

Immerhin war das traditionelle weiße Gewand, das sie gewöhnlich bei Treffen mit dem Consiglio trug, weit und fließend genug, dass sie es über ihrer Übungskleidung tragen konnte. Sie würde vor ihrer täglichen Übungsstunde also nicht extra nach oben gehen müssen, um sich umzuziehen.

Für Renata war Kampftraining Stressabbau. Für Alessa war es staatlich geduldete Folter. Schon allein sich anzuziehen, machte sie benommen vor Schmerz; wenn sie ein

Schwert hochheben musste, würde sie womöglich zusammenbrechen.

Der tiefe Ausschnitt ihres Oberteils rutschte ihr von den Schultern, als sie versuchte, den letzten Samtknopf im Nacken durch eine Schlaufe zu schieben, die absichtlich zu klein zu sein schien, und ihr entschlüpfte ein abgehacktes, schmerzhaftes Schluchzen.

»Seid Ihr in Ordnung?«, kam Dantes Stimme von draußen.

Es war eine Sache, in einer Gasse vor einem Fremden zu weinen, aber jetzt waren sie in der Cittadella, und sie war die Finestra. Oder zumindest versuchte sie, eine zu sein.

»Es geht mir gut.« Ihre Stimme brach. Verräterin.

»Ihr klingt nicht so, als würde es Euch gut gehen.«

»Du bist mein Leibwächter, nicht mein Kindermädchen.«

Daraufhin trat eine längere Pause ein, dann waren Schritte und das Geräusch von Stuhlbeinen zu hören, die über den Fußboden gezogen wurden.

Sie nahm ein Band auf und zuckte zusammen, als die kleine Bewegung einen schmerzhaften Stich durch ihr Schlüsselbein schickte. Was stimmte mit ihr nicht? Hatte sie verlernt, Freundlichkeit anzunehmen?

Sie hatte gedacht, sie hätte jede Form von Einsamkeit gekostet, aber diese hier war neu. Sie hätte sich *weniger* einsam fühlen sollen, nicht *noch* einsamer. Aber so wie eine Flamme in der Dunkelheit heller wirkt, schmerzte ihre Isolation angesichts der Anwesenheit eines Fremden in Räumen, die normalerweise leer blieben, nur noch mehr.

Sie biss die Zähne zusammen und arbeitete an ihren Haaren, bis ein langer Zopf über ihrem Rücken hing. Bevor sie ihn zusammenbinden konnte, löste er sich jedoch wieder. Zur Hölle mit der Tradition. Der Consiglio konnte damit klarkommen, dass sie die Haare offen trug.

Sie verließ das Badezimmer, achtete dabei darauf, dass es nicht so aussah, als würde sie sich absichtlich in Pose werfen, als sie ihre Haltung beiläufig ausrichtete.

Dante saß mit ausdruckslosem Gesicht am Tisch und ließ ein Messer durch die Luft wirbeln, wieder und immer wieder und so schnell, dass die Klinge nur noch ein verschwommener silberner Streifen war.

Angesichts ihrer Verwandlung zog er die Augenbrauen hoch.

»Es tut mir leid«, sagte sie. »Ich wollte nicht so gereizt reagieren. Manche Dinge tun immer noch weh.«

Dante fing das Messer auf und stellte es auf der Spitze ab. Als er die Hand wegnahm, blieb es perfekt ausbalanciert stehen. »Ich könnte Euch helfen.«

»Nein, das kannst du nicht.« Nur die Götter wussten, ob es jemanden gab, der ihr helfen konnte, aber er war es sicher nicht.

Alessa begann ihre Handschuhe anzuziehen, und hielt kurz inne, um einen verdrehten Finger zurechtzuzupfen. »Behalte immer das Armband um, besonders dann, wenn du nicht bei mir bist.«

»Warum sollte ich nicht bei Euch sein?«

»Wenn ich bei meinen Mentoren bin, werde ich keinen Schutz brauchen.«

Dante klemmte sich das eine Ende des Armbands zwischen die Zähne, um es um seinen Bizeps zu binden. Sprechen konnte er trotzdem. »Traut Ihr ihnen?«

Tat sie das? Als sie aus der Stadt geflohen war und einen Fremden gebeten hatte, sie zu beschützen, hatte sie ihnen nicht getraut.

»Natürlich«, sagte sie und war sich nur zu bewusst, dass sie für ihre Antwort viel zu lange gebraucht hatte.

Er nahm einen Apfel aus der Obstschale und wischte ihn an seinem Hemd ab. Seine Miene war undurchdringlich. »Habt Ihr sonst noch irgendwas zu essen hier?«

Alessa biss sich auf die Lippe. Sie machte sich nicht viel aus dem Frühstück, ging normalerweise morgens nur kurz für einen Espresso und einen Biscotto in die Küche. »Es sind noch Brot und Käse da. Ich könnte etwas Gehaltvolleres bringen lassen, wenn du lieber –«

»Nein. Das ist gut.« Er sah sie finster an, als hätte sie ihm angeboten, ihn zu schlagen, und nicht, ihm etwas zu essen zu besorgen. *Mürrisch, mürrisch.*

Dante klapperte in der Küchenzeile herum, machte Schränke auf und zu, als würde er schon seit Jahren hier leben. Obwohl er ein Fremder, ein Eindringling und Gezeichneter war, hatte er keine Probleme damit, sich zu behaupten und Raum einzunehmen. Was die meisten Menschen eher nicht taten, wenn sie so darüber nachdachte. Manche Leute traten beiseite, andere wichen nicht von der Stelle, als hätten sie jedes Recht zu existieren.

Vielleicht verdiente auch sie es, ein bisschen Raum zu beanspruchen, nicht aufgrund ihres Titels oder weil sie etwas dafür getan hatte. Sondern einfach so.

Das sollte sich nicht wie eine Offenbarung anfühlen.

Dantes Messer klickte, als er sich auf dem Teller eine Scheibe Käse abschnitt, dann hörte sie Brot knuspern. Die Geräusche waren beruhigend, aber nach so vielen in Stille verbrachten Mahlzeiten auch ein wenig verwirrend.

»So«, sagte Dante schließlich mit der Miene von jemandem, der dabei war, einen Zahn zu ziehen. »Wann habt Ihr das letzte Mal jemanden auf nichtmörderische Weise berührt?«

»Mit *Mord* hat das nichts zu tun. Und ich weiß es nicht.«

Er sah sie skeptisch an.

Sie holte sich ein Glas Wasser und ließ sich mit einem langen Seufzer auf den Platz gegenüber von ihm sinken. »Vier Jahre, zehn Monate … und ein paar Wochen.«

»Wer zählt schon mit, was?« Er schob den Teller in die Mitte des Tischs. »Was habt Ihr dieses Mal für einen Plan?«

Alessa nahm sich eine papierdünne Scheibe Parmesan, der auf ihrer Zunge förmlich schmolz und ihr ein einzigartiges Geschmackserlebnis bescherte. »Beten?«

»Das ist kein Plan.«

Und es war auch nicht die Wahrheit. Sie hatte seit Jahren nicht mehr gebetet. Seit die Götter ihr das erste Mal den Rücken gekehrt und zugelassen hatten, dass Emer starb. Oh, sie sagte die Worte, kniete im Tempel und richtete den Blick gen Himmel. Manchmal sprach sie sogar zu ihnen. Aber sie *betete* nicht. Beten bedeutete, die Seele wie eine offene Hand auszustrecken und darauf zu vertrauen, dass irgendein unsichtbarer Empfänger sie ergreifen würde. Doch wenn sie die Hand ausstreckte, starb das, was sie berührte.

Nein, sie betete nicht.

»Saverio zu retten ist nicht so, wie … eine neue Lösungsmethode für mathematische Probleme zu finden«, sagte sie.

»Gibt es verschiedene Methoden?«

»Ob du's glaubst oder nicht – ja. Meine Lehrer waren nicht begeistert, wenn ich auf die richtigen Antworten gekommen war, doch den Weg dorthin nicht erklären konnte – aber ich hatte tatsächlich immer die richtigen Antworten. Dies hier ist allerdings keine schriftliche Division, und mein *Plan* ist der gleiche wie der, den alle Finestras vor mir hatten.« Sie hob ihr Glas.

An seinen Lippen zupfte ein Lächeln. »Und funktioniert das für Euch?«

Ein unpassendes Lachen brach aus ihr heraus, und Wasser schwappte aus dem Glas. »Offensichtlich nicht besonders gut, denn sonst würde jetzt mein Fonte hier vor mir sitzen und nicht du.« Sie fuhr mit den Fingern durch das verschüttete Wasser, formte kleine Flüsse, die schneller austrockneten, als sie neue erschaffen konnte.

»Dann solltet Ihr vielleicht etwas anderes versuchen.«

»Was für ein *wundervoller* Vorschlag. Vielen Dank auch.«

»Ihr glaubt, dass es dieses Mal funktionieren wird?«

»Das muss es.«

»Was nicht bedeutet, dass es so sein wird.« Er wirkte vollkommen sachlich und gar nicht so, als würde er ihr die Möglichkeit entgegenschleudern, dass Saverio ausgelöscht werden könnte, während sie kurz davor stand, eine Entscheidung über Leben und Tod treffen zu müssen.

»Danke für deinen Vertrauensbeweis.« Sie presste die Lippen zusammen, atmete durch die Nase ein. »Ich habe Vertrauen.«

»In was?«

»In … die Götter?« Gottgewollten Kriegerinnen und Kriegern war es nicht gestattet zu zweifeln.

»Wenn Ihr darauf wartet, dass die Götter Euch retten, seid Ihr dem Untergang geweiht.«

»Das ist Blasphemie«, sagte sie, war aber nicht in der Lage, die Worte so klingen zu lassen, als würde sie es auch so empfinden.

»Dann tötet mich. Niemand wird mich vermissen.«

Sie sah ihn lange an. »Das möchte ich lieber nicht tun. Ich mag diesen Teppich, und es wäre wirklich mühsam, dein Blut aus ihm rauszukriegen.«

Der Hauch eines Lächelns ließ seine Gesichtszüge weicher werden. »Ihr seid ein merkwürdiges Mädchen.«

»Ich bin kein Mädchen. Ich bin eine Finestra.«

Als sie um die letzte Biegung der Treppe kam, hörte sie aus dem Vorzimmer vor dem Tempel die Stimmen von Renata und Tomo, und ihr Herz machte einen Satz.

Sie widersetzte sich ihnen nie. Und auch sonst niemandem. Andere Menschen wiesen die Richtung, und sie folgte ihnen. Ohne Ausnahme. Sie wusste noch nicht einmal, wie sie mit ihnen diskutieren sollte, ganz zu schweigen davon, wie sie einen solchen Disput gewinnen konnte.

Eigentlich hätten Tomo und Renata jetzt nur noch zu ihrer Unterstützung da sein sollen, um ihr und ihrem Fonte gelegentlich einen Rat zu geben. Aber da Alessa immer noch allein war und das Militär eher Angst als Respekt vor ihr hatte, übernahmen sie mehr Verantwortung als üblich. Alessas Schuldgefühle sorgten dafür, dass sie alles tat, um nicht ein noch größeres Ärgernis zu sein, als sie es ohnehin schon war.

Damit war jetzt Schluss.

»Finestra?«, rief Tomo.

»Ich komme gleich.« Sie schloss das Tor im Zeitlupentempo auf.

Sie konnte Dante ein paar Münzen geben und ihn zum nächsten Ausgang schicken. Tomo und Renata hätten davon niemals etwas mitbekommen, und alles wäre so, wie es zuvor gewesen war.

Als eine Frau ihr einen Dolch an den Kopf geworfen hatte.

Als Tomo und Renata beiläufig darüber diskutiert hatten, sie umzubringen.

Als ein Mann versucht hatte, sie zu töten. Ein Mann, der vielleicht in genau diesem Augenblick durch die Korridore der Cittadella schritt.

Sie konnte Dante wegschicken und ihr Schicksal akzeptieren … oder sie konnte Zeit schinden.

»Schließ hinter mir ab, und dann geh«, flüsterte sie und warf ihm den Schlüssel zu.

Dante fing ihn mit einer Hand. »Wohin?«

»Wohin du willst. Behalte einfach das Armband um.« Sie machte eine Bewegung, als wollte sie ihn verscheuchen, doch er neigte nur den Kopf wie ein verwirrter Hund. Sie hatte angenommen, dass sein Spitzname Wolf als Kompliment gedacht war, aber vielleicht stimmte das gar nicht. »Wir treffen uns oben, wenn ich hier unten fertig bin.«

»Und was soll ich bis dahin tun?«

»Das weiß ich nicht. Was du willst.« Sie hatte keine Ahnung, was Wachen taten oder nicht taten. Sie war wütend auf sie, wenn sie vor ihr davonliefen, dachte ansonsten aber nur selten über sie nach. Die vielen Dutzend Menschen, die jeden Tag in den unteren Stockwerken herummarschierten, kamen ihr kaum jemals in den Sinn. Eine unangenehme Erkenntnis für jemanden wie sie, die es selbst hasste, sich unsichtbar zu fühlen.

»Freunde dich mit den anderen Wachen an oder so was«, sagte sie.

Er kräuselte verächtlich die Lippen. »Ich werde ein bisschen rumschnüffeln und herauszufinden versuchen, auf wen man achten sollte.«

»Gute Idee.« Bei der Erinnerung an schwere Stiefel und unerbittliche Hände krampfte sich ihr Magen zusammen.

»Der Consiglio *wartet*, Finestra«, rief Renata. »Ich hoffe, du hast eine Entscheidung getroffen.«

Wenn Ihr die Regeln nicht ändern könnt, wer dann?

»Das habe ich«, sagte sie, und dann, lauter: »Ich *habe* eine Entscheidung getroffen.« Sie hoffte, dass Tomo und Renata das Zittern in ihrer Stimme nicht gehört hatten.

Dante starrte sie so durchdringend an, dass sie fürchtete, er könnte glatt durch sie hindurchsehen.

13

L'occasione fa l'uomo ladro.
Gelegenheit macht Diebe.

»Wir haben uns heute hier versammelt, um die heilige Partnerschaft zu bestimmen und den heiligen Kreis zu vervollständi-
gen ...« Padre Calabrese war jemand, der den ganzen Tag lang
sprechen würde, wenn man ihn ließ.

Im Tempel herrschte eine weniger feierliche Atmosphäre,
und er war auch nicht so überfüllt wie bei Hugos Begräbnis,
aber Alessa kniete wieder vor dem Altar. Die anderen Ratsmitglieder sahen sie von oben herab an, während sie sich verbeugte, als wäre sie eine Bittstellerin und nicht eine Retterin.

Noch nie hatte sie gereizt auf die tief in ihren Gesichtern
eingegrabene Herablassung reagiert, aber jetzt war sie es leid,
ehrerbietig zu sein und sich klein und falsch und zerbrochen
zu fühlen. Was immer in den kommenden Wochen geschehen würde – sie würde es nicht besiegen, wenn sie sich klein
machte.

»Ich möchte gerne etwas mitteilen«, sagte Alessa, und ihr
Herz begann doppelt so schnell zu schlagen als sonst.

Hinter dem Rücken des Padre tauschten Renata und Tomo
verstohlen Blicke aus.

Alessa holte tief Luft. »Ich würde gerne mit *allen* wählbaren
Fontes trainieren.«

Padre Calabrese schüttelte den Kopf. »Die Tradition verlangt eine Heirat, ehe eine Finestra irgendjemanden berühren kann.«

»Bei allem gebührenden Respekt, aber die Tradition ist mit Emer Goderick gestorben.« Es schmerzte so sehr, seinen Namen auszusprechen, dass sie fast keine Luft bekam. »Wir haben uns damals angepasst, und wir können es wieder tun. Immerhin hätte jene Verbindung ein Leben lang halten sollen, und doch hatten die Götter ganz offensichtlich andere Pläne. Die Erste Warnung könnte jeden Moment kommen. Wir haben keine Zeit mehr für Rituale und Regeln.«

Tomo rutschte auf seinem Platz hin und her; ihm war nicht anzusehen, ob sein Schweigen Zustimmung oder Ablehnung bedeutete.

»Wenn sie mit allen trainiert«, sagte Renata, »werden wir vielleicht feststellen, wer ihrer Gabe widerstehen kann, *bevor* sie eine Entscheidung trifft, und können so eine weitere Tragödie vermeiden.«

»Nein, nein, nein.« Calabrese wedelte mit den Händen, als könnte er so den Vorschlag abwehren. »Die Menschen sind bereits unruhig; sie können mit plötzlichen Änderungen unserer geheiligtsten Traditionen nicht umgehen.«

»Die Traditionen werden uns nicht vor den Scarabei retten«, sagte Alessa.

»Die Menschen sind unruhig, Padre«, stimmte Renata ihm zu. »Und ein weiterer toter Fonte könnte das Streichholz sein, das den Flächenbrand entfacht.«

»Wir können die Traditionen nicht abschaffen –«

»Wir werden nichts *abschaffen*«, sagte Alessa und legte die Hände aneinander, als wollte sie beten. »Wir ändern lediglich die Reihenfolge der Geschehnisse ein wenig.«

»Die Menschen brauchen es nicht zu erfahren«, wandte Renata ein. »Wir können allen erzählen, dass sie ihren Fonte erwählt hat, aber aus Respekt vor ihren vorherigen Fontes nur eine nichtöffentliche Zeremonie stattfinden wird. Die große Verkündung wird es dann später geben.«

»Und wie verhindern wir, dass sie merken, dass die Fontes ihr Zuhause nicht verlassen haben – was schlagt Ihr hierfür vor?«

»Holt sie alle hierher«, sagte Alessa und gab sich Mühe, ihre Freude nicht zu zeigen. »Wir können den Leuten sagen, dass sie in sicherere Unterkünfte gebracht wurden. Oder dass sie hierbleiben, um den erwählten Fonte zu unterstützen.«

Saverios religiöse Führer und gewählte Offizielle besprachen sich flüsternd mit gesenkten Köpfen. Die Kirchenältesten wirkten nicht überzeugt, aber ein paar Politiker nickten nachdenklich.

Alessa erhob sich. »Ich weiß Eure Unterstützung zu schätzen.« Ihre Unterstützung – nicht ihre Erlaubnis. »Wie Ihr alle wisst, ist es von entscheidender Bedeutung, dass wir in dieser gefährlichen Zeit Einigkeit zeigen.«

»Einverstanden«, sagte Renata, aber in ihrem Blick lag eine klare Warnung für ihren rebellischen Schützling.

Tomo nickte. »Wir können nicht wieder und wieder den gleichen Pfad beschreiten und dann jammern, dass wir immer ans gleiche Ziel gelangen.«

»Padre Calabrese, geehrte Ratsmitglieder«, sagte Renata. »Wie immer sind wir dankbar für Eure Führung und Eure Unterstützung.«

Tomo drückte Renata einen Kuss auf den Handrücken und stand auf. »Ich werde unverzüglich mit den Vorbereitungen beginnen und die Eskorten anweisen, an den Türschwellen der betreffenden Fontes zu warten, bis sie gepackt haben und fertig sind. Im Laufe des heutigen Nachmittags werden alle hierher umgezogen sein.«

»Hervorragend, mein Lieber.« Renata lächelte ihn an. »Wollen wir dann, Finestra?«

Padre Calabrese schien einen Moment zu spät zu begreifen, dass das Blatt sich gegen ihn gewendet hatte. »Wartet. Wann wird sie ihre endgültige Entscheidung treffen?«

Renata zuckte mit den Schultern. »An Carnevale. Unsere königlichen Retter werden Seite an Seite vom Balkon der Finestra aus die Festlichkeiten eröffnen.«

Carnevale war perfekt. Zu den Vorbereitungen für jeden Divorando gehörte das Sammeln von Samen, jungen Pflanzen und Tieren. Solange jemand – *irgendwer* – überlebte und hinterher die Tore öffnen konnte, hatte Saverio eine Chance, wieder aufgebaut zu werden und von Neuem zu wachsen. Wenn all diese essenziell wichtigen Dinge hinter schweren verschlossenen Türen in den untersten Ebenen der Fortezza in Sicherheit gebracht worden waren, sollten die Menschen eine Nacht lang die Gelegenheit haben, in den schönen Kleidern, die sie nicht einpacken konnten, auf den Straßen herumzuhüpfen, sich den Bauch mit jenen Delikatessen vollzuschlagen, die zu verderblich für die Fortezza waren, und sich mit Wein und hochprozentigen Getränken zu berauschen. Carnevale war ein kollektives Verspotten der Scarabei, die Leben nehmen und die Welt kahlfressen mochten, aber diese Schokolade und diesen Wein würden sie *nicht* bekommen.

»Brillant, meine Liebe«, sagte Tomo. »Carnevale ist schließlich eine Zelebrierung der flüchtigen Freuden des Lebens, und was ist freudiger, als zu wissen, dass die Retter dafür sorgen werden, dass es weitere Freuden geben wird? Eine ruhige Zeremonie am folgenden Morgen, am Tag der Ruhe und Buße, an dem es keine Messen gibt, und der erste öffentliche Auftritt des neuen Duos kann das Segnen der Truppen am nächsten Tag sein. Perfekt.«

Padre Calabrese blinzelte, aber er hatte dem nichts entgegenzusetzen.

Alessa machte einen tiefen Knicks, und ihre offenen Haare verbargen das siegreiche Lächeln, das sich auf ihrem Gesicht ausbreitete. Sie hatte gewonnen.

Die Tempeltore hatten sich kaum hinter ihnen geschlossen, als Renata zu ihr herumwirbelte. »Wenn du das nächste Mal beschließt zu meutern, denk bitte daran, uns rechtzeitig zu informieren.«

Alessa hatte eine Medaille für den kurzlebigsten Sieg in der ganzen Geschichte verdient.

Sie erhaschte einen Blick auf einen Schatten auf dem Fußboden des Korridors und widerstand dem Reflex, sich zu entschuldigen. »Ich dachte, ihr wollt, dass ich eine Anführerin bin. Gehört dazu nicht auch, Entscheidungen zu treffen?«

»Es bedeutet nicht, dass du *uns* Informationen vorenthältst.«

»Ach so?«, sagte Alessa und senkte die Stimme. Wenn der Consiglio noch nicht über die Vorteile debattierte, die es bringen würde, sie zu töten, wollte sie ihm auch nicht die entsprechenden Ideen liefern.

Tomo runzelte die Stirn. »Was soll das heißen?«

»Glaubst du an mich, Renata?« Alessa versuchte, mit Renata Augenkontakt zu halten, aber ihre Blicke huschten immer wieder zur Tür.

»Natürlich«, sagte Renata. »Du bist die Finestra.«

»Bin ich das? Oder sollten wir mein Leben beenden und sehen, ob sich eine bessere erhebt?«

Der Gesichtsausdruck der älteren Frau änderte sich kaum, aber ein paar subtile Gedanken sorgten dafür, dass sich die Haut um ihre Augen spannte. »Ich habe dir bereits gesagt, dass du diesen lächerlichen Mann ignorieren sollst.«

»Und dennoch – *ihr* habt ihn nicht ignoriert.«

Tomo seufzte. »Renata. Sie hat uns gehört.« Es war keine Frage.

»Ja, ich habe euch gehört.« Alessa richtete ihre Worte direkt an Renata. »Ich habe auch eure Theorien gehört, und ich werfe euch nicht vor, dass ihr darüber diskutiert habt. Es ist eure Pflicht, uns auf das, was kommen wird, vorzubereiten – und das bedeutet, sämtliche Möglichkeiten gegeneinander abzuwägen, ganz egal, wie unangenehm sie auch sein mögen. Aber das nächste Mal sollte ich bei einer solchen Unterredung dabei sein.«

»Ich habe nicht *ernsthaft* darüber nachgedacht«, sagte Renata. Jedes einzelne Wort war so scharf, dass es eine blutende Wunde hätte verursachen können. »Aber Tomo und ich, wir haben eine Verantwortung gegenüber Saverio.«

»Auch ich habe eine Verantwortung gegenüber dieser Insel. Wenn ihr entscheidet, dass mein Tod der Preis ist, den wir zahlen müssen – wenn ihr wirklich glaubt, dass das unsere beste Chance ist –, werde ich eure Entscheidung akzeptieren und es selbst tun. Ich werde allerdings nicht einfach nur rumstehen und gar nichts tun, wenn ich ohne Vorwarnung angegriffen werde.«

Alessa war noch nie so dankbar für die tiefen Taschen gewesen, die ihre zitternden Hände verbargen. Sie hatte ihren Mentoren nie zuvor die Stirn geboten, aber jetzt war es an der Zeit. Sie durfte nicht mehr darauf warten, zu töten oder getötet zu werden.

Renata griff nach Tomos Arm, und sie machten kehrt, um wegzugehen, aber es stand jemand im Eingang.

Alessa hätte beinahe laut gestöhnt.

»Wer bist du?«, wollte Renata von Dante wissen.

»Jemand, der *schrecklich* darin ist, Anweisungen zu befolgen«, murmelte Alessa. Sie holte Luft, um Kraft zu sammeln. »Er ist mein neuer Leibwächter.«

Renata musterte Dante auf die Weise, wie eine Katze einen toten Vogel anstupste, um zu sehen, ob er frisch genug war, um ihn zu fressen. »Warum trägt *der da* keine Uniform?«

»*Der da*«, sagte Dante gedehnt, »*mag* keine Uniformen.«

»Und wer genau bist du?«, fragte Renata noch einmal.

Dante schenkte ihr ein kaltes Lächeln. »Ihr habt gehört, was sie gesagt hat. Ich bin ihr neuer Leibwächter.«

»Und was ist mit deinem bisherigen passiert, Finestra?«, fragte Renata. Der Titel klang wie eine Warnung.

Alessa versuchte zu sprechen, aber die Worte schienen in einem Gewölbe verschlossen zu sein. »Er ... hat seine Pflicht nicht erfüllt.«

»Was hat er *getan*?« Das wütende Aufblitzen in Renatas Augen beruhigte Alessa mehr als all die Worte zuvor.

Wenn sie erzählte, was geschehen war, würde es zu real werden. Der Schrecken hatte sich kaum gelegt, und sie konnte es nicht ertragen, ihn wieder aufzuwühlen. Doch er musste sich auf ihrem Gesicht abgezeichnet haben, denn Renata sog scharf die Luft ein. »Ich werde unverzüglich dafür sorgen, dass Lorenzo degradiert wird.«

»Danke.«

»Aber ganz ehrlich ... hast du einen Brief aus dem Fenster geworfen und die erstbeste Person angeheuert, die ihn aufgehoben hat?«

»Es spielt keine Rolle, wie ich ihn gefunden habe.«

»In der Cittadella taucht an der Seite der Finestra ein Fremder auf, und du willst, dass wir keine Fragen stellen?«, kritisierte Tomo sie freundlich.

»Den Richtlinien zufolge hat eine Finestra das Recht, ihr eigenes Sicherheitspersonal zu bestimmen, solange es keine Verwandten sind.« Wenn Verwandte erlaubt gewesen *wären*, hätte sie schon am ersten Tag Adrick gebeten. Was in erster

Linie der Grund war, warum die Regel überhaupt existierte. Den eigenen Zwillingsbruder mitzuschleppen passte nicht dazu, die Bande zum früheren Leben zu durchtrennen.

Tomo rieb sich die Schläfen. »An Divorando werden die Truppen unsere einzige Verteidigung sein, Finestra. Wenn du dir ihrer Gefolgschaft nicht sicher bist, sollten wir etwas tun.«

Sie war sich der Gefolgschaft von *niemandem* sicher. Die einzige Person, deren Beweggründe sie begriff, stand direkt vor ihr. Ohne sie hatte Dante wenig Aussichten, Divorando zu überleben, was bedeutete, dass für ihn ihr Leben kostbar war.

»Wenn es Zeit für die Schlacht ist, werde ich mein ganzes Vertrauen in unsere Truppen setzen«, sagte Alessa und sah von Renata zu Tomo. »Aber bis dahin werde ich mich mit dem Wissen, dass ich einen vertrauenswürdigen Menschen habe, der mir den Rücken deckt, besser auf meine Pflichten konzentrieren können.«

Jahrelang war Alessa die Galionsfigur einer Armee gewesen, die sie bestenfalls wie ein Kind und schlimmstenfalls wie einen Feind behandelte, doch jetzt bestimmte sie über jemanden. Über einen starken jungen Mann, der vor niemandem niederkniete, noch nicht einmal vor der früheren Finestra und dem früheren Fonte. Aber auch wenn er sich von ihrer Autorität nicht einschüchtern ließ, folgte er doch ihren Befehlen. Zumindest einigen. Trotzdem – er arbeitete für *sie*.

Renata sog den Atem scharf ein, und Alessa stählte sich. »Er ist ein erfahrener Kämpfer, und ich werde das nicht weiter diskutieren.«

Es war das erste Mal, dass sie Renata sprachlos erlebte. Möglicherweise machte es ja süchtig zu rebellieren.

14

Senza tentazioni, senza onore.
Ohne Kampf kein Ruhm.

Während Tomo und Renata davongingen, nagelte Alessa Dante mit Blicken fest.

Er lehnte an der Wand des Korridors und hob einen hellgrünen Apfel an die Lippen, vollkommen verblüfft von dem Krieg der Blicke, den sie begonnen hatte.

»Ich hatte dir gesagt, dass du oben warten sollst.«

Er zuckte die Schultern. »Das hatte ich auch vor, aber wie sich herausgestellt hat, will Euch der halbe Palast tot sehen. Ich bin deshalb davon ausgegangen, dass Ihr einen Begleiter brauchen könntet.«

Es war nichts zu hören außer den gelegentlichen Kaugeräuschen, die er ungeachtet ihres Ziels, ihm durch reine Willenskraft Löcher ins Gesicht zu brennen, beim Essen des Apfels beiläufig machte.

»Was war das gerade?«, fragte er.

Nachdem Alessa sich vergewissert hatte, dass ihre Mentoren außer Hörweite waren, schob sie sich die offenen Haare hinter die Schultern. »Renata denkt darüber nach, ob ich getötet werden soll.«

Dante erstarrte, während er gerade seine Zähne in den Apfel schlug. Nach einem kurzen Moment biss er ein Stück ab und schluckte. »Und?«

»*Und?* Ist das alles, was du dazu zu sagen hast?«

»Wenn ich sie anrühre, werden sie mich hängen.«

»Nun ja, du bist in Sicherheit, weil ich ihr gesagt habe, dass ich es selbst tun werde, sollte mein Tod sich als nötig erweisen.«

Er starrte in die Ferne. »Oh. Und wie würde ich dann bezahlt werden?«

»Ich kann nicht glauben, dass ich dich tatsächlich für das hier bezahle.«

Er nahm noch einen Bissen von dem Apfel, und seine Worte wurden undeutlicher. »Wenn Ihr einen Leibwächter von der *Ja-Madam-nein-Madam*-Sorte haben wolltet, hättet Ihr reichlich Auswahl gehabt.«

»Oh, *das* erwarte ich ganz sicher nicht.« Sie verdrehte die Augen. »Aber ein bisschen Mitgefühl würde dich nicht umbringen.«

»Mich kann nicht viel umbringen«, sagte er mit einem harten Lächeln. »Und von Mitgefühl war in der Stellenbeschreibung nicht die Rede.«

»Genauso wenig wie von Widerspruch.«

»Ich übertreffe die Erwartungen.« Dante zuckte die Schultern. »Schon Euer nächstes Opfer ausgesucht?«

»Nein.« Sie sah ihn finster an, auch wenn sie den gleichen Gedanken selbst bereits hundert Mal gehabt hatte. »Wie du vorgeschlagen hast, versuche ich etwas Neues. Bist du bereit, noch ein bisschen länger zu bleiben?«

»Wie *viel* länger?«, fragte Dante blinzelnd.

»Ich habe ihnen versprochen, dass es an Carnevale eine Entscheidung geben wird.«

Seufzend warf er den Kopf zurück. »Dieser Fortezza-Pass müsste eigentlich in Gold geschrieben sein.«

»Ich werde ihn mit Blut unterzeichnen. Und jetzt komm.

Wenn Renata schlechte Laune hat, setzt sie mir immer besonders zu. Ich muss da nicht auch noch zu spät auftauchen.«

Vor dem Übungsraum schlüpfte Alessa aus den Schuhen und machte sich daran, die Kleidung für den Tempel auszuziehen, während Dante durch die offenen Türen spähte. Die meisten Oberflächen des Raums waren gepolstert, und an der gegenüberliegenden Wand hingen jede Menge echte Waffen und Übungswaffen an Haken und Halftern. Als er die Sammlung von Zeremoniendolchen entdeckte, stieß er einen leichten, sehnsüchtigen Seufzer aus.

Bis zur Taille ließ sich ihr Tempelkleid problemlos herunterstreifen, aber sie musste sich winden, um es über die Hüften zu bekommen. Als der Stoff schließlich nach unten fiel und sich um ihre Füße sammelte, drehte sich Dante wieder um. In seinen Augen brannte Verlangen – nach *Messern*, nicht nach ihr –, und ihre Knie schienen sich in Pudding zu verwandeln.

Dante riss den Kopf hoch und starrte die Wand über ihr an. »Was ist das für ein Training?«

Sie hätte nicht erröten sollen, aber sie tat es. Ihre dünne, eng anliegende Trainingskleidung war dazu gedacht, ihr möglichst viel Bewegungsfreiheit zu gewähren und nicht, der Sittsamkeit zu dienen. Sie bedeckte jedoch alles, was sie bedecken sollte. »Fechten, hoffe ich. Ich habe auch noch einen Bo und ein Schwert, aber beide wiegen deutlich mehr.«

Bei diesen Worten sah er sie mit einem neugierigen halben Lächeln an. »Ihr könnt mit einem Schwert umgehen?«

In einer perfekten Welt hätte sie jetzt ein Breitschwert aus der Scheide gezogen und ihn mit einem sarkastischen *Natürlich, du nicht?* in den Hals gepikt, aber selbst wenn eines in Reichweite gewesen wäre, hätten wahrscheinlich ihre Arme nachgegeben. Deshalb stemmte sie stattdessen die Hände in die Hüften. »Ich bin keine meisterhafte Schwertkämpferin, aber ein bisschen herumschwingen kann ich es schon.«

Im Innern des Übungsraums stand Renata und räusperte sich. Ihre Augenbrauen zuckten nach oben, als Dante Alessa hinein folgte und sich in eine Ecke verzog. Alessa hatte erwartet, dass er im Vorraum warten würde, aber sie hatte ihm nichts davon gesagt, und nun, da er sich selbst eingeladen hatte, würde sie auf gar keinen Fall zulassen, dass Renata ihre Überraschung mitbekam.

Renata hob einen Übungsstock auf, und Alessa sank das Herz. Der Stock war größer als sie und so dick, dass sie kaum die Finger darum legen konnte. Abgesehen davon befand sich unter der Korkschicht ein harter Kern. Übungswaffen mochten keinen echten Schaden anrichten, aber Renatas Entscheidung bedeutete, dass sie ein Sparring absolvieren würden.

Renata verhielt sich nicht absichtlich grausam. Sie wusste nichts von Alessas Verletzungen, doch das würde die Treffer auch nicht weniger schmerzhaft machen. Nun gut. Die Scarabei würden ebenfalls kein Mitleid mit ihr haben, daher war es sinnlos, Renata darum zu bitten.

Alessa hob den Stock und war sich ihres Zuschauers nur allzu bewusst. Dies war ihre Chance, Dante zu zeigen, dass sie mehr als ein weinerliches Mädchen war. Sie war nicht wirklich *gut*, aber sie konnte in seiner Achtung eigentlich nur noch steigen. Nicht dass es sie kümmerte.

Die Lektion begann mit einer Aufwärmübung. Beide Frauen schwangen und stießen den Stock in die leere Luft. Jede Bewegung erzeugte bei Alessa ein schmerzhaftes Stechen, aber die regelmäßigen Bewegungen erwärmten und dehnten ihre verspannten Muskeln, deswegen war es nicht nur schlecht.

Renata wirbelte herum, schwang den Stock gegen die Rückseite von Alessas Bein.

Ihr Knie gab nach, und sie landete mit einem Schrei auf der Bodenmatte.

Vorschnell geurteilt. Aber dennoch, sie konnte das hier überstehen. Sie würde es schaffen. Sie musste es schaffen.

Alessa biss die Zähne zusammen und konnte ein paar Treffer landen, ehe Renata sie mit einem Stoß in den Bauch erneut zu Boden schickte. Dankenswerterweise hatte der Treffer ihr nur die Luft aus der Lunge getrieben.

Schwingen, parieren, blocken, wieder und wieder, dann schneller und schneller, bis einzelne stechende Schmerzen zu einem einzigen pochenden Elend verschmolzen. Alessa versuchte, aus ihrem Körper herauszutreten. Sie schrie nicht auf.

»Pause.« Schwer atmend schritt Renata an Dante vorbei, ohne ihn eines Blickes zu würdigen.

Alessa stützte sich auf ihre Waffe und sank auf ein Knie; ihre Miene war schmerzverzerrt. Sie wandte sich von Dante ab und verbarg ihr Gesicht hinter einem Vorhang aus schweißnassen Haaren, da sie hoffte, dass er es so nicht sehen würde.

Stiefel blieben vor ihr stehen. »Weiß sie, dass Ihr verletzt seid?«

»Nein. Und sie wird es auch nicht erfahren.«

»Ihr seid verletzt, und das hier macht es nicht besser«, sagte Dante mit finsterem Gesicht.

»Darüber zu sprechen auch nicht.«

Sie stand wieder auf, ehe Renata zurückkehrte. Als der Stock der älteren Frau ein paar Minuten später ihre Schulter traf, drehte sich Alessa zur Seite, den Mund zu einem stummen Schmerzensschrei geöffnet.

Dante stürmte aus dem Raum.

So viel dazu, ihn beeindrucken zu können.

Als Renata schließlich ihre Übungsutensilien wegpackte

und dabei etwas von Bediensteten murmelte, die nicht wussten, wie man Waffen polierte, humpelte Alessa nach draußen.

Dante lehnte im Korridor an der Wand. Er schlief. Im Stehen. Seine Augen waren geschlossen, die vollen Lippen leicht geöffnet, die dichten Wimpern ruhten auf den Wangenknochen, als wäre die steinerne Mauer in seinem Rücken ein Federbett.

Sie hatte es mit Mühe geschafft, ihre Mentoren davon zu überzeugen, dass er ein wachsamer und engagierter Leibwächter war … und er machte ein Nickerchen, während er sich im Dienst befand.

Brummend trat sie ihm gegen die Stiefelspitze.

Dante riss die Augen auf, und seine Messer zuckten blitzend auf sie zu.

15

L'uomo propone, Dio dispone.
Der Mensch denkt, Gott lenkt.

Alessa stolperte rückwärts und schrie auf, als sie mit der Seite gegen den Türgriff prallte.

Dante zuckte zurück, und sein Knurren verklang. Während er überallhin sah, nur nicht zu ihr, schob er seine Klingen wieder in die Scheiden.

»Tut mir leid.« Zum ersten Mal klang es so, als würde er es wirklich meinen.

»Du sollst mich *beschützen*, nicht *angreifen*«, rief Alessa.

»Ich habe Euch davor gewarnt, Euch an mich anzuschleichen.«

»Du hast *geschlafen!* In einem *Korridor!* Du kannst nicht alle erstechen, die vorbeigehen.« Sie rieb sich die Brust, während ihr Herz versuchte, ihrem Brustkorb zu entkommen. »Trägst du die immer mit dir rum?«

»Ja.«

»Warum?«

Seine Lippen verzogen sich zu einem sarkastischen Lächeln. »Für den Fall, dass sich jemand an mich anschleicht.«

Sie verdrehte die Augen, was seltsamerweise wehtat.

Schon vor dem beinahe tödlichen Angriff ihres Leibwächters hatte sie Mühe gehabt, die zerbrochenen Anteile ihres Seins zusammenzuhalten; jetzt pochten ihre Prellungen, und jeder Atemzug schmerzte. Als sie den vierten Stock erreichten, musste Alessa stehen bleiben und sich an der Wand abstützen, während sie im Stillen die Dunkelheit an der Peripherie ihres Sichtfelds bat, sich wieder zurückzuziehen.

»Seid Ihr in Ordnung?«, fragte Dante.

Sie nickte und presste die Lippen zusammen, zwang sich zu einem ruhigen Atemzug, um sich nicht auf seine Stiefel zu übergeben. »Ich muss zu den Salzbädern.«

»Könnt Ihr das tun, ohne zu ertrinken?«

»Das Risiko gehe ich bereitwillig ein.«

Er gab ein unverbindliches Geräusch von sich.

Dann folgte er ihr die schmale Treppe hinunter, die von ihrer Suite nach unten führte. Je tiefer sie kamen, desto mehr roch die Luft nach Salz und desto wärmer wurde es. Pinkfarbene Kristalllaternen tauchten das weiße Gestein in einen rosigen Schimmer. In den Spitzen ihrer bereits schweißnassen Haare kondensierten Tröpfchen, sodass sich die Enden zu engen Löckchen kringelten.

»Siehst du? Es ist vollkommen sicher.« Sie deutete auf die sich kräuselnde Oberfläche des Teichs. Eine ständige Strömung brachte frisches Wasser von der heißen Quelle und ließ das abgestandene abfließen.

Dante setzte sich auf die Stufen. »Ich werde nicht hinsehen.«

Ihr Hals und ihr Gesicht röteten sich, aber sie hatte nicht die Energie, sich mit ihm zu streiten. Sie würde darauf vertrauen müssen, dass er Wort hielt.

Der warme Teich war verlockend, versprach Linderung. Das würde ihr helfen, sich zusammenzureißen, bevor die Fontes ankamen. Der hohe Salzgehalt gab ihr so viel Auftrieb, dass sie bezweifelte, überhaupt untergehen zu *können*. Sollte es aber darauf hinauslaufen, dass sie entweder ertrinken würde oder

Dante ihren nackten Körper herausziehen musste, würde sie keinen Ton von sich geben, sondern sich vollkommen still verhalten.

Wenn sie tot war, würde sie von der Demütigung ohnehin nichts mehr mitbekommen, und als Bonus würde es ihr erspart bleiben, in ein paar Stunden einen Haufen verängstigter Fontes begrüßen zu müssen.

Sie warf verstohlene Blicke über die Schulter, während sie sich auszog; dann stieg sie ins Wasser. Den Steinmetzen, die den Teich vor vielen Jahrhunderten angelegt hatten, war bekannt gewesen, dass Körper nichts mit rechten Winkeln zu tun hatten, weshalb die Oberflächen unter Wasser aus einer angenehmen Mischung aus Schrägen und Kurven bestanden. Sie ließ sich in einer geschwungenen Höhlung nieder, gab dabei ein Geräusch von sich, das ein Stöhnen gewesen wäre, wäre ihr Blick nicht auf Dantes Stiefel gefallen, die in ihr Sichtfeld gerieten, als er die Beine ausstreckte. Auf der Treppe konnte es kaum bequem sein, aber er beklagte sich nicht.

Alessa bediente sich am Inhalt eines abgedeckten Keramikkrugs am Rand des Teichs und massierte sich mit einer Handvoll von dem aromatischen Öl, das auf einer Mischung aus Zitronensaft und grobkörnigem Seesalz schwamm, eifrig den Nacken und die Schultern.

»Was ist das?«

Alessa zuckte zusammen und verschränkte rasch die Arme vor der Brust, um sie zu bedecken. Er war jedoch nirgends zu sehen.

»Hier drin riecht es wie in einem verdammten Obstgarten.«

»Was hast du gegen Zitronen?«, gab Alessa zurück.

Seine einzige Antwort bestand darin, griesgrämigen Trübsinn zu verströmen, was man sogar durch die Mauer spüren konnte.

Sie öffnete den Krug mit dem Peeling erneut, wedelte damit aggressiv in seine Richtung. »Weißt du, manche Menschen glauben, dass in diesem Wasser heilende Kräfte sind.« Wenn sie dafür sorgte, dass er sprach, würde sie es frühzeitig bemerken, falls er sich bewegte.

Dante hätte es vermutlich vorgezogen, einfach nur die Schultern zu zucken, aber weil sie ihn nicht sehen konnte, zwang er sich zu einem »Hmm«.

»Meine Nonna sagt, es hätte das Rheuma in ihren Knien geheilt.«

»Ein Wunder.« Dantes Antwort klang so trocken, dass sie lächeln musste.

»Wie auch immer, es fühlt sich herrlich an.« Sie zog die Hände durchs Wasser, um kleine Wellen zu erzeugen. »La fonte di guarigione.«

»La *fon*te di *gua*rigione«, sagte er und betonte all die Silben, die sie nicht betont hatte. Nichts davon hatte sie richtig ausgesprochen. »Und Euer Akzent ist schrecklich.«

»Nun, *Entschuldigung*«, erwiderte sie ein wenig ungehalten. »Ich habe erst angefangen, die alte Sprache zu lernen, als ich in die Cittadella gekommen bin, und die Aussprache hatte dabei für mich keine Priorität. Beherrschst du sie fließend?«

»Ja.«

»Wer hat sie dir beigebracht?«

Schweigen.

Das war der Dank dafür, dass sie versuchte, nett zu sein.

Sie bewegte ihre Hand in Kreisen durchs Wasser, um einen Wirbel zu erzeugen. »Glaubst du an irgendwelche alten Überlieferungen?«

»An ein paar.«

»Was ist mit denen über die Ghiotte? Manche Leute sagen, dass sie immer noch da draußen sind.«

Eine Pause entstand. »Bist du jemals einem oder einer begegnet?«

»Natürlich nicht.«

»Aber du glaubst, dass sie in den Wäldern lauern und vorhaben, die guten Menschen von Saverio anzugreifen.«

»Nein«, sagte sie gedehnt. »Sie wurden auf den Kontinent verbannt, also sind sie entweder beim ersten Divorando getötet worden oder seither ausgestorben. Niemand könnte so lange ohne eine Gemeinschaft überleben.«

»Vielleicht hatten sie ihre eigene. Vielleicht haben sie sie immer noch.«

»Für jemanden, der eigentlich keine Meinung hat, bist du ganz schön griesgrämig. Ich dachte, du würdest nicht an sie glauben.«

Dieses Mal blieb ihr nur, sich sein Schulterzucken vorzustellen.

»Vermutlich hast du recht«, fuhr Alessa fort. »Wenn es wahr wäre, hätte Dea die Macht einfach zurückgenommen. Warum sollte sie zulassen, dass jemand eine gestohlene Gabe behält?«

»Wer weiß schon, warum die Götter irgendetwas tun?«

»Wir wissen viel. Sie haben Finestra und Fonte geschaffen, damit sie die Insel beschützen. Offensichtlich.«

»Vor einem Angriff, für den sie selbst verantwortlich sind. Warum sagt Dea Crollo nicht einfach, dass er damit aufhören soll?«

»Sie versucht, uns besser zu machen. Uns an Dinge wie Gemeinschaft, Freundlichkeit und Verbundenheit zu erinnern. Zwei Seelen, die vereint in einer Partnerschaft ein Fenster zum Göttlichen erschaffen und gleichzeitig die verkörperte Mahnung darstellen, dass alle Sterblichen ein Faden im Gewebe der Welt sein können und sein müssen.«

»Sorgen sie dafür, dass Ihr diese Rede auswendig lernt?«

»Nein.«

Ja.

Alessa klatschte mit der Hand ins Wasser, was wütende Kräuselungen erzeugte. »Wenn unsere Soldaten aus der Quelle trinken könnten, würden vielleicht bei jedem Divorando viele Tausend mehr überleben. Es ist erschreckend, wie jemand so selbstsüchtig sein kann.«

»Die *Menschen* sind selbstsüchtig«, sagte Dante. »Alle tun so, als würden sie sich um andere sorgen, und hoffen, dass niemand sie durchschaut.«

»Wie erfrischend zynisch. Nur ein Grund mehr, die Ghiotte als abschreckendes Beispiel zu haben.«

Er gab ein spöttisches Geräusch von sich.

»Wofür? Heilung?«

»Selbstsucht. Ich bin immer davon ausgegangen, dass die Finestra von Natur aus selbstlos ist. Aber ich bin es nicht.« Sie konnte das Zittern nicht ganz aus ihrer Stimme verbannen. »Ich glaube, deshalb passiert es immer wieder. Ich werde bestraft.«

Dantes Kapazität für Gespräche schien erschöpft zu sein.

Alessa starrte ins Wasser. Sie wünschte sich, sie könnte das Bekenntnis zurücknehmen und aus seinem Gedächtnis löschen. Wieso ließ man sich in einem Gespräch mit jemandem, den man nicht sehen konnte, so leicht dazu verleiten, zu viele persönliche Informationen preiszugeben?

Gerade als sie dachte, die Unterhaltung wäre tot und begraben, sprach er wieder. »Allein schon wenn Ihr es versucht, seid Ihr besser als die meisten anderen.«

Ihre Lippen verzogen sich zu einem dankbaren Lächeln. »Hey, Dante, versuchst du etwa, nett zu mir zu sein?«

»Nicht absichtlich.« Eine ausgedehnte Stille folgte. »Wollt Ihr den ganzen Tag da drinbleiben?«

»Hast du noch irgendwas vor?«

Sie geriet kurz in Versuchung, noch weiter im Wasser zu verharren, einfach nur, um ihn zu ärgern. Aber wenn sie tatsächlich auch nur eine Minute länger blieb, würde er sie womöglich doch noch herausfischen müssen. Außerdem würden die Fontes bald eintreffen. Am Abend würden sie zum ersten Mal allein zusammen sein. Nun ja, zum ersten Mal allein mit *ihr*. Soweit sie wusste, trafen sie sich wöchentlich, um darüber zu reden, wie sehr sie sie verabscheuten.

Alessa stand auf und sah zu, wie das Wasser an ihren Beinen hinunterrann, ehe sie nach einem flauschigen Gewand griff. Nachdem sie es zugebunden und mehrmals überprüft hatte, dass auch wirklich alles bedeckt war, ging sie zu Dante, der sich mit hinter dem Kopf verschränkten Händen auf den Stufen ausgestreckt hatte.

Er schaute durch einen Vorhang aus dunklen Wimpern zu ihr auf. »Ihr seid nicht ertrunken.«

»Vielleicht nächstes Mal.«

16

Tristo è quel barbiere che ha un sol pettine.
Lege nicht alle Eier in den gleichen Korb.

Eine Stunde später ging Alessa vor ihrer Lieblingsbank in der hintersten Ecke des Gartens auf und ab. Die verschlungenen Zweige eines Zitronenbaums verhinderten, dass sie die Cittadella von hier aus sehen konnte; hier gab es nur Blätter und Blumen. Wenn sie sich hierher zurückzog, in diese grüne und üppige Welt, die sich wie das Paradies anfühlte und in der Bienen und Vögel ihr ein Ständchen brachten, konnte sie manchmal fast vergessen, dass sie eine Gefangene war. Heute jedoch nicht.

Sie musste ausgesehen haben wie ein Hühnchen, das mit den Händen flatternd an ihren Seiten versuchte zu fliegen, aber es kümmerte sie nicht. Sie hatte drei Fontes getötet – *drei* –, und ihr brillanter Plan, mit dem sie verhindern wollte, dass sie noch einen oder eine tötete, bestand darin, *alle* gleichzeitig in die Cittadella zu holen? Die Formulierung »alle Eier in einen Korb« war hierfür gar nicht unheilvoll genug.

»Sucht Ihr etwas, Finestra?«, fragte Dante, der an einem nahen Baum lehnte.

Mut. Überzeugung.

Sie hätte es so arrangieren können, dass sie die Fontes einzeln begrüßte, immer nur ein gesonderter Tropfen Gift auf der Zunge, statt dass sie die ganze Flasche auf einmal leerte.

Dante trat von dem Baum weg, drehte sich um und betrachtete ihn; dann zog er eins seiner Messer.

Alessas Herz setzte einen Schlag aus, als er es warf, obwohl er natürlich nicht auf sie zielte. Das Messer bohrte sich in die weiche Rinde und zitterte leicht.

»Ich finde es albern, Euch ›Finestra‹ zu nennen … Fenster.«

»Weißt du es nicht? Ich bin ein *Fenster* zum *Göttlichen*.« Sie lachte düster. »Ich biete der Menschheit einen flüchtigen Blick auf Perfektion und lasse mein heiliges Licht auf alle herabscheinen. Du solltest es wirklich zu deinem Vorteil nutzen, dass du mir so nahe bist, und dich darin sonnen.«

Die Haut um seine Augen kräuselte sich, als er ein Lächeln unterdrückte. »Ach, *deshalb* ist es so hell?«

»In der Tat. Allerdings glaube ich allmählich, dass dieses Fenster ein paar Sprünge hat.«

Er schnaubte. »Umso besser, das heilige Licht hereinzulassen, Luce mia.«

Sie starrte sehnsüchtig auf den fahlblauen Himmel über der Mauer.

»Falls Ihr Eure Flucht plant … das ist nicht der einfachste Fluchtweg«, sagte Dante.

Alessa klopfte gegen die Mauer. »Wirst du so tun, als hättest du es nicht gesehen, wenn ich da drüberklettere?«

»Ich bin mir sicher, dass es nicht so schlimm werden wird.«

»Und ich bin mir sicher, dass es *schrecklich* werden wird«, sagte sie. »Sie hassen mich.«

»Kennen sie Euch denn überhaupt?«

»Das brauchen sie nicht. Ich habe ihre Freunde und ihre Freundin umgebracht.« Sie wedelte mit einer Hand in seine Richtung. »Schnell. Besorg mir eine Leiter.«

Dante drehte sich um, als das Tor leise rumpelte. »Zu spät.«

Renata und Tomo warteten auf dieser Seite des Innenhofs. Eingerahmt vom Tunnel drängte sich am anderen Ende eine kleine Gruppe dicht zusammen, wie Fische, die in einem Netz gefangen waren. Ihre hängenden Schultern verrieten ihr Elend.

Kaleb umarmte einen älteren Mann, schlug ihm mit stürmischer Zuneigung auf den Rücken, während neben ihnen eine Frau mittleren Alters weinte. Josef und Nina hielten sich gegenseitig fest an den Händen. Saida stand neben ihren ernsten Eltern.

Sie verabschiedeten sich wie Helden, die in den Rachen eines Monsters marschierten. Und sie waren jetzt zwar hier, aber nicht aus freien Stücken. Sie würden ihre Pflicht tun, doch sie hatten kein Vertrauen in sie.

Kamaria stand ein Stückchen von den anderen entfernt, starrte alles und jeden düster an.

»Ihr Zwillingsbruder ist letzte Nacht geflohen«, sagte Renata mit einem missbilligenden Schnalzen.

Dem Consiglio würde das nicht gefallen. Es mochte nicht fair sein, Kamaria den Verrat ihres Bruders zur Last zu legen, aber Alessa hatte keine Zweifel daran, dass genau das geschehen würde. Ob es die Ratsmitglieder dazu bringen würde, ein Veto gegen Kamaria einzulegen, wenn sie zur ersten Wahl wurde, war schwer zu sagen, doch darüber konnte sie sich später noch Sorgen machen.

Alessas Füße zuckten, und am liebsten wäre sie davongerannt, aber stattdessen entschied sie sich dafür, an einem Faden herumzuzupfen, der kunstvoll in ihrem malvenfarbenen Tellerrock verborgen war. »Sollen wir auf die übrigen warten?«

»Mehr gibt es nicht.«

Alessa sank das Herz. Als sie zur Macht aufgestiegen war, hatte es auf der Insel zwei Dutzend Fontes gegeben. Damit hatte mehr als genug Auswahl existiert, selbst wenn man einbezog, dass einige dabei waren, die sich aus gesundheitlichen Gründen oder wegen ihres Alters oder weil sie gerade schwanger waren oder warum auch immer nicht als geeignet erwiesen hatten. Drei hatte sie getötet. Die übrigen hatten sich entschieden, ihre Heimat für immer zu verlassen. Sie konnte nur annehmen, dass sie nach Altari gegangen waren, der näheren der beiden anderen Zufluchtsinseln, die nach wie vor bewohnt waren.

Auch andere Menschen waren in den letzten Jahren geflohen, aber *ihnen* war es gestattet, nach der Belagerung zurückzukehren … wenn es auf der Insel noch etwas gab, für das zurückzukehren sich lohnte. Für die von den Göttern Berührten hingegen kam ein Mangel an Vertrauen einem Verrat gleich, und Verrat bedeutete Verbannung.

Die fünf, die noch übrig waren, standen vor ihr. Nun ja. Fünf war – ein bisschen – besser als nichts.

Renata trat vor. »Hallo und herzlich willkommen. Wir fühlen uns durch eure Anwesenheit geehrt. Bitte, kommt mit ins Atrium, wo die Finestra einen netten Empfang für euch vorbereitet hat.«

Alessa verbarg ihre Überraschung. Hatte sie das?

Renata winkte sie nach drinnen, wartete, bis die ersten Bediensteten mit Tabletts aus der Küche auftauchten. Als dann die Habseligkeiten der Fontes eintrafen, machte sie eine Schau daraus, den Dienern zu folgen, die die Taschen nach oben trugen.

Tomo verdrückte sich auffälligerweise als Nächster; er erklärte, dass er sich um die Vorbereitungen für das abendliche Bankett kümmern wollte, und ließ Alessa allein mit den Fontes zurück – und in einem durchdringenden Schweigen, das das gesamte Atrium ausfüllte.

Die Fontes waren in Wohlfühlkleidung gekommen, wie sie es gewünscht hatte, aber niemand von ihnen schien sich wohlzufühlen.

Kamaria, die ihre abwehrende Haltung abgelegt hatte, nachdem Renata und Tomo gegangen waren, gab sich noch am meisten Mühe, so zu tun, als wäre sie entspannt. Sie hatte die Daumen in die Taschen ihrer Hirschlederhose gehakt, und ihr breiter Mund war als Ausdruck ihres Desinteresses an der Welt zu einem Lächeln verzogen. Ihre weite Bluse, die abgetragenen Lederstiefel und der Hauch Farbe auf ihren kupferfarbenen Wangen erweckten den Eindruck, als wäre sie gerade nach einem belebenden Ritt vom Pferd gesprungen. Dennoch zuckte sie bei plötzlichen Bewegungen zusammen.

Nina trug schlichte Baumwollkleidung und hielt mit der einen Hand ihren Rock krampfhaft fest, während sie sich mit der anderen an Josefs Arm klammerte.

Kaleb stürzte sich auf einen Teller mit Vorspeisen, womit er die Dienerin überraschte, und aß wütend und schweigend.

Alessa räusperte sich. »Ich entschuldige mich für die Geheimniskrämerei, aber wir wollten niemanden beunruhigen.« Niemand *anderen. Die hier* waren ganz offensichtlich beunruhigt. »Der Consiglio hat mir die Erlaubnis gegeben, eine neue Strategie auszuprobieren. Ich würde gerne ein tieferes Verständnis eurer Gaben und Stärken bekommen, bevor wir mit dem Training anfangen …«

Sie trat zur Seite, als mehrere Bedienstete sich näherten; sie trugen Tabletts mit gekühlter Limonade und Limoncello.

Josef nahm ein Glas und ließ versehentlich den Inhalt gefrieren, sodass nichts herauskam, als er einen Schluck trinken wollte.

»Entschuldige«, sagte Saida. »Aber wie sollen wir dir etwas

über unsere Gaben beibringen, wenn du uns nicht berühren kannst?«

»Oh. Nun ja, es könnte sein, dass wir ein paar Regeln beugen müssen.«

Saida und Kamaria wechselten einen Blick.

Ninas Glas beulte sich über und unter ihren Fingern aus. »Tut mir leid. Wenn ich nervös bin, passiert es mir manchmal einfach so.« Sie lockerte ihren Griff, und der gediegene Kristallkelch nahm wieder seine ursprüngliche Form an.

»Moment mal.« Kaleb klang ein wenig atemlos. »Willst du damit sagen, dass du unsere Gaben nutzen wirst, *bevor* du dich für jemanden entschieden hast?«

»Ich … äh.«

»Darüber sollten wir uns heute keine Sorgen machen.« Renata kam die Treppe herunter und rettete Alessa. »Wir werden euch Zeit geben, euch zuerst mit allem hier vertraut zu machen, dann wird Fonte Tomohiro Miyamoto –« Renata unterbrach sich mit einem Stirnrunzeln. Das Getrappel schwerer Stiefel hallte durch den Tunnel.

Angeführt von Hauptmann Papatonis, dessen Gesicht knochenweiß war, kam ein Regiment Soldaten in den Innenhof marschiert. »Finestra, die Wache ist hier, um mit Euch zu sprechen.«

Alessa lief ein Schauer über den Nacken.

Einige der Soldaten schleppten eine Trage, auf der etwas Großes unter einem Stück fleckigem Stoff lag. Als sie ihre Last vor ihr abstellten, rutschte etwas unter der Plane heraus.

Eine Klaue, verdreht und unterentwickelt.

Und sie zuckte.

Eine in der Nähe stehende Soldatin hob ihr Bajonett und stach auf die Plane ein. Das Zucken hörte auf, und ein Rinnsal aus mitternachtsblauem Blut floss zu Boden.

Hauptmann Papatonis räusperte sich. »Das hochgeschätzte Fünfte Regiment ist hier, um die Erste Warnung zu präsentieren.«

Josef rutschte das Glas aus der Hand; es fiel zu Boden und zerbarst in einem Hagel aus goldenen Scherben.

Was auch immer daraus werden würde – endlich wusste Alessa, wie viel Zeit ihr noch blieb.

Ein Monat.

Ein Monat, um sich für ihren oder ihre Fonte zu entscheiden.

Ein Monat, bis sie sich einem Schwarm solcher ... Dinge entgegenstellen würden.

Ein Monat, und alles würde vorbei sein.

17

La morte e la sorte stanno dietro la porta.
Der Tod und das Schicksal liegen hinter der Tür.

Tage bis Divorando: 28

Als Renata leise hüstelte, riss Alessa den Blick von der Kreatur los und zwang ihre Lippen, sich zu bewegen.

»Ich danke euch für eure Dienste und eure Wachsamkeit.«

Renata hatte recht, Übung führte tatsächlich zur Vollkommenheit. Die zeremonielle Antwort war ihr so glatt über die Lippen gekommen, als wäre ihr ein Blumenstrauß und nicht der zerschlagene Kadaver eines riesigen dämonischen Insekts präsentiert worden.

Die Soldaten salutierten; ihre Rüstungen schepperten in der benommenen Stille des Innenhofs. Als sie dann ihre Stäbe auf den Boden stießen, zuckten alle zusammen.

Sich sichtlich wappnend packte Hauptmann Papatonis eine Ecke der Plane und riss sie weg, enthüllte ein glattes, käferschwarzes Exoskelett und vorquellende, feuchte rote Augen. So intakt und auf entsetzliche Weise vollkommen, dass der Scarabeo auch hätte schlafen können.

»Ich werde ihn einlagern lassen, sobald Ihr eine Gelegenheit hattet, ihn zu inspizieren«, sagte er, bevor er in scharfem Tempo davonmarschierte und dabei vor sich hin murmelte, dass er Vorbereitungen treffen wolle.

Die Soldaten, deren Gesichter unter ihren Helmen wie versteinert wirkten, verbeugten sich und gingen ebenfalls, ließen den toten Scarabeo inmitten von etwas zurück, das kurz zuvor noch eine Willkommensparty gewesen war.

Alessa nahm einen Schluck Limoncello.

Erwartete man von ihr, dass sie den Scarabeo selbst wegschaffte? Ihn sich vielleicht wie ein Kindermobile über ihr Bett hängte? Als etwas, das sie in den langen Nächten anstarren konnte, wenn sie wach und vor Furcht erstarrt war?

»Jemand wird ihn später wegbringen«, ertönte Renatas leise Stimme. »Jetzt ist es an der Zeit zu führen.«

»Sie sind hässlich, nicht wahr?« Tomos Stimme durchbrach die angespannte Stille.

Auf den Gesichtern der Fontes zeigte sich angeekeltes Entsetzen, als Tomo und Renata ungezwungen die von der Hölle gesandte Kreatur untersuchten, die in einer wachsenden Pfütze ihres eigenen Bluts lag.

»Er ist allerdings recht klein.« Renata schritt um die Kreatur herum, beäugte sie von allen Seiten.

»Das sind die ersten immer.«

»Trotzdem. Es könnte auch auf ein schwaches Jahr hindeuten.«

Sie sprachen aus, was Alessa bereits wusste, ergingen sich in müßigem Geschwätz, während sie versuchte, den Mut zusammenzuraffen, sich einem Monster zu nähern, das größer als ein erwachsener Mensch war. Die furchteinflößenden Mundwerkzeuge der Kreatur waren einwärts gekrümmt, statt aus ihrem Kiefer gerade nach vorn zu ragen. Aber sie waren trotzdem immer noch breit und groß genug, um einen Menschen in zwei Teile zu zertrennen.

»Er sieht etwas … weich aus«, sagte Alessa und versuchte, unbeeindruckt zu klingen.

Saida gab ein Geräusch von sich, das eine Mischung aus Keuchen und Schluchzen war.

Kamaria und Kaleb hatten die Augen geschlossen, und es war nicht ganz klar, ob Josef Nina aufrecht hielt, oder ob es andersrum war. Beide sahen so aus, als würden sie jeden Moment ohnmächtig werden.

Alessa schluckte ein hysterisches Lachen hinunter. Entweder zahlten sich ihre Jahre der Vorbereitung endlich aus, und die vielen Stunden, die sie im kalten Lagerraum damit verbracht hatte, mumifizierte Scarabei von früheren Divorandi zu untersuchen, hatten sie abgehärtet ... oder sie drehte jetzt endgültig durch.

Horsd'œuvre und ein verblichener Scarabeo. Ein passendes Willkommen in der Cittadella des Untergangs.

Dea, dein komödiantisches Timing ist tadellos.

»Würdest du nicht auch sagen, dass die Scheren bei dem hier ... äh ... geschwungener sind als beim letzten Haufen? Sie ähneln doch eher denen vom Divorando im Jahr 431?«

Renata nickte, als hätte Alessa auf etwas Wichtiges hingewiesen, was besonders beeindruckend war, weil es 431 gar keinen Divorando gegeben hatte. War es ... 435 gewesen? Oder 437? Es war definitiv eine ungerade Jahreszahl.

Es spielte keine Rolle. Die Fontes sahen nicht so aus, als würden sie überhaupt viel von irgendwas mitkriegen.

Alessa mogelte sich mit ein paar weiteren verächtlichen Bemerkungen durch, bis Renata in die Hände klatschte und fröhlich verkündete, dass sie den Fontes jetzt ihre neuen Räume zeigen würde.

Sie folgten ihr die Treppe hinauf, wie eine Reihe unglücklicher Entchen; die Aussicht, hier einziehen zu müssen, ließ sie genauso niedergeschlagen wirken wie die, in der Nähe des Monsters bleiben zu müssen.

»Nun, Ihr hattet recht«, sagte Dante, als er zu ihr trat. »Das ist nicht gut gelaufen.«

»Findest du?« Alessa stupste die Klaue des Scarabeo mit der Stiefelspitze an. »Ich dachte, der Kadaver hätte die Stimmung ein bisschen aufgehellt.«

»Immer noch tot?« Dante gab dem Ding einen Tritt und nickte angesichts des nassen, knackenden Geräuschs. »Immer noch tot.«

»Ich sollte Renata wahrscheinlich sagen, dass sie die Fenster verriegeln soll, damit sie nicht versuchen zu fliehen.«

Alessa starrte auf die Klaue hinunter, die eine Armlänge von der Spitze ihrer blanken schwarzen Stiefel entfernt war. Zwei identisch geformte Dinge, glänzend und glatt, dunkel und tödlich.

Sie passten zusammen.

Sie überprüfte die Fenster nicht, setzte aber ein nichtssagendes Gastgeberinnenlächeln auf und warf einen Blick in die Suite der Fontes, um sich zu vergewissern, dass sie, die ihre neuen Perspektiven darstellten, die Betttücher nicht zu Seilen verknoteten.

Als die Fontes sie in der Tür stehen sahen, hörten sie auf auszupacken, aber niemand schien den Wunsch zu haben, etwas zu sagen, daher murmelte sie etwas davon, dass sie in der Nähe bleiben würde, und eilte in die Bibliothek. Dante folgte ihr wie ein griesgrämiger Schatten.

Im Innern des Raums mit der hohen Gewölbedecke blieb sie stehen und atmete tief ein, genoss den Geruch nach Leder, altem Papier, Sandelholz und einem Hauch von etwas merkwürdig Verlockendem – einem Geruch, den sie noch nie zuvor wahrgenommen hatte.

Die Bibliothek war nicht nur ihr Lieblingsraum in der Cittadella, sondern bot mit allen Arten von Büchern und Karten auch eine Art Entkommen. Soweit sie wusste, gab es hier eine Ausgabe von jedem auf Saverio gedruckten wichtigen Buch, und viele aus der Zeit, bevor Dea die Zufluchtsinseln geschaffen hatte. Noch besser war, dass sich in den unzähligen Regalen auch jede Menge weniger wichtigtuerischer Bücher befanden, und sie hatte sich bereits durch viele hundert Geschichten gelesen, die ihre Mutter ganz gewiss nicht gebilligt hätte.

Dante wirkte wie erstarrt. Er stand mit offenem Mund da, blinzelte nicht einmal, so fassungslos war er offensichtlich.

Als sie den opulenten Raum zum ersten Mal gesehen hatte, war ihre Reaktion ziemlich ähnlich gewesen. Die schiere Menge an Büchern und unbezahlbaren Kunstgegenständen genügte, um jeden sprachlos zu machen. Aber zu dieser Tageszeit, in der das Sonnenlicht, das durch die großen Buntglasfenster strömte, alles in Regenbogenfarben tauchte, wirkte der ganze Raum regelrecht magisch.

Sie gab Dante eine Minute, um den Anblick in sich aufzunehmen, tat währenddessen so, als würde sie eine riesige Karte von Saverio an der nächstgelegenen Wand mustern. Auf ihr waren sämtliche Städte auf der Insel eingezeichnet, genauso wie das verschachtelte System aus unterirdischen Tunneln. Die Karte war so riesig, dass, wer immer sie gemacht hatte, jede Straße der Hauptstadt mit aufgenommen hatte. Sie begann die vielen Strände an der fernsten Küste mit einer Hand nachzuzeichnen, ließ den Finger schließlich auf einer winzigen namenlosen Bucht ruhen. Sie hatte einst einen Namen gehabt, aber die Buchstaben waren so verblasst, dass sie sich nicht mehr vom Hintergrund abhoben. Eines Tages würde sie alle diese Orte aufsuchen.

Dante schüttelte sich und setzte sich schlagartig in Bewegung; er schritt durch den Raum und überprüfte, ob sich irgendjemand hinter den Regalen versteckt hielt. Aber es sprangen keine bösen Männer aus den Schatten, und als er sich vergewissert hatte, dass sie allein waren, begann er, sich Titel anzusehen und Bücher aus den Regalen zu ziehen. Schon nach wenigen Minuten hatte er einen großen Stapel beisammen.

»Was ist?« Er drehte sich zu ihr um, als hätte er ihren neugierigen Blick gespürt. »Ihr habt wohl nicht gedacht, dass ich lesen kann?«

Sie musste so überrascht ausgesehen haben, wie sie sich fühlte.

»Nein«, antwortete sie. »Ich habe dich nur nicht als jemanden betrachtet, der es *tun würde*. Was für Bücher magst du?« Ein ausreichend einfaches Thema, selbst für jemanden, der allergisch dagegen zu sein schien, sich zu unterhalten.

Er zuckte die Schultern und wandte sich wieder den Regalen zu.

»Wenn du keine Vorlieben hast, wonach wählst du dann eins aus?«

»Ihr stellt viele Fragen.«

»Und du antwortest unzureichend.« Sie verschränkte die Arme. »Na schön. Ich muss nichts über dich wissen.«

»Nein, das müsst Ihr nicht.«

Nachdem Dante seinen Bücherstapel zu einem kleinen Tisch getragen hatte, ließ er sich in einen Ledersessel mit Armlehnen sinken. Er wirkte so entspannt wie eine Katze, die ein Sonnenbad nahm, doch er blätterte mit fieberhafter Intensität ein Buch nach dem anderen durch. Wenn er eins weglegte, griff er sich sofort das nächste; es sah so aus, als würde er etwas Bestimmtes suchen.

»Du wirst nicht lange genug hier sein, um die alle zu lesen«, sagte Alessa, verärgert über ihre schlechte Laune.

»Beobachtet mich.«

Das tat sie. Zu genau.

Wenn nicht gerade das leise Rascheln zu hören war, mit dem Dante eine Seite umblätterte, wurden ihre Trommelfelle von Stille bestürmt. Sie hatte nie zuvor bemerkt, dass die Stille ein Gewicht hatte, einen Puls, der es paradoxerweise schwierig machte, irgendetwas anderes zu hören.

Gelegentlich drangen die Stimmen der Fontes durch die Wand, was sie jedes Mal zusammenzucken ließ.

Sie ging mit gespitzten Ohren in Richtung Tür.

»Come la cosa indugia …«, murmelte Dante.

»… piglia vizio«, beendete sie den Satz für ihn. »Ich *weiß*. Aber ich habe nicht gelauscht; ich habe mich nur vergewissert, dass sie nicht ohne mich gegangen sind.«

»Hmm. Natürlich habt Ihr gelauscht.«

Alessa hockte sich auf die Armlehne des nächsten Sessels, klopfte mit den Absätzen gegen das Leder. Ihre weichen Abendschuhe machten nicht viel Lärm. Sie schwang die Füße heftiger; jeder Treffer sorgte für einen leisen Rumms.

Dante schaute nicht auf.

Er wollte tatsächlich eine Auseinandersetzung mit ihr vermeiden – dieses eine Mal, da es sie nach einer verlangte.

Sie streckte die Hand nach einem kleinen Globus auf dem Tisch aus und stupste ihn an, sodass er sich drehte. Die Kontinente waren grau schattiert, was auf ihre Zerstörung hinwies, während die Inseln in lebhaften Farben gemalt waren.

Altaris zurückgezogen lebende Bevölkerung war zufrieden damit, auf ihrer verschneiten Insel in Ruhe gelassen zu werden; sie kauften wenig und verkauften noch weniger. Alessa konnte sich nur ausmalen, wie sie auf den jüngsten Strom von flüchtigen Fontes reagiert hatten. Wenn *sie* auf ein Schiff springen und fliehen könnte, würde sie die lange und tückische Reise nach Tanp riskieren, ein tropisches Paradies auf der anderen

Seite der Welt. Von dort zurückkehrende Seeleute erzählten von Wasser, das so klar wie Glas war, und von Früchten, die wie die reine Freude schmeckten, doch die Schösslinge, die viele Kapitäne mitbrachten, wuchsen niemals an, wenn sie auf Saverio wieder gepflanzt wurden.

»Denkst du jemals darüber nach, von hier wegzugehen?«

»Von Saverio?«, sagte er, ohne den Blick zu heben. »An jedem verdammten Tag.«

»Es ist immer noch Zeit. Ich bin mir sicher, es gibt Kapitäne, die es vorziehen würden, Divorando unter dem Schutz einer anderen Finestra zu überstehen. Tanp soll sehr schön sein, wie ich gehört habe. Mit einem besseren Klima als Saverio und wahrscheinlich auch mit einer besseren Retterin.«

Er zog die Augenbrauen zusammen. »Ich würde lieber zum Kontinent gehen und mich alleine durchschlagen.«

»Das ist eine *schreckliche* Idee. Die Scarabei fressen ihn an jedem Divorando kahl.«

»Das stimmt nicht. Sie machen sich normalerweise hierher auf, bevor sie alles gefressen haben. Es bringt nichts, Zeit mit Gras zu verschwenden, wenn es draußen vor der Küste eine ganze Insel voller schmackhafter Menschen gibt.«

»Du glaubst, du würdest ohne den Schutz Saverios überleben?«

»Bis jetzt hat dieser Schutz noch nicht viel für mich getan.«

»Was hält dich dann noch auf?«

»Ich habe die Münzen nicht. Außerdem habe ich gesagt, dass ich dafür sorge, dass Ihr am Leben bleibt, damit Ihr Saverio retten könnt.«

Sie atmete tief aus. »Richtig. Saverio retten.«

Ihre Nerven vibrierten stark genug, dass sie glaubte, sie könnten ihre Knochen zertrümmern, während sie sich fantasievoll ausmalte, wie sie ihm das Buch aus der Hand riss und es warf, nur um zu hören, wie es gegen die Wand prallte. Alles, um die Stille zu brechen.

Sich ihres durchdringenden, starren Blicks nicht bewusst sank Dante tiefer in seinen Sessel.

»Ich kann gehen, wenn du allein sein willst«, sagte sie.

»Ich bade nicht, ich lese.«

Sie ließ sich zurückgleiten, bis ihre Beine über der Armlehne hingen, und zog ein Dekokissen hinter ihrem Rücken hervor, drückte es sich an die Brust. »Unterhältst du dich gut?«, fragte sie.

»Der Sessel ist bequem, die Gesellschaft nicht schrecklich.«

Sie ließ das Kinn auf das Kissen sinken. »Das war möglicherweise das Netteste, was seit Jahren irgendjemand zu mir gesagt hat.«

Ihr Magen knurrte laut, und sie drückte mit der Hand dagegen.

Dante senkte sein Buch. »Könnt Ihr nicht nach Essen klingeln oder so was? Machen Leute der feinen Gesellschaft nicht immer so was?«

Sie warf ihm einen schalkhaften Blick zu. »Ja, wir feinen Leute *lieben* Glöckchen, mit denen man nach Bediensteten klingeln kann. Aber ich gebe heute Abend ein formelles Abendessen für die Fontes und sollte mir nicht den Appetit verderben. Du kannst gerne in der Kantine mit den Soldaten essen, wenn du es vorziehen solltest, nicht Zeuge des gesellschaftlichen Gemetzels zu werden.«

Dante schnüffelte. »Und mir mit einem rostigen Löffel die Augen ausstechen?«

»*Das* liegt einzig und allein an dir.« Sie sollte ihn vermutlich davon abhalten, schlecht von ihnen zu sprechen, aber wenn er Lust hatte, zur Abwechslung mal jemand anderen zu beurteilen, wollte sie nicht dagegen protestieren. »Was haben sie getan, dass das Ausstechen der eigenen Augen mit einem rostigen Löffel eine annehmbare Alternative zu sein scheint?«

»Sie beklagen sich. Andauernd.«

Oh. Dann lag es also immer noch an ihr. »Ja … nun, sie haben sich gemeldet, um ihrer illustren Finestra und dem Fonte zu dienen, und haben bedeutende Positionen erwartet – und jetzt müssen sie sich stattdessen mit der größten Versagerin in der Geschichte Saverios herumschlagen. Das ist nicht gerade das, wofür sie unterschrieben haben.«

»Aber sie haben unterschrieben. Es ist ihre Aufgabe.«

Sie seufzte. »Als ich mich das letzte Mal in die Stadt gewagt habe, haben die Kinder die Soldaten verspottet und sind dann schreiend weggelaufen, als sie mich gesehen haben.«

»Sie behandeln Euch nicht respektvoll, daher könnt Ihr auch nicht erwarten, dass jemand anderes es tut.«

Hinten in ihrer Kehle wurde ihr heiß. »Ich habe mir kaum den Respekt von irgendwem verdient.«

»Davon weiß ich nichts. Eure Mentorin – die Lady –«

»*Signora Renata*. Die vorige Finestra. Du *weißt*, wie sie heißt.«

»Wie auch immer. Also, sie hat beeindruckt ausgesehen, als Ihr sie vorhin angeblafft habt, wie ein Welpe, der eine Bulldogge ankläfft.«

»Tja, also *das* ist genau die Ermutigung, die ich gebraucht habe.«

»Finestra?« Kamaria stand im Türrahmen, sah sie beide mit einem seltsamen Gesichtsausdruck an.

Alessa warf das Kissen beiseite und rappelte sich auf, während sie sich dafür verfluchte, in einer so würdelosen Position überrascht worden zu sein. »Ja. Braucht ihr irgendwas?«

»Wir gehen jetzt nach unten.«

»Wunderbar. Ich komme gleich runter.«

Kamaria verschwand, und Alessa rollte die Schultern; sie fühlte sich, als würde sie eine Rüstung tragen.

»È meglio cader dalla finestra che dal tetto«, sagte Dante leise.

Es ist besser, aus dem Fenster als vom Dach zu fallen. Einer von Mamas Lieblingssprüchen.

»Sehr schlau. Fallen sie durch meine Hand, oder werfen sie mich aus einem?«

Er stand auf, schob ein kleines ledergebundenes Buch in seine Gesäßtasche. »Es gibt nur eine Möglichkeit, das herauszufinden.«

18

Chi vive tra lupi, impara ad ululare.
Wer bei den Wölfen lebt, muss mit den Wölfen
heulen.

Tage bis Divorando: 28

Alessa saß auf dem Ehrenplatz am Kopfende des Tischs, daher
entging ihr kein einziger kläglicher Blick, kein einziges Zusammenzucken der Fontes, als sie Platz nahmen.

Rechts von ihr saß Nina mit gesenktem Kopf; sie flüsterte
leise ein Gebet.

Als Alessa ihre Gabel aufnahm, erschreckte die Bewegung
Nina so sehr, dass sie ihr Wasserglas umstieß und sich der Inhalt über ihren Schoß ergoss.

Saida, die auf der anderen Seite des Tischs saß, verzog das
Gesicht. Kaleb stöhnte.

Ninas Lippe zitterte, während eine Dienerin mit einem Stapel Tücher herbeigeeilt kam.

Alessa kramte nach alten Erinnerungen, nach irgendetwas,
was sich als Gesprächsthema eignete. »Spielst du immer noch
Gitarre, Kamaria?«

Kamaria hantierte müßig mit ihrer Gabel. »Ja. Warum?«

»Ich habe mich nur gefragt. Wie gefällt dir der Tempelchor,
Nina? Dein Solo bei der Messe letzte Woche war wunderschön.«

»Nett von dir, dass du das sagst«, murmelte Nina.

Jetzt mischte Josef sich ein; wie üblich klang er sanft und freundlich. »Ich sage ihr immer wieder, dass sie die Stimme eines Engels hat, aber sie glaubt mir nicht.«

Alessa nahm einen neuen Anlauf. »Wie geht dein Projekt voran, Saida?«

»So gut wie möglich, vermute ich. Momentan konzentriere ich mich auf den Nachtisch.«

Alessa versuchte, das Gespräch nicht versiegen zu lassen, während der erste Gang – Melone e Prosciutto – serviert wurde, aber die steifen Antworten, die sie den Fontes entlocken konnte, ließen Dante im Vergleich dazu wie ein Plappermaul wirken.

Die Küche hatte ein Festmahl zubereitet, das göttlichen Rettern würdig war; vermutlich dachten sie, dass die Fontes eine großzügige letzte Mahlzeit verdienten. Doch Alessa war die Einzige, die mehr tat, als nur ein bisschen darin herumzustochern. Einmal abgesehen von Dante, der auf einem Stuhl neben der Tür zur Küche saß, sich gerade die dritte Portion einverleibte und immer noch nicht langsamer machte.

Während alle auf den Nachtisch warteten, streckte Dante die Beine aus und verschränkte die Hände hinter dem Kopf. Seine ungezwungene Bewegung löste die Anspannung wie ein nicht zu unterdrückendes Kichern in einer Messe.

Alessa war nicht die Einzige, die ihm einen düsteren Blick zuwarf.

Kaleb schnippte mit den Fingern in Dantes Richtung. »Mach dich mal nützlich und bring uns noch eine Flasche, ja?«

Alessa verzog das Gesicht. »Wie bitte?«

Dante schnappte sich eine Flasche von der Anrichte und knallte sie so heftig auf den Tisch, dass das Geschirr klapperte, ehe er zurück in seine Ecke stapfte.

»Heutzutage findet man einfach kein gutes Personal mehr«, murmelte Kaleb, während er in den frisch zubereiteten Gnocchi in Kräuterbutter auf seinem Teller herumstocherte.

»Er ist eine Wache, kein Diener«, sagte Alessa.

»Also, wie soll das alles laufen?«, fragte Kaleb. »Du peinigst uns, bis nur noch einer oder eine übrig ist, und *gewonnen* hat schließlich, wer am Ende noch da ist?«

Nina sah aus, als würde sie jeden Moment in Tränen ausbrechen; sie schien nicht zu bemerken, dass sie mit ihren Kräften den Löffel in ihrer Hand verbog. »Sag nicht so was.«

»Warum nicht?«, wollte Kaleb wissen. »Soll ich so tun, als wären wir begeistert darüber, dass wir hier sind? Überglücklich, die nächsten Opferlämmer zu werden?«

»Das reicht, Kaleb.« Josefs Wangen hatten sich dunkler gefärbt. »Du bist blasphemisch.«

»Und ein noch größeres Arschloch als sonst.« Kamaria tat so, als würde sie mit ihrem Buttermesser zustechen.

»Also.« Saida atmete tief aus. »Ich habe ein großartiges Buch über die Kraft des positiven Denkens gelesen, und ich kann es nur empfehlen.«

Kaleb schnitt ihr das Wort ab. »Positives Denken hat Emer, Ilsi oder Hugo nicht gerettet, und es wird *sie* nicht davon abhalten, auch dich zu töten.«

»Ich habe nicht die Absicht, *irgendjemanden* zu töten«, sagte Alessa. »Meine vorherigen Fontes sind nicht durch eine kurze Berührung gestorben. Wir … haben weitergemacht, denn sie hatten ihre Rolle akzeptiert und fühlten sich verpflichtet, ihre Aufgabe zu erfüllen. Das verlange ich von euch nicht. Ich glaube – ich meine, ich *bin zuversichtlich* – dass ich meine Stärke im Laufe der Zeit und mit Übung variieren kann.«

»Seht ihr?« Saida lächelte voller wildem Optimismus. »Sie

hat daran gearbeitet. Positives Denken und Übung. Es wird alles gut gehen.«

»Und wenn dieser Kult, der es auf uns abgesehen hat, vorher kommt?«, fragte Kaleb.

Alessa ließ das letzte bisschen Lächeln aus ihrem Gesicht verschwinden. »Sie haben es nicht auf euch abgesehen – sondern auf mich. Und wenn ich glauben würde, dass es Saverio retten würde, würde ich sie machen lassen.« Sie schwieg einen Moment, um ihre Worte wirken zu lassen. »Aber es gibt keine Beweise für ihre Theorien.«

Nina blickte die anderen hektisch an. »Über was sprecht ihr?«

Kamaria massierte sich die Schläfen. »Haben sie dich in einen Turm gesperrt, Nina? Ein paar Spinner behaupten, dass Alessa keine echte Finestra ist und dass sie, damit die wahre auftauchen kann … du weißt schon.« Sie sah Alessa entschuldigend an.

»Sprecht ihr von Padre Ivini?« Nina runzelte die Stirn. »Er hat letzte Woche meine Jugendgruppe besucht, und er ist mir nicht wie ein Spinner vorgekommen. Jeder Mensch kommuniziert mit Dea auf seine eigene Weise, und er hat ein Recht auf seine Interpretation, auch wenn wir anderer Meinung sind.«

»Nicht wenn seine Interpretation bedeutet, dass Deas auserwählte Retterin ermordet wird«, sagte Kamaria.

»Ich bin mir sicher, dass er niemals irgendwem *aufgetragen* hat, das zu tun.«

Josef hustete laut und bewahrte Nina davor, noch tiefer im Fettnäpfchen zu versinken.

Alessa unterdrückte ein Stöhnen. Sie hatte sich alle möglichen Gedanken darüber gemacht, was schlimmstenfalls bei ihrer ersten Mahlzeit mit den Fontes passieren könnte. Ihr war jedoch nie in den Sinn gekommen, dass sie mit einer beiläufigen Unterhaltung über ihren Tod beginnen könnte.

»Ja, nun«, sagte sie. »Es gibt keinen Beweis, dass eine andere Finestra auftauchen wird, wenn die derzeitige stirbt. Ihr müsst also mit mir klarkommen.«

Kalebs Augen verengten sich. »Es gibt auch keinen Beweis, dass es nicht geschehen wird.«

Kamaria neigte ihr Glas in Kalebs Richtung. »Wenn du es darauf anlegst, dich so unerträglich zu verhalten, dass du ausgesondert wirst, machst du deine Sache wirklich verdammt gut.«

»Mein Wunsch ist, euch zu erfreuen«, sagte Kaleb und bewunderte einen winzigen Funken, den er zwischen Daumen und Zeigefinger erschaffen hatte. »Wie geht es deinem Bruder, Kamaria? Oh, Moment mal, er ist ja weggelaufen, oder? Ich wusste, dass ich keinen Appetit hatte. Muss am Gestank von Verrat liegen.«

Kamaria warf ihm einen mörderischen Blick zu.

»Also ich habe Vertrauen in die Götter.« Saida verzog das Gesicht zu einem Lächeln. »Und in unsere Finestra.«

Zumindest *eine* war bereit, wenigstens so zu tun, als würde alles gut werden.

»Dea macht keine Fehler«, sagte Nina leise, aber es schien mehr eine Frage als eine Feststellung zu sein.

Dies alles war eine Katastrophe.

»Ich wünschte, ich könnte euch allen das hier ersparen«, sagte Alessa. »Aber Saverio braucht mich, und ich brauche einen oder eine Fonte. Ich habe vor, mich zu bewähren, sodass jemand von euch sich freiwillig melden wird, wenn der Zeitpunkt für die endgültige Entscheidung gekommen ist.«

»Und wenn sich niemand meldet?«, fragte Nina.

»Dann wird der Consiglio jemanden erwählen müssen. Ich

werde es nicht tun. Denn ich weiß, was es bedeutet, in eine Rolle gezwungen zu werden, um die man nicht gebeten hat. Das werde ich nie wieder jemandem antun.«

»Darauf einen Toast«, sagte Kaleb und füllte sich das Glas, bis es fast überlief. »Zum Wohl. Auf die Person, die zuerst stirbt.«

19

Non è prudente aprire vecchie ferite.
Es ist unklug, alte Wunden aufzureißen.

Tage bis Divorando: 28

Alessa faltete ihre Handschuhe neben ihrem Teller zusammen und starrte mit hohlem Blick auf den Tisch voller fast unberührter Teller und leerer Gläser. Als eine Dienerin Limoncello in kleinen geeisten Gläsern brachte, lehnten die Fontes mit der Erklärung ab, sie wären erschöpft. Ihre Stühle hinterließen förmlich Furchen im Boden, so schnell waren sie weg.

Dante drehte den nächsten Stuhl herum und setzte sich rittlings darauf, stützte das Kinn in eine Hand. »Sie haben *tatsächlich* Angst vor dir, was?«

»Natürlich haben sie Angst.« Alessa krümmte die Finger und ballte eine Faust. »Ich bin das Monster, das sie in ihren Albträumen heimsucht.«

Sein Blick wurde weicher. Einen Tag zuvor hätte sie die Veränderung nicht bemerkt, aber sie war vorhanden.

Dante nahm eine Weinflasche und spähte durch das kobaltblaue Glas.

»Ich habe zugesehen, wie sie sie aufgemacht haben«, sagte sie. »Der Wein ist nicht vergiftet. Unglücklicherweise.«

Dante stellte sie auf den Kopf, um die letzten Tropfen zu erwischen, und griff nach einer anderen. Er spießte den Korken

172

mit einem Messer auf, drehte einmal kräftig und ließ ihn herausploppen. Dann hielt er die Flasche in ihre Richtung, aber sie schüttelte den Kopf.

Erst als er die Augenbrauen hochzog, wurde ihr klar, dass sie die ganze Zeit die Tätowierungen mit den Messern an seinen Handgelenken angestarrt hatte.

»Bedauerst du es?« Alessa deutete auf die Tätowierung.

»Ständig.«

Sie hatte keinen Grund, in seiner Vergangenheit herumzuschnüffeln oder sie zu beurteilen. Sie war eine Mörderin, die einen Mörder angeheuert hatte, und er war gezeichnet, nicht verbannt, daher war, was auch immer er getan hatte, kein kaltblütiger Mord gewesen – möglicherweise eine Straßenschlägerei, die schiefgegangen war. Aber es kam ihr in den Sinn, dass Dante vielleicht die einzige Person war, mit der sie jemals gesprochen hatte, die wusste, wie es sich anfühlte, ein Leben zu beenden.

»Es muss schrecklich sein, die Erinnerung an den schlimmsten Fehler, den man jemals gemacht hat, für immer auf der eigenen Haut mit sich herumzutragen.«

Er strich abwesend mit dem Daumen über die Tätowierung. »Wenn ich es vergesse, wäre es, als würden sie alle noch einmal sterben. Das haben sie nicht verdient.«

Schuldgefühle und Traurigkeit waren immer eine Last für sie gewesen, die sie nicht abschütteln konnte. Er jedoch sprach von Reue, als wäre sie ein Geschenk. Als wäre es ihm wichtig, die Erinnerung an sie lebendig zu halten.

»Nun ja«, sagte sie und versuchte zu lächeln, scheiterte aber spektakulär. »Ich bin froh, dass ich nicht gezeichnet werden muss. Mir würde der Platz ausgehen.«

»Wollt Ihr darüber sprechen?«

In der folgenden langen Stille schienen nur Alessas Geister

zu atmen. Sie hatte Emers Geschichte immer allein mit sich herumgetragen, weil niemand sie hatte hören wollen.

»Beim ersten Mal war ich furchtbar … aufgeregt.« Die Worte kamen ungebeten, wie Blut, das aus einer Wunde quoll. »Nachdem ich so lange gewartet hatte, war ich so hungrig auf irgendeine Art Verbindung, selbst eine einfache Berührung.«

»Hungrig?«

Hitze strömte in ihre Wangen. »Mir ist kein besseres Wort eingefallen.«

»Ihr habt ihn gewollt.«

»Nein.« Sie schüttelte den Kopf. »Ich weiß es nicht. Vielleicht. Aber das habe ich nicht gemeint. Ich wollte einfach nur wieder ein Teil der Gesellschaft sein, ein normales Mädchen, das nicht von allen anderen getrennt ist. Er war süß und freundlich, und ich wusste, dass er geduldig mit mir sein würde, während ich lernte, seine – unsere – Macht zu kontrollieren. Ich habe gespürt, dass er ein Freund sein könnte … und irgendwann vielleicht auch mehr.«

»Ist es schnell gegangen?«

Sie schluckte. »Nein. Und ich habe es nur noch schlimmer gemacht. Ich war davor gewarnt worden, dass ich einen Schock spüren könnte, und daher habe ich gewartet, als Emer mir die Hand geküsst hat. Ich habe nicht bemerkt, dass er sich nicht mehr bewegt hat. Bis er zusammengebrochen ist. Ich hätte ihn einfach liegen lassen und losrennen sollen, um Hilfe zu holen, aber mir war nicht klar, dass es an mir lag. Dabei war es natürlich offensichtlich. Das Gleiche war mit dem Kind passiert, mit dem ich an dem Tag, als ich zur Finestra wurde, Fangen gespielt habe, doch *der* Junge war kein Fonte. Er war einfach nur ein Junge, der das Pech hatte, mich anzufassen, als meine Gabe zum Vorschein gekommen ist. Also habe ich versucht, Emer zu trösten. Ich habe um Hilfe gerufen.« Sie hickste ein tränenfeuchtes Lachen. »Ich wollte, dass er wusste, dass ich da war, dass er nicht allein war.«

Die Knöchel der Finger, mit denen sie ihr Glas umklammerte, waren weiß.

»Das war schließlich das, was ich selbst gewollt hätte. Niemand sollte allein leiden oder sterben. Als endlich Hilfe kam und ich allmählich begriff, was passiert ist, war er schon tot.«

»Was habt Ihr getan?«, fragte Dante leise.

Das Geschirr vor ihr verschwamm zu einem Stillleben aus Wasserfarben.

»Ich habe seine Hand gehalten.«

Dante schlief noch, als Alessa am nächsten Morgen zur Sitzgruppe tapste, innerlich wie ausgewrungen und leer.

Dea musste gewusst haben, dass er sein Leben mit dem Bemühen verbringen würde, mürrisch zu sein, und daher hatte sie ihm ein Gesicht gegeben, von dem sich die Menschen dennoch angezogen fühlen würden. Oder vielleicht hatte sie ihn auch mit perfekten Gesichtszügen *und* Charme segnen wollen, und er hatte mit Sarkasmus und einem gereizten Verhalten rebelliert.

Er öffnete die Augen, und ihr Herz setzte einen Schlag aus.

»Guten Morgen, Sonnenschein«, sagte sie mit einem spröden Lächeln. »Unsere Mission erwartet uns.«

Für Renata hatte »Verbindung« etwas mit Waffen zu tun, daher war der erste Punkt auf der Tagesordnung der Fontes, mit stumpfen Schwertern gegeneinander zu kämpfen. Alessa bezweifelte, dass es viel dazu beitragen würde, so etwas wie Kameradschaft aufzubauen. Sie waren kein Team. Sie waren Quasi-Fremde, die sich elend fühlten und versuchten, einander nicht anzusehen.

Sie stellten sich in einer langen Reihe auf, den Blick nach

vorne gerichtet. Renata marschierte an der Reihe auf und ab, korrigierte die Bewegungen und instruierte sie, sich einen unsichtbaren Gegner vorzustellen, doch Alessa sah jeden Schritt und jede Bewegung des Schwerts als Tanz vor sich. Sie hatte noch niemals wirklich mit jemandem getanzt, aber ihr Florett wurde zu ihrem Partner, reagierte auf ihre Berührung und malte eine silberne Spur in die Luft. Ihre Muskeln wurden auf angenehme Weise müde, und alles Belastende fiel von ihr ab.

Renatas lautes Klatschen kam genauso überraschend, als würde man in einen kalten See gestoßen werden, und Alessas Florett landete klirrend auf der Erde.

Alle sahen zu, wie es über den Boden rollte.

»Tja, das ist beruhigend«, sagte Kaleb leise.

Mit einem gequälten Lächeln gab Renata bekannt, dass Alessa von nun an das Sagen hatte. Dass sie nicht mehr da war, erzeugte eine merkwürdige und unangenehme Vertrautheit im Raum, und Alessa polierte ihr Florett mit unnötigem Elan.

Kaleb ließ sein Schwert auf den Boden fallen. »Kann mir jemand erklären, warum wir üben, mit einem Schwert zu kämpfen, wenn wir Magie haben?«

Kamaria warf ihm einen mörderischen Blick zu. »Nicht alle Menschen leben in ummauerten Villen, und alle, die weniger privilegiert sind als du – mit anderen Worten tatsächlich *alle* –, wissen, dass es sinnvoll ist, zu lernen, wie man sich verteidigt.«

Kaleb verdrehte die Augen. »Wie viele Male hast *du* einen Angreifer abgewehrt?«

»Frag ihn.« Sie deutete auf Dante. »Ich wette, *er* wird es dir sagen.«

Dante straffte sich, als sich plötzlich alle Aufmerksamkeit auf ihn richtete. »Was werde ich ihm sagen?«

»Dass es wichtig ist, über Selbstverteidigung Bescheid zu wissen.«

»Oh, sicher. Wenn Ihr es so nennt.« Dantes Lippen verzogen sich spöttisch.

»Was ist daran so lustig?«, wollte Kaleb wissen. »Wenn du ein Problem hast, sag es mir ins Gesicht.«

Dante stand auf. »Ihr glaubt, ein Scarabeo wird *en garde* sagen, bevor er Euch frisst?«

Kaleb starrte ihn düster an. »Was auch immer. Wir haben echte Macht.«

»Ihr werdet nicht lange genug durchhalten, um sie zu benutzen.«

Kaleb gestikulierte zur Wand. »Deshalb die Waffen …«

Dante musterte Kaleb mit einem abschätzigen Naserümpfen. »Eine Waffe ist nur so gut wie der Kämpfer, der sie in der Hand hält.«

»Dante«, sagte Alessa warnend. Leibwächter sollten mit dem Hintergrund verschmelzen und sich nicht auf irgendwelche Wettkämpfe im Hinblick auf ihre Fechtkunst einlassen.

Kaleb ballte die Fäuste. »Wer auch immer als Fonte erwählt wurde, sollte eigentlich jahrelang Zeit haben, sich vorzubereiten, aber wir hier müssen *ihretwegen* große Anstrengungen unternehmen, um einen Rückstand aufzuholen.«

»Vorsicht«, sagte Dante, doch Kaleb achtete nicht auf seinen stahlharten Blick.

»Keine Uniform. Du bist noch nicht einmal ein Soldat. Was weißt du schon über irgendwas?« Kaleb plusterte sich auf wie eine beleidigte Gans und schritt zu Dante, bis er ganz dicht vor ihm stand.

Alessa hatte gerade genug Zeit, um zu seufzen, als Kalebs Kinn hochruckte, da Dantes Messer an seiner Kehle lag.

»Ich weiß, wie ich die Schwachstelle meines Gegners finde.«

Kalebs Augen weiteten sich vor Angst, als Dante den Kopf seines Gegenübers höher schob.

»Das reicht«, sagte Alessa. Es machte ihr nichts aus, dass Kaleb gedemütigt wurde, aber sie wollte es nicht zu weit gehen lassen.

Dante rührte sich nicht.

»Wegtreten.« Langsam senkte Dante sein Messer, und Alessa hängte ihr Florett an die Wand. »Danke, Dante. Hilfreich wie immer.«

Nina kaute auf dem Ende ihres Zopfs herum. »Haben … haben Scarabei überhaupt Schwachstellen?«

Dante bewegte die Finger. »Alles hat eine Schwachstelle.«

Alessa ging zu einem der auf die Wand gemalten Scarabeo, versuchte sich an die Details der Kadaver zu erinnern, die sie seziert hatte. »Ich habe nie sonderlich darauf geachtet, wo sie vielleicht jeweils verletzlich sind, aber wir können es herausfinden.«

Alessa fand das dünne, abgegriffene Buch, nach dem sie suchte, auf dem obersten Regalbrett der Bibliothek, in dem Bereich, der den Scarabei gewidmet war. Selbst wenn sie hochhüpfte, konnte sie es kaum mit den Fingerspitzen berühren. Als sie sich umdrehte, um nach einem der hohen Schemel Ausschau zu halten, die überall herumstanden, stellte sie fest, dass Dante direkt hinter ihr stand. Sie war zwischen ihm und dem Regal gefangen, spürte seine Wärme. Sie holte tief Luft und drückte sich enger an die Bücher, sodass ein paar auf der gegenüberliegenden Seite zu Boden fielen.

Dante ließ ihr das Buch in die Hände fallen und ging dann auf die andere Seite, um die heruntergefallenen Bücher an ihren angestammten Platz zurückzustellen. Durch die Lücken sah er sie finster an. Er hatte sich von Fremden blutig schlagen lassen, aber jetzt wirkte er tödlich beleidigt, weil sie vielleicht ein paar staubige alte Bücher beschädigt hatte.

Alessa versuchte ihre Gedanken zu sammeln und blätterte in dem Buch, während sie zurück zu den Fontes ging. Diagramme verschwammen zu ruckartigen Bewegungen, gezeichnete Scarabei wuselten so lebendig über die Seiten, dass sie erschauerte.

»Da. Seht ihr, wo ihre Panzerplatten aufeinanderstoßen?« Sie benutzte einen Tisch als Barriere zwischen ihr und den Fontes und legte das Buch aufgeschlagen hin. Sie reckten die Hälse, um etwas zu sehen, rührten sich aber nicht, kamen nicht näher. Sie schob es dichter zu ihnen hin und nahm die Hände weg. »Dante, könntest du uns sagen, was du tun würdest, wenn du diese verletzlichen Bereiche angreifen wolltest?«

Dante tauchte von hinter den Regalen auf. »Ich bin hier, um dafür zu sorgen, dass Ihr am Leben bleibt, und nicht, um Lehrer zu spielen.«

»Die Scarabei abzuwehren würde *helfen*, dafür zu sorgen, dass ich am Leben bleibe.«

Er zuckte die Schultern. »Dann ist meine Aufgabe vorbei.«

Wenn sie das Buch nicht gebraucht hätte, hätte sie es ihm glatt an den Kopf geworfen. Sie würde ihn wahrscheinlich verfehlen, aber es wäre es wert, sein Entsetzen angesichts des armen Buchs zu sehen.

Josef räusperte sich. »Ich entschuldige mich für Kalebs miserables Verhalten, doch wir anderen würden jeden Rat zu schätzen wissen.«

»Ich bin Straßenkämpfer, kein Soldat.«

»Die Scarabei sind auch keine Soldaten«, sagte Kamaria. »Ich bezweifle, dass sie die entsprechenden militärischen Verhaltensregeln beachten werden. Wir können ebenso gut auch etwas Nützliches lernen. Und ich hätte nichts dagegen, diesen Trick mit dem Messer noch einmal zu sehen.«

Genauso ging es Alessa, aber wahrscheinlich aus anderen Gründen. Dante war schon unter normalen Umständen ein netter Anblick, und er sah geradezu großartig aus, wenn er sich im Kampfmodus befand, doch soweit sie wusste, bevorzugte Kamaria Mädchen.

»Was für Waffen habt Ihr zur Verfügung?«, fragte Dante.

»Bajonette und Langschwerter, glaube ich«, antwortete Kamaria.

»Genau. Also warum fechtet ihr?«

»Aus Tradition?«, schlug Nina vor.

Dantes Gesichtsausdruck wurde weicher, als er sich ihr zuwandte. »An Divorando …«

»An Divorando wird von uns erwartet, dass wir unsere Kräfte gebrauchen, um die Invasion abzuwehren.« Kaleb war missmutig, aber nicht mehr so auf Konfrontation aus. »Die Götter haben uns die Gaben zur Verteidigung gegeben, und daher nutzen wir sie. Alle Waffen, die wir tragen, haben nur zeremonielle Funktion.«

»Kein Wunder, dass so viele Finestre und Fonti verwundet werden.« Dante zog die Brauen zusammen. »Wenn ich an ihrer Stelle wäre, würde ich eher nicht warten, bis ich durchbohrt werde.«

»Finestre und Fonti?« Kaleb grinste höhnisch.

»Sì, Stronzo«, sagte Dante. »*Fonte* ist ein Wort der alten Sprache, und der Plural ist *Fonti*, nicht *Fontes*. *Finestre, Fonti, Scarabei*. Ich gehe allerdings nicht davon aus, dass ein Somaro wie Ihr das weiß.«

»Herzlichen Glückwunsch, Dante«, sagte Alessa mit einem breiten Grinsen. »Du bist gerade befördert worden. Zusätzlich zu deiner Aufgabe als Leibwächter bist du jetzt auch der erste Kampftrainer der Cittadella.«

Wären seine Blicke so tödlich wie seine Messer gewesen, sie wäre kurz nach diesen Worten verblutet.

»Könntest du *zumindest versuchen*, heute Nachmittag niemanden zu bedrohen?«, sagte Alessa zu Dante, als sie im Übungsraum darauf warteten, dass die anderen für das nachmittägliche Training zurückkehrten. »Das hier ist schon schwierig genug, ohne dass sie auch noch vor dir Angst haben.«

»Kaleb ist ein Arschloch.«

Sie hatte Mühe, ernst zu bleiben. »Wir stehen alle unter großem Druck. Mit der Zeit wird er sich bessern.«

»Das bezweifle ich«, sagte Dante. »Menschen ändern sich nicht.«

»Das ist nicht wahr.«

»Das ist absolut wahr. Kaleb wurde als Arschloch geboren, und er wird als Arschloch sterben.«

»Na ja, er ist aber auch ein Fonte, und deshalb werden sie dich zum Kontinent schicken, wenn du ihn verletzt. Und er wird weiter als Arschloch leben, während an deinen Knochen Scarabei nagen. Also lass es.«

Dante wirkte nachdenklich. »Kostenlose Überfahrt. Könnte es wert sein.«

Alessa deutete auf einen Stuhl in der Ecke.

Kamaria kam als Erste. Ihr Blick huschte durch den fast leeren Raum, bis sie Dante entdeckte, der gerade ein Tuch herausholte, um seine Messer zu polieren, und anscheinend auf sonst nichts achtete.

»Finestra«, sagte Kamaria zur Begrüßung.

»Kamaria. Schön, dich zu sehen.«

»Ja, sicher. Was Kaleb gestern Abend über meinen Bruder gesagt hat ...« Ihr Gesichtsausdruck war herausfordernd. »Er ist nicht – ich meine, ich glaube nicht, dass ...« Sie seufzte. »Er hat noch nie eine Herausforderung abgelehnt, und seine Freunde ... Es ist nur so, ich bin mir sicher, dass er sein Verhalten bedauert hat, als er aufgewacht ist.«

»Falls du dir Sorgen machst, dass ich dir die Entscheidung deines Bruders übel nehme, kann ich dich beruhigen.«

»Das ist es nicht.«

Renata betrat schwungvoll den Raum, und Kamaria wandte sich ab, ließ den Rest ungesagt, als Tomo und die anderen Fontes ebenfalls hereinkamen.

»Ah, Kamaria, komm zu uns«, sagte Tomo und führte sie alle zur einen Seite des Raums, während Renata ihre Aufmerksamkeit mit der Intensität eines Generals am Vorabend der Schlacht auf Alessa richtete.

Alessa gab sich alle Mühe, sich zu konzentrieren, doch ihre Aufmerksamkeit glitt immer wieder zu Tomo, der umgeben von einem Kreis aus Fontes dasaß.

Renata kletterte auf einen Steinsims an der Wand. Über ihr turnte eine große Spinne durch ein halb fertiges Netz; glänzende Fasern bildeten ein kompliziertes Muster. Renata deutete auf den unteren Rand des Netzes. »Was passiert, wenn ich an diesem Faden ziehe?«

»Das Netz wird kaputtgehen«, sagte Alessa pflichtgetreu.

»Genau. Komm hier hoch.«

Alessa warf einen kurzen Seitenblick auf die Fontes. Nina schaute rasch weg.

Auf dem Sims folgte Alessa Renatas Anweisungen und nahm einen Faden zwischen die Finger.

»Zieh da dran. Sanft.«

Das Netz veränderte die Form, blieb aber intakt, als Alessa den Faden nach unten zog.

Aus dem Augenwinkel konnte Alessa sehen, dass Dante zuschaute, während die empörte Spinne aufhörte, an ihrem Netz zu arbeiten, und sich in eine Ecke verzog.

»Und jetzt bring ihn wieder in die alte Position und lass los, ohne irgendetwas zu zerstören.«

Dieser Teil war schwieriger, denn er erforderte, dass Alessa ihre Finger drehte, um sie von dem Faden zu lösen, ohne ihn zu zerreißen. Aber schon bald war das Netz wieder in seinem ursprünglichen Zustand.

»Siehst du?« Renata lächelte. »Die Macht der Fontes ist mit ihrer Seele verbunden, und wenn du versuchst, sie davon wegzuziehen, zerstörst du die verbindenden Fasern. Du darfst nur so viel von ihrer Gabe beanspruchen, wie zu dem Teil von dir passt, der deine eigene Macht kontrolliert, und musst dann loslassen. Es ist kein Kampf, es ist ein Geben und Nehmen.«

Alessa runzelte die Stirn. »Ich glaube, ich verstehe.« Vielleicht.

»Ich weiß, dass du nervös bist. Ich bin selbst einmal in deiner Lage gewesen.«

Nicht ganz.

»Finestra?«, rief Tomo. »Ich habe den Fontes gesagt, dass ich es erst einmal demonstrieren werde.«

Renata trat geräuschvoll vom Sims herunter.

Alessa hatte angenommen, dass die Fontes Streichhölzer gezogen hatten, um zu entscheiden, wer anfangen würde. Mit Tomo hatte sie nicht gerechnet. Er hatte sich erst freiwillig gemeldet, als Zeugen dabei waren, und jetzt konnten Renata und Alessa es ihm kaum ausreden, ohne ihre Sorge zu verraten. Sie hatten daher keine andere Wahl, als seinen Vorschlag anzunehmen.

Renata nickte kurz und wandte sich an Alessa. »Welche Strategie?«

Möglicherweise hatte Renata Alessa bislang nie wirklich verstanden, aber jetzt war jemand in Gefahr, den *sie* liebte. Ihre Angst war deutlich zu erkennen.

Alessa rezitierte aus der Erinnerung. »Ruhige Hände, langsames Atmen, leichte Berührung, innere Ruhe.«

»Wie?«

»Nur mit den Fingerspitzen.«

»Und wenn du die Macht spürst?«

»Kontrolliere und bewahre ich sie.«

Tomo streckte die Hände aus, mit den Handflächen nach oben, als Alessa zu ihm trat.

Aller Augen waren auf sie und ihre Bewegungen gerichtet, als sie die Handschuhe auszog. Ihre Hände waren schweißnass.

Sie hob den Blick, sah Tomo aber nicht in die Augen. Sie konnte es nicht. Der Gedanke daran, dass das Licht in ihnen erlöschen könnte …

Nein. Sie würde noch nicht einmal daran denken.

Er wartete.

Alle warteten.

Mit einem tiefen Atemzug streckte Alessa ihre Fingerspitzen seinen entgegen.

20

Chi semina spine, non vada scalzo.
Geh nicht barfuß, wenn du Dornen verstreust.

Tage bis Divorando: 27

Die Nacht sank herab, und draußen pfiff der Wind, aber die Luft in Tomos Zimmer roch so schal wie die in der Gruft.

Er saß im Bett, an einen Kissenstapel gelehnt, und seine Augen waren schwarze Teiche aus Schatten in seinem aschfahlen Gesicht.

Renata, die an seinem Bett saß, drehte sich um, als Alessa auf leisen Sohlen den Raum betrat. »Er ruht sich aus«, sagte Renata warnend.

»Ich werde nicht lange bleiben. Ich wollte einfach nur nachsehen ...«

»Komm rein, Kind.« Auf Tomos Gesicht erschien ein mattes Lächeln, und er ließ Renatas Hand los. »Setzt du ein bisschen Tee auf, Liebes?«

Renata verließ den Raum, warf dabei Alessa einen scharfen Blick zu.

»Setz dich, setz dich. Lass deine Schuldgefühle draußen«, sagte Tomo. »Ich bin ein schwacher alter Mann, und mein nächster Anfall war längst überfällig. Ein bisschen zu viel Aufregung, das ist alles.« Er klopfte neben sich auf das Bett, doch sie hockte sich stattdessen in einen Brokatsessel. Es war gut möglich, dass er ihr zeigen wollte, dass er keine Angst vor ihr hatte – aber sie hatte Angst vor sich.

»Du bist noch nicht so alt, Tomo.«

Er lächelte. »Alter ist relativ. Als ich in deinem Alter war, war ein vierzigjähriger Mann für mich einen Tag jünger als hundert.«

»Ich bin so froh, dass du in Ordnung bist. Ich dachte …« Sie schloss die Augen, als sie sich erinnerte, wie jegliche Farbe aus seinem Gesicht gewichen war. »Es war sehr mutig von dir, dich freiwillig zu melden.«

»Ich habe es nur schlimmer gemacht«, widersprach er. »Renata hat gesagt, dass du die Übungsstunde abbrechen musstest.«

»Alle waren besorgt um dich. Wir werden morgen früh neu beginnen.«

»Es tut mir leid.«

»Dazu gibt es keinen Grund. Ruh dich aus. Ich kann es ohne dich hinkriegen.«

Seine Augen schlossen sich. »Ich weiß, dass du das kannst. Du bist dazu bestimmt, Menschen zusammenzubringen, Alessa.«

Mit dem Nachhall ihres Namens in den Ohren schlüpfte Alessa aus dem Zimmer; sie wischte sich die Augen.

»Wird er in Ordnung kommen?«, fragte Dante.

»Ich weiß es nicht, aber wenn die Fontes vorher keine Angst hatten, dann jetzt auf jeden Fall.«

»Habt Ihr ihn überhaupt berührt? Es ist alles so schnell gegangen, dass ich es nicht sagen könnte.«

»Kaum. Es spielt keine Rolle. Der heutige Tag sollte dazu dienen, sie zu beschwichtigen. Stattdessen haben sie miterlebt, wie der letzte Fonte einen Herzanfall bekommen hat, sobald wir uns berührt haben. Ich kann von Glück reden, wenn sie morgen überhaupt zum Training auftauchen.«

Während sie unterwegs nach oben waren, hörten sie leise, aber unverwechselbare Schluchzer; sie kamen aus der Bibliothek. Alessa hob eine Hand, um Dante zu warnen.

»Ich werde mich freiwillig melden«, erklang Josefs Stimme von drinnen. »Du gehst nach Hause zu deiner Familie.«

Alessa versuchte, sich vorsichtig und stückchenweise zurückzuziehen, stieß aber gegen eine Mauer namens Dante.

»Und was ist mit *deiner* Familie?«, fragte Nina. »Hat sie nicht schon genug verloren?«

»Ich bin mir sicher, dass, wen auch immer sie erwählt, es der- oder demjenigen … gut gehen wird«, sagte Josef in besänftigendem Tonfall.

»Gut gehen? So wie Tomo – oder schlimmer?« Nina schniefte laut. »Renata war eine *gute* Finestra, und doch hat sie ihn gebrochen. Kannst du dir vorstellen, was *die hier* tun wird?«

Die hier. Alessa schlang die Arme um sich.

»Ich bin älter und stärker als du. Ich kann es ertragen.«

»Kaleb sollte es tun. Ihn würde niemand vermissen.« Ninas Tonfall machte deutlich, dass sie wusste, dass Kaleb sich niemals freiwillig melden würde. Er würde weg sein, ehe Alessa damit fertig war, dem oder der Freiwilligen zu danken. »*Ich werde* es tun.« Ninas Stimme zitterte, und Alessa konnte sich leicht vorstellen, wie sie ihr spitzes Kinn reckte, während Tränen in ihren kupferfarbenen Wimpern glitzerten. Das Porträt einer Märtyrerin.

Dante stieß einen mitfühlenden Seufzer aus.

Alessa konnte den Neid, der mit dem Schuldgefühl kam, nicht ganz unterdrücken. Die arme, zarte Nina, deren tapferes Opfer die Menschen dazu brachte, sie beschützen zu wollen.

Alessa hingegen wollte niemand beschützen. *Ihr* halfen die Leute nur, wenn sie diese mit Münzen bestach oder weil die Götter es verlangten. Mitgefühl, Liebenswürdigkeit, Liebe und

Freundschaft – all die kostbaren menschlichen Erfahrungen, die zu einem ausgefüllten Leben beitrugen, galten für andere Menschen, nicht für sie.

Sie versuchte rasch davonzugehen, als sie sich nähernde Schritte hörte, die verrieten, dass die beiden gleich aus der Bibliothek kommen würden. Die Zeit reichte jedoch nicht, um zu ihrer Suite zu gelangen.

Als sie Alessa und Dante sahen, blieben sie zögernd stehen.

»Oh, hallo«, sagte Alessa. »Ich habe gar nicht bemerkt, dass jemand in der Bibliothek ist.«

Josef griff nach Ninas Hand. »Finestra, wie geht es Signor Miyamoto?«

»Gut.« Sie nickte. »Es geht ihm gut. Er ist wach und fühlt sich viel besser. Ich fürchte, er hat diese Anfälle öfters, und dann bei all der Aufregung …« Sie biss sich auf die Lippe. »Wie auch immer, sagt bitte den anderen, dass er sie grüßen lässt, aber nicht in der Lage sein wird, morgen früh an unserem Training teilzunehmen. Ich habe das Küchenpersonal gebeten, etwas hochzuschicken, sodass es unnötig ist, sich zum Abendessen umzuziehen.«

Nina sah sie nicht an, aber Josef dankte Alessa, dann räusperte er sich. »Wir wissen, dass es nicht dein Fehler ist«, sagte er. »Das alles. Ich wollte dir nur sagen, dass wir dir nicht die Schuld geben. Ich … gebe dir nicht die Schuld.«

Alessa musste hart schlucken. »Danke.«

Josef verbeugte sich und führte Nina zur Suite der Fontes.

Wenn sie einfach die Treppen hinuntergehen und durch die Tore hätte nach draußen marschieren können, wäre Alessa immer weitergegangen, bis sie den hintersten Winkel von Saverio erreicht hätte … aber stattdessen würde die Bibliothek ausreichen müssen.

Josef warf ihr nichts vor. Im Hinblick auf Tomo? Oder auf

Ilsi? Egal, wie er es gemeint hatte, sie warf sich selbst genug vor.

Alessa trat in Gedanken versunken in die düstere Bibliothek und wäre beinahe mit Kaleb zusammengestoßen.

Er machte einen Satz rückwärts, und das Weiße seiner Augen hob sich deutlich von seinem Gesicht ab. »Scheiße, du hast dir das auch anhören müssen?«

Alessa massierte sich die Stelle oberhalb ihres heftig pochenden Herzens. »Hast du ihnen nachspioniert?«

»Nein, ich habe nach etwas zu trinken gesucht.« Kaleb hob einen Kristall-Dekanter in die Höhe, den er von der Credenza mitgenommen haben musste. »Aber die beiden, deren Liebe unter keinem glücklichen Stern steht, sind plötzlich aufgetaucht, und ich habe hier festgesteckt und musste mir ihr Gejammer anhören. Hast *du* ihnen nachspioniert?«

»Natürlich nicht.« Alessa biss die Zähne zusammen. »Ich verbiete dir, dich über die beiden lustig zu machen.«

»Oh, pass auf, dass du nicht die Handschuhe verdrehst.« Kalebs Spott erreichte seine Augen nicht. »Ich werde diese Flasche leeren und das alles aus meinem Hirn spülen.«

Beim Hinausgehen rempelte er Dante an.

Alessa ballte die Fäuste. »Glaubst du, dass er sie aufziehen wird?«

»Wahrscheinlich. Seit er hier ist, verhält er sich wie eine Nervensäge. Ich bezweifle, dass er sich jetzt ändern wird.«

»Oh, richtig, das habe ich ganz vergessen.« Alessa verdrehte die Augen. »Menschen können sich nicht ändern.«

»Ich sagte, Menschen ändern sich nicht.«

»Das ist das Gleiche.«

»Eigentlich nicht.« Dante klopfte auf die Credenza. »Ihr habt mir nicht gesagt, dass es hier einen geheimen Vorrat vom guten Stoff gibt.«

»Das meiste davon ist alt statt abgelagert.«

»Chi ha bisogno s'arrenda«, sagte er augenzwinkernd.

Sie lächelte schwach und schüttelte den Kopf, machte sich dabei eine gedankliche Notiz nachzusehen, was das bedeutete. Zu ruhelos, um sich hinzusetzen, griff sie nach den Sprossen einer verschiebbaren Leiter, die an einer Wand aus Buchregalen lehnte, und begann sie hochzusteigen.

Als sie eine Bewegung unter sich wahrnahm, sah sie nach unten, wo Dante stand. »Versuchst du, mir unter den Rock zu schauen?«

»Seid nicht so selbstgefällig. Ich sorge dafür, dass die Leiter nicht umfällt und Ihr auf Eurem Hintern landet. Ich habe keine Lust dazu, Euch auffangen zu müssen.«

»Oh, Dante«, säuselte sie. »Du weißt tatsächlich, wie du das Herz eines Mädchens höherschlagen lassen kannst.«

Er grinste. »Wenn ich Euer Herz höherschlagen lassen wollte, würdet Ihr es wissen.«

Sie ließ das Buch fallen, zielte auf sein ärgerlich prächtiges Gesicht, aber sie wusste, dass er es rechtzeitig auffangen würde.

»*Die Belagerung von Avalin*«, las er, stabilisierte die Leiter mit dem Fuß, sodass er das Buch aufschlagen konnte.

Sie rümpfte die Nase. »Tja, wenn das nicht die Stimmung des Abends einfängt.« Von all den Büchern in der Cittadella hatte sie ausgerechnet einen Bericht über den einen Divorando herausgezogen, den Saverio fast nicht überstanden hätte.

»Der Finestra, der in Panik geraten ist, oder?«

»Ja. Er ist zurück in die Stadt gerannt und hat versucht, sich zu verstecken. Die Fortezza wurde gestürmt, Ströme aus Blut haben sich über die Straßen ergossen, viele Hundert wurden massakriert, bis es seiner Fonte gelungen ist, ihn zu überreden, zur Finestraspitze zurückzukehren. Oh, beherzige meinen Rat, und überspring Kapitel sieben.«

Dante blätterte natürlich prompt zu Kapitel sieben vor. »Die zurückgelassenen Waisen«. Nichts, was mit Wasserfällen aus Blut oder wie immer Ihr es genannt habt, vergleichbar wäre. *Waisen* bedeutet, dass sie zumindest das Glück hatten, zu überleben.«

»Ist es wirklich immer besser, zu überleben?«

»Der Punkt geht an Euch.«

»Das ist nicht das schlimmste Kapitel, nur das traurigste. Sie haben die Babys in verschiedenen Gruppen in Heime gesteckt, und binnen weniger Monate haben die meisten aufgehört zu weinen und sich geweigert, etwas zu essen.« Sie blinzelte Tränen weg. »Nur eine Gruppe hat überlebt.«

Sie kletterte nach unten, drehte sich dann um, um sich an die Leiter zu lehnen, aber Dante war zu nah und zu groß; also stellte sie sich auf die unterste Sprosse und reckte sich auf die Zehenspitzen, als würde er nicht bemerken, dass sie schlagartig sechs Zoll größer geworden war.

Dante zwinkerte angesichts ihrer plötzlichen Größe und machte einen Schritt zurück. »Und?«

Alessa hüpfte auf den Boden. »Und? … Oh, die Babys. Richtig. Das Mädchen, das sich um sie gekümmert hat, hatte bei der Belagerung ihre komplette Familie verloren, daher hat sie sie die ganze Zeit gehalten. Sie hat ihnen vorgesungen, sie gewiegt, mit ihnen gesprochen. Aber meistens hat sie sie einfach nur gehalten. Das war alles, was nötig war. Alle dachten, sie würden Essen und Schutz brauchen, doch was sie am meisten brauchten, waren Berührungen. Ohne berührt zu werden, haben die anderen Babys einfach aufgegeben.«

Dante biss sich auf die Lippe. »Und Ihr wisst, wie sie sich gefühlt haben.«

Sie errötete. »Nicht ganz, aber ich kann es erahnen. Das ist alles.«

Er klopfte mit dem Buch gegen seine Handfläche. »Passiert es auch, wenn Ihr *irgendjemanden* berührt?«

»Soweit ich weiß, ja.« Sie lachte, aber es klang scharf und bitter. »Das ist schon irgendwie ironisch, oder? Ich würde *töten*, um die Hand von jemandem halten zu können, doch wenn ich es tue, töte ich die entsprechende Person.«

»Und diese ganze Isolation dient dem Zweck, dass Ihr die Heiligkeit von Verbindung oder so was würdigt?«

»Ja. Die irdischen Beziehungen einer Finestra werden gekappt, sodass wir Ablenkungen vermeiden können, ein reines Herz behalten und uns voll und ganz auf die vor uns liegende Aufgabe konzentrieren. Indem ich keine Verbindungen habe, soll ich ihren Wert richtig zu schätzen lernen.«

»Das scheint mir widersprüchlich.«

»Es hat funktioniert. Und mich ziemlich begierig gemacht, einen Fonte zu bekommen.«

Er zog die Augenbrauen zusammen. »Ihr habt da einen reichlich beschissenen Handel geschlossen, Finestra.«

»Alessa«, sagte sie leise. »Mein Name ist Alessandra Diletta Paladino.« Die Worte schmeckten fremd, fühlten sich merkwürdig und unvertraut auf ihren Lippen an.

»Ich dachte, Ihr solltet eigentlich keinen Namen haben.«

»Ich sollte auch meine Fontes nicht töten oder einen Mann in meiner Suite haben.«

Er gestikulierte in Richtung der Wand. »Werdet Ihr es *ihnen* erzählen?«

»Vielleicht sollte ich es. Zumindest würden sie dann wissen, welchen Namen sie verfluchen müssen. Aber nein.«

»Und warum erzählt Ihr es mir?«

»Ich weiß es nicht.« Sie ließ sich in einen Sessel sinken und zog sich ein Kissen an die Brust. »Doch ich nehme an, ich habe schlichtweg genug davon, ein Titel statt einer Person zu sein. Sag ihn nur einfach nicht, wenn jemand es hören könnte.«

Er musterte sie nachdenklich. »Alessandra. Die von den Göttern auserwählte Beschützerin.«

»Woher weißt du das?«

»Zu viel Religion in meiner Kindheit.«

Sie wusste, wie *das* war. »Deine Eltern waren fromm?«

»Nein.« Sein Gesicht verdüsterte sich.

»Also, mein voller Name lässt sich grob als *die von den Göttern geliebte, tapfere Beschützerin der Menschheit* übersetzen. Dea muss das Gefühl gehabt haben, sie hätte keine andere Wahl, als mich auszusuchen, nachdem meine Eltern mir das angehängt hatten.«

»Besucht Eure Familie Euch jemals?«, fragte er.

»Ich bin die Finestra, schon vergessen? Ich habe keine Familie.«

»Ja, *Alessa*, ich erinnere mich.« Ihr Name auf seinen Lippen schickte einen merkwürdigen Schauer durch ihren Körper. »Also … Eure Familie. Ihr hattet eine.«

Sie seufzte. »Ja, ich hatte eine Familie. Ich nehme an, ich habe immer noch eine; das hängt davon ab, wie gläubig man ist.«

»Sind *sie* denn gläubig?«

»Meine Eltern schon. Sie haben seit dem Tag, an dem ich weggegangen bin, nicht mehr mit mir gesprochen. Sie sind gewissenhafte Gläubige.«

»Und beschissene Eltern.«

»Das ist nicht fair.«

Er wirkte nicht überzeugt. »Geschwister?«

»Ich habe – hatte – oh, vergiss es, ich *habe* einen Zwillingsbruder namens Adrick. Manchmal bringt er mir Dinge, oder er sitzt auf der anderen Seite der Gartenmauer und spricht mit mir, auch wenn es gegen die Regeln verstößt.«

»Dann war Euer Leben ... gut? Ich meine, Ihr wirkt so ...«
Er rang nach Worten, wedelte mit der Hand in der Luft,
als würde er in Gedanken einen Stapel Wörter durchgehen.
»Einsam. Als würdet Ihr Euer früheres Leben vermissen.«

»Das tue ich. Ich vermisse meine Familie so sehr, als wäre
etwas aus mir herausgerissen worden.« Sie senkte den Blick.
»Mein Vater hat mich immer seine kleine Katze genannt, weil
ich einem verfügbaren Schoß nicht widerstehen konnte.« Sie
lachte traurig. »Manchmal war ich *zu* anhänglich. Ich habe
Adrick öfters in Verlegenheit gebracht, weil ich versucht habe,
seine Hand zu halten, wenn seine Freunde dabei waren.«

»Es muss ein Schock gewesen sein.«

»Finestra zu werden war wie zu ertrinken. Du gehst jeden
Tag durchs Leben, ohne auf die Luft in deiner Lunge zu achten, und plötzlich wirst du ins tiefe Wasser geworfen, und Luft
wird zum kostbarsten Geschenk. Eines, von dem du bis dahin
nie gewusst hast, dass du es bekommen hast, und von dem du
erst recht nicht gedacht hättest, dass man es dir wegnehmen
könnte.«

»Bin mir nicht sicher, ob ich es bemerken würde.«

»Das ist traurig.«

Er zuckte die Schultern.

»Dann wünschte ich, du wärst Finestra. So viel Platz für
einen selbst, wie man sich nur wünschen kann, eine epische
Schlacht, und jede Menge Abgeschiedenheit. Ganz offensichtlich haben die Götter ihren perfekten Kandidaten verfehlt.«

Er lachte humorlos. »Die Götter wollen mich nicht.«

Sie wusste nicht, was sie darauf sagen sollte. »Also, du kennst
jetzt meinen vollständigen Namen, aber ich kenne deinen
Nachnamen immer noch nicht.«

»Meinen *Nachnamen*?«, sagte Dante augenzwinkernd. »Luce
mia, Ihr kennt noch nicht einmal meinen *Vornamen*.«

»Warte.« Alessa stand auf. »Dante ist nicht dein *richtiger Name?*«

»Es ist mein Name, nur nicht mein Vorname.« Um seine Lippen spielte ein Lächeln, als Alessa ein bisschen näher an ihn heranrückte.

»Und wie ist dann dein Vorname?«

Sein Lächeln wurde breiter. »Das sage ich nicht.«

»Warum nicht?« Alessas Stimme wurde vor Empörung lauter. »Einfach nur, um mich zu ärgern?«

»Natürlich nicht. Euch zu verärgern ist allerdings ein zusätzlicher Anreiz.«

»Ich wette, er ist schrecklich, wie Eustice. Vielleicht nenne ich dich so, bis du mir deinen richtigen Namen sagst.«

Er schnaubte. »Nennt mich, wie Ihr wollt. Aber erwartet nicht, dass ich auf den Namen reagiere.«

»Wie heißt *Sturkopf* in der alten Sprache?«

»Stronzo.«

»Und Mistkerl?«

»Bastardo.« Dante schlenderte in Richtung Tür. »Soll ich sie für Euch aufschreiben?«

»Ich bin mir sicher, dass sie mir bei passender Gelegenheit einfallen werden.«

Dante hielt ihr die Tür auf, sodass sie zuerst hindurchgehen konnte. Ein Bastardo, aber auch ein Kavalier.

21

Chi pecora si fa, il lupo se la mangia.
Wenn du zum Schaf wirst, werden die Wölfe dich
fressen.

Tage bis Divorando: 26

Während des Frühstücks begann die Insel zu beben, als würde auch sie vor Angst zittern. Beim zweiten Beben eilte Alessa
zurück nach oben; verschütteter Orangensaft tropfte von ihr
auf den Boden, und sie murrte leise etwas über Gottheiten, die
auch Botschaften aus Wolken oder Regenbogen *hätten senden
können*. Aber nein, sie mussten natürlich Naturkatastrophen
verwenden, um die Tage bis Divorando runterzuzählen.

Als sie in sauberen Kleidern im Übungsraum stand, ließ das
Beben nach, aber Crollo schien entschlossen, einen ganzen
Ozean auf die Insel herabstürzen zu lassen. Sie machte sich
daran, die Kissen zu arrangieren, die sie mitgebracht hatte, damit sich alles nicht gar so bedrohlich anfühlte – und für den
Fall, dass jemand hinfallen sollte –, aber gegen das unheilvolle
Grollen des Sturms konnte sie nichts tun.

Kamaria lehnte an der Wand, gab in ihrer eng anliegenden
hellbraunen Hose ein Bild lässigen Gelangweiltseins ab, fummelte aber unaufhörlich an der Spitze ihrer lockeren Bluse herum. Nina stand hinter Josef, spiegelte fast unmerklich seine
Bewegungen, wie die Gezeiten, die auf den Mond reagierten.

Das Blassrosa ihres Kleids stellte eine Veränderung gegenüber dem Weiß dar, das sie normalerweise bevorzugte, unterschied sich aber auch nicht allzu sehr davon.

Kalebs übliche Verachtung hatte sich in mürrische Schwermut gewandelt. Er trug von Kopf bis Fuß Schwarz, für den Fall, dass irgendwem nicht absolut klar sein sollte, wie er es empfand, hier zu sein. Breitbeinig und mit verschränkten Armen stand er da und erwiderte finster die Blicke all derer, die dumm genug waren, in seine Richtung zu schauen.

Saida war die Erste, die Alessas fragendem Blick nicht auswich, sondern einen Schritt auf sie zu machte. Jede Schicht ihres Rocks war heller als die darunterliegende – ganz so, als könnten helle Farben die bedrückende pessimistische Aura bannen. Ihre Augen hatte sie mit blauem Lidschatten betont; die Farbe passte perfekt zu dem Schal, den sie sich um die Haare gebunden hatte, vermutlich um zu verhindern, dass sie hin und her wirbelten, wenn sie ihre Macht benutzte.

»Wir können uns hinsetzen, wenn du willst«, sagte Alessa und deutete auf die herumliegenden Kissen.

Saida zog die Schultern zurück und sah Alessa in die Augen. »Danke, aber ich ziehe es vor, Platz zu haben, um mich bewegen zu können.«

Um fliehen zu können.

Alessa knetete ihre Finger und versuchte ihren Blutkreislauf in Gang zu bringen, auch wenn kalte Finger das geringste Problem waren.

In einer Ecke stand Renata und beobachtete alles aufmerksam; ihre Lippen bewegten sich in einer stummen Litanei aus »sanft, leicht, vorsichtig«, die zu dem Refrain in Alessas Kopf passte.

Ihre Hände waren so klamm, dass sie sich nicht sicher war, ob sie irgendetwas würde festhalten können, daher legte sie

Saida auf ihr knappes Nicken hin den Daumen und den Zeigefinger wie einen Armreif um die Handgelenke.

Schlagartig erwachte ihre Macht, wie eine wilde Woge, die durch sie hindurchrauschte, gierig, sich nach etwas sehnend, das ihr lange verwehrt worden war. Es war zu viel, zu schnell.

Saida wimmerte, und Alessa ließ los. Sie brauchte einen neuen Kandidaten. »Danke, Saida, ich werde auf dich zurückkommen. Josef?«

Er hatte ein Glas Wasser mitgebracht, damit Alessa versuchen konnte, es gefrieren zu lassen, und hatte die Voraussicht, es auf den Boden zu stellen, sodass es zumindest keine Scherben geben würde.

Alessa nahm Josefs glatte, kühle Hände in ihre und starrte das Wasserglas an. Nichts veränderte sich. Eine Kälte traf ihr Brustbein, breitete sich bis in ihre Gliedmaßen aus. Vielleicht war das Josefs Gabe, vielleicht aber auch ihre eigene wachsende Panik.

Er hielt länger durch als Saida, beharrte darauf, dass es ihm gut ging – allerdings mit zusammengebissenen Zähnen, als fürchtete er, sich übergeben zu müssen, sobald er den Mund aufmachte.

Es war gerade einmal der erste Tag. Sie hatten Zeit.

Zumindest ein wenig.

Nicht genug.

Kamaria kam herangeschlendert; sie trug eine Kerze in einem Kerzenhalter aus Metall. »Ich habe Requisiten mitgebracht.« Ihr Tonfall klang leicht, aber die Flamme zitterte. Sie stellte den Kerzenhalter auf den Boden und griff nach Alessas Händen.

Alessa konnte ihre Finger nicht freibekommen. Sie würde Kamaria verletzen – oder Schlimmeres würde passieren …

Konzentrier dich. Sie versetzte sich einen mentalen Klaps. Tief atmend zügelte sie sich, bis das gierige Verlangen nachließ. Dann – und erst dann – versuchte sie, Kamarias flackernde Macht zu erreichen. Sie strich an ihrem Geist entlang, tanzte wie eine Flamme in einer Brise, aber sie konnte sie nicht fassen.

Renata hatte zu Alessa gesagt, sie sollte an eine Sängerin denken – allmählich verlor sie den Überblick über die vielen Metaphern und Bilder –, aber ihre Versuche, ihre Macht zu benutzen, fühlten sich an, als würde sie sich angestrengt bemühen, sich an eine vergessene Melodie zu erinnern, oder an ein Wort, das einem eigentlich schon auf der Zunge lag. Es war da, in ihr, und ein Teil von ihr *wusste*, wie es funktionierte, aber je mehr sie sich anstrengte, desto schwieriger wurde es, es zu fassen zu kriegen.

Kamarias Griff lockerte sich genug, dass Alessa ihre Hände wegziehen konnte, und beide seufzten erleichtert. Leicht zitternd verbeugte sich Kamaria schwungvoll und mit einem großspurigen Grinsen.

Die Kerze hatte nichts getan.

Drei Fontes, keinerlei Ergebnisse.

Eisige Finger aus Panik wanderten Alessas Rückgrat hinauf. Sie hatte sich so große Sorgen gemacht, dass sie Fontes *töten* könnte, dass ihr niemals die entsetzliche Möglichkeit in den Sinn gekommen war, sie könnte sie um den Preis am Leben halten, dass sie unfähig war, ihre Macht zu kanalisieren.

Kaleb kam herangeschlichen. Er wirkte so steif, dass er womöglich auseinanderbrechen würde, wenn sie eine plötzliche Bewegung machte. Seine Hände waren kalt und groß – eine lächerliche Feststellung, aber es war das Erste, was sie bemerkte, bevor sie ihren Geist vollständig öffnete. Ein Ruck lief ihre Arme hoch, und sie ließ mit einem Keuchen los.

Kaleb beugte sich vor, umklammerte seine Hand. »Verdammt, das hat *wehgetan*!«

»Es tut mir leid«, sagte Alessa. Zwischen ihren Fingern tanzten Blitze. »Ich wollte dich nicht –«

»Du bist dran, Sommersprosse«, meinte Kaleb höhnisch zu Nina, die hinter Josef kauerte und ein Gebet zu Dea flüsterte. »Mach weiter. Böse Monsterkäfer kommen.«

»Was bist du nur für ein Fiesling, Kaleb.« Nina ließ die Hände sinken; in ihren Augen schimmerten wütende Tränen. Sie weinte, während sie an der Reihe war, und Schluchzer schüttelten sie beide, bis Alessa es schaffte, eine leichte Berührung zustandezubringen. Sie versuchte noch nicht einmal, Ninas Gabe, Materie zu verzerren, zu benutzen. Ein Schritt nach dem anderen. Nina musste bestärkt werden, bevor sie überhaupt die Chance hatte, eine nützliche Fonte zu werden.

Nach einer weiteren Runde, über die man nichts Besseres sagen konnte, als dass »niemand starb«, erklärte Kaleb die Übungsstunde für beendet und stolzierte hinaus, starrte dabei alle finster an, die es wagten, in seine Richtung zu blicken.

Alessa ließ ihn gehen. Er hätte womöglich die Cittadella in Brand gesteckt, wenn sie aufmunternde Worte an ihn gerichtet hätte.

Die anderen gingen danach ebenfalls, nur Kamaria blieb noch zurück. »Darf ich dich etwas fragen?«

»Natürlich.«

»Haben Finestra und Fonte die Macht, jemanden zu begnadigen, der ein schweres Verbrechen verübt hat?«

Alessa warf ihr einen fragenden Blick zu.

»Keine Sorge, ich bin keine Serienmörderin oder so was. Es geht um meinen Bruder. Ich weiß, was alle denken, aber Shomari ist kein Deserteur, das schwöre ich. Wie ich schon sagte, er hat einfach eine Schwäche für Mutproben, und seine

Freunde haben ihn herausgefordert, sich auf ein Schiff zu schleichen. Die kleinen Idioten sind weggerannt, als die Crew aufgewacht ist, und ich wette, Sho hat versucht, sich zu verstecken, um keinen Ärger zu kriegen. Dann ist er in Panik geraten, als das Schiff den Hafen verlassen hat und er offiziell zum Deserteur geworden ist. Er hat nicht mal irgendwas mitgenommen.«

Alessa stieß die Luft aus. »Man hat mir immer erzählt, dass es ein unentschuldbares Verbrechen ist zu desertieren, aber ich weiß nicht … vielleicht unter den richtigen Umständen …«

»Wie etwa, wenn seine Schwester Fonte würde?«

Es war verführerisch, Ja zu sagen, eine starke Kandidatin darauf festzunageln. Aber sie konnte Kamarias Bruder nicht als Druckmittel benutzen, und sie kannte die Antwort wirklich nicht. »Vielleicht. Ich kann nichts versprechen.«

»Verstehe. Tut mir leid, dass wir das nicht etwas leichter für dich machen.«

Alessa versuchte, sich unauffällig die Augen zu wischen, als Kamaria den Raum verließ.

»Sag nichts«, sagte sie zu Dante, der sie viel zu eingehend musterte.

»Hatte ich auch nicht vor.«

Sie schniefte. »Sie sind alle am Leben.«

»Ja.«

»Saida hat eine gute Einstellung. Josef ist ein feiner Kerl. Kamaria war stark und scheint motiviert zu sein. Kaleb war … nun ja, Kaleb ist Kaleb.«

»Ich habe es genossen zuzusehen, wie er sich wand.«

Sie sah ihn vorwurfsvoll an. »Du solltest nett sein.«

»Ich bin nicht nett.«

»Ich glaube, du könntest es sehr wohl sein.«

Dante wirkte tödlich beleidigt, was sie so witzig fand, dass sie anfing zu lachen und nicht mehr aufhören konnte, bis die Tränen, gegen die sie zuvor angekämpft hatte, plötzlich zu fließen begannen. Schließlich wusste sie nicht mehr genau, ob sie eigentlich lachte oder weinte.

Dante wirkte zusehends entsetzt, aber sie konnte einfach nicht aufhören.

»Äh … seid Ihr in Ordnung?«, fragte er.

»Ist mir nie besser gegangen«, keuchte sie. »Inigo?«

»Falsch.«

»Alberto?«

»Immer noch falsch.« Er hielt ihr die Tür auf.

»Ranieri?«

»Nicht einmal nah dran.«

»Julian? Amadeo?«

»In Ordnung, Piccola, das reicht für heute.«

Während ihrer Übungseinheit war der Regen zu einer Sintflut geworden. Wasser strömte von den Dachvorsprüngen des Innenhofs, und wilde Windböen trieben den Regen seitwärts, sodass der überdachte Gehweg keinerlei Schutz bot.

Alessa und Dante platschten durch den Innenhof zur Treppe, und sie hörte einen wirren Haufen Bedienstete darüber streiten, wie man am besten aus der Küche abhauen konnte. Wenn die Cittadella, die der höchste Punkt der Stadt war, so überschwemmt wurde, wollte sie gar nicht wissen, wie es sonst überall aussehen musste.

»Sollen wir rennen?«, fragte Alessa Dante.

Regenwasser tropfte von seinen Haarspitzen, als er zum Himmel aufschaute. Sie würden so oder so durchnässt werden.

»Komm schon.« Alessa raffte ihre Röcke zusammen und raste in den Regen hinaus. Sie konnte kaum etwas sehen, da ihr das Wasser übers Gesicht lief, aber sie streckte der Statue von Crollo trotzdem die Zunge raus, als sie an ihr vorbeirannte.

Ein lautes Poltern, und jemand prallte gegen sie.

»Was –«

Dante stieß sie vorwärts, während etwas hinter ihnen auf den Boden krachte. Die Statue. Marmorsplitter schlitterten über den überfluteten Innenhof.

Sie stolperte, aber sie fiel nicht. Dante hielt ihren Arm eisern fest und zerrte sie zur Treppe.

»Sie wird nicht *noch einmal* umfallen.« Sie versuchte sich freizumachen, doch seine Hand hätte genauso gut eine eiserne Fessel sein können. »Du darfst die Finestra nicht berühren, du Idiot. Das Beben ist vorbei.«

»Da war kein Beben, und das war kein Unfall.«

Sie versuchte sich umzudrehen. »Hast du jemanden gesehen?«

»Ich konnte kaum überhaupt etwas sehen.«

Als sie die Treppe erreichten, ließ er sie los, schob die nassen Haare beiseite, die ihm an der Stirn klebten.

Er schüttelte die Tropfen von den Fingern und deutete auf ihr Gesicht. »Ihr blutet.«

»Was?« Sie berührte ihre Wange.

Dante packte sie wieder am Ellbogen, drängte sie weiter, aber ihre völlig durchnässten Röcke klebten an ihren Beinen und machten ihr das Gehen schwer.

»Oh, um Deas willen, warte.« Sie riss ihren Arm frei und fand die Schnalle, löste den nassen Stoff von den Beinen und hob ihn hoch, trug ihn in den Armen. Die waldgrünen Strumpfhosen, die sie darunter anhatte, waren fast so dick wie eine Hose, und ihre Lederstiefel – die wahrscheinlich jetzt ruiniert waren – reichten bis über die Knie.

Dante sah kurz nach unten, dann sofort wieder hoch und zur Seite.

»Oh, bitte«, sagte sie. »Als hättest du noch nie die Beine einer Frau gesehen.«

»Geht einfach weiter«, knurrte er barsch.

Sobald sie in ihrer Suite angekommen waren, eilte Alessa ins Badezimmer, um ihre Verletzung zu untersuchen. Die Schramme an ihrer Schläfe, die von einem Marmorsplitter stammte, verlief gerade, war so lang wie ihr Finger und nicht allzu tief. Nichts, was genäht werden musste, den Göttern sei Dank, denn das hätte sie selbst tun müssen und wäre dabei vermutlich ohnmächtig geworden. Erst das Ohr, jetzt ihr Gesicht. Wenn es in diesem Tempo weiterging, würde sie wie eine von Schlachten gezeichnete Finestra aussehen, noch bevor Divorando überhaupt begonnen hatte.

Dante trat zu ihr. »Ich habe Salbe gefunden. Haltet still.« Er hob einen Finger, und Alessa stolperte rückwärts, fiel über die Kommode und landete in der Badewanne.

»Hast du den Verstand verloren?«, fragte sie. »Du darfst *meine Haut nicht berühren*. Du wirst *sterben*, wenn du es tust.«

Dante blinzelte. »Oh, stimmt. Hier.« Er warf ihr die Salbe in den Schoß.

Ihr Rücken schmerzte, ihre Schläfe brannte, und sie musste ein lächerliches Bild abgeben, so mit den Beinen über den Rand der Badewanne und den Füßen nach oben. Dante hingegen sah ganz und gar nicht wie eine ertrunkene Ratte aus, sondern einfach nur prachtvoll; seine Haare kringelten sich, sein weißes Hemd war halb durchsichtig und klebte ihm an der Brust, und seine Hose – nein, seine Hose sah sie besser *nicht* an.

Während sie den Deckel der Salbe aufschraubte, warf sie ihm einen finsteren Blick zu. »Lachst du mich aus?«, fragte sie.

»Du glaubst, es hat *wieder* jemand versucht, mich zu töten, und du *lachst*?«

Er hob eine Faust an den Mund. »Die ganze Zeit, seit ich Euch kenne, hat jemand versucht, Euch zu töten.«

Sie warf ihm die Salbe an den Kopf.

Er fing sie auf. »Können wir uns darauf einigen, dass Ihr von jetzt an Euren Hintern bewegt, wenn ich es Euch sage, ohne es zu hinterfragen?«

»Na schön. Können wir uns darauf einigen, dass du mich nicht in der Gegend rumzerrst, solange ich es tue? Die Finestra sollte nicht grob behandelt werden.«

»Abgemacht.« Er hielt ihr die Salbe hin. »Fertig damit?«

Alessa stützte sich auf die Ellbogen und starrte auf die Innenseite seines Handgelenks. Sie musterte die beiden gekreuzten Klingen, den dünnen Kreis aus winzigen Buchstaben um sie herum – das Zeichen, das ihn zu einem Kriminellen machte, einem Mörder. Das *verblasste* Zeichen.

Dante ließ die Hand sinken, aber sie hatte den Beweis bereits gesehen.

»Das ist nicht echt«, sagte sie. »Du hast dich selbst gezeichnet.«

22

Si dice sempre il lupo più grande che non è.
In einer Geschichte machen kleine Lügen
den Wolf größer.

Tage bis Divorando: 26

Das Lächeln verschwand schlagartig aus seinem Gesicht.

»Warum?« Alessa kletterte aus der Badewanne. »Warum tust du so, als wärst du ein Krimineller? Ein Ausgestoßener?«

»Was kümmert es Euch?« Er knallte die Salbe auf die Kommode und ging nach draußen.

Sie rannte hinter ihm her, hinterließ dabei eine nasse Spur. »Ich versuche, dich zu verstehen.«

»Das ist Euer erster Fehler.«

»Wenn du nicht gezeichnet bist, brauchst du gar keinen Fortezza-Pass – warum bist du dann mitgekommen, um für mich zu arbeiten?«

Er wollte – oder konnte – sie nicht ansehen. »Weil Männer dumme Dinge tun, wenn Frauen weinen?«

»Das genügt nicht. Du hast mich angelogen.«

Er wirbelte zu ihr herum. Seine Augen blitzten. »Ihr habt *mich* gefunden, schon vergessen? Und Zeichen oder nicht, ich *bin* ein Ausgestoßener. Ohne Zuhause, ohne Familie, ohne Freunde.«

»Ich habe dir gesagt –« Sie verstummte, als ihr plötzlich

206

schwindlig wurde. »Ich dachte, du würdest verstehen, wie es sich anfühlt, aber du hast in Wirklichkeit nie jemanden getötet.«

»Ihr sagt das, als ob es etwas Schlechtes wäre. Vielleicht bin ich auch einfach nur nicht erwischt worden.«

»Und – was ist es?«

»Ich habe sie nicht gerettet. Das ist das Gleiche.« Er starrte zu Boden, umklammerte die Griffe seiner Messer, als wären sie das Einzige, was ihn an die Erde band.

Sie konnte nicht wütend bleiben, wenn er so verloren wirkte. »Deine Eltern?«

»Damit hat's angefangen.«

»Meiner bescheidenen Meinung nach bin ich eine bessere Zuhörerin als Finestra.«

»Ihr braucht meine hässliche Geschichte nicht.«

»Was bedeutet schon eine weitere Tragödie?« Sie zuckte leicht mit den Schultern, ein Risiko, das sich bezahlt machte, als sich ein Beinahe-Lächeln auf sein Gesicht stahl. »Ich habe dir meine erzählt«, sagte sie stichelnd.

Er drehte sich zu den Balkontüren um, die Fäuste geballt, die Lippen zusammengepresst. Sie stand kurz davor, ihn in Ruhe zu lassen, als er schließlich sprach. »Sie wurden von einem Mob getötet. Menschen, die wir ein Leben lang gekannt hatten, haben sich gegen sie gewandt, sie nach draußen gezerrt und totgeschlagen.«

Sie erschauerte. »Aber warum? Was könnten sie getan –«

»*Nichts*«, fauchte er. »Sie haben rein gar nichts getan, womit sie so etwas verdient hätten.«

»Nein, natürlich nicht«, sagte sie rasch. »Ich habe damit nicht gemeint –«

»Sie waren nicht perfekt, aber niemand verdient so etwas.«

»Natürlich nicht. Ich kann mir nur einfach nicht vorstellen, warum Menschen so etwas ohne Grund tun sollten.«

»Oh, ich bin mir sicher, sie hatten *Gründe*. Menschen haben immer Gründe. Menschen können alles rechtfertigen, wenn sie es nur genug wollen.«

»Es tut mir so leid. Wie alt warst du?«

»Alt genug.« Die Wut in seiner Stimme galt ihm selbst, nicht ihr, doch sie zuckte dennoch zusammen.

»Wie alt?«

»Zwölf. Aber ich war groß für mein Alter. Stark. Ich hätte kämpfen können, ihnen eine Möglichkeit verschaffen können zu entkommen. Nur ich habe es nicht getan.« Seine Stimme klang so hohl, dass sie die Luft aus dem Raum zu saugen schien. »Ich habe mich versteckt. Ich habe alles gehört und nichts getan.«

»Es war nicht dein Fehler.«

»Natürlich war es das.« Dante strich sich mit einer Hand durch die Haare.

»Du warst ein *Kind*.«

»Und sie waren meine Familie. Ich hätte mit ihnen sterben sollen.«

Es gab nichts mehr zu sagen. Selbst wenn sie die richtigen Worte finden würde, würden sie ihn nicht erreichen, so in sich zurückgezogen, wie er jetzt war. Und sie wusste ohne jeden Zweifel, dass sie die hauchdünne Rettungsleine zerreißen würde, die er ihr zugeworfen hatte, wenn sie etwas Falsches sagte.

Wie grausam, dass es den Kummer nicht geringer machte, wenn man ihn mit jemandem teilte. In der Physik gab es Regeln und Kräfte, gleiche und gegensätzliche Reaktionen, ein Gleichgewicht. Aber Gefühle gehorchten keinen Regeln, und selbst wenn Mitgefühl sie einhüllte wie eine schwere Decke, half ihm das kein bisschen. Ganz egal, wie viel zu ertragen sie bereit war, sie konnte ihm seine Bürde nicht leichter machen. Selbst ihre Hände, die Macht stahlen, und Stärke und das Leben selbst, waren machtlos, wenn es darum ging, sein Leiden irgendwie zu verringern.

Deshalb sagte sie gar nichts, aber sie ging auch nicht weg. Sie blieb dicht bei ihm stehen, bot ihm das bisschen Trost, das sie ihm allein durch ihre Anwesenheit geben konnte.

Dante starrte auf die regengetränkte Stadt unter ihnen, aber sie wusste, dass er eigentlich nichts sah.

An den folgenden Tagen zuckten die Fontes mehr zusammen, als dass sie weinten, doch selbst nach einer Woche Training schreckten sie jedes Mal zurück, wenn Alessa ihnen nahe kam.

Tomo hatte seine Kraft größtenteils wiedererlangt, aber er sah aus sicherer Entfernung zu, als Alessa der Reihe nach die Gaben aller potenziellen Fontes nutzte, selbst die von Nina. Allerdings empfand Alessa es immer noch als *falsch*, Materie auf diese Weise zu verändern, und es drehte ihr fast den Magen um; es war, als würden die Gesetze der Physik gegen so einen unnatürlichen Einfluss ankämpfen.

Am Ende eines besonders langen Nachmittags saßen die Fontes und Alessa um den Esstisch herum, schlaff wie Pflanzen während einer Dürre. Tomo und Renata hatten sich für ein ruhiges Abendessen aus weißem Fisch in einer Zitronen-Weinsoße zu ihnen gesellt – die Qualität des Essens in der Cittadella hatte sich *definitiv* verbessert, seit die Fontes angekommen waren –, und selbst sie gaben sich nicht die Mühe, mehr Konversation zu betreiben, als auf Saidas zögernde Fragen zu Familienrezepten zu antworten. Tomo wurde ein bisschen munterer und schien fasziniert, als Saida ihr Projekt erklärte. Er kannte sich auch überraschend gut mit Backen aus. Während er für Saida ein paar Speisen aufzählte, von denen sie welche aussuchen sollte, lächelte Renata nur schwach und versprach, irgendwann später darüber nachzudenken. Alle anderen schienen erleichtert, dass sie eine Zeit lang nicht die Energie aufbringen mussten, etwas zu sagen.

Als Tomo und Saida sich über den Gebrauch von Reismehl statt Gelatine in einem Dessert unterhielten, das Alessa nicht kannte, starrte Kamaria mit leerem Blick auf den nächsten Kandelaber. Ihre Kräfte ließen die Flammen in einem langsamen Rhythmus wachsen und schrumpfen, als würde das Feuer atmen, und Rauch wirbelte auf Kaleb zu. Sie bemerkte es entweder nicht oder hatte beschlossen, seine nachdrücklichen Seufzer zu ignorieren.

Schließlich verstummte die Unterhaltung, und Schweigen breitete sich aus.

»Ich glaube, es ist Zeit für eine Pause«, sagte Tomo und klopfte mit seinem neuen Gehstock gegen seinen Stuhl.

Alessa hätte beinahe aufgeschrien. *Eine Pause?* Sie sollten für heute eigentlich fertig sein.

»Gibt es irgendetwas Besonderes, an dem du sie noch arbeiten lassen möchtest?«, fragte Renata. »Sie scheinen mir alle ziemlich müde zu sein.«

»Ich habe Süßigkeiten bestellt«, wandte Saida zaghaft ein. »Vielleicht würde ein bisschen Zucker uns wieder stärken.«

»Sehr aufmerksam von dir, meine Liebe«, sagte Renata. »Aber Tomo, ich glaube, für heute haben sie genug.«

»Ich bitte um Entschuldigung«, erwiderte Tomo. »Ich habe mich unklar ausgedrückt. Ich habe nicht *heute* gemeint, sondern vielmehr einen kompletten Ruhetag morgen.«

Renata versteifte sich. »Ich glaube nicht, dass das klug ist.«

»Ruhepausen sind genauso wichtig für das Training, wie es das Schlafen für das Lernen ist. Ein Tag, an dem wir ruhen und beten und Zeit mit der Familie verbringen können, wird uns alle regenerieren lassen. Außerdem kann ich mir keine bessere Möglichkeit vorstellen, Kriegern und Kriegerinnen ein Ziel zu geben, als sie daran zu erinnern, wofür wir eigentlich kämpfen. Zudem kommt morgen früh Mastro Pasquale, was bedeutet, dass die Finestra ohnehin damit beschäftigt sein wird, für ihr offizielles Porträt Modell zu sitzen.«

Alessa war nicht die Einzige, die einen verstohlenen Blick auf die vielen Porträts an der Wand warf, die ernst zu ihnen zurückstarrten – das jeweilige Duo Divino über Jahrhunderte hinweg in Ölfarben eingefangen. Auf den ersten Blick schienen die porträtierten Personen wenig gemein zu haben, denn sie unterschieden sich in Größe, Statur, Hautfarbe und Geschlecht. Eines allerdings hatten sie tatsächlich alle gemeinsam: dass alle Finestras als Paar mit einem oder einer Fonte abgebildet waren.

Nun, Mastro Pasquale, die in Alessas ersten Jahren als Finestra ihre Kunstlehrerin gewesen war, besaß zumindest genug Talent, um später einen oder eine Fonte hinzufügen zu können und es so aussehen zu lassen, als hätten sie gemeinsam Modell gesessen. Und wäre *das* nicht eine lustige Geschichte, die Reiseführer zukünftigen Besuchern und Besucherinnen der Cittadella erzählen könnten? Vorausgesetzt natürlich, dass Alessa es schaffte, einen oder eine Fonte zu finden und mit ihm oder ihr an Divorando gemeinsam zu triumphieren, sodass die Cittadella in einem Monat überhaupt noch stand.

Renata rieb sich die Stirn. »Sie kann genauso gut jetzt schon die Hälfte fertig machen. Ich nehme an, ihr alle hättet gerne einen Ruhetag.« Es schien schmerzhaft für sie zu sein, es zu gestatten. »Aber ich erwarte, dass übermorgen alle eine Stunde früher kommen und darauf vorbereitet sind, einhundert Prozent zu geben. Und ich hoffe, ihr alle entscheidet euch klug, wie ihr euren freien Tag verbringen werdet.«

Mit einem feindseligen Seitenblick auf die Porträts erhob sich Renata in einem Wirbel aus burgunderroten Röcken und half Tomo beim Aufstehen, während er eine Runde Dankeschöns beiseitewedelte.

»Tja«, sagte Saida aufatmend, als die beiden gegangen waren, »das muss definitiv gefeiert werden. Ich bin froh, dass ich mir die Deluxe-Packung der in Schokolade getauchten Cannoli gegönnt habe.«

Wie auf magische Weise holte sie eine Gebäckschachtel von unter ihrem Stuhl hervor, und die Fontes machten sich eifrig darüber her.

Josef, Nina und Kamaria nahmen ihr Dessert mit. Kaleb aß seins mit einem Biss und griff sich ein zweites aus der Schachtel, ehe sie zum Kopfende des Tischs gelangte.

»Sie sind von Il Diletto«, sagte Saida. »Das ist die Pasticceria deiner Familie, oder?«

Alessa blinzelte, als sie das vertraute Logo sah, das ihr Daumen verdeckt hatte.

»Die Finestra hat keine Familie«, meinte sie sanft.

»Stimmt«, stotterte Saida. »Natürlich. Das weiß ich. Ich habe einfach nur gedacht –«

»Moment«, sagte Kaleb, der den Mund immer noch voller Gebäck hatte. »Adrick Paladino ist dein Bruder?«

Alessa spürte, wie sich ihr die Kehle zuschnürte. »Wie ich schon gesagt habe, eine Finestra hat keine –«

»Ja, ja.« Kaleb wedelte gelangweilt mit der Hand. »Die Finestra entspringt unberührt Deas heiligen Lenden. Das hab ich kapiert.« Er leckte einen Rest Puderzucker von einem manikürten Fingernagel und sah sie prüfend an. »Du siehst ihm überhaupt nicht ähnlich. Na ja, vielleicht die Augen.«

Es war sinnlos, dass sie an der Geschichte ihres göttlichen Ursprungs festhielt, wenn die anderen nicht mitspielten. »Mir war gar nicht bewusst, dass du Adrick kennst – und schon gar nicht seine Augenfarbe.«

Kaleb wurde leicht rot. »Er ist überall. Es ist unmöglich, ihm nicht über den Weg zu laufen.«

Saida sah aus, als hätte sie zu pfeifen begonnen, wenn sie es gekonnt hätte. Sie reichte die Schachtel an Dante weiter. »Ihr beide könnt euch den Rest teilen. Komm, Kaleb, es wird einen Kampf um die Dusche geben, ehe wir mit dem Kartenspielen anfangen, und dieses Mal werde ich nicht die Letzte sein.«

»Pff«, spottete Kaleb. »Wenn wir morgen nicht trainieren, werde ich jetzt verschwinden.«

Saida jagte ihn aus der Tür. »Wir sind doch noch mitten in einer Runde Chiamata!«

Kalebs Stimme hallte durch den Korridor. »Dann spielt stattdessen Scopa. Josef und Nina kleben praktisch aneinander, sie können als Paar spielen.«

Dante nahm die Gebäckschachtel und hielt sie Alessa hin, aber sie zögerte, spielte mit ihrem Halsband, einem kleinen silbernen Anhänger, der an einer filigranen Kette hing. »Du kannst auch gehen, wenn du willst. Ich weiß, dass du nicht damit gerechnet hast, es so lange mit mir aushalten zu müssen, als du den Job übernommen hast.«

Dante sah sie merkwürdig an. »Ist keine große Sache.«

Ganz so wie man an einem kaputten Zahn saugt, um herauszufinden, ob er noch schmerzt, konnte sie der Verlockung nicht widerstehen, ihn zu bedrängen. »Bist du dir sicher? Ich wette, so kurz vor Divorando werden die Partys ziemlich wild.«

»Sehe ich aus, als würde ich gern auf Partys gehen?«

»Ich habe keine Ahnung, was für ein Kerl du bist. Ich weiß nur, dass Dante nicht dein richtiger Name ist und du eine Menge Bücher liest, Fremde für Geld verprügelst, Sprichworte in der alten Sprache kennst und behauptest, ein schrecklicher Mensch zu sein, ohne auch nur den Hauch eines Beweises dafür zu erbringen. *Du*, Nicht-Dante Nicht-Nachname, bist für mich ein totales Geheimnis.«

Er beugte sich vor. »Und Ihr könnt Geheimnisse nicht ertragen, stimmt's?«

»Überhaupt nicht.«

»Tja, dann habe ich hier etwas Wahres für Euch. Ich mag die meisten Menschen nicht, und daher mag ich auch die meisten Partys nicht.«

»Schockierend. Ich habe Partys geliebt. Und Menschen. Als sie noch keine Angst vor mir hatten.«

Bei nochmaligem Nachdenken war ein Mundvoll Zucker jetzt genau das, was sie brauchte.

Ohne auf ihre ausgestreckte Hand zu achten, machte Dante mit seiner methodischen Durchsicht der Gebäckstücke weiter. »Ich habe keine Angst vor Euch.«

Sie reckte eine Siegerfaust. »Einer weniger. Der Sieg ist mein.«

Er stopfte sich kichernd ein Plunderstück in den Mund.

23

Lupo non mangia lupo.
Wölfe fressen keine Wölfe.

Tage bis Divorando: 20

Wieder in ihrer Suite überlegte Alessa laut, was sie bei ihrer Porträtsitzung am nächsten Tag tragen sollte, während Dante das Thema komplett ignorierte; stattdessen machte er es sich mit einem weiteren Buch in einem Sessel bequem.

Sie ging ihren Schrank durch, zog reihenweise rubinrote Seide, silbernen Taft und violette Spitze heraus und hängte ein halbes Dutzend Kleider, die sie nur einmal oder überhaupt noch nicht getragen hatte, an den Paravent zwischen ihrem Bett und dem Hauptraum.

Nach mehrmaligem sehr lautem Räuspern (und einem einmaligen, aber nachdrücklichen Aufstampfen des Fußes) blickte Dante lange genug auf, um mit einem Brummen in Richtung eines scharlachroten Kleids sein Urteil abzugeben. Alessa machte sich nicht die Mühe, ihn nach seiner Meinung bezüglich des Schmucks oder der Schuhe zu fragen, packte vielmehr die, für die sie sich entschieden hatte, zusammen und legte sie unter das Kleid, damit sie am Morgen nicht allzu lange würde stöbern müssen.

Als Alessa zurück zur Sitzecke ging, hob sie das kleine in Leder gebundene Buch auf, das er offen auf dem Beistelltisch liegen gelassen hatte, und fuhr mit dem Finger über die Worte im Innern des Umschlags.

Per Luce mia.

»Ist das für mich?«

Dante sah zu ihr hin und schoss hoch. »Nein.«

»Tut mir leid.« Sie zog die Hand weg. »Ich wollte nicht herumschnüffeln.«

»Nein. Ist schon gut.« Seine Wangenknochen verdunkelten sich. »Ihr könnt es Euch ansehen. Es ist allerdings in der alten Sprache.«

Alessa schlug willkürlich eine Seite auf. »O mangiar questa Minestra o saltar dalla Finestra«, las sie, stockte dabei ein wenig. »Etwas über Minister … die aus dem Fenster springen?«

»Minestra ist Suppe. Iss die Suppe, oder spring aus dem Fenster. Es bedeutet *du hast keine Wahl.*«

»Ah«, sagte sie und schlug das Buch wieder zu. »Ich habe mich schon gefragt, ob du ein Buch mit alten Sprichwörtern auswendig gelernt hast, und voilà, hier ist es.«

»Mehr als eins, genauer gesagt. Der *heilige* Mann, der mich bei sich aufgenommen hat, nachdem meine Eltern gestorben waren, hat mich jeden Tag in der Verità lesen lassen. Sie war groß genug, um andere Bücher dahinter zu verstecken.«

»Oh.« Sie kaute an ihrer Lippe. »Wie lange hast du bei ihm gelebt?«

»Zu lange. Ich habe drei Jahre gebraucht, um wegzukommen.«

»Das ist schrecklich.« Sie wollte noch mehr fragen, wollte verstehen, was er durchgemacht hatte, sowohl während seiner Gefangenschaft als auch danach, aber ihr Instinkt sagte ihr, dass ein wahrer Freund das Thema wechseln würde.

Auf der Rückseite des Buchs spürte sie Rillen unter ihren

Fingerspitzen, und sie drehte es um und sah Buchstaben, die in das Leder geritzt waren.

E. Lucente.

»Ich hab's gewusst!«, brüstete sich Alessa. »Du heißt *Eustice!*«

Dante lächelte schief und schüttelte den Kopf. »Das *E* steht für *Emma*. Es hat meiner Mutter gehört.«

»Verflixt«, schmollte Alessa. »Nun ja, zumindest kenne ich jetzt deinen Nachnamen. *Lucente. Licht.* Und *Dante* bedeutet ...«

»Beständig.«

»Beständiges Licht«, sagte sie versonnen. »Das gefällt mir. Du hast mich einmal *Luce mia* genannt.«

Dante verschränkte die Arme und öffnete sie dann wieder, räusperte sich dabei leise. »Sie hat mich so genannt.«

Ihr Herz schmerzte, als sie sich den kleinen Jungen vorstellte, der er einmal gewesen sein musste. »Und was liest du jetzt? Ist es gut?«

Er warf ihr einen Blick zu. »Sagt Ihr es mir. Ich habe es neben Eurem Bett gefunden.«

Ihr wich das Blut aus dem Gesicht. »Gib es mir zurück.«

Er zog es näher an sich. »Das werde ich. Ich leihe es mir nur. Fairer Tausch.«

»Das kannst du nicht tun. Es gehört *mir*. Ich meine, es gehört mir *nicht*. Ich habe es gefunden. Es war ganz offensichtlich nicht für die Bibliothek bestimmt, deshalb habe ich es mitgenommen. Um es auszusondern.«

»Warum solltet Ihr das tun?«

»Es ist ... unangemessen.« Die Spitzen ihrer Ohren wurden heiß.

»Nun ja, irgendjemandem hat es gefallen. Die Hälfte der Seiten hat Eselsohren.« Seine Lippen zuckten.

Sie machte sich an den Dekokissen zu schaffen, arrangierte sie neu. »Keine Ahnung.«

»Sie haben die besten Teile gekennzeichnet, wenn Ihr mich fragt.«

Die besten. Die skandalösesten – das meinte er –, aber da sie *das Buch nicht gelesen hatte* und daher auch *keine* Eselsohren als Lesezeichen hineingemacht hatte, konnte sie seiner Einschätzung weder zustimmen noch dagegen argumentieren, und der Mistkerl wusste das.

»Der Autor schreibt ziemlich ... äh ... anschaulich«, sagte er, sich ganz unschuldig gebend. »Ah, hier ist eine gute Stelle. ›Als der Prinzregent sich umdrehte, um sein höchst königliches Schwert zu präsentieren, keuchte die Lady auf. So eine beeindruckende Waffe konnte –‹«

Ein Kissen, das in seinem Gesicht landete, schnitt ihm das Wort ab. Lachend warf er es beiseite. »Gesteht. Wie oft habt Ihr es gelesen?«

»Ich habe dir gesagt, dass ich es nicht –«

»Ein Dutzend Mal? Hundert Mal?«

»Du bist ein schrecklicher Mensch, weißt du das?«

»Ich weiß.« Er klang viel zu ernst, und sie zögerte, fragte sich, ob sie sich entschuldigen sollte, doch sein Gesichtsausdruck veränderte sich, wirkte jetzt auf naive Weise aufrichtig. »Aber ich *muss* herausfinden, ob die unerschrockene Heldin sich für den Prinzen oder den Schurken entscheidet, also wagt es nicht, mir den Spaß zu verderben.«

Alessa richtete sich auf, Zoll für Zoll die stolze Finestra. »Das würde ich *niemals* tun. Nur die allerschlimmsten Menschen verraten das Ende eines Buchs.«

»Das stimmt. Und Ihr könnt es auch gar nicht. Das ist offensichtlich. Denn Ihr habt das Buch ja nicht gelesen.«

»Genau, ich habe es nicht gelesen.«

»Es ist nichts, dessen man sich schämen müsste, wisst Ihr?«
Er sah kurz zu ihr auf. »Es ist vollkommen normal.«

»So was zu lesen?«

»Dass einem so ein Buch gefällt. Ihr mögt ein heiliges Gefäß und all so was sein, aber Ihr seid immer noch ein menschliches Wesen.«

»Mehr oder weniger.«

Er beugte sich vor. »Voll und ganz. Ob Ihr einen Titel habt oder nicht, Kräfte habt oder nicht, Ihr seid immer noch ein menschliches Wesen. Lasst nicht zu, dass dieser heilige Unsinn sich in Eurem Kopf breitmacht.«

»Heiliger *Unsinn?*«

Er wedelte ihren entrüsteten Protest beiseite. »Lasst Eure Götter und Göttinnen auf ihren Sockeln, wenn Ihr wollt, aber die Regeln, die Rituale, die Isolation? Ihr wisst, dass diese Dinge nicht wirklich von *ihnen* kommen, oder? Sie wurden von Menschen geschrieben. Hauptsächlich Männern. Wir haben die schlechte Angewohnheit, Menschen einzusperren, die uns Angst machen, und das, was Männern mit Macht am meisten Angst bereitet, ist eine Frau mit noch mehr Macht.«

Sie konnte sich nicht vorstellen, warum irgendjemand ihre Macht haben wollen würde, aber wenn es um Menschen ging, gab es eine Million Dinge, die sie nicht verstand. Daher stritt sie nicht mit ihm. Sogar Adrick hatte neidisch geklungen, als sie sich das letzte Mal unterhalten hatten.

Dante sah sie eindrücklich an. »Wenn Teile dieser Abmachung für Euch nicht funktionieren, ignoriert sie. Nehmt die Traditionen, die Ihr braucht, und werft den Rest weg. Seid kühn.«

»Kühn, ja?« Sie schnappte sich das Buch vom Tisch. »In dem Fall nehme ich das hier zurück.«

Dantes Lachen folgte ihr zu einem Stuhl auf dem Balkon.

»Sie haben darüber gesprochen, heute Nacht Karten spielen zu wollen«, sagte er, während er ebenfalls auf den Balkon hinaustrat. »Ihr solltet zu ihnen gehen.«

»Ich habe sie den ganzen Tag gequält.« Alessa glättete ihre Röcke. »Ich bin mir sicher, dass sie mich nicht dabeihaben wollen.«

»Das werdet Ihr erst wissen, wenn Ihr es versucht«, sagte er. »Ihr wollt Freunde – also geht und sucht sie Euch.«

»Ich werde niemanden *zwingen*, mein Freund oder meine Freundin zu sein.«

»Ha! Ihr versucht andauernd, *mich* dazu zu nötigen.« Er legte die Hände auf die Rückenlehne ihres Stuhls und beugte sich vor, bis sein Mund dicht an ihrem Ohr war. »Ihr habt keine *Angst*, oder?«

Alessa riss entrüstet den Kopf herum, sodass ihre Haare Dante ins Gesicht peitschten.

Lachend wischte er sich ein paar Strähnen von der Wange. »Ihr riecht wie ein Obstgarten.«

»Ich rieche göttlich, vielen Dank auch. Meine Nonna macht mir Seifen und Peelings aus selbst angebauten Zitronen und Meersalz. Das ist gut für den Teint.«

»Ich werde mir das merken. Sie lassen Euch Eure Großeltern besuchen?«

»Nein. Ich darf ihnen noch nicht einmal schreiben, aber die Regeln legen nicht genau fest, bei wem ich einkaufen darf, daher bestelle ich mir alle paar Monate einen Korb, und Nonna kritzelt geheime Botschaften auf die Innenseiten des Einwickelpapiers.«

»Ich fange allmählich an zu verstehen, woher Eure rebellische Ader kommt.«

»Ich bin auch nach ihr benannt, und ich habe ihre Neigung geerbt, Streuner aufzulesen. Wenn sie dich jemals sieht, wird sie dich zwingen, jede Menge Pasta zu essen, und mit dir schimpfen, weil du viel zu gut aussiehst.«

»Ihr findet, ich sehe gut aus?«

Alessa wurde rot. »Nein. Aber *sie* würde es glauben. Und sie würde nicht erwarten, dass du viel redest. Wenn sie nicht vor sich hin singt, führt sie Selbstgespräche, und es ist unmöglich, zu Wort zu kommen. Mein Nonno ist taub, und sie vergisst immer, dass alle anderen es nicht sind.«

»Aaalsoooo« – er zog das Wort in die Länge – »ist sie eine ältere Version von Euch?«

»Ich vermute, dass du das nicht als Kompliment gemeint hast, aber ich akzeptiere es trotzdem als eins.«

»Was auch immer nötig ist, um Euer Selbstvertrauen zu stärken, Luce mia. Kommt, gehen wir.«

Sie rührte sich nicht.

»Bewegt Euch, Soldatin.«

Sie umklammerte die Armlehnen und klemmte die Knöchel hinter die Stuhlbeine, aber Dante neigte ihren Stuhl nach vorn, sodass sie keine andere Wahl hatte, als aufzustehen, wenn sie nicht auf dem Fußboden landen wollte.

»Ich verabscheue dich.«

»Damit kann ich leben.«

Als sie den Korridor überquerten, wurden Stimmen laut, gefolgt von Lachen über einen Witz, den sie nicht gehört hatte. Alles, was sie seit vielen Jahren gewollt hatte, war hinter dieser Tür, und sie musste nur anklopfen.

Furcht. Hoffnung. Zwei Seiten derselben Münze, die sich zu schnell drehte, um sie unterscheiden zu können.

Alessa hob die Hand, bis ihr Arm schmerzte, dann senkte sie diese wieder. »Ich kann nicht.«

»Wie wollt Ihr einem Schwarm Scarabei entgegentreten, wenn Ihr zu viel Angst davor habt, an eine Tür zu klopfen?«

»Ein gesellschaftliches Ereignis zu zerstören ist schlimmer als ein Kampf auf Leben und Tod.«

»Sagt einfach nur Hallo.«

Von drinnen war wieder Gelächter zu hören, und Alessa schreckte zurück.

»Na schön, dann werde ich es tun.«

Alessa stellte sich ihm in den Weg.

»Wage es nicht.« Sie wedelte mit einem sehr uneffektiven Finger vor seinem Gesicht herum, das sich ein gutes Stück über ihr befand.

»Feigling«, sagte er grinsend.

Die Tür schwang auf, und als Alessa herumwirbelte, sah sie sich einer ebenso überraschten Saida gegenüber, die im Türrahmen stand und die Arme um sich schlang.

»Finestra. Stimmt etwas nicht?«

Im Zimmer hinter ihr ließ Josef eine Handvoll Karten auf den Boden fallen, und Nina sprang so hastig auf, dass sie anschließend einen ungeschickten Tanz aufführen musste, um zu verhindern, dass das Glas, das sie dabei halb umgestoßen hatte, seinen Inhalt über den Tisch ergoss. Wenn das Mädchen auch außerhalb der Cittadella nur halb so ungeschickt war wie hier, musste Josef die ganze Zeit seine Kräfte benutzen, um zu verhindern, dass er klitschnass wurde.

»Nein. Alles in Ordnung.« Alessa glättete ihre Röcke. »Ich wollte nur mal nachsehen, ob ihr vielleicht irgendetwas braucht.«

Die Fontes boten einen entsetzten Anblick, starrten sie an wie eine Mäusefamilie eine Katze ansehen mochte, die ihren Bau ausgegraben hatte.

Saida blinzelte. »Ich glaube nicht, dass wir irgendetwas brauchen. Brauchen wir irgendwas?«

Köpfe wurden geschüttelt.

Alessa nickte. Dann wurde ihr klar, dass sie das bereits seit einiger Zeit machte, und sie hörte abrupt damit auf. »Hervorragend.« Ein weiteres halbes Nicken. »Gut. Dann … einen schönen Abend noch.«

»Dir auch.«

»Danke.«

Saida schloss die Tür, aber sie legte den Riegel nicht vor. Immerhin ein Lichtblick.

Dante schürzte die Lippen. »Na gut. Vielleicht hättet Ihr etwas mitbringen sollen, damit sie ein bisschen lockerer werden.«

»Nina ist erst fünfzehn.«

»Kekse für sie und Alkohol für die anderen.«

»Das hättest du auch vorschlagen können, *bevor* ich wie ein Schwachkopf vor der Tür gestanden habe.«

Dante musterte sie mit einem kurzen Seitenblick, als sie sich in ihre Räume zurückbegaben. »He, Punkte für den Versuch.«

Sie warf ihm einen gespielt bösen Blick zu.

Ihre aufgestaute nervöse Energie konnte nirgendwohin, daher weigerte sie sich mitzuspielen, als Dante mit hochgezogenen Augenbrauen einen anderen romantischen Roman hochhielt, den er gefunden hatte.

»Der ist gut«, sagte sie. »Aber ich verbiete dir, dich ausgerechnet jetzt in ein Buch zu vergraben.«

»Ihr verbietet es mir? Ihr glaubt, Ihr könnt mir Befehle erteilen?«

»Ich erteile dir die ganze Zeit Befehle. Du befolgst sie nur einfach nicht.« Sie sah ihn scharf an. »Dante, du bist mein einziger Freund.«

»Ich glaube, Ihr seid auch meine einzige Freundin.« Er rieb sich den Nasenrücken. »Bei *Dea*, das ist ganz schön armselig, was?«

»Qualität, nicht Quantität. So, und jetzt frage ich dich *sehr* nett, und deshalb musst du Ja sagen.«

»Wozu?«

Sie klatschte in die Hände. »Mit mir zu spielen.«

Dante blinzelte, und sie lächelte breiter. Wenn er versuchte, sie damit aufzuziehen, dass sie Schmuddelromane las, würde sie in jeder Unterhaltung versteckte Andeutungen machen und es ihm so heimzahlen.

»Na schön«, sagte er, musterte sie dabei noch immer. »Soll ich die Bibliothek plündern, oder habt Ihr etwas zu trinken hier?«

»Ich bin die *Finestra*. Eine gottgewollte Kriegerin.«

»Das heißt nein?«

»Ich versuche dir nur sehr deutlich klarzumachen, dass es unangebracht wäre –« Sie zog sich auf den Tresen und streckte sich, um das oberste Schränkchen zu öffnen und einen Laib altes Sauerteigbrot zur Seite zu schieben. »*Höchst* unangebracht wäre, Alkohol in meinem Zimmer zu haben.«

Am leichtesten zu erreichen war eine staubige Flasche Limoncello, die sie vergessen hatte kalt zu stellen, und sie zeigte sie ihm. Dante zog eine Augenbraue hoch. Sie stellte sie zurück.

Alessa biss sich auf die Zunge und tippte mit den Fingerspitzen einen schweren Dekanter an, während sie die andere Hand bereithielt, um ihn aufzufangen, sollte er herunterfallen.

Lange gebräunte Finger schnappten ihn vor ihrem Gesicht, und Alessa riss ihre Hand weg. Sie drückte sich gegen den Schrank und drehte sich zu ihm um, wollte mit ihm schimpfen.

Und vergaß, wie man sprach.

Dante stand so nah beim Tresen, dass er sich praktisch zwischen ihren Knien befand, und seine dunklen Augen waren so dicht vor ihr, dass sie die goldenen Flecken zählen konnte.

Sein Blick senkte sich zu ihren Lippen.

»Geh zurück«, piepste sie. »Ich will nicht noch einen Toten auf dem Gewissen haben.«

Dante, der mit der Flasche vorsichtiger umging als mit seinem Leben, drehte sich um und lehnte sich neben ihr an den Tresen. Er war immer noch zu nah. »Es wäre mein eigener Fehler, oder?« Er zog den Korken aus der Flasche und trank einen Schluck. »Oh, das ist gut.«

»Ich würde trotzdem mit dem Schuldgefühl leben *und* einen neuen Leibwächter suchen müssen.« Alessa nahm zwei Whiskygläser und hüpfte vom Tresen. Sie sah ihn scharf an. »Die hier werden Trinkgläser genannt.«

»Faszinierend.« Er hielt ihr die Flasche hin und seufzte, als sie diese griff und auf den Tisch stellte.

Alessa schenkte sich ein bisschen ein, verkorkte dann die Flasche wieder und drückte sie sich eng an die Brust. Eine Geisel. »Lass uns ein Spiel spielen.«

»Hm?«

»Ein *Spiel*.« Eine Ablenkung von ihrem sozialen Versagen. »Was für ein Spiel?«

»Ein Trinkspiel.« Sie nahm einen kleinen Schluck – wie eine *Lady* – und ließ die Herausforderung in der Luft hängen.

Er ließ sich in den Sessel fallen; seine Ellbogen prallten mit einem dumpfen Geräusch auf die Tischplatte. »Ich höre.«

»Wahrheit oder Herausforderung. Wenn du an der Reihe bist, entscheidest du für die entsprechende Runde.«

Dante kippte seinen Sessel nach hinten; sein Gesicht wirkte skeptisch. Irgendwann würde er rücklings umkippen, und sie hoffte sehr, dass sie dabei sein und es sehen würde.

»Wenn du der Herausforderung nicht nachkommst oder die Frage nicht beantwortest, musst du etwas trinken.«

Langsam breitete sich ein Lächeln auf seinem Gesicht aus. »In Ordnung.«

»Du wirst einfach nur Nein zu allem sagen, stimmt's?«

»Ja.« Die vorderen Beine seines Sessels landeten krachend auf dem Boden.

»*Nein*. So geht das nicht.« Sie umklammerte die Flasche fester. »Ich werde dir nichts einschenken, solange du nicht richtig mitmachst.«

Er schnipste mit den Fingern, bedeutete ihr weiterzumachen. »Na schön. Aber meinen Namen werde ich Euch nicht nennen.«

»*So* schlimm kann er nun auch wieder nicht sein.«

»Ich habe nie gesagt, dass er das ist.«

»Irgendwann werde ich ihn aus dir rauskriegen, auf die eine oder andere Weise. Es ist zu meiner Lebensaufgabe geworden. Ich werde vor nichts Halt machen. Daumenschrauben, Streckbank. Kommt alles noch.«

»Würde mir Spaß machen zu sehen, wie Ihr es versucht.«

»Bist du kitzlig?«

»Kein bisschen.«

»Ich wette, du bist es. Ich wette, du kicherst wie ein Schulmädchen.« Alessa warf ihm einen schelmischen Blick zu. »Ich verdoppele deinen Lohn, wenn du ihn mir sagst.«

Um seine Augen bildeten sich Lachfältchen. »Keine Bezahlung könnte befriedigender sein, als Euch zu schlagen. Ich werde ihn mit ins Grab nehmen.«

»Oh, komm schon.«

Er dachte nach. »Na schön. Ich denke, ich könnte ihn Euch auf meinem Totenbett sagen.«

»Das sind dann bereits zwei Dinge, auf die ich mich freuen kann.«

»Spielen wir jetzt, oder was?«

Es machte Spaß, ihn zu ärgern, aber sie konnte nicht riskieren, dass er seine Meinung änderte. »Ich werde mit etwas

Leichtem anfangen. Der schönste Ort, den du jemals gesehen hast?«

Er schürzte ein wenig die Lippen. »Ein kleiner Strand auf der anderen Seite der Insel.«

Ihr Herz zog sich zusammen. »Wie sieht er aus?«

Er hob sein Glas und ließ es auf den Tisch knallen, machte es dann noch mal. »Wie ein Strand.«

»Was für eine *Art* Strand?«

»Die Art, bei der Land und Meer aufeinandertreffen«, sagte er gedehnt; er genoss ihren Verdruss.

Sie schüttelte die Flasche, sodass der Inhalt herumwirbelte. »Tu mir den Gefallen. Ich bin seit Jahren nicht mehr an einem Strand gewesen.«

Er blickte zur Decke hoch. »Hohe Klippen auf beiden Seiten. Es führt nur ein schmaler Pfad zu ihm, deshalb ist es den meisten die Anstrengung nicht wert. Aber das Wasser …« Seine Stimme verklang, und er lächelte wehmütig. »So eine Farbe habe ich sonst noch nirgends gesehen.«

»Es klingt perfekt«, sagte sie seufzend. Sie belohnte ihn mit einem knauserigen Schluck und klemmte sich die Flasche zwischen die Oberschenkel, den sichersten Ort auf der Welt. »Wie lautet meine Frage?«

»Wenn Ihr vor Divorando tun könntet, was auch immer Ihr wollt, was würdet Ihr dann tun?«

»Das ist leicht. Meine Kräfte kontrollieren und damit aufhören, Menschen umzubringen.«

»Nein, nein. Spiele sollen *Spaß* machen. Entscheidet Euch für was Gutes.« Dante hob das Glas an die Lippen.

»Meine Jungfräulichkeit verlieren.«

Dante verschluckte sich. Mit rotem Gesicht und Tränen in den Augen klopfte er sich gegen die Brust.

Alessa war stolz. »Besser?«

»Viel besser«, krächzte er. »Herausforderung.«

»Hmm. Sag was Nettes über Kaleb.«

»Nö.« Er leerte sein Glas.

»Mach langsam«, protestierte sie lachend. »Wenn du so schnell trinkst, wird das Spiel in fünf Minuten vorbei sein.«

»Ach was. Eiserne Konstitution.« Er klopfte sich auf den festen Unterleib. »Bäh, Kaleb. Es passt, dass er Elektrizität macht.«

»Wieso?«

»Seid Ihr jemals in der Nähe eines Blitzeinschlags gewesen? Ist nicht lustig.«

»Du hast *schreckliches* Glück.«

»Es war kein direkter Einschlag. Außerdem habe ich mir sieben Knochen gebrochen – einschließlich meiner Nase – und Stichwunden und Verbrennungen zugezogen. Und ich hätte fast einen Finger verloren.«

Sie verzog das Gesicht. »Die Götter müssen dich wirklich hassen.«

»Ich bin mir sicher, dass sie das tun.«

»Dann sind wir also schon zu zweit.«

Er spöttelte. »Ihr seid die Retterin. Nach Divorando werdet Ihr nie wieder in Eurem Leben auch nur einen einzigen Tag arbeiten müssen. Sie werden Sonette über Euch schreiben.«

»*Oder* ich werde alle noch übrigen Fontes auf der Insel umbringen, alle Menschen auf Saverio werden sterben, und alles wird meine Schuld sein.« Sie drückte sich das kühle, beschlagene Glas gegen die Wange. »Ich hasse es, Menschen zu verletzen.«

»Ach, wirklich? Wäre ich nicht drauf gekommen.«

»Ich habe eine Aufgabe. *Eine.* Warum kann ich sie nicht erfüllen?«

Er sah sie abschätzend an, biss sich auf die Unterlippe. »Ihr habt gesagt, Ihr habt Euch hungrig gefühlt.«

»Hmm?« Sie riss den Blick von seinem Mund los, aber seine Augen – warm und dunkel, wie mit Sahnebonbons gesprenkelter geschmolzener Schokoladenkuchen – machten es nicht leichter, sich zu konzentrieren.

»Ihr habt gesagt, Ihr habt Euch *hungrig* gefühlt, als Ihr Euren ersten Fonte berührt habt. Seid Ihr *jemals wirklich* hungrig gewesen?«

Sie rümpfte die Nase. »Alle sind irgendwann mal hungrig gewesen.«

»Nicht so wie wenn es mal spät Essen gibt – *richtig* hungrig. So ausgehungert, dass Ihr Dreck schlucken würdet, um das Loch in Eurem Bauch zu füllen.«

»Vermutlich nicht.«

»Nun, wenn Ihr so leer seid und dann etwas zu essen in die Finger kriegt, wisst Ihr, dass Ihr krank werdet, solltet Ihr zu schnell essen, doch Ihr tut es trotzdem.«

Sie starrte in ihr Glas, als würde es Antworten beinhalten, aber alles, was sie fand, war ihr verzerrtes Spiegelbild. »Okay ...«

»Darum haben sie Euch hier oben eingeschlossen, stimmt's? Um Euch an Verbindung und Gemeinschaft zu erinnern, indem sie Euch beides genommen haben?« Er wartete, bis sie aufblickte, dann sah er ihr in die Augen. »Sie haben Euch hungern lassen, und Ihr habt Euch bei der ersten Gelegenheit den Bauch vollgeschlagen.«

In ihrem Magen bildete sich ein schwerer Knoten aus Unbehagen. »Willst du damit sagen, ich töte Menschen, weil ich so einsam bin, dass ich sie verschlinge? Das sorgt nämlich nicht dafür, dass ich mich besser fühle.«

»Ich sage, dass es nicht Eure Schuld ist.«

Ihr schnürte sich die Kehle zu. »Bücher lassen es romantisch klingen, an Einsamkeit zu sterben, aber *jemand anderen* mit der eigenen Einsamkeit zu töten? Also – *das* ist vielleicht mal eine Begabung.«

Dante beugte sich vor, stützte die Ellbogen auf den Tisch. »Vielleicht würdet Ihr eine gewisse Kontrolle erlangen, wenn Ihr dem Ganzen die Schärfe nehmt.«

Ihre Lippen zuckten. »Mit so was wie einem Häppchen Zuneigung?«

»Etwas in der Art.« Dante trommelte mit den Fingern auf die Tischplatte. »Könntet Ihr ein Haustier bekommen?«

»Ein *Haustier*?«

»Klein? Pelzig? Domestizierte Tiere?« Er tat so, als würde er mit Klauen nach der Luft greifen. »Wie eine Katze.«

Alessa nahm einen Schluck Whiskey und hustete, als er in der Kehle brannte. »Du schlägst vor, dass ich eine *Katze* bekomme. Um das klaffende, leere Loch in meiner Seele zu füllen. Eine *Katze*.«

»Warum nicht? Vielleicht würdet Ihr dann im Dunkeln besser sehen.«

»Oder eine Katze umbringen.«

»Glaubt Ihr das?« Er wirkte überrascht. »Sie haben ein Fell.«

»Ich weiß es nicht, und ich will es auch nicht herausfinden. Wenn ich ein kleines süßes Kätzchen töten würde, würde ich mir niemals vergeben.«

»Wegen einer Katze? Ihr habt bereits –«

»Drei Menschen getötet? Wolltest du das gerade sagen?«

Er hatte den Anstand, so zu tun, als würde er sich unwohl fühlen.

»Zumindest haben sie der Sache zugestimmt. Ein Tier kann das nicht.«

Dante wirkte immer noch nachdenklich.

Alessa hob warnend einen Finger. »Wenn ich morgen früh aufwache und eine Katze in meinem Zimmer finde, werdet ihr beide hinausgeworfen.«

Er lachte und griff nach ihrem Glas, da seins leer war, aber sie wischte seine Hand weg.

War es möglich?

Sie hatte immer geglaubt, dass sie ihre Isolation annehmen musste, hatte sich vorgeworfen, dass sie selbst zugelassen hatte, dass Einsamkeit die Räume gefüllt hatte, die Göttlichkeit bewahren sollten, aber Dantes Worte brachten sie ins Grübeln.

Vielleicht hatte sie gegen die Strömung gekämpft und war dabei die ganze Zeit in die falsche Richtung geschwommen.

Würde es dumm sein, noch einmal nach der Klinge der Hoffnung zu greifen, nachdem sie sich so oft an ihr geschnitten hatte?

24

I frutti proibiti sono i più dolci.
Die verbotenen Früchte sind die süßesten.

Tage bis Divorando: 20

Etwa gegen Mitternacht rubbelte Alessa an der Vorderseite ihrer Bluse herum. Sie hatte etwas verschüttet. Irgendwann. Sie konnte sich nicht mehr genau erinnern, was es gewesen war. Schielend hob sie einen verschwommenen Finger an ihre Nase – ups, ihre Wange. Nein, das war ihr Kinn.

»Das ist kein Whiskey.« Ihre Worte klangen undeutlich.

Dante fläzte sich in einen Sessel, wobei ein Bein über der Armlehne hing; sein Mund war offen, ein Auge geschlossen, und er starrte eine geschnitzte Holzstatuette an, die er sich vors Gesicht hielt. »Nein, das ist Wasser; ich habe Euch vor einer Stunde gesagt, dass Ihr es trinken sollt. Ihr habt die Hälfte über Eure Kleidung geschüttet, und es ist wie ein Fluss zwischen Euren Brüsten heruntergelaufen.«

Alessa lachte spöttisch. »Habe ich *nicht*. Und wenn ich es getan habe – und ich habe es *nicht* getan – solltest du dich nicht über die Busen einer Lady auslassen.«

»Die Busen?« Er ließ die Statuette – ein mindestens zweihundert Jahre altes unbezahlbares Erbstück – auf die Kissen neben ihm fallen. »Ich glaube nicht, dass *Busen* Plural sind.«

Alessa stand auf, reckte das Kinn und wartete, dass der

232

Raum wieder seine normale Position einnahm. »Natürlich sind sie das. Busen gibt es fast immer in Paaren.«

»*Brüste* gibt es in Paaren, ich glaube allerdings nicht, dass *Busen* – wer sagt das überhaupt so? – Plural sein können. Zwei Brüste, ein Busen. So wie … ich zwei Beine habe, aber einen Schritt, so was in der Art.«

»Keine Ahnung.«

»Von Grammatik?«

»Von deinem Schritt. Und *du* solltest keine Notiz davon nehmen, wenn ein Mädchen Wasser über sich verschüttet.«

»Hab ich auch nicht«, sagte Dante. »Aber Ihr habt rumgekreischt, dass es kalt ist. Dann habt Ihr noch ein Glas Whiskey getrunken, daher gehe ich nicht davon aus, dass das Wasser viel helfen wird.« Er starrte sehnsüchtig sein Glas an. »Wer ist an der Reihe?«

»Ich, glaube ich.«

»Singt etwas.«

»Ich passe. Ich singe schrecklich.« Ihr nächster Schluck ging ein bisschen zu leicht runter. »Aber du – sing *du* was.«

Sie glaubte nicht, dass er es tun würde, doch mit einer Stimme wie honigsüßer Whiskey sang er:

»*Hab meine Hübsche auf ein Schiff mitgenommen …*«

Oje, der brennende Alkohol und die Wärme seiner Stimme schienen etwas in ihr zum Schmelzen zu bringen.

»*Um ihr den Geschmack des Meeres zu zeigen.*«

Nun. Das war jetzt überhaupt nicht fair.

»*Und als wir wieder ans Ufer kamen …*«

Dante holte Luft, in seinen Augen war ein schalkhafter Schimmer.

»*Schmeckte meine Hübsche mich.*«

Sie warf den Kopf zurück und krähte vor Lachen. »Oh, bravissimo. So eine engelhafte Stimme für ein teuflisches Lied.«

»Grazie.« Er verneigte sich. »Ihr seid dran.«

»Ich singe nicht.«

»Dann die Lieblingsfarbe.«

»Grün«, sagte sie. »Du bist schrecklich bei so was. Ich bin dran. Wie viele Personen hast du geküsst?«

Er legte nachdenklich das Gesicht in Falten. »Sieben. Nein, acht. Augenblick – zählen Zwillinge als eine oder zwei?«

»Zwillinge sind unterschiedliche menschliche Wesen, also zählen sie als zwei, ganz offensichtlich. Und das ist widerlich. Du solltest keine Geschwister küssen.«

»Das waren nicht *meine* Geschwister. Ich wehre mich niemals gegen den Kuss eines hübschen Mädchens.«

Dann war es überraschend, dass seine Ausbeute nicht größer war. Trotz seiner vielen persönlichen Schwächen wäre sie die Erste in der Schlange gewesen, wäre sie nicht so tödlich. Außerdem war Dante beinahe charmant, wenn er ein paar Gläser Alkohol intus hatte. Oder ihr Urteilsvermögen war getrübt. Der Whiskey hatte alles andere verzerrt, daher war es gut möglich, dass er auch das verschwimmen ließ. Selbst ihr Glas neigte sich zu einer Seite. Oder vielleicht war es auch der Fußboden. Oder sie selbst. Schwer zu sagen.

Worüber hatten sie gerade gesprochen?

Sie sammelte ihre zerstreuten Gedanken. »Ich glaube, ich würde es auch nicht tun, wenn ich sicher sein könnte, dass es nicht in einer Tragödie endet. Mein einziger Versuch ist *nicht* gut gelaufen.«

Dante grinste träge. »Es braucht Übung.«

»Dann füge Küssen der Liste der Dinge hinzu, die ich niemals meistern werde.«

»Hm.« Er wedelte mit der Hand. »Ich bin mir sicher, dass Ihr das mit der tödlichen Berührung irgendwann hinkriegt.«

Alessa kicherte, verjagte die kleine warnende Stimme, die

sagte, dass sie das alles morgen früh beim Aufwachen bereuen würde. »Mal so ganz hyper… hypothetisch, würdest du mich überhaupt küssen wollen, wenn du an der hohen Wahrscheinlichkeit eines schmerzhaften Todes vorbeikommen könntest?«

»Hypothetisch?« Er sprach das Wort ein bisschen deutlicher aus, aber nicht sehr viel.

»Offensichtlich.«

»Die Sache mit dem schmerzhaften Tod ist schwierig, um ehrlich zu sein.« Er stieß mit seinem Glas an ihres.

»Es ist *hypothetisch*.« Sie trat nach ihm, streifte aber kaum sein Bein. »Du würdest es *niemals* wirklich tun müssen. Ist es so furchtbar schwierig, so zu tun, als würdest du mich für hübsch halten?«

»Danach habt Ihr nicht gefragt.«

»Dann verlange ich eine Wiederholung.« Sie schob sich die Haare hinter die Ohren. »Hältst du mich für hübsch?«

»Ja. Lieblingsessen?«

Mit übertriebenem Stolz schüttelte sie ihre Haare auf. Ihr stand doch sicher ein Extrapunkt zu, weil sie es geschafft hatte, diesen widerspenstigen Lippen ein Kompliment zu entreißen. »Das ist immer noch keine echte Frage.«

»Ich versuche, uns in sicherere Gewässer zu steuern. Größte Angst?«

»Oh, viel sicherer.« Sie runzelte die Stirn. »Dass wir alle sterben.«

»Langweilig.«

»Dass es meine Schuld sein wird? Ich glaube, davor habe ich mehr Angst als vor der Aussicht, dass alle Menschen sterben. Das muss mich zu einem schrecklichen Menschen machen.«

»Es ist nicht an mir, das zu beurteilen.« Er strich mit den Fingern an seinem Glas entlang. »Liebstes Hobby?«

»Abgesehen davon, zufällig Leute zu töten? Keins. Vielleicht sollte ich stricken lernen.«

»Ihr seid ziemlich trübsinnig, wenn Ihr betrunken seid, wisst Ihr das?«

»Eigentlich warst sowieso du dran. Ist es zu spät, meine Meinung über eine Katze zu ändern?«

»Ach, dann akzeptiert Ihr also meine Theorie?«

»Dass ich so erbärmlich einsam bin, dass ich meinen Partnern das Leben entziehe? Klar, machen wir damit weiter.« Ihr Atem wurde schneller. »Könnte sein, dass ich mehr als nur *eine* Katze brauche.«

Er stellte sein Glas ab und stand auf. »Ich habe eine Idee.«

Alessa wich zurück. »Was hast du vor?«

»Ich werde Euch umarmen, sodass Ihr die Welt retten könnt.«

In Ihrer Hast, ihm zu entkommen, warf sie einen Stuhl um. »Nein. Ganz schlechte Idee.«

»Ihr seid vom Kinn bis zu den Zehen angezogen, und ich bin einen Kopf größer als Ihr. Ihr müsstet schon in die Luft springen und Euer Gesicht gegen meines schmettern, um mich zu verletzen.«

Sie brachte das Sofa zwischen sich und ihn und setzte ihren strengsten Blick auf. »Zu gefährlich.«

»Wollt Ihr nun eine verdammte Umarmung oder nicht?«

Unbedingt.

Sie schluckte. »Handschuhe.«

Er riss sie aus der Gesäßtasche, schüttelte mit erheiterter Verzweiflung den Kopf.

Als er den ersten Schritt machte, wich sie zurück. »Dein Gesicht.«

Dante verdrehte die Augen, aber er sah sich im Raum um, bis er eine Handvoll bunter Schals entdeckte, die an Haken an der Tür hingen. Er schnappte sich einen leuchtend purpurfarbenen, stopfte sich ein Ende oben ins Hemd und wand sich den Schal dann um den Kopf. Seine in Handschuhen steckenden Finger zupften an den Falten, versuchten, sie auseinanderzuziehen, damit er etwas sehen konnte. »Verdammt, wohin seid Ihr verschwunden?«

Alessa klemmte sich die Zunge zwischen die Zähne.

Ein dunkles Auge wurde sichtbar, und er breitete die Arme aus und wartete.

Mut, Verzweiflung oder pure betrunkene Dummheit trieb sie in seine Umarmung.

In dem Augenblick, in dem sie sich berührten, spannte sich jeder Muskel in ihrem Körper so sehr an, dass sie sich nicht hätte bewegen können, selbst wenn sie es gewollt hätte.

Er war warm.

Das war alles, was sie denken konnte. Sie hatte vergessen, dass Menschen sich warm anfühlten.

Sie versuchte, ihre Hände auf seinen Rücken zu legen, zuckte dann aber reflexhaft zurück. Seine Arme schlossen sich um sie, stark und ohne Angst, daher probierte sie es erneut, legte ihre Handflächen auf seinen Rücken.

Stück um Stück, Muskel um Muskel, entspannte sie sich an seinem Körper, bis ihre Wange an seiner Brust ruhte.

Sein bislang gleichmäßiger Herzschlag beschleunigte sich.

Sie versuchte, die Kraft zu finden, sich zu bewegen – sie wollte nicht, dass er um seine Sicherheit fürchtete – aber er zog sich nicht zurück, und *nichts* hatte sich jemals so gut angefühlt. Nichts. Diese Umarmung war ganz offiziell das Beste, was ihr jemals widerfahren war.

Erbärmlich.

Es war ihr egal. Es fühlte sich an, als würde sie atmen, nachdem sie jahrelang unter Wasser gewesen war. Umhüllt von

Wärme und Trost ließ sie die Welt von sich abfallen, wurden all ihre Sinne besänftigt von den starken Armen, die sie aufrecht hielten, von der gleichmäßigen Hitze unter ihrer Wange –

Sie riss den Kopf hoch.

Dantes Stimme rumpelte durch seinen Brustkorb. »Seid Ihr gerade eingeschlafen?«

Alessa blinzelte. »Kann sein.«

»Tatsächlich?«

»Nur für eine Sekunde.«

»Hm. Das ist zwar nicht das, was ein Mann normalerweise will, wenn eine Frau in seinen Armen liegt, aber ich schätze, das ist ein gutes Zeichen?«

Der Stoff seines Hemds rieb an ihrer Haut, als sie nickte.

»Besser?«, fragte er. »Zufriedengestellt?«

Zufriedengestellt? Noch nicht einmal annähernd.

Besser? Ja.

Sie murmelte irgendetwas Bedeutungsloses.

»Was?« Während er sie mit einem Arm immer noch eng umschlungen hielt, fummelte Dante mit der anderen Hand an dem absurden Schal herum, um ihn zurechtzurücken.

»Nichts.« Sie kroch noch tiefer in seine Umarmung. »Mach dir keine Sorgen, ich werde dich in einer Minute loslassen.«

Dante verharrte. »Lasst Euch Zeit.«

Sie wankte nur ein bisschen, als sie zurücktrat. »Wirst du mir jetzt *bitte* deinen Namen sagen?«

Er rieb sich die Lippen. »Ich sag Euch was. Ihr rettet die Welt, und ich werde Euch meinen Namen sagen. Wär das eine Motivation?«

»Scheint mir eine ziemlich hohe Hürde für eine einfache Information über einen Angestellten zu sein.«

»Macht, was Ihr wollt.« Dante gähnte. »Ich werde jetzt duschen. Trinkt mehr Wasser. Ihr werdet es mir danken.«

Alessa torkelte zur Spüle, um ein großes Glas zu füllen. Dann begab sie sich zum Bett, wobei sie mehr als ein bisschen Wasser auf dem Fußboden verschüttete, und widerstand dem Drang, sich hinzulegen.

Ihre Nachthemden waren in dem Schrank, den sie vom Badezimmer aus erreichte, und dahin konnte sie nicht, solange Dante duschte, daher zog sie sich bis auf den Slip aus und kickte ihr Kleid weg, ehe sie in ihr Bett kletterte. Es machte ein bisschen Mühe, aber sie schaffte es, sich die Laken an die Brust zu drücken, während sie wieder nach dem Glas griff.

Die Hälfte des Inhalts trank sie mit reiner Willenskraft. Der Rest würde mehr Motivation brauchen. Sie sah das lauwarme Wasser stirnrunzelnd an. Um an Eis zu kommen, würde sie durch den Raum rennen müssen – was schon nüchtern eine schlechte Idee war, in ihrem derzeitigen Zustand aber schlichtweg tückisch –, bevor Dante aus dem Bad kam.

Lauwarmes Leitungswasser würde reichen müssen.

Als sie sich für einen weiteren kleinen Schluck stählte, kam Dante aus dem Bad. Er trug nichts als ein Handtuch.

Alessa senkte das Glas von ihren immer noch geöffneten Lippen.

»Tut mir leid. Hab vergessen, mir frische Klamotten mitzunehmen.« Er legte den Kopf schief. »Seid Ihr in Ordnung?«

Oh. Sie starrte ihn an. Und hatte nicht vor, damit aufzuhören. Sie hob eine Hand. »Beweg dich nicht.«

Seine Blicke huschten durch den Raum, hielten nach Problemen Ausschau. Dann verschränkte er die Arme. »Warum stehe ich hier?«

»Du hast mir gesagt, dass ich kühn sein soll.«

»Und?«

»Und in meinem Schlafzimmer ist ein halb nackter Mann, also sehe ich ihn mir *kühn* an.«

Er strich sich verwirrt mit den Fingern durch die Haare. »Das … das habe ich nicht gemeint.«

»Du kannst einem Menschen nicht vorschreiben, was er mit deinem Rat macht. An anderen Arten von Kühnheit werde ich später arbeiten. Jetzt gaffe ich nur. Es sei denn, du bist schüchtern.«

»*Schüchtern?*« Er fuhr sich mit der Zunge über die Zähne, verbarg sein Lächeln nicht ganz. »Wohl kaum.« Mit zur Seite ausgestreckten Armen drehte er sich langsam im Kreis. »So. Genug gesehen?«

Eine gefährliche Frage. »Ich denke, ich werde dich jetzt deine Sachen anziehen lassen.«

Er schnaubte. »Als wenn Ihr mich aufhalten könntet.«

»Ich könnte dich mit meinem kleinen Finger töten.«

»Ich schlottere vor Angst.«

Sie warf ein Kissen nach ihm, und er fing es auf, klemmte es sich unter den Arm, als er sich auf einen Stapel mit sauberer Kleidung zubewegte, der auf dem Sofa lag. »Wenn Ihr die weiter nach mir werft, werdet Ihr bald keins mehr übrig haben.«

Mit einem leichten Lächeln auf den Lippen sank sie in einen Kissenstapel. Zumindest eine Person behandelte sie wie einen normalen Menschen. Das war mehr, als sie lange Zeit zu hoffen gewagt hatte.

25

Le bestemmie sono come la processione:
escono dal portone e ritornano dalla stesso.
Flüche sind wie Paraden: Sie kehren dorthin
zurück, von wo sie gekommen sind.

Tage bis Divorando: 19

Sie lag im Sterben. Sie *musste* im Sterben liegen. Ihr Schädel schien fest entschlossen auseinanderzuplatzen, und sie war sich ziemlich sicher, dass Köpfe so etwas eigentlich nicht tun sollten. Sie schwankte, griff nach etwas, um sich aufrecht zu halten, fand jedoch nur Luft.

Dante packte sie am Ellbogen. »Langsam.«

»Wie viele Male –« Sie versuchte, den Ellbogen wegzuziehen, aber sie kam nicht los. Alessa gab auf, als die Bewegung dafür sorgte, dass die Welt sich zu drehen begann.

»Entspannt Euch. Ich trage Handschuhe, und Ihr habt lange Ärmel *und* Handschuhe.«

»In der Geschichte der Welt gibt es nichts, das jemals weniger wirksam war, als jemandem zu sagen, sie solle sich *entspannen*.« Sie riss den Arm los. »Mir tut der Kopf weh.«

»Ihr hättet mehr Wasser trinken sollen.«

Sie fand die Wand und presste die Stirn gegen den Stein. »Ich sterbe.«

»Ihr sterbt nicht. Ihr habt einen Kater.«

»Warum hast du keinen Kater?«

»*Wollt* Ihr denn, dass ich einen habe?«

»Ja, das tue ich. Sogar sehr.«

»Und ich dachte, wir beide wären gute Freunde.«

Waren sie das? Seit sie dreizehn gewesen war, hatte sie keine Freunde mehr gehabt, aber vielleicht lief das bei Erwachsenen so, dass eine Nacht betrunkener Idiotie ausreichte. In ihrem Kopf hämmerte es so laut, dass sie nicht denken konnte, daher lenkte sie ihre Gedanken stattdessen aufs Gehen. Die Pflicht rief, ob sie bereit war oder nicht.

»Manchmal ist ein bisschen mehr Gift das beste Heilmittel. Könnte sein, dass in der Flasche noch ein kleiner Schluck drin ist.«

Sie bekam einen Brechreiz. »Klingt wie ein Ratschlag, den sich ein gieriger Kneipenbesitzer ausgedacht hat.«

»Kommt schon, Ihr müsst was essen.«

Alessas Magen vollführte Kunststücke, als sie sich hinsetzte. Auf ihrer Stirn standen Schweißperlen, die sich gleichzeitig heiß und kühl anfühlten. Nachdem sie sich vergewissert hatte, dass niemand sie ansah, drückte sie sich ein Wasserglas gegen die Wange, seufzte angesichts der Kühle.

Dante legte ihr ein trockenes Brötchen auf den Teller und gab ihr mit einem finsteren Blick zu verstehen, dass sie essen sollte; dann kehrte er zu seinem Platz an der Tür zurück.

Alessa schob das Brötchen weg und schluckte ein paarmal.

Kaleb hatte sich bereits aus dem Staub gemacht, und die verbliebenen Fontes verschlangen ihre Backwaren und Säfte, freuten sich ganz offensichtlich auf den vor ihnen liegenden freien Tag.

»Letzte Nacht zu viel Spaß gehabt?« Kamaria grinste Alessa an, während Nina mit Josef darüber schwatzte, an welcher

Messe sie teilnehmen sollten, oder ob sie alle besuchen müssten, um sich mit den Grundlagen zu befassen.

Alessa starrte missmutig ihre Gabel an.

»Was hast du heute Nachmittag geplant, Finestra?«, fragte Saida. »Darfst du nach der Porträtsitzung weggehen?«

Alessa gab den Versuch auf, etwas zu essen. »Ich kann nirgendwohin gehen.«

»Oh.« Saida kaute auf ihrer Unterlippe. »Tut mir leid.«

Die eine gute Sache im Hinblick auf ihren Zeitplan war die Tatsache, dass das Einzige, was sie tun musste, um den Tag zu überleben, sitzen war.

Trotzdem hätte es sie fast umgebracht.

Es dauerte eine Stunde, bis Mastro Pasquale mit Alessas Pose zufrieden war, da sie ihr Motiv nicht körperlich arrangieren konnte und Alessa ihre Anweisungen schlechter als sonst umsetzte.

Mastro Pasquale war eher androgyn, hatte silberne Haare und so beeindruckende Gesichtszüge, dass sie eine ihrer eigenen Skulpturen hätte sein können; darüber hinaus besaß sie auch einen derart trockenen Humor, dass Alessa sich niemals sicher sein konnte, ob die Künstlerin einen Witz machte. Sie hatte vor langer Zeit gelernt, dass es sicherer war, nicht zu lachen.

Schließlich begab Mastro Pasquale sich hinter ihre Staffelei, befragte ihre frühere Schülerin aber weiter über Sfumato und Chiaroscuro, wies sie an, den Kopf zu neigen, den Rücken zu krümmen, das Kinn zu heben und dann zu senken, während sie eine erste Skizze anfertigte.

Lange bevor die Künstlerin erklärte, dass die heutige Sitzung beendet war, war Alessa davon überzeugt, dass zu sitzen die schwierigste körperliche Aufgabe überhaupt war. Ihr einziger Trost bestand darin, dass Dante ein bisschen überwältigt ausgesehen hatte, als sie in dem roten Kleid erschienen war, und sie fast die ganze Zeit angestarrt hatte.

»Wunderbarer Contrapposto«, sagte Mastro Pasquale zu Dante, der sich die Tortur aus sicherer Entfernung angesehen hatte. »Finestra, seht Ihr die sanfte Linie des Beins hier, und wie der nicht genau zur Achse passende Winkel seines Oberkörpers sowohl die Schultern als auch die Hüften betont?«

Dante wirkte ein bisschen beunruhigt, während Alessa nachdenklich nickte.

Mastro Pasquale schnipste mit den Fingern. »Du solltest in mein Atelier kommen und mir für meine nächste Skulptur Modell sitzen.«

»Das solltest du wirklich«, sagte Alessa mit zusammengebissenen Zähnen, damit sie nicht zum dritten Mal den »Schwung ihres Halses« ruinierte. »Mastro Pasquale ist bekannt für ihre anatomische Präzision.«

»Das stimmt«, sagte Mastro Pasquale, während sie begann, ihre Utensilien zusammenzupacken. »Ich zahle auch gut, aber mach dir nicht die Mühe vorbeizukommen, wenn du ein welkendes Veilchen bist.«

Alessa rieb sich den Nacken. »Oh, Dante hat mir versichert, dass er ganz und gar nicht schüchtern ist.«

»Hervorragend. Hier ist meine Karte. Finestra, es war mir eine Ehre. Ich werde wiederkommen, wenn Euer Fonte bereit ist.« Sie überreichte Dante eine vergoldete Karte und rauschte aus dem Garten.

Dante warf Alessa die Karte zu. »Habt Ihr mich gerade als Aktmodell angeboten?«

Alessa hob die Karte auf, die ins Gras gefallen war. »Du verbringst die Hälfte deiner Zeit damit, herumzustehen und ein finsteres Gesicht zu ziehen. Dann kannst du dich auch dafür bezahlen lassen.«

»Ihr bezahlt mich bereits dafür, und ich werde meine Sachen anbehalten.«

Als sie den vierten Stock erreichten, blieb Dante stehen. »Ist es in Ordnung, wenn ich mal kurz verschwinde? Wenn Ihr Euch einschließt, solltet Ihr eigentlich sicher sein. Wird auch nicht lange dauern.«

Alessas Herz und Magen wetteiferten damit, wer schneller sinken konnte, was angesichts der Aussicht, den Rest des Tages allein, eingeschlossen in ihrer Suite, verbringen zu müssen, während alle anderen Zeit mit der Familie und Freunden verbrachten, nicht weiter verwunderlich war. Selbst Dante hatte an seinem freien Tag Besseres zu tun, als bei ihr zu bleiben. »Besuchst du jemand Besonderes?«

»Nein. Ich überprüfe nur etwas Bestimmtes.«

»Hast du eine Laterne brennen lassen?«

»Etwas in der Art.«

Vor ihr lag ein Tag, den sie schweigend und allein verbringen würde, aber sie setzte ein Lächeln auf und erklärte ihm, dass er gehen solle.

»Lasst mich Euch erst die Sperre zeigen, die ich gefunden habe – « Dante spannte sich an, als sie ihre Suite betraten. »Wartet. Jemand ist hier gewesen.«

Alessas Blicke schossen in alle Richtungen, aber das Einzige, was fehl am Platz war, war eine Schüssel mit Zitronenverbene-Keksen auf dem Tisch. Sie konnte das pikante Aroma riechen und die Röllchen aus kandierter Zitronenschale obenauf sehen.

»Es ist in Ordnung«, sagte sie und atmete aus. »Jemand hat Leckereien vorbeigebracht.«

»Lassen die Bediensteten nicht normalerweise alles Essbare unten?«, fragte er. »Wie viele Leute besitzen einen Schlüssel zu Eurer Suite?«

Sie runzelte die Stirn. »Ich weiß es nicht. Es kommt jemand, um die Bettwäsche zu wechseln und zu putzen und …« Sie wand sich unter seinem beurteilenden Blick.

»Wir ändern das Schloss.« Dante war noch vor ihr bei der Schüssel, hob sie hoch und schnüffelte daran.

Sie verschränkte die Arme. »Willst du sie auch noch ablecken, oder bekomme ich einen?«

Er nahm einen kleinen Bissen und spuckte ihn prompt wieder in die Hand. »*Daphne.*«

»Wer?«

»*Daphne gnidium – Herbst-Seidelbast.* Ein Gift, das schrecklich schmeckt, daher hättet Ihr vermutlich nicht genug gegessen, dass es Euch umgebracht hätte, aber nur ein paar Bissen, und Ihr würdet Euch wünschen, es wäre so. Seid dankbar, dass es nur Amateur-Attentäter waren.«

Sie setzte sich hin, atmete tief aus. »Woher weißt du, wie Gift schmeckt?«

»Ich war ein dummes Kind.« Er warf die übrigen Leckereien in einen Mülleimer, untersuchte das Tablett und warf auch das weg. »Von jetzt an werde ich Euer Essen besorgen. Eines der Küchenmädchen war eifrig genug, mich herumzuführen. Ich werde mit ihr sprechen.«

Anscheinend war ein skrupelloser Giftanschlag nur ein weiterer normaler Tag im Leben des Wolfs.

Oder auch nicht.

Dante klopfte mit einem Messer gegen seinen Oberschenkel. »Verdammt. Es gefällt mir nicht, Euch schutzlos hierzulassen.«

»Dann nimm mich mit.«

»In der Stadt ist es nicht sicher.«

»In der Cittadella auch nicht, wie es scheint. Meine Eltern sind Bäcker. Sie wissen vielleicht, wer die Kekse gemacht hat.

Ich bezweifle, dass sie in ihrem Vorratsraum Attentäter beherbergen, sodass du mich dort lassen kannst, während du dich um deine Angelegenheiten kümmerst.«

Dante runzelte die Stirn. »Ich weiß nicht …«

»Niemand wird mich erkennen. Ich werde nicht wie die Finestra angezogen sein, und die Hälfte der Wachen ist damit beschäftigt, Vorräte aus den Vorratsräumen zu bergen, die gestern überflutet wurden.«

»Übertretet Ihr immer so viele Regeln?«

»Glaub es oder nicht, aber das ist eine neue Entwicklung.« Sie verschränkte die Hände unter dem Kinn. »Bitte, Dante. Auch wenn sie nichts von den Keksen wissen, möchte ich sie gerne sehen. Wenn du mit deiner Vermutung recht hast, warum ich Menschen verletze, würde es vielleicht helfen, damit abzuschließen.«

»Oder es schlimmer machen.«

»*Bitte?*«

Sie verbarg ihre Zufriedenheit, als er grummelnd zustimmte. Wenn ihm jemals klar werden sollte, wie oft sie bekam, was sie wollte, indem sie ihm große Augen machte, würde Dante niemals wieder einem ihrer Vorschläge zustimmen.

Alessa hängte das rubinrote Kleid auf und durchstöberte ihren Schrank, entschied sich für ein schlichtes blaues Kleid mit langen Ärmeln, unter denen ihre Handschuhe so ziemlich verschwanden. Dazu goldene Strumpfhosen, die so hell waren, dass ihre Beine nackt zu sein schienen, wenn man nicht ganz genau hinsah. Sie wollte als sie selbst nach Hause zurückkehren, nicht als Finestra, also wusch sie sich das Gesicht und flocht die Haare zu einem schlichten Zopf, der ihr über den Rücken hing.

Als sie ihr Spiegelbild betrachtete, hatte sie das überaus merkwürdige Gefühl, dass sie nicht in einen Spiegel, sondern in ein Fenster zu einem anderen Leben sah, einen flüchtigen Blick auf das Mädchen erhaschte, das sie hätte sein können. Sie versuchte sich an einem unbeschwerten Lächeln, aber das passte nicht. Es gab keine andere Alessa, kein anderes Leben. Das hier war alles, was sie hatte.

Die pittoreske Fassade war schicker als früher, der Schriftzug in Gold nachgezogen, die Fenster durch abgeschrägte Glasplatten ersetzt.

»Netter Laden«, sagte Dante, der sich wahrscheinlich wunderte, warum Alessa die Fassade anstarrte, statt hineinzugehen.

»Sie haben ihre Bezüge gut genutzt.« Sie sollte vermutlich froh sein, dass die monatlichen Zahlungen, die ihre Familie für ihr Opfer erhielt – dafür, dass sie *sie* geopfert hatte –, sich günstig auf das Geschäft auswirkten, aber sie war nicht erhaben genug, um ihre Bitterkeit zu verbergen.

»Wollt Ihr, dass ich mit reinkomme?«, fragte Dante.

»Nein«, sagte sie. Es würde auch ohne Zeugen schwer genug werden. »Komm einfach nur schnell zurück, sobald du fertig bist.«

Es war fast Ladenschluss, und die Bäckerei war leer; in der Vitrine fehlten die üblichen Waren. Umgeben von den nachklingenden Gerüchen nach Hefe und Zucker und Kindheit, schloss Alessa die Tür hinter sich und drehte das Schild um.

»Wir schließen gleich, aber es gibt noch ein paar Laibe –« Ihr Vater kam aus dem hinteren Raum, wischte sich die mehlbedeckten Hände an seiner Schürze ab und blieb abrupt stehen, als er sie sah.

Seine Haare waren länger, noch graumelierter, und sein Gesicht war ein bisschen stärker gezeichnet, aber seine Miene entsprach der, die sie als letzte bei ihm gesehen hatte – einer

Mischung aus Bestürzung und Ehrfurcht, abgeschwächt von Melancholie.

»Finestra.« Er hob die Arme ... und ließ sie dann wieder sinken. »Was führt dich zu uns?«

Sie sehnte sich nach der Umarmung, die es nicht geben würde. »Hallo, Papa. Bitte benutze meinen Namen.«

Er warf einen raschen Blick durch den leeren Raum. »Alessa, mein kleiner Liebling, du bist erwachsen geworden.«

»Ich habe dich vermisst.« Tränen liefen ihr über die Wangen.

Er kam von hinter der Theke hervor, blieb jedoch außer Reichweite. »Wir haben dich auch vermisst. Ich werde niemals verstehen, warum die Götter die Entscheidungen treffen, die sie nun einmal treffen, aber ich habe Vertrauen. Ich weiß, dass das alles für dich nicht leicht sein kann.«

Das war nun wirklich eine Untertreibung. Sie würde sich in eine schluchzende Pfütze verwandeln, wenn sie ihren Gefühlen nachgab, daher erlaubte sie sich nur ein Schniefen und zog den vergifteten Keks aus der Tasche. »Weißt du, wer die gemacht hat?«

Ihr Vater runzelte die Stirn. »Ich habe schon eine ganze Weile keine mehr davon hergestellt, aber gestern war Adrick in der Küche zugange. Er könnte sie gebacken haben. Warum?«

Ihr Herzschlag beschleunigte sich – und wurde noch schneller, als sie Schritte auf der Hintertreppe hörte.

»Marcel, hast du das Schild umgedreht?« Ihre Mutter verharrte mitten in der Bewegung, als würde der Fußboden ihre Schuhe festhalten.

»Mama.«

»Finestra.« Ihre Mutter machte einen tiefen Knicks. »Bei allem gebührenden Respekt, aber du solltest nicht hier sein.«

Ihr närrisches Herz sank. »Ich weiß, was die Verità sagt, Mama. Ich werde nicht lange bleiben.«

»Wenn du weißt, was sie sagt, dann weißt du auch, was die Götter von uns verlangen. Du solltest nicht hier sein.«

»Ich weiß, aber ich musste –« Die Worte blieben Alessa in der Kehle stecken. Warum *war* sie hier? Um ein Geheimnis aufzuklären, dessen Antwort sie gar nicht haben wollte? Auf der Suche nach Liebe, von der sie wusste, dass sie diese nicht finden würde? Oder einfach nur, um etwas abzuschließen? »… Lebewohl sagen.«

Ihre Mutter wandte sich bereits ab, sodass Alessa ihr Gesicht nicht sehen konnte, als sie ein knappes »Leb wohl« von sich gab.

Ihr Vater bewegte seine Faust und signalisierte *Es tut mir leid.*

Alessa antwortete nicht. Es war nicht fair, von ihm zu erwarten, dass er für sie Partei ergriff, aber es schmerzte trotzdem, dass er es nicht tat.

Dreizehn Jahre. Dreizehn Jahre war ihre Mutter die Sonne an ihrem Himmel gewesen, und jetzt sah sie ihrer Tochter noch nicht einmal für ein letztes Lebewohl in die Augen.

In diesem Augenblick verdorrte etwas in ihr und starb.

»Ist Adrick hier?«

Ihr Vater zuckte angesichts ihres kalten Tonfalls zusammen. »Nein, er ist in der Apotheke. Warum –«

Sie war draußen, bevor er zu Ende gesprochen hatte.

Sie hätte auf Dante warten sollen, aber die Ablehnung ihrer Mutter und der Schmerz in den Augen ihres Vaters trieben sie fort. Sie musste Adrick finden, um den Splitter der Angst herauszureißen, dass sie vielleicht überhaupt niemanden mehr hatte.

Als sie um die letzte Ecke bog, wäre sie beinahe mit einer Gruppe weiß gekleideter Mitglieder der Fratellanza zusammengestoßen, die sich vor der Apotheke versammelt hatten.

Alessa hob die Hand vors Gesicht, als wollte sie die Augen vor den Sonnenstrahlen abschirmen, und schoss in die enge Gasse zwischen der Apotheke und der nebenan gelegenen Schneiderei.

Dieses eine Mal war Dea auf ihrer Seite. Adrick war draußen im Hinterhof, hielt eine leere Kiste in der Hand. Auf dem winzigen ummauerten Hof hinter dem Gebäude gab es jede Menge davon, alle umgedreht und in einem groben Halbkreis angeordnet.

Adrick starrte sie an. »Was tust du denn hier?«

»Ich muss mit dir sprechen.«

»Nein. Du musst gehen. Sofort.«

Alessa suchte nach dem Keks, brachte ihn mit einem Krümelschauer zum Vorschein. »Wer hat die gestern in der Bäckerei bestellt?«

Adrick erbleichte. »Ich kann mich nicht erinnern.«

»Erinnerst du dich denn, ob du das Gift in Papas Zitronenverbene-Kekse getan hast oder jemand es später hinzugefügt hat?«

Adrick raufte sich die Haare. »Ich kann es erklären, aber nicht jetzt. Du musst gehen. Dies ist nicht so, wie –« Als er Stimmen hörte, die aus dem Innern der Apotheke kamen, riss er den Kopf herum; sein ganzer Körper spannte sich an.

»Was ist los mit dir?«

»Ich werde heute Nacht zur Cittadella kommen, versprochen. *Bitte*. Geh jetzt einfach.«

Adricks Angst durchbrach ihre Verärgerung, und sie floh, stopfte das krümelige Taschentuch zurück in ihre Tasche.

Die Mitglieder der Fratellanza waren nicht mehr vor der Apotheke, aber jedes Gesicht auf der Straße wurde zu einem Feind, ganz egal, ob es sie anblickte oder nicht. Die Menschen sahen das, was sie zu sehen erwarteten, und ein Mädchen mit sauberem Gesicht in einfacher Kleidung war es nicht wert, dass man Notiz von ihm nahm. In ihrem erregten Zustand fühlte es sich jedoch so an, als würde ein helles Licht direkt auf sie scheinen und jeden boshaften Blick anziehen.

Die Straße war ziemlich belebt, und während sie noch überlegte, ob sie zur Bäckerei zurückkehren oder versuchen sollte, Dante in der Nähe seines früheren Aufenthaltsortes, dem *Tiefpunkt*, zu finden, fiel ihr Blick auf eine Gestalt, die sich einen Häuserblock von ihr entfernt befand. Es war beschämend, wie leicht sie ihn in der Menge entdeckt hatte, wie ein kurzer Blick auf seinen Hinterkopf ihre Aufmerksamkeit erregt hatte, während er in die entgegengesetzte Richtung davonging.

Sie rief seinen Namen, aber er drehte sich nicht um. Im Gegensatz zu den zu vielen Passanten.

Sie würde ihn einholen müssen.

Während sie Menschen auswich und versuchte, ihn nicht aus den Augen zu verlieren, rempelte Dante mit der Schulter einen Mann an, der in die entgegengesetzte Richtung ging. Daraufhin wirbelten die beiden zueinander herum wie streunende Katzen, die auf einen Kampf aus waren.

Zwei Frauen warfen Alessa verstohlene Blicke zu, als sie ihren Stand am Straßenrand passierte, taxierten sie ein bisschen zu aufmerksam, und sie zog die Kapuze tiefer ins Gesicht. Während sie versuchte, mit der Menge zu verschmelzen, verlor sie Dante aus den Augen.

Sie wäre beinahe an der schmalen Gasse vorbeigegangen, aber Dantes Stimme ließ sie stehen bleiben. Am Ende der Gasse stritt er mit einem Mann in einer weißen Robe.

Alessa duckte sich hinter einen Stapel Fässer. Ihr schlug das Herz bis zum Hals, als sie die beiden Männer durch eine Lücke beobachtete.

Der Fremde war groß, hatte einen dicken Bauch und einen

geschorenen Schädel. Es war nicht Ivini. Erleichterung strömte durch ihre Adern, aber das blieb nicht lange so.

»Und was ist für mich drin?« Der Mann grinste höhnisch, und Dante begegnete seiner Giftigkeit um einiges heftiger, doch der größte Teil seiner Antwort wurde von Schreien übertönt, die von der Straße hinter ihr kamen, wo ein Karren umgekippt war. Sie fing nur ein Wort auf.

Töten.

Vor ihren Augen blitzten Sterne.

War das eine Drohung ... oder ein Versprechen?

Der Mann ballte die Fäuste.

Dante ließ seine Dolche durch die Luft wirbeln, fing sie an den Griffen auf.

Alessa hielt den Atem an.

Schließlich schob Dante seine Klingen mit einem spöttischen Grinsen wieder in die Scheiden. »Vai a farti fottere.«

Der ältere Mann spuckte auf den Boden und entfernte sich rückwärtsgehend. Seine Aufmerksamkeit war so sehr auf Dante gerichtet, dass er Alessa nicht bemerkte, als er an ihr vorbeikam.

Wut kochte in ihr hoch, verwandelte sich zu einer wilden Woge.

Ihre Mutter sorgte sich so wenig um sie, dass sie kaum Lebewohl sagte, ihr Bruder bereitete ein Treffen vor, während sich ganz in der Nähe die Fratellanza versammelte, und jetzt machte *Dante* in einer dunklen Gasse Geschäfte mit einem von Ivinis Männern? Geheimnisse und noch mehr Geheimnisse, die sich aufeinandertürmten.

Sie konnte nirgendwohin gehen. Und sie würde diese Gasse *nicht* verlassen, ehe sie nicht von *jemandem* Antworten bekam.

Dante wandte ihr den Rücken zu, als sie hinter den aufgestapelten Fässern hervortrat. Sie starrte ihn an, versuchte, ihn mit schierer Willenskraft dazu zu bringen, sie anzusehen, sich beschämt zu ducken oder ihr zu erklären, was in Deas Namen da eigentlich vorging.

Ohne ihre Anwesenheit zu bemerken, holte er mit dem Arm aus und schlug die Faust hart genug gegen die Mauer, um sich alle Knochen zu brechen.

Ein heftiges Zittern lief durch ihn hindurch, und er schlug noch einmal zu. Und noch einmal. Und noch einmal. Jeder Hieb kam schneller, härter, und bei jedem Treffer fielen Mörtelbrocken zu Boden.

Sie schlug sich die Hand vor den Mund.

Seine Hand. Er würde sie zerstören, wenn er das nicht bereits getan hatte.

Sie trat vor. Um ihn aufzuhalten. Oder ihn anzuschreien. Sie wusste es nicht.

Unter ihrem Fuß knirschte eine zerbrochene Flasche.

Dante wirbelte so schnell herum, dass sie keine Zeit mehr hatte, etwas zu sagen.

Seine Augen blitzten, glänzend und furchterregend, voller rasender Wut, und zwei Lanzen aus Feuer fetzten durch ihren Unterleib.

Ihre Lippen teilten sich in einem Keuchen. Sie sah auf seine Fäuste hinunter, die die Griffe seiner Messer umklammerten. Sie waren gegen ihren Körper gepresst, die Klingen nicht sichtbar.

Zwischen seinen Fingern quoll Blut hervor.

Mit einem abgehackten Keuchen riss Dante seine Messer zurück. Sie fielen klappernd zu Boden.

Ihr Beschützer. Ihr Mörder.

Alessa hauchte seinen Namen, als ihre Beine nachgaben.

26

Piove sul bagnato.
Ein Unglück kommt selten allein.

Tage bis Divorando: 19

Dante fing sie auf, sank dabei auf die Knie, um ihren Sturz abzumildern.

Wieso?

Verrat und Schmerz hallten in ihr nach, als die Welt dazu zusammenschrumpfte, von seinen Armen umfangen zu sein.

Sie suchte in seinem Gesicht nach Antworten, fand aber nur Entsetzen.

Dantes Lippen bewegten sich lautlos, formten die Worte *Nein, nein, nein.*

Schleicht Euch niemals an mich an.

Er hatte sie gewarnt. Mehr als einmal.

Sie hatte nicht auf ihn gehört.

Dante ließ sie auf den Boden sinken, stützte dabei ihren Nacken, sodass sie kaum mitbekam, wie ihr Kopf die Pflastersteine berührte.

Sie musste ihn warnen und ihm sagen, dass er sich davor in Acht nehmen sollte, sie zu berühren, aber die Dunkelheit rückte näher.

Sein Körper verdeckte die Sonne, als er sich über sie beugte, und sie schrie erneut gellend auf.

Hatte er noch einmal zugestochen?

Nein. Er drückte auf ihre Wunden und schüttelte den Kopf, als würde er mit sich selbst darüber streiten, wie schlimm der Schaden war. Die Wahrheit lag jedoch in seinen Augen. Er hatte mit mörderischer Absicht zugestochen, und er hatte sein Ziel noch nie verfehlt.

Einige Verletzungen waren nicht zu reparieren.

Dante gab seine Bemühungen auf, die Blutung zu stillen, und nahm ihre Hände in seine, die so sehr mit ihrem Blut bedeckt waren, dass es aussah, als würde auch er Handschuhe tragen.

Selbst wenn sie es versucht hätte, hätte sie seinem Griff nicht entfliehen können.

Ich habe seine Hand gehalten.

Er hatte sich erinnert.

Dante zupfte an ihren Handschuhen, doch das durchnässte Leder widerstand seinen Bemühungen. Gut. Er sollte das nicht tun. Sie krümmte die Finger, aber sie war zu schwach, um ihn aufzuhalten. Raue Handflächen pressten sich an ihre, als Dante ihre Finger miteinander verschränkte, dabei vor Schmerz ein unterdrücktes Zischen von sich gab.

Konnte ein Herz sich gleichzeitig in die Höhe schwingen und zerbrechen?

Sie wollte nicht, dass er starb, aber der goldene Fluss aus Wärme, der durch ihre Haut sickerte, sein Lebensfunke, wärmte sie von innen und entfaltete sich in ihrer Brust. Die euphorische Empfindung entflammte sie von innen, beinahe wunderbar genug, um sie vergessen zu lassen, dass sie ihn tötete. Selbst in ihren Todeszuckungen *nahm* sie.

Dantes Hände griffen fester zu, quetschten ihre Finger, und sein Atmen klang jetzt nicht mehr abgehackt, sondern gequält.

Ihr Herz machte einen kläglichen Schlag.

Er brach auf ihr zusammen; ihrer beider Hände waren immer noch ineinander verschränkt.

Sie würden beide sterben.

Aber nicht allein.

Niemand sollte allein sterben.

27

Chi è all'inferno non sa ciò che sia cielo.
Wer in der Hölle ist, weiß nicht, was der Himmel ist.

Tage bis Divorando: 19

Das Leben nach dem Tode roch nach Pisse und säuerlichem Roggen, aber für Alessa begann das ewige Leben mit einem Mann in ihren Armen. Wenn die Götter sie trotz ihres Versagens belohnen wollten, hatte sie nicht vor, sich über Details aufzuregen.

Sie tastete mit den Fingern an seiner Wirbelsäule entlang, neben der beiderseits deutlich spürbare Muskelstränge verliefen. Er rührte sich mit einem leisen Stöhnen, und seine Bartstoppeln kratzten leicht an ihrem Hals.

Hätte sie um die *Vorteile* gewusst, hätte sie den Tod vielleicht nicht so sehr gefürchtet.

Und trotzdem, der Boden war hart und unnachgiebig, und ihr ganzer Körper schmerzte. In der Nähe hörte jemand damit auf, ein zotiges Schenkenlied mehr zu lallen als zu singen, und rülpste.

Was … nicht richtig schien.

Sie zwang sich, die Augen zu öffnen, und starrte in die gedämpfte Dämmerung, bis Umrisse und Farben zu einer Ziegelmauer wurden. Noch ein bisschen näher ruhte ein Kopf auf ihrer Brust, aber aufgrund ihres Blickwinkels konnte sie das

Gesicht nicht erkennen. Unter ihren Händen spannten sich Muskeln an, als der mysteriöse Mann wieder stöhnte.

Dies war nicht das Leben nach dem Tod. Und es war kein gesichtsloser Mann.

Es war Dante, und er genoss es *nicht*, auf ihr zu liegen.

Alessa riss die Hände zurück und streckte den Nacken, um ihren Kopf von ihm fernzuhalten, aber seine Stirn ruhte immer noch auf der Haut unter ihrem Schlüsselbein, und sie konnte ihn nicht bewegen, ohne ihn zu berühren, und –

Die zersprungenen Pflastersteine scheuerten an ihrem Rücken, als sie darum kämpfte, sich unter ihm wegzubewegen. Es war, als würde sie sich aus einem Erdrutsch befreien. Mit einem letzten Ruck riss sie ihren Oberkörper frei, und ein Dolch fiel klappernd auf den Boden.

Die Erinnerungen strömten zurück.

Dunkle Augen, tödliche Wut, Dolche begraben im Fleisch. Irgendetwas – Angst, Schock oder Blutverlust – dämpfte ihren Schmerz, aber sie brauchte keinen Beweis, um die Wahrheit zu sehen.

Sie war erledigt.

Doch er nicht. Noch nicht.

Als sie sich zur Seite drehte, landete ihre Handfläche in einer Blutlache. Angst durchzuckte sie, als sie an das Entsetzen und die Schuldgefühle dachte, die sie in Dantes Gesicht gesehen hatte. Die Art Schuldgefühle, die einen Menschen dazu bringen konnten, die Klingen gegen sich selbst zu richten.

Sie legte die Hand auf ihren Mund und schmeckte Blut, schal und rostig.

Bitte lass es meines sein.

Sie fand einen durchnässten Handschuh neben Dantes Kopf und schob ihn sich mühsam über die Hand, damit sie sein Gesicht in ihre Richtung drehen konnte.

Sein Gesicht war grau, die Augen geschlossen.

Sie beugte sich näher, suchte nach seinem Atem. Dante keuchte auf und schoss hoch. Seine Nase prallte gegen ihren Wangenknochen.

Alessa sank mit einem Schrei zurück, während Dante einen Strom von Flüchen ausstieß.

»Oh, dein armes Gesicht«, rief sie.

»Es geht mir gut.« Er setzte sich auf und hob eine Hand an seine eindeutig gebrochene Nase. Dann neigte er den Kopf.

»Es geht dir nicht gut.«

Als er den Kopf wieder hob, war sein Gesicht zwar blutig, aber ansonsten normal.

Was in Deas Namen …?

»Blutet Ihr?«, fragte er.

Alessa blinzelte verwirrt auf einen Körper hinunter, der sich nicht wie ihr eigener anfühlte. »Ich … ich glaube nicht.« Die Vorderseite ihres Kleids war steif und kalt, aber nicht feucht von frischem Blut.

»Bewegt Eure verfluchte Hand, ja?«

»Das kann ich nicht. Ich muss Druck ausüben, damit es nicht wieder zu bluten beginnt.«

Dante nahm ihr Handgelenk, das durch den unteren Teil ihres Ärmels geschützt war, und zog ihre Hand weg. Sie sog scharf die Luft ein, als er den Riss in ihrem Kleid noch weiter öffnete, und eine Handspanne blasser Haut zum Vorschein kam. Blutbefleckt, aber unversehrt.

Unmöglich.

»Ich dachte schon, es würde nicht funktionieren.« Dante sank zurück und bedeckte seinen Mund mit einer zitternden Hand.

Alessa sah nach unten auf ihren Bauch. »Ich verstehe das nicht.«

»Nein?« Dante sah sie an. Er wirkte angespannt.
Es gab nur eine mögliche Erklärung.
Blut pochte in ihren Ohren.
»Du bist ein Ghiotte.«

28

Chi nasce lupo non muore agnello.
Jene, die als Wölfe geboren werden, können nicht als
Lämmer sterben. / Menschen verändern sich nicht.

Tage bis Divorando: 19

Es geschah nicht jeden Tag, dass ein Mädchen tödlich verletzt
wurde, auf der Schwelle des Todes kehrtmachte und herausfand, dass ihr einziger Freund auf der Welt zufällig eine der
Gestalten aus ihren Albträumen war. Das war … eine ganze
Menge.

Ghiotte waren böse. Das war eine Tatsache, keine Meinung.
Aber Dante *war* nicht so. Er konnte nicht so sein.

Zuerst dachte sie, er würde nicht antworten. Sie hoffte, er
würde sie verspotten, und sie würden beide über die Absurdität
dessen staunen, was sie gesagt hatte.

Stattdessen nickte er.

»Du bist ein Ghiotte«, sagte sie erneut. Ihre Gedanken verhedderten sich, und es war ihr unmöglich, sie zu entwirren. Sie
griff nach dem wichtigsten Strang und zog daran. »Du hast
deine Gabe benutzt, um mich zu heilen.«

»Nein«, sagte er. »*Ihr* habt sie benutzt.«

»Aber *du* hast dich entschieden, meine Hände zu halten, weil
du dachtest, ich *könnte* es.« Euphorie stieg in ihr auf. »Dante,
du hast mir das Leben gerettet.«

Seine Miene verdunkelte sich angesichts ihrer gehauchten Verwunderung. »Ich bin Euer Leibwächter. Das ist buchstäblich meine Aufgabe.« Er stand auf und strich sich über die Hose. Es war vergeblich. Sie war gründlich mit Blut und Schmutz verdreckt, und es lohnte sich nicht, sie zu retten.

In ihrem Geist wirbelte ein Sturm aus Gefühlen – Entsetzen, Dankbarkeit, Angst und Ehrfurcht. »Dante, du hast meine Hand gehalten und *bist nicht gestorben.*«

Er sah aus, als wäre ihm unbehaglich zumute. »Eine Minute lang dachte ich, ich würde es.«

»Aber –«

»Freut Euch nicht zu früh. Ich habe keinerlei *nützliche* Kräfte.« Dante musterte die Gasse, zuckte förmlich vor Nervosität. »Ihr müsst zur Cittadella zurückkehren, und ich muss von hier weg.«

Alessa tastete an ihrem auf wundersame Weise intakten Bauch herum.

Mit einem ungeduldigen Geräusch zog Dante sie auf die Beine.

Sie schwankte, als wäre sie betrunken, und streckte die blutigen Hände aus, die eine mit Handschuh, die andere ohne, als wollte sie ihm irgendeinen faszinierenden Schatz zeigen.

Dante warf ihr einen leidgeprüften Blick zu, wie es ein nüchterner Gast in einer Bar nach Mitternacht tun mochte. Dann klemmte er sie sich unter den Arm, um sie mit sich zu ziehen.

Er lebte.

Sie lebte.

Wieso in Deas Namen waren sie beide noch am Leben?

Sie kicherte, fühlte sich albern vor Erleichterung – und wegen des Blutverlusts, wenn sie ehrlich war –, und schlang ihre

Finger um seine Taille. Wärme entstand dort, wo sein Körper sich gegen ihren drückte und feste Muskeln sich bei jedem Schritt verlagerten.

Wahrscheinlich wirkten sie wie Verliebte, die sich aneinanderklammerten und eine stille Gasse suchten. Sie kicherte noch einmal. Abgesehen von dem Blut. Sie hatte nicht viel Erfahrung, was das betraf, aber zumindest in Büchern kam in verstohlenen romantischen Begegnungen *normalerweise* nicht so viel davon vor.

Dante, wie immer ganz mürrische Anstandsdame, brachte sie nicht in eine dunkle Gasse, sondern halb lenkte er sie, halb trug er sie mit dem Wissen eines Eingeweihten die gewundenen, namenlosen Straßen entlang, bis die Hafenhöhle vor ihnen auftauchte.

Als sie drin waren, bugsierte er sie den Pfad vorwärts. Das rasche Gehen hatte ihren Kopf nicht geklärt, sondern das Gegenteil bewirkt, und vor ihren Augen funkelten Sterne, als er sie an die Wand lehnte. Alessa spürte vage, wie sie nach unten rutschte, aber sie konnte nichts dagegen tun. Dante fing sie auf, indem er ein Knie zwischen ihre Beine drückte.

»Oje. Du hast mir noch nicht einmal was zu essen besorgt«, sagte sie und schnaubte.

Er seufzte. Seine Muskeln waren angespannt, seine Bewegungen ruckartig, als er unter ihrem Umhang in den Taschen ihres Kleids nach dem Schlüssel fischte.

Sie drückte ihr Gesicht gegen Dantes Hemd und atmete ihn ein. Es kam ihr wie das Normalste überhaupt vor, aber als sie noch einmal darüber nachdachte, fand sie, dass es das wahrscheinlich nicht war. Allerdings konnte man ihr kaum einen Vorwurf machen. Mit welcher Magie ihre Wunden auch geheilt worden waren, sie hatte nicht das verlorene Blut ersetzt. Jetzt forderte der Mangel seinen Tribut, und das hatte Auswirkungen auf ihre ohnehin bereits unterdurchschnittliche Impulskontrolle.

»Ups«, murmelte sie und hob den Kopf. »Mir ist ein bisschen schwindelig.«

Dante antwortete nicht. Seine Blicke huschten in alle Richtungen, während er das Tor aufschloss. Sein Atem ging schnell und flach. Dies war nicht der Junge, der sie aufgezogen hatte, weil sie anzügliche Romane las, oder der ihr angeboten hatte, sie zu umarmen, um die Welt zu retten. *Dies* war das gefangene Tier, das sie in der Nacht, als sie ihn mit nach Hause genommen hatte, auf ihrem Balkon gesehen hatte.

Er hatte Angst vor ihr. Natürlich. Alle hatten das. Und da er jetzt den unerträglichen Schmerz gespürt hatte, den sie bei allen verursachte, die ihr zu nahe kamen, würde er auch in Zukunft für immer Angst vor ihr haben.

»Es tut mir leid.« Sie schob die Hände in die Taschen. »Ich werde dich nicht wieder anfassen.«

»Was?« Er blinzelte, konzentrierte sich auf sie. »Nein. Es ist nicht – Das ist nicht – Muss ich Euch tragen?«

»Entspann dich«, sagte sie und machte eine Handbewegung, die, wie sie hoffte, Zuversicht ausstrahlte. »Ich kann gehen.« Sie war zwar nicht ganz sicher auf den Beinen, aber sie ging weiter.

Etwas anderes beunruhigte sie. Etwas, über das sie sich geärgert hatte oder das sie verstehen wollte. Ihre Gedanken waren träge und unverbunden, doch als Dante das Tor hinter ihnen schloss, bekam sie einen davon zu fassen. »Wer war dieser Mann? Und warum hast du dich mit ihm gestritten?«

Dante spannte sich an. »Das spielt keine Rolle.«

»Das tut es ganz sicher. Du hast dich mit einem von Ivinis Jüngern getroffen, der meinen Tod will, und dann hast du mich beinahe getötet. Ich verdiene es zu erfahren, was vor sich geht.«

Er hatte sie auch geheilt, was ihr Argument irgendwie zunichtemachte, aber *dieses* Thema wollte Dante anscheinend vermeiden.

»Er ist der Kerl, der mich nach dem Tod meiner Eltern bei sich aufgenommen hat. Er hat dem Mob gesagt, dass ein Kind gebessert werden kann und dass er sich um mich kümmern würde. Ihr wisst schon, meine unsterbliche Seele retten.« Er drängte sie mit einer Hand an ihrem unteren Rücken weiter. »In der Nacht, in der ich Euch begegnet bin, habe ich ihn in der Menge gesehen. Es ist Jahre her, deshalb war ich mir nicht sicher, ob er mich erkannt hat. Aber ich dachte, dass ich mich vergewissern sollte, dass er den Mund hält, damit niemand es herausfindet. So viel zum Plan.« Dante öffnete das letzte Tor und legte ihr den Schlüssel in die Hand. »Schließt das Tor hinter Euch ab.«

Wieso klang das wie ein Lebewohl?

»Kommst du nicht mit?«

»Ich –« Er fuhr sich mit den Fingern durch die Haare. »Ich muss – ich kann nicht –«

Der Mann, der ohne mit der Wimper zu zucken gegen jemanden gekämpft hatte, der doppelt so wuchtig war wie er, und der verärgerte Fontes mit Blicken bezwungen hatte, der niemals vor einem Mädchen zurückgescheut war, deren Hände Schmerz und Tod brachten, zitterte jetzt, weil sie sein Geheimnis kannte.

»Dante, ich würde *niemals* irgendwem etwas sagen.«

Er atmete abgehackt aus. »Ihr wisst, was passiert, wenn das rauskommt?«

Ein Ghiotte in der Cittadella. Eine Ratte in der Küche. Eine wütende Meute mit brennenden Fackeln und Mistgabeln in den Händen. Sie würde von Glück reden können, wenn diese sie nicht mit ihm auf den Scheiterhaufen warfen.

Seine Augen blitzten. »Wählt Euren verdammten Fonte, bleibt in der Cittadella, und vergesst, dass Ihr mich jemals gekannt habt.«

»Komm zumindest mit rein, um deine Sachen zu holen«, sagte sie mit weicher Stimme.

»Ich werde mir neue Sachen kaufen.«

»Bitte. Lass uns darüber sprechen.«

»Es gibt nichts zu besprechen.«

Es war zu viel, und es ging zu schnell. Er entglitt ihr, und sie hatte noch nicht einmal verarbeitet, was gerade geschehen war und wer er war. *Sie brauchte einen Augenblick, verdammt.*

»Dann wird mein Blut erneut an deinen Händen sein«, sagte sie. »Ich gebe mir eine siebzigprozentige Chance, dass ich auf dem Weg die Treppe hoch zusammenbreche, den ganzen Weg nach unten stürze, mir die Hälfte meiner Knochen breche und mir den Schädel einschlage, und du wirst nicht da sein, um mich zu heilen. Ich werde also zum *zweiten* Mal heute in einer Lache meines eigenen Bluts sterben. Was für ein tragisches Ende der heutigen Geschichte vom Überleben.«

Er starrte sie weiter an, aber hinter der Wut und der Angst war ein Hauch von etwas anderem.

Es mochte Hoffnung sein.

»Bitte.« Sie hob eine zittrige Hand ans Gesicht und sackte gegen das Tor. Es war wirklich nicht fair, seine Schwäche auszunutzen, aber verzweifelte Zeiten verlangten nach verzweifelten Maßnahmen.

Dante säuberte seine Klingen im Spülbecken, trocknete sie mit sauberen Tüchern ab und wusch und trocknete sie erneut ab, bevor er sie zurück in die Scheiden steckte.

Er ging auf und ab, während Alessa badete, und er ging auf

und ab, als sie um den Sichtschutz herumspähte, ehe sie sich ankleidete.

Er war ein Ghiotte.

Eine Person, die kaum als menschlich betrachtet wurde.

Von Dämonen berührt, selbstsüchtig und grausam bis ins Mark.

Eigentlich hätte sie Angst vor ihm haben müssen. Ihn hassen müssen. Es hätte alles verändern müssen.

Aber so war es nicht.

Ein Ghiotte hatte in der Gasse ihre Hand genommen, ohne zu wissen, ob er das verzweifelte Wagnis überleben würde, das er einging, um sie zu retten. Ein Ghiotte hatte seinen Stolz *und* seine Sicherheit riskiert und sich einen lächerlichen Schal um den Kopf gewickelt und sie umarmt, als sie es mehr als alles andere auf der Welt gebraucht hatte.

Von dem Tag an, an dem sie sich begegnet waren, hatte Dante versucht, sie davon zu überzeugen, dass er grausam war, unfreundlich und kalt, doch seine Taten ließen seine Worte hohl erscheinen. Er war ein Ghiotte, aber er war immer noch Dante. Und er hatte sich sein Schicksal genauso wenig ausgesucht wie sie sich ihres.

Jetzt versuchte er gerade, das Blut von seinem weißen Leinenhemd zu schrubben. Als er ihre Schritte hinter sich hörte, warf er das Hemd ins Spülbecken und stützte sich mit den Händen auf dem Tresen ab.

»Ich verspreche dir, dass ich niemandem etwas sagen werde«, sagte sie mit der beständigen Ruhe, mit der man einen knurrenden Hund beruhigt. »Aber ich muss etwas wissen.«

Er drehte sich nicht um.

»In den Geschichten heißt es, dass Ghiotte Dämonen sind, die sich als Menschen tarnen.« Sie schluckte. »Ist das wahr? Bist du … etwas anderes? Darunter?«

»Fragt Ihr mich, ob ich Hörner habe?«

Das war genau das, was sie wissen wollte, aber es schien ihr am besten, es weder zu bestätigen noch zu verneinen.

»Nein«, sagte er seufzend. »Keine Hörner. Keinen Schwanz. Keine Klauen. Das bin ich.«

Ihr Atem strömte geräuschvoll aus ihr heraus. Er war kein Monster, zumindest nicht mehr als sie. In diesem Moment entschied sie sich.

»Niemand muss es erfahren.«

Dante wirkte eher genervt als dankbar. »Es gibt bereits jemanden, der es weiß. Was glaubt Ihr, weshalb ich ihn bedroht habe? Es ist schlimm genug, dass er weiß, dass ich in der Stadt bin. Wenn er herausfindet, dass ich in der Cittadella bin, wird alles Geld der Welt nicht ausreichen, ihn dazu zu bringen, den Mund zu halten. Es ist eine Sache, wenn ein entflohener Ghiotte frei herumläuft, aber etwas ganz anderes, ihn auf dem Sofa der Finestra schlafen zu lassen.«

»Dann müssen wir dafür sorgen, dass er es nicht herausfindet. Bitte, Dante. Du kannst nicht gehen. Nicht jetzt, da ich endlich weiß, wie viel wir gemeinsam haben –«

»*Gemeinsam?*« Dante spuckte das Wort regelrecht aus. »Was haben wir denn *gemeinsam?*«

»Eine Menge. Zum Beispiel verstehen wir beide, wie es ist, wenn man gehasst und gefürchtet wird. Wir haben beide eine Gabe, um die wir nicht gebeten haben.«

»Eine Gabe«, sagte er höhnisch. »Eine schöne Gabe.«

»Du kannst dich selbst heilen. Meine Gabe tötet nur Menschen.«

Seine Finger krümmten sich um das Porzellan. »Meine hat viele getötet.«

Sie schloss die Augen. »Deshalb haben sie deine Eltern umgebracht.«

»Ja. Und Eure Eltern werden zusätzlich bezahlt, weil sie die gesegnete Finestra hervorgebracht haben. Wie ich schon sagte, wir haben nichts gemeinsam. Ihr seid eine Retterin. Ich bin eine Abscheulichkeit. Ihr habt eine Burg bekommen, und ich wurde von einem Mann in einem Schuppen eingesperrt, der versucht hat, das Böse aus mir rauszuprügeln.«

Ihr Magen krampfte sich zusammen.

Nein, ihre Leben waren *nicht* die gleichen. Nicht auf offensichtliche Weise, aber an den verborgenen, zerbrochenen, zerklüfteten Stellen in ihrem jeweiligen Innern … wieso konnte er nicht sehen, wie sie es *waren*?

»Es tut mir leid, was dir passiert ist. Du hast das nicht verdient, und auch deine Eltern nicht. Aber …« Alessa ballte benommen die Fäuste, als ihr eine Möglichkeit in den Sinn kam. »Vielleicht kann deine Macht doch anderen helfen.«

Dante gab ein verächtliches Geräusch von sich. »Ach ja? So was wie Euer Fonte zu sein? Viel Glück damit. Die einzige Gabe, die Ihr von mir bekommen würdet, wäre ein langsamerer Tod, damit Ihr dem Ende der Welt zusehen könnt.«

»Nein, natürlich nicht. Doch ich könnte mit dir üben.«

»Ihr meint, mich quälen.«

Sie zuckte zusammen. »Allerdings ohne dich zu töten.«

»Ich bin nicht *unbesiegbar*. Ich werde sterben, wenn Ihr es nur intensiv genug versucht.«

»Aber du bist näher als alle anderen. Du sagst immer, dass du dir aus deiner Sicherheit nichts machst. Ist es so viel anders, als für Geld zu kämpfen? Du könntest mir helfen, Saverio zu retten.«

»Was hat Saverio jemals für mich getan?«

»Es gibt *Kinder*, die auf schreckliche Weise sterben werden.«

»Kinder werden groß und grausam wie alle anderen auch.«

»Ich wollte diese Aufgabe auch nicht, aber zumindest bemühe ich mich.«

»Ihr seid die Retterin, nicht ich. Ich bin der selbstsüchtige Typ, schon vergessen? Das hier ist *Euer* Problem.«

Am liebsten hätte sie ihm ihre Fingernägel durchs Gesicht gezogen, um die kalte Verachtung gewaltsam wegzureißen. »Netter Versuch, Dante, aber es ist zu spät. Ich *kenne* dich. Es ist unmöglich, dass es dich nicht kümmert, wenn viele Tausend Kinder sterben, wo du nicht einmal ein einziges Kind ignorieren konntest, das in Schwierigkeiten war.«

»Wovon sprecht Ihr?«

»Ich habe dich gesehen, als dieses Bettlermädchen von einem von Ivinis Raufbolden herumgestoßen wurde. Du hast ihn aufgehalten.«

Dante warf den Kopf zurück. »Ihr solltet keinen Helden aus mir machen, nur weil ich Schlägertypen hasse. Ich bin *genau* das, was alle über mich sagen.«

»Es interessiert mich nicht, was die Geschichten sagen. Du bist ein guter Mensch –«

Er riss die Hände hoch. »*Hört auf!* Ihr wisst nicht, was für ein Mensch ich bin. Ihr habt keine Ahnung, was ich getan habe, wen ich verletzt habe.«

»Dann erzähl es mir. Überzeuge mich. Beweise, dass du böse bist. Ich fordere dich heraus.«

Er raufte sich die Haare. »Na schön! Da war *ein* Mensch, der versucht hat, mir zu helfen, nachdem ich weggerannt bin. Nur einer. *Überhaupt jemals.* Und ich habe ihn getötet.«

29

Quando l'amico chiede, non v'è domani.
Wenn ein Freund um etwas bittet,
gibt es kein Morgen.

Tage bis Divorando: 19

Alessa gefror das Blut. »Das glaube ich dir nicht.« Ihre Worte klangen nicht einmal in ihren eigenen Ohren überzeugend.

»Glaubt es ruhig«, sagte er mit ausdrucksloser Stimme. »Da war dieses Kind, ein Mädchen, das mich gefunden hat, nachdem ich weggelaufen war. Kann nicht älter als zehn gewesen sein. Stolpert am Strand über einen blutverschmierten Fremden, der kaum bei Bewusstsein war, und statt wegzulaufen, entscheidet es sich, mich gesund zu pflegen.« Er lachte verbittert. »Sie hat gesehen, wie ich mich geheilt habe. Ich konnte es nicht verbergen.«

Alessa verbarg ein Frösteln. Der Dante, den sie kannte – oder zu kennen glaubte –, hätte niemals ein unschuldiges Kind getötet, um es zum Schweigen zu bringen. Aber vielleicht kannte sie ihn doch nicht.

»Also habe ich gelogen. Hab ihr erzählt, dass ich die Fonte di Guarigione hoch oben auf einer Klippe gefunden hätte. Sie wollte wissen, wo, und hat immer weiter gebohrt, also habe ich weiter gelogen, die Fonte noch höher platziert, es zu schwierig gemacht, zu ihr hinzukommen. Aber sie hat einfach nicht aufgegeben.«

Ein neugieriges Kind. Ein furchtbares Geheimnis. Und Dante – auf der Flucht und verzweifelt darum bemüht, die Wahrheit zu verbergen.

Alessa wurde übel.

Seine Augen brannten wie glühende Kohlen. »Am nächsten Morgen habe ich ihre Leiche auf den Felsen unterhalb der Klippe gefunden, zerschmettert.«

Sie schluckte Tränen hinunter, während ihre Knie vor Erleichterung weich wurden. »Es war ein Unfall. Du hast nicht gewollt, dass sie verletzt wird.«

»Das spielt keine Rolle.«

»Doch, das tut es. Gerade ich weiß, wie das ist.«

»Hört auf!«, rief Dante. »Wir sind *nicht* gleich. Ihr berührt Menschen, und sie sterben, aber es ist nicht Eure Entscheidung, und es ist nicht Euer Fehler. *Alle*, die sich aus mir etwas machen, sterben, und es ist *immer* mein Fehler. Ihr gebt. Ich *nehme*.«

»Dann ändere dich.«

»Menschen können sich nicht ändern.«

»*Ich* habe es getan.« Ihre Stimme zitterte vor Wut. »Ich habe mich schon so oft verändert, dass ich mit dem Mitzählen gar nicht mehr nachkomme. Als ich Finestra wurde, war ich ein naives Mädchen, das geglaubt hat, was andere ihr sagten, und die Regeln ohne nachzufragen befolgt hat, auch wenn es sich falsch angefühlt hat. Auch wenn ich dachte, dass ich dabei verkümmern und verwehen würde. Ich war nur noch die Hülle einer Person, nichts als Schmerz und Bitterkeit. Dann bist du gekommen. Und du hast mich weder verehrt noch bedauert. Du hast bemerkt, wenn ich mich selbst klein gemacht habe, und ich habe es gehasst. Ich wollte dir beweisen, dass du falschliegst, also habe ich mich *geändert*.« Alessa straffte sich und sah ihm in die Augen. »Es kümmert mich nicht, was andere sagen – deine Gabe ist ein Teil von dir, aber sie definiert dich nicht. Du kannst dich entscheiden, besser zu sein.«

Sein Blick hart. »Nun, ich entscheide mich, es nicht zu tun. Und *das*« – er deutete erst auf sich, dann auf sie und dann wieder auf sich – »ist nichts. Wir sind nicht gleich. Wir sind keine Freunde. Wir sind *gar nichts*. Ich werde diesen verdammten Auftrag zu Ende bringen, weil wir eine Abmachung getroffen haben, und das war's dann.«

»Du bist so ein Arschloch.«

»Jetzt kapiert Ihr es.«

In ihr stieg Wut auf. Sie wollte ihre Finger in sein stures Gesicht bohren, ihm seine Seele stehlen, ein für alle Mal. Auch wenn er ein Ghiotte war – er würde keine Chance haben.

Stattdessen stürmte sie nach draußen. Jeder Möchtegern-Attentäter, der es in diesem Moment auf sie abgesehen hatte, würde verlieren.

Fünf lange einsame Jahre hatte sie sich eingeredet, dass nur ihre Gabe und ihre Position alle von ihr ferngehalten hatten. Dass sich jemand, der Zeit mit ihr verbringen würde, sicherlich etwas aus ihr machen würde. Nicht aus der Finestra oder der Retterin. Aus ihr. Aus Alessa.

Aber Dante hatte alles gehört, und es kümmerte ihn nicht. Er war nur da, weil sie ihn dafür bezahlte, und sie war so erbärmlich, dass sie noch nicht einmal den Unterschied zwischen einem Freund und einem Angestellten erkennen konnte.

Sie brauchte frische Luft. Sie musste weg.

Als weiter vorn Stimmen zu hören waren, schlüpfte sie in die düstere Küche.

Aus den tiefsten Schatten zischte jemand ihren Namen. Nicht ihren Titel. Ihren *Namen*.

Eine dunkle Gestalt kam auf sie zugeschlichen.

Sie wich zurück, tastete hinter sich nach der offenen Tür. Stattdessen traf ihre Hand den harten Muskel von Dantes Oberschenkel.

»Um Crollos willen, hier seid –«, sagte er, bevor er rasch um sie herumsprang und die schattenhafte Gestalt an die Wand drückte. Im schwachen Licht, das vom Gang hereindrang, blitzte eine Klinge auf, und der Eindringling schrie.

Alessa kannte diesen Schrei. »Halt!«, rief sie. »Das ist mein Bruder!«

Für eine Sekunde dachte sie, Dante würde ihm trotzdem die Kehle aufschlitzen, aber er machte einen Schritt zurück. Das Messer hielt er weiter auf Adricks Brust gerichtet.

»Was tust du hier, Adrick?«, fragte Alessa.

»Was tut *er* hier?«, versetzte Adrick. »Er ist kein Fonte.«

»Er ist mein Leibwächter.«

Adrick musterte Dante skeptisch. »Halb bekleidet?«

Dante hatte sich ein Hemd geschnappt, bevor er ihr gefolgt war, aber er war nicht dazu gekommen, es ganz zuzuknöpfen.

Dante senkte die Brauen. »Es ist mitten in der Nacht.«

»Ja, das ist es.« Adrick verengte die Augen.

»Dante, gibst du uns eine Minute?«

Dantes Blick wurde jetzt noch finsterer. »Ruft mich, wenn Ihr mich braucht.«

Adrick trat einen Schritt vor. Der schwache Lichtschein von den zu den Gärten führenden Glastüren beleuchtete sein Gesicht, während er sich verstohlen in der dunklen, stillen Küche umsah.

»Wie bist du hier reingekommen, Adrick?«

Er rieb sich die Hände an der Hose ab. »Ich kenne jemanden. Wer ist der Kerl? Hat er nicht irgendwann mal im Hafengebiet gekämpft?«

Alessa seufzte geräuschvoll. »Ich habe dir gesagt, dass Dante mein Leibwächter ist. Und ja, er hat im *Tiefpunkt* gekämpft. Genug drumrum geredet. Was war da heute los? Wer hat versucht, mich zu vergiften? Und warum?«

»Ich weiß es nicht.«

»Blödsinn.«

»Hör zu, es spielt im Augenblick keine Rolle.«

»Nicht? Für mich sieht es nämlich so aus, als hättest du Papas besondere Kekse gebacken und sie dann jemandem gegeben, der sie mit *Gift* versetzt und hier abgegeben hat, damit ich krank werde oder sterbe. Und du bist nicht im Mindesten überrascht. *Warum?*«

Adrick schien all seinen Mut zusammenzunehmen. »Ich werde dir alles erklären, nachdem du mir gesagt hast, ob du einen Fonte hast. Funktioniert es?«

Sie zuckte zurück. »Ja. In gewisser Weise. Es ist kompliziert.«

»Es ist eine einfache Frage.«

Sie verschränkte die Arme. »Es ist eine komplizierte Antwort.«

»Dann also nein. Und alle hier wissen es, deshalb musstest du einen Schläger vom Hafen anheuern.« Sein Gesicht verzerrte sich, als würde er versuchen, ein Lachen zu unterdrücken, und Alessa wartete auf die Pointe, aber er würgte an einem Schluchzer. »Du hast es versucht, doch es bleibt uns keine Zeit mehr.«

»Gibst du mich auf? Wirklich? Adrick, ich bemühe mich so sehr – «

»Ich weiß. Ich *weiß*, dass du dich bemühst.« Adricks heiseres Flüstern verblasste, war das Eingeständnis einer Niederlage. »Das hast du immer getan. Du hast dich *bemüht*, Abendessen zu kochen und alles anbrennen lassen, sodass wir stattdessen verdünnte Suppe essen mussten. Du hast dich *bemüht*, den perfekten Aufsatz zu schreiben, und ihn dann zu Hause liegen gelassen, sodass ich ihn für dich holen musste und Schwierigkeiten bekommen habe. Du hast dich *bemüht*, Finestra zu sein, und stattdessen deine Fontes getötet und mich dadurch die Arbeit von zweien machen lassen und unser aller Leben in Gefahr gebracht.«

Jedes Wort schlug eine neue Wunde, die niemals heilen würde. Ein ganzes Leben voller Schuld und Peinlichkeiten wurde ihr entgegengeschleudert, und dass es ihm Schmerzen zu bereiten schien, es zu sagen, ließ es nur noch mehr wehtun.

Sie war eine Bürde. Ein kompletter Reinfall. Und Adrick wusste das besser als alle anderen, weil er da gewesen war und hinter ihr aufgeräumt hatte.

»Es tut mir leid.« Adricks Gesicht hatte noch nie so abgespannt und ernst gewirkt. »Aber für Bemühungen gibt es keine Punkte. Ich will das hier genauso wenig wie du, doch ich … ich denke, das ist vielleicht der Grund, weshalb ich hier bin. Vielleicht ist es auch der Hauptgrund, weshalb ich geboren wurde.« In seinen Augen glitzerten Tränen, als er ein kleines Fläschchen aus der Tasche zog.

Alessa wich zurück. Ihre Haut wurde kalt. »Was ist das, Adrick?«

Wenn sie seinen Verrat ertragen musste, würde er mit der Schuld leben müssen, dass er es gesagt hatte.

»Du hattest deine Bestimmung, Schwester. Jetzt verstehe ich meine. Du weißt, dass ich dir nie wehtun wollen würde.«

»Dann tu es auch nicht.«

Adrick zuckte zusammen. »Was denkst du, warum ich dir heute gesagt habe, dass du weggehen sollst? Glaubst du, sie wären so vorsichtig gewesen, wie ich es sein würde? Niemand sonst würde jede Vorsichtsmaßnahme ergreifen, um sicherzugehen, dass du nicht leiden wirst. Verstehst du nicht? Dies ist dein Ausweg. Du wirst eine Heldin sein, und wir werden gerettet.« Tränen strömten ihm übers Gesicht. »Ich habe etwas Besonderes gemacht. Für dich.«

Sie wollte schreien, wollte mit den Fäusten gegen seine Brust trommeln. Sie wollte sich an ihn klammern und ihn anflehen, es wieder mitzunehmen. Stattdessen verhielt sie sich vollkommen ruhig, atmete kaum.

Adrick legte ihr das kleine blaue Fläschchen in die Hand und schloss ihre behandschuhten Finger darum.

Sie stand da, starrte auf ihre Faust zwischen seinen Händen. So viel Kontakt hatten sie seit Jahren nicht mehr gehabt.

»Wirst du es mir mit Gewalt einflößen?«, flüsterte sie.

Er schloss die Augen. »Nein. Ich weiß, dass du das Richtige tun wirst.«

Dante verdunkelte die Türöffnung. »Die Zeit ist um.«

»Auf Wiedersehen, kleine Schwester.« Adrick wischte sich über die Augen. »Ich werde dafür sorgen, dass niemand dein Opfer vergisst.«

Adrick ging, und Dante kam mit zusammengezogenen Brauen näher. »Was hatte das zu bedeuten?«

Oh, *jetzt* zeigte er sich besorgt? Nachdem er ihr ihre Freundschaft rüde zurückgewiesen hatte, erwartete er, dass sie ihre Wunden für ihn weit aufriss? »Als wenn dich das interessieren würde.«

»Ich habe nicht so gemeint, was ich gesagt habe.«

»Spar dir das. Ich will nicht mit dir reden.«

Sie lief zu den Glastüren am Ende der Küche und riss sie auf.

Ein kühler Wind peitschte ihr die Röcke um die Beine, und eisiger Regen prasselte ihr ins Gesicht. Trotz ihrer Handschuhe schmerzten ihre Fingerspitzen, kaum dass sie nach draußen getreten war.

»Schlechter Abend für einen Spaziergang«, sagte Dante hinter ihr.

»Ich muss nachdenken.«

»Unangenehme Stelle dafür.«

»Unangenehme Gesellschaft hilft auch nicht. Wenn du diesen Job durchziehen willst, tu das. Aber sei nur ein Schatten.« Wenn er nicht ihr Freund sein wollte, konnte er ihr Feind sein. Das schien ohnehin alles zu sein, was ihr geblieben war.

»Kann ich etwas sagen?«

»Nein.« Es fühlte sich köstlich an, ihn niederzumachen.

Eis umhüllte Äste und Zweige, machte die Bäume fast zu Glasskulpturen. Ein Frösteln schüttelte sie, aber sie ging weiter.

Dante hielt mit ihr Schritt. »Ich *versuche*, mich zu entschuldigen.«

»Spar dir die Mühe.«

Er seufzte schwer. »Hört zu. Normalerweise versuchen andere Menschen, mich zu töten, wenn sie es herausfinden. Ich bin in Panik geraten.« Er stellte sich ihr in den Weg. Sein Blick war eindringlich, und in seinen Wimpern glitzerte Eis. »Kommt Ihr bitte mit rein?«

»Nein.«

Er knurrte frustriert. »Ich tue es, okay? Ich bin damit einverstanden, dass Ihr mit mir übt.«

»Warum? Saverio interessiert dich nicht.«

»Ich biete nicht an, Saverio zu helfen. Ich biete an, *Euch* zu helfen.«

Sie schloss die Augen. »Vergiss es. Es war eine verrückte Idee. Du hast noch nicht einmal eine Gabe, die ich benutzen kann.«

»Was *wollt* Ihr?«, fragte Dante.

Die eisigen Regentropfen liefen ihr über die Wangen, als wären es Tränen. »In Ruhe gelassen werden.«

»Nicht jetzt. Allgemein. Ihr sagt, Ihr wollt eine Heldin sein, aber Ihr seid schnell bereit, das Opfer zu spielen. Ihr sagt, Ihr wollt Freunde, aber Ihr wollt mir nicht vergeben. Ihr sagt, Ihr wollt meine Hilfe, aber Ihr wollt sie nicht annehmen. Also, was ist es?«

Sie deutete auf die hohe Mauer, die den Garten umgab, und damit auch auf alles, was sie von ihr fernhielt. »Saverio retten. Dazu ist eine Finestra da.«

»Ich habe nicht gefragt, was andere von *Euch* wollen. Ich wollte wissen, was *Ihr* wollt.«

»Das spielt keine Rolle.«

»Ich glaube, dass Ihr Angst habt.«

Sie verdrehte die Augen. »Ein Schwarm Dämonen wird kommen, und *ich* muss uns beschützen. Wer würde da keine Angst haben?«

»Nein, das ist es nicht. Ihr habt Angst, Euch zu verlieren.«

»Ich bin dazu *da*, mich zu verlieren. Meinen Namen, meine Familie, mein Leben.«

»Genau. Und das wollt Ihr nicht. Das kann man Euch nicht verübeln, aber Ihr müsst Euch entscheiden, was *Ihr* aus all dem hier mitnehmt, wenn Ihr das durchzieht. Also, was wollt *Ihr*?«

»Ich will, dass alles verschwindet!« Sie wirbelte von ihm weg. »Ich will nicht mehr mutig und allein sein. Ich will umarmt werden, wenn ich traurig bin, wie ein normales Mädchen mit einem Zuhause und einer Familie. Ich will in dunklen Gassen Händchen halten und küssen und nackt im Meer schwimmen und alle anderen dummen kleinen Sachen machen, von denen ich nie dachte, dass ich vielleicht gar nie die Chance bekommen würde, sie zu tun.«

»Es gibt bessere Orte zum Küssen als Gassen.«

Sie lachte, fühlte sich beinahe hysterisch. »Danke für den Tipp. Ich bezweifle, dass ich ihn brauchen werde.«

»Wenn Ihr Eure Macht kontrollieren wollt, sodass Ihr nach Divorando ein normales Leben führen und in allen Gassen jemanden küssen könnt, solltet Ihr Euch daran festhalten.« Er zitterte. »Können wir jetzt *bitte* reingehen?«

Sie wollte etwas Launiges und Schlaues entgegnen, aber ihre Zähne klapperten so stark, dass sie nicht sprechen konnte.

»Verdammt. Ich berufe mich auf meine Zuständigkeit als Leibwächter. Kommt mit.« Er packte ihr Handgelenk und zog sie hinter sich her.

Die Wärme der Küche genügte nicht. Jedes Zittern ließ Eis von ihren nassen Kleidern klirrend zu Boden fallen.

Dante ging darauf los, schlug auf die Eisschicht ein, die an ihr hing. »Ich hasse es, Euch das sagen zu müssen, aber an Unterkühlung zu sterben wird Saverio nicht retten.«

Sie schluckte gegen einen plötzlichen Kloß in der Kehle an. »Vielleicht doch.«

Er sah zu ihr auf. »Das glaubt Ihr nicht wirklich.«

»Andere Leute schon.«

Dantes Blick fiel auf das Fläschchen in ihren Händen. »Was ist das?«

Sie zögerte. »Das Parfum meiner Mutter.«

Dante riss ihr das Fläschchen aus den tauben Fingern und entkorkte es, fuhr mit einem Finger über den Rand und setzte es an die Lippen.

»Nein!« Sie versuchte, es sich zurückzuholen.

Er verbarg das Fläschchen hinter seinem Rücken. »Was ist darin?«

Sie biss die Zähne zusammen, aber ihre Unterlippe zitterte.

Dante schüttete den Inhalt in einen eingetopften Miniatur-Zitronenbaum und schleuderte die leere Flasche in die Erde. Er machte sich bereit, mit ihr zu schimpfen, aber wieso es ihr Fehler sein sollte, dass ihr Bruder von ihr verlangte, sich zu vergiften, wusste sie nicht. Seine Miene verriet jedoch, dass er jemandem *wehtun* wollte, und sie war die Einzige, die da war.

Sie brachte ein schwaches »Ich mag diesen Baum« zustande und brach in Tränen aus.

Dante murmelte gotteslästerliche Sachen, die irgendwie verständnisvoll klingen sollten, und zog sie dicht an seine Brust. Sie klammerte sich an ihn, verzweifelt auf seine Körperwärme aus, die durch die Schichten aus kalter und nasser Kleidung sickerte. Die Wahrheit platzte wie ein Sturzbach aus ihr heraus – wie sich eintausend Fehler in ihrem Leben angehäuft hatten, und wie Adrick sie abgezählt hatte, den Beweis errechnet hatte, dass sie die eine Sache, die sie tun musste, nicht imstande war zu tun. Wie plötzlich jede kleine Peinlichkeit und jeder Fehler im Kindesalter jetzt als Beweis diente und von der Person gegen sie vorgebracht wurde, der sie vertraut hatte, bedingungslos an ihrer Seite zu stehen. Ivini hatte ihr das letzte Mitglied ihrer Familie geraubt, aber ihr eigenes Versagen hatte ihm das überhaupt erst möglich gemacht.

Sie konnte Dantes Ringen um Kontrolle in seinen angespannten Rückenmuskeln spüren, als er gegen den Drang ankämpfte, Adrick aufzuspüren, aber sie krallte die Hände in sein Hemd und klammerte sich verzweifelt an ihn. Wenn er sie jetzt verließ, würde sie zerbröseln, und nichts von ihr würde übrig bleiben.

»Was ist, wenn er recht hat?«, fragte sie. »Vielleicht war es mir nie bestimmt, das hier zu tun. Dea hatte Vertrauen in mich, aber ich habe es nicht verdient. Alle außer mir haben das begriffen. Du hast es selbst gesagt. Die Götter haben uns aufgegeben – oder zumindest mich.«

»*Jetzt* fangt Ihr an, mir zuzuhören?«, fragte Dante. »Leute wie Ivini leben davon, verängstigten Menschen einzureden, sie würden die Antworten kennen. Aber diejenigen, die am lautesten schreien, wissen nur selten besonders viel.«

»Das bedeutet nicht, dass er falschliegt.«

»Es bedeutet aber auch nicht, dass er richtigliegt. Kommt, lasst es mich versuchen.«

Hatte sie überhaupt eine Wahl? Hatte sie *jemals* eine Wahl gehabt?

»Ihr denkt zu viel.« Er hob mit einem behandschuhten Finger ihr Kinn. »Immer nur reden, hm? Mutig genug, um es vorzuschlagen, aber nicht, um loszulegen.«

Ihr stockte der Atem. »Reize mich nicht.«

»Ich *versuche*, Euch zu reizen. Ihr habt gesagt, dass ich besser sein kann, also lasst es mich versuchen.«

»Und *du* sagst immer, dass du kein Held bist.« In ihrem Herzen erwachte etwas flatternd zum Leben – Hoffnung, Furcht oder etwas ganz und gar anderes.

»Das bin ich auch nicht.« Seine Mundwinkel hoben sich zu einem Lächeln. »*Ihr* seid die Heldin. Ich bitte gerade nur ein Mädchen, meine Hand zu halten.«

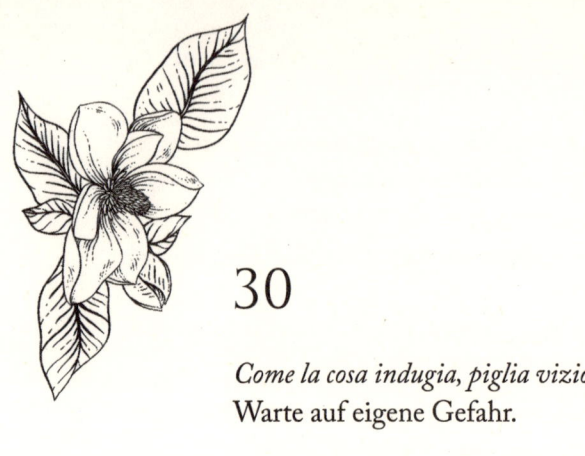

30

Come la cosa indugia, piglia vizio.
Warte auf eigene Gefahr.

Tage bis Divorando: 18

Am nächsten Tag brachte Alessa mit Ach und Krach das Training hinter sich, das in etwa so gut lief wie bei den Übungseinheiten vor dem freien Tag – sofern man eine Nahtod-Erfahrung und versuchten Schwesternmord als »freien Tag« bezeichnen konnte. Sie war auch nicht die Einzige, die erst aus ihrer Benommenheit erwachte, als im Innenhof eine ganze Reihe Karren mit Eisschränken darauf zu sehen waren.

Josef hatte diese Überraschung geplant, was er ein bisschen zu langatmig erklärte, während sie alle die verlockenden Leckereien musterten.

Alessa hielt sich zurück, als die anderen die Auswahl an Eissorten von Josefs Familie prüften. Um höflich zu sein. Und weil ihre Angst vor dem bevorstehenden Abend, wenn Dante sich quälen lassen würde, rasch ihre Hoffnung überholte, dass er ihr helfen könnte.

Einmal war er dem Tod durch ihre Hand entkommen. Das bedeutete aber nicht, dass er es auch ein zweites Mal schaffen würde.

Josef war neben ihr und schwoll vor Stolz an, als er sah, wie die anderen Fontes ihre Wahl trafen. »Ich war immer der Meinung, dass man eine ganze Menge über einen Menschen erfahren kann, wenn man sein Lieblingseis kennt.«

»Ja?«, meinte Alessa.

»Ich selbst nehme normalerweise Vanille.« Er sah sie erwartungsvoll an.

»Weil Vanille …« *Langweilig ist* fühlte sich nach der falschen Antwort an.

Er lächelte, als würde er ihr die Antwort zu einem Rätsel anbieten. »Subtil, aber komplex ist.«

»Natürlich.« Alessa bestellte dunkle Schokolade und Himbeer und wartete darauf, dass Josef einem der alarmiert wirkenden Eisverkäufer die Schale abnahm und ihr reichte. »Erzähl mir mehr davon.« Sie hatte nie richtig Gelegenheit gehabt, mit ihm allein zu sprechen, und wenn gefrorene Desserts das Thema waren, das ihn am besten dazu brachte, sich zu öffnen, dann war das in Ordnung.

»Die meisten Menschen verhalten sich so, als würde es Vanille an Geschmack mangeln, aber sie ist in Wirklichkeit sehr nuanciert. Die Geschmacksnoten variieren, je nachdem, von wo die Schoten bezogen werden und wie man sie zubereitet, bevor man sie mischt.« Josef sah lächelnd seine Schale an, die immer noch halb voll war; dank seiner Gabe war das Eis kein bisschen geschmolzen. »Ich weiß, ich bin kein Mann vieler Worte, aber ich denke gerne, dass auch ich komplexer bin, als die Leute vermuten.«

Alessa nickte nachdenklich. »Was sagt mein Eis über mich aus?«

Josef errötete. »Ich würde mir eine Antwort nicht anmaßen.«

Alessa seufzte. »Dann also Nina. Stracciatella? Lass mich raten – süß, aber unbeständig?«

Josef blinzelte verwirrt. »Ich kenne sie zu gut. Es wäre nicht fair.«

»Du kannst nicht eine Persönlichkeitstheorie in Abhängigkeit von Eissorten aufstellen und mich dann hängen lassen, Josef.« Sie sah Dante weiter hinten im Raum, aber auch wenn Josef möglicherweise der spießigste Junge war, dem sie je begegnet war, würde sogar er ihre jämmerliche Neugier bemerken, wenn sie sich nicht vorsichtig verhielt. Sie entschied sich für etwas, das sicherer war. »Was hat Kamaria bekommen?«

»Halb Minze und halb Caffè Latte, aber sie bestellt jedes Mal etwas anderes, wenn sie den Laden betritt.«

Alessa dachte nach. »Hmm. Lass es mich versuchen. Ich würde sagen, sie sehnt sich nach Aufregung und hasst es, sich zu langweilen.«

Josefs Augen glitzerten. »Ich stimme zu.«

»Das macht Spaß. Jetzt Kaleb.«

»Erdbeeren und Sahne. Ich habe noch nicht herausgefunden, was das bedeutet.«

»Wir beide nicht. Rosa. Und süß.« Alessa zuckte mit den Schultern. »Tja, ich kann es nicht einschätzen.«

Sie ließen das Thema eine Weile auf sich beruhen, jeweils in ihr Dessert vertieft.

»Zitrone«, sagte Josef dann wie aus dem Nichts.

»Was?«

»Das hat Signor Dante gewählt. Falls du dich das gefragt hast. Was du vielleicht nicht getan hast.«

»Habe ich nicht.« *Mir dünkt, ich beteu're zu viel.* »Was sagt Zitrone über eine Person aus? Eine säuerliche Veranlagung?«

Josef sah sie leicht beleidigt an. »Zitrone ist nicht säuerlich, sie ist *herb*. Das ist ganz und gar nicht dasselbe. Die kulinarische Rubrik der Zeitung hat unser Zitroneneis als ›eine beinah perfekte Mischung aus herb und süß: reizvoll, vielschichtig und komplex‹ beschrieben. ›Das Herz von Saverio in jedem Löffel. Ein Klassiker.‹ Unsere Familie hat viele Jahre damit verbracht, es zu perfektionieren. Es ist unsere beliebteste Geschmacksrichtung.«

Alessa leckte ein bisschen Eis von ihrem Löffel ab. »Natürlich. Der perfekte Geschmack. Mein Fehler.«

Dante sah jetzt zu ihnen hin, als wüsste er, dass sie sich über ihn unterhielten.

Mit einem widerlich fröhlichen Grinsen schob Alessa sich einen weiteren Löffel Eis in den Mund, aber die Wirkung verpuffte, als sie zum ersten Mal die dunkle Schokolade schmeckte. Ihre Augen schlossen sich, damit sie ganz und gar genießen konnte, wie die hedonistische Schokolade und die fruchtige leichte Säure auf ihrer Zunge verschmolzen.

»Hört auf, es hinauszuzögern«, sagte Dante. Er hatte die Ellbogen auf die Knie aufgestützt und sah zu, wie Alessa auf und ab ging.

Sie hatte es so lange vor sich hergeschoben, wie sie konnte, jeden Bissen des Abendessens so langsam gekaut wie möglich.

»Wir wären gestern beinahe gestorben«, sagte sie und gähnte dramatisch. »Darf man da nicht früh zu Bett gehen?«

Dante starrte sie durch seine Wimpern hindurch an. »Das war schon gestern Abend Eure Entschuldigung. Wollen wir das jetzt machen oder nicht?«

Sie hatte bereits einmal dafür gesorgt, dass er bewusstlos wurde. Eine zweite Berührung mochte zu viel sein.

»Ich habe meine Meinung geändert«, sagte sie. »Es war eine schreckliche Idee.«

»Wenn wir auf eine bessere warten, werden wir alle tot sein. Hört zu, als jemand, der älter ist als Ihr – «

»Pfft. Nicht sehr viel, wenn überhaupt. Weißt du überhaupt, wie alt ich bin?«

Er dehnte die Frage, als würde sie ihn Jahre seines Lebens kosten. »Wie alt seid Ihr?«

Alessa lächelte, denn sie wusste, dass es ihn ärgern würde. »Ich bin achtzehn.«

»Wie ich sagte. Als jemand, der älter ist als Ihr –«

»Wie alt bist *du*?«

»Neunzehn. Oder zwanzig. Hört auf, mich zu unterbrechen.«

»Wie kannst du nicht wissen, wie alt du bist?«

»Ich trage keinen Taschenkalender mit mir herum und habe vor ein paar Wochen aufgehört, mitzuzählen. Stellt Ihr immer so viele Fragen?«

»Ich weiß nicht, tue ich das?«

»Ha, ha. Also, lasst mich jetzt ausreden. Als jemand, der älter ist als Ihr …« – er machte eine Pause, rechnete mit einer Unterbrechung, aber sie verschränkte stattdessen unschuldig die Hände im Schoß – »… kann ich Euch sagen, dass es immer besser ist, etwas Unangenehmes schnell hinter sich zu bringen. Es hinauszuzögern macht alles nur schlimmer.«

Das war eine Wahrheit, die sie auch mit achtzehn Jahren gut kannte, aber es war leichter gesagt als getan.

»Sag mir erst, wie das alles funktioniert. Kann ein Ghiotte sich von allem heilen?«

Dante zupfte an einem losen Faden an seinem Stuhl. »Nein, nicht von allem. Sonst wären meine Eltern noch am Leben. Wenn Ihr mir den Kopf abtrennt oder eine Mauer auf mich werft, bin ich erledigt. Von normalen Verletzungen werde ich mich aber erholen. Wenn es eine wiederholte Verletzung ist, ist es leichter. Als ich mir zum ersten Mal den Arm gebrochen habe, hat es tierisch wehgetan. Beim dritten Mal habe ich es kaum bemerkt. Es ist auch schneller geheilt. Ich glaube, das ist Teil der … Gabe, aber ich weiß es nicht genau.«

»Ist es bei allen von euch so?«

»Wenn ich jemals einen oder eine andere Ghiotte finde, werde ich fragen.«

»Du weißt nicht, wie es bei deinen Eltern war?«

»Ich war ein Kind. Ich habe mir keine Notizen gemacht. Es war einfach etwas, von dem ich wusste, dass ich darüber nicht sprechen durfte. Ich weiß nur, dass es bei mir umso länger dauert, je schlimmer der Schaden ist oder wenn ich müde oder hungrig bin.«

Sie spitzte die Lippen und pustete. »Bist du jetzt hungrig? Oder müde oder durstig?«

»Es geht mir gut. Fangen wir mit den Grundlagen an. Über Euren ersten Fonte weiß ich Bescheid, aber wie sind die anderen gestorben?«

Alessa rieb sich die Arme, als sie versuchte, sich zu erinnern. »Ilsis Herz hat bei unserem vierten Versuch aufgehört zu schlagen. Hugo hat es ein paar Sekunden versucht, ist zusammengebrochen und ist mit dem Kopf auf den Tisch geknallt. Ich weiß nicht, ob ich ihn getötet habe oder der Aufprall.«

Dante schürzte die Lippen, als hätte sie gerade eine gewöhnliche Einkaufsliste beschrieben und nicht eine Reihe grauenvoller Tode. »Dann werden wir sitzen bleiben. Kommt her.«

Ihre Oberschenkel berührten kaum den Stuhl, bevor sie wieder aufsprang. »Meine Hände sind kalt.«

»Nun, in *dem* Fall.« Dante schlug sich auf die Oberschenkel, als wollte er weggehen. »Setzt Euch.«

»Es ist zu gefährlich. Bei den Fontes gibt es einen Grund, es zu probieren, weil ich ihre Gabe brauche. Aber du bist …«

»Wertlos?« Seine Stimme klang leicht, doch seine Hände ballten sich zu Fäusten. »Ich habe nichts anzubieten. Nichts, womit ich Saverio verteidigen könnte. Also ist es das Risiko nicht wert, Eurer Schuldliste eine neue Kerbe hinzuzufügen?«

Alessa drückte die Finger gegen die Schläfen. »Nein. Das ist nicht –«

»Nun, Ihr habt recht. Niemand würde mich vermissen.«

»Ich schon.« Ihre Unterlippe zitterte, aber sie würde nicht weinen. Ihre Tränen hatten ihn überhaupt erst in diese missliche Lage gebracht.

»Ich werde nicht sterben.«

»Das kannst du nicht wissen.«

Er zuckte mit den Schultern. »Bis jetzt hat mich nichts getötet.«

»Das ist ein lächerliches Argument. Das könnte *jeder* sagen, und es würde genauso stimmen.«

Er zwinkerte ihr zu. »Habt ein bisschen *Vertrauen*, Finestra.«

Sie hatte in seiner Gegenwart schon früher keine Handschuhe getragen, aber sie hatte sie niemals *für* ihn ausgezogen. Während er zusah, wie sie den Stoff an ihren Unterarmen hinunterschob, sah sie ihre Haut, als würde sie jemand anderem gehören. Die zarten blauen Adern an der Innenseite ihrer Handgelenke, die blassen Handflächen und die schlanken Finger. Ihr Herz hämmerte heftig gegen ihre Rippen. »Ich lasse los, wenn du auch nur zuckst.«

Sie wich zurück, als er die Hand nach ihr ausstreckte.

»Hände auf den Tisch, Handflächen nach oben. *Nicht* zufassen.«

Er seufzte, aber er tat, was sie verlangte.

»Du kannst trotzdem Schmerzen spüren, stimmt's?«, fragte sie.

Er zog die Brauen hoch. »Ja.«

»Warum bist du dann so verdammt ruhig?«

»Mir wegen der Schmerzen Sorgen zu machen, verhindert sie nicht«, sagte er. »Wenn Ihr nicht bald atmet, werde ich Euch in den Bauch piksen, als wärt Ihr ein störrischer Esel.«

»Du bist ein Arschloch.«

»Yepp. Und jetzt tut es endlich.«

Sie ließ ihre Handflächen über seinen schweben, senkte sie dann langsam, bis ihre Fingerspitzen sich bei jedem Herzschlag sanft berührten. Mit einem zittrigen Atemzug drückte sie ihre Hände gegen seine. Seine Hände waren, wie alles an ihm, stark und geschickt, rau, aber anmutig.

Dante seufzte leise, doch sie wurde von dem plötzlichen Aufwallen der Kraft überwältigt. *Ja, mehr wollen brauchen nehmen, ja.* Ihre Gabe war fordernd wie ein Ozean, der ein sinkendes Schiff nach unten zog. Sie musste sich an etwas binden und fokussierte sich auf sein Gesicht, kämpfte gegen das Verlangen, bis die Woge sich zurückzog.

Sein Kinn wurde starr, aber er zog sich nicht weg.

Als sie die Hände hob, atmeten sie beide aus.

»Also«, sagte sie. »Wie schlimm war es?«

»Erträglich.« Er ließ seine Fingerknöchel knacken. »Noch einmal.«

»Noch nicht.« Sie schüttelte ihre Hände und ging, um Wasser und Cracker zu holen. Wenn Hunger und Durst Risikofaktoren waren, würde sie ihm beim ersten Anzeichen eines Problems beides eintrichtern.

Aus Gewohnheit stellte sie beide Gläser in die Mitte des Tischs und setzte sich. Benommen nahm sie wahr, dass sie ihm seines auch ohne Handschuhe einfach hätte reichen können.

Dante ignorierte die Cracker, aber er leerte das Glas zur Hälfte. »Dieses Mal legt Ihr die Handflächen nach oben auf den Tisch. Ich werde mich zurückziehen, wenn es sein muss.«

Sie hasste es, die Kontrolle abzugeben, aber sie konnte seinen Schmerz nicht abschätzen, im Gegensatz zu ihm. Als sie sich dieses Mal berührten, war das gierige *Bedürfnis* weniger hartnäckig, und sie war fähig, ihre Aufmerksamkeit auf alles andere zu richten. Sie zählte im Stillen, nahm die Beschaffenheit seiner Haut und seinen gleichmäßigen Puls an ihren Fingerspitzen wahr, und wie unglaublich *lebendig* er sich anfühlte.

Als er losließ, war sie bei zweiundfünfzig angekommen.

»Und?«, fragte sie atemlos.

»Besser. Das erste Mal hat es wehgetan. Dieses Mal war es … unbehaglich, aber nicht unangenehm.«

»Die beiden Worte bedeuten das Gleiche.«

»Nein, tun sie nicht.«

»Natürlich tun sie das. Wenn einem etwas unbehaglich ist, ist es unangenehm.«

»Nicht immer.«

»Gib mir ein Beispiel für etwas, das unbehaglich ist *und* angenehm.«

»Eine Massage. Sie ist toll nach einem Kampf, aber *autsch*.«

»Eine *was*?«

»Das ist ein Kneten von schmerzenden Muskeln. Habt Ihr so was noch nie bekommen? Oh, richtig. Natürlich nicht.«

»Du *bezahlst* jemanden dafür, dir den Körper zu kneten?« Wen versuchte er, auf den Arm zu nehmen? Sie selbst würde dafür bezahlen, *seinen* Körper zu kneten.

»Für eine gute Massage würde ich um Geld betteln, es mir leihen oder stehlen. Über dem *Tiefpunkt* wohnt ein Mädchen – « Er schüttelte mit einem leichten Lächeln den Kopf. »Duftende Öle, saubere Laken und ihre Hände wirken Magie.«

»Ich muss die Einzelheiten nicht wissen, danke.« Aber das Bild, das er gemalt hatte, war bereits da, und sie errötete.

Dante senkte den Blick. »Was geht jetzt in Eurem Kopf vor?«

Sie hob das Kinn. »Ich musste gerade an den Moment denken, als ich dich im Kampfring gesehen habe. Es hat mich ziemlich traurig gemacht, dass etwas so Hübsches kurz davor stand, zerstört zu werden.«

Was immer er erwartet hatte, das war es nicht. »Oh. Danke?« Er deutete auf ihre Augen, dann zeigte er mit dem Finger auf sich. »Fokussiert Euch. Ich versuche zu erklären, wie etwas auf gute Weise wehtun kann.«

»Und ich versuche zu erklären, wieso *gut* und *wehtun* nicht zusammenpassen.«

»Doch, das können sie. Ich brauche nur das richtige Beispiel.« Er sah sich einige Zeit lang suchend um, bis sein Blick auf einen Stapel Bücher fiel. »Erregung!«

Ihre Wangen brannten so heiß, dass ihre Haare hätten Feuer fangen können. »Ich habe gesagt, ich muss die Einzelheiten *nicht* wissen.«

Er biss sich auf die Lippe, um nicht zu lachen. »Das hat damit nichts zu tun. Habt Nachsicht mit mir. Ich weiß, dass Ihr seit einer Weile hier eingeschlossen seid, aber ich schätze, Ihr habt trotzdem … Gedanken gehabt.« Er sah zu den Büchern hin. »Also. Wie ich schon sagte, *unbehaglich* ist nicht gleich *unangenehm.*«

Sie vertrieb sämtliche Gefühle aus ihrem Gesicht. Ihr gingen zwar alle möglichen Gedanken durch den Kopf, aber sie würde einfach nicht reagieren.

Er schnippte mit den Fingern. »Körpertraining. Das hätte ich als Erstes sagen sollen.«

»Das hättest du wirklich.«

Er lachte viel länger, als er es verdient hatte. »Ihr wisst, was ich meine, den guten Schmerz in den Muskeln nach einem harten Training. Unbehaglich, aber angenehm.«

»Na schön«, sagte sie mit zusammengebissenen Zähnen. »Fühlt es sich wie irgendetwas von dem an?«

»Nun ja, nein.« Er runzelte die Stirn. Natürlich tat es das nicht. Es fühlte sich wie Schmerz an, doch sie hatte niemals Genaueres dazu wissen wollen. Aber andererseits musste sie es verstehen, wenn sie irgendwie darauf hoffen wollte, ihre Kraft zu zähmen. »Es ist wie ein … Summen. Oder ein Vibrieren. Es tut nur weh, wenn es zu … schnell ist? Zu intensiv? Es hat mir zuerst den Atem verschlagen, aber es wird von Mal zu Mal weniger spürbar – mehr wie ein Schnurren.«

»Was ist das nur mit dir und Katzen?«

Er grinste. »Schätze, Ihr erinnert mich an eine.«

»Weil ich so süß und liebenswert bin?«

»Nein, das ist es nicht.«

»So mysteriös und graziös?«

»Ganz sicher nicht. Wahrscheinlich liegt es daran, dass Ihr niemals richtig sitzt und sichtbar verärgert seid, wenn irgendjemand in Eurer Anwesenheit ein Buch liest.«

Sie machte *hm* und platzierte die vorher übergeschlagenen Beine nebeneinander, sodass ihre Füße nach unten baumelten. Ihre Zehen erreichten kaum den Boden. »Die meisten Stühle sind zu hoch für mich. Es ist unangenehm.«

»Ausreden, Ausreden. Wie auch immer, wenn Ihr mich berührt, denkt wie eine Katze.«

Es gab keine Ausrede für das lebhafte Bild, das ihr in den Sinn kam und sie dabei zeigte, wie sie mit dramatischem Eyeliner und die Hüften katzenhaft hin und her schwingend auf ihn zuschlich … aber es war nun mal da.

Dante klopfte sich geistesabwesend auf das Knie. »Es ist wie Dehnen. Wenn Ihr den Arm von jemandem zurückreißt, könntet Ihr ihn auskugeln. Ihr müsst langsam machen, an dem Punkt aufhören, an dem der gute Schmerz auftritt. Geschwindigkeit und Kraft erzeugen einen Unterschied. So wie es in Ordnung ist, die Stirnen zu berühren, aber macht Ihr es zu schnell, werdet Ihr aus dem Kampf geworfen. Versteht Ihr?«

Sie hob die Brauen. »Ich habe den anderen Kopfstöße verpasst?«

»In gewisser Weise. Denkt nicht an Macht, konzentriert Euch nur darauf zu berühren. Ihr seid jetzt nicht verletzt, also braucht Ihr nichts von mir.«

War ein Satz jemals so unwahr gewesen?

Sie holte tief Luft. »Versprich mir, dass du aufhören wirst, wenn es zu viel wird.«

»Großes Ehrenwort.« Er schob seine Hände über den Tisch.

Zwei ihrer Fontes hatten es auf mehr als zwei Berührungen gebracht, aber niemand hatte mehr als vier überstanden.

Alessa schloss die Augen und konzentrierte sich. Kein Nehmen, kein Benutzen, kein Stehlen. *Nur berühren.*

Sie beugte sich über die Rückenlehne des Sofas; ihre Wange war nur eine Handbreit von Dantes leicht geöffneten Lippen entfernt. Sie hielt den Atem an, bis ein beruhigender Luftstrom ihre Haut erwärmte.

Von der Haut bis zur Seele fühlte sie sich ausgewrungen wie ein nasser Lappen. Sie hatten stundenlang geübt, und sie musste sich ausruhen, aber jedes Mal, wenn sie ins Bett ging, bekam sie Panik und lief zurück, um sich zu vergewissern, dass er nur schlief.

Die ganze Zeit hatte sie furchtbare Angst gehabt, dass die nächste Berührung diejenige sein würde, die sich als die eine zu viel erwies. Aber im Gegensatz zu ihr, deren Angst größer und größer wurde, war Dante immer ruhiger geworden, während die Stunden vergingen und die Berührungen immer länger dauerten.

Als er sich schließlich einverstanden erklärt hatte aufzuhören, surrte vor Anstrengung mehr nervöse Energie in ihr, als sie benennen konnte, und jede noch so leichte Berührung ihrer beider Hände hatte sich in ihre Erinnerung eingebrannt. Ihre Haut kribbelte und war so überempfindlich, als hätte sie Fieber.

Während der letzten paar Versuche hatte er behauptet, dass ihn die Berührungen nicht einmal mehr störten, aber das alles hatte ganz offensichtlich an ihm gezehrt, denn er war vollständig bekleidet an Ort und Stelle eingeschlafen.

Sie prüfte noch einmal, ob er atmete. Er war immer noch am Leben.

Dieses Mal gelang es ihr, ins Bett zu gehen und auch dort zu bleiben. Sie starrte ungläubig an die Zimmerdecke.

Dante – der dunkeläugige, zerzauste, sarkastische, störrische, wunderschöne Dante –, der seit Tagen in ihrem Zimmer schlief, konnte *ihre Hand halten*, ohne zu leiden. Und wenn sie seine Hände berühren konnte, konnte sie auch seine Lippen berühren –

Fokussier dich, Alessa.

Dies war nicht der richtige Zeitpunkt, aber nach Divorando? Die Aufregung, die angesichts der bloßen Möglichkeit durch sie hindurchraste, machte es ihr nicht gerade leichter, Schlaf zu finden.

Ihre Augen waren vor Erschöpfung rau wie Sandpapier, aber jedes Nachbeben der Aufregung machte Alessa schlagartig wieder völlig wach und ließ ihr zu viel Zeit, sich an alles zu erinnern. Daran, wie seine Handflächen an ihren entlanggestrichen waren, an die sanfte Kraft seiner Finger um ihre Handgelenke, an seinen Puls, den sie unter ihren Fingerspitzen pochen gespürt hatte.

Dies war die wundervollste Nacht ihres Lebens. Und eine der herzzerreißendsten.

Endlich konnte sie jemanden berühren, ohne ihn zu verletzen, aber seine Gabe war die einzige, die Saverio nicht retten würde.

31

Un diavolo scaccia l'altro.
Ein Teufel treibt den anderen aus.

Tage bis Divorando: 17

Dante nahm seine neue Aufgabe so ernst wie alles andere, und bis zum Frühstück berührten sie sich noch mehr als ein halbes Dutzend Mal. Er befestigte ihre Halskette für sie, reichte ihr einen Muffin, zerzauste ihre Haare. Sie wurde immer besser darin, den Unterschied zwischen »schnurrenden« Berührungen und solchen zu spüren, die ihn zusammenzucken ließen. Sie konnte es nicht beschreiben, aber es *gab* einen Unterschied, und die schmerzhaften Momente wurden bereits seltener.

Als sie noch eine Stunde Zeit bis zum Training hatten, kehrten sie in die Bibliothek zurück; wie Dante sagte, befürchtete er, dass sie mit ihrem Auf- und Abgehen ein Loch im Boden erzeugte, sofern sie nicht eine produktivere Nutzung für ihre nervöse Energie fand.

»Stehst du unter Lesezwang? Sollte ich mir Sorgen machen?«, fragte sie, während er den zweiten Stapel Bücher auf einem Tisch ablud. »Wieso liest du, als würden Bücher kurz vor dem Aussterben stehen?«

»Recherche.«

Sie musterte die Titel, die zur Hälfte in der alten Sprache geschrieben waren. Ein paar waren historisch, andere religiös und eine Handvoll schienen Märchen zu sein. »Über was?«

Er warf einen wachsamen Blick über die Schulter. »Leute wie mich. Ich weiß nichts, abgesehen von den Geschichten, und die sind nicht ganz wahr – von wegen Hörner und so –, aber es muss noch mehr geben. Außerdem wurden viele verbannt, jedoch nicht getötet, was bedeutet, dass sie immer noch da draußen sein könnten. Irgendwo.«

Alessa ließ sich in einen Sessel sinken. Neben ihm. Weil sie das jetzt tun konnte, ohne dass ihr Puls jedes Mal zu rasen begann, wenn er sich ihr näherte. Nun ja. Ohne dass ihr Puls auf eine schlechte Weise raste.

Der Gedanke, dass ein Ghiotte frei herumlief, war wie eine schwere Mahlzeit. Das war vielleicht unfair – wenn *ein* Ghiotte nicht das Böse schlechthin war, musste man schließlich vernünftigerweise annehmen, dass es der Rest auch nicht war –, aber es war schwer, eine jahrelange Konditionierung abzuschütteln.

Dennoch nahm sie ein Buch aus dem nächstliegenden Stapel und begann, es durchzublättern. Die Handschuhe machten es schwer, deshalb zog sie diese schließlich aus, legte dabei eine kurze Pause ein, in der sie den Reiz der neuen Erfahrung genoss.

Ein dumpfer Schlag an der Wand zwischen der Bibliothek und der Fonte-Suite ließ sie zusammenzucken.

Zwanzig Minuten, bis sie die Fontes wieder quälen musste.

Dante war einzigartig, oder zumindest selten, aber selbst wenn sie immer besser darin wurde, ihm gegenüber die zerstörerische Kraft ihrer Gabe zu zügeln, bedeutete das nicht, dass sich das so einfach auf andere übertragen ließ.

»Was tut Ihr da?«, fragte Dante, als sie einen tiefen Atemzug nahm und die Luft dann so lange anhielt, bis sie bis drei gezählt hatte.

»Tief atmen. Ich kann meine Macht besser kontrollieren, wenn ich ruhig bin, deshalb übe ich mich in Beruhigungsstrategien.« Sie stieß den Atem aus, bis ihr Brustkorb sich anfühlte, als würde er sich nach innen wölben.

»Ihr seid niemals ruhig.«

Sie atmete erneut tief ein. »Das ist mein Problem.«

Dante ließ eine Hand auf dem Buch liegen und reichte ihr die andere, ohne hinzusehen. »Gebt sie mir.«

Ihr Körper schien nicht zu verstehen, dass sie nur *übten*, ganz besonders, als er es leid wurde, ihre verschränkten Hände hochzuhalten, sie schließlich sinken ließ, sodass sie auf seinem Knie lagen.

Nur Dantes Konzentration auf seine Aufgabe bewahrte Alessa davor, erklären zu müssen, warum ihr Hals plötzlich so rot wurde.

Sie widmete sich wieder der Jagd nach dem Wort *Ghiotte*, fand ein Beispiel, setzte ein Lesezeichen und ging zum nächsten weiter.

Dante krümmte träge seine Finger in ihrer Handfläche und streckte sie wieder, woraufhin Blitze ihren Arm hochzuckten.

War das ein Witz? Ein Test? Wie sollte sie unter diesen Bedingungen lesen können?

Dante beugte sich tiefer über die Buchseite. Seine Brauen waren vor Konzentration zusammengezogen, und sein Daumen begann, auf ihrem Handgelenk träge Kreise zu ziehen.

Alessas Buch hätte genauso gut in Flammen aufgehen können, denn lesen konnte sie jetzt ohnehin nicht mehr.

»Vorsichtig«, sagte Dante, der nur halb auf sie achtete. »Ihr erzeugt Wellen da drüben.«

Sie riss ihre Hand zurück und stand auf, tastete nach ihrem Stuhl, bevor er nach hinten kippte. »Wir müssen gehen. Wir sollten nicht die Letzten sein.«

Im Übungsraum sah Dante von seinem üblichen Platz an der Wand aus zu. Er überprüfte seine Messer und wandte den Blick ab, wenn die Fontes auf Schmerz reagierten. Sie konnte jetzt besser erkennen, was er empfand. Als Zuschauer fühlte er sich unbehaglicher, als wenn er selbst an der Reihe war.

Kaleb schlich zu ihr, und Alessa berührte seine Handflächen, suchte in seinem Gesicht nach einem Hinweis darauf, dass es dieses Mal anders war. Seine Miene verriet abwechselnd Furcht, Verwirrung und Skepsis, aber er riss seine Hände nicht zurück.

Dante machte eine knappe, kaum merklich ermutigende Geste mit dem Kinn.

»Was ist los?«, fragte Kaleb. »Wieso ist es dieses Mal besser?«

Nur Kaleb würde auch dann verärgert sein, wenn sie ihn *nicht* verletzte.

Alessa zuckte mit den Schultern. »Übung?«

Jetzt kam der harte Teil.

»Ich werde versuchen, dieses Mal in deine Macht hineinzugreifen.«

Ein tiefes Einatmen, mit dem sie ihre Gabe zum Leben erweckte, und Alessas Haare stellten sich in einer elektrifizierten Wolke auf, knisterten mit Kalebs Macht.

Er riss sich los.

»Tut mir leid«, sagte Alessa, doch sie konnte ihre Freude nicht verbergen. Kaleb runzelte die Stirn, schrie jedoch nicht. Ein Fortschritt.

Sie verzichtete darauf, es zu zelebrieren, aber bei der letzten Runde war sie sich sicher. Sie wurde besser. Sie konnte den

Drang immer schneller und vollständiger lenken und zügeln, bis sie sich wie die Kapitänin eines Schiffs fühlte und weniger wie eine Gefangene, die an den Mast gebunden war.

»Heute lief's gut, oder?«, fragte Alessa, als die Übungseinheit vorüber war. Sie stand vor dem Trainingsraum auf einem Bein, um sich die Schuhe anzuziehen.

Dante brummte zustimmend.

Sie sah zu ihm auf und verlor das Gleichgewicht. Da ihr Finger sich im Fersenteil ihres Slippers verhakt hatte, konnte sie den Fuß nicht einfach auf den Boden stellen. Sie riss deshalb die freie Hand nach vorn, um sich an der Mauer abzustützen, schätzte den Abstand jedoch falsch ein und knallte stattdessen dagegen. Sie verzog das Gesicht vor Schmerz und betrachtete die pochenden Knöchel.

Dante sank mit einem verärgerten Seufzen in die Hocke und legte ihre Finger über seine Hand. Unbehagen flackerte über sein Gesicht, aber als ihr Schmerz verschwand, beruhigte sich auch seine Miene wieder.

»So. *Bemüht Euch*, vorsichtig zu sein«, sagte er. »Und starrt mich nicht so finster an, weil ich Euch in Ordnung gebracht habe.«

»Du hast gesagt, dass es nicht mehr wehtun würde!«

»Das tut es auch nicht. Außer, Ihr seid verletzt. Wenn Ihr meine Kraft benutzt, *fühle* ich das.« Ihm schien klar zu werden, dass er immer noch ihre Hand hielt, und er ließ sie los.

»Oh. Stimmt. Das macht Sinn. In diesem Fall hilf mir auf.« Sie hob die Arme, und Dante zog sie auf die Beine. »Das Berühren ist ein Anfang, aber ich muss ihre Gaben auch *benutzen*. Du hast gesehen, was mit Kaleb passiert ist.«

Dante lächelte hämisch.

Sie wedelte mit einem Finger in seine Richtung. »Das war nicht nett.«

»Ich sage Euch immer wieder, dass ich kein netter Mensch bin.«

»Und ich sage *dir* immer wieder, dass ich das nicht glaube. Hast du diese Aufgabe nicht übernommen, weil ich geweint habe?«

»Das macht mich zu einem Trottel, nicht zu einem Heiligen.« Dante rieb sich das stoppelige Kinn. »Und es war nicht der einzige Grund. Wenn die Information, die ich suche, irgendwo zu finden ist, dann hier.«

»Bist du *deshalb* in der Nacht der Gala hier herumgeschlichen?«

Dante zog verlegen an seinem Ohrläppchen. »Schuldig.«

Er verließ sich nicht länger darauf, dass irgendjemand etwas zu essen brachte, das nicht vergiftet war, deshalb machten sie auf dem Weg nach oben bei der Küche halt. Der Geruch der abgedeckten Speisen wehte hinter Dante her, als er vorausging und sie ihm eilig folgte. Der Duft von Knoblauch und Pancetta ließ ihr das Wasser im Mund zusammenlaufen.

»Aber wie soll ich den nächsten Teil üben?«, fragte Alessa, während sie ihre Tür aufschloss. »Es kommt mir so vor, als sollte ich etwas zeichnen, das ich noch nie gesehen habe.«

Dante zog nachdenklich die Brauen zusammen und stellte das Tablett auf den Tisch.

»Wie geht noch das alte Sprichwort?«, fragte Alessa weiter. »Das über Blinde und Elefanten? Das bin ich, wenn ich versuche, ein Dutzend Empfindungen in der halben Sekunde zu sortieren, in der ich sie spüre, ohne dabei jemanden zu töten.«

»Es fühlt sich anders an, wenn Ihr versucht, die Macht von jemandem zu *benutzen*, oder?«

»Gewissermaßen. Es ist, als wäre das Absorbieren einer Gabe mein Normalzustand – bei ihnen zumindest –, und ich muss mich aktiv daran *hindern*. Bei dir ist es nicht ganz so … beharrlich? Warte, das ist nicht richtig. In der Gasse hat es mich voll getroffen.«

»Weil Ihr im Sterben gelegen habt. Ihr habt meine Macht gebraucht.« Dante verteilte das Essen auf zwei Teller und legte Besteck auf den Tisch, während Alessa eine gekühlte Flasche Limoncello holte. »Ich bin mir nicht sicher, wie wir daran arbeiten können, da Ihr nicht verletzt seid.«

Der Geschmack des ersten Bissens Pasta lenkte sie einen Moment ab, aber wie ein Hund, der sich in einem Knochen verbissen hatte, konnte nicht einmal das verlockendste Mahl sie lange von dem Thema abhalten.

»Wenn ich mir den Daumen brechen würde – «

»Verletzt Euch niemals selbst. Esst.«

»Ich kann mit einer *heilenden* Gabe nur üben, wenn ich verletzt bin.«

»Nein. Ich werde das nicht ermöglichen.«

Sie trat gegen das Tischbein, stieß sich aber nur den Schuh an.

»Ist der Zeh gebrochen?«, fragte Dante ausdruckslos.

»Unglücklicherweise nicht.« Sie zog die Brauen zusammen, bevor sie sich auf seinen Gürtel stürzte.

»Was habt Ihr – « Dante tänzelte aus ihrer Reichweite. »Ihr dürft Euch nicht selbst stechen!«

»Ich werde mir nur in den Finger piksen.«

Er sah sie mit einem scharfen Blick an. »Ich werde Euch verbluten lassen.«

»Nein, das wirst du nicht. Gib ihn mir.«

Er schlug ihre Hand weg und trat hinter den Tisch. Sie täuschte eine Bewegung nach links vor, sprang dann nach rechts, und ihr Kleid blieb an der Ecke des Beistelltischs hängen. Dante verhinderte, dass er umkippte, aber eine kleine Statue rutschte über die Kante und landete direkt auf ihrem Fuß. Die scharfe Ecke riss die Haut auf.

Halb lachend und halb weinend drückte Alessa den unverletzten Fuß auf den verletzten. »So«, sagte sie mit zusammengebissenen Zähnen. »Jetzt bin ich verletzt. Ich gewinne.«

Er starrte sie ausdruckslos an. »Glückwunsch.«

»Ob es dir gefällt oder nicht, wir werden das hier tun.«

Ausnahmsweise akzeptierte er seine Niederlage. »Vergesst nicht, langsam zu – «

Das auf den Teppich tropfende Blut lenkte Alessa ab, und sie nahm seine Hände.

Der Schmerz verschwand schlagartig, die Wunde schloss sich, und Alessa stand mit offenem Mund und atemlos da, während Dante sich die Schläfen rieb.

»Alles in Ordnung?«, fragte sie. »Setz dich, sonst fällst du noch um.«

Dante wedelte mit einer Hand, als wollte er Einwände erheben, machte einen zögernden Schritt nach vorn und streckte eine Hand aus, um sich festzuhalten. Alessa achtete darauf, seine nackte Haut nicht zu berühren, und führte ihn zum Sofa. Dante setzte sich hin und blinzelte mehrmals. Sein Blick ging ins Nichts. »Es geht mir gut. Mir ist nur etwas schwindelig.«

»Es tut mir leid.«

»Hört auf, Euch für alles zu entschuldigen. Macht nächstes Mal einfach nur langsamer.«

»Bist du sicher, dass es dir gut geht?«

Das tat es offenbar, denn als er sah, dass ihre Hand sich seinem Messer näherte, packte er ihr Handgelenk. »Ich lasse nicht zu, dass Ihr Euch selbst verletzt.«

»Wie soll ich sonst üben?«

»Ich werde mir etwas einfallen lassen.«

»Eine Papierschnittwunde?«

Er ließ den Kopf in die Hände sinken.

Nach ein paar Runden von etwas, das Alessa »Kontakt-Training« getauft hatte, streckte Dante sich mit einem Buch über die Geschichte der Jagd auf Ghiotte auf seinem Lieblingssessel aus, während Alessa sich alle Mühe gab, ihn mit ihrem Auf-und-ab-Gehen nicht zu stören.

Dantes Blick flackerte verärgert zu ihr. »Schlaft jetzt.«

»Ich bin nicht müde.« Ihr Körper ging ihn nichts an. Schlafen war das Letzte, was sie tun wollte. Sie wollte feiern. Oder etwas anderes tun. In den letzten Stunden hatte es weder Papierschnittwunden noch andere Wunden gegeben, weil Dante geschworen hatte, sie zu verlassen, wenn sie auch nur in Erwägung zog, sich noch einmal selbst zu verletzen. Daher hatte sie sich stattdessen auf die Feinabstimmung des Stroms der Macht konzentriert. Das war weniger wirkungsvoll, als seine Gabe zu benutzen, aber es bedeutete, dass sie stundenlang seine Reaktionen beobachtete, bis sie sein Wohlbefinden an der Spannung seiner Hände und der Größe seiner Pupillen ablesen konnte. Sie lernte etwas über ihre Macht, indem sie ihn beobachtete. Und sie wollte mehr.

Mehr von *Dante*.

Seine Freundschaft. Seine Geheimnisse. Seine Gefühle. Seine Berührung.

»Lest ein Buch oder so, ja?« Dante ließ die Schultern nach hinten kreisen.

»Das kann ich nicht. Dazu bin ich zu aufgeregt.« Zum ersten Mal seit Jahren konnte sie jemanden berühren, ohne ihn zu verletzen, und jeden Augenblick, den sie das nicht tat, wünschte sie sich, es zu tun. Alle Arten von Berührungen. Alle möglichen. Das Streicheln einer Hand, eine Umarmung, eine

Schulter, auf die man den Kopf legen konnte. Und andere Berührungen, an die sie keine Erinnerungen mehr hatte, die sie aber wollte.

Wie ein Tier, das aus dem Winterschlaf erwacht, ausgehungert und auf ein ganz bestimmtes Bedürfnis fokussiert war, konnte sie nicht aufhören, sich nach etwas zu sehnen, das ihr so lange vorenthalten worden war.

»Ich gebe auf.« Dante markierte seine Seite mit einem Lesezeichen in Form eines Dolchs. »Ich kann mich nicht konzentrieren, wenn Ihr die ganze Zeit durch das Zimmer flattert.«

»Ich *flattere* nicht.« Alessa presste ihre Hände an die Seiten, um sie – *verflucht* – davon abzuhalten zu flattern. Sie würde nicht gierig sein. Sie konnte mit einer platonischen Freundschaft leben – vielleicht –, wenn sie sich in seine Arme schmiegen konnte und daran erinnert wurde, dass sie nicht nur die Finestra, sondern immer noch auch ein Mensch war. Er würde in ein paar Tagen verschwinden, und sie war ein Feigling.

Selbst ein normales Mädchen konnte einen Jungen nicht beiläufig bitten, mit ihm – was zu tun? Zu kuscheln? Händchen zu halten aus Gründen, die weniger tugendhaft waren, als die Welt zu retten?

»Ich habe noch nie in meinem Leben jemanden so laut seufzen gehört«, stöhnte Dante.

Sie errötete. »Es tut mir leid. Ist eine schlechte Angewohnheit geworden.«

»Zu seufzen?«

»Auf und ab zu gehen. Ich war noch nie gut darin, mich selbst zu beruhigen.«

»Wie schwer kann das sein? Hört auf, Euch zu bewegen, und schlaft ein.«

»Für dich ist es vielleicht nicht schwer. Mein Vater hat mich immer von Kopf bis Fuß eingewickelt, um mich davon abzuhalten herumzuzappeln, damit ich schlafe.«

»Das passt.« Dante rieb sich die Schläfen. »Kommt schon her, und befreit mich aus meinem Elend.«

»Sehr witzig. Ich *kann* dich nicht töten, schon vergessen?«

»Ich bitte Euch nicht, mich zu *töten*. Ich bin nicht für vieles gut, aber ich *bin* ein warmer Körper. Ich habe ein Buch, das ich sowieso zu Ende lesen wollte.«

Ihr Herz machte einen Satz, doch ihre Füße bewegten sich nicht.

Dante ließ das Kinn mit einem Blick sinken, der ewiges Leiden ausdrückte. »Das Angebot läuft in zehn Sekunden ab.«

Sie eilte zu ihm.

Er war so groß, dass auf dem übergroßen Sessel nicht mehr viel Platz war. Dante deutete auf das freie Dreieck zwischen seinen Oberschenkeln und machte eine kleine Bewegung mit dem Finger, als wäre sie das am schwersten zu trainierende Hündchen auf der ganzen Welt.

Alessa hockte sich auf den Rand des Sessels und faltete die Hände in ihrem Schoß. »Hör auf, so laut zu *denken*«, sagte sie, froh darüber, dass sie sein Gesicht nicht sehen konnte. »Ich kann hören, wie du in deinem Kopf über mich lachst.«

»Ihr seht aus, als würdet Ihr auf einem Nagelbett sitzen.«

Alessa verschränkte die Arme. »Ich habe das hier eine ganze Weile nicht getan.«

»Was nicht getan?«

»*Gekuschelt. Mich angeschmiegt.* Welches Wort du auch dafür benutzt.«

»Ich benutze *keines* dieser Worte.«

»Wölfe kuscheln nicht?«

»Nicht wenn die Wölfin vollkommen steif und unleidlich ist. Das führt nur dazu, gebissen zu werden.«

Er packte ihre Taille und zog sie zu sich, sodass sie an seiner Brust lag, rückte sie zurecht, bis sie da war, wo er sie haben wollte. Den anderen Arm legte er um sie herum. Damit er sein Buch halten konnte.

»Entspannt Ihr Euch jetzt bitte? Ich kann nicht über Euren Kopf hinwegsehen, wenn Ihr so steif seid.«

Sie zwang sich, lockerer zu werden, sodass er ihren Kopf unter sein Kinn klemmen konnte, aber das Heben und Senken seiner Brust lenkte sie so ab, dass sie nur Schnörkel auf der Seite sah.

»Liest du ein bisschen?«, fragte sie.

»Ich bin schon dabei.«

»Laut. Ich mag deine Stimme, und es ist lange her, seit mir jemand eine Gute-Nacht-Geschichte vorgelesen hat.«

Der Griff seiner Arme um sie herum wurde fester, als er zur ersten Seite zurückblätterte. »Auf einer weit entfernten Insel in einem lang verschollenen Meer weigerten sich der Mond und die Sonne …«

Er spannte sich an, als sie den Rücken leicht durchbog und eine etwas bequemere Position fand. Vermutlich wünschte er sich, dass sie wegging. Aber das nächste Mal atmete er tiefer aus, entspannter, und daher bot sie ihm nicht an wegzugehen.

Eine muskulöse Brust war nicht die weichste Unterlage, auf der sie jemals gelegen hatte, aber sie konnte sich daran gewöhnen. Eingelullt von seiner Whiskey-warmen Stimme schlossen sich ihre Augen flatternd, während sich hinter den Lidern die Geschichte entfaltete. Eine unter einem unglücklichen Stern stehende Liebe, ein tragischer Krieg im Himmel.

Seine Wärme sickerte durch ihr Nachthemd, wärmte sie bis ins Mark, und sie sank in die Süße des Halbschlafs hinab.

»Seid Ihr gerade zerschmolzen?«, fragte Dante mit eigenartiger Stimme.

»Bilde dir nur nichts ein.«

Er hüstelte ein Lachen. »Nicht *so*. Ich wusste nur nicht, dass jemand so schlaff werden kann.«

»Nun ja, es ist eine Weile her.«

»Dann tut es mir leid, dass Ihr mit mir vorliebnehmen müsst. Für mich ist diese ganze Sache … das Kuscheln … neu.«

Sie tätschelte seinen Arm mit einem munteren »Du machst das gut«.

»Ihr seid verzweifelt, und ich bin hier, hm?«

»Genau.« Sie schwieg einen Moment. »Danke.«

»Stets zu Diensten, Finestra.« Er gähnte ihr ins Ohr. »Und jetzt geht *bitte* ins Bett.«

32

Per piccola cagione pigliasi il lupo il montone.
Mit einer kleinen Ausrede packt der Wolf
das Schaf.

Tage bis Divorando: 16

Alessa hatte Renata niemals wirklich als Kriegerin betrachtet, aber als die ehemalige Finestra Dante zu Demonstrationszwecken als Sparringspartner auswählte, waren Alessa und die Fontes vor Ehrfurcht wie gebannt.

Die zwei wirbelten herum, stießen abwechselnd zu und parierten, beide geschmeidig und leichtfüßig und ohne beim Klirren von Stahl auf Stahl zusammenzuzucken. Es war atemberaubend.

»Waffenstillstand!«, rief Renata lachend. Ihre Haare hatten sich aus dem Dutt gelöst und fielen offen nach unten, und sie grinste fröhlich, weil sie endlich einen würdigen Gegner gefunden hatte. Alessa spürte eine Anwandlung von Zuneigung und Kameradschaft gegenüber der Frau, die einst ein Mädchen gewesen war, das sich selbst einem Divorando gegenübergesehen hatte. »Dante, ich übertrage dir die Verantwortung. Sie müssen noch an … na ja, an so ziemlich allem arbeiten.«

Dante vergaß, seine miesepetrige Distanziertheit aufrechtzuhalten, als Josef einen Messerstoß meisterte und Nina einen Schlag mit ihrem Bo blockte. Und er lächelte sogar, als Saida durch den Raum tanzte, weil sie sich so über einen Volltreffer freute, den sie gelandet hatte.

»Hey, lass das, Nina!«, rief Kaleb, dessen Schwert unter Ninas lieblich unschuldigem Blick wie eine verwelkte Blume schlaff nach unten hing.

Alessa konnte an den Nahkämpfen nicht teilnehmen, aber sie machte sich im Geiste Notizen, während Dante Kamaria und Saida unterrichtete. Alle hielten in dem, was sie gerade taten, inne, als Dante Kaleb aufforderte, sein Sparringspartner zu sein.

»Keine Waffen«, sagte Dante. »Keine Stiefel. Keine Lenden, keine Augen. Ich will Euch heute nicht töten, allerdings werde ich das tun, wenn Ihr etwas Schmutziges versucht.«

Ebenbürtig im Hinblick auf Größe und Gewicht, doch nicht auf ihre Fähigkeiten, umkreisten Kaleb und Dante einander. Beide wirkten entspannter, als sie es seit Tagen gewesen waren. Kaleb mochte verzogen und faul sein, aber er hatte aufgepasst, und er blockte ein paar von Dantes Angriffen, bevor der aufdrehte.

Er verhakte seinen Fuß hinter Kalebs Bein, der daraufhin hart auf dem Boden aufprallte.

Alessa sprang aus dem Weg, als die beiden in einem schweißnassen Wirrwarr aus Gliedmaßen über den Boden rollten.

»Pack ihn, pack ihn, pack ihn«, murmelte Saida.

Josef stieß Nina mit dem Ellbogen an; er wirkte leicht eingeschnappt, weil sie den Kampf so aufmerksam verfolgte.

»Was denn?« Nina zuckte unschuldig mit den Schultern, während sie den Blick ihrer strahlenden Augen weiter auf die zwei kämpfenden Männer richtete. »Es gehört zur Ausbildung.«

Lachend klopfte Kaleb ab, und gleich darauf lagen die beiden schwer atmend ausgestreckt auf dem Boden.

»Guter Kampf, Mann.« Kaleb stupste Dante an der Schulter an.

Die anderen gingen verschwitzt und lachend weg. Alessa und Dante blieben zurück und sammelten die weggelegten Übungswaffen ein.

Sie legte einen Säbel in die Halterung und wischte sich über die Stirn. »Du kannst nicht nur mit den Fäusten und mit Messern kämpfen, sondern auch mit dem Schwert und dem Speer. Wie hast du all das gelernt, wenn du doch den ganzen Tag liest?«

»Man kann eine Menge aus Büchern lernen.« Dante hob einen Bo vom Boden auf. »Nachdem ich weggelaufen war, habe ich für alle gearbeitet, die bereit waren, mir etwas beizubringen. Ich lerne schnell. Ich nehme an, es ist eine Gabe.«

Ein Lächeln breitete sich auf Alessas Gesicht aus. »Ich habe eine Idee.«

Dante verharrte. »Das gefällt mir nicht.«

»Du weißt doch noch gar nicht, was für eine.«

»Gemessen an Eurer letzten Idee bin ich ganz sicher, dass sie mir nicht gefallen wird.« Dante verbarg seinen Säbel hinter dem Rücken, als sie näher kam. »Haltet Euch von dem Säbel fern.«

»Ich werde mich nicht selbst verletzen«, sagte Alessa. »Kämpf gegen mich. Nahkampf.«

»Ihr seid nur halb so groß wie ich.«

Sie pikste ihn in den Bauch. »Ich bin eine *Kriegerin*.«

»Eine *magische* Kriegerin. Ihr könnt nicht ringen, und schon gar nicht gegen jemanden, der größer und stärker ist.«

Alessa lächelte. »Aber *du* kannst es. Du hast es sogar als *Gabe* bezeichnet.«

»Ihr wollt *meine* Talente gegen mich verwenden?«

»Nein. Ich will sie *vergrößern* und dich zerstören.«

Er ging in die Hocke und winkte sie zu sich. »Kommt und kriegt mich.«

Alessa hopste aufgeregt hoch, dann streifte sie sich die Handschuhe ab und ballte die Fäuste.

»Du meine Güte!«, sagte er. »Komplett falsch.«

Er löste ihre Finger und positionierte den Daumen richtig.

Eine lange Weile standen sie dicht voreinander, ihre Fäuste in seinen Händen, bis ihr ganzer Körper durch irgendeine unhörbare Frequenz, von der sie nicht wusste, ob er sie auch wahrnehmen konnte, zu vibrieren schien.

»Spürst du etwas?«, fragte sie. Jemand musste etwas sagen. Sie hatte alle möglichen Empfindungen, doch die meisten hatten nichts mit kämpfen zu tun.

»Vielleicht?« Er wirkte so ruhig, so kühl, dass sie hätte schreien können. »Aber ich weiß nicht, was Ihr von mir bekommt.«

Es war an der Zeit, ihre aufgestaute Energie für einen guten Zweck zu kanalisieren. »Finden wir es heraus.« Sie suchte festen Stand und hob die Fäuste.

Dante schlug mit halber Geschwindigkeit zu.

Sie blockte den Schlag, ohne nachzudenken. Reflexe, die nicht ihre waren, übernahmen ihren Körper.

»Oh, das macht Spaß!« Alessa bleckte die Zähne.

Dante tänzelte mit einem übertrieben verängstigten Gesichtsausdruck zurück. Sie umkreisten sich, eine Runde nach der anderen. Sie taxierte ihn ungestraft, schätzte seine Balance ein, sein Gewicht, seine ungeschützten Körperpartien.

Dante hüpfte auf den Fußballen und wartete mit der Geduld von jemandem, der einem Kleinkind bei den ersten Gehversuchen zusieht. Aufgeblasen. Überzeugt von seiner Überlegenheit. Sie unterschätzend. Genau genommen *sich* unterschätzend. Es war immerhin seine Gabe.

Sie schoss vor und verpasste ihm einen Schlag in den Bauch.

Er hustete. »Ich bin mir nicht sicher, ob mir das gefällt.«

»Mir schon.« Sie schlug erneut zu und streifte seine Seite. »Uh. Es lässt nach.«

»Ist jetzt nicht mehr so witzig, hm?«

Ihr nächster Hieb war so schwach, dass er ihre Faust festhielt, ehe sie ihn treffen konnte. Sie grinste. Wie schnell er vergaß.

»Danke«, sagte sie, und in einer fließenden Bewegung riss sie sich los, packte sein Handgelenk und wirbelte herum, zerrte dabei seinen Arm hinter seinen Rücken.

Dante sank mit einem Geräusch, das irgendwas zwischen einem Ächzen und einem Lachen war, auf die Knie. »Das ist nicht fair.«

»Das Leben ist nicht fair.« Solange sie Kontakt mit seiner Haut hatte, besaß sie Fähigkeiten, aber nur ein oder zwei Minuten ohne, und sie verblassten, sodass Alessa erschreckend unterlegen war.

Es war besser, einen kurzen Kampf zu gewinnen, als einen langen zu verlieren. Sie zwang ihn mit dem Gesicht nach unten auf die Matte, stellte ihm ein Knie auf den Rücken.

»Sieg!« Sie hob triumphierend die Arme und taumelte dann vorwärts, als er sich umdrehte und sie aus dem Gleichgewicht brachte. Sie landete auf ihm, Brust auf Brust, die Beine verheddert.

»Es ist noch nicht vorbei.« Er hielt ihre Arme fest, mied dabei ihre nackten Hände und grinste, als sie sich wand. Der letzte Funke seiner Gabe löste sich in Nichts auf, und sie hörte auf zu kämpfen. Sie atmete schwer. Bei jedem Einatmen drückte ihre Brust noch mehr gegen seine.

Sie konnte seine Wimpern zählen, konnte das Aufflackern von Erkenntnis sehen, als auch er begriff, in welcher Position sie sich befanden.

Sie geriet in Panik.

Dante zuckte zusammen, als sie ihm einen raschen Kuss auf die Wange drückte. Die kurze Berührung ihrer Lippen auf seiner Haut belebte ihre Gabe, und sie befreite sich geschickt aus seinem Griff. Ein totales Versagen, was das Flirten betraf, aber ein wirksamer Zug in einem Kampf.

Dante warf sich zur Seite, packte ihren Knöchel und zog sie zu sich heran.

Sie schlug nach seinen Händen, brachte ihn damit zum Lachen, aber der Kontakt genügte, um sie wieder fit zu machen.

»Ich benutze nicht einmal –« Er stöhnte, als sie sich herumwälzten. »Au! Die Hälfte dessen, was ich kann –« Er packte ihr Knie, bevor es sein Ziel erreichte. »Weil ich Euch nicht verletzen – urgh.«

Sie hatte ihn im Schwitzkasten – oder zumindest war sie ziemlich sicher, dass es so genannt wurde – und drückte zu, bis sein Gesicht einen beunruhigend rötlichen Ton annahm und er wiederholt auf den Boden schlug, dann auf ihren Arm.

»Oh! Entschuldige!« Sie ließ mit einem aufgekratzten Lächeln los. »Ich habe das Zeichen vergessen.«

Dante keuchte. Sein Kopf lag in ihrem Schoß. »Meinen Glückwunsch. Ihr gewinnt. Mit meinen Fähigkeiten. Genau genommen gewinne also ich.«

Sie öffnete den Mund, um seiner Behauptung zu widersprechen, aber der raffinierte Mistkerl bewegte sich plötzlich wieder und brachte sie mit einem absurd komplizierten Manöver auf den Rücken, das sie sich später von ihm zeigen lassen musste.

Er saß rittlings auf ihren Hüften, drückte ihre Arme über ihrem Kopf auf den Boden und lächelte auf sie herunter. »Hab Euch.«

Jemand schrie.

Sie rissen die Köpfe herum und starrten zur Tür, wo die Fontes standen, mit offenen Mündern und entsetzten Gesichtern, als sie sahen, wie ihre heilige Retterin von ihrem Leibwächter auf den Boden gedrückt wurde.

Kaleb schnappte sich ein vierhundert Jahre altes Schwert von der Wand und richtete es auf Dante. »Lass sofort die Finestra los, oder ich töte dich.«

33

Bocca chiusa non prende mosche.
Mit geschlossenem Mund fängt man keine Fliegen.

Tage bis Divorando: 16

Dante ließ Alessas Handgelenke los – als wäre *das* das größte Problem ihrer gegenwärtigen Position –, und sie mühten sich auf die Beine.

»Ich – er – wir sind gestolpert«, wandte Alessa ein.

Kaleb ließ das Schwert ein kleines Stück sinken. »Er hat nicht versucht, dich zu töten?«

»Nein. Ganz bestimmt nicht«, sagte sie. Kalebs Beschützerinstinkt hätte ihr Herz erwärmen können, wenn er nicht drauf und dran gewesen wäre, Dante zu töten. »Wir sind, ähm, gestürzt.«

»Tatsächlich?«, fragte Kamaria. »Ihr seid *gestolpert*. Und auf diese Weise gelandet.«

Saida schlug sich eine Hand vor den Mund, aber sie konnte ein schrilles Quieken nicht unterdrücken.

Kamaria verdrehte die Augen. »Du hast zu lange ohne Eltern gelebt, wenn du denkst, irgendwer würde das glauben.«

»Du hast ihn *berührt*«, sagte Nina. »Und er hat *gelächelt*.«

Nun, das klang schlimmer, als sie es vermutlich gemeint hatte.

Saida wischte sich Lachtränen aus den Augen, aber sie war die Einzige, die das erheiternd fand. Nina sah aus, als wäre sie geschlagen worden, und Josef stellte die Empörung eines Tempelmönchs zur Schau, der aus Versehen in die Frauenbäder gelangt war. Kaleb wirkte immer noch wütend.

»Wieso hast du ihn berührt?«, fragte Kaleb. »Und wieso hat es ihm gefallen?«

Alessas Lippen bewegten sich, aber es fiel ihr keine brillante Antwort ein. »Sein Gesicht war schmerzverzerrt.«

»*Ich* habe etwas anderes gesehen«, sagte Nina.

»Er ist ein Kämpfer. Er ist zäh.« Eine Halbwahrheit.

Sie schien niemanden zufriedenzustellen. Es war an der Zeit, etwas näher an der Wahrheit zu bleiben.

»Dante hat mir geholfen, mit meiner Macht zu üben.«

»Wieso?«, fragte Kaleb.

Dante räusperte sich. »Saverio ist jedes Opfer wert. Dea ruft, ich antworte.«

Alessa trat ihm unauffällig auf den Fuß.

Nina zog die Brauen zweifelnd zusammen. »Ich wusste gar nicht, dass du fromm bist.«

»Wichtiger ist, wie?«, fragte Kamaria und musterte Dante auf eine Weise, bei der Alessa sich unbehaglich fühlte. »Er hat keine Gabe.«

»Nein, natürlich nicht.« Alessa wusste, dass sie ein bisschen zu heftig reagierte, doch sie konnte sich nicht beherrschen. »Aber ich kann andere Fähigkeiten aufnehmen, während er mir Rückmeldung gibt anhand … des Schmerzlevels. Wie eine, ähm, Schmerzanzeige.«

Nina legte den Kopf schief. »Ich hätte gedacht, dass die Berührung einer Finestra für einen normalen Menschen sogar noch schlimmer sein würde. Das ist ein wirklich großzügiges Opfer.«

»Anständig von dir.« Kaleb legte das Schwert auf den Boden. »Aber du bist trotzdem ein Arsch.«

Dante murmelte etwas in der alten Sprache, und Alessa lächelte strahlend. »Da wir das jetzt geklärt haben, hoffe ich, dass wir alle übereinstimmen, es für uns zu behalten. Ich meine, es ist ein bisschen unorthodox, aber hey, alles, was hilft, oder?«

Sie biss sich in die Backe, während sie wartete, doch die widerwillige Zustimmung auf den Gesichtern der Fontes verwandelte sich nicht wieder in Verärgerung.

»Wir sind hergekommen, um euch einzuladen, an unserem Spiel teilzunehmen«, sagte Nina. Sie klang herausfordernder als sonst.

»Oh«, gab Alessa zurück, einen Moment verblüfft. »Und jetzt habt ihr eure Meinung geändert?«

Kamaria verdrehte die Augen. »Nein, ich meine, wer von uns hier ist *nicht* schon dabei erwischt worden, während sie ... äh, geübt haben, hmm?«

Alessas Wangen entflammten. »Ich ... Danke. Wir kommen gern.«

Josef war ein hervorragender Kartenspieler, aber ein schrecklicher Verlierer. Mit einer beinahe mystischen Fähigkeit, sich daran zu erinnern, wer welche Karten hatte, und entsprechend strategisch zu spielen, gewann er die ersten drei Runden. Mit jedem Sieg saß er aufrechter da, unfähig, seine außerordentliche Freude zu verbergen. Seit Kaleb sich seine beste Karte gekrallt hatte, war er jedoch nur noch mürrisch. Nina dagegen spielte schrecklich, munterte aber alle auf, ganz egal, in welchem Team sie waren oder ob sie auf ihre Kosten siegten.

Kaleb würfelte. »Hör auf, jedes Mal so *glücklich* zu sein, wenn ich dich schlage, Nina. Es raubt mir wirklich den Spaß.«

Mit einem verschmitzten Grinsen schüttelte Nina ihre Röcke. »Deshalb mache ich es.«

»Ich passe«, sagte Saida und seufzte schwer. »Josef hat mir schon wieder alle meine besten Karten gestohlen.«

Alessa nahm vom Stapel eine Karte mit Crollo darauf und fügte sie ihrer Hand hinzu, dann warf sie einen Blick über die Schulter zu Dante, der darauf beharrt hatte, dass er im Dienst war, und nicht mitspielte. Er reckte den Hals, um ihre Hand zu sehen, kratzte sich mit zwei Fingern an der Nase und sah dann direkt zu Kaleb.

Alessa räusperte sich mit einem zarten Hüsteln. »Ich glaube, ich bin jetzt dran, Kaleb. Und bevor ich auslege, möchte ich noch eine Karte stehlen.«

Kaleb grummelte, während er die betreffende Karte über den Tisch schnippte. »Du hast gesagt, dass du noch nie zuvor gespielt hast. Wie kommt es, dass du schon so gut bist?«

Alessa biss sich auf die Lippen und legte ein Paar Dea- und Crollo-Karten auf den Tisch. »Von den Göttern gesegnet, nehme ich an.«

Dante verlagerte sein Gewicht von einem Bein aufs andere.

Kaleb zog die Brauen zusammen. »Moment mal. Mogelt ihr beide?«

Saida stöhnte. »Du kannst nicht alle anklagen, nur weil du verlierst, Kaleb.«

»Ich klage nicht alle an, nur die Finestra.«

»Vielleicht solltest du ein Rezept aufschreiben, statt ein schlechter Verlierer zu sein. Ich warte immer noch auf deinen Beitrag zu meinem Projekt.«

Kaleb verzog das Gesicht. »Ich habe dir gesagt, dass ich nicht backen kann. Desserts tauchen in meinem Haus auf, und ich stelle keine Fragen.«

Eine junge Frau mit einer Schürze klopfte an die Tür. »Ich bitte um Entschuldigung, aber der Wecker der Lady ist losgegangen.«

»Oh«, sagte Saida. »Mein Rasgulla ist abgekühlt!«

Offenbar hatte Saida sich zuvor mit ihrem Charme Zugang zur Küche verschafft, um ein Dessert zu machen. Sie kehrte eine Minute später mit einer großen Schüssel zurück, und der Geruch von Milch und Zucker breitete sich im Raum aus, als sie anfing, fluffige weiße Kugeln auf kleine Teller zu verteilen. »Ich dachte, wir könnten was Leckeres gebrauchen.«

Kaleb murrte. »Eine schlaue Ablenkung, damit du einen Blick auf unsere Karten werfen kannst.«

»Wessen Rezept ist das, Saida?« Josef stieß gegen Kalebs Stuhl, wirkte ein bisschen *zu* unschuldig, als er sich aufmachte, Saida zu helfen, die Teller zu verteilen.

Saida lächelte. »Das hier ist von meiner eigenen Familie. Gut, oder?«

Das war es. Süß und leicht klebrig, mit einer schwachen Spur von etwas Blumigem. »Ist da Rosenwasser drin?«, fragte Alessa.

»Gut gemacht«, sagte Saida und sah beeindruckt aus. »Dante, hast du irgendwelche Familienrezepte, die du gerne teilen möchtest?«

Verschiedene Gefühle flackerten über Dantes Gesicht, bevor er den Kopf schüttelte.

»Steh auf.« Kamaria bedeutete Kaleb, den Platz mit ihr zu tauschen, damit sie neben Alessa sitzen konnte.

»Ich schwöre dir, Kamaria«, sagte Kaleb, »wenn du meine Karten anfasst, beanspruche ich deine Gewinne.«

»Junge«, schoss Kamaria zurück.

Während Josef die Funktionsweise des Kartenzählens erklärte und dabei schwor, dass er aus moralischen Gründen noch nie wirklich betrogen hatte, beugte Kamaria sich zu Alessa. »Nina mag so leichtgläubig wie ein Goldfisch sein, aber ich bin es nicht.«

Alessa hustete. »Was?«

Kamaria leckte sich die Finger. »Dein kleiner Ringkampf mit Signor Reizbar. Ich meine, du *wirst* besser, daher glaube ich, dass er dir bei deiner Macht hilft – aber er hat es eindeutig *genossen*, deine Hände auf sich zu haben, und das hätte er nicht tun sollen. Tut mir leid. Das kam jetzt etwas schroff rüber. Es ist nicht dein Fehler, dass deine Schläge es in sich haben. Aber … warum ist er anders?«

Alessa hielt ihrem Blick stand. »Er hilft uns. Spielt es eine Rolle?«

Kamaria schien darüber nachzudenken. »Na gut. Nur sei vorsichtig. Wenn ich mich wundere, könnten das auch andere tun.«

Eine Stunde in Dantes Armen in der Nacht zuvor hatte ausgereicht, um Alessa süchtig zu machen. Sie zögerte auf ihrem Weg zum Bett und sah zu, wie Dante sein Hemd faltete und sich auf dem Sofa ausstreckte, die Hände hinter den Kopf legte.

Als sie seufzte, flatterten seine Lider, als hätte sie sie von der Ferne aus durcheinandergebracht.

Alessa ging zu ihrem Bett. Blieb stehen. Drehte sich um. Seufzte wieder.

»Kommt Ihr bald her?«, fragte Dante mit vom Schlaf belegter Stimme.

Sie wich zurück. »Ich dachte, du wolltest schlafen. Hast du deine Meinung geändert?«

»Nein. Aber wenn *Ihr* nur dann schlafen könnt, wenn Ihr neben einem warmen Körper liegt, kommt zur Sache und hierher. Keine Sorge. Ich werde meine Hände bei mir behalten.«

Natürlich. Er pflegte sämtliche Regeln der höflichen Gesellschaft zu verspotten, aber wenn es darum ging, sie zu berühren, würde er sich wie ein Heiliger verhalten. Sie hatte allerdings nicht vor, ihm einen Grund zu geben, seine Meinung zu ändern.

»Meine Güte! Ihr wisst wirklich nicht, wie man das anstellt –« Dante machte eine Schau daraus herumzumosern, während er sie vor sich zurechtrückte. Schon bald lagen sie dicht aneinandergeschmiegt wie Löffel in einer Schublade da.

Sie zitterte, als sein Atem ihren Nacken kitzelte.

»Ist Euch kalt?«

»Ein bisschen«, sagte sie und hoffte, dass ihm das Quieken in ihrer Stimme nicht auffiel.

Er griff nach einer Decke, die über der Lehne des Sofas gelegen hatte, und breitete sie über ihr aus.

Sie hätte ihr Bett anbieten können, aber Dante dorthin einzuladen hätte sich nach einem ganz anderen Angebot angefühlt, als auf einem Sofa neben ihm zu liegen. Deshalb hielt sie den Mund. Abgesehen davon war das Sofa schmal, was bedeutete, dass sie sich dicht gegen ihn drängen musste, wenn sie nicht runterfallen wollte. Eine perfekte Ausrede dafür, noch näher zu ihm zu rücken. Sie verlagerte sich, wackelte mit den Hüften und ihr Hintern schmiegte sich an –

Oh. Vielleicht war es gefährlich, mit dem Hintern zu wackeln. Sie würde *nicht* wackeln. Kein Wackeln. Nicht einmal ein kleines bisschen wackeln. Sie würde sich überhaupt nicht bewegen. Sie würde still daliegen und versuchen, gar nichts zu spüren. Oder … versuchen, alles zu spüren. *Ohne* zu wackeln.

Sie starrte in die Dunkelheit, fragte sich, ob er sie genauso spürte wie sie ihn. Oder ob er es bedauerte, sie zu sich aufs Sofa eingeladen zu haben. Aber schließlich zogen seine Wärme und das gleichmäßige Schlagen seines Herzens sie mit sich.

Sie trieb dahin, schwebte in dem Raum zwischen Licht und Dunkel, zwischen Gedanken und Träumen. Eine Decke auf dem Sand, eine schwielige Hand, die über ihren Brustkorb strich. Mit Lippen wie seinen musste Dante das ein oder andere übers Küssen wissen.

Er gab ein leises Geräusch tief in der Kehle von sich, und sie riss die Augen auf.

Entweder sie schlief und hatte den besten Traum ihres Lebens, oder – seine Hüften bewegten sich, drückten gegen ihre, und ihre Wangen brannten – *er* schlief und hatte einen *sehr* schönen Traum. Oder … sie waren beide wach, und er wollte sehen, ob sie daran interessiert war, *nicht* zu schlafen. Was sie ja war, aber sie hatte nicht reagiert, also dachte er womöglich, dass sie Nein sagen würde.

Sein Atem kitzelte sie am Ohr, und ihre Gedanken drifteten ab.

Atme, ermahnte sie sich.

Seine Lippen strichen über die empfindsame Stelle gleich unterhalb ihres Ohrs, entfachten ein Feuer unter ihrem Bauchnabel. Ihre Gedanken gerieten durcheinander, als seine Finger über die Unterseite ihrer Brust fuhren. Es fühlte sich so richtig an – nichts hatte sich *jemals* richtiger angefühlt –, aber Dante hatte deutlich gemacht, dass er vorhatte, seine Hände bei sich zu behalten. Was er ganz sicher nicht tat.

Sprich. Sie öffnete den Mund, und ihr entschlüpfte ein Wimmern.

Dante war kein Lügner. Was bedeutete, dass er wahrscheinlich nicht wach war.

»Dante?« Es kam mehr wie ein Hauch heraus.

Versuch es lauter, Alessa.

Sie sagte erneut seinen Namen. Lauter.

Dante spannte sich an, als hätte sie einen Eimer Eis über ihn ausgeschüttet, dann verschwand er, schwang sich über die Rückenlehne des Sofas.

»Es tut mir leid«, keuchte er. »Ich weiß nicht, was passiert ist. Wie lang – ich meine, wie viele – Nein, antwortet nicht. Mein Fehler. Nicht Eurer. Das ist mein Fehler.«

Etwas in ihrem Innern zerbrach, als sie das Entsetzen in seinem Gesicht sah.

Wieso hatte sie etwas anderes erwartet?

»Dante, es ist in Ordnung.«

Er fuhr sich mit einer Hand durch die Haare. »Es ist *nicht in Ordnung*.«

»Du hast geschlafen.« Sie umarmte ihre Knie und drückte sie an ihre Brust.

Er stieß einen ganzen Strom von Flüchen aus. »Es spielt keine Rolle. Es ist *nicht* okay. Ich werde sofort gehen, und Ihr werdet mich niemals wiedersehen.« Er begann, seine Sachen zusammenzusuchen, ließ eine Spur heruntergefallener Gegenstände hinter sich zurück.

Sie ballte die Fäuste. »Es war mein Fehler.«

»Es ist *Euer* Fehler, dass ich Euch begrapscht habe?« Er schüttelte den Kopf. »Nein.«

»Ich habe dich nicht geweckt. Nicht sofort.« Eine beschämende Hitze kroch ihren Hals hoch. Sie war unter seiner Berührung dahingeschmolzen, während er von jemand anderem geträumt hatte. Sie konnte nicht einmal ihren Stolz retten, indem sie es leugnete, denn dann würde er weggehen, von Schuldgefühlen verzehrt.

Er bückte sich, um eine heruntergefallene Socke aufzuheben. »Ihr könnt Euch nicht die Schuld dafür geben, dass Ihr in Panik geraten seid, als Ihr wach geworden seid und bemerkt habt, dass Euch jemand angrapscht –«

»Dante, ich habe nicht geschlafen!«

Er erstarrte so lange, dass sie schon Angst hatte, die Stille könnte zerbersten.

»Ich – Ich dachte, vielleicht bist du auch wach.« Alessa schlang sich die Arme um den Brustkorb, der sich anfühlte, als würde er gleich in sich zusammenbrechen. »Es tut mir leid. Es war unrecht. Ich war im Unrecht.«

Dante seufzte so tief, dass seine Lunge vollkommen leer sein musste. »Ich habe Euch gesagt, dass ich meine Hände bei mir behalten würde.«

»Du hast *geschlafen*. Ich nicht. Gib *mir* die Schuld.«

»Es war *mein* – «

»Können wir uns nicht einfach darauf einigen, dass wir es vermasselt haben, und uns versprechen, einander nie wieder zu berühren, ohne uns erst zu vergewissern, ob es in Ordnung ist?«

Er sah zur Tür.

»Dante, wenn du verschwindest, werde ich ihnen erklären müssen, warum du weggegangen bist. *Bitte* bring mich nicht dazu, das tun zu müssen.«

Er wollte sie nicht, aber sie wollte ihn nicht gehen lassen.

Er biss sich auf die Lippe. »Ich bedauere es immer noch.«

Aber nicht so sehr wie sie.

34

Molti che vogliono l'albero fingono di rifiutare il frutto.
Viele, die vorgeben, die Früchte abzulehnen,
verlangen nach dem Baum.

Tage bis Divorando: 15

Dante und Alessa ignorierten einander so gut, wie es zwei Menschen vermochten, die in räumlicher Nähe miteinander ausharren mussten, aber die morgendliche Atmosphäre war so angespannt, dass sie sich danach sehnte, mit dem Training beginnen zu können. Um die Gedanken eines Mädchens von der schmerzhaften Zurückweisung abzulenken, eignete sich nichts besser als ein Tag, an dem man Freunde quälen konnte.

Am letzten Trainingstag vor Carnevale segnete Crollo Saverio jedoch mit einer glühenden Hitzewelle. Die Temperaturen und der drohend näher rückende Fristablauf führten dazu, dass alle gereizt waren, als sie den Übungsraum betrat.

Mit jeder verstreichenden Minute stieg die Temperatur, und im Raum wurde es stickig. Alessa und Josef taten sich zusammen, um Kühle zu erzeugen, aber er konnte ihren Bemühungen nicht lange genug standhalten, um für nennenswerte Erleichterung zu sorgen. Saidas Versuch, sie alle abzukühlen, schleuderte ihnen lediglich eine so dicke Luft entgegen, dass es sich anfühlte, als würden sie mit heißen Decken zugedeckt werden.

»Das halte ich keinen ganzen Tag lang aus«, stöhnte Kaleb.

»Es ist, als würde man versuchen, kochendes Wasser zu atmen.«

»Wir können nirgendwohin gehen«, meinte Kamaria. »Die ganze Insel kocht.«

»Es gibt noch das *Meer*«, warf Kaleb ein.

»Wir können nicht zum Strand«, sagte Alessa. »Wir müssen üben, und an den Stränden sind überall Leute.«

»Nicht an jedem Strand«, antwortete Dante. Er zuckte mit den Schultern. »Ich kenne einen Ort.«

Alessa hätte Einwände erheben sollen, oder zumindest hätte sie zögern sollen, bevor sie sich einverstanden erklärte. Die Vorstellung, ihre letzte Trainingseinheit zusammen an einem Strand zu verbringen, statt in einem stickigen Übungsraum, war jedoch zu verführerisch.

Eine Stunde später hüpften in einem Tunnel, der immer staubiger wurde, je weiter sie gingen, Laternen auf und ab.

Als sie sich dem anderen Ende der Insel näherten und zum ersten Mal frische Luft rochen, blieb Kamaria mit Alessa ein bisschen zurück. »Also, ist dieser Ringkampf gestern Nacht in deinem Zimmer noch weitergegangen? Erzähl mir alles.«

Alessa lachte nervös.

»Nicht *alles*. Ich frage dich nicht, warum er anders ist. Doch da er es *ist* … hat er dich geküsst?«

Alessa biss sich auf die Innenseite ihrer Wange. »Nein.«

»Aber er will es.« Kamaria senkte die Stimme, als sie zu den anderen aufschlossen.

»Das ist das Problem. Er tut es nicht.«

»Oh, bitte«, sagte Kamaria. »Dieser Junge will dich so sehr, dass seine Hose Feuer fangen könnte.«

Alessa schützte das Gesicht vor dem plötzlich aufflackernden Sonnenlicht, als Kaleb und Dante das verrostete Tor am

Ende des Tunnels aufzerrten. »Na ja, wenn das die einzige Möglichkeit ist, dass er sie auszieht.«

Kamaria lachte schallend, und Dante drehte sich um und sah sie finster an.

Alessa errötete, als Kamaria sich so dicht zu ihr beugte, dass ihre Lippen beinahe ihr Ohr berührten. »Und so sieht Eifersucht aus, Mädchen.«

Alessa gab sich Mühe, nicht zu lachen. Sie hoffte, dass die plötzliche Lichtveränderung ausreichte, um ihre Verwirrung zu verbergen.

»Passt auf, wo Ihr hintretet«, rief Dante nach hinten. Er verkeilte das Tor mit einem Stein, damit es offen blieb, dann schob er noch einen weiteren nach.

Als Alessa und Kamaria auf den schmalen Absatz auf der anderen Seite des Tors traten, eilte Kaleb bereits halb laufend, halb stolpernd die engen Stufen hinunter, die in die Klippe gehauen waren, schickte dabei Steine klappernd nach unten. Josef, Nina und Saida folgten ihm vorsichtiger.

Von dieser Stelle hatte Dante erzählt, als sie ihn nach seinem schönsten Ort gefragt hatte. Jetzt war es auch ihr schönster. Der Strand unter ihnen war ein natürlicher Hafen, ein dreieckiger Einschnitt in der Küstenlinie, eingefasst von hohen Klippen. Unterhalb von ein paar hartnäckigen Bäumen und Büschen, die sich an die Felsflanke klammerten, schwappte himmelblaues Wasser in einem Sprühregen aus Wellen, die wie Proseccoblasen aussahen, gegen weißen Sand. Dort, wo sich in den Klippen ein Einschnitt befand, bedeckte Gras eine kleine Lichtung. Der perfekte Ort für ein gemütliches Strandhäuschen, wo ein Mädchen Ausschau nach einem Ruderboot halten mochte, dessen Silhouette sich vor dem Sonnenuntergang abzeichnete.

Dante warf einen Blick zurück zu Alessa, die neben Kamaria ging. »Braucht Ihr Hilfe?«

»Wir kommen zurecht«, sagte Alessa. »Hilf Saida.«

Saidas durchscheinende Röcke verfingen sich immer wieder an den Felsen, und ihre Bemühungen, sie vor Schaden zu bewahren, brachten sie ein bisschen zu nah an die Kante. Dante reichte Saida einen Arm, um ihr den Rest des Wegs nach unten zu helfen.

»Wenn Dante eifersüchtig ist«, wandte Alessa sich an Kamaria, sobald er außer Hörweite war, »warum ist er dann gestern Nacht vom Sofa aufgesprungen, als wir endlich ein bisschen zur Sache gekommen sind?«

»Oho«, gluckste Kamaria. »Jetzt kommen *wir* zur Sache. Details? Nein? Ach, du verdirbst einem den ganzen Spaß.«

Alessa zog sich die Schuhe aus, als sie den Sand erreichten, und setzte sich in ein bisschen Schatten unter einem verkümmerten Zitronenbaum, während Kaleb vollständig bekleidet mit viel Geplansche direkt ins Meer lief. Nina zog Josef fröhlich mit sich zum Wasser; er hüpfte auf einem Bein, denn er versuchte, gleichzeitig seine Hose hochzukrempeln.

Kamaria ließ sich Zeit; sie zog sich ohne jede Befangenheit aus, während sie das Gespräch weiterführten.

»Kaputt und aufgebracht ist nicht für jeden was«, sagte sie und zog sich das Hemd über den Kopf. Alessa versuchte sich auf das Gesicht des Mädchens zu konzentrieren, sich nur zu bewusst, dass ihres sich rötete. »Für den Fall, dass du nicht bereit bist, darauf zu warten, dass er seinen Mist klar kriegt« – ihr Gürtel landete im Sand – »gibt es für jemanden, die so süß und unschuldig ist wie du, auch leichtere Beziehungen.«

Alessa rümpfte die Nase. »Es hat weniger was mit unschuldig sein zu tun als mit mangelnder Gelegenheit.«

Kamaria wand sich aus ihrer Hose. »Na ja, wenn's mit dem jungen Griesgram nicht funktioniert –«

»Hey«, brüllte Dante. »Kommt Ihr beiden mit rein?«

Alessa hob das Kinn. »Eine Finestra kann nicht einfach halb nackt herumlaufen.«

»Wie Ihr wollt.« Er zog sich sein Hemd über den Kopf, und seine Rückenmuskeln bewegten sich geschmeidig, als er sich bückte, um die Schuhe auszuziehen.

Alessa klappte den Mund zu, als sie begriff, dass er offen gestanden hatte.

Kamaria atmete geräuschvoll aus. »Ist es hier gerade heißer geworden?«

»Ich weiß es nicht.« Alessa ließ den Kopf auf die Knie sinken. »Ich habe meinen Schmelzpunkt schon vor einer Weile erreicht.«

»Darauf wette ich.« Kamarias bronzefarbene Hüften wiegten sich bei jedem Schritt, den sie auf die Wellen zumarschierte. Sie warf einen Blick über die Schulter und rief: »In einem Monat sind wir vielleicht nicht mehr am Leben, also, was immer du haben willst, hol es dir jetzt.«

Alessa saß allein im Sand. Schweiß lief ihr den Rücken hinunter, während sie zusah, wie die anderen fröhlich herumtollten.

Saida hob die Röcke bis zu den Knien, geriet aber ins Kreuzfeuer eines wilden Kampfes zwischen Kamaria und Kaleb, die versuchten, sich gegenseitig nass zu spritzen.

Während Saida sie durch das flache Wasser jagte, schälte sich Alessa aus ihren Leggings. Sie hatte den größten Teil ihrer Röcke geändert, sodass sie sich vorne etwas höher überkreuzten, denn sie sah mit der Strumpfhose unattraktiv aus, während alle anderen mit nackten Beinen herumliefen. Ohne Strumpfhose war ihr Rock fast schon skandalös. Oder wäre es in der Stadt gewesen. Hier, wo Kamaria in Unterwäsche von Felsen sprang, und Nina in einem Unterhemd herumtollte, fühlte Alessa sich prüder als alle anderen.

Es war bereits der heißeste, unbehaglichste Tag ihres Lebens, daher zog sie mit einem Schulterzucken ihren Rock aus und benutzte ihn als Tasche für ihre Leggings, ihre Bluse und die Handschuhe. Nur mit einem Seidenslip bekleidet stand sie da und badete im Sonnenlicht. Ihre Haut kribbelte mit dem Versprechen eines bevorstehenden Sonnenbrands, und sie spürte, wie der heiße Sand sich unter ihren zarten Fußsohlen verlagerte.

Wie alle Kinder auf Saverio war Alessa in ihrer Kindheit häufig mit nacktem Hintern, salzverkrusteten Haaren und Sand in jeder Ritze am Ufer herumgelaufen. An diesem speziellen Strand war sie zwar nie gewesen, aber es fühlte sich trotzdem so an, als wäre sie nach Hause gekommen.

Dante sah rasch zur Seite und tauchte unter, als sie sich in seine Richtung wandte. Er schwamm mit kräftigen Zügen auf einen gewaltigen Felsblock zu, der in der Mitte der kleinen Bucht aufragte.

Alessa nahm ihren Mut zusammen, paddelte hinaus zu Dante und zog sich auf den Fels. »Wie lange wollen wir uns gegenseitig anschweigen?«

Er hielt den Blick auf den Horizont gerichtet. »Ich denke, ich schaffe es noch zwei weitere Tage.«

»Ich bin mir sicher, dass du das kannst.« Sie schlang die Arme um ihre Beine und zog sie an die Brust. »Ich kann erkennen, dass du aufgebracht bist.«

»Ja. Das bin ich.«

Ausgezeichnet. Wie gut, dass sie das Thema angeschnitten hatte. »Nun, es tut mir leid. Ich bin mir sicher, dass es enttäuschend für dich war, aufzuwachen und mich vor dir zu haben, wo du wahrscheinlich auf das Mädchen mit den magischen Händen gehofft hast.«

»Was?« Er fuhr sich mit einer Hand durch die Haare. »Ich

habe nie gesagt, dass ich enttäuscht war. Ihr habt geglaubt, ich hätte an jemand anderen gedacht?«

Moment mal. »Du hast von *mir* geträumt?« Er leugnete es nicht. »Und du hast diesen Traum genossen?« Sie erinnerte sich schlagartig daran, wie es sich angefühlt hatte, als sein Körper sich an ihren gepresst hatte.

Seine Wangenknochen wurden dunkler. »Ich denke, der Beweis war ziemlich eindeutig.«

»Warum bist du dann ausgerastet, als ich dir gesagt habe, dass ich dich will?«

»Weil Ihr es nicht wirklich wollt. Ihr seid verzweifelt, und ich bin Eure einzige Option. Das habt Ihr gesagt, erinnert Ihr Euch?«

»Dante, das war ein *Scherz.*«

»Was nicht heißt, dass es nicht wahr ist. Schon bald werdet Ihr der am meisten geliebte Mensch auf Saverio sein, und ich werde wieder am Hafen sein mit dem übrigen Gesindel. Ich weiß, dass altbackenes Brot besser ist als gar keins, wenn man am Verhungern ist, aber Ihr werdet glücklicher sein, wenn Ihr auf die richtige Mahlzeit wartet.«

»Du bist kein altbackenes Brot«, entgegnete sie. »Und ich kann meine Entscheidungen selbst treffen.«

»Na ja, Ihr habt mich angeheuert, damit ich mich um Euch kümmere, bis Ihr einen oder eine Fonte habt. Ich werde nicht zulassen, dass Ihr etwas tut, das Ihr bedauern werdet.«

»Du herablassender Mistkerl ... Steh auf«, sagte sie mit zusammengebissenen Zähnen.

Dante stand auf und verschränkte die Arme, starrte von oben herab auf sie herunter.

»Habe ich die Erlaubnis, deine Brust zu berühren?«, fragte sie.

Er runzelte die Stirn. »Warum?«

»Damit ich deinen störrischen Arsch ins Meer stoßen kann.«

»Ihr fragt mich um Erlaubnis, ob Ihr mich ertränken dürft?«

»Nein. Ich frage um Erlaubnis, ob ich dich *anfassen* darf. Wenn ich dich töte, wird das ganz ohne deine Zustimmung passieren.«

»Wirklich«, sagte Dante im Tonfall eines geduldigen Lehrers, »eines Tages werdet Ihr mir dankbar sein – «

Das Platschen, mit dem er im Wasser aufkam, ließ sie hoffen, dass sein Rücken noch stundenlang brennen würde.

Als die glühende Sonne unterging und die Temperatur erträglich wurde, setzten sie sich im Kreis um ein Feuer herum, das Kamaria mit Treibholz gemacht hatte. Mithilfe ihrer Gabe brachte sie die Lavendelflammen zum Tanzen, während Saida eine gezielte Brise dazu nutzte, dem Feuer Luft zuzufächeln. Nina verteilte etwas zu essen.

Kaleb machte eine ruckartige Bewegung mit dem Kinn in Dantes Richtung. »Was passiert, wenn du uns berührst, *während* du ihn berührst?«

Kamaria kicherte. »Für solche Sachen habe ich mich nicht gemeldet, aber hey, zwei für den Preis von einem.«

Kaleb sah Kamaria an, als würde er mit einem Würgereiz kämpfen, bevor er sich wieder an Alessa wandte. »Du hast gesagt, dass er so was wie ein Messgerät ist. Also, pack zu und benutze deinen hilfreichen Detektor, um deine Macht zu dämpfen, während wir üben. Das ergibt mehr Sinn, als wenn ihr alleine tut.«

»Kommt drauf an, was man im Sinn hat«, murmelte Kamaria.

Alessa kickte ihr Sand auf den Fuß.

An jedem anderen Tag hätte sie diesen Vorwand, Dantes Hand zu halten, begeistert genutzt, aber er schaffte es kaum, sie anzusehen.

»Schon möglich«, sagte Saida. »Es lohnt sich, alles auszuprobieren, was helfen könnte, richtig?«

Nina umschlang ihre Knie. »Ich werde alles tun, das die Wahrscheinlichkeit mindert, dass Leute sterben.«

»Dante?«, fragte Alessa mit gepresster Stimme.

Grummelnd begab er sich in ihre Mitte.

Er sah Alessa nicht direkt an, sondern starrte an ihrer Schulter vorbei, streckte eine Hand nach ihr aus und hob die andere mit dem Daumen zur Seite gedreht. Sein Zähler, vermutete sie.

Ihr Herz machte einen Satz, als seine Handfläche über ihre glitt, und sein Daumen daraufhin zur Decke zeigte.

Saida kicherte, und Alessa musste wider Willen lächeln.

Dantes Daumen ging nach unten.

»Ich schätze, es tut gut zu lachen«, meinte Josef. »Und es *ist* irgendwie witzig.«

Auf eine *tragische* Weise.

Alessa tat so, als gehörten beide Hände, die sie hielt, Josef, nicht nur eine, und sie konzentrierte sich darauf, ihre Macht zu spüren. Dante war ein Messgerät, weiter nichts. Eine Wetterfahne mit langen Wimpern. Ein Niederschlagsmesser mit einem dunklen Haarschopf über schokoladenbraunen Augen mit winzigen Goldsprenkeln um die Iriden. Ein Thermometer, mit –

Ihr Thermometer zischte. »Verdammt, ist das kalt.«

»Es geht mir gut«, warf Josef ein bisschen angespannt ein.

Alessa griff nach den Fäden der Macht und richtete ihren Blick auf die Wellen, die ans Ufer schwappten. Sie wartete, während sich die Macht aufbaute, dann ließ sie los.

Nina kreischte vor Freude, als die Wellen, die dem Strand am nächsten waren, zu einer kristallinen Skulptur erstarrten.

»Das war gut!« Kamaria sah die anderen an. »Oder? Das hat gut ausgesehen.«

Als die Nacht anbrach, war Alessa bereit, zur Cittadella zurückzukehren, aber die anderen wollten noch eine letzte Runde schwimmen. Daher betraten sie und Dante den Tunnel allein.

Sie wollte nicht wütend auf ihn sein. Sie wollte ihn in sich einsaugen, sich sein Gesicht einprägen.

Aber es war dunkel, und sie konnte ihn sowieso kaum sehen.

Dante starrte auf das Tor, das die Fortezza von der Cittadella trennte. »Wenn wir es hinter uns abschließen, kommen sie nicht mehr rein.«

»Dann schließ es nicht ab«, sagte Alessa.

»Ich werde kein Tor zur Cittadella offen lassen. Eine Art Nummer eins der Leibwächter-Regeln.« Er sah sie durch ein paar Locken mürrisch an.

»In Ordnung, dann bleiben wir in der Nähe und lassen sie rein, wenn sie zurückkehren.« Sie musterte ihn. »Ich könnte dir die Haare schneiden, während wir warten. Ich habe meinem Bruder immer die Haare geschnitten und tue es seit Jahren bei mir. Du willst doch auf meiner Hochzeit nett aussehen, oder?«

Seine Lippen zuckten. »Nur zu, Finestra. *Versucht*, mich vorzeigbar zu machen.«

Alessa führte Dante in die leere Küche, wo sie eine Schere fand, und befahl ihm, sich hinzusetzen. Sie stellte sich hinter ihn und dachte, dass sie unter dem Vorwand, die Struktur seiner Haare kennenlernen zu müssen, mit den Fingern durch sie hindurchfahren könnte. Das reine maßlose Vergnügen traf sie mit der Wucht eines doppelten Espresso, der in ihre Blutbahn gelangte.

Dichte, zerzauste Haare kringelten sich um ihre Finger, als wollten sie sich daran festhalten. Mit einer langsamen Bewegung zog sie die Nägel sanft zu seinem Nacken hinunter, und er zitterte.

»Ich habe es immer geliebt, wenn jemand mit meinen Haaren gespielt hat.« Sie ließ zu, dass das Lächeln in ihrer Stimme zu hören war. »Findest du es nicht entspannend?«

Dante räusperte sich und sagte mit rauer Stimme: »Klar. Es ist entspannend.«

Sie ließ sich Zeit, begann am Hinterkopf und arbeitete sich nach vorne, wo er sehen konnte, wie sie die langen Locken gerade zog, um sich zu vergewissern, dass sie gleich lang waren. Ihr Handballen lag an seiner Wange, als sie sich näher beugte, um es besser sehen zu können.

Seine Augenlider flatterten kurz, als er auf ihren Ausschnitt starrte. Er schluckte. Angesichts der lockeren Bluse, für die sie sich entschieden hatte, hatte er vermutlich freie Sicht bis hinunter zu ihrem Nabel. Er mochte darauf bestehen, sie beide zu bestrafen, indem er seine Hände bei sich behielt, aber sie musste es ihm nicht gerade leicht machen.

Sie schürzte die Lippen und beugte sich vor, um wieder zu schneiden. Wenn sie nichts anderes von ihm beanspruchen konnte als seine Aufmerksamkeit, dann würde sie dafür sorgen, dass sie diese auch behielt.

Er verlagerte sich auf seinem Platz. »Seid Ihr fertig?«

»Noch nicht ganz«, antwortete sie. »Ich genieße es, dass du mir ausgeliefert bist.«

In seinen Augen blitzte Verzweiflung auf. »Müsst Ihr das hier unbedingt so schwer machen?«

Sie biss sich auf die Lippe. »Ich *bemühe* mich, es schwer zu machen.«

Ein Muskel zuckte an seinem Kinn. »Ich kann mich nie ganz entscheiden, ob Ihr mit Absicht versucht, grob zu klingen, oder es unbeabsichtigt passiert.«

»Oh, es ist *immer* beabsichtigt. Das ist das Einzige, was ich aus all diesen romantischen Romanen gelernt habe und tatsächlich in die Praxis umsetzen kann.« Sie legte die Schere weg. »So. Du siehst umwerfend aus, du verdammter Kerl.«

Goldbraune Augen suchten ihre, aber sie sah nicht weg.

»Weißt du«, sagte sie und wählte ihre Worte vorsichtig. »Als ich dich das erste Mal in diesem Kampfring gesehen habe, dachte ich, mir wäre noch nie ein Mensch begegnet, der so schrecklich schön aussieht. Dabei habe ich dich damals noch nicht einmal *gemocht*. Ich wollte dich, lange bevor ich wusste, dass du eine Option warst, und ich weiß, dies ist nicht der richtige Moment, doch nach Divorando –«

»Nach Divorando werdet Ihr wählen können.« Er wirkte unglücklich, aber ergeben.

»Und was, wenn ich dich wählen würde?« Sie hielt die Luft an.

»Das werdet Ihr nicht tun. Ihr findet jemanden wie Euren ersten Fonte, und so bin ich nicht.«

»Nein. Du bist absolut nicht wie Emer. Er war süß und freundlich und sanft, und das Mädchen, das ihn erwählt hat, wollte all diese Dinge. Sie hätte nie gedacht, dass sie so etwas würde durchmachen müssen wie das, was ich durchgemacht habe, aber dieses Mädchen hatte keine Chance zu überleben. Sie hätte sich vielleicht nie in jemanden wie dich verliebt, doch ich bin nicht mehr *sie* –«

Wumm.

Dante stand auf. »Was war das?«

Alessa steckte die Schere in ihre Tasche. »Ich weiß nicht, aber es klang nicht gut.«

Dante hielt den ersten Soldaten an, der an ihnen vorbeilief. »Was ist passiert?«

Der Soldat schluckte; sein Adamsapfel hüpfte.

»Ein Mob ... draußen, vor den Toren. Sie verlangen, die Finestra zu sehen.«

35

Le rose cascano, le spine restano.
Die Rose fällt, die Dornen bleiben.

Tage bis Divorando: 15

»Konnten sie nicht noch einen Tag warten?«, fragte Dante.

Der Soldat zuckte angesichts seines Zorns zusammen.

»Lass ihn in Ruhe, Dante. Es ist nicht seine Schuld.« Mit ihren salzverkrusteten Haaren und Sand in jeder Falte ihres Rocks sah Alessa ziemlich unordentlich aus und war eigentlich nicht in dem Zustand, um vor der Menge zu sprechen. Sie hatte jedoch keine Zeit mehr, sich umzuziehen.

Je näher sie den vorderen Toren kamen, desto lauter wurde das Wummern, aber sie blieb erst stehen, als sie die Stufen vor der Cittadella erreicht hatte.

»Wo ist ihr Fonte?«, fragte Padre Ivini. Seine silbernen Haare waren glatt zurückgestrichen, und die blauen Augen leuchteten in einem unheiligen Licht. Er stand mitten in einer aufgewühlten Menge auf der Piazza. »Warum die Geheimniskrämerei?«

Die Menge teilte sich, als Leute vor ihr zurückwichen.

Ivini unterbrach seine Rede. »Ah, *Finestra*.«

Adrick stand in einer Gruppe hinter Ivini; er trug eines dieser lächerlichen Gewänder. Sie warf ihm einen giftigen Blick zu. Gefühle huschten über sein Gesicht – Wut, Enttäuschung … Erleichterung?

»Ihr wagt es, Deas Wahl infrage zu stellen?« Ihre Stimme zitterte vor rechtschaffenem Ärger – zumindest hoffte sie, dass es so wirkte.

»Nein, Mylady«, sagte Ivini. »Ich weiß genau, was *Crollo* vorgehabt hat, als er Euch wählte. Sein letzter Trick wird uns alle verdammen, wenn wir es zulassen. Gebt es zu. Eure Berührung kann nicht retten, sondern nur töten.«

Panik stieg in Alessa auf, als die Menge um sie herum raschelte. »Wachen, entfernt diesen Mann sofort von der Piazza.«

Hauptmann Papatonis und seine Wachen tauschten unsichere Blicke aus.

»Die Leute haben Angst, Finestra«, sagte der Hauptmann. »Niemand hat Euch je in Aktion gesehen. Es könnte sie beruhigen.«

Ivini lächelte zufrieden. »Seht Ihr? Ruft Euren Fonte her, und zeigt es uns, dann werden wir friedlich schlafen.«

Das war leichter gesagt als getan, denn keiner der Kandidaten war hier.

»Die Verbindung zwischen Finestra und Fonte ist heilig.« Alessa suchte nach den Lehren, die sie tausendmal gelesen hatte. »Ihr könnt nicht ernsthaft erwarten, dass ich einen Akt göttlicher Intimität vor Fremden vollziehe?«

»Es dient einer guten Sache«, sagte Ivini mit einem verschlagenen Lächeln.

»Hauptmann.« Alessa wandte sich an Papatonis. »Ihr seid verheiratet. Wenn ich den Befehl geben würde, würdet Ihr dann Eure Frau herkommen lassen, Eure Kleidung ausziehen und hier, wo alle zusehen können, Eure ehelichen Pflichten erfüllen?«

Papatonis wurde rot. »Natürlich nicht.«

»Ach, *Ihr* würdet also keinen intimen Akt in der Öffentlichkeit vollziehen. Interessant. Aber *ich* soll das tun?«

Ivini zog die Augen zusammen. »Dann berührt jemand *anderen*. Das ist nichts Heiliges.«

»Meldet Ihr Euch freiwillig?« Es könnte es wert sein, ihn schreien zu sehen, aber sie hatte schon genug Mühe, ihre Macht zu kontrollieren, wenn sie ruhig und vorbereitet war. Jetzt wütete ihre Macht, unvorhersehbar und verärgert wie der Rest von ihr. Wenn sie Ivini berührte, würde sie ihn verletzen oder Schlimmeres anrichten, und während sie es genießen würde, das Licht in seinen Augen erlöschen zu sehen, wäre es vielleicht auch das Letzte, was sie selbst sehen würde, wenn die Menge entflammte.

»Ich bin bereit dazu.« Dante trat vor.

Sie zwang sich, höhnisch zu grinsen, als wären er und die ganze Situation unter ihrer Würde.

Die Menge beobachtete. Wartete. Ihr Herz hämmerte.

»Da ist eine mutige Seele.« Ivini leuchtete förmlich vor Erwartung. »Wenn Eure Worte wahr sind, beweist es, Finestra.«

Alessa zögerte den Moment hinaus. Sie wollte dafür sorgen, dass alle die Chance hatten zu sehen, wie sie ihn musterte, die Lippen dabei angewidert verzog. Dann, als würde sie sich dazu herablassen, etwas zu berühren, das sie abstieß, streckte sie ihre Hand nach der von Dante aus.

»So, dass wir es sehen können«, sagte Ivini süßlich.

Sie verdrehte die Augen, zufrieden, dass sie ein paar Leute kichern hörte. Mit einem Seufzer vorgetäuschter Gereiztheit streckte sie ihre Hände so in die Höhe, dass die Menge sehen konnte, dass sie keine Handschuhe trug. Dann umfasste sie Dantes Gesicht.

Die Menge hielt geschlossen den Atem an. Eine Sekunde verging, und noch eine. Gelangweilt schob Dante träge seine Hände in die Taschen.

Alessa wandte sich an Ivini. »Wie lang muss ich hier stehen, bevor Ihr zugebt, dass Ihr Euch geirrt habt?«

Vereinzeltes Kichern. Ivini kochte.

Alessa schnippte die Finger in Dantes Richtung, entließ ihn mit dieser hochmütigen Geste. »Wenn wir hier fertig sind … ich habe Wichtigeres zu tun, als Eure Theorien zu widerlegen, *Padre*. Und ich stelle mir vor, dass die guten Leute von Saverio gerne mit ihren Vorbereitungen fortfahren würden, damit wir den bevorstehenden Carnevale genießen können. Ich freue mich darauf, morgen Abend allen zeigen zu können, wen ich als Fonte erwählt habe.«

Der anschließende Jubel war zwar schwach, aber sie höhnten auch nicht, und Alessa schritt mit hoch erhobenem Kopf in die Cittadella zurück.

Kaum waren sie sicher hineingelangt, schien Dante sie die Stufen hochzerren zu wollen, aber sie schüttelte den Kopf. »Die Fontes. Sie sind immer noch ausgeschlossen.«

Als sie den Fuß der Treppe erreichten, gaben ihre Beine nach. Alessa sank gegen die Mauer und atmete zitternd aus. Sie wäre bis auf den Boden gerutscht, wenn Dante sie nicht in seine Arme gerissen hätte.

»*Dea*«, hauchte er in ihre Haare. »Ich dachte schon, sie würden Euch töten, und ich könnte nicht gegen alle kämpfen –«

Aber er hatte es getan.

Sie zog seinen Kopf nach unten und beendete seine Litanei aus Was-wäre-wenns mit einem Kuss.

Dante erstarrte.

Sie öffnete den Mund, strich mit der Zunge über seine Lippen, und seine Selbstbeherrschung zerbrach. Seine Hände waren mit einmal überall – hielten ihr Gesicht, fuhren ihr durch die Haare, packten sie an der Taille. Er drückte sie gegen die Tür und presste seinen Mund auf ihren, presste seine Hüften gegen ihre, als wollte er versuchen, den Sturm seiner Verzweiflung mit dem Sturm zu verschmelzen, der in ihr tobte.

Sie waren ein Risiko eingegangen, und es hatte sich gelohnt, aber Dantes unruhiger Atem verriet ihr, dass auch er wusste, wie nah dran sie gewesen waren, alles zu verlieren.

»Klopf, klopf«, rief Kaleb. Das Tor klapperte. »Jemand zu Hause?«

Dante ließ den Kopf stöhnend auf Alessas Schulter sinken.

Er sagte kein Wort, als sie die anderen hereinließ, aber Kamaria betrachtete Alessas gerötete Wangen mit einem wissenden Blick, während sie plaudernd und lachend die Treppe hochgingen. Niemand sonst bemerkte, dass Dante und Alessa schwiegen.

Oben angekommen, wurde Alessa klar, dass sie etwas sagen musste. Morgen würde für sie alle bis auf eine Person der letzte Tag sein.

»Ich bin so froh, dass ich euch alle kennenlernen durfte«, sagte sie lächelnd. »Der Consiglio wird sich morgen mit euch zusammensetzen, um mit euch zu sprechen und seine Empfehlungen auszusprechen. Ich hoffe –« Sie schluckte. »Ich hoffe, dass sich jemand freiwillig melden wird, denn ich möchte eine so wichtige Entscheidung nicht dem Zufall oder dem Consiglio überlassen. Aber wie es auch sein wird, ich bin euch wirklich dankbar für eure harte Arbeit und … und für eure Freundschaft. Ich kann gar nicht sagen, wie viel mir das bedeutet.«

Saida schniefte geräuschvoll, was alle zum Lachen brachte, und dann wünschten sie einander eine gute Nacht.

Nachdem sich die Tür zu ihrer Suite mit einem Klicken geschlossen hatte, waren Alessa und Dante allein. Ihre Lippen prickelten und waren immer noch von seinem Kuss geschwollen, als sich ihre Blicke begegneten.

Er deutete auf das Bett. »Geh.«

Sie errötete, und ihr Herz pochte.

»Allein.« Er setzte sich auf das Sofa. »Du bist so nah. Lass dich nicht durch mich ablenken.«

»Ich kann nicht ändern, wie ich dir gegenüber fühle.«

»Es spielt keine Rolle, was wir fühlen. Einige Dinge sind unmöglich.«

Am nächsten Abend würde sie mit dem Menschen, den sie als Fonte erwählte, auf dem Balkon stehen.

Am nächsten Tag würde sie verheiratet sein. Und er würde nicht mehr da sein.

36

Al povero mancano tante cose, all'avaro tutte.
Einem armen Mann mangelt es an vielem,
einem gierigen an allem.

Tage bis Divorando: 14

Der nächste Tag dämmerte zu schön heran, um wahr zu sein. Es gab weder eiskalten Regen noch brutale Hitze oder unheilverkündende Wolken. Genau genommen gab es überhaupt keine Wolken. Auch keine Brise, was das betraf, aber die Temperatur war zu perfekt, um sich über die Windstille zu beklagen, und die Welt vor Alessas Balkon hallte vom süßen Gezwitscher der Vögel unter einem azurblauen Himmel wider.

Sie hatte allein geschlafen, in ihrem Bett, und ihr Herz hatte sich danach gesehnt, in seiner Nähe zu sein, sich die letzten gemeinsamen Stunden an ihn zu klammern. Dante war jedoch noch abweisender als sonst.

Sie beschloss, in so viele Sätze wie möglich Anspielungen einzuarbeiten, denn sie hoffte, dass ihre Besorgnis und Angst davor, Lebewohl sagen zu müssen, gar nicht erst aufsteigen konnten, wenn sie darauf konzentriert war, ihn zum Lachen zu bringen.

Die Fontes würden eine ganze Weile mit aufreibenden letzten Befragungen durch den Consiglio beschäftigt sein. Ihre Stärken und Schwächen würden gewogen und gemessen werden, und sie würden einen Rang zugewiesen bekommen. Danach würde sie sehen, wer übrig blieb und wer sich freiwillig melden würde – wenn das überhaupt jemand tat.

Bis dahin hatte sie nichts zu tun, als sich Sorgen zu machen. Für den Fall, dass man sie hineinrief, trug sie ihr lockeres weißes Consiglio-Gewand. Zumindest fühlte sie sich darin wohl, während ihre Eingeweide sich zu Knoten verkrampften.

Alessa beschloss, sich im Garten weiter Sorgen zu machen, was gut funktionierte, da Dante viel Platz hatte, um auf und ab zu gehen. Sie zupfte eine kleine weiße Blume von einem nahen Busch ab und steckte den Stiel in ihren hohen Dutt, wiederholte das Ganze dann mit einer zweiten.

Es war ziemlich wahrscheinlich, dass Kamaria sich freiwillig melden würde, und wenn Alessa es aussuchen müsste, wäre sie ihre erste Wahl. Aber der Hauch von Verrat, den Shomaris abtrünniges Verhalten hinterlassen hatte, war eine Variable, die sie nicht unbeachtet lassen konnte.

Kaleb würde sich wahrscheinlich nicht freiwillig melden. Nina war so zerbrechlich. Saidas Gabe war schwierig zu nutzen. Josef würde ein starker Partner in einer Schlacht sein, aber seit er in der Cittadella war, hatte sie ihn kaum jemals lächeln gesehen. Es sollte keine Rolle spielen, doch der Gedanke, es mit Divorando aufnehmen zu müssen, ohne ein bisschen lachen zu können, war ziemlich deprimierend.

Nach der zweiten Stunde hatte Alessa einen ganzen Heiligenschein aus filigranen Blütenblättern um die Basis ihres Dutts und war dazu übergegangen, einen Blumenstrauß zusammenzustellen.

»Wie lange dauert das noch?«, murrte Dante. »Du hast übrigens Pollen in den Haaren.«

Alessa strich sich über die Haare, doch sie konnte ihren Kopf nicht von oben sehen. »Emer und Ilsi sind nach einer halben Stunde bestätigt worden, aber es hat einen ganzen Tag gedauert, bis der Consiglio Hugo genehmigt hat. Ich war überzeugt, dass sie ihn nach Hause schicken und mich erneut wählen lassen würden.«

Dante hielt im Gehen inne. »Du hast nie von ihm gesprochen.«

»Er war kein besonders interessanter Mensch. Er war so uninteressant, dass er auch eine Schüssel Vanillepudding hätte sein können. Ich habe ihn gewählt, weil ich es leid war, Menschen zu töten, die ich mochte.«

»Oh. Ist es dann heute schlimmer oder besser?«

»Beides?«, räumte sie ein. »Ich *mag* sie. Sie alle. Sogar Kaleb. Ich habe jetzt mehr Kontrolle über meine Macht, aber es geht immer noch darum, jemanden zu bitten, es mit Armageddon aufzunehmen.«

Zwischen Dantes Augenbrauen bildete sich eine Falte, als er zu ihr trat und ihr Kinn neigte – leider nicht nach oben, sondern nach unten – und auf ihre Haare pustete, sie sanft von den Pollen befreite.

»Wusstest du, dass *Finestra* ein Wortstamm für andere Wörter ist?« Sie konnte nicht anders. »Wie *Defenestration*.«

Dante hörte auf zu pusten. »Ja.« Er klang argwöhnisch. Wie klug von ihm. »Es bedeutet, jemanden aus dem Fenster zu werfen.«

Sie kicherte. »Oder ein Fenster zu durchstoßen. Und das ist eine Metapher für –«

»Wag es nicht, den Satz zu beenden.«

Sie klimperte mit den Wimpern, gab sich ganz unschuldig. »Das Deflorieren einer Jungfrau.«

Dante konnte das Lachen nicht unterdrücken, das aus ihm herausbrach. »Ich möchte, dass festgehalten wird, dass ich dich noch nicht einmal angefasst habe.«

»Dafür ist immer noch Zeit.«

»Ist das eine Nebenwirkung der erzwungenen Reinheit und der vielen Jahre, in denen du nichts anderes als Romane zur Unterhaltung hattest?« Er zupfte an seinem Ohr. »Dass all diese aufgestauten unanständigen Gedanken jetzt in dir aufbrechen?«

»Vielleicht«, erwiderte sie mit einem frechen Grinsen. »Vielleicht hat mich all das auch gezügelt, und ich wäre sonst noch viel schlimmer. Kannst du dir das vorstellen?«

»Dea hilf, das kann ich nicht«, sagte Dante und schob sich eine Locke aus der Stirn. Sie fiel sofort wieder zurück, und Alessa strich sie beiseite. Sein Kinn spannte sich an. »Ich muss ein bisschen trainieren.«

Mit einem Seufzer folgte Alessa ihm zu dem im Freien gelegenen Übungsplatz neben dem Gebäude. Dante begann Klimmzüge an einem Balken zu machen, und sie ging näher heran, um besser zusehen zu können.

»Kann ich dir helfen?«, fragte Dante.

»Ich bin mir sicher, dass du das *könntest*.«

Mit einem Schnauben ließ er sich auf den Boden fallen, wo er ein paar Liegestütze machte.

»Seit du dich als altbackenes Brot bezeichnet hast, habe ich ein verruchtes Verlangen.«

Er hielt inne, schüttelte den Kopf und machte dann weiter Liegestütze.

»Ich *liebe* Brot. Ganz besonders Baguette. Lang, dick, heiß und beschmiert mit – «

Er kam auf dem Boden auf, schüttelte sich vor Lachen. »Genug. Erbarmen. Du bist eine Meisterin der anzüglichen Backmetaphern.«

»Ich habe noch nicht einmal angefangen. Ich bin bekanntlich in einer Bäckerei aufgewachsen. Soll ich dir von meiner Obsession mit Pasteten erzählen?«

Er stand auf und strich sich den Staub von den Händen. »Ich bin keine Pastete.«

»Natürlich bist du eine. Eine dieser geheimnisvollen Pasteten, die würzig sein können, aber in Wirklichkeit eine süße Füllung unter all den Schichten aus knusprigem Teig haben.«

Er blinzelte sie an. »Hast du mich gerade als *teigig* bezeichnet?«

»Du hast damit angefangen.«

Jemand hustete diskret. Ein Diener, der unweit von ihnen stand. »Entschuldigung, Miss. Die Befragungen sind vorbei, und die Fontes erwarten Euch.«

Alessa war sich nicht sicher, was sie erwartete, als sie die Bibliothek betrat, aber sie hatte nicht mit dem gerechnet, was sie dann tatsächlich vorfand: Nina schluchzte und klammerte sich an Josef. Saida saß da und stützte den Kopf in die Hände, während Kamaria alle anschrie, den Mund zu halten. Kaleb leerte den Inhalt eines Dekanters, der das letzte Mal, als Alessa ihn gesehen hatte, halb mit Wodka gefüllt gewesen war.

»Hey!«, rief Dante. Als sie weitermachten, versetzte er der Tür einen Tritt, der sie so laut zuknallen ließ, dass es den Lärm übertönte.

»Was ist los?«, fragte Alessa.

Alle begannen gleichzeitig zu schreien. Ninas Gejammer war lauter als das, was Josef ihr auf seine ruhige, präzise Art und Weise zu sagen versuchte, und Kaleb schien aus reinem Verdruss unsinnige Geräusche von sich zu geben, während Saida ihn beschimpfte, dass er sich in »einer solchen Zeit« so kindisch verhielt.

»Haltet ihr endlich mal den Mund?«, brüllte Kamaria. »Um Deas willen. Was für ein Haufen kopfloser Hühner.«

Als die Lautstärke abnahm, nutzte Alessa die Gelegenheit, erneut ihre Frage zu stellen.

Kamaria hielt eine Hand hoch, um jeden davon abzuhalten, sie zu unterbrechen. »Alle haben sich freiwillig gemeldet. Mich – die offensichtlich beste Wahl – eingeschlossen.« Alessas Woge der Erleichterung währte nicht lang. »Aber die hochverehrten alten Knacker vom Consiglio sind nicht besonders begeistert über die jüngsten Entscheidungen meines Bruders – halt den *Mund*, Kaleb! –, daher haben sie sich, obwohl *ich offensichtlich die beste Wahl bin,* einstimmig für Josef ausgesprochen.« Sie sah Kaleb kurz an. »Und jetzt schmollt Kaleb, weil sein Stolz verletzt ist, während Saida überzeugt ist, dass du einen Fonte brauchst, der dich mehr unterstützt. Nina flippt aus, weil Josef ausgewählt wurde, und wie ich schon sagte, bin ich *offensichtlich die richtige Wahl,* ganz egal, was ein Haufen spießiger alter Männer auch denkt. Also sollten sie alle endlich Ruhe geben!«

Alessa blinzelte einmal. Zweimal.

Kamaria verschränkte die Arme. »Aber. Offensichtlich triffst am Ende *du* die Entscheidung, und wenn du mich wählst, werde ich höchstpersönlich gegen den Consiglio kämpfen, wenn sie nicht ihre Einwilligung geben. Also, wähle.«

In keinem der Szenarien, auf die sie sich mental vorbereitet hatte, hatte Alessa es so weit ins Reich des Unmöglichen geschafft.

Kamaria irrte sich nicht, was die Frage betraf, wen sie bevorzugte, aber sie hatte ein Versprechen gegeben. Zwar hatte sie nicht damit gerechnet, dass mehr als ein Fonte die Position würde haben wollen, doch es blieb dabei: Sie hatte versprochen, dass sie die Entscheidung nicht fällen würde. Die Fontes hatten ihre Pflicht getan, als sie sich freiwillig gemeldet hatten, und der Consiglio hatte seine ebenfalls getan. Die einzige

Möglichkeit, ihr Wort zu halten, bestand darin, das offizielle Urteil anzunehmen.

»Es tut mir leid, Nina«, sagte Alessa. »Aber ich muss akzeptieren, was der –«

»Nein! Du kannst ihn nicht haben!« Ninas Gabe explodierte mit ihrer Wut, und das nächstgelegene Fenster zerbarst.

Die Welt verwandelte sich in einen tödlichen Regenbogen aus fliegenden Glasscherben.

Dante schirmte Alessa ab, aber in der Stille, die folgte, klingelten ihre Ohren.

Dennoch konnte sie nicht missverstehen, was Nina als Nächstes sagte.

»Ich hätte *hundert* Statuen auf dich stürzen lassen sollen.«

Alessa grub sich die Fingernägel in die Handflächen, aber eine Glasvitrine neigte sich und wankte wie eine Blase, die kurz vor dem Platzen war. Und dann schwirrte eine weitere Woge aus Glasscherben durch den Raum.

»Hör auf, Nina!«, rief Josef. »Was hast du getan?«

Ninas Wut löste sich auf, wurde zu jämmerlichen Schluchzern.

Kamaria lag zusammengekrümmt auf dem Boden. Sie umklammerte ein Bein, aus dem Blut über ihre gelbbraune Hose strömte.

Dante nahm Alessas Kinn und drehte ihr Gesicht so, dass er sie ansehen konnte. »Bist du verletzt?«

»Es geht mir gut.« Sie duckte sich weg. »Kaleb, wie schlimm ist es?«

Kaleb drückte auf Kamarias Bein. »Die Blutung lässt nach. Sie wird wieder in Ordnung kommen, aber eine hässliche Narbe zurückbehalten.«

Alessa drehte sich um und sah, wie Dante sich eine riesige Glasscherbe aus der Schulter zog. Er sackte gegen die Wand, rutschte dann an ihr entlang auf den Boden, wo er sitzen blieb. Alessa fluchte und beeilte sich, ihm Deckung zu geben. Sie hatte ihn nicht einmal gefragt, ob er verletzt war. Er würde heilen, aber angesichts der klaffenden Wunde, die den Blick auf Muskelstränge und Knochen freigab, drehte sich ihr der Magen um, und die Reste seines zerfetzten Ärmels genügten nicht, um die Verletzung zu verbergen.

»Hilf Kamaria. Ich komme wieder in Ordnung«, sagte Dante zu Alessa.

»Ich weiß das, aber sie wissen es nicht.« Sie sah sich verzweifelt nach etwas um, mit dem sie sein zerfetztes Fleisch bedecken konnte, als die Wunde bereits begann, sich wieder zu schließen.

Die Tür wurde aufgerissen. Wachen starrten mit offenen Mündern in das Durcheinander.

»Es hat einen Unfall gegeben«, sagte Alessa. »Holt Verbände. Los!«

Einen Moment lang geschah nichts, aber die Cittadella-Wachen waren damit beauftragt, die Finestra und die Fontes zu beschützen, und nicht, mit ihnen zu streiten. Ihr Training setzte ein. Ihre Ausbildung kam zur Wirkung.

»Saida und Kaleb, helft Kamaria aufs Sofa. Legt ihr Bein hoch.«

Kaleb starrte Dante an. »Was ist mit – «

»Tut es einfach.« Alessa bückte sich tiefer, versperrte Kaleb die Sicht.

»Es tut mir leid«, rief Nina. »Ich wollte niemals jemandem wehtun. Das hier war ein Unfall.«

Im Gegensatz zu der Sache mit der Statue.

Alessa presste die Zähne aufeinander. Erst einmal musste sie sich um Kamaria kümmern und Dantes Geheimnis bewahren. Dann würde sie sich mit Ninas Verrat beschäftigen.

Saida kam ins Zimmer gerannt, die Arme voller Verbandsmaterial. Sie prallte mit Nina zusammen, die plötzlich von der Notwendigkeit gepackt worden zu sein schien, alles wiedergutzumachen, und versuchte, es ihr zu entreißen. Saida verdrehte die Augen und schob eine Handvoll in Ninas Hände. Den Rest brachte sie zu Kamaria, die nach wie vor auf dem Sofa lag und die Augen mit einem Unterarm bedeckte.

Alessa hob eine Hand, um Nina aufzuhalten, aber sie kam immer näher. Ihre rotgeränderten Augen waren auf Dantes Schulter gerichtet, der wenig erfolgreich versuchte, was von seiner Wunde noch übrig war, mit der freien Hand zu bedecken.

Nina blieb mitten im Schritt stehen und kreischte.

»Was ist?«, fragte Saida. »Ist was nicht in Ordnung?«

Nina rang um Atem und deutete auf Dante. »Ghiotte!«

Kamaria stöhnte auf.

»Oh«, sagte Saida. »Ja. Ich hatte so ein Gefühl.«

Dante fletschte knurrend die Zähne und kämpfte sich auf die Beine, als Kaleb zu ihnen trat. Nie hatte er einem in die Enge getriebenen Tier mehr geähnelt als jetzt, und es schmerzte Alessa.

Kaleb blieb in sicherer Entfernung stehen. »Kein Wunder, dass du jeden Kampf gewinnst. Ich hätte es wissen müssen.«

»Was ist los mit euch?«, rief Nina. »*Er* ist der Grund, weshalb sie Emer und Ilsi und Hugo getötet hat.«

»Dante war noch nicht einmal hier, als meine früheren Fontes gestorben sind«, sagte Alessa. »Er hat *gar nichts* getan, abgesehen davon, dass er uns geholfen hat.«

Nina schüttelte den Kopf. »Nein, er ist böse. Ein Mörder.«

»So wie du heute fast zur Mörderin geworden wärst?«, fragte Alessa. »Oder als du deine *Gabe* benutzt hast, um eine Statue auf mich zu werfen?«

Nina begann zu schluchzen. »Ich *wollte* das nicht. Ich hatte Angst.«

»Um Deas willen, Nina, du hast versucht, die Finestra zu *töten*«, sagte Kaleb. »Mach mal halblang mit deiner gerechten Empörung. Dante hat mehr als genug Gelegenheiten gehabt, uns alle umzubringen, aber bisher bist du die Einzige, die so was versucht hat.«

»Nina«, sagte Josef mit angespanntem Kiefer. »Wenn etwas von dem hier nach draußen dringt, nutzt das niemandem.«

Eine Untertreibung. Wenn die Öffentlichkeit argwöhnte, dass ein Ghiotte die Cittadella infiltriert hatte, würden sie ihn für jeden Tod verantwortlich machen, den Alessa verursacht hatte. Nur wenige würden auf die Vernunft hören.

»Ich werde gehen«, sagte Dante.

»Nein!« Alessa konnte nicht erkennen, wer lauter schrie – sie, Saida oder Kamaria.

»Ich bin dafür, dass er bleibt«, erklärte Saida. »Und dass Nina geht.«

Kaleb zuckte mit der Schulter. »Ich sage niemandem etwas. Aber Nina redet mehr als sie betet, und sie betet viel. Ich glaube nicht, dass sie das für sich behalten kann.«

»Nina«, sagte Alessa. »Ich will dich nicht verbannen, aber wenn es sein muss, werde ich es tun. Wenn du lieber sicher im Innern der Fortezza sein möchtest, beschützt *durch mich*, musst du mir dein Wort geben, dass du dieses Geheimnis mit ins Grab nimmst.«

Josef richtete sich zu seiner vollen Größe auf. »Ich gebe dir *mein* Wort. Wenn sie auch nur einer Seele etwas verrät, kannst du mich auch verbannen.«

»Nina?« Alessa wartete.

Nina starrte sie durch Tränen an. »Ich werde schweigen, aber *nur*, wenn du nicht Josef wählst.«

Eine Liebe für eine Liebe.

Alessa nickte. »Josef, bring sie nach Hause.«

Noch immer schluchzend ließ Nina sich von Josef zur Tür führen. Sein steinernes Gesicht verrutschte, als sie diese erreichten, und er warf einen letzten entschuldigenden Blick hinter sich.

»Also, wie läuft das jetzt?«, fragte Kaleb an Alessa gewandt. »Du kannst Dante überhaupt nicht verletzen?«

»Doch, das kann ich, und das habe ich getan«, sagte Alessa. »Aber er ist sehr viel schwerer zu töten, und deshalb hat er mir geholfen, meine Macht zu kontrollieren. Er hat mir genauso geholfen, wie ich es euch erzählt habe, und noch mehr. Und ich denke, seine Gabe funktioniert vielleicht fast so wie ein … Ablassventil?«

Saida schnaubte laut. »Tut mir leid. Ich kann nicht anders.«

Alessa beachtete sie nicht. »Ich weiß nur, dass ich mich beim Üben mit ihm besser kontrollieren kann als bei euch anderen – Saida, *hör auf* zu lachen. Es war außerordentlich hilfreich, und ohne ihn würde es euch allen sehr viel schlechter gehen.«

Kaleb umkreiste Dante. »Ein echter lebender Ghiotte, ja? Ich dachte immer, ihr hättet Hörner. Enttäuschend.«

»Finestra«, sagte Saida. »Ich glaube nicht, dass Kamaria in einem Zustand ist, in dem sie kämpfen kann, also bleiben ich oder Kaleb übrig. Wen wählst du?«

Stunden später war die Bibliothek sauber geschrubbt, und nur ein Fonte blieb noch in der Cittadella. Die anderen hatten sich tränenreich verabschiedet und versprochen, zur Zeremonie am nächsten Tag zurückzukehren.

Am Ende hatte es nicht wirklich eine Wahlmöglichkeit gegeben. Sie war niemals in der Lage gewesen, Saidas Gabe gut zu nutzen, und da Kamaria nicht stehen konnte, war Kaleb der

Einzige, der übrig blieb. Er war blass geworden, aber er akzeptierte es gnädigerweise, verbeugte sich und sprach über Ehre und Pflicht. Saida war in Tränen ausgebrochen, während Kamaria auf der Lippe gekaut und wie ein Mensch ausgehen hatte, der versuchte, nicht zu weinen.

Alessa und ihr Partner traten nach draußen auf den Balkon, um der Menge zuzuwinken.

Viele Tausend Menschen, die ihre beste Kleidung trugen, strömten durch die Straßen wie ein mischfarbiger Fluss, von der Cittadella durch die ganze Stadt bis hinunter zu den Stadttoren und darüber hinaus. *Alle* waren zum Carnevale eingeladen, sogar die Gezeichneten. Ein letzter Tag für alle Saveriones, das Beste zu genießen, was das Leben zu bieten hatte, bevor die Tore und die Fortezza geschlossen wurden und sie draußen blieben. Die Gesichter der Anwesenden glühten vor wilder Entschlossenheit, die Nacht zu genießen. Es gab keine bessere Feier als das letzte Hurra vor einer Schlacht.

Alessa winkte, bis ihr der Arm schwer wurde und die Jubelrufe genügend verklungen waren, sodass der Großmeister den Beginn der Festlichkeiten erklärte und die Menge entließ. Erneut war Gebrüll zu hören, als die Menschen von Saverio ihre Masken aufsetzten, sich von ihren Rettern abwandten und loszogen, um sich wichtigeren Angelegenheiten zu widmen, wie beispielsweise zu leben.

Wenn am nächsten Tag das Konfetti und der Müll weggeräumt sein würden, würden Alessa und Kaleb vor Dea und den Augen der Kirche vereint werden, für immer durch die gemeinsame Pflicht und Verantwortung miteinander verbunden. Bis Divorando würde er ihr ständiger Begleiter sein, ihr Partner auf jede Weise, die zählte, bis sie zusammen dem Tod gegenübertraten und hoffentlich ihre Heimat vor der Vernichtung retteten.

»Hervorragend«, sagte Renata, die bei der Tür, doch noch im Zimmer stand. »Das ist wunderschön gelaufen. Jetzt lasse ich euch beide allein. Aber vorher ...« Sie wirkte eindeutig so, als wäre ihr unbehaglich. »Ich sollte euch wahrscheinlich daran erinnern, dass Dea genug Verstand besaß, dafür zu sorgen, dass die reguläre Nutzung der Gabe einer Finestra wirksam eine Schwangerschaft verhindert. Aber wenn Divorando vorbei ist, werdet ihr, ähm, andere Methoden finden müssen.«

Kaleb warf Alessa einen hektischen Blick zu. Sie biss sich auf die Knöchel, um nicht zu lachen, und verdrehte kurz die Augen, während sie ihn ansah. Das schien ihn ein bisschen zu beruhigen, aber seine greifbare Erleichterung darüber, dass die magische Nebenwirkung ihrer Macht irrelevant für ihre Beziehung sein würde, machte es ihr umso schwerer, nicht zu lachen. Als Kampfgefährte erfüllte Kaleb die meisten Kriterien. Als *Liebhaber*? Nicht so sehr.

Abgesehen davon war ihr Herz schon vergeben.

Dante wartete drinnen. Das Feuerwerk überzog sein Gesicht mit den verschiedensten Farben, während Musikanten draußen ihre Instrumente aufnahmen und eine lebhafte Melodie sich mit dem Lachen, Wunderkerzen und den Jubelrufen verband.

Das verlegene Trio musterte einander, während Renata die Suite verließ.

»Hat sie gerade gesagt – «, setzte Kaleb an.

Alessa gab ein schnaubendes Lachen von sich. »Ja, Kaleb. Jede Finestra und ihr oder ihre Fonte sind zeitweise unfruchtbar, solange sie ihre Gabe regelmäßig benutzen. Dea ist nicht dumm, denn gleichzeitig gegen Morgenübelkeit *und* Scarabei kämpfen zu müssen, wäre ein bisschen schwierig, findest du nicht?«

Dante betrachtete eingehend den Fußboden.

»Huh«, sagte Kaleb. Er nickte nervös, wippte dann im gleichen Rhythmus mit dem Bein. »Nun, es ist gut zu wissen, aber andererseits war es nicht nötig, dass ich das erfahre. Ich wünschte mir sogar, ich könnte vergessen, dass das passiert ist.«

Alessa kicherte. »Du solltest zum Carnevale gehen, Kaleb.«

»Was?«, stotterte Kaleb. »Das kann ich nicht.«

»Wieso nicht?«, fragte sie. »Die meisten Leute tragen Masken oder haben bemalte Gesichter. Niemand muss es erfahren. Es mag zwar keine normale Hochzeit sein, aber jeder Junggeselle sollte vorher eine letzte Nacht in der Stadt haben, ehe er sich bindet.«

Und jede Braut verdiente einen Abend mit dem Mann, den sie liebte, bevor sie sich einem anderen versprach.

Kaleb winkte kurz, dann lief er zur Tür, rief ihr noch einen Dank über die Schulter zu.

Dante starrte zum purpurnen Himmel. »Sie werden die Stadt niederbrennen, wenn sie noch ein paar von den großen anzünden.«

»Eine Möglichkeit, sich auf das Positive zu konzentrieren.« Alessa trat hinter ihn und riskierte es, ihre Stirn zwischen seine Schulterblätter zu legen. Ihre Hände glitten um seine Taille.

Dante bedeckte ihre Hände mit seinen und nickte in Richtung der Wand, an der ein Dutzend glitzernde Masken hingen. »Was haben die Masken überhaupt für einen Sinn?«

»Meine Mutter sagte, sie sind dazu da, dass Leute die Partner von anderen Leuten küssen und so tun können, als wäre es ein Versehen.«

Er lachte. »Such dir eine aus. Ich möchte sehen, wie du damit aussiehst.«

»Sie sind *unbezahlbar*. Ordinationsgeschenke von früheren Carnevale-Meistern.«

»Wer wäre dann besser geeignet, eine zu tragen?« Er löste sich aus ihren Armen und nahm eine rote Maske mit geschwungenen schwarzen Hörnern herunter, die mit Gold bestäubt war. Er drehte sich zu ihr um und hielt sie sich vors Gesicht. »Wie sehe ich aus?«

»Wie ein rachsüchtiger Dämon.«

Er traf seine nächste Wahl – hellblau und silbern, mit Rändern, die wie Flügel geschwungen waren – und wiegte sie in den Händen. »Dann schätze ich, dass du die gesegnete Retterin bist.«

Etwas hing in der Luft, eine Endgültigkeit, die sie nicht ignorieren konnte. Morgen würde er weggehen. Sie hatte ihn nicht noch einmal gefragt, ob er Zuflucht in der Fortezza suchen würde, aus Angst, dass sie seine Antwort bereits kannte.

Selbst wenn sie Saverio retten würde, gab es keine Gewissheit, dass sie beide noch am Leben sein würden, wenn es vorbei war.

Dantes Augen glänzten, als er ihr eine Maske hinhielt. »Was meinst du, Finestra? Eine unbekümmerte Nacht, bevor du die Welt rettest?«

37

Contro l'amore e la morte non vale essere forti.
Gegen Liebe und Tod zu kämpfen ist nutzlos.

Tage bis Divorando: 14

Die Luft war vom Geruch nach Knoblauch und Wein ge-
schwängert und so dick, dass man sie förmlich schmecken
konnte, als Alessa und Dante sich eine breite Straße entlang
vorbei an etlichen Bistros und Bars schlängelten. Menschen
lachten und lächelten unter schief sitzenden Masken, umarm-
ten alte und neue Freunde. An einer Straßenecke schmetterte
eine Opernsängerin eine Arie, während daneben farbenpräch-
tige Salsatänzer herumwirbelten und einen Block entfernt eine
Mariachi-Band ein altes Lieblingsstück spielte. Eigentlich hätte das alles zu einer wüsten Kakophonie führen müssen, aber
irgendwie vermischte sich der vielstimmige Lärm zu einer
perfekten Mischung aus fröhlichem Jubel und Trubel. Alessa
schwelgte in der wilden Freude und der verzweifelten Liebe,
die überall um sie herum waren.

Dante ging neben ihr her; er trug die gleiche Kleidung, die
er angehabt hatte, als sie sich das erste Mal begegnet waren –
eine abgetragene lohfarbene Hose und ein leicht ausgefranstes
weißes Hemd. Sie hatte versucht, sich ihm so gut wie möglich
anzupassen, trug einen schlichten rosafarbenen Rock, leichte
Schuhe mit Ledersohlen und eine elfenbeinfarbene Bluse mit

Glockenärmeln. Zwei Männer in weißen Gewändern gingen an ihnen vorbei, ohne dem jungen maskierten Paar einen Blick zuzuwerfen. Es gab keinen Grund zu vermuten, dass sie die steife, zugeknöpfte Finestra war, die auf aufwendigen Galas glitzernde Gewänder trug.

Dante schnappte sich ein Stück Chiacchiere von einem vorbeigetragenen Tablett, rief dem Träger, der sein traditionelles Karnevalsgebäck bereits dem nächsten glücklichen Empfänger hinhielt, seinen Dank zu. Dante brach den frittierten Teigstreifen in zwei Hälften und hielt sie Alessa hin, sodass sie sich eine nehmen konnte.

Noch bevor der Geschmack von Zitronenzesten und Mandarinetto-Likör ihre Zunge traf, lief ihr bereits das Wasser im Mund zusammen. Ihre Lippen berührten Dantes Fingerspitzen, und sie fühlte sich versucht, dort länger zu verweilen, aber herumwirbelnder Puderzucker kitzelte ihr in der Nase, und sie wich zurück und nieste.

Sie rückte ihre Maske zurecht und bedeutete ihm, ihr zu einem Stand auf der anderen Seite der Straße zu folgen, wo in einer abgegrasten Etagere drei halb geschmolzene Klumpen Schokolade dabei waren, sich in Pfützen zu verwandeln. Sie nahm sie alle.

»Seide ist nicht billig.« Dante zog ihr einen ihrer Handschuhe aus und legte ihr die Schokoladen in die leere Handfläche. »Welche ist meine?«

Sie schob sich eine in den Mund. »Wer hat gesagt, dass irgendwas davon für dich ist?«

Da die Hälfte seines Gesichts von der Maske verdeckt war, konnte man ihr kaum einen Vorwurf dafür machen, dass ihr Blick immer wieder zu seinem Mund wanderte.

Dante zog sie zurück, bevor sie gegen einen laut grölenden betrunkenen Mann laufen konnte, packte ihr Handgelenk, um sie zurückzuhalten – zumindest dachte sie das. Denn stattdessen berührten Lippen ihre Handfläche mit einer Wärme, die sie bis in die Zehen spürte. Und dann noch einmal, und beide Schokoladen waren weg. Er grinste wie der Wolf, der er zu sein pflegte.

Zwei Tänzer stießen gegen sie, bevor sie wegen seines Diebstahls mit ihm schimpfen konnte, und der Aufprall führte dazu, dass sie in seine Arme stürzte.

Ihre Blicke trafen sich, ihr stockte der Atem, sie beugte sich zu ihm, bereit zum Tanzen, zum Küssen, zum –

Dante hielt sie eine Armeslänge von sich weg. »Alles in Ordnung?«

Nein, denn du hast eine Gelegenheit vergeben, mich zu küssen, und du wirst morgen weggehen, damit ich jemand anderen heiraten kann, jammerte sie in Gedanken.

Laut sagte sie: »Du bist ein schrecklicher Verführer«, und saugte mit gespitzten Lippen einen Fleck Schokolade von einem Finger.

»Wer verführt jetzt gerade wen?« Als sie die Glut in seinen Augen sah, begriff Alessa den Sinn des Wortes *glühen* zum ersten Mal richtig.

Sie blinzelte durch ihre Wimpern hindurch zu ihm hoch. »Wenn du nett fragst, bin ich ganz dein.«

Er verschluckte sich an nichts und hustete.

»Ihr seid es *wirklich*!«, lallte eine laute Stimme.

Dante rempelte den großen Jungen an, der auf sie zugetaumelt kam – nicht, um ihn zu verletzen, nur, um ihn aufzuhalten –, aber er brauchte so oder so eine Minute, um sein Gleichgewicht wiederzufinden.

»Tut mir leid.« Kalebs weiße Zähne blitzten unter seiner Jademaske. »Hatte nicht erwarten – erwartet –« Er hielt inne. »Hatte nicht *erwartet*, euch hier zu sehen, aber ich werde es niemandem erzählen. Sehe ich heroisch aus?« Er drapierte einen scharlachroten Stoffstreifen über seine Schultern und warf sich in Pose. »Brauchte das richtige Outfit.« Bei seinem Versuch, klar und deutlich zu sprechen, biss er die Konsonanten ab, und die Verbindung seiner verschwommenen Sprache mit der lächerlichen Pose brachte Alessa dazu, haltlos zu kichern.

»Absolut«, sagte sie. »Wir sind voller Ehrfurcht.« Sie wollte ihn wegscheuchen und vergessen, dass *dies* der Junge war, den sie am nächsten Morgen heiraten würde, und nicht der an ihrem Arm. Aber als Kaleb die Pose fallen ließ, wirkte er so verlegen, dass sie es nicht übers Herz brachte, ihm nahezulegen wegzugehen.

»Zweifelhaft«, sagte er. »Ich war ein richtiger Arsch, aber ich werde es besser machen.«

Dante wandte sich ab und tat so, als würden die Festlichkeiten seine ganze Aufmerksamkeit beanspruchen.

»Es ist niemals zu spät, das zu werden, was du sein willst, Kaleb«, sagte Alessa. »Ich muss das wissen.«

»Vielleicht kannst du's mir beibringen«, entgegnete er. »Wir sind Partner, stimmt's?«

»Das stimmt.«

»Hier draußen gibt es aber viel mehr Spaß.« Kaleb wedelte mit der Hand in der Luft herum, und Dante fing eine Statuette auf, die er dabei umgestoßen hatte.

»Genieß den Abend, Kaleb«, sagte Alessa. »Nur versuche, morgen früh wieder nüchtern zu sein. Ich möchte, dass du dich später daran erinnerst. Und trink immer mal wieder Wasser.«

Kaleb salutierte etwas wackelig und riss sie in eine lockere, unbeholfene Umarmung, bei der er den Kopf schief hielt, damit ihre Gesichter sich nicht berührten.

»Deine Freunde haben dich zurückgelassen«, sagte Dante,

löste Kaleb von Alessa und drehte ihn mit einer festen Hand auf seiner Schulter in eine andere Richtung. »Wie wäre es, wenn du sie einholst, hm?«

Kaleb schwankte davon, und Dante und Alessa gingen allein weiter die Straße entlang. Hin und wieder blieben sie stehen, um Tänzern beim Herumwirbeln und Absenken zuzusehen, Münzen in das Kästchen eines Mandolinenspielers zu werfen und über ein Puppenspiel zu lachen, bei dem eine Miniatur-Finestra unter dem Jubel der Menge einen ausgestopften Scarabeo zu Tode prügelte.

»Wenn es nur so einfach wäre«, flüsterte sie.

»Vielleicht wird es das sein.«

»Das hoffe ich«, sagte sie und versuchte, den Anblick all der fröhlichen Gesichter in sich aufzusaugen.

Auf den Straßen herrschte ein solches Gedränge, dass sie sich kaum durch die ausgelassene Menge hindurchschlängeln konnten. Herausgeputzte Stadtbewohner verteilten Getränke an Raubeine vom Hafen, und staunende Dorfbewohner kamen mit rauflustigen Seeleuten zusammen, lauschten entzückt den Geschichten von Siedlern, die vom Kontinent zurückgekehrt und an ihrer schlichten, aus der Mode gekommenen Kleidung und einer allgemeinen draufgängerischen Ausstrahlung leicht zu erkennen waren. Man musste ein besonderer Typ Mensch sein, um freiwillig auf Saverios Annehmlichkeiten zu verzichten und auf den übel zugerichteten Kontinent zu ziehen. Alessa ging langsamer, als sie an ein paar Leuten vorbeikamen, die gerade Lachtränen vergossen. Eine Frau in einer ärmellosen Tunika mit von langen Tagen unter der Sonne gebräunter Haut stand vor ihnen und gab eine Geschichte zum Besten, die damit endete, dass sie nachspielte, wie ihr Partner nach zu vielen Gespenstergeschichten in den Ruinen in einen uralten Kanal gestürzt war.

Dante kicherte, aber Alessas Lachen verklang rasch. Je länger der Kampf dauern würde, desto mehr Menschen würden sterben. Soldaten, die Gezeichneten und ihre Kinder, die zu jung waren, um ohne sie die Fortezza zu betreten. Die farbenfrohen, lebhaften Straßen würden sich schon bald in ein Schlachtfeld verwandeln, und sie war ihre letzte Verteidigungslinie.

»Hier entlang«, sagte Dante.

Er verschränkte seine Finger mit ihren und zog sie mit sich, während er sich einen Weg durch die Feiernden bahnte. Sie sah nichts als Rücken und Brustkörbe, und im Zentrum von allem war Dantes sicherer Griff und sein zuversichtlicher Schritt, während er die Menge mit seinen breiten Schultern und einer natürlichen Aura der Autorität teilte. Sie entkamen der Menschenmenge, als er sie in eine so schmale Gasse führte, dass er ihre Hand loslassen musste.

Sie konnte nicht widerstehen.

Als sie stehen blieb, drehte Dante sich zu ihr um, und sie machte eine Schau daraus, die Gasse zu mustern und mit den Augenbrauen zu wackeln.

»Ich verspreche«, sagte er lachend, »es gibt bessere Orte als Gassen.«

Schon bald breitete sich das wogende Meer vor ihnen aus, so herrlich im letzten Licht des Sonnenuntergangs, dass sie kaum glauben konnte, dass in der gleichen Welt irgendetwas Grausames und Hässliches existieren könnte.

Sie waren nicht die einzigen Carnevale Feiernden, die diese Idee hatten, und sie wandte den Blick von den Paaren ab, die hier und da den Sand sprenkelten. In ihrer Brust wuchs eine Sehnsucht.

Seine Gestalt und seine Bewegungen erzeugten hundert Bedürfnisse in ihr, die sie nicht haben durfte. Und ganz egal, was am nächsten Morgen oder an Divorando passieren würde – sie wusste, dass sie niemals vergessen würde, dass seine Stimme bei zunehmender Müdigkeit rauer wurde oder wie sich die Haut um die Augen kräuselte, wenn er versuchte, nicht zu lachen, oder dass er für jede Gelegenheit einen lächerlichen Spruch parat hatte.

War es irgendwie hilfreich, von einem Leben nach der Schlacht zu träumen, in dem Deas Finestra und Crollos Ghiotte bis ans Ende ihres Lebens glücklich und zufrieden waren?

Die Felsbrocken wurden zu Kieseln, und die Kiesel wurden zu Sand. Dante wartete, während sie die Schuhe auszog, die Zehen in den Sand grub, dessen Wärme langsam nachließ. Das Meer brachte sie zum Schweigen, derweil oberhalb von ihnen die Stadt sang. Alessa versuchte, mit ihm Schritt zu halten, und ließ dabei die Schuhe von den Fingern baumeln.

Sie wurden gleichzeitig langsamer, rückten immer näher zusammen, bis sich ihre Handrücken bei jedem Schritt berührten.

Ohne sich richtig zu berühren, blieben sie stehen und blickten aufs Meer hinaus. In der Mitte durchbrachen die zerklüfteten Umrisse eines fernen Ufers den Horizont, ein Gipfel höher als alle anderen. Dort machten sich genau in diesem Moment Dämonen auf ihren unaufhaltsamen Weg an die Oberfläche.

»Es ist schwer zu glauben, dass etwas so Wunderschönes so tödlich sein kann, oder?«, fragte sie.

Sie drehte sich um und stellte fest, dass er sie und nicht das Meer anstarrte.

»Ja«, sagte er weich. »Schwer zu glauben.«

Sie hielt seinen Blick fest. Kein spöttisches Neigen ihres Kopfs und kein herausfordernder Blick. Keine Witze. Nur ein Mädchen, das darauf wartete, von einem Jungen geküsst zu werden.

Und das tat er.

Das Meer seufzte mit ihnen, als hätte es ebenfalls gewartet. Dante strich mit seinen Lippen über ihre, leicht und fragend. Als wäre sie einfach nur ein Mädchen und er einfach nur ein Junge, und die Welt würde nicht in Kürze enden, und sie würde nicht am nächsten Tag jemand anderen heiraten.

Hitze köchelte, wartete aber geduldig, denn in diesem Moment ging es nicht um Hitze, sondern um Wärme. Nicht um Eile, sondern um langsame Süße. Gewissermaßen ein Sich-Vorstellen. Sie kannte ihn, und er kannte sie, doch in ebenjener Hinsicht kannten sie einander nicht.

Als er seine Stirn an ihre legte, sprach niemand von ihnen. Das sanfte Schlagen ihres Herzens und das Streicheln seines Daumens über ihre Handfläche sagten alles, was Worte nicht auszudrücken vermochten.

Es tut mir leid.

Ich werde dich vermissen.

Ich hoffe.

Ich will.

»Bring mich nach Hause«, sagte sie. »Ich möchte ein letztes Mal mit dir einschlafen.«

Er drückte ihr einen langen Kuss auf die Lippen, bevor er ihre Hand nahm.

Eine letzte Nacht.

Ihr Zimmer hatte noch nie so klein gewirkt, ihr Bett nie so groß. Alessa kaute auf ihrer Lippe, während Dante seine Schuhe von den Füßen stieß, dann blickte er stirnrunzelnd auf den Fußboden, ohne Schuhe, aber ansonsten vollständig angezogen.

Großartig. Keiner von ihnen wusste, was sie als Nächstes tun sollten. Nun ja, sie vermutete, dass Dante schon *etwas* darüber wusste, was jetzt kam, aber der direkte nächste Schritt schien sie beide durcheinanderzubringen.

Dante rieb sich den Nacken. »Als du gesagt hast, dass du schlafen willst …«

»Ich meinte nicht schlafen«, sagte Alessa rasch. »Ich meine, ich will auch schlafen, aber –«

Er trat näher und fuhr mit dem Daumen über ihren Wangenknochen. »Du siehst gerade *sehr* pink aus.«

»Du solltest das eigentlich nicht bemerken.« Sie stellte sich auf die Zehenspitzen, aber sie konnte ihn immer noch nicht erreichen. »Musst du so groß sein? Wie soll ich dich dann küssen können?«

»Klettern?« Er beugte sich mit einem Lachen zu ihr, um sie zu küssen.

»Spürst du es immer noch?«, fragte sie plötzlich befangen.

Dante legte den Kopf schief. »Du musst etwas genauer werden.«

»Meine … meine Gabe. Wie fühlt es sich jetzt an, wenn ich nicht versuche, sie bei dir zu benutzen?«

»Lass sehen.« Er hob ihr Kinn, und seine Lippen fanden ihre, langsam, als könnte er eine Nacht so dehnen, als wäre sie ein ganzes Leben. Sie reagierte sofort, und seine Hände umfingen ihre Taille. Seine Küsse vertieften sich, bis er sie mit der Dringlichkeit eines Mannes küsste, der hoffte, dass es niemals Morgen werden würde. Dann zog er sich zurück, außer Atem. »Wie war noch die Frage?«

»Hmm?« Alessa blinzelte benommen.

Er biss sich auf die Lippe, wirkte ziemlich zufrieden mit seiner Wirkung auf sie. »Ich spüre immer noch dieses … Schnurren … oder wie immer du es nennen willst. Aber ich glaube, es gefällt mir.«

»Du glaubst es?«

Er antwortete mit einem weiteren Kuss. Unmissverständlich.

Sie hätte ein ganzes Leben damit verbringen können, seine Lippen zu genießen, den Tanz seiner Zunge, den Atem, der zwischen ihnen hin und her ging, als wäre er die einzige Luft, die es in der Welt noch gab, und ohne die sie beide sterben würden. Sie wollte sich Zeit lassen, jeden faszinierenden Teil von ihm zu erforschen, aber ihre Hände waren ungeduldig, und nachdem sie erst den Streifen nackter Haut zwischen seiner Hose und seinem Hemd gefunden hatten, glitten sie darunter. Sein Bauch bestand aus glatter Haut und straffen Muskeln, aber seine Lippen waren voll und weich.

Seine Finger umfassten ihren Hintern, zogen sie zu ihm hin, und sie schmolz dahin. Ihre Weichheit gab den harten Flächen seines Körpers nach. Als seine Hand ihre Brust berührte, vergaß sie, wie man atmete. Sie weigerten sich, einander loszulassen für die Zeit, die es dauerte, zum Sofa zu gehen, und taumelten stattdessen in einem Durcheinander aus Armen und Beinen dorthin.

Sie sah durch ihre Locken auf ihn hinunter, küsste den Dreitagebart an seinem Kinn, seine Lippen, seinen Hals, und schwelgte im heiseren Geräusch seines Atems. Nachdem er sie dreimal gerade noch rechtzeitig aufgefangen hatte, ehe sie von ihm herunterfiel, rollte er sich mit ihr herum. Sie schlang ihre Arme und Beine um ihn, sodass er sie hochhob, als er aufstand, und gegen ihren Hals lachte, während er sie zum Bett trug.

»Ich weiß, dass sie sagen, diese Röcke wären für Saverios Treppen gemacht«, murmelte Dante und verstreute Küsse auf ihrem Bauch. »Aber ich muss glauben, dass irgendwer an *das hier* gedacht hat.«

Er küsste sie durch den Stoff hindurch. Sein Atem wärmte die nackte Haut ihres Oberschenkels, und die Welt verblasste in samtweicher Dunkelheit und Sehnsucht. Und während ihre Hände in seinen Haaren wühlten, bat sie Dea stumm, dies eine Ewigkeit lang währen zu lassen, doch dann nicht ganz so stumm.

Aber Dante, der Liebhaber, war wie Dante, der Kämpfer, fest entschlossen, alle ihre Schwächen zu finden, und das tat er, bis sie sich gegen ihn krümmte und der Atem zitternd aus ihr entwich.

Sie war schlaff, erschöpft, weich und müde, als er sich neben sie legte und sie an sich zog, ihre Stirn küsste, ihre Augenlider, ihren Hals – alles, was er erreichen konnte. Sie schmiegte sich an ihn, flüsterte an seinem Hals.

»Bist du dir sicher?«, fragte er.

Das war sie. So sicher, wie sie überhaupt jemals über irgendetwas gewesen war. Sie kniete sich hin und zog ihre Bluse über den Kopf. Der Mond versilberte ihren Körper, bis er ganz und gar nicht mehr wie ihrer aussah, und Dante war so verblüfft, dass er sich nicht rührte. Mit ihrem Rock war es schwieriger, aber das schien ihn aus seiner ehrfürchtigen Trance zu reißen. Er löste die Haken mit einer knappen Bewegung seines Handgelenks und warf ihn auf den Boden, und sie war nackt und nur ein bisschen befangen vor ihm, während er sie anblickte.

Es lag also ganz bei ihr. Ein Lächeln spielte um ihre Lippen, als sie ihn drängte, die Arme zu heben, und sie ihm mit einiger Mühe das Hemd auszog. Es landete auf dem Boden, und sie blinzelte, fummelte an den Knöpfen seiner Hose herum. Ihre Hand glitt hinein, aber als er ein unterdrücktes Geräusch von sich gab, riss sie sie sofort wieder zurück. »Nein«, sagte er mit einem abgehackten Lachen. »Das ist ein guter Schmerz.«

Sie ließ sich Zeit, ihn auszuziehen, als würde sie ein lang erwartetes Geschenk auspacken, riskierte, dass er befangen war, aber das war er nicht. Sein Selbstvertrauen war berechtigt. Die ausgeprägten Muskeln, die sie bewundert hatte, als er noch ein

Fremder gewesen war, waren jetzt – wo er alles andere als das war – aus der Nähe sogar noch betörender.

Selbst als ihre Gedanken sich auflösten, entschied Alessa, dass Dea bestimmt besonders viel Zeit und Mühe aufgewendet haben musste, um Dante zu erschaffen, denn sie konnte nicht einen einzigen Fehler an ihm finden. Allerdings wäre es für sie auch kein Fehler gewesen, wenn er einen gehabt *hätte*. Dennoch, jede Linie und jede Fläche, jeder sich abzeichnende Knochen und dünne Muskel, war noch perfekter als der andere. Für ihre Augen, ihre Hände.

Dante ließ zu, dass sie ihn erforschte, bis er es nicht länger aushielt. Dann rollte er sie mit katzenhafter Anmut unter sich.

Irgendwie schien jede Sekunde ihres Lebens zu dem Augenblick geführt zu haben, da er sich über ihr niederließ. In der kurzen Zeit, die sie ihn kannte, hatte sie gelernt, auf eigenen Beinen zu stehen, Raum einzunehmen und sich selbst zu lieben, aber sie musste immer noch so viel lernen, angefangen damit, was es bedeutete, mit jemandem zusammen zu sein, wenn auch nur vorübergehend. Sie gab ein leises Geräusch von sich, als der erste Schmerz sie durchzuckte, und er hörte auf, beruhigte sie mit langsamen Küssen, bis sie ihn bat, weiterzumachen. Er stöhnte, und ihr stockte der Atem. Sie riss die Augen auf. »Habe ich dir wehgetan?«

»Das ist –« Er hörte auf zu atmen. »Das ist *meine* Frage.«

Es schien nicht angemessen zu sein zu lachen, aber seine Augen lächelten, also war es womöglich doch nicht so ungewöhnlich, in einem solchen Moment zu lachen, oder vielleicht war es das trotzdem. Allerdings kümmerte es sie nicht – und bevor sie es entscheiden konnte, spannten sich seine Hüften an, und sie vergaß die Sache mit dem Lachen vollkommen.

Sie konnte spüren, wie viel Anstrengung es ihn kostete, sich zu kontrollieren, aber seine Lippen waren sanft und drängend, und nach und nach entspannte sie sich. Und dann war kein Schmerz mehr da, oder nur noch als kurzes Aufblitzen. Die winzigen Schmerzen wurden jedoch beinahe sofort durch seine Gabe verbannt. »Ich kann nicht –«

Sie brachte ihn mit einem Kuss zum Verstummen, drängte ihn wortlos weiter. Sie würde – konnte – den Höhepunkt nicht noch einmal erreichen, aber es spielte keine Rolle. Sie wollte ihn beobachten, sich seinen Gesichtsausdruck einprägen.

Als er sich entspannte, so schlaff und schwer, dass sie dachte, er wäre eingeschlafen, fuhr sie mit den Fingernägeln an seinem Rücken auf und ab, rieb ihre glatte Wange an seiner rauen.

Sie hatte ihm das gegeben. Endlich einmal hatte ihr Körper – ihre Berührung – gemeinsame Lust bereitet, keinen Schmerz. Die Macht war so lange etwas Schlechtes gewesen, das sie hatte unterdrücken, kontrollieren und fürchten müssen. Aber das hier ... *das* hier war auch Macht. Die Macht zu geben, sich zu verbinden, die Gedanken und Gefühle mitzuteilen, für die sie keine Worte besaß.

Fünf Jahre lang hatte man ihr gesagt, dass sie ein Fenster zum Göttlichen sei, und als sie Dantes Gesicht musterte, glaubte sie es zum ersten Mal.

Seine Muskeln traten hervor, als er sich anspannte, um von ihr wegzurücken. Sie wimmerte protestierend und klammerte sich an ihn.

Er hob den Kopf und küsste ihre Nase. »Ich werde dich erdrücken.«

»Dann werde ich glücklich sterben.«

Er rollte sich auf die Seite, zog sie mit sich und legte ihren Kopf auf seine Brust. »Du kannst heute Nacht nicht sterben. Du musst die Welt retten.«

Der Augenblick war zu kostbar, um ihn mit Zweifeln und Ängsten zu belasten, daher schmiegte sie sich noch tiefer in seine Arme, während er leise in der alten Sprache süße Worte gegen ihre Stirn murmelte. Manche Dinge brauchten keine Übersetzung.

Sie erwachte in völliger Dunkelheit und zu einem kühlen Luftzug anstelle von Dantes Wärme. Sie streckte die Hand nach ihm aus, und ihre Fingerspitzen fanden seinen Rücken. Er saß auf der Bettkante.

»Komm zurück zu mir«, flüsterte sie.

Während sie geschlafen hatte, waren die Wolken aufgezogen, deshalb fand ihr zweites Mal nur mit Berührungen, Schmecken und Hören statt. Küsse hinterließen Hitzespuren, und gemurmelte Worte, die eigentlich keine Worte, sondern Gefühle waren, formten sich zu Seufzern, die sich zwischen geöffneten Lippen vermischten.

38

A gran salita, gran discesa.
Je höher der Aufstieg, desto tiefer der Fall.

Tage bis Divorando: 13

Alessa hätte dafür gesorgt, dass die Nacht ewig währte, wenn sie gekonnt hätte, aber sie erwartete, dass die Sonne am Morgen aufgehen würde.

Das tat sie allerdings nicht.

Der Himmel draußen war dunkel und ihr Bett leer, als sie aufwachte. Nur verknäulte Bettdecken befanden sich neben ihr. Sie tastete nach der Lampe, zog zu heftig an der Kordel und musste sie rasch packen, damit sie nicht umfiel.

Dante saß auf dem Sofa.

»Komm wieder ins Bett«, sagte sie. »Es ist immer noch dunkel.«

»Es ist Morgen«, erwiderte er. »Eigentlich. Einen schönen Hochzeitstag.«

Die Wanduhr bestätigte, dass die Zeit, zu der die Sonne hätte aufgehen sollen, längst vorbei war. Crollo hatte ihr einen ganzen Tag Dunkelheit zur Hochzeit geschenkt.

Dante ließ ein Bad für sie ein, und sie überredete ihn, ihr darin Gesellschaft zu leisten. Sie lehnte sich an seine Brust und sah zu, wie Bläschen an die Oberfläche traten und Wellen die Konturen ihrer nackten Beine verzerrten. Dantes waren zu lang für die Wanne, und seine Knie ragten beiderseits von Alessas Hüfte wie goldene Inseln aus dem Wasser. Er badete sie mit der Ehrerbietung eines Getreuen, und dieses Mal akzeptierte sie es als etwas, das ihr zustand.

»Neig den Kopf«, sagte er und hielt die zu einer Schüssel geformten Hände über sie.

Alessa schloss die Augen, während er die Seifenlauge wegspülte. Sie fuhr mit trägen Fingern über seine muskulösen Oberschenkel, spielte mit den dunklen Haaren. Sein Atem wurde unruhiger, aber – ganz Dante – er weigerte sich, sich von seiner Aufgabe ablenken zu lassen. Nachdem er sie wieder eingeseift hatte, nahm er ihre Hände in seine, massierte ihre Handflächen mit seinen Daumen, während seine Finger glitschig und glatt zwischen ihren hin und her glitten.

»Meine Familie hatte eine Obstwiese«, sagte Dante. »Direkt beim Strand. Anfangs hat es mich beunruhigt. Dass du eine Fremde warst und zugleich nach zu Hause gerochen hast.«

Er arbeitete sich die Arme hoch zu ihren Schultern, knetete ihre angespannten Muskeln zuerst sanft, dann mit mehr Druck.

»Und jetzt?«

Dantes Hände glitten weiter zu ihrem Schlüsselbein, und sie neigte den Kopf zu einer Seite.

Seine Lippen strichen über die errötete Haut an ihrer Schläfe. »Jetzt ist es vollkommen.«

Erst als ihre Finger wie Dörrpflaumen waren und das Wasser kalt, entzog Alessa sich seinen Armen.

Drei Hochzeiten. Aber dieses Mal war es anders.

Als kleines Mädchen war sie einmal gebeten worden, das Blumenmädchen bei der Hochzeit einer Nachbarin zu sein. Sie hatte sich darüber gewundert, wie viele Leute sich um die Haare der Braut gekümmert und ihren Schmuck abgestimmt hatten, ihr gesagt hatten, wie wunderschön sie aussah. Seither hatte Alessa von dem Tag geträumt, an dem sie im Zentrum von all dem stehen würde, umgeben von Liebe und Aufregung.

Stattdessen hatte sie sich für drei Hochzeiten allein angekleidet.

Und jetzt, an einem Tag, an dem die Sonne nicht scheinen wollte, knöpfte Dante ihr cremefarbenes und diamantenbesetztes Kleid zu. Als sie es in der Nacht der Gala zum ersten Mal getragen hatte, war sie einem mürrischen Fremden entgegengetreten, der sie voller Verachtung angesehen hatte. Jetzt stand er hinter ihr, schob die losen Locken mit schmerzhaft vertrauten Händen beiseite, um ihr einen Kuss in den Nacken zu drücken. Er machte kein Aufhebens um sie, und er sagte ihr auch nicht, dass sie wunderschön war. Das musste er gar nicht tun.

Der Mond hing wie ein stummer Wächter über der Stadt. Sie würde sich keine Sorgen machen müssen, dass sie über den Müll von Carnevale stolperte, auch wenn es dunkel war, denn diese Zeremonie würde nicht auf der Finestraspitze stattfinden.

Diese Hochzeit war noch in weiterer Hinsicht anders. Weniger Angst, mehr Hoffnung. Nicht die naive Hoffnung eines jungen Mädchens, sondern die Hoffnung, die aus Versuchen und Fehlschlägen und deren Überwindung resultierte.

Kaleb war kein Fremder. Er hatte ihre Berührung überlebt, und sie wusste, wie sie seine Macht nutzen konnte. Dieses Mal *würde* sie ihrer Bestimmung gerecht werden.

Gemeinsam würden sie sich der Dunkelheit entgegenstellen. Und danach würde ihr Traum knapp außer Reichweite liegen.

Dante saß auf dem Bett; er sah zu, wie sie sich mit ihren Make-up-Pinseln beschäftigte und zum dritten Mal die Wangen puderte.

Die Glocke läutete.

»Es ist Zeit für mich zu verschwinden«, sagte Dante.

Sie ließ den Pinsel fallen, um zu ihm zu gehen. »Du bleibst nicht zu meiner Hochzeit da?«

Er legte ihr einen Arm um die Taille und zog sie auf seinen Schoß. »Bitte mich nicht darum.«

Sie schmiegte ihr Gesicht in seine Halskuhle und atmete seinen Geruch ein. »Du weißt, dass es nicht diese Art von Heirat ist.«

»Du musst nicht im Bett von jemandem sein, um zu dieser Person zu gehören«, sagte Dante. »Meine Aufgabe hier ist beendet. Abgesehen davon bin ich immer noch ein Risiko. Wenn die Wahrheit über mich herauskommt, wird man euch beide der Mittäterschaft bezichtigen.«

Sie schluckte gegen den Kloß in ihrer Kehle an und schob ihm eine Locke hinters Ohr. »Wohin wirst du gehen?«

»Willst du mich aufspüren?«

»Wenn du mich lässt.«

»Alessa.« Er seufzte. »Es war uns nicht bestimmt, das hier zu haben, und wir sind ganz sicher nicht dazu bestimmt, noch mehr zu haben. Weder jetzt noch überhaupt jemals.«

»Ich sollte auch nicht Witwe sein. Du solltest gar nicht existieren. Vielleicht ist es dieses Mal *gewollt,* dass alles anders ist. Was ist, wenn Dea versucht, uns etwas zu sagen, wir nur einfach nicht mutig genug sind zuzuhören?«

»Und was würde sie uns sagen wollen? Dass ein Ghiotte und eine Finestra dafür bestimmt sind, aus Selbstsucht jedem Gesetz der Natur *und* der Himmel zu trotzen?«

»Es ist nicht selbstsüchtig.«

»Ich schwöre dir, meine Gefühle für dich sind *vollkommen* selbstsüchtig.« Er streichelte ihre Wange. »Du hast mir gesagt, dass ich besser sein soll, und ich versuche es, aber ich will dich nicht teilen. Ich habe mich nie zuvor in meinem Leben so selbstsüchtig gefühlt.« Er griff nach etwas und legte es ihr in die Hände.

Ein Buch.

Klein, in Leder gebunden, voller Sprichwörter und mit dem eingravierten Namen seiner Mutter.

»Für dich.« Er legte ihre Finger darum. »Als Erinnerung an mich.«

Alessa wollte all die Gedanken in ihrem Kopf und all die Gefühle in ihrem Herzen aussprechen, aber sie konnte das nicht tun, ohne zu weinen. Und sie würde ihn nicht wieder mit Tränen an sich binden.

Also akzeptierte Alessa einen letzten Kuss und wehrte sich nicht, als er sie hinstellte und für eine letzte Umarmung dicht an sich zog.

Sie sah nicht hin, als er die Suite verließ.

An dem Buch haftete immer noch seine Wärme, ein Stück Papier markierte die letzte Seite, die er gelesen hatte. Im Buch selbst hatte er unter der ursprünglichen Inschrift geschrieben:

Luce mia,
meine Mutter nannte mich ihr Licht, denn ich war ihres.
Und du bist meines.
Mit dir zusammen zu sein war ein Geschenk und eine Ehre.
– G. D. Lucente

Sie hielt sich den Mund zu, um das Schluchzen zu unterdrücken, als seine Worte jeden unvergessenen Kuss in ein stummes Lebewohl verformten. Sie war nicht bereit, loszulassen. Sie würde niemals bereit dazu sein. Wieso hatte sie ihn gehen lassen?

Ihr Herz schrie danach, ihm für einen weiteren Kuss, einen

letzten Blick nachzulaufen und ihn versprechen zu lassen, dass dieses Lebewohl nicht endgültig war.

Aber als sie die Tür aufriss, war Kaleb bereits dort.

Die Zeit war um.

»Bringen wir es hinter uns«, murmelte Kaleb. Er sah übernächtigt und erbärmlich genug für sie beide aus.

Sie schenkte ihm ein zittriges Lächeln.»Taktvoll wie immer.«

»Tut mir leid. Alte Gewohnheiten sind hartnäckig.«

Sie sagte ihm, dass er warten solle, und ging zurück ins Zimmer, um das Buch auf ihr Kopfkissen zu legen. Dante konnte nicht *für immer* gemeint haben. Sie musste das glauben. Sie öffnete es noch einmal, um einen finalen Blick hineinzuwerfen, auf die letzte Seite, die er gelesen hatte, und das Stück Papier, das sie für ein Lesezeichen gehalten hatte, fiel heraus.

Darauf stand in schlanken Schriftzügen ein Nachtrag:

PS: Wenn du meinen Namen immer noch wissen willst, betrachte ihn als Preis für eine erfolgreiche Schlacht.

Sie drückte das Papier an ihre Brust, vor Erleichterung benommen. Kein Lebewohl. Nicht für immer. Sofern sie die Welt rettete und einen Krieg gegen die Götter überlebte. Was ihre Motivation betraf, konnte sie sich keine bessere vorstellen.

Auf dem Weg zum Tempel sprachen sie und Kaleb nicht miteinander. Er wirkte völlig verschreckt. Und hatte einen Kater. Ein klischeehafter Bräutigam, trotz der eigenartigen Umstände.

Als sie den Tempel betraten, sahen Renata und Tomo sie aus der ersten Reihe an, zusammen mit dem gesamten Consiglio. Zu Alessas Überraschung saß Kamaria beim Altar, mit der Gitarre in der Hand, und spielte den Canto della Dea, um ihren Gang zu begleiten.

Es war mühsam, während der ganzen Zeremonie den Blick auf Kaleb zu richten, da Saida laut neben Josef schniefte und Kamaria eindeutig versuchte, nicht darüber zu lachen. Aber Alessa stand auf, wenn es ihr gesagt wurde, beugte während der Gebete den Kopf, rezitierte die Worte, die sie rezitieren musste, und lachte sogar – ein bisschen –, als Kamaria sich für ihr Gekicher einen finsteren Blick des Padre einfing.

Schon bald war es vorbei, und Kaleb lächelte. Ein kleines, nervöses Lächeln, aber dennoch ein Lächeln.

Bisher war Alessa nur dem Namen nach Finestra gewesen. Jetzt war sie es wirklich. Kaleb war ihr Fonte, und er würde in der Schlacht ihr Partner sein.

Tomo und Renata traten zu ihnen und gratulierten, sie überhäuften den Padre und die anderen Mitglieder des Consiglio mit Lob darüber, wie gut der Plan funktioniert hatte, und wie gut die Insel aufgrund ihres Scharfsinns beschützt werden würde.

»Geht jetzt«, flüsterte Renata ihnen leise zu. »Wir werden sie eine Weile beschäftigen, sodass ihr zwei verschwinden könnt.«

Je früher sie zum Training zurückkehren und ihre normale Kleidung anziehen konnte, desto eher würde Alessa sich einreden können, dass es nur ein weiterer Tag war, und daher ergriff sie die Chance.

»Und jetzt?«, fragte Kaleb, als sie durch den Mittelgang zurückgingen.

»Ich weiß es nicht«, sagte Alessa. »Ich schätze, wir üben bis Divorando weiter.«

Die anderen warteten im Foyer vor dem Tempel. Kamaria auf Krücken, Saida, die sich mit dem Ärmel über die Augen rieb, und Josef, der Kaleb auf die Schulter klopfen wollte – wie ein ernster ältlicher Mann, der in einem siebzehnjährigen Körper gefangen war.

Sie bekamen ein Hurra, und Kaleb schniefte geräuschvoll. »Staubig hier unten.«

Alessa zog die Handschuhe aus, um sich über die Augen zu wischen, und Kamaria nickte ihnen zu. »Ein letztes Mal gemeinsam?«

Die Welt verschwamm, als sie sich die Hände reichten und miteinander verbanden.

Ihrer aller Macht kribbelte durch Alessas Haut, verschmolz zu etwas, das sie noch nie zuvor erlebt hatte, dehnte sich im Innern ihres Brustkorbs zu etwas Lebhaftem und Elektrisierendem aus.

Das Foyer erhellte sich, als sich Ranken aus Blitzen durch Schneeflockenwirbel schlängelten, inmitten wilder Tornados, die von Nebelwolken umgeben waren. Im Rhythmus von Alessas Atem breitete sich eine magische Ökosphäre aus und zog sich wieder zusammen, erhellte ihre ehrfürchtigen Gesichter. Glitzernde Eiskristalle tanzten und schellten in einem seltsamen, wunderschönen Lied, als würde Alessas Macht – die Macht von ihnen allen – jubeln. Alessas Gabe schnurrte zufrieden.

Kamaria, Josef und Saida ließen beinahe gleichzeitig los. Alle außer Kaleb. Die Magie blieb noch einen Moment bestehen, dann erloschen ihre Gaben mit einem Wimpernschlag. Alessas Macht breitete sich aus und füllte den Raum, der leer zurückblieb. Was genug gewesen war, war jetzt nicht mehr da, und ihre Gabe war nicht länger gesättigt, sondern plötzlich durstig.

Kalebs Griff wurde schlaff. Er riss die Augen weit auf, und seine Finger krümmten sich wie in Brand geratenes Papier. Mit einem Übelkeit erregend dumpfen Geräusch kam er auf dem Boden auf.

Nein. Nicht schon wieder. Alessas Rippen umschlossen ihre Lunge wie Eisenstangen.

Ihre Schuld. Immer ihre Schuld.

»Nein. Nein. Nein.« Alessa wich zurück, weg von einem weiteren sterbenden Fonte.

Versagerin. Mörderin.

Da war sie. Ihre Antwort. Das Urteil. Dea hatte gesprochen.

Sie war nicht dazu bestimmt zu retten. Sie war erschaffen, um zu töten. Das war alles, was sie jemals tun konnte.

Auf der anderen Seite des Korridors, durch den man in den Tempel gelangte, führten die Stufen zurück zur Cittadella.

Rechts von ihr war der Korridor zur Stadt.

Links von ihr die Dunkelheit.

Die Dunkelheit gewann. Sie rannte.

39

A torto si lagna del mare chi due volte ci vuol tornare.
Der braucht sich nicht über das Meer zu beklagen,
der ein zweites Mal zu ihm zurückkehrt.

Tage bis Divorando: 13

Es gab schlimmere Orte, um zu sterben.

Der Mond hing knapp über dem Horizont und schien doppelt so groß wie in der Stadt zu sein. Alessa saß auf einem ausladenden Stück Treibholz und fuhr mit den Handflächen über die raue Rinde, bis sie sich etwas einfing. Sie zog den Splitter aus dem Finger und warf ihn ins Gras, dann drückte sie die Stelle so lange zusammen, bis ein Blutstropfen in ihre Hand fiel.

Wäre sie ein anderes Mädchen gewesen, in einem anderen Leben, hätte sie sich vielleicht mit jemandem, den sie liebte, auf ein Strandtuch gelegt, die Sterne gezählt, Küsse ausgetauscht und dem Mondlicht auf den Wellen zugesehen. Aber ein solches Leben war nicht für sie bestimmt.

Dante hatte diesen Strand einmal als den schönsten Ort beschrieben, den er jemals gesehen hatte. Jetzt würde es der letzte Ort sein, den sie noch sehen würde. Das würde genügen müssen.

Nicht allein sterben zu müssen, wenn die Monster kamen, war die einzige Gegenleistung gewesen, die sie sich für die

Jahre ihres Lebens, die sie geopfert hatte, und für den Verzicht auf ihre Familie und ihren Namen erbeten hatte. Dem Tod auf dieser Klippe mit einem Partner an ihrer Seite entgegentreten zu dürfen.

Wenn sie gestorben wäre, wäre sie als Heldin gestorben.

Wenn sie gelitten hätte, hätte sie zumindest nicht allein gelitten.

Das war die Abmachung. Das war das Versprechen.

Lügen. Allesamt.

Die Götter hatten ihr Urteil gesprochen.

Entweder waren Menschen ein loser Faden, der durchtrennt werden konnte, oder nicht die Menschheit war das Problem, sondern *sie*. Wie auch immer, sie hatte keine Wahl.

Ihr Herz schlug nach wie vor, aber sie *war* Tod. Nicht von Dea erschaffen, um zu retten. Sondern von Crollo, um das Ende einzuleiten.

Sie konnte nichts verbinden. Konnte Saverio nicht retten.

Würde sie von den Himmeln willkommen geheißen werden, weil sie es versucht hatte? Oder war ihre Seele an dem Tag schwarz geworden, an dem ihre Hände zu Waffen geworden waren?

Sie verschmierte Tränen auf ihrem Gesicht, als sie hastig mit dem Arm darüberwischte, und zog das Kleid aus. Das letzte Zeichen, das sie auf der Welt hinterlassen würde, ein beflecktes Hochzeitskleid im Dreck.

Mit einem dünnen Slip bekleidet ging sie ins Meer.

Als das Wasser so tief wurde, dass sie nicht mehr stehen konnte, schwamm sie.

Sie konnte sich nicht zwingen zu ertrinken, aber wenn sie immer weiterschwamm, würden ihre Arme irgendwann zu schwach werden, um sie wieder zurückzubringen. Die Wellen würden sich über ihrem Kopf schließen, eine neue Finestra

würde sich erheben, und ihre Familie, ihre Freunde, Dante –
alle außer ihr – würden vielleicht eine Chance haben, zu leben.

Ivini sagte, die einzige Möglichkeit, die Insel zu retten, wäre,
sie zu opfern, aber ein Opfer verlangte Verlust. Es verlangte
eine Entscheidung. *Ihre Entscheidung.*

Sie würde sterben, wenn es sein musste, doch nicht als Opfer
von anderen.

Wenn irgendjemandem ein Schrein dafür errichtet werden
würde, die falsche Finestra getötet zu haben, dann würde sie
es sein.

Ein zeitlich armselig platziertes Schluchzen führte dazu,
dass sie an einem Mundvoll Wasser würgte, als sie an dem Felsen in der Mitte der Bucht vorbeikam. Sie befahl ihrem Körper,
das Wasser zu akzeptieren und in ihre Lunge fließen zu lassen,
aber aufsteigende Panik brachte sie dazu, mit den Armen um
sich zu schlagen.

Ihre Hände trafen auf Stein, und sie hievte sich auf die glatte
Oberfläche, keuchend und hustend.

So selbstsüchtig, dass sie sich noch nicht einmal ertränken
konnte, um die Welt zu retten.

Sie umarmte ihre Knie und zog sie an die Brust, starrte auf
das ruhige Meer. Am Tag der endlosen Nacht hatten Zeit und
Raum keine Bedeutung mehr.

In der Ferne war ein Platschen zu hören, und ihre Betäubung
verwandelte sich in Wut. All die Jahre hatte sie ihre Einsamkeit gehasst, und jetzt, da sie sie benötigte, wurde sie ihr voront-
halten. Sie wollte niemanden sehen.

»Ich habe stundenlang nach dir gesucht.«

Nicht einmal ihn. Ganz besonders nicht ihn. Dante zog sich
auf den Felsen.

»Nun hast du mich gefunden«, sagte sie und klang in ihren
eigenen Ohren tot. »Jetzt geh wieder.«

Die Nacht verbarg ihn, aber sie musste ihn nicht sehen können, um zu wissen, wie er aussah. Ihre Erinnerungen waren lebhafter als alles, was sie in der Dunkelheit von ihm erkennen konnte.

»Es war nicht deine Schuld.« Seine Hand fand den Ansatz ihres Nackens, knetete ihn sanft, aber sie lehnte sich nicht in seine Berührung.

»Es ist *immer* meine Schuld.«

Ihre Insel, ihre Leute waren verdammt, und es gab nur eine Möglichkeit, sie zu retten: indem sie sich opferte. Und das wollte sie nicht. Sie wollte so tun, als wäre sie einfach nur ein Mädchen, wollte alles vergessen, was jenseits dieses Strandes war, und mit dem wunderschönen, störrischen Mann, der bei ihrer Berührung nicht zurückzuckte oder vor ihr zurückscheute wie der Rest der Welt, für immer hierbleiben.

Er war der Ghiotte, doch sie war das Monster.

»Hast du mich gehört?«, fragte er laut und beharrlich. »Kaleb *lebt*. Er ist bewusstlos, aber er lebt.«

»Woher weißt du das? Du warst gar nicht dabei.«

»Ich bin zurückgekehrt, nur warst du bereits weg. Die Ärzte sagen, dass er durchkommen wird.«

»Schön. Kaleb lebt.« Wenn sie aus dieser knochentiefen Betäubung auftauchte, würde sie vielleicht erleichtert sein, vielleicht sogar glücklich. Sie hoffte es nicht. Gefühle würden alles, was sie zu tun hatte, nur noch schwerer machen. »Wenn ich einen Fonte nicht während einer Hochzeit bei Bewusstsein halten kann, kann ich ihn auch nicht während einer Schlacht am Leben halten. Ich kann uns nicht retten.«

Sie merkte nicht, dass sie den Kopf schüttelte, bis er ihr Gesicht in seine Hände nahm.

Völlig egal, wie weit sie rannte, sie würde immer wieder zu diesem elenden Gipfel zurückgezogen werden, wo sie versagen und zusehen würde, wie ihre ganze Welt endete. Ihre Schuld. Dantes Liebe war nur noch etwas, das sie an das Leben band, das sie nie wollte.

Heiße Tränen rannen ihr über die Wangen. »Ich bin es so leid, es immer wieder zu versuchen und zu versagen und Menschen zu verletzen. Ich will das nicht mehr tun.«

»Dann lass es.«

»Ich habe keine Wahl.« Sie wollte den Himmel herunterreißen und mit den Fingernägeln zerfetzen, jeden Stern vom Gewebe der Himmel zupfen, bis die abgrundtiefe Dunkelheit zu der Leere in ihrem Innern passte.

»Du hast immer eine Wahl.« Er hielt ihr Gesicht, zwang sie, ihm in die Augen zu sehen. »Wenn du nicht zurückkehren willst, tun wir das nicht. Wir werden eine Höhle finden und mit Vorräten füllen. Und dann verbarrikadieren wir uns dort, bis die Scarabei verschwunden sind.«

»Ich wäre eine Verräterin. Eine Geächtete. Selbst wenn Saverio irgendwie überleben würde, wäre ich für den Rest meines Lebens eine Ausgestoßene.«

Er zuckte mit den Schultern. »Bei dir klingt das so, als wäre das etwas Schlechtes.«

Ihren Lippen entschlüpfte ein Geräusch, irgendetwas zwischen einem feuchten Lachen und einem erstickten Atemzug. »Viele Tausend Menschen würden sterben.«

»Stimmt.« Er deutete auf eine Grasfläche jenseits des Sandes. »Wir könnten gleich dort ein kleines Haus bauen.«

»Mitten im unfruchtbaren Land, das von einem Schwarm gefräßiger Dämonen verwüstet worden ist.«

»Pflanzen wachsen nach.«

»Bevor wir verhungern?«

»Ich könnte für unser Abendessen Fische fangen.«

Sie seufzte. »Und ich würde Hühner halten.«

»Du würdest ihnen wahrscheinlich Namen geben und ständig mit ihnen reden.«

»Das würde ich tun müssen, oder du würdest bei meinem Geplapper die Wände hochgehen.«

Dante strich ihr mit einem Daumen über die Wange. »Wir könnten eine Katze haben.«

Er bot ihr alles an, was sie jemals gewollt hatte. Aber es würde keine Freunde geben, die zum Essen zu Besuch kamen. Keine Familie. Nicht einmal Fremde. Nur sie und Dante und ein kleines Haus an einem perfekten Strand. Ihr Traum, zerbrochen und verzerrt.

Sie stürzte sich auf ihn, küsste ihn so wild, dass er rücklings hinfiel. Ihre Knie schrammten beiderseits von ihm über den Fels, und er atmete durch, doch statt sie zur Vernunft zu bringen, fanden seine Hände ihre Taille.

Heiß, beharrlich, verlangend, forderte sie ihn heraus, sie zu besänftigen, aber statt das Feuer in ihr zu löschen, begegnete er ihm mit seinem eigenen. Sie brannte heißer und heller, bis sie überzeugt war, dass sie auflodern würde wie ein sterbender Stern und alles um sie herum zerstören würde.

Dann wurden aus zitternden Atemzügen zitternde Schluchzer, und er hielt sie fest, während sie weinte.

Er strich ihr mit den Fingern durch die Haare und erzählte ihr mit der Whiskey-süßen Stimme, die sie so liebte, flüsternd von Träumen, die niemals wahr werden würden, und von sonnigen Tagen, die sie nie erlebt hatten. Seine Worte kamen so langsam und träge, als hätten sie eine ganze Ewigkeit Zeit.

Als ihr Körper erschöpft war und sie keine Tränen mehr hatte, ließ Alessa sich von Dante in eine sitzende Position aufhelfen. »Wenn wir nicht sterben, können wir dann hierher zurückkehren?«

Dante sah zum Mond hoch. Sein Gesicht wirkte verletzlich. »Glaubst du wirklich, du wirst mit einem Ghiotte zusammen sein wollen, wenn du jedermanns Lieblingsretterin bist?«

»Bis jetzt habe ich noch niemanden gerettet.«

Er hob ihre Hand an seine Lippen. »Da bin ich mir nicht sicher.«

40

L'armi dei poltroni non tagliano, né forano.
Die Waffen eines Feiglings können weder
schneiden noch etwas durchbohren.

Tage bis Divorando: 12

Als sie zur Cittadella zurückkehrten, war es bereits nach Mitternacht, aber Alessa musste es mit eigenen Augen sehen.

Eine Frau in medizinischer Kleidung machte einen kurzen Knicks, als Alessa die Suite der Fontes betrat. Die Ärztin der Cittadella beugte sich über das große Himmelbett. Sie sah nicht sofort auf von dem, was immer sie gerade tat.

Kaleb lag reglos unter frischen weißen Laken. Seine Lider waren blau und seine Lippen blass.

Die Wände schlossen sich um Alessa.

Sie hatten gelogen.

Sie griff hinter sich nach einer Hand, die sie halten konnte, aber Dante wartete im Korridor. Sie musste dies hier allein bewältigen.

»Wie geht es ihm?«, fragte sie und hielt die Luft an, während sie auf die Antwort wartete. Sicherlich würde eine Leiche keine medizinische Fürsorge benötigen.

»Er ist stabil.« Die knappe Erwiderung der Ärztin und ihre Miene verrieten, dass sie Alessa voll verantwortlich machte. »Er war ziemlich dehydriert und übermüdet. Ich hätte ihm von jeder anstrengenden Aktivität abgeraten, wäre ich vorher um Rat gefragt worden. Was man ja offensichtlich nicht getan hat.«

»Dann denkt Ihr nicht ... ich meine, er ist die Male vorher in Ordnung gewesen.«

»Meiner professionellen Meinung nach war sein Zusammenbruch das Ergebnis verschiedener Faktoren. Euer Beruf, ob göttlich oder nicht, ist körperlich anstrengend, und Signor Toporovsky hätte besser auf sich achten sollen. Ich hoffe, dass Ihr auf den Consiglio einwirkt, ein Team von medizinischen Beratern zusammenzustellen, wenn Ihr einmal damit beauftragt seid, das nächste Duo zu trainieren. Was immer manche auch sagen, es ist *keine* Beleidigung von Dea, die Weisheit zu nutzen, die sie uns gewährt.«

Alessa senkte den Kopf wie ein schuldbewusstes Kind, obwohl sie niemals Einwände erhoben hatte. Die Mitglieder des Consiglio waren diejenigen, die sich aufgeregt hatten, als Tomo vorgeschlagen hatte, Meinungen von außen bezüglich Alessas kleinem Problem hinzuzuziehen.

»Ich gehe davon aus, dass er sich vollständig erholt, aber bis dahin braucht er Ruhe. *Absolute* Ruhe.«

»Ja, Dottoressa. Natürlich.«

Die Krankenschwester warf einen betrübten Blick auf Kalebs engelsgleiches Profil, als würde sie Alessa verdächtigen, ihn endgültig erledigen zu wollen.

Alessa schloss die Tür zu schnell, und das Geräusch klang laut in der Stille.

Dante lehnte an einem Steingeländer; er hob die Brauen, als wollte er sagen: »Siehst du? Ich habe es dir gesagt.«

Sie wollte lachen. Oder weinen. Oder beides.

Dante breitete die Arme aus, und Alessa schritt in sie hinein. Ihr Hafen im stürmischen Meer, warm und fest und schwer zu töten.

Kaleb war am Leben. Und er würde es auch bleiben, solange sie sich von ihm fernhielt. Sie hatte immer noch einen Fonte. Technisch gesehen. Er mochte nicht stark genug sein, um zu kämpfen, und sie würden ihn bei der Schlacht durch jemand anderen ersetzen müssen, aber sie hatte ihn nicht getötet.

Ein plötzlicher Ruf schreckte sie auf, und sie sprangen auseinander. Dantes Gesicht spiegelte ihre Besorgnis.

Sie hatte Angst hinzusehen, aber sie musste wissen, wer ihre zeitlich unpassende Umarmung gesehen hatte. Sie spähte über das Geländer.

Unten im Innenhof stand Renata und hielt sich die Hand vor den Mund.

Hinter ihr starrte Tomo zu Alessa hoch. Er wirkte zerzauster als jemals zuvor.

»Als ich weggegangen bin, waren sie deinetwegen völlig außer sich«, flüsterte Dante.

Alessa ließ diese Tatsache sacken, während ihre Mentoren die Stufen heraufeilten.

»*Gesegnete Dea*, wir hatten dich für tot gehalten!«, rief Renata atemlos, als sie oben ankam.

»Nicht ganz«, meinte Alessa mit einem reumütigen Lächeln.

»Wir dachten, wir hätten dich verloren«, sagte Tomo.

Renata blickte zum Himmel, als würde sie ein stummes Gebet hinaufschicken. »Kind, du hast mir so einen Schreck eingejagt, dass ich zehn Jahre älter geworden bin.«

Auf Alessas Wimpern zitterten Tränen. Tomo und Renata waren erleichtert, dass sie am Leben war – *sie*, Alessa, nicht die Finestra. Ihr war nicht klar gewesen, wie sehr sie das brauchte. »Es tut mir leid. Ich dachte, ich hätte Kaleb getötet, und die Götter würden mir sagen, dass ich mich opfern soll.«

»Liebes Mädchen.« Tomo schüttelte reumütig den Kopf, zu gerührt, um weitersprechen zu können.

»Ich bewundere deine Entschlossenheit, aber dies wäre ein *sehr guter* Zeitpunkt gewesen, eine zweite Meinung einzuholen«, sagte Renata und atmete zittrig aus. »Doch ich muss sagen, ich bin stolz auf dich, auf deine Bereitschaft, schwierige Entscheidungen zu treffen. Du bist erwachsen geworden.«

Renatas sanfte Stimme bewirkte, dass sich das Schuldgefühl wieder zurückzog, und Alessa riss sich zusammen. »Was werden wir den Leuten sagen?«

»Nichts«, sagte Renata bestimmt. Sie strich über die Ärmel, als versuche sie, die Knicke in ihren Plänen zu glätten. »Du wirst jemand anderen wählen, und wir werden es bis nach Divorando für uns behalten. Es gefällt mir nicht, die Öffentlichkeit anzulügen, aber wenn du uns erst gerettet hast, wird alles vergeben sein.«

»Wir sind einfach nur dankbar, dass du in Sicherheit bist«, sagte Tomo inbrünstig.

Renatas Gesicht wurde weicher. »Dea, hab Erbarmen, heute Nacht werde ich vielleicht endlich schlafen können.«

»Dann komm mit.« Tomo zog an Renatas Arm. »Du brauchst Schlaf und ich was zu trinken.«

Alessa trat vom Geländer zurück, als die beiden gingen, und in der Cittadella wurde es wieder still.

Dante strich ihre Haare zur Seite und drückte ihr einen Kuss in den Nacken. »Ich sollte gehen«, sagte er, aber seine Arme schlangen sich fester um sie.

Sie drehte sich um und sah ihn an. »Nina hat geschworen, es niemandem zu sagen, und jener Mann hat keine Ahnung, dass du hier bist. Bleib bis Divorando, damit ich dich höchstpersönlich zur Fortezza zerren und mich mit dem Wissen dem Kampf stellen kann, dass du in Sicherheit bist und nichts Unbesonnenes unternimmst, wie etwa den Hafen im Alleingang zu beschützen.«

»Immer wieder dieses Heldenzeugs«, murmelte er an ihren Lippen. »Ich sage dir andauernd, dass das nicht mein Ding ist.«

Sie schob ihre Hände in seine hinteren Taschen und zog ihn dichter an sich. »Du kannst dich selbst belügen, aber mich kannst du nicht zum Narren halten.«

Beim Klang eines schroffen Räusperns sprangen sie wieder auseinander.

Renata stand oben an der Treppe; ihr Gesicht war bewusst ausdruckslos. »Ich habe vergessen zu erwähnen, dass deine Rüstung in deinem Zimmer ist.«

»Meine Rüstung?« Es waren immer noch zwei Wochen bis zur Schlacht.

»Für das Segnen der Truppen.«

Natürlich. Wenn die Sonne aufging, würde sie vor dem versammelten Heer und den meisten Saveriones stehen, um den Soldaten Deas Gnade zuteilwerden zu lassen. Carnevale war vorbei, am Tag der Ruhe und Buße hatten sie und Kaleb geheiratet, und jetzt begann die letzte Etappe der Vorbereitung. Soldaten würden sich von ihren Familien verabschieden, zu ihren Posten marschieren, und auf jedem Hang, jeder Klippe, jedem Stückchen Ufer um Saverio herum lagern, die Waffen bereit und die Blicke zum Himmel gerichtet. Saveriones mit Fortezza-Pässen würden nach und nach in Gruppen hineingehen, und jene, die gezeichnet waren, würden sämtliche Fenster vernageln, behelfsmäßige Barrikaden errichten und mit neu entdeckter Verzweiflung beten.

»Wenn wir Glück haben, wird sie so glänzend sein, dass niemand bemerkt, dass dein Fonte nicht bei dir ist.« Renata durchbohrte beide mit einem wissenden Blick. »Dürfte ich vorschlagen, dass ihr diese Wiedervereinigung bis dahin *hinter* eine geschlossene Tür verlegt?«

Alessa starb tausend Tode durch Demütigung, aber es gelang ihr, hoheitsvoll zu nicken. Sie hatte nie gefragt, mit welcher Strafe eine Finestra zu rechnen hatte, wenn sie die Regeln verletzte, denen zufolge sie vor Divorando niemanden berühren durfte, der kein oder keine Fonte war. Nichts auszuplaudern war wahrscheinlich eine der unausgesprochenen Gefälligkeiten, die eine Finestra der nächsten anbot.

Alessa folgte Dante ins Innere ihrer Suite, während Renatas Schritte mit dem Zuknallen einer Tür ein Stockwerk tiefer endeten. Sie schlug sich die Hände vors Gesicht. »Bitte sag mir, dass das gerade nicht passiert ist.«

Dante konnte nicht antworten; er hatte mehr als genug damit zu tun, sich ein Lachen zu verkneifen.

»Wie kannst du *lachen*? Das war demütigend.«

»Betrachte es als einen Schritt ins Erwachsenenleben.« Er küsste ihr Gesicht dort, wo ihre Hände es nicht bedeckten. »Du *weißt*, dass die beiden sich vor ihrem großen Kampf angegrapscht haben?«

»Wieso erzeugst du dieses Bild in meinem Kopf?«, jammerte Alessa. »Abgesehen davon waren sie verheiratet und gesegnet, also war es erlaubt.« Sie stieß ihn sanft mit einem Ellbogen an. »*Ich* bin die schreckliche Person, die von der Seite ihres bewusstlosen Partners gewichen ist und dabei erwischt wurde, wie sie ihren Leibwächter begrapscht.«

»*Das* nennst du begrapschen?« Dante löste ihre Hände von ihrem Gesicht. Sein Lächeln erstarb, als sie sich ansahen. Sie wusste, dass er wieder darüber sprechen würde, sie zu verlassen, um für den Fall, dass Nina nicht den Mund hielt, ihr mit seiner Abwesenheit so viel an Sicherheit zu bieten, wie er konnte. Solange er weg war, würde Alessa in der Lage sein, irgendwelche Gerüchte als hysterische Erfindung abzutun.

Aber wenn er erst weg war … war er weg.

Auf ihrem Bett lagen zwei Rüstungen, wie steife Metallkörper. Die eine war genau auf Alessas Maße zugeschnitten; die andere – eine der vielen, die gewöhnlich in der Fonte-Suite gelagert wurden – war ausgewählt worden, weil sie Kalebs Maßen am nächsten kam.

»Du und Kaleb, ihr habt beinahe die gleiche Größe, wie du weißt. Ihr habt auch einen ähnlichen Körperbau. Wenn du in der Rüstung steckst, wird niemand den Unterschied bemerken.«

Dante schob ihr die Haare hinter die Ohren. »Ich kann nicht dein Fonte sein. Was könnte ich tun, mich selbst heilen, bis die Scarabei aufgeben und wegfliegen?«

»Ich bitte dich nicht, bis zur *Schlacht* zu bleiben und an ihr teilzunehmen.« Sie küsste die Kuhle zwischen seinem Hals und der Schulter. »Nur für die Segnung der Soldaten. Es ist mein letzter öffentlicher Auftritt, und die Leute werden reden, wenn mein Fonte nicht dabei ist.«

Alessa verschränkte ihre Finger hinter Dantes Rücken.

»Bitte«, sagte sie. »Bleib noch ein bisschen länger, und rette mich ein letztes Mal, ja?«

Dante ließ ein Kettenhemd über ihre Schultern gleiten, und das Metall fühlte sich kalt und unnachgiebig an, selbst über einer dünnen ärmellosen Tunika und Leggings. Dann half er ihr, den Brustharnisch anzulegen, und befestigte die Beinschienen.

Bei der Segnung würde sie Handschuhe tragen, aber nicht in der eigentlichen Schlacht.

Wenn die Zeit zum Kämpfen gekommen war, würden ihre Hände, Füße und Beine unter der Rüstung bloß sein, damit der oder die Fonte sie berühren konnte, selbst wenn er oder sie zu verletzt sein würde, um noch stehen zu können.

Als Alessa ihre erste Einführung in Rüstungskunde bekommen hatte, hatte sie gefragt, warum die Helme für Fonte und Finestra den Nacken frei ließen. Tomo hatte erklärt, dass es in einem Krieg, in dem die Feinde von oben angriffen, von entscheidender Bedeutung war, nach oben sehen zu können. Wobei Finestra und Fonte ihre Aufgabe hoffentlich gut genug machten, dass ihnen nur wenige Scarabei überhaupt nahe kommen konnten. Die Soldaten, die dicht beieinander auf den Hängen standen, stellten eine viel verführerische Futterstelle dar als zwei durch Magie geschützte einsame Gestalten auf einem Gipfel. Hoffte sie.

»Ich hätte nicht gedacht, dass er sich auch nur aufsetzen kann«, sagte Renata, als Dante die Treppe zum Innenhof hinunter ging. »Wie hast du ihn in seine Rüstung bekommen?«

Dante hob das Visier.

»Oh«, sagte Renata. »Brillant.«

Dante schloss es wieder, als Hauptmann Papatonis anmarschiert kam, um sie zur Piazza zu begleiten.

Alessa musste zugeben, dass es ein beeindruckender Anblick war – viele Tausend gerüstete Soldaten, die in Habachtstellung in perfekten Reihen auf der Piazza standen. Das bewundernde *Ooh,* das sie von sich gab, als die Soldaten ihre erste Runde Übungen begannen, wurde von der beeindruckt zuschauenden Menge übertönt.

Als sie zur zweiten Runde ansetzten, erhaschte sie einen Blick auf etwas wallendes Weißes. Eiskalte Finger krochen ihr Rückgrat hinauf, während Ivini eine Gruppe weiß gekleideter Gestalten auf die Piazza führte.

Er hatte bisher nie irgendetwas Gutes in ihrem Leben bewirkt, und sie bezweifelte, dass er hier war, um Wiedergutmachung zu leisten. Die *Fratellanza* machte jedoch keine Anstalten, irgendwie zu stören, sie füllte lediglich die kleine Lücke auf der einen Seite. Alessa konnte ihn nicht einfach des Platzes verweisen, nur weil sie ein warnendes Kribbeln im Nacken verspürte.

Renata war auch nicht erfreut und sagte etwas zu Hauptmann Papatonis, der daraufhin mit einem kalten, entschlossenen Gesichtsausdruck zu Ivini ging.

Alessa starrte Ivini ein letztes Mal finster an, versetzte ihm Dolchstöße mit den Blicken. Dann wandte sie ihre Aufmerksamkeit wieder den Soldaten zu. Ivini hatte sich alle Mühe gegeben und war gescheitert. Er war es nicht wert, dass sie ihm noch einen Moment ihrer Zeit widmete.

Der Hauptmann kehrte zu ihnen zurück, als die Übungen endeten, und Alessa trat vor und nahm ihren Platz für die Segnung ein. Dante stand auf der einen Seite leicht hinter und neben ihr, Renata und Tomo auf der anderen.

»Dea, gesegnete Göttin der Schöpfung«, begann Alessa. »Wir bitten dich, unsere Waffen zu lenken –«

Mit einem zischenden, metallenen Geräusch zog ein Soldat in der ersten Reihe seine eigene Waffe.

»Crollos Kreatur!«, schrie er und rannte auf sie zu.

Alessa schnürte es die Kehle zu, und sie tastete wild nach ihrem Zeremonienschwert. Dante zog seines zuerst und trat vor sie. Um sie zu beschützen.

»Zurück, Finestra!«, brüllte der Hauptmann und lief nach vorn, um Dante als menschlichen Schutzschild zu unterstützen.

Dachte sie zumindest.

Aber als Hauptmann Papatonis sein Schwert hob, tat er das nicht, um den rebellischen Soldaten abzuwehren. Und Dante bereitete sich auf einen Angriff von vorne vor, nicht von hinten.

Alessa schrie eine Warnung, aber es war zu spät.

41

Chi ha un cattivo nome è mezzo impiccato.
Wer einen schlechten Namen trägt,
ist halb gehängt.

Tage bis Divorando: 11

Der Schwertgriff des Hauptmanns knallte auf Dantes unteren Hinterkopf, und er sackte zu Boden.

Fünf Jahre Training und jede Spur von Vernunft waren schlagartig dahin, als Alessa versuchte, sich auf ihn zu stürzen. Doch Renata, die sie niemals, nicht ein einziges Mal, berührt hatte, hielt sie mit eisernem Griff zurück.

»Ganz ruhig, Hauptmann.« Das Eis in Renatas Stimme ließ Alessa innehalten. »Erklärt Euch.«

»Ich versichere Euch, das werde ich«, sagte Hauptmann Papatonis ernst.

Zwei Soldaten zerrten Dante an den Armen hoch, und der Hauptmann entfernte rüde seinen Helm.

»Das ist nicht ihr Fonte.« Er zog brutal an Dantes Haaren und zwang seinen Kopf nach oben. »Er ist ein Betrüger.«

Die Menge keuchte auf und wich entsetzt zurück, als würden sie irgendein groteskes Schreckgespenst vor sich sehen und nicht einen wunderschönen Mann, der durch einen feigen Angriff von hinten gefällt worden war.

In diesem Moment hasste Alessa sie alle.

Tomo lachte unbehaglich. »Oje. Angesichts der Umstände haben wir beschlossen, dass Kaleb Toporovsky seine Zeit sinnvoller verbringen würde, wenn er sich den Studien widmet. Deshalb haben wir auf einen Ersatz zurückgegriffen. Ein harmloses kleines Manöver.«

»Versteht Ihr, Hauptmann? Statt uns einfach zu fragen, habt Ihr ihn entwaffnet und bewusstlos geschlagen.« Renata hob die Stimme. »Liebster, warum bittest du Signor Toporovsky nicht, auf den Balkon zu treten?«

Tomos Gehstock klopfte einen wilden Rhythmus auf den Stufen, als er eilig davonging.

Alessa konnte in der Ewigkeit, die es dauerte, bis Kaleb auf den Balkon trat, nicht atmen. Tomo stützte ihn vermutlich von hinten, damit Kaleb nicht umkippte. Aber er winkte, blies Küsschen, und lächelte wie der Ehrengast auf einer Geburtstagsfeier. Die Luft kehrte in Alessas Lunge zurück, während viele Tausend Soldaten und viele Tausend Stadtbewohner nach oben sahen und dort ihren Fonte erblickten – lebendig.

»Ich bitte um Vergebung, Signora«, sagte der Hauptmann. »Aber das ist nicht das einzige Problem.«

Dante öffnete die Augen und stöhnte leise.

»Wenn Ihr gestattet.« Ivini trat vor, drehte sich halb zur Menge um, damit sie jedes seiner Worte verstehen konnte. »Ich entschuldige mich für das Schauspiel, aber ich musste so handeln, weil ein Mitglied meiner Herde mich darüber informiert hat, dass das Böse in die Cittadella eingedrungen ist.«

»Nein«, sagte Alessa. »Das ist nicht –«

»Still«, zischte Renata. »Um seinet- und deinetwillen.«

Ohne Vorwarnung schlitzte der Hauptmann Dante mit seinem Dolch die Wange auf.

Alessa machte einen Satz, aber Renata war schneller. »Das reicht!«

Blut tropfte von Dantes Wange, sammelte sich auf den weißen Steinplatten. Er konnte sein Gesicht nicht verbergen, da seine Arme festgehalten wurden und ein Messer an seiner Kehle war.

Dea, hilf mir, flehte Alessa stumm. *Ich weiß nicht, was ich tun soll.*

Sie öffnete den Mund, um etwas zu sagen, aber er schüttelte kaum wahrnehmbar den Kopf.

»Wie Ihr sehen werdet, ist dieses *Ding*«, sprach Ivini weiter, »ein Ghiotte.«

Dantes Blick bohrte sich in Ivinis Augen, als die üble Wunde in seiner Wange sich zu schließen begann. Die Menge grollte wie die ersten Vorzeichen eines Sturms.

»Mittels niederträchtiger List hat er sich einen Platz an der Seite unserer Finestra gesichert, ihre Magie befleckt und unsere Fontes geschwächt.« Ivini machte eine Handbewegung, als würde er seine Augen vor Dantes Boshaftigkeit schützen. »Eine offizielle Hinrichtung ist zu gut für diese Kreatur, aber meine Herde wird das regeln.«

»Nein«, keuchte Alessa. »Das ist nicht … Wir können nicht –«

Tomo hustete und sah sie flehend an. »Finestra, du bist eine mitfühlende Seele, aber vielleicht sollten wir kühlere Köpfe obwalten lassen.«

Renata packte ihren Arm fester. »Halt. Deinen. Mund.«

Es gab nichts, das sie sagen konnte. Nichts, das sie tun konnte. Wenn sie Barmherzigkeit zeigte – wenn irgendjemand erkannte, dass sie Bescheid gewusst und zugelassen hatte, dass Dante bei ihr blieb – oder schlimmer noch, dass sie ihn in ihren Armen willkommen geheißen hatte …

»Es wird heute keine Tötungen geben.« Tomos ruhige Haltung war wie ein Spritzer kühles Wasser auf die ringsum wütenden Feuer. »Die Segnung der Soldaten sollte nicht durch derartige Hässlichkeiten befleckt werden.«

Ivini, ganz und gar das Abbild empörten Entsetzens, schien zu begreifen, dass sein Plan, Saverios Racheengel und Dämonenhenker zu werden, zerbröckelte. »Aber Signore. Er hat das Böse an diesen heiligen Ort gebracht. Hat ihre Reinheit mit seiner Sündhaftigkeit befleckt. Er verdient es, bestraft zu werden.«

»Und ich gehe davon aus, dass der Consiglio dem zustimmt, doch diese Entscheidung obliegt ihm, nicht *Euch*«, sagte Renata.

Alessa zitterte vor Wut und Angst. Sie gaben sich Mühe, aber auch sie konnten nichts Unmögliches vollbringen.

Ivini schwenkte um, nahm die Rolle des schuldbewussten Märtyrers an. »La Finestra sul Divino. Eure Güte ist inspirierend. Ich bitte Euch, lasst mich dann also die Kreatur zum Kontinent transportieren. Selbst wenn das meinen eigenen Tod bedeutet. Mein letzter Akt der Buße dafür, dass ich meiner Retterin Unrecht getan habe.« Ein befriedigtes Lächeln spielte um seine Lippen, als sich in der Menge vereinzelte Stimmen protestierend erhoben.

»Wir möchten nicht, dass Ihr dieses Risiko auf Euch nehmt, Padre«, sagte Renata mit einem gütigen Lächeln. »Wir werden den Consiglio entscheiden lassen, wie die angemessene Strafe aussehen wird. Und jetzt, Hauptmann, bringt den Gefangenen nach drinnen und wartet auf weitere Befehle.«

Alessa spannte sich an; halb fürchtete sie, halb hoffte sie, dass Dante sich freikämpfen und fliehen würde.

Seine Augen waren leblos, als sie mit ihm zur Cittadella gingen.

Eine Soldatin lief hinterher und tippte ihm mit dem Schwert in den Rücken. »Wenn du versuchst zu fliehen, töten wir dich.«

Alessas Herz zog sich zusammen. Ihr einziges Druckmittel bestand darin, sich zu weigern zu kämpfen, wenn sie ihn nicht freiließen. Und niemand würde ihr glauben. Wenn sie nicht kämpfte, würde Dante mit allen anderen sterben.

Sie konnte nur dafür sorgen, dass er nicht hingerichtet wurde. Zumindest würde er in der Cittadella geschützt sein, bis sie herausgefunden hatte, wie sie ihn freibekommen oder den Consiglio überzeugen konnte, Barmherzigkeit walten zu lassen. Nach Divorando konnte er zum Kontinent fliehen, sein Aussehen ändern und sich ein paar Jahre verstecken, bis die Leute ihn zu vergessen begannen.

»Sollen wir nun zum Ende kommen?« Renata trat an die Stelle, wo Dante noch kurz zuvor gewesen war.

»Ich möchte gern vorher etwas zur Finestra sagen«, erklärte Ivini.

»Habt Ihr nicht bereits genug gesagt?«, fragte Alessa.

Renata drückte hart ihren Arm.

Er hatte gewonnen. Was konnte er sonst noch wollen? Sie *erneut* anklagen? Verlangen, dass Kaleb für sie alle tanzte, um zu beweisen, dass er wirklich noch am Leben war?

Ivinis Gesicht verzerrte sich vor Qual, und er sank auf die Knie. Hinter ihm folgten andere weißgewandete Gestalten seinem Beispiel und senkten die Köpfe. »Finestra. Könnt Ihr mir jemals vergeben, dass ich Euch verleumdet habe? Ich habe wirklich nur gehofft, Dea zu dienen. Es ist jetzt offensichtlich, dass Crollo Euer unglaubliches Potenzial gesehen hat, die Gabe, die Eure Stärke ist, und sich vor Angst geduckt hat. Dass er einen seiner Günstlinge geschickt hat, der Euch behindern sollte, beweist nur, wie würdig Ihr seid. Ich hätte Vertrauen haben müssen. Ich hätte es wissen müssen. Es tut mir so unendlich leid. Wenn Ihr mich verbannen wollt, werde ich morgen weggehen.«

Renata sprach, bevor Alessa ihm sagen konnte, dass er sich von der nächsten Klippe stürzen sollte. »Das wird nicht nötig sein, Padre. Schließlich ist es menschlich, sich zu irren.«

»Und zu vergeben ist göttlich«, hauchte Ivini. »Finestra, könnt Ihr mir jemals vergeben?«

Die Antwort war Nein. Ganz eindeutig Nein. Aber Renata war klug, und sie hatte einen Plan. Alessa wusste nicht, was für einen, doch sie hatte nicht vor zu riskieren, ihn zu ruinieren.

Alessa schenkte ihrem Erzfeind das strahlendste, schmerzhafteste Lächeln ihres Lebens. »Crollo hat Narren aus vielen *besseren* Männern als Euch gemacht. Was für eine Finestra wäre ich, wenn ich einen heiligen Mann bestrafen würde, der sein Volk zu beschützen versucht?«

Verflucht, Ivini weinte.

Jede falsche Träne, die sein Gesicht hinunterlief, entfachte ihre Wut noch mehr, aber sie musste seine schauspielerischen Fähigkeiten anerkennen.

Ivini wollte keine Vergebung. Er wollte Macht. Er hatte sich gegen sie gestellt, als sie gescheitert war, hatte zugetreten, als sie am Boden lag, sich gegen sie verschworen und die Loyalität ihrer eigenen Wachen geraubt. Jetzt, da sie einen Fonte hatte, der am Leben war, hatte Ivini einen Sündenbock gefunden. Und so trat ihr größter Feind in seine neue Rolle als ihr eiserner Verteidiger und untertänigster Bittsteller. Was immer dafür nötig war.

Keine Attentate mehr. Kein weiteres Gift. Sie hatte einen Ausweg, und Ivini orientierte sich um, wandte sich einer anderen Sache zu, um seine Schafe um sich zu scharen.

Der für die Ausbildung zuständige Sergeant rief einen Befehl, und die Soldaten nahmen mit ohrenbetäubendem Lärm Habachtstellung ein. In perfekter Symmetrie sank Alessas Armee auf die Knie; Fäuste hämmerten gegen Brustkörbe.

Dieses Mal sahen alle sie direkt an.

»Meinen Glückwunsch, Finestra«, sagte Renata nur für Alessas Ohren bestimmt. »Sie lieben dich. Sie werden bis zum Tod mit dir kämpfen. *So* gewinnt man einen Krieg.«

Um welchen Preis?

»Wenn du den Krieg gewinnst, wird alles vergeben sein. Du warst nie mächtiger«, sagte Renata. »Deine Leute werden alles tun, worum du sie bittest.«

»Ich möchte, dass er freigelassen wird.«

Renata ließ ihren Arm los. »Alles außer dem.«

42

Ciò che Dio fa è ben fatto.
Jeder Tag bringt sein eigenes Brot.

Tage bis Divorando: 11

»Ich will ihn sehen«, sagte Alessa, kaum dass sie im Innern waren.

Renata versuchte sofort, sie zum Schweigen zu bringen, aber Alessa wollte sich nicht zum Schweigen bringen lassen. Nicht wenn Dantes Leben auf dem Spiel stand.

»Kannst du vielleicht endlich still sein und einmal nachdenken?« Renata hatte noch nie so alt gewirkt. »Dein Fonte ist ans Bett gefesselt, aber die Leute müssen glauben, dass alles nach Plan verläuft. Ivini spielt mit dieser Stadt wie auf einer Fiedel und hat öffentlich erklärt, dass er auf deiner Seite steht. Vergeude dieses Geschenk nicht.«

»Sie hat recht«, sagte Tomo. »Du darfst nicht den Verdacht erregen, mit Dante zu sympathisieren.«

»Ihr wisst, dass er nicht für meine toten Fontes verantwortlich ist. Ihr wisst, dass er nicht bösartig ist. Ohne ihn wäre ich schon ein halbes Dutzend Mal tot. Das ist nicht fair.«

»Du bist so weit gekommen, ohne zu bemerken, dass das Leben nie fair ist?« Renatas Blick wurde weicher.

»Lasst ihn mich zumindest sehen.« Alessa erstickte an den Worten. »Bitte.«

»Liebes …«, sagte Tomo sacht.

Renata sog die Luft zwischen den Zähnen ein. »*Keine* Tränen. Kinn hoch. Lodernder Blick. Geh da rein, als wärst du kurz davor, ihm die Glieder auszureißen.«

Zum Glück für sie alle hatte sich in Alessa mehr als genug Wut aufgestaut, dass sie sie vortäuschen konnte.

Nachdem ihre Tränen getrocknet waren und sie eine hoheitsvolle Maske aufgesetzt hatte, folgte sie Tomo und Renata zu einer kleinen Zelle, die für betrunkene und widerspenstige Soldaten gedacht war, die sich abkühlen mussten.

Der Hauptmann verbeugte sich, als sie kamen. »Finestra, Signore, Signora, ich habe darin versagt, die Bedrohung innerhalb unserer eigenen Wände zu sehen. Wenn Ihr es wünscht, werde ich sofort zurücktreten.«

Was Alessa sich wünschte, war *ihm* mit einem von Dantes Messern die Wange aufzuschlitzen.

»Zweifelt Ihr immer noch an Eurer Finestra?«, wollte Renata wissen.

»Nein«, sagte der Hauptmann atemlos. »Niemals wieder. Crollo muss ziemlich viel Angst haben. Unsere Finestra wird die größte in der Geschichte sein.«

Renata warf Alessa einen vielsagenden Blick zu.

Alessa streckte dem Hauptmann ihre behandschuhten Finger mit der Handfläche nach oben entgegen. »Die Dolche.«

»Oh, natürlich.« Der Hauptmann holte und reichte sie ihr.

Alessa untersuchte sie, dann schob sie den Dolch, an dem Dantes Blut klebte, in die verborgene Tasche ihres Kleids. Den anderen ließ sie herumschnellen und packte ihn am Griff, wie Dante es ihr beigebracht hatte.

Ohne ihre Absicht kundzutun, trat sie vor und hielt den Dolch an das Kinn des Hauptmanns.

Er riss den Kopf hoch und warf Tomo und Renata einen

hektischen Blick zu. Die beiden sagten nichts, als Alessa das Messer gegen den Kehlkopf des Hauptmanns drückte. Er hätte sie entwaffnen können. Sie beide wussten das. Aber sie war seine Finestra, und wenn sie ihn töten wollte, würde er es zulassen.

»Ich werde Euch vergeben, Hauptmann«, sagte Alessa. »Wenn Ihr schwört, dass Ihr von diesem Moment an jegliche Bedenken bezüglich meiner Sicherheit *mir* direkt mitteilt.«

Hauptmann Papatonis krächzte seine Zustimmung.

»Und wenn Ihr jemals wieder so etwas ohne meine Einwilligung durchzieht, werde ich Euch persönlich an einen Scarabeo verfüttern.«

»Wundervoll. Nun, da wir das geklärt haben«, sagte Tomo, »würden wir gern mit dem Gefangenen sprechen, bevor wir dem Consiglio unsere Empfehlung aussprechen.«

Der Hauptmann fuhr sich mit dem Finger unter den Kragen, als Alessa den Dolch sinken ließ. »Ich weiß nicht, ob das sicher ist.«

»Wenn wir drei uns nicht vor einem angeketteten Ghiotte schützen können, wären wir ziemlich armselige Retter, oder nicht?«, fragte Renata.

»Und abgesehen davon«, fügte Tomo mit einem höflichen Lächeln hinzu, »ist die Finestra bewaffnet.«

Dagegen konnte der Hauptmann nichts vorbringen.

Als sie die Zelle betrat, sah sie Dante an der Wand auf dem Boden sitzen. Seine Füße waren gefesselt, die Hände hinter seinem Rücken verschnürt. Er hätte grimmig aussehen können – sogar monströs –, aber Alessa sah nur Angst in seinen angespannten Muskeln und Verzweiflung in seiner spöttischen, vorgetäuschten Tapferkeit. Sein Blick heftete sich auf sie, als würde er ertrinken und sie das einzige Seil halten.

»Lasst uns allein, Hauptmann«, sagte Tomo.

Alessa gelang es, so lange zu warten, bis sich die Tür geschlossen hatte, ehe sie sich hinkniete und ihre Arme um Dantes Hals schlang. Sein Körper war so starr wie Eisen und so brüchig wie Glas.

»Ich störe nur ungern, aber wir brauchen ein paar Antworten«, sagte Tomo. »Was hast du zu all dem zu sagen, Junge? Wieso bist du zur Cittadella gekommen? Des Geldes wegen? Der Macht wegen?«

Dante schob einen Zeh über den Boden. »Sie hat mich darum gebeten.«

»Irgendwelche anderen Gründe?«

Alessa holte tief Luft. »Er wollte Informationen über andere Ghiotte finden. Wo sie möglicherweise hingegangen sind. Und wir haben nach Hinweisen darauf gesucht, wo die Fonte di Guarigione sein könnte, falls sie noch existiert.«

»Wieso?«, fragte Renata an Dante gewandt. »Du hast ihre Macht bereits.«

»Ich dachte, wenn ich sie finde, würde man uns vielleicht vergeben.« Jedes Wort, das er sagte, schien zu schmerzen, als müsste er die Wahrheit aus sich selbst herausmeißeln. »Oder uns zumindest in Ruhe lassen.«

»Und du, Finestra?«, fragte Tomo. »Seit wann weißt du es?«

Alessa drückte ihre Stirn einen Moment an die angespannten Sehnen an Dantes Hals und holte ein paarmal Luft, ehe sie aufstand und ihre Mentoren ansah.

»Eine Weile. Er hat mir geholfen zu lernen, wie ich meine Macht handhaben kann. Deshalb ist alles so gut gelaufen … bis jetzt.«

»Hat er jemals versucht, dich zu verletzen?«, fragte Tomo.

Verletzt, ja. Es versucht? »Nein. Und er hätte oft die Gelegenheit dazu gehabt. Er war freundlich zu mir, als es sonst niemand war. Dante hat eine Million Gründe, grausam und herzlos zu sein –« Sie lachte traurig. »Aber er ist absolut schrecklich darin, böse zu sein.«

Dante atmete zitternd aus. »Ich hatte bereits geplant, nach Divorando wegzugehen, also müsst Ihr Euch keine Sorgen machen, dass ich sie weiter beflecken könnte.«

Ein Loch riss in Alessas Brust auf. »Wenn die Leute sehen –«

Er schüttelte den Kopf. »Wenn du mich rauslässt, werden alle denken, dass sie mit ihrem Urteil über dich recht hatten. Ich bin es nicht wert.«

»Für mich bist du es wert.«

Renata zog die Brauen zusammen. »Du denkst, sie werden noch auf deiner Seite sein, wenn du dich mit einem Ghiotte zusammentust? Dazu bist du zu klug, Alessa. Wenn Divorando vorbei ist, könnt ihr beide meinetwegen zusammen weglaufen. Ich werde euch ein Schiff besorgen und … *ich* werde dann die nächste Finestra ausbilden. Im Augenblick musst du dich darauf konzentrieren, Saverio zu retten. Wenn du das nicht tust, wird er so oder so bald tot sein.«

»Ich fürchte, sie hat recht.« Tomo nahm Renatas Hand. »Wir haben schon viel zu viel von dir verlangt, mein liebes Mädchen, aber im Augenblick braucht Saverio dich mehr als du ihn brauchst. Das sollte nicht beleidigend sein, junger Mann.«

»Er ist eingesperrt, nicht tot«, sagte Renata mit fester Stimme. »Und jetzt werden Tomo und ich mit dem, was wir durch unsere *Befragung* erfahren haben, zum Consiglio gehen und seine Mitglieder überreden, es dabei zu *belassen*. In der Zwischenzeit wirst du deinen ans Bett gefesselten Fonte besuchen und sicherstellen, dass unser kleiner Auftritt ihn nicht endgültig getötet hat.«

In der Cittadella wimmelte es vor Soldaten, die über das Monster in ihrer Mitte flüsterten. Bedienstete gaben die Neuigkeit atemlos an alle weiter, denen sie begegneten, als hätte nicht jeder in Saverio die Geschichte bereits zehnmal gehört.

Während Alessa durch das Gebäude ging, sah sie in ihren Gesichtern mehr Anteilnahme als während ihrer Trauer um all ihre toten Fontes zusammengenommen.

Ihre Angst und Wut hatten jetzt ein neues Ziel, einen gemeinsamen Feind, und alle schwollen vor gerechtem Zorn, dass ein Monster ihre *geliebte* Retterin hereingelegt hatte.

Ein junger Soldat verstellte ihr den Weg zur Treppe und sank heulend auf ein Knie.

Alessa suchte nach den richtigen Worten, um den jungen Mann freizusprechen, sich nur zu bewusst, wie viele Menschen sie beobachteten, um herauszufinden, ob sie Gnade walten lassen würde.

Jetzt endlich bekam sie das bisschen Verständnis, nach dem sie sich jahrelang gesehnt hatte – weil der Mann, den sie liebte, die Schuld für jeglichen Schaden übernahm, den sie jemals angerichtet hatte.

Kalebs Lider öffneten sich flatternd, als sie die Tür zur Fonte-Suite einen Spalt aufschob.

»Du bist wach«, sagte sie beim Eintreten. »Es tut mir so leid. Ich weiß nicht, was passiert ist. Alles war in Ordnung. Sogar gut, aber dann … ist es schiefgegangen.«

»Igitt. Entschuldigungen sind so peinlich.« Kaleb rümpfte die Nase. »Abgesehen davon sieht es so aus, als hätte ich was am Herzen. Die Ärztin sagt, es wäre normalerweise keine große Sache, aber das Aufflackern deiner Macht hat etwas ausgelöst.«

Ein Herzleiden. Nicht ihr Fehler. Doch er hatte ihre Berührung so viele Male zuvor überstanden, ohne zusammenzubrechen.

»Tut mir leid«, sagte sie. »Ich meine, *nicht* leid.«

»Es ist alles aufgeflogen, hm?«

Sie nickte kläglich.

»Bitte hör auf zu weinen. Ich ertrage es nicht.«

»Die ganze Zeit dachte ich, Deas Gabe wäre meine größte Waffe, dabei sind Tränen sogar noch wirkungsvoller, um Männer zu zerstören.«

»Du hast eben ein ziemliches Arsenal zur Verfügung«, sagte Kaleb. »Wo ist er?«

Alessa zupfte an den Laken an der Seite seines Betts. »Sie bringen ihn in eine leere Gruft, während der Consiglio sich berät.«

Kaleb erzitterte. »Wie schaurig. Schenk mir etwas Wasser ein, ja?«

Alessa griff nach dem Wasserkrug neben seinem Bett, aber sie zögerte, bevor sie ihm das Glas reichte.

»Oh, hör auf. Ich habe keine Angst vor dir«, sagte Kaleb. »Was passiert jetzt?«

»Ich weiß es nicht. Ich habe mich noch nicht entschieden, wer deinen Platz einnehmen wird.«

»Wieso musst du dich entscheiden?«, fragte Kaleb. »Nimm alle.«

»Das wäre ein Anblick, was? Eine ganze Schar Fontes auf der Finestraspitze. Uns würde der Platz ausgehen.«

»Nee, einmal Gruppenkuscheln, und du wirst die Scarabei mit einer größeren Version dieses Schneeflocken-Tornados besiegen, mit dem du mich beinahe getötet hättest. Sieht man mal davon ab, dass es nach hinten losgegangen ist und mich getroffen hat, war es ziemlich beeindruckend.«

Dass es nach hinten losgegangen ist. Etwas regte sich in ihrem Hinterkopf, lose Gedanken, die versuchten, zusammenzupassen. Bevor sie jedoch das gesamte Bild zusammensetzen konnte, wurden sie von Tomo und Renata unterbrochen.

»Die Entscheidung war einstimmig«, sagte Tomo mit ernster Miene. »Wir haben sie davon überzeugt, bis nach Divorando zu warten. Allerdings haben sie vor, ihm den Prozess zu machen.«

Alessa sprang auf. »Du hast gesagt –«

»Ich sagte, wir würden es *versuchen*. Und das werden wir auch. Es ist noch nicht vorbei.«

Eine Woche zuvor wäre es Alessa peinlich gewesen, vor Kaleb, Tomo und Renata zu weinen, aber niemand wirkte empört oder enttäuscht, nicht einmal Kaleb mit seiner Abneigung gegen Tränen.

Kaleb setzte sich mühsam auf. »Nach allem, was er für uns getan hat, lassen sie ihn während Divorando in einer Gruft verrotten, ohne dass er die Möglichkeit hat zu entkommen, wenn alles den Bach runtergeht? Und was dann? Eine öffentliche Steinigung?«

»Hoffentlich nicht, aber im Augenblick haben wir keine andere Wahl.« Renata sah Alessa an. »Er bekommt Essen und Wasser durch die Gitterstäbe, doch die Wachen haben keine Schlüssel. Wir haben deutlich gemacht, dass wir kein mysteriöses Verschwinden und keinen ›zufälligen‹ Tod dulden. Der Gerechtigkeit wird Genüge getan werden.«

Der Gerechtigkeit. Es gab keine Gerechtigkeit, wenn man Leuten den Prozess für das machte, was sie waren und nicht wegen etwas, das sie angestellt hatten.

Alessa versuchte, sich an das kleinste bisschen Hoffnung zu klammern. Im Augenblick war Dante in Sicherheit. Aber er würde während der Belagerung allein sein, umgeben von Marmorgräbern und Menschen, die ihn hassten.

»Mach weiter«, sagte Renata. Sie legte Alessa die Hände auf die Schultern. »Weine. Tobe. Du hast ein Recht darauf. Du bist wütend, und das solltest du auch sein. Doch du musst dich entscheiden, ob es dich bitter machen wird oder besser.«

Die Verlockung war groß, aber Renata hatte recht. Es würde niemandem helfen, wenn sie über die Ungerechtigkeit jammerte.

»Bisher haben die Leute von Saverio dir nie wirklich zugehört, aber jetzt werden sie es tun.« Renata drückte Alessas Schultern. »Gewinne die Schlacht, und wir werden einen Weg finden, ihn zu retten. Doch zuerst musst du gewinnen. Verschwende sein Opfer nicht. Nimm die Macht, die dir dadurch gegeben wird, und *benutze* sie. Er ist nicht der Einzige, der gerettet werden muss.«

43

Belle parole non pascono i gatti.
Schöne Worte nähren keine Katzen.

Tage bis Divorando: 11

Als die Sonne unterging, stand Alessa wieder vor einer Menge, die sich auf der Piazza versammelt hatte. Die erwartungsvolle Stille war so durchdringend, die Akustik so perfekt, dass sie nicht schreien musste.

»Heute ist ein Tag der Gnade«, begann Alessa. »Der Consiglio hat verfügt, dass dem Ghiotte nach Divorando der Prozess gemacht werden wird, und ich habe – « sie holte tief Luft – »ich habe zugestimmt. Denn wie Dea uns befohlen hat, *müssen* die Saveriones ein Volk der Gnade, der Vergebung und des Willkommens sein, wo jeder jeden vor den Kräften des Bösen und des Chaos schützt.«

Ihr Blick fiel auf ein scharf geschnittenes Gesicht, das von zurückgekämmten silbernen Haaren umrahmt wurde.

»Es gibt keine göttliche Gnade wie die Vergebung, oder, Padre Ivini?«, fragte sie.

Ivini nickte, seine scharfen Augen musterten sie abschätzend. »Eure Güte gegenüber den Boshaften ist so, als würde man das Gesicht Deas sehen.«

Ihr Lächeln war so zuckersüß, dass sie hoffte, es bereitete ihm Zahnschmerzen. »So ist es doch, oder?«

Alessa ließ sich einen Moment lang Zeit, um die schmutzigsten Gesichter in der Menge zu finden, die hohlen Wangen und ängstlichen Augen der Gezeichneten. Schon bald würden sich die Stadttore für immer schließen, und dann würden sie auf der anderen Seite stehen. Diese Leute suchten in ihr die Versicherung, dass sie stark genug sein würde, um den Schwarm zu besiegen, bevor er sich auf ihre maroden Häuser und Hütten senkte und sie verschlang.

Während sie dastanden, tröpfelten auch diejenigen in die Stadt, die aus den am weitesten entfernten Dörfern stammten, passierten die vielen Gruppen von Gezeichneten und zeigten an den Stadttoren ihre Handgelenke, um ihre Anweisungen für ihren Aufenthalt in der Fortezza zu erhalten.

Wenn Divorando kam, würde Alessa eine Armee im Rücken haben und Magie in der Hand. Die Gezeichneten würden ihre Fenster und Türen mit Brettern vernageln und sich im Innern zusammenkauern, beten und hoffen, dass sie den nächsten Morgen erleben würden.

»Vor fünf Jahren bin ich von Dea auserwählt worden, um euch zu beschützen, und ich habe nicht verstanden, wieso. Ich war weder die Klügste noch die Mutigste. Ich war nicht immer freundlich, und ich habe oft die schlimmsten Dinge in den schlimmsten Momenten gesagt. Signor Miyamoto und Signora Ortiz hatten eine wirklich harte Aufgabe vor sich.«

Ein paar Lacher waren zu hören, wurden aber schnell wieder zum Schweigen gebracht.

»Dea hat mich mächtig gemacht. Zuerst dachte ich, zu mächtig. Das denke ich nicht länger. Meine Gabe hat mich herausgefordert, mehr zu werden, als ich zu sein glaubte. Und heute werde ich euch herausfordern. Ich hatte einen Bruder, der immer daran geglaubt hat, dass ich das Richtige tun würde. Ironischerweise hat er mich damals gebeten, das Falsche zu

416

tun, aber wie die meisten Schwestern habe ich nicht auf ihn gehört.«

Sie machte eine Pause und lächelte nachgiebig, als hier und da nervöses Kichern erklang.

»Ich habe einmal jemanden aufgefordert, besser zu werden, und mir wurde gesagt, dass Menschen sich nicht ändern würden, dass sie selbstsüchtig und grausam sind und nur so tun, als wären sie gut. Ich war damals anderer Meinung. Und ich bin jetzt immer noch anderer Meinung. Heute bitte ich euch zu beweisen, dass ich recht habe. Wir sind fehlerhaft, unvollkommen, und oft gebrochen, aber wir alle verfügen über das Potenzial, mehr zu sein. Diejenigen, die das Zeichen von Verbrechen tragen, haben Fehler gemacht. Manche schwerwiegende. Sie haben gestohlen, andere Menschen verletzt, und manchmal auch Leben genommen. Ich bin eure Finestra. Ich habe auch Leben genommen.«

Hier und da begannen ein paar Leute besorgt zu murmeln, doch sie machte weiter.

»Nicht absichtlich und nicht aus Wut oder spontan oder aus Rache, aber wissentlich. Ich bin nicht so anders als diejenigen, die gestohlen haben, um zu essen, oder getötet haben, um zu leben. Ich vermute, viele von euch empfinden genauso über die Fehler, die ihr gemacht habt, doch ich glaube an euch, so wie Dea an mich geglaubt hat. Und wenn wir etwas lernen, dann, dass wir stärker sind, wenn wir *mehr* lieben, *mehr* vergeben. Nicht weniger.«

Sie war stärker, weil sie Dante liebte, der mit der tiefen Überzeugung aufgewachsen war, dass er böse war. Er hatte zugesehen, wie seine Eltern durch die Hand von Menschen gestorben waren, die er kannte und denen er vertraut hatte. Er hatte geglaubt, dass es sein Fehler, seine Schuld gewesen war, weshalb Furcht und Hass die Leute dazu getrieben hatten, so grausam zu sein. Er mochte der einzige verbliebene Ghiotte sein, aber er war nicht der einzige Mensch, der mit der Überzeugung aufgewachsen war, dass Sündhaftigkeit in ihm war, und dass sein Erbe seine Bestimmung wäre.

»Dea hat eine Finestra erschaffen, weil die Verbindung unsere Rettung ist. Heute bitte ich euch zu beweisen, dass sie recht hat. Werden wir unsere Türen verbarrikadieren und unsere Ohren bedecken gegen die Schreie jener, die uns die Milch bringen und unser Bier brauen, oder werden wir versuchen, jede einzelne Seele zu retten, die wir können?«

Schweigen.

Ein einzelnes Husten war in der Stille zu hören, und ihr Magen krampfte sich zusammen, als sie sich fragte, wie lange sie dort stehen musste.

Ein ordentlich gekleideter Mann trat vor, einen Hut in den Händen. »Es ist keine Festung, aber unsere Familie kann ein Dutzend oder mehr Leute beherbergen, und Wände aus Stein sind immer noch besser als gar keine.« Er deutete auf eine zerlumpt aussehende Frau mit einem Baby auf der einen Hüfte, an deren Bein sich ein Kleinkind klammerte. Ihre gezeichneten Handgelenke wurden sichtbar, als sie ihre Kinder an sich drückte. Sie brach in Tränen aus.

»Ich bin zu alt, um Soldat zu sein, aber ich habe einen guten Arm«, sagte ein dunkelhäutiger Mann mit dicken Muskeln. »Einer der Gezeichneten kann meinen Platz in der Fortezza haben. Ich würde sowieso lieber Steine auf die Käfer werfen.«

Einer nach dem anderen trat vor, dann Paare und Gruppen. Einige boten an zu kämpfen, andere, ihren Platz jenen zu überlassen, die ihn benötigten, und noch mehr hießen den Zustrom in ihre Heime willkommen.

Viele Hundert Menschen erklärten sich bereit, sich einer Armee von Dämonen entgegenzustellen, obwohl sie nichts als Stöcke und Schlaghölzer, Messer und verrostete Rohre zur Verfügung hatten. Sie entschieden sich zu kämpfen, damit andere vielleicht leben würden.

Wenn Dante es nur hätte sehen können. Deas Vertrauen in die Menschen war nicht falsch gewesen. Und indem sie ihr Opfer teilten, musste es niemand allein tragen.

Vereint beschützen wir. Gespalten wanken wir.

Und plötzlich begriff sie.

Der Schlüssel zu ihrer Macht war die ganze Zeit da gewesen.

44

Nessuna nuova, buona nuova.
Keine Neuigkeiten sind gute Neuigkeiten.

Tage bis Divorando: 11

Alessa war immer noch von ihrer Erkenntnis erschüttert und bemerkte nicht, dass die Tür zu ihrer Suite offen stand. Daher hätte sie sich fast zu Tode erschrocken, als eine Gestalt aus dem Nichts auftauchte.

»Oh, tut mir leid!«, quiekte Saida.

Kamaria stand unbeholfen vom Sofa auf, schonte ihr verletztes Bein. »Kaleb ist wach und in einer miesen Stimmung, aber er weiß nicht genug über das, was passiert ist, deshalb haben wir ihm gesagt, dass er wieder schlafen soll. Was ist da draußen *passiert*? Wird es Dante gut gehen?«

Das Mitgefühl in ihren Gesichtern war zu viel für Alessa, und sie brach zusammen.

»Oh, nein.« Kamaria humpelte zu ihr und umarmte sie so fest, dass beinahe die Rippen knirschten. Saida tätschelte ihr den Rücken.

Es war nicht das erste Mal an diesem Tag, dass sie weinte. Aber dieses Mal hielten ihre Freundinnen sie im Arm.

Als die schlimmsten Schluchzer vorbei waren, forderte Saida sie auf, sich zu setzen, und ging die Zutaten für etwas besorgen, von dem sie schwor, dass es Kummer kurieren würde.

Alessa hatte keinen Appetit, aber als Tochter eines Bäckers wusste sie, dass Essen den Bäcker genauso beruhigte wie den Abnehmer seiner Waren, deshalb ließ sie Saida machen.

Kamaria schien erleichtert zu sein, dass sie die Gefühlsausbrüche hinter sich gelassen hatten, und begann, die nicht so schrecklichen Aspekte ihrer gegenwärtigen Situation an den Fingern abzuzählen. »Erstens, er befindet sich in der Fortezza, also wird er nicht von den Scarabei gefressen werden. Zweitens, es klingt so, als würden auch eine Menge anderer Leute in Sicherheit sein. Wir können uns nach Divorando etwas ausdenken, aber zuerst müssen wir es hinter uns bringen.«

»Ernsthaft?« Die empörte männliche Stimme gehörte Kaleb, der in der Tür stand und sich an den Türrahmen klammerte. »Ihr veranstaltet eine Party ohne mich? Dass ich fast gestorben wäre, reicht nicht, um mir eine Einladung zu verdienen?«

»Wir schmieden Pläne, Kaleb«, erklärte Kamaria.

»Und backen!«, rief Saida von der Küche aus.

»Wir benutzen unser Hirn und unsere Fähigkeiten.« Kamaria lächelte wie eine Katze, die drauf und dran war, zuzuschlagen. »Was könntest du dazu wohl beitragen?«

»Ha, ha, ha«, sagte Kaleb. Er drehte sich um und sah jemanden im Flur an. »Konntest nicht wegbleiben, was? Hilf mir bitte rein, ja?«

Alessa stand auf, als Josef Kaleb unterstützte, ins Zimmer zu wanken. »Du solltest nicht hier sein. Ich hatte Nina versprochen, dich von der Liste zu streichen.«

»Als Gegenleistung dafür, ein Geheimnis zu bewahren«, sagte Josef. »Das Geheimnis ist jetzt raus, also ist die Abmachung geplatzt.«

»War sie es?«, fragte Kamaria. »Hat sie es Ivini verraten?«

»Sie sagt, sie hat es nicht getan.« Josef hielt inne und zwang Kaleb dadurch, ebenfalls stehen zu bleiben. »Sie war verängstigt und hat versucht, mich zu beschützen, aber sie ist nicht schlecht. Dass Dante im Gefängnis ist, hilft niemandem.«

»Wenn sie sich also an die Abmachung gehalten hat ...«, sagte Alessa. In ihrer Stimme schwang eine Frage mit.

»Ich habe meine Entscheidung getroffen.« Josef half Kaleb, sich aufs Sofa zu setzen. »Ob es ihr gefällt oder nicht. Ich bin hier, um zu helfen.«

Saida wischte sich Mehl von den Händen und kam mit einem Tablett voller Teetassen zu ihnen. Kaleb schnüffelte an seiner und meckerte, dass da noch etwas Stärkeres rein musste.

»Noch weitere Ablenkungen, bevor wir weitermachen?«, fragte Kamaria. »Will noch irgendjemand zur Toilette? Haben alle eine Kleinigkeit zu essen? Das Getränk der Wahl?«

»Nein«, murrte Kaleb, den Tee beäugend.

»Oh, muss Baby ein Nickerchen machen?«

Kaleb streckte ihr die Zunge raus.

»Wenn wir dann alle fertig sind, sollten wir entscheiden, wer Kalebs Platz einnimmt. Ich bin zwar vielleicht nicht in der besten Verfassung meines Lebens, aber besorgt mir ein paar bessere Krücken, und ich werde da sein.«

»Jeder von uns würde es tun«, sagte Saida. »Es ist deine Entscheidung.«

Als sich alle freiwillig meldeten, erwachte Alessas Idee vollständig zum Leben. Tagelang waren die einzelnen Puzzleteile außer Reichweite gewesen, aber zu erkennen, dass so viele Menschen bereit waren, ihre Sicherheit zu opfern, erzeugte die letzte Verknüpfung. »Ich glaube, was in den Texten steht, ist falsch.«

»Könntest du das etwas näher ausführen?«, fragte Kamaria.

»Tut mir leid«, sagte Alessa. »Ich bin noch dabei, es zu sortieren. Also gut, von allen auf ganz Saverio, aus denen Dea wählen konnte, hat sie *mir* diese Gabe gegeben. Sie wusste, wer ich bin. Wie sehr ich es hasse, allein zu sein. Wie sehr ich Teil einer Gemeinschaft sein wollte. Verbindungen herstellen und Freunde haben wollte.«

»Oh, Gruppenkuscheln.« Saida trat mit ausgestreckten Armen vor.

Kamaria riss sie an ihrem Rock zurück. »Lass sie ausreden.«

»Die heilige Doktrin sagt, dass ich meine Identität aufgeben und mich isolieren muss, um die Verbindung zu bilden, die zwischen Finestra und Fonte nötig ist. Ich glaube aber, dass das möglicherweise Blödsinn ist.«

»*Finestra.*« Kaleb rang in gespieltem Entsetzen nach Luft. »Was für eine *Sprache.*«

»Halt den Mund, Kaleb«, sagte Kamaria.

»Halt den Mund, Kamaria«, versetzte Kaleb und ahmte ihren Tonfall so perfekt nach, dass Saida einen Lachanfall bekam.

»Wo wir gerade darüber sprechen«, sagte Alessa. »Könnt ihr bitte meinen Namen benutzen? Ich weiß, dass es Regeln gibt, aber ich glaube, dass einige von ihnen sich in den vergangenen paar Hundert Jahren überlebt haben.«

»Scheiß auf die Regeln«, sagte Kamaria. »Regeln werden überbewertet.«

Alessa lächelte. »Also … äh … hi. Ich bin Alessa Paladino. Freut mich, euch offiziell kennenzulernen.«

»Alessa?«, fragte Kaleb. »Wirklich? Ich hätte dich als Mary oder vielleicht auch Marie eingeschätzt.«

»Das ist eine witzige kleine theologische Unterrichtsstunde«, sagte Kamaria und ernte dafür einen Ellbogenstoß von Kaleb. »Aber du hast uns immer noch nicht gesagt, wer deine Hand halten wird, wenn die Käfer kommen.«

»Das versuche ich ja gerade zu sagen.« Alessa holte tief Luft. »Ich hatte quasi gehofft, dass es … alle sein würden.«

Vier Augenpaare starrten sie verblüfft an.

»Ich glaube, Kaleb ist zusammengebrochen, weil ihr alle einen Teil meiner Macht absorbiert hattet, sodass niemand überlastet wurde. Und als ihr losgelassen habt, hat Kaleb die ganze Wucht abgekriegt, und das war zu viel.«

»Das heißt?«, fragte Josef.

»Das heißt, ich *soll* mehr als einen Fonte haben. Gleichzeitig.«

»Oha«, sagte Saida. »In keinem der Texte wird so etwas jemals erwähnt.«

»Wirklich nicht?« Alessa lächelte traurig. »*Vereint beschützen wir.* Es findet sich in jedem Lied. Auf jedem Wandgemälde. Vielleicht wollte Dea genau das von Anfang an. Sie hat uns gesagt, dass wir Sicherheit in der Verbindung finden werden. In der Gemeinschaft. Wir – die *Menschen* – haben es niedergeschrieben und in eine Million Regeln verwandelt, die alles festlegen, was eine Finestra tragen könnte, berühren könnte, lieben könnte oder wozu sie sich äußern könnte. Diese Regeln haben nicht die Götter gemacht. Das waren *wir*.«

»Die Apokalypse kommt in –« Kaleb tat so, als würde er seine Uhr prüfen. »Zehn Tagen? Elf? Wer kann den Überblick behalten? Und wir werfen das Regelbuch weg. Nett. Was ist mit dem Teil, der behauptet, dass Ghiotte böse sind?«

Alessa konnte nicht lachen. »Das in Ordnung zu bringen könnte länger dauern. Aber wir werden es herausfinden, wenn wir die Welt gerettet haben.«

Josef wirkte immer noch verwirrt. »Ein *Team* aus Fontes?«

Kaleb räusperte sich. »Ähem. Ich weiß aus zuverlässiger Quelle, dass der korrekte Plural *Fonti* lautet.«

Kamaria knuffte ihn in den Arm, und es entspann sich ein kindischer Schlagabtausch.

Alessa sah mit wilder Zuneigung zu, wie sie sich stritten. Die Verità mochte sagen, dass niemanden zu lieben die einzige Möglichkeit wäre, überhaupt jemanden zu lieben, aber sie hatte sich in Dante verliebt, und jetzt hatte sie das Gefühl, als würde ihr Herz vor Liebe zu ihren Freunden schier platzen.

Die Liebe verlangte keine Vollkommenheit. Die Leute – menschlich, fehlerhaft, unvollkommen –, die vor etlichen Hundert Jahren angefangen hatten, die Verità niederzuschreiben, mochten auf dem rechten Weg begonnen haben. Doch sie hatten sich unterwegs verirrt, ein Pendel, das so weit zu einer Seite schwang, dass es abgebrochen war. Und wenn sie sich in dieser Hinsicht irrten, mochten sie es auch bei anderen Dingen tun.

Sie hatte versucht, stark und gleichmütig wie Renata zu sein, und ihre Gefühle hinter einer Schicht kalter Distanziertheit verborgen, aber es hatte niemals gepasst. Sie hatte versucht, das zu sein, was sie ihrer Meinung nach den Göttern zufolge sein sollte, was – wie ihr mitgeteilt worden war – die Menschen brauchten, und es hatte ihr drei tote Partner und einen Panzer um ihr Herz beschert. Sie war verkrüppelt gewesen, bis sie die Regeln weggeworfen, die heiligen Bücher geschlossen und sich zugestanden hatte, das emotionale, störrische, ablenkbare Fiasko zu sein, das sie war.

Ihr Fehler hatte darin bestanden, dass sie so getan hatte, als wäre sie jemand *anderes*.

Sie *war* immer noch Alessa. Sie war eine Person, eine Tochter, eine Schwester, eine Geliebte, eine Freundin. Sie musste all diese Rollen nicht ablegen, um Finestra zu werden. Sie musste nur die Teile neu umgestalten, die sie bereits hatte. Sie mochte nur ein Stich auf dem Wandteppich sein, aber jeder Stich hatte einen Zweck, und ohne sie konnten Fäden keine Kunst werden.

Um eine von vielen zu werden, musste sie *eine* sein.

Und um die Schlacht zu gewinnen, brauchte sie ihre Freunde.

45

Tardi si vien con l'acqua quando la casa è arsa.
Es ist zu spät für Wasser, wenn das Haus
abgebrannt ist.

Tage bis Divorando: 7

Eine Woche vor Divorando hielt Alessa es nicht mehr aus.

Saida und Kamaria schliefen in ihrem Bett, nachdem sie Stunden zuvor mit viel Brimborium auf dem Sofa »eingeschlafen« war, und Josef und Kaleb befanden sich in der Fonte-Suite. Als sie sich nun aus ihrem Zimmer stahl, hätte die Luft eigentlich rein sein sollen. Aber wie immer nervte Kaleb.

»Du willst ohne mich weggehen?«, sagte er schnaufend, wobei er sich am Geländer festhielt.

»Wieso bist du nicht im Bett?«

»Ich konnte nicht schlafen und habe gehört, dass du hier draußen herumstapfst. Ich komme mit.«

»Wohin?«, fragte sie unschuldig.

Er warf ihr einen ungeduldigen Blick zu. »Wenn du sagst, dass du mich zu dem Monster gebracht hast, damit ich es mit eigenen Augen sehen konnte, wirst du vielleicht nicht des Verrats angeklagt. Ich wollte mit dem Scheißkerl schimpfen, weil er es gewagt hat, meinen Engel zu beflecken, oder irgendwas in der Art.« Er machte eine wegwerfende Handbewegung. »Komm, hilf mir die Treppe runter.«

Eigentlich wollte Alessa keine Begleitung haben, und sie wollte erst recht nicht, dass jemand in den wenigen Momenten dabei war, die sie mit Dante haben würde, aber Kaleb hatte nicht unrecht.

Sie blieben mitten im Innenhof stehen, damit Kaleb verschnaufen konnte. »Hat sich niemand gewundert, warum ich nicht herumlaufe? Ernsthaft?«

»Wir haben allen gesagt, dass du deine Pflichten so ernst nimmst, dass du dich vollkommen zurückgezogen hast. Das Winken war dabei aber sehr hilfreich.« Er hatte den Bediensteten am Tag zuvor großmütig vom Treppengeländer aus zugewinkt.

»Du hast vor, ihn rauszulassen, stimmt's?« Kaleb zuckte bei jedem Schritt zusammen, und seine Finger gruben sich in ihren Arm, während sich seine freie Hand weiß vom Geländer abhob.

»Das kann ich nicht. Ivini hat seinen Anhängern gesagt, dass sie uns unterstützen und nicht bekämpfen sollen. Das alles würde zusammenbrechen, wenn ich mich mit einem Ghiotte verbünde. Dieses Risiko kann ich nicht eingehen, und schon gar nicht, seit alle einverstanden sind, die Gezeichneten hereinzulassen. Wir sind endlich vereint.«

»Ja«, sagte Kaleb. »Gegen jemanden, der es nicht verdient hat.«

»Das ist schockierend, ich weiß. Aber wie sich herausgestellt hat, ist diese ganze Göttliche-Retter-Sache nicht *ganz* so spaßig, wie es immer geklungen hat.«

»Nicht *spaßig*? Welcher Teil davon ist denn nicht spaßig?«, schnaubte Kaleb lachend. »Ich amüsiere mich großartig, du nicht?«

»Ist wie jeden Tag Party, klar.«

»Carnevale von morgens bis Mitternacht.«

»Ein niemals endender Geburtstag.«

Während sie langsam durch die Fortezza nach unten gingen, verließen sie den Hauptkorridor mit seinen glatten Wänden und kamen in ältere, rauere Tunnel und schließlich in die Katakomben. Kaleb zitterte und schwitzte, trotz der feuchten Kälte. Das Echo seines Schnaufens ließ es so wirken, als würden die vielen Tausend Schädel an den Wänden atmen.

Zwei halb schlafende Wachen standen vor der Gruft, in der alle verstorbenen Fontes und Finestras ruhten.

»Wir sind hier, weil wir beten möchten. Für das …« Alessa hatte Mühe, die Worte herauszubringen.

»Aufrührerische abscheuliche Monster«, beendete Kaleb den Satz für sie, sprach dabei viel lauter als nötig. Er verzog das Gesicht und winkte die Wachen weg. »Husch, husch, ja? Es ist schlimm genug, wenn man dabei nicht angegafft wird.«

Die Wachen wechselten irritierte Blicke, aber sie ließen sie durch.

Das Mausoleum bestand vollständig aus Stein. An beiden Seiten befanden sich individuelle Gräber, die mit einem Gitter verschlossen waren, um den hier Begrabenen ewige, ungestörte Ruhe zu gewähren.

Als sie zur ersten leeren Gruft kamen, die – wie Alessa mit einem Schlag begriff – eines Tages ihre sein mochte, konnte sie in der Dunkelheit eine einsame Gestalt ausmachen.

An dem Tag, als sie Dante kennengelernt hatte, hatte er sich in einem Käfig befunden, aber er war grandios gewesen, hatte den Raum mit seiner Anmut und Macht dominiert. Jetzt kauerte er zusammengesunken in einer Ecke, und seine Augen waren matt und teilnahmslos. Und es war ihre Schuld.

Sie hätte sich in einem Weinkrampf gegen die Gitterstäbe geworfen, hätte Kaleb den Augenblick nicht zunichtegemacht.

»Du bist nicht tot«, sagte er fröhlich.

Dante stand langsam auf, als würde es zu viel Mühe kosten, sich zu bewegen. »Du auch nicht.«

Kaleb beugte sich dicht an die Gitterstäbe und erwiderte in einem hörbaren Flüsterton: »Weiß nicht, ob du's schon gehört hast, aber sie hat sich *alle Mühe* gegeben.«

Dantes Lippen verzogen sich zu einem halben Lächeln. »Sie hat auch ein paarmal versucht, mich zu töten.«

»Erst Folter, und dann sperrt sie dich ein?« Kaleb schüttelte den Kopf. »Frauen.«

Alessa verdrehte die Augen. »Ja, das hier ist offensichtlich eine *Frauensache*.«

Allerdings hätte sie Kaleb küssen können, weil er der Situation etwas Leichtigkeit verlieh. Dante konnte sein Leiden nicht verbergen; er war so angespannt, dass alle seine Bewegungen ruckartig waren, vom unbewussten Verkrampfen der Finger bis hin zum Zucken in seinem Kinn. Es hätte sie beinahe gebrochen.

»Hat sie dir von ihrer Theorie erzählt?«, fragte Kaleb Dante.

Nachdem sie alles erklärt hatte, sagte Dante erst einmal nichts, sondern starrte lediglich die Wand an. Dann meinte er: »Alle, hm? Hättest du das nicht schon vor ein paar Wochen rauskriegen können?«

Sie lachten viel zu lange, während sie ein paar Tage vor Armageddon mit Gitterstäben zwischen ihnen und Marmorgräbern um sie herum inmitten herumhuschender Ratten und Insekten im Dunkeln saßen.

Kaleb sah sie verlegen an. »Nun, ich bin mir sicher, ihr würdet gerne ein bisschen Privatsphäre haben, aber ich glaube nicht, dass ich ohne Hilfe die Treppe hochkomme.« Er wandte sich an Alessa. »Und du solltest auch nicht allein hier sein.«

Dante versteifte sich.

»Entspann dich«, sagte Kaleb. »Ich beschuldige dich wegen gar nichts. Na ja, ich meine – hm, geht mich nichts an. Doch genau genommen … ich schätze, es geht mich was an? Aber das will ich gar nicht wirklich, also wie auch immer, es muss ein Anschein aufrechterhalten werden, und es muss so *aussehen*, als würde sie dich hassen, deshalb werde ich mich einfach nur … ein paar Minuten umdrehen.«

Mehr Alleinsein würden sie nicht bekommen können, deswegen verbannte Alessa Kaleb aus ihren Gedanken und presste ihr Gesicht an die Gitterstäbe. Dante war da, warme Haut, die von kaltem Metall eingerahmt wurde. Sie krallte ihre Hände in den verdreckten Stoff seines Hemds und zog ihn so dicht zu sich heran, wie sie konnte.

Das einzige Geräusch war sein rasselnder Atem.

»Nicht mehr viel länger«, flüsterte sie. »Ich werde nie wieder zulassen, dass dir so etwas geschieht.«

»Versprich nichts, was du nicht halten kannst, Luce mia.« Dante küsste durch die Gitterstäbe ihre Stirn. »Und mach dir um mich keine Sorgen. Ich habe schon Schlimmeres durchgestanden. Und werde es wahrscheinlich wieder tun.«

Ihre Wangen wurden nass von Tränen. »Wie hast du das all die Jahre überlebt?«

Dante gab ein leises, erschöpftes Geräusch von sich. »Das willst du nicht hören.«

»Ich will alles hören, was du mir anvertrauen möchtest.« Sie hob seine Hand, um die Linien auf seiner dreckverkrusteten Handfläche nachzufahren, versuchte sich dabei einzuprägen, wie sich jede schwielige Fingerspitze, jede angespannte Sehne anfühlte. Sie hob die Hand an den Mund, drückte in stummer Entschuldigung einen Kuss auf den Schmutzfleck auf der Innenseite seines Handgelenks – der alles war, was noch von der falschen Tätowierung übrig geblieben war. »Du musst mir nichts erzählen. Schon gar nicht jetzt. Es ist nicht der richtige Zeitpunkt.«

»Ich bin in einer Gefängniszelle. Scheint mir der perfekte Zeitpunkt für Bekenntnisse.« Dante zog ihre Hand durch die Gitterstäbe zu sich und hielt sie an seine raue Wange. »Er hat mich immer wieder verhöhnt.«

Alessa schluckte. Sie hatte gelernt, an der Betonung des Wortes *er* zu erkennen, wann Dante über den Mann sprach, der ihn misshandelt hatte. Er nannte ihn nie beim Namen, und sie vermutete, dass er das auch niemals tun würde. Namen hatten Macht, wie Dante wusste.

»Er hat mich gern daran erinnert, dass ich der letzte Ghiotte war. ›Du bist allein und wirst allein sterben, und wenn du das tust, wird es keine mehr geben.‹ Als hätte er gewusst, dass mich das brechen würde.«

»Die Scarabei sollten ihn lieber langsam fressen.«

Dante lachte schnaubend. »Er hat aber falschgelegen. Und ich habe mich drei Jahre lang daran geklammert.«

Sie ärgerte sich über ihren Körper, der bei dem Gedanken an andere Ghiotte, die durch die Wälder von Saverio streiften, wie sie es sich immer in ihren Albträumen vorgestellt hatte, unwillkürlich zu zittern begann. Geschichten, die man ein Leben lang gehört hatte, ließen sich nur schwer vergessen. »Es gibt noch andere? Auf Saverio?«

»Nicht mehr.« Dantes Griff ließ nach, eine unausgesprochene Erlaubnis für sie, sich zurückzuziehen, aber das tat sie nicht. »Als ich schließlich frei war und mich auf die Suche nach ihnen machte, waren sie tot. In ihren Betten verbrannt. Von ihrem Haus war nichts mehr übrig als Asche und Ruinen.«

Alessa schloss die Augen, als Tränen darin zu brennen begannen.

»Anfangs habe ich mich geweigert, es zu glauben. Ich bin

zum nächsten Dorf gegangen, überzeugt davon, dass sie dort sein würden, und habe meine Tante gesehen. Sie hat mich kaum angesehen und mir gesagt, dass ich so weit weggehen soll wie möglich, meinen Namen ändern und niemals zurückkehren soll. Sie ist keine Ghiotte, deshalb ist sie verschont geblieben, aber Onkel Matteo und Talia … sind tot.«

Kein Wunder, dass er die Götter verfluchte. Crollo mochte seinen Körper gegenüber Verletzungen unempfindlich gemacht haben, aber nicht sein Herz. Sie weigerte sich zu glauben, dass Dante verflucht *war*, dennoch konnte sie nicht leugnen, dass sein Leben es gewesen war. Und doch war er immer irgendwie gegen ein Meer aus Kummer angeschwommen, hatte gegen die Strömung gekämpft, die versuchte, ihn hinunterzuziehen und in Crollos Monster zu verwandeln.

Sie verschränkten ihre Finger. »Es ist beinahe vorüber. Schon bald wird es nur noch blauen Himmel, Katzen und Strände geben.«

Er lächelte traurig. »Du wirst das großartig machen.«

Sie rieb mit ihrem Daumen über seinen Handrücken. »Ich würde besser kämpfen, wenn Saverios bester Leibwächter auf mich aufpassen würde.«

Dante seufzte, und es lag so viel Bedauern darin, dass sie es bis in ihre Zehen spüren konnte.

Die letzten Tage verflogen vor lauter Vorbereitungen so schnell, dass sie wie verschwommen wirkten. Die Fortezza bereitete sich darauf vor, dass sie ein Lazarett wurde, und die Armee machte ihre Gefechtsstationen bereit, während die zerlumpte Miliz mit ihren hässlichen, aber auch wirkungsvoll aussehenden selbst gemachten Waffen auf der Piazza übte.

Alessa und die Fontes trainierten unaufhörlich.

Sie erarbeiteten ein System, eine Art Rotation, um dafür zu sorgen, dass alle die Chance bekamen, durchzuatmen und ihre Kraft wiederherzustellen, während andererseits sichergestellt war, dass niemand allein blieb und die volle Wucht ihrer Macht ohne fremde Hilfe tragen musste. Selbst jetzt litten die Fontes bei den wenigen Malen, da die zeitliche Abstimmung nicht funktionierte, Qualen.

Alessas Macht wurde jeden Tag größer, wuchs von Tag zu Tag, als könnte auch sie die am Horizont drohend aufragende Dunkelheit spüren.

Auch Dante war allzeit präsent; sein Gesicht erschien ihr immer wieder, ganz egal, wie unpassend es gerade war, und jedes Mal ließ ihre Macht sich kaum noch zügeln.

Kaleb nahm am Training nicht teil, obwohl er sich angeboten hatte. Sie ließen ihn allerdings mit Decken zugedeckt auf einem Stuhl sitzen, trotz seiner gereizten Proteste, dass er wie ein trauriger alter Mann wirken würde.

Drei Tage vor Divorando wurde ihr Training von einer Küchenhilfe unterbrochen, die nervös die Hände in ihrer mehlbestäubten Schürze wrang.

Anscheinend hatte sich ein bestimmter Lieferjunge in der Speisekammer verbarrikadiert und weigerte sich, wieder herauszukommen, solange Alessa nicht mit ihm gesprochen hatte. Das Mädchen hätte die Wachen gerufen, die die Tür dann eingeschlagen und den Jungen herausgezerrt hätten, aber es schien, als wäre die Küchenbelegschaft ziemlich vernarrt in den bezaubernden Jungen aus der Bäckerei, und sie hofften, dass Alessa nicht auf so etwas bestand.

»Verräter«, murmelte Alessa. Nachdem sie das Mädchen losgeschickt hatte, um eine sorgfältig formulierte, mit Kraftausdrücken gespickte Nachricht zu überbringen, gab sie den anderen eine kleine Zusammenfassung über ihr letztes Zusammentreffen mit ihrem gehirngewaschenen Bruder, bevor sie Saida, Josef und Kamaria nach unten führte.

Kaleb blieb zurück; er schmollte, weil er den ganzen Spaß verpasste.

Die Küchenbelegschaft machte sich davon, als Alessa ankam.

»Geh nach Hause, Adrick«, sagte sie, während sie finster durch die rissige Tür zur Speisekammer starrte.

»Erst, wenn du mich angehört hast.«

»Als ich das letzte Mal auf dich gehört habe, hast du versucht, mich dazu zu bringen, mich selbst ins Jenseits zu befördern.«

Josef machte einen Schritt auf die Speisekammer zu. »Sollen wir dafür sorgen, dass er verschwindet, Finestra? Ich würde ihn nur zu gern tiefkühlen, oder Kamaria könnte die Tür in Flammen aufgehen lassen.«

Kamaria ließ ihre Knöchel laut knacken. Adricks Haare wehten um sein Gesicht, als Saida sich ebenfalls beteiligte.

»Ich war ein Arsch, und es tut mir leid«, sagte Adrick. »Wenn du mich lieber anzünden willst, statt mir zuzuhören, ist das eben so, aber ich werde nicht weggehen.«

Alessa stöhnte. »Gebt uns eine Minute, doch wenn ich rufe, kommt sofort her.«

Kamaria, Josef und Saida zogen sich auf die gegenüberliegende Seite der Küche zurück, wobei sie alle drei das gleiche finstere Gesicht zogen, während Adrick sich aus der Speisekammer schlich.

»Es tut mir leid«, sagte er mit hochgezogenen Schultern. »Ich fühle mich die ganze Zeit schrecklich, seit – na ja, du weißt schon. Aber ich habe wirklich geglaubt, ich würde das Richtige tun. Wie hätte ich wissen können, dass du sabotiert wurdest? Ich habe nicht einmal daran geglaubt, dass es noch Ghiotte gibt!«

Alessa krümmte die Finger. Darum ging es doch, oder? Dante den Kopf hinhalten zu lassen, damit sie von jeglicher

Schuld freigesprochen werden konnte? Trotzdem machte es sie wütend, es aus Adricks Mund zu hören.

»In jener Nacht habe ich mich dann furchtbar betrunken … weil ich so aufgewühlt war, und der Bruder, mit dem ich getrunken habe, hat die ganze Zeit über dieses Kind gequatscht, das er vor der Verdammung zu retten versucht hatte. Er hat geschworen, dass es ein Ghiotte war, und er hat ihn bis in die Stadt verfolgt, wo das Kind für Geld gekämpft hat. Wie auch immer, ich habe eine Weile gebraucht, um zu begreifen, warum der Name so vertraut geklungen hat, aber schließlich hat es klick gemacht.«

Alessa fluchte.

»Ich habe es daraufhin sofort Ivini erzählt«, sprach Adrick unbeirrt weiter. »Und er hat dich gerettet, also sind wir quitt, oder?«

Es juckte Alessa in den Fingern, sie um den Hals ihres Bruders zu legen. »*Du* hast es Ivini erzählt? Weil du geglaubt hast, es würde mich dazu bringen, dir zu *vergeben*? Wenn du nicht mein Bruder wärst, würde ich dich töten.«

Adricks Mund bewegte sich in stummer Verwirrung. »Ich … ich dachte … Alessa, er ist ein Ghiotte!«

»Dessen bin ich mir bewusst«, sagte sie. »Ein Ghiotte, der mir mehr als einmal das Leben gerettet hat, unter anderem auch, als mein eigener Bruder versucht hat, mich davon zu überzeugen, dass ich *mich umbringen soll*. Also, ist das der Grund, weshalb du hier bist? Um das Verdienst einzuheimsen, dass du mich vor dem Ghiotte gerettet hast? Dante hat mir *geholfen*. Er hat an mich *geglaubt*. *Er* hat mich niemals verraten. Es tut mir leid, dass ich dir das so klar sagen muss, Adrick, aber du kannst die Schuld nicht ihm zuschieben. Wünschst du dir immer noch, ich hätte das Gift genommen?«

Adrick atmete zitternd aus. »Nein. Nein, ich bin wirklich

froh, dass du es nicht getan hast. Du bist meine Schwester. Ich liebe dich.«

Sie verdrehte die Augen.

»Und –« Er wand sich. »Und weil vor einer Stunde ein Schiff aus Altari angekommen ist, vollgestopft mit Menschen.«

»Aus Altari? Wieso?«, fragte Alessa. »Ist ihre Finestra noch schlechter als ich?«

Adrick schluckte. »Ihre Finestra ist tot.«

Sie spürte das Blut in den Ohren pochen.

»Eine neue ist nicht aufgetaucht. Ihre Insel ist vollkommen schutzlos.«

»Willst du damit sagen, dass jetzt *zwei* Inseln auf mich zählen?«, fragte Alessa.

Und dabei hatte sie gerade gedacht, dass die Last der Verantwortung kaum noch schwerer werden könnte.

»Also, du hast ihre Geschichte gehört, und dir ist klar geworden, dass *du* dafür hättest verantwortlich sein können, dass zwei Inseln in dieser Position sind?«

Adrick schien in sich zusammenzusinken.

»Das fühlt sich nicht gut an, oder? Willkommen in meinem Leben, Adrick. Es ist deutlich leichter, jemand anderem die Schuld zu geben, wenn die Dinge falschlaufen, als wenn deine eigenen Entscheidungen schreckliche Konsequenzen haben. Wenn ich das Gift genommen hätte, würden jetzt die Menschen von zwei Inseln darauf warten zu sterben.«

»Mach schon«, sagte Adrick ausdruckslos. »Lass sie mich in einen Eiszapfen oder eine Fackel oder was auch immer verwandeln.«

»Hast du Shomari, meinen Bruder, gesehen?«, mischte Kamaria sich ein. Sie war nicht mehr in der Lage, so zu tun, als hätte sie nicht gelauscht. »Oder sind noch andere Schiffe unterwegs?«

Adrick verzog das Gesicht. »Sie haben die verletzlichsten Leute auf die schnelleren Schiffe gesteckt und als Erste geschickt. Diejenigen mit der Gabe haben das letzte und langsamste genommen, denn sie haben eine bessere Chance, sich zu verteidigen, wenn sie es nicht rechtzeitig schaffen.«

Kamaria atmete tief aus. »Es ist allerdings immer noch Zeit. Wir können eine komplette Armee aus Fontes auf dem Gipfel haben!«

»Ähm«, sagte Adrick und wirkte ein bisschen grau. »Der Wind hat den ganzen Tag nicht geweht. Das Schiff hat es kaum geschafft.«

Alessas Vision von einer Armee aus Fontes verschwand von einem Augenblick zum nächsten, aber die Enttäuschung verblasste, verglichen mit ihrem Entsetzen bei dem Gedanken, dass ein Schiff auf dem Meer festsaß, wenn die Scarabei kamen.

»Meine Gabe ist der Wind«, sagte Saida. »Ist dies mein Stichwort, zum Hafen zu gehen?«

Und so schwand Alessas neues Team aus Fontes noch einmal mehr, weil Kaleb geschwächt war, Kamaria verletzt und Saida zu einer verzweifelten Rettungsaktion aufgebrochen war.

46

Le leggi sono fatte pei tristi.
Gesetze werden für Schurken gemacht.

Tage bis Divorando: 2

Alessas abschließende Trainingseinheit mit ihren verbliebenen Fontes zerfiel allmählich. Der nächste Tag war Gebeten und Ruhe vorbehalten. Finestra und Fonte erbaten Deas Segen, die Soldaten machten ihre Waffen bereit, und die letzten Einwohner von Saverio ließen sich in den ihnen zugewiesenen Quartieren im Innern der Fortezza nieder, die um Mitternacht geschlossen werden würde. Sie sollte jede Minute zum Üben nutzen, aber es war ihr unmöglich, sich zu konzentrieren.

Saida war immer noch nicht zurückgekehrt, also musste sich irgendwo jenseits des Horizonts ein ganzes Schiff mit Fontes befinden, verloren auf dem Meer und völlig schutzlos. Das Wetter war inzwischen chaotisch – in der einen Stunde eiskalter Regen, in der nächsten sengende Sonne, dazu plötzliche Stürme, die Schindeln von den Dächern rissen und sie wie Herbstlaub über die Piazza schlittern ließen. Und bei jeder Wetteränderung bebte dazu noch die Insel.

In der Zwischenzeit vermoderte Dante in einer Gruft, und Alessa konnte die Augen nicht schließen, ohne einstürzende Marmormauern vor sich zu sehen und kreischende Metall-

stangen unter einem Dach, das in einem Trümmerhaufen zusammenbrach. Die Cittadella hatte jeden vorhergehenden Divorando überstanden, und Dea würde sie auch während des
bevorstehenden zusammenhalten. Aber Alessas Eingeweide
wanden sich jedes Mal, wenn sie an Dante dachte, der einsam
und allein in der Dunkelheit gefangen war.

Sie hatte eine Aufgabe, eine Verantwortung – sie musste
Deas Gabe nutzen, um alle zu retten. Aber bei dieser letzten
Übung, bei der sie in Höchstform sein sollte, machte sie immer
wieder einen Fehler, verlor die Kontrolle und überwältigte ihre
Übungspartner.

Sie beharrte darauf, dass es nur die Nerven waren, aber das
stimmte nicht.

Sie hatte Dante zweimal besucht, doch dann war sie Renata über den Weg gelaufen, als sie von der Gruft zurückgekehrt
war, und sie hatte Alessa untersagt, es erneut zu tun. Jedes Mal
hatte es so ausgesehen, als wäre er noch mehr dahingeschwun-
den als zuvor. Sie mochten beide bald tot sein, und seine letzten
Atemzüge würde er in genau der Art von Elend verbringen,
vor dem er Jahre zuvor weggelaufen war.

Kaleb warf seine Decken auf den Boden und stand auf. »Es
reicht.«

»Was reicht?«, fauchte Kamaria. Ihr verletztes Bein hatte
eine Stunde zuvor nachgegeben, und sie saß auf dem Boden.
Sie wirkte rebellisch.

»Sie geht kaputt.«

»Es tut mir leid.« Alessa sackte in sich zusammen. »In der
Schlacht wird das nicht passieren, das verspreche ich.«

Kaleb verzog das Gesicht. »Lasst es mich endlich tun.«

Kamaria funkelte ihn an. »*Was* tun?«

»Seinen Platz einnehmen. Was sonst. Wir alle wissen, warum sie so durcheinander ist. Ich werde ein Nickerchen hinter

Gittern machen, und ihr werdet in der Lage sein, euch auf den Kampf zu konzentrieren.«

Alessa runzelte die Stirn. »Ich glaube nicht, dass die Menschen von Saverio ihren Fonte gegen einen Ghiotte tauschen wollen.«

»Sie müssen davon gar nichts erfahren«, sagte Kaleb grimmig. »Wenn man Angst vor jemandem hat, der in der Gruft sitzt, ist es egal, ob es wirklich er oder sonst jemand ist.«

»Wenn sie es herausfinden –«

»Sie schließen die Fortezza, bis die Schlacht vorüber ist, und wer auch immer versucht, heute Abend nach Mitternacht die Tore zu öffnen, wird rausgeworfen. Ich muss nur vermeiden, mich umzudrehen, bis die Tore verschlossen sind, dann ist es erledigt. Es ist wirklich für alle Seiten ein Gewinn. Na ja ... für alle außer mich.«

»Wieso willst du so etwas tun?«

Kaleb fummelte an seinen Fingernägeln herum. »Er wird auf der Finestraspitze sehr viel nützlicher sein als ich. Ich kann nicht sagen, dass ich mich darauf gefreut habe zu kämpfen, aber es hat sich gezeigt, dass ich noch weniger begeistert bin, herumzusitzen und mich wie ein wertloser Trottel unter Decken zu verstecken. Also gebt ihm ein Schwert und steckt mich zu den Toten. Zumindest kann ich dann *irgendwie* helfen.«

»Und was schlägst du vor – wie sollen wir euch beide austauschen, ohne dass jemand es merkt?«, fragte Kamaria.

Kaleb sackte auf seinem Stuhl zusammen. »Erwartet ihr von mir, dass ich die ganze Arbeit hier mache?«

»Ich habe eine Idee.« Hoffnung leuchtete in Alessas Augen. »Zufälligerweise habe ich einen Bruder, der mir etwas schuldig ist.«

»Nun?«, fragte Kaleb und kam hinter Alessas Paravent hervor. »Wie sehe ich aus?« In Dantes Sachen und mit fettbeschmierten Haaren, die dadurch dunkler wirkten, hätte Kaleb wohl den meisten Leuten weismachen können, dass er Dante war. Allerdings nicht Alessa. Vielleicht, wenn sie ihn nicht direkt ansah. Nein, nicht einmal dann. Aber seine Verkleidung würde reichen müssen.

Soweit Renata und Tomo wussten, igelten sich Alessa, Kaleb, Kamaria und Josef in ihrer Suite ein, besprachen Strategien und tauschten letzte Ratschläge aus. Das war nicht *vollkommen* falsch. Sie mussten zuvor nur noch einen anderen Sieg erringen.

Kaleb lehnte mit verschränkten Armen an der Wand und starrte Josef und Kamaria an. »Nicht schlecht, oder?«

»Volltreffer«, sagte Alessa. Es fühlte sich falsch an, ausgerechnet in dieser Zeit zu lachen, aber sie waren alle nervös, und Lachen mochte die beste Entspannung sein.

Kamaria stieß Kaleb in die Seite. »Du musst dich nur hinlegen und darfst dich nicht bewegen. Dies ist nicht die Zeit, um übermütig zu sein.«

Kaleb sah an seiner Nase entlang auf sie hinunter und griff nach einem weiten lodengrünen Umhang mit magentafarbenem Futter, den er sich über die Schultern warf. »Kammy, ich war *von Geburt an* übermütig.«

»Krass.« Kamaria machte ein Gesicht, als würde sie würgen. In ihrer hellbraunen Hose, die sie an der Taille mit einer Schnur befestigt hatte, und den von einer karierten Mütze bedeckten Haaren sah sie aus wie der hübscheste Lieferjunge der Welt. Mit etwas Glück würde niemand sie erkennen und sich fragen, wieso so viele Fontes ein paar Stunden bevor die Cittadella als Teil der Vorbereitung für Divorando verschlossen werden würde, in den Grüften herumliefen.

»Können wir uns bitte auf die Aufgabe konzentrieren?«, fragte Alessa. »Josef, du wirst warten. Kamaria?«

»Bereit.« Sie zog Streichhölzer aus ihrer Tasche und zündete eins an. Mit einem Auflodern brachte sie die flackernde Flamme dazu, von dem Streichholz zu einer Laterne zu springen, die auf dem Tisch daneben stand. Sie ließ die Flamme wachsen und schwinden, bis sie genau so war, wie sie sie haben wollte. »Das wird ein Spaß.«

»Sofern wir nicht erwischt werden«, sagte Alessa.

»Was sollen sie tun?«, fragte Kaleb. »Uns verbannen? Dazu ist es jetzt zu spät. Sie sperren um Mitternacht zu. Niemand kommt rein, niemand kommt raus, bis der Krieg gewonnen ist. Oder verloren. Aber bitte verliert nicht. Ich werde sauer sein, wenn ich meine letzten Tage in irgendeiner hässlichen Zelle verbringen muss.«

Alessa atmete geräuschvoll aus. »Ich schätze, dann sind wir bereit.«

Kamaria zwinkerte Alessa frech zu und tippte an ihre Kappe.

Im Haupttunnel unterhalb der Cittadella polterten Stimmen. Die Luft war dick vom Atem und ständigen Lärm vieler Leute. Überall waren Menschen.

Alessa und Kaleb blieben häufig stehen, um ermunternde Worte entgegenzunehmen und ein mitfühlendes Lächeln mit den Altarianern zu wechseln, die sich unter die Saveriones gemischt hatten.

Kaleb, der an Alessas Arm ging, lächelte strahlend und warf Kusshändchen, machte eine Schau daraus, mit dem Umhang herumzuwedeln, um dafür zu sorgen, dass alle ihn darin sahen.

Die Tore waren noch eine weitere Stunde lang geöffnet.

Sie bogen in den letzten Korridor zu den Grüften ein und stellten fest, dass der Eingang von einer Menschenmenge blockiert war. Die meisten waren Stadtbewohner, aber es waren ebenso ein halbes Dutzend Kultisten in weißen Gewändern zu sehen. Zu denen auch Ivini gehörte.

Einer der Gewandträger war Adrick. Er warf Alessa einen vielsagenden Blick zu und hob eine Hand, als wollte er sich am Ohr kratzen, und signalisierte ihr dann einhändig: »Ich habe es versucht.«

Alessa biss die Zähne zusammen. Adrick hatte nur die Aufgabe gehabt, Ivini davon zu überzeugen, dass er in dieser Nacht beim Ghiotte Wache halten sollte. Er hätte *allein* sein sollen. Stattdessen sah es fast so aus, als würden alle, die sie nicht sehen wollte, hier unten eine Party feiern.

»Ah, Finestra, Fonte«, sagte Ivini. Seine Augen strahlten, als er Alessa und Kaleb sah. »Was führt Euch hier herunter?«

Alessa lächelte voller gütiger Anmut. »Ein letzter Besuch, um bei der Kreatur zu beten, Padre. Indem ich ihn segne, hoffe ich, den Schatten abzuschwächen, den er auf unsere Fortezza wirft.«

»Wunderbar«, hauchte Ivini. »Wir sind aus dem gleichen Grund hier. Ihr müsst ebenso wie ich gehört haben, dass die tapferen Soldaten, die ihn bewacht haben, sich zum Dienst auf dem Schlachtfeld melden sollen. Aber keine Angst, wir haben versprochen, dass wir die Aufgabe übernehmen. Wir werden dafür sorgen, dass der Gefangene ordentlich bewacht wird.«

»Schön«, sagte Alessa und ballte die Hände in den Taschen zu Fäusten. Zeit für den Ersatzplan.

Alessa führte die absurd große Prozession in die Grüfte und kniete vor Dantes Gefängnis nieder. Er hatte sich ganz hinten auf dem Boden zusammengerollt, und trotz des Lärms so vieler Leute draußen rührte er sich nicht.

Ihr Herz pochte in ihren Ohren, aber sie begann, so langsam wie möglich Deas Segen aufzusagen. Es gab nicht einmal den kleinsten Hinweis, dass Dante überhaupt noch am Leben war.

Dea, wenn du mich auch nur ein bisschen liebst, ist dies der perfekte Augenblick für ein Wunder.

Stattdessen flog ein Stein.

Er traf die Gitterstäbe, prallte zu ihr zurück. Alessa wirbelte herum und sah die Menge an.

»Wer hat den geworfen?«

Ausdruckslose Gesichter starrten sie an. Ein kleiner Junge hob die Hand. »Ich hatte nicht auf Euch gezielt, Miss. Ich dachte, ich dürfte es auch mal versuchen.«

Alessa sah rot. »Wir sind hier, um zu beten.«

»Aber ich hatte meine Chance noch nicht«, quäkte der Junge, als ein Mann – vermutlich sein Vater – ihn an seinem Hemd zurückkriss und ihm zuzischte, still zu sein.

Seine Chance. Er hatte noch nicht *seine Chance* gehabt, einen Stein auf den Ghiotte zu werfen.

Dantes Reglosigkeit war unheilvoller als je zuvor. Und für sie war es noch nie so schwierig gewesen, sich ruhig zu verhalten und zu beherrschen.

Als es kaum noch schlimmer werden konnte, tauchte Nina auf.

47

In bocca al lupo / Crepi il lupo.
In den Rachen des Wolfs / Möge der Wolf sterben.

Tage bis Divorando: 1

»Padre, Ihr solltet dieser Kreatur nicht zu nahe kommen«, schniefte Nina und reckte das Kinn in die Luft. »Oh, hallo, *Josef*. Komisch, dich hier zu sehen. Tust du immer noch, was die Finestra dir sagt?«

»Die Pflicht hat gerufen«, erwiderte Josef und sah so stolz aus wie ein Pfau. »Und ich habe geantwortet.«

»Darauf wette ich.« Nina sah zur Decke und blinzelte, als würde sie versuchen, nicht zu weinen. »Ich wusste, dass du zu ihr zurückrennen würdest. Sie hat dich offensichtlich mit ihrer Schönheit und Güte bezaubert. Wie könnte eine bloße Sterbliche sich *jemals* damit messen?«

Josef plusterte sich sogar noch ein bisschen mehr auf. »Wir sehen dem Ende der Welt ins Auge, Nina. Die Zukunft allen Lebens auf Saverio ist wichtiger als deine dummen Gefühle.«

Nina fiel die Kinnlade herunter. »*Meine dummen Gefühle?*«

»Du meine Güte!«, murmelte Kamaria von irgendwo in der Menge, und alle Laternen gingen zischend aus.

Nina stieß einen ohrenbetäubenden Schrei aus, und dann war nur noch Gescharre und Geschrei zu hören, und Kaleb flüsterte Alessa ins Ohr: »Es läuft fantastisch, oder?«

445

Alessa zog ihre bloße Hand aus der Tasche. Eine kleine Hand fasste nach ihr, und ihr Magen machte einen Satz.

Bestürzte Schreie hallten durch die Gruft, riefen danach, dass jemand die Laternen wieder anzündete. Doch jedes Streichholz ging nach einem kurzen Aufflackern sofort aus.

Die Hand war weg, und etwas Seidenes streifte ihren Arm.

»Hat denn wirklich *niemand* ein Licht?«, fragte Alessa.

Eine Flamme erwachte zum Leben, so hell, dass sie die Augen abschirmen musste.

Die Kappe tief ins Gesicht gezogen, um es zu beschatten, kam Kamaria mit einer Laterne zu ihr stolziert. »Hier, Miss«, sagte sie. Ihre Stimme war leise. »Meine scheint zu funktionieren.«

Ivini entriss ihr die Laterne, bevor Alessa sie nehmen konnte.

Er ignorierte das allgemeine empörte Aufkeuchen und eilte zur Metalltür von Dantes Gefängnis, schlug in seiner Hast die Laterne gegen die Gitterstäbe. Die gleiche reglose Gestalt lag zusammengerollt ganz weit hinten.

Ivini zog argwöhnisch die Brauen zusammen und senkte die Laterne, um in deren Licht das schwere Schloss zu mustern, das intakt und unberührt war.

»Entschuldigung«, sagte Alessa.

Ivini grummelte leise vor sich hin und reichte ihr die Laterne.

Alessa zog ihren Begleiter zum Korridor hin, wo verdächtig viele Laternen ausgegangen waren. Der Kapuzenumhang hüllte sein Gesicht in Schatten, aber nicht genug, dass die Prellungen so aus der Nähe nicht zu sehen gewesen wären. »Was haben sie mit dir gemacht? Ich dachte, sie hätten keinen Schlüssel.«

Dante sprach mit zusammengebissenen Zähnen. »Man braucht keinen Schlüssel, wenn man Steine werfen kann.«

In ihren Adern brannte Wut, aber sie musste warten. Alessa

hatte vorgehabt, sich mit einem munteren, mitspielenden Dante rasch durch die bevölkerten Ebenen zu bewegen. Stattdessen wurde sein Arm auf ihrer Schulter immer schwerer, seine Schritte unsicher, und während sie den mehr bevölkerten Ebenen nur quälend langsam näher kamen, durchbohrte sie bei jedem Gesicht, das sich zu ihnen umdrehte, ein Pfeil der Angst.

Sie warf einen verzweifelten Blick über die Schulter zu Kamaria und Josef, die ein Stück zurückgeblieben waren und versuchten, mit den vielen Hundert anderen Saveriones zu verschmelzen, die überall herumliefen.

Panik würde ausbrechen, wenn Leute herbeigerannt kamen, um »Kaleb« zu stützen, aber sollte er hinfallen, wäre es schlimmer. Und sogar noch schlimmer, wenn alle erkennen würden, dass Kaleb gar nicht Kaleb war.

Schließlich erreichten sie den Hauptkorridor, und sie konnte das Tor zur Cittadella sehen.

»Wir sind fast da«, flüsterte sie. »Nur noch ein kleines Stück.«

Zwei Gestalten traten ihr in den Weg. Ausgerechnet jetzt.

»Finestra«, sagte ihre Mutter. Sie umklammerte den Arm ihres Vaters so heftig, dass ihre Fingerknöchel weiß waren. »Ich würde es zu schätzen wissen, wenn du mir eine Sekunde deiner Zeit schenken würdest.«

Alessa nahm eine feste Position ein, um Dante aufrecht halten zu können. »Ich fürchte, wir sind etwas in Eile.«

»Bitte.« Die Stimme ihrer Mutter brach. »Dein Bruder hat uns gesagt, was er getan hat.«

»Ich habe keinen Bruder«, sagte Alessa tonlos. »Und auch keine Familie.« Und es schmerzte immer noch genauso sehr wie an dem Tag, an dem sie weggegangen war.

»Ich weiß, dass du wütend auf mich bist, aber ich habe nur versucht, das zu tun, was mir befohlen wurde. Wie es die Götter von mir verlangt haben. Adrick –« Sie hob eine Hand an den Mund.

»Er hätte dich beschützen müssen.« Ihr Vater zupfte an seinem kurzen Bart. »Statt zu tun … was er getan hat.«

Dante stolperte, aber er fing sich wieder – fast so, als wäre er einen kurzen Moment lang bewusstlos gewesen. Panik durchzuckte Alessa. »Ich bin froh, dass ihr daran Anstoß nehmt, dass euer Sohn versucht hat, die Finestra zu töten, aber ich muss jetzt wirklich gehen.«

»Hat der Ghiotte – hat er dir wehgetan?«, fragte Papa.

»Nein«, erwiderte Alessa. Sie wusste nicht, ob Dante ihre Worte voll und ganz mitbekam, doch sie sagte sie auch für ihn. »Er hat mich beschützt. Immer.«

»Wenn ich daran denke, wie einsam du gewesen sein musst, dass du ihn in dein Vertrauen gezogen hast –«

Adrick kam zu ihnen gelaufen. In seinem Gesicht stand Angst, als er die familiäre Wiedervereinigung sah. »Ich habe mich bereits entschuldigt, Papa. Lasst sie gehen. Sie hat wichtige Dinge zu tun.«

Alessa warf Adrick einen verzweifelten Blick zu. Ihre Knie drohten unter Dantes Gewicht nachzugeben.

»Nimm zumindest die hier.« Ihre Mutter reichte ihr ein Bündel Briefe, die von einem Band zusammengehalten wurden.

»In Ordnung, Mama, lass sie gehen.« Adrick nahm das Päckchen und beugte sich vor, um es in die Tasche von Dantes Umhang zu schieben. Er wurde kreidebleich, als er einen Blick unter die Kapuze warf.

Mamas Stirn legte sich in Falten, als Dantes gesenkter Kopf nach vorn sackte.

Sie mussten ihn ins Innere schaffen. Sofort.

»Mama, Papa«, flüsterte Alessa und sah sie mit festem Blick

an. »Wenn ihr mir jemals irgendetwas geglaubt habt, dann vertraut mir in dieser Angelegenheit. Er ist Deas Kind, so sehr wie ihr oder ich. Wahrscheinlich sogar mehr. Ich weiß, was die Verità sagt, aber –«

»Wenn du das sagst, glauben wir dir«, verkündete Mama.

Alessa spürte eine Woge der Erleichterung durch ihren Körper strömen. »Dann helft mir.«

Ihre Eltern hatten möglicherweise nicht alles verstanden, aber sie waren nicht dumm.

»Darf ich mit dir beten, Finestra?«, fragte ihre Mutter laut. »Mein Mann und mein Sohn würden gern mit unserem guten Fonte beten.«

Papa breitete seine kräftigen Arme weit aus, und Alessa schob Dante in sie hinein. Eine Finestra konnte außer ihrem Fonte niemanden berühren, aber ein Fonte war nicht auf diese Weise eingeschränkt.

Mit einem herzlichen Lächeln legte sich Papa Dantes Arm um seine Schultern, während Adrick seinen Arm kräftig drückte. Dann führten sie ihn zum Tor.

Josef und Kamaria schlüpften an ihnen vorbei, während Alessa so tat, als würde sie dem weitschweifenden Gebet ihrer Mutter lauschen.

Als sie beinahe am Tor waren, hörte ihre Mutter auf zu beten. Tränen traten ihr in die Augen. »Pass auf dich auf, mein süßes Mädchen.«

Alessa schluckte gegen den Kloß in ihrer Kehle an und beeilte sich, Papa und Dante einzuholen.

Am Tor zur Cittadella gab ihr Vater Dante einen Klaps auf die Schulter, schubste ihn regelrecht zu Josef.

Kamarias Gabe ließ wieder sämtliche Laternen im Korridor ausgehen, was zu vereinzelten Schreien aus allen Richtungen führte, während sie ins Innere taumelten. Adrick und Josef teilten sich die Bürde, Dante die Treppen hinaufzuschaffen. Jede Stufe schien höher zu sein als die letzte, bis sie das Erdgeschoss erreichten und Adrick umkehren musste. Jetzt übernahm Alessa, und gemeinsam trippelten sie über den Innenhof. Ihre seltsame Kleidung und die unnatürlichen Bewegungen sorgten dafür, dass eine vorbeigehende Wache sie verwirrt anstarrte.

Alessa grinste breit. »Zu viele Trinksprüche, aber ein kleiner Espresso, und er ist wieder in Ordnung.«

Die Wache zuckte mit den Schultern.

Oben humpelte Kamaria herum, holte Seife und Flüssigkeit, während Josef Dante stabilisierte, sodass Alessa ihm aus seiner dreckigen Kleidung heraushelfen konnte.

Als ein Aufkeuchen an der Tür erklang, unterbrach sie den Versuch, Dante die Schuhe von den Füßen zu ziehen, und blickte auf.

»Ich habe nicht hingesehen, Josef. Ich habe nicht hingesehen!« Nina hielt sich die Augen zu.

Josef seufzte und schüttelte den Kopf.

»Habe ich alles richtig gemacht?«, Nina zappelte vor Stolz. »Ich weiß, dass ich es mit meiner Schauspielerei ein *bisschen* übertrieben habe, aber ich musste mich voll und ganz darauf einlassen, sonst wäre es niemals überzeugend gewesen. Josef, du warst *umwerfend*. Die Gitterstäbe haben sich wundervoll in ihre alte Form zurückbewegt, und ich denke, der Schrei hat auf jeden Fall geholfen.«

»Das hat er«, sagte Alessa. »Danke.«

Ninas Lippe zitterte. »Es war das Mindeste, was ich tun konnte. Ich bin wirklich –«

»Du kannst dich nach der Schlacht entschuldigen, in Ordnung?«

An Ninas kupferroten Wimpern glitzerten Tränen. »Oder währenddessen?«

Alessa lächelte. »Sicher. Wir sollten ein paar Pausen haben, oder?«

Kamaria stellte ein Tablett mit dampfenden Schüsseln und Bechern auf dem Tisch ab und hob Dantes schmutzige, zerrissene Kleidung auf. »Ich werfe das hier weg.«

Alessa machte sich noch nicht einmal die Mühe, ihre eigenen Sachen auszuziehen, als sie und Josef Dante zu den Salzbädern hinunterbrachten, sondern watete vollständig angezogen ins Wasser. »Ich rufe, wenn ich dich brauche.«

Josef nickte. »Ich werde die Brühe hier runterbringen.«

Mit einem Arm um seine Brust wiegte Alessa Dante im Wasser, benutzte die andere Hand, um seine Haare nass zu machen, und strich sie ihm aus dem Gesicht.

Sie erinnerte sich daran, als *sie* diejenige gewesen war, die verletzt im Wasser gelegen hatte, während Dante auf den Stufen gehockt und über ihre Theorien über die Ghiotte gespottet hatte, und ihr Herz verkrampfte sich. Sie wusste nicht mehr, was sie gesagt hatte, aber ihre Worte mussten ihn geschmerzt und einem Leben voller Narben eine weitere Schicht aus Wunden hinzugefügt haben. Wie viele Male hatte Dante sich auf die Zunge gebissen, während Menschen wie sie darüber diskutiert hatten, wie böse er war, wie selbstsüchtig und schrecklich seine Eltern gewesen waren?

Sie hatte Jahre damit verbracht, sich zu fragen, ob etwas mit ihr nicht in Ordnung war, ob sie eine Versagerin war, ein Makel im göttlichen Wandteppich der Welt, und es hatte sie beinahe umgebracht. Er hatte sein ganzes Leben damit gelebt.

Trotz seines lebenslangen Elends hatte Dante einem kleinen Mädchen geholfen, das in einer Gasse von jemandem viel stärkeren und mächtigeren schikaniert worden war. Und er hatte sich entschieden, Ja zu sagen, als eine verängstigte junge Frau ihn um Hilfe gebeten hatte.

Er war geblieben, als er auch hätte gehen können. Hatte geliebt, als er hätte hassen können. Und er hatte sich einsperren lassen, um Menschen zu beschützen, die keinerlei Skrupel hatten, ihn leiden zu lassen.

Sie hatten ihn nicht verdient.

Josef kam auf Zehenspitzen mit einem Tablett, das er dicht an den Rand des Teichs schob, sodass Alessa es erreichen konnte.

Dante hatte die Augen geschlossen; er war nicht immer bei Bewusstsein, aber immer mal wieder. Manchmal zuckte er zusammen, wenn sie seine Wunden mit einem nassen Tuch betupfte.

»Keine Sorge. Ich werde schon bald heilen«, sagte er.

Sie griff nach einem Löffel, fest entschlossen, ihm ein paar Nährstoffe einzuflößen, damit seine Kräfte ungehindert wirken konnten. »Wirst du einmal zulassen, dass ich mich um dich kümmere?«

»Niemand kümmert sich um mich«, sagte er undeutlich.

Tränen schossen ihr in die Augen. »Ich tue es. Und jetzt sei still.«

Die Brühe oder seine Kräfte belebten ihn genug, dass er lächeln konnte. »Solltest du nicht die verletzten Stellen küssen, damit es ihnen besser geht?«

Sie drückte ihm einen Kuss auf die Schläfe.

»Das zählt nicht.«

»Wenn ich dich so küsse, wie ich es *will*«, sagte sie vorwurfsvoll, »wirst du vor Anstrengung tot umfallen. Heile dich, und ich werde dafür sorgen, dass es die Mühe wert war.«

Er öffnete die Augen. »Wann ist Divorando?«

»Heute nicht. Mach dir darüber jetzt keine Sorgen. Du musst dich ausruhen.«

Josef musste mit gespitzten Ohren oben auf der Treppe gewartet haben, denn er kam genau in dem Moment nach unten gepoltert, als sie nach ihm rief. Gemeinsam zogen sie Dante aus dem Wasser, wickelten ihn in Handtücher und bugsierten ihn die Treppe hoch.

Josef war auf liebenswerte Weise beschämt, weil er einen schlafenden Ghiotte in das Bett seiner Finestra steckte.

»Geh zu Nina. Sie war großartig.«

Josef strahlte sie an. »Das war sie, nicht wahr? Es tut ihr wirklich sehr leid – «

Alessa hob die Hand, um ihn am Weitersprechen zu hindern. »Wir haben alle Fehler gemacht. Sie war verängstigt und hat versucht, jemanden zu beschützen, den sie liebt. Ich hatte heute Abend genug Rachefantasien, um das zu verstehen. Abgesehen davon werde ich euch alle auf dem Gipfel benötigen.«

Josef verbeugte sich tief. »Es wird mir eine Ehre sein, Finestra.«

Alessa lachte. »Denkst du nicht, dass du es nach heute Abend über dich bringen könntest, meinen Namen zu sagen?«

»Es wäre mir eine Ehre, Miss Paladino.«

Sie stupste ihn an der Schulter an. »Das genügt fürs Erste. Wir werden daran arbeiten.«

Als Josef gegangen war, kroch sie neben Dante ins Bett.

Er stöhnte und öffnete ein Auge. »Ich fühle mich furchtbar.«

»Du siehst auch furchtbar aus.«

Er lachte, begleitet von einem leisen Keuchen. »Oh, Luce mia. Du weißt wirklich, wie man das Herz eines Mannes zum Flattern bringt.« Er stöhnte. »Fühlt es sich so an zu sterben? Sollte ich dir jetzt meinen Namen sagen?«

»Du stirbst nicht. Du bist unterernährt und heilst nicht in deinem normalen Tempo. Aber du *kannst* mir natürlich deinen Namen sagen.«

»Ha«, sagte er, verzog dabei gequält das Gesicht. »Netter Versuch. Wenn ich jetzt *nicht* sterbe, bekommst du ihn auch erst zu hören, nachdem du die Welt gerettet hast.«

»Na ja, du bist auf jeden Fall zu schwach, um wegzulaufen, also kriege ich ihn früher oder später. Und jetzt schlaf.«

Irgendwann beruhigten sich seine Atemzüge, und damit verließen sie auch die letzten Reserven an Energie.

Sie klammerte sich in dieser Nacht an ihn, verschränkte ihre Beine mit seinen und drückte ihr Gesicht an seine Schulter. Sie zählte die Stunden im Takt seines Herzschlags.

Dantes vom Schlaf raue Stimme weckte sie. »Solltest du diese Zeit nicht mit Beten verbringen?«

Alessa schlug die Decken zurück und seufzte erleichtert, als sie sah, dass seine Prellungen verschwunden waren. »Wonach sieht das, was ich tue, denn aus?«

Er gab ein leises zustimmendes Geräusch von sich, als sie ihre Hand über seine Brust wandern ließ. »Musst dich erinnern, wofür du kämpfst, oder? Hast du nicht gesagt, du würdest auf alle meine Wunden einen Kuss drücken?«

»Du hattest eine *Menge* Wunden, aber ich werde mir alle Mühe geben.«

Als der Hunger sie schließlich aus dem Bett trieb, plünderten Alessa und Dante die Nahrungsmittel-Vorräte, die von der Küchenbelegschaft zurückgelassen worden waren, als sie sich in den Schutz der Fortezza zurückgezogen hatte. Der Morgen verging in einem Durcheinander aus Küssen, dem Entwickeln von Strategien und essen – Dante bestand darauf, dass sie sich für den Kampf stärkten, was anscheinend bedeutete, stündlich eine Kleinigkeit zu sich zu nehmen – und der gelegentlichen Stille, wenn die ganze Wucht dessen, womit sie es zu tun bekommen würden, Alessa den Atem verschlug. In diesen Momenten schien Dante die Veränderung ihrer Stimmung zu spüren, noch bevor sie selbst sie wahrnahm, und er zog sie auf seinen Schoß, um ihre unruhigen Finger mit einem leichten Händedruck zu beruhigen, hielt sie fest, bis es vorüber war.

Während einem dieser nervösen Zitteranfälle holte er einen Umhang hinter dem Sofa hervor und legte ihn über sie beide.

»Was ist das?« Er zog ein Bündel Papiere aus dem Umhang, und sie nahm sie. Schweigend öffnete sie das Band.

»Briefe«, sagte sie. »Von meiner Mutter.« Sie blätterte den Stapel durch, sah sich das Datum an, das jeweils oben darauf stand, aber sie las keinen von ihnen.

»Wirst du sie lesen?«

Sie schloss die Augen. »Ich weiß es nicht. Im Augenblick bin ich überwältigt davon, dass sie die alle überhaupt geschrieben hat.«

Dante gab ihr einen Kuss auf die Wange. »Ich gebe dir eine Minute Zeit, darüber nachzudenken.«

Er ließ sie allein, um zu duschen, und sie traute sich, den ersten Brief zu öffnen, der an ihrem vierzehnten Geburtstag geschrieben worden war, ein paar Wochen nachdem sie ihr Zuhause für die Cittadella verlassen hatte.

Mein liebes Mädchen,
ich weiß, dass ich das nicht tun soll, aber ich vermisse dich
einfach mehr, als Worte zu sagen vermögen. Sie haben heute
eine Parade für dich abgehalten. Adrick sagt, du hättest
wunderschön ausgesehen, doch ich habe es nicht über mich
gebracht zu kommen. Wie könnte ich auch, wenn es mir noch
mehr das Herz brechen würde, dich zu sehen und so zu tun, als
wärst du nicht meine Tochter?

»Klopf, klopf. Genug gebetet?«

Alessa wischte sich die Tränen aus dem Gesicht und steckte den Brief in Dantes Buch mit den Sprichwörtern. Sie hielt es dicht an sich gedrückt, als sie zur Tür ging, um sie zu öffnen.

»Sind alle nach all dem Beten anständig angezogen?« Kamaria spähte durch eine Lücke zwischen ihren Fingern. »Ich darf nicht zulassen, dass meine jungfräulichen Augen am Vorabend der Schlacht befleckt werden.«

Nina errötete, und Josef blickte empört drein.

»Wir wollten dein Gebet nicht unterbrechen –« Nina warf Kamaria einen vorwurfsvollen Blick zu, weil sie schnaubend gelacht hatte. »Aber wir wollten nach Dante sehen, und die Sonne geht unter, also ist der *Tag* des Gebets praktisch vorbei. Abgesehen davon können wir nichts tun als uns ausruhen, und es ist zu früh zum Schlafengehen.«

»Wir könnten noch etwas mehr Zeit damit verbringen, uns Sorgen zu machen«, sagte Kamaria. »Das steht immer noch auf meiner Liste zu erledigender Aufgaben.«

Es klopfte erneut an der Tür.

»Dea hilf uns«, rief Alessa. »Es ist der Tag vor der Apokalypse, und wir veranstalten eine Party.«

Adrick stand draußen. Er wirkte verlegen.

»Was machst du denn hier?«, fragte Alessa. »Du solltest in der Fortezza sein.«

»Ich wusste, dass du dich aufregen würdest, deshalb habe ich mich versteckt, bis die Tore sich geschlossen haben. Jetzt ist es zu spät! Ich werde mit der Miliz kämpfen und mich um die Verwundeten kümmern. Krieger-Sanitäter, zu deinen Diensten.«

Alessa sank gegen den Türrahmen. »*Jetzt* entscheidest du dich, heroisch zu sein? Ich schwöre, du wirst noch mein Tod sein.«

Adrick lächelte zögernd. »Zumindest ist es dieses Mal nicht beabsichtigt!«

Sie seufzte. »Also gut, komm rein. Wir haben genug zu essen, um die ganze Armee zu versorgen, aber es ist nichts warm, und die Getränkeauswahl könnte besser sein. Außer, du magst Limoncello mit Zimmertemperatur.«

Adrick rieb sich die Hände. »Mein Lieblingsgetränk.«

»Ich glaube, einige von euch haben meinen Bruder bereits kennengelernt.« Adricks Hilfe bei Dantes Befreiung hatte nicht ausgereicht, um seine vergangenen Vergehen aufzuwiegen, aber es schien, als würden sie ihn tolerieren.

Dante kam halb angezogen aus dem Bad geschlendert, als sie mit der angespannten Vorstellungsrunde gerade fertig war. Adrick zuckte zusammen; er war sichtlich erstaunt, als er Dante vor Gesundheit strotzend sah. Es war ein starker Kontrast zu dem gebrochenen armen Kerl, den sie in der Nacht zuvor aus der Gruft geschmuggelt hatten.

»Oh, hey. Die ganze Bande beisammen«, sagte Dante. Sein Bizeps bewegte sich, als er mit einer Hand durch die feuchten Haare fuhr.

Adrick gab ein leises anerkennendes Geräusch von sich und stieß Alessa mit dem Ellbogen an. Sie ignorierte es geflissentlich.

»Sie sind gekommen, um nach dir zu sehen«, sagte sie. »Und mein Esel von Bruder hat sich entschieden, im letzten Augenblick Sanitäter zu werden. Also haben wir auch ihn am Hals. Ich werde sie rauswerfen, nachdem wir gegessen haben, denn wir müssen heute Nacht alle ordentlich Schlaf bekommen.«

»Ja, ja«, sagte Kamaria und winkte ab. »Noch irgendwelche letzten Anweisungen? Zuspruch? Schlachtrufe?«

»Ja«, meinte Josef. »Wir brauchen ein Team-Motto.«

Dante starrte auf das Buch mit den Sprichwörtern, das

Alessa in der Hand hielt. »In Bocca al Lupo. *Im Mund des Wolfs.* Es bedeutet ›Viel Glück‹.«

»Der Mund des Wolfs?«, fragte Kamaria. »Versteh ich nicht.«

»Manche sagen, es bedeutet, einer Gefahr – dem Wolf – entgegenzutreten und auf den Sieg zu hoffen. Andere glauben, es bezieht sich darauf, wie eine Wolfsmutter ihre Jungen trägt, die trotz ihrer scharfen Zähne in Sicherheit sind. Die korrekte Antwort lautet ›Crepi il Lupo‹ oder ›*Möge der Wolf sterben*‹.«

Alessa zuckte zusammen.

»Es ist nur eine Redensart«, sagte Dante nur zu ihr.

»Gefällt mir«, meinte Josef. »In Bocca al Lupo!«

»Crepi!«, rief Kamaria mit erhobener Faust zurück. Es klang allerdings mehr nach *cräppi*, und alle lachten, abgesehen von Dante. Es schien, als würde es ihn große Anstrengung kosten, es nicht zu tun.

»Wenn diese Schlacht vorüber ist, gebe ich euch allen Unterricht in korrekter Aussprache.«

»In Ordnung«, sagte Alessa. »Und jetzt, da wir unsere Parole haben, haut rein.«

»Esst, trinkt und seid fröhlich.« Nina reichte Josef einen Korb mit frischem Brot.

Kamaria hob das Baguette wie eine Sektflöte. »Denn morgen könnten wir sterben.«

48

Tutti son bravi quando l'inimico fugge.
Alle sind mutig, wenn der Feind flieht.

Divorando

Der Untergang hatte eine Farbe. Nicht ganz schwarz, aber ein dunkles Grau mit etwas Blau darin, das nach düsterer Vorahnung roch.

Ein ferner Schatten auf dem schieferfarbenen Meer kam näher und wurde größer, breitete sich so weit aus, dass er den Horizont verdeckte. Unterhalb der Finestraspitze lag die Oberfläche des Meeres reglos da und hielt den Atem an.

Der tiefe, gleichmäßige Rhythmus der Trommeln der Infanterie war dazu gedacht, eine Armee heraufzubeschwören, deren Herzen im gleichen Takt schlugen. Keine Angst, kein Zweifel, keine Individuen. Ein Kollektiv.

Alessas Herz rebellierte und hämmerte so schnell, dass es alle paar Schläge aus dem Rhythmus zu kommen schien.

Fenster waren verrammelt und die Straßen leer gefegt. Ihre Armee war eine Phalanx aus glänzenden Rüstungen, doch die Mauer aus Metall konnte die Menschen dahinter nicht ganz verbergen. Die schmutzigen, aber entschlossenen Gesichter der schlampigen Miliz spähten durch die Lücken und suchten nach Rettung.

Suchten nach ihr.

Sie konnte sich beinahe durch ihre Augen sehen. Ein Mädchen auf einer Klippe, mit nichts als einem dünnen Unterkleid, einer Brustplatte und einem Helm bekleidet, während ihre Arme und Hände und Beine und Füße nackt waren. Alle Gliedmaßen mussten unbedeckt und für ihre *Fontes* – nicht nur für einen Fonte – zugänglich und leicht zu packen sein, selbst dann, wenn sie fielen.

Auch sie trugen eine minimale Rüstung. Nur ein langes, fein gearbeitetes Kettenhemd und einen Helm. Ihre Hosen bedeckten die Waden nur bis zur Hälfte.

Der Hauptmann der Wache und seine besten Kämpfer bemannten Stellen rund um den eigentlichen Gipfel herum und waren bereit zu sterben, wenn es sein musste, um es Alessa und den Fontes zu ermöglichen, am Leben zu bleiben und weiterzukämpfen. Dante stand zwischen den Fontes und ihren Reihen, ein bisschen näher bei Alessa als die übrigen Wachen, denn er tat immer noch irgendwie so, als wäre er Kaleb.

Tomo, Renata und die Mitglieder des Consiglio hatten sich hinter den hohen Mauern der Cittadella verbarrikadiert. Sie koordinierten die Kommunikation zwischen den verschiedenen Bataillonen, die überall auf der Insel stationiert waren, um jeden Scarabeo aufzuhalten, der es hinter die erste Verteidigungslinie schaffte. Außerdem waren sie darauf vorbereitet, die Rettung der Verwundeten zu organisieren.

Schon bald würde die Hügelflanke mit zerfetzten Körpern übersät sein und der Boden blutbeschmiert.

Wenn sie nur auf die Oberfläche des Meeres starrte, hätte sie denken können, dass ein Sturm heranwogte. Ein Schatten, der sich über den Wellen erstreckte, ein Summen, das zu einem Grollen wurde. Aber die Sturzflut des Schreckens, die sie überschwemmte, hatte nichts mit dem Wetter zu tun.

Flügel schlugen, das Geräusch eines außer Kontrolle geratenen Karrens auf einer Straße, der bergab rollte und immer schneller wurde. Ihr Herzschlag beschleunigte sich. Da das Meer still dalag, gab es kein Platschen oder Tosen der Wellen, die das Summen von einer Million Flügeln, das Klicken von Mandibeln dämpfen konnten.

Bei allen früheren Divorandi hatten Finestra und Fonte überlebt.

Würden sie es heute tun?

Würde es überhaupt jemand tun?

Sie streckte ihre Hände nach Josef und Kamaria aus.

Es war absolut lächerlich, sich peinlich berührt zu fühlen, während sie auf den Tod wartete, aber Alessa trat von einem Bein auf das andere und starrte auf den Boden, nachdem sie zum zweiten Mal losgelassen hatte. Es war schwer, über dem Meer die Entfernung einzuschätzen, und sie handelte zu früh. Und jedes Mal, wenn sie die Hände der beiden nahm und ihre Macht in Schach hielt, stampfte die ganze Armee mit den Füßen und schlug die Waffen gegeneinander, machte es nur noch unangenehmer, wenn abermals zehn Minuten vergingen, ohne dass ein Angriff stattfand.

Als sie ihre Hände losließ und die Beine ausschüttelte, um geschmeidig zu bleiben, löste Dante sich aus der Reihe der Fontes und trat zu ihr. Er schob das Visier hoch, und braune Augen unter zerzausten dunklen Haaren kamen zum Vorschein; er lächelte auf seine schiefe Weise.

Aus dieser Nähe blockierte er ihren Blick auf alles, was sich hinter ihm befand, und einige Atemzüge lang gab es keine Armee, kein Schlachtfeld voller Waffen und Kämpfer. Nur das Meer in ihrem Rücken, und den Wind, der ihr einzelne Haarsträhnen ins Gesicht peitschte. Nur Dante, der sich vorsichtig bewegte, damit niemand sah, wie er ihre Hand nahm.

»Du schaffst das.«

»Ich weiß.« Alessa widerstand dem Drang, sich in seine Arme zu werfen.

Sie würde es schaffen, denn das musste sie. Und manchmal gab es nur das – die Notwendigkeit. Sie liebte ihr Zuhause. Sie liebte die Menschen von Saverio. Sie würde sie *um jeden Preis* beschützen. Es wirkte jetzt so leicht. Noch vor nicht allzu langer Zeit war das nicht so gewesen, aber der vergangene Monat hatte sie an die Liebe erinnert, und sie würde es nie wieder vergessen.

Saverio musste sie nicht lieben oder sie beschützen oder ihr irgendetwas geben. Sie liebte die Insel wie eine Mutter ihr Kind, ohne die Kosten oder die Vorteile abzuwägen. Genau wie sie Dante liebte. Auch wenn er nicht gekommen und sie geliebt hätte, hätte sie dennoch *ihn* bis zu ihrem letzten Atemzug in ihrem Herzen getragen.

Liebe war frei von Bedingungen. Sie war einfach.

»Ich bin direkt hinter dir«, sagte er und küsste ihre Hand.

Von unten ertönte ein Ruf, aber der Schwarm war immer noch ein gutes Stück weit weg.

Verwirrt drehte Alessa sich um und sah einen Mann durch die Menge stapfen. Die Soldaten ließen ihn durch.

Sie hätten es jedoch nicht tun sollen.

49

A chi dici il tuo segreto, doni la tua libertà.
Lege deinem Feind kein Schwert in die Hände.

Ivini führte einen verlegen wirkenden Kaleb durch die Reihen der Soldaten.

»Hallo, Finestra«, rief Kaleb fröhlich winkend nach oben. »Dieser Kerl kann es einfach nicht lassen. Hat sie dazu gebracht, die Tore zu öffnen und so, aber ich möchte, dass in jedem Geschichtsbuch vermerkt wird, dass ich ihm gesagt habe, was für ein verbannungswürdiges Vergehen das ist. Mehr als einmal. Er ist kein besonders guter Zuhörer.«

Ivinis Augen blitzten, als er zu Alessa hochsah. »Sie hat die *Kreatur* dazu gebracht, neben ihr zu stehen. Ich hatte die ganze Zeit recht.«

»Und ich hatte recht, was *Euch* betrifft«, gab Alessa zurück. »Ihr seid so entschlossen, um jeden Preis zu gewinnen, dass Ihr Eure Chance vergeben habt, Schutz zu finden. Sie kommen, *Padre* Ivini. Wenn Ihr nicht bereit seid zu kämpfen, hoffe ich, dass Ihr bereit seid zu sterben.«

Ivini sah zurück zu den Soldaten. »Ich musste die Armeen warnen. Ein Ghiotte auf dem Gipfel? Unakzeptabel.«

»Heißt das, Ihr meldet Euch freiwillig, um seinen Platz einzunehmen?«, fragte sie. »Wir hier oben haben die beste Sicht.«

Kaleb zog sich auf einen Wagen in der Nähe, der voller zusätzlicher Waffen für alle diejenigen war, die ihre in dem Chaos verloren.

Nachdem er eine Weile in der Ladung herumgekramt hatte, zog er ein Breitschwert hervor und dann, mit einem Lachen, ein Florett.

Er zog die Schutzkappe von der Spitze und warf es Ivini vor die Füße. »Sie haben hinter Euch abgeschlossen, Padre. Ihr schnappt Euch besser eine Waffe oder sucht ein Haus, in dem Ihr Unterschlupf finden könnt. Sofern Euch jemand reinlässt, heißt das. Ihr wart nicht gerade jemand, der anderen begeistert Zuflucht gewährt hat, oder?«

Jetzt schrie Ivini die Soldaten an, verlangte von ihnen, dass sie auf den Gipfel klettern und Dante von ihm herunterzerren sollten, aber Alessa trat an den Rand. Es war an der Zeit herauszufinden, wem die Loyalität ihrer Soldaten wirklich gehörte.

»Ist dies die Linie? Haben wir sie schon erreicht?« Sie sprach zu der Armee. »Werdet ihr uns schwächen, damit ihr einen Menschen töten könnt – einen Ghiotte, aber immer noch einen Menschen –, der freiwillig gekommen ist, um für Saverio zu kämpfen, obwohl er dazu nicht verpflichtet war? Werdet ihr das Leben eurer Freunde und Familien aufs Spiel setzen, indem ihr einen Krieger niederstreckt, der mit Heilkräften gesegnet ist und der heute auf diesen Gipfel gestiegen ist, um eure Finestra und die Fontes zu beschützen?«

Sie starrten Alessa unsicher an.

»Wieso sind wir hier, wenn nicht um zu kämpfen? Wieso kämpfen wir, wenn nicht um zu leben? Dante kann kämpfen. Er ist schwer zu töten. Ich habe ihn zu meinem Leibwächter gemacht, und er ist hier, um mich zu beschützen. Ich frage euch jetzt – werdet ihr gegen *mich* kämpfen? Denn ich werde nicht zulassen, dass ihr ihn euch holt. Dieses Mal nicht.«

Ein metallisches Klirren ließ sie zusammenzucken. Hauptmann Papatonis, der unheilvoll dreinschaute, schlug sich die flache Seite seines Schwerts gegen die Brust und sank dann auf ein Knie.

Eine atemlose Minute lang dachte Alessa, er würde der Einzige sein. Dann taten eine Handvoll Soldaten es ihm gleich, und mehr und mehr folgten, bis beinahe alle Rüstung tragenden Krieger den Kopf zum Salut neigten. Hinter ihnen reckten die zerlumpten Milizionäre in ihren behelfsmäßigen Rüstungen solidarisch die Fäuste, und wenngleich ihr zustimmendes Gebrüll ein bisschen zu stolzgeschwellt war, weil ein Ausgestoßener vor den vielen Tausend Elite-Soldaten stand, missgönnte sie es ihm nicht.

Padre Ivini wurde bleich. Ihm wurde klar, dass er einen schrecklichen Fehler begangen hatte.

Alessa lächelte ihre Soldaten grimmig an. »Heute kämpfen wir zusammen.«

Die Soldaten erhoben sich in Habachtstellung, eine Woge aus Silber, die sich über den ganzen Hügelhang zog. Katapulte und Bogenschützen standen bereit, Schwerter und Sensen waren gezogen, und alle sahen zu dem Feind am Himmel.

50

La morte mi troverà vivo.
Der Tod wird mich am Leben finden.

Die Scarabei griffen nicht wie eine Armee an. Waren sie in einem Moment eine dunkle, über das Meer rollende Wolke, befanden sie sich im nächsten überall – nichts als Flügel und Klauen und klaffende Mäuler mit glänzenden Mundwerkzeugen. Ihre koordinierten Bewegungen folgten einem System, aber das stützte sich nicht auf Formationen oder im Voraus geplante Strategien.

Die Soldaten brüllten, und Kaleb packte Alessas Schulter, fügte seinen Funken Kamarias Feuer und Josefs Kälte hinzu. Alessa zog diese Kräfte in sich hinein, langsam und sanft. Sie vertraute darauf, dass Dante den Raum um sie herum freihielt, während Ninas Macht sich mit den Blitzen von Kaleb verband, sich durch ihre Muskeln und tief in ihre Knochen hineinbewegte, bis ihr ganzer Körper kribbelte.

Selbst Nina hatte die Augen geschlossen, und ihr Gesicht war ernst. Vertrauensvoll. Es gab keinen Hinweis auf Zweifel an Alessas Fähigkeiten.

»Es ist Zeit, diesen Wolf zu töten«, murmelte Kamaria.

Kaleb sah sie ratlos an, aber es war nicht die Zeit, irgendetwas zu erklären.

Alessa sammelte die Macht, die sie ihr boten, und hielt sie, drehte dann ihre Handflächen so, dass sie zum Himmel wiesen.

Einhundert Scarabei fanden in einer Explosion aus Feuer und Eis den Tod, und sie bleckte die Zähne in einem siegreichen Grinsen.

Eine weitere Woge der Macht, und ein Scarabeo zerschellte direkt vor ihnen, es regnete glitzernde schwarze Scherben. Alessa zuckte weder zurück noch wischte sie sich die Bruchstücke von den bloßen Armen. Sollten die Reste der Dämonen doch ihre Haut bedecken. Sollten sie sie zum Glitzern bringen. Sollte den anderen das eine Warnung sein:

Hier steht sie, die Dämonenschlächterin.

Ihre Macht schnurrte vor Zufriedenheit. Dante hatte die ganze Zeit recht gehabt. Alessa lächelte, genoss die Adrenalin-Woge, die durch ihre Adern strömte. Sie hatte ihr Team, und ihre Macht frohlockte. Gemeinsam würden sie den Sieg erkämpfen.

Die Fontes ließen Alessa abwechselnd immer mal wieder los. Sie griffen nach Waffen, wenn sie nicht gerade selbst Waffen waren. Keine Ruhe für die Abgekämpften, aber die Anstrengung war eine andere.

Der Krieg war ohrenbetäubend. Metall klirrte, Bogensehnen sirrten scharf, Kanonen dröhnten, dazu Rufe und Schreie und überall die bis in die Knochen dringende Vibration von vielen Tausend Flügeln.

Tempo. Kontrolle.

Wenn sie zu sehr drängte oder sie alle nicht sorgsam darauf achteten, dass zumindest zwei Fontes ständig mit ihr im Kontakt blieben, konnte einer oder eine von ihnen zerbrechen.

Die Scarabei kreischten wie tausend Fingernägel, die über eine Schiefertafel kratzen, und die nächste Woge fiel wie gefroren zu Boden.

Alessa versuchte, ihre Kräfte einzuteilen und die Gaben der Fontes zu sammeln und zu bewahren, neue Kombinationen auszuprobieren. Wenn sie Ninas Gabe benutzte, fühlte sie sich immer noch ein bisschen mulmig, aber alle schrien vor Schadenfreude, als sie damit einen Scarabeo in einem auf groteske Weise wunderschönen Sprühregen aus blauem Wundsekret zerplatzen ließ.

Die sie alle beschützenden Wachen waren grimmig und bereit, für ihre Retter zu sterben. Alessa liebte sie dafür und vergab ihnen jedes einzelne Mal, bei dem sie vor ihr zurückgezuckt waren. Jetzt, da sie diese am dringendsten benötigte, taten sie ihre Pflicht.

Messerscharfe Flügel fetzten vor ihr durch die Luft, und einen Moment lang sah Alessa ihr eigenes, in den Facetten rot schimmernder Augen vervielfachtes Spiegelbild.

Sie *war* Furcht einflößend. Und sie schwelgte darin.

Soldaten riefen, wichen gefrorenen Scarabei aus, die so fest und zerbrechlich wie Glas auf die Erde krachten. Schon bald ließen ihre zerbrochenen Überreste die ganze Hügelseite wie einen schwarzen Felsstrand aussehen.

Dante schlug und stieß zu, hielt den Raum um sie herum offen. Er kämpfte nicht aus Pflichtgefühl. Er kämpfte für sie. Und er war spektakulär.

Kaleb und Josef ergaben eine beeindruckende Paarung, wie Alessa feststellte, als sie versuchte, elektrisch aufgeladenes Wasser auf den Schwarm zu schleudern. Mehrere Dutzend Scarabei fielen ins Meer, zuckten vor Qual, als Elektrizität durch die nassen Stellen ihres Körpers raste und Blitze über ihre Panzer tanzten.

»Mama hat immer gesagt, dass man nicht ins Wasser gehen soll, wenn ein Sturm aufzieht«, sagte Kaleb. Trotz seines gezwungenen Humors war er weiß wie Schnee, und er packte so fest zu, dass sie sich fragte, ob ihre Macht unter dem mangelnden Blutfluss zu ihren Händen leiden würde.

Alle paar Minuten kamen zwei Fontes, tauschten Plätze, falls jemand müde war, und koordinierten ihre Bewegungen, sodass niemand die ganze Wucht von Alessas Macht allein ertragen musste.

Die Armee wurde bedrängt, aber ein immer größer werdendes Segment des Schwarms ignorierte die reiche Beute auf einem mit Toten und Verwundeten übersäten Schlachtfeld und umkreiste stattdessen die Finestraspitze, rückte näher und näher. Heranschießend und vorbeischwirrend flitzten sie hin und her, als wollten sie sie verhöhnen.

Die Kreaturen begriffen allmählich, dass die kleine Gruppe auf der Klippe und ganz besonders das Mädchen in der Mitte die Hauptquelle ihrer Probleme darstellte.

Der Wind beutelte sie aus allen Richtungen. Warme Wogen vom Ufer stießen auf kalte Böen vom Meer, wurden durch Flügel zu Sturzfluten. Jeder Atemzug, den sie machte, war feucht und salzhaltig.

Über ihr zerplatze ein Scarabeo. Sie wich der gefrorenen Flügelspitze aus, aber diese trennte das Ende ihres Zopfs ab. Ein paar Zoll Haare schienen ihr ein faires Opfer im Kampf zu sein, doch jetzt hingen ihre Haare offen herunter, peitschten ihr ums Gesicht und behinderten ihre Sicht – und sie hatte keine Hand frei.

Sie warf ruckartig den Kopf zurück wie ein gereiztes Pferd und bemühte sich, an den wirren Strähnen vorbeizusehen.

Zielen. Feuern. Atmen.

Etwas strich ihr über den Nacken, und sie zuckte zusammen, aber es war nur Kamaria, die ihre feuchten Locken – auch die, die ihr ins Gesicht hingen – hinten zusammenband.

»Ich habe immer ein zusätzliches Haarband dabei«, rief Kamaria über das Heulen des Windes und das Klappern der Waffen hinweg.

Alessa lachte. »Deine Haare sind doch gar nicht lang genug, um sie hinten zusammenzubinden.«

Kamaria schob Nina zur Seite, um ihren Platz neben Alessa einzunehmen. »Nein, aber die meiner Freunde.«

Als die Schlacht immer länger tobte, begannen die Fontes nachzulassen. Ihre Kraft schwand und geriet ins Stocken, wohingegen die Scarabei unvermindert weiter angriffen.

Alessas Mund wurde trocken, und das Meersalz brachte ihre Augen zum Brennen. Nur ein verblasster Schimmer hinter der bleiernen Wolkendecke verriet ihr, dass noch keine Tage vergangen waren, und nach allem, was sie wusste, kam der Lichtschein nicht von der Sonne, sondern vom Mond.

Jemand – sie wusste nicht, wer – gab den Fontes Feldflaschen, und Nina goss Alessa ein bisschen in den Mund, damit sie Kaleb und Josef nicht loslassen musste.

Nicht genug, aber es würde genügen. Wenn der Krieg gewonnen war, würde wieder Zeit zum Trinken und Essen sein.

Sie wechselte erneut die Hände, sammelte die Macht, die ihr so großzügig gegeben wurde, und schleuderte sie den Dämonen entgegen, um eine weitere Welle von ihnen zu erledigen.

Atme. Wechsle. Stell dich auf die neue Magiequelle ein. Sammle. Wirf.

Wieder und wieder. Wechsle. Und erneut.

Das Mantra in ihrem Kopf übertönte den Lärm der Schlacht. Sammle. Wirf. Atme.

Mit jeder Stunde, die verstrich, wuchs die kalte Angst in Alessas Bauch.

Die Scarabei kamen immer noch, eine Welle nach der anderen.

Die Armee ging unter. Ihre Fontes ließen nach.

Keine weiteren Witze oder angeberischen Floskeln mehr,

um den Mut zu entfachen. Niemand hatte noch die Kraft, um an etwas anderes zu denken als ans Überleben.

Sie konnte das hier nicht für immer aufrecht halten.

Dann blitzte in der Ferne etwas Weißes durch den von Dämonen verstopften Himmel.

»Ein Schiff!«, rief Nina.

Hoffnung am Horizont.

51

A mali estremi, estremi rimedi.
Extremes Böses bedarf extremer Lösungen.

»Den Göttern sei Dank«, keuchte Kaleb.

»Werden sie es rechtzeitig schaffen?«, fragte Nina.

»Das hängt davon ab, wie viel Zeit wir ihnen verschaffen«, sagte Kamaria und versuchte, Kalebs verkrampfte Hand zu lösen, um seinen Platz einzunehmen, aber er war zu durcheinander, um loszulassen.

Josef gestikulierte ihr, dass sie seinen Platz einnehmen sollte, und beugte sich vornüber, stützte die Hände auf die Knie und schnappte keuchend nach Luft.

Ein Scarabeo schwirrte über ihnen vorbei, und Kamaria duckte sich, riss reflexhaft die Hände nach oben.

Kaleb keuchte auf, als er einen Moment die ganze Wucht von Alessas Kraft abbekam. Sie zog sich zurück, bevor er zusammenbrach.

Sie raffte zusammen, was sie an Macht noch besaß, und warf sie gen Himmel. Mehrere Dutzend Kreaturen leuchteten auf, Blitze brachen sich um sie. Zuckend verloren die Scarabei an Höhe.

Kaleb sank mit kreidebleichem Gesicht auf die Knie.

»Halte durch«, sagte Alessa. »Halte einfach nur durch.«

Dante trat vor Kaleb, das Schwert bereit. Ein Scarabeo schoss knapp außer Reichweite vorbei, als wollte er ihn verspotten, und Dante stellte sich fest hin und wartete. Als der Scarabeo das nächste Mal heruntertauchte, trennte Dante ihm mit dem Schwert einen Flügel ab. Die Kreatur geriet ins Trudeln, und er schlug erneut zu, machte den zweiten Flügel nutzlos und hackte dem Dämon dann auch noch eine Gliedmaße ab.

Kamaria schrie auf, als eine vom Körper abgetrennte Klaue ihr den Arm bis zum Knochen aufschlitzte.

Nina hockte sich hin und versuchte, die Blutung zu stillen.

Flügel surrten, zu nah, und dann traf ein Sprühregen aus etwas Nassem und Klebrigem Alessas Gesicht.

Dante schrie auf und taumelte. Blut durchtränkte sein Hemd, tropfte auf den felsigen Boden. »Es ist alles in Ordnung«, sagte er mit einem feuchten Husten. »Ich brauche nur eine Minute.«

Eine Minute, die sie vielleicht nicht bekommen würden. Alessa verwandelte ihre Angst in Wut und kämpfte noch härter.

Das Schiff hatte so nah wie möglich am Ufer geankert, und jemand sprang ins Wasser, dann noch jemand. Andere kletterten in ein Ruderboot.

Das Meer wogte, warf das Boot und die Schwimmer hin und her. Alessa hörte auf, Blitze zu schleudern. Feuerausbrüche und Windböen machten es ihr unmöglich, zu erkennen, wer das war, aber wer auch immer das Boot ruderte, beförderte es auch mithilfe des Winds weiter. Die anderen hielten die herabstoßenden, schreienden Scarabei in Schach.

Kalebs Hand war schweißnass, und er rutschte immer wieder ab. Aber Josef und Nina packten Alessa wie eine Rettungsleine.

Alessa sammelte erneut ihre Macht, schleuderte dem Schwarm eine Kältewoge entgegen, die eine gewaltige Lücke riss.

Nina schrie vor Schmerz auf, aber Alessa konnte nicht aufhören, um nachzusehen, was passiert war.

Sie musste ihnen allen Zeit verschaffen. Kostbare Minuten, in denen die anderen Fontes es bis zum Gipfel schaffen würden und in denen Dante heilen konnte. Zeit.

Sie hatte keine.

Das Ruderboot trieb wieder hinaus aufs Meer, und Menschen rannten durch das flache Wasser, während über ihnen Licht explodierte und Eiswirbel erblühten. Klein und wenig wirksam verglichen mit dem, was sie mit ihren Gaben tun konnte, aber es hielt die Kreaturen trotzdem fern.

So nah. Sie waren so nah.

Die erste Schwimmerin erreichte das Ufer, hob das nasse Kleid an, als sie den Strand hochlief. Die große Gestalt hinter ihr sah aus wie Kamaria. Das musste Shomari sein, der treulose Bruder, der ihnen helfen würde, wie sie geschworen hatte.

Als sie unterhalb des Gipfels verschwanden, wandte Alessa sich wieder ihren geschwächten, verwundeten Fontes zu. Sich zwischen ihnen zu entscheiden war wie tödliches Roulette.

Ohne auf Dantes Protest zu achten, riss Alessa ihm das Schwert aus der kraftlosen Hand und nahm dabei ein bisschen von seinen kämpferischen Fähigkeiten in sich auf.

Sie starrte zu den fliegenden Kreaturen über ihr hoch, wollte sehen, welche am nächsten war.

Eine kam im Sturzflug herab, und sie schwang die Klinge im Bogen durch die Luft. Der Aufprall schüttelte ihren ganzen Körper durch, aber sie hatte das Monster kaum betäubt. Es schoss schon wieder heran, und sie schwang die Waffe erneut.

Dantes Kampffähigkeiten verklangen, doch die Dämonen kamen immer noch. Sie schrie wütend und frustriert.

Ein Herzschlag ohne einen Angriff, eine kleine Atempause. Ein Atemzug. Das war alles, worum sie bat.

Dreck und Schweiß ließen Alessa alles nur noch verschwommen sehen, und das Schwert in ihrer Hand schwankte.

Dea, hilf mir.

Saida nahm es ihr keuchend ab. »Tut mir leid, dass wir so spät kommen.«

Shomari verschränkte seine Finger mit denen von Alessa. Mit der anderen Hand packte er die Schulter seiner Schwester, entschuldigte sich wortlos. Kamaria gab ihm einen Klaps auf den Arm, aber in ihren Augen schimmerten Tränen.

Alessa konnte nicht nachsehen, wie es Dante erging. Dafür hatte sie keine Zeit. Sie konnte nur hoffen, dass es nicht zu spät für ihn war.

Ein Jahrhundert, ein Leben, ein Herzschlag, ein Atemzug. Sie würde erst später wissen, wie viel Zeit vergangen war, während sie kämpfte.

Saidas Wind und Shomaris Wasser zogen eine Wasserhose aus dem Meer, die Scarabei vom Himmel saugte, und als sie die Kreaturen, die am nächsten waren, verschlungen hatte, ließ Alessa das Wasser fallen und richtete den Wind auf das Ufer, um die Flugmuster der Dämonen durcheinanderzubringen.

Flügel brachen, Dämonen stürzten zu Boden, und dort standen ihre Soldaten bereit, warteten mit Schwertern und Sensen darauf, sie zu erledigen.

Die Kreaturen schienen ihre bevorstehende Niederlage zu erahnen, und ihre Schreie wurden lauter.

Alessa bekam eine Gänsehaut.

Nina hielt sich die Ohren zu, und ihr Gesicht verzerrte sich vor Qual. Josef dagegen stand da wie eine Statue. »Mach weiter«, sagte er. »Lass nicht nach.«

Sie hatte keine Wahl.

Das Schmatzen von Blut erklang jedes Mal, wenn sie eine Hand ergriff, und wenn die eine verschwand, nahm eine andere ihren Platz ein.

Die Welt bestand nur noch aus einem Mahlstrom aus Kälte und Hitze, Feuer und Eis, dem Anschwellen und Fluss von Ninas seltsamer Gabe, die den Schwarm zerstreute und verzerrte Schneisen in ihn schlug.

Alessa sah kurz den Himmel, ein Glitzern der Sonne, was ihr sagte, dass Zeit verging, dann rückten Dunkelheit und Flügel und Klauen wieder unerbittlich näher. Aber sie hatte den Himmel gesehen, und sie würde dafür kämpfen, ihn noch einmal zu erblicken.

Eine silberne Klinge zuckte vorbei, der Beweis, dass Dante am Leben war und noch kämpfte.

Am Hügelhang hinter der Finestraspitze und am Strand davor kämpften Soldaten, stolperten durch die Wellen und stachen auf halb untergegangene Scarabei ein. Die ordentlichen Reihen aus Kriegern, die Befehle befolgten, hatten sich aufgelöst, und Offiziere riefen den Soldaten Anweisungen zu, die sie bei all dem Geschrei nicht hören könnten – oder sie waren zu entsetzt, um zuzuhören.

Und die ganze Zeit schoss der Schwarm über ihnen hin und her und gruppierte sich neu, kommunizierte ohne Worte – ein Schwarmwissen, das keine Richtungsanweisungen oder Pläne benötigte, um gemeinsam zu handeln.

Zwei Scarabei schossen im Sturzflug auf Dante herab.

Er stieß und schlug zu, verborgen von einem Gewirr aus Klauen und Mandibeln, und sie schickte ihm zur Unterstützung einen Flammenstoß.

Ein Scarabeo stürzte kreischend über den Klippenrand.

Dante sank auf die Knie und hielt sich die blutende Seite. Sein Schwert lag neben ihm.

Er konnte sich selbst heilen. Er *würde* sich selbst heilen. Er musste es tun.

Doch während sie und die Fontes von Soldaten umgeben waren, die den Bereich um sie alle herum frei hielten, war Dante ungeschützt.

Die wogende Dunkelheit verdichtete sich, als eine weitere Welle aus Scarabei leichte Beute entdeckte.

Alessa schnappte sich eine Sense vom Boden und rannte, schlug damit auf den Scarabeo ein, der darauf aus war, Dante zu erreichen. Die gebogene Klinge am Ende des Schafts hackte ihm auf der einen Seite sämtliche Beine ab, und der Körper krachte auf den Gipfel, hätte Dante beinahe zermalmt.

»Helft ihm«, rief sie den nächsten Soldaten zu. »Haltet sie fern, bis er geheilt ist.«

Die Fontes warteten darauf, dass Alessa den Kampf wieder aufnahm, ihre Hände waren bereit. Aber wohin sie auch sah, überall herrschte Chaos.

Sie gab sich alle Mühe, doch es reichte nicht. Zu viele Scarabei gelangten an ihr vorbei, stießen auf eine Armee hinunter, die in Panik geraten war. Sie zuckte zusammen, als zwei Soldaten, die nebeneinander kämpften, hinterrücks überfallen und in zwei Hälften zerteilt wurden.

Wenn ihre Armee nur auch ohne Worte kommunizieren könnte.

In ihrem Kopf bildete sich eine verzweifelte Idee.

Es ist an der Zeit, alle Regeln zu brechen.

52

*Alla fine del gioco, re e pedone finiscono
nella stessa scatola.*
Wenn das Spiel vorbei ist, kommen der König
und der Bauer in die gleiche Kiste.

Der sterbende Scarabeo zuckte heftig und krümmte die Beine
wie eine tote Spinne.

Alessa machte einen Satz; ihre nackte Hand schloss sich um
eine glatte Klaue.

Sie würgte, als eine ölige Macht in sie hineinströmte, aber
sie ließ nicht los, ehe sie den Kern ihrer Gabe erreicht hatte.

Schlagartig erwachte etwas in ihrem Innern, als wäre sie
mitten im Traum aus dem Bett gefallen.

»Neu formieren«, befahl sie, aber sie hatte die Worte nicht
nur laut gesprochen. Sie waren ein Befehl, ein geistiger Zwang,
ein Dutzend Gedanken, verdichtet zu einem, wie ein Gehirn,
das einem Körper bedeutete aufzustehen.

Die Armee – ihre Armee – nahm Haltung an, viele Tausend
Krieger so abgestimmt, als wären sie ein einziger. Durch ihre
Augen, durch die Augen aller anderen, sah sie den Kampf aus
allen Blickwinkeln, als sich der jeweilige Geist sämtlicher Soldaten zu einem einzigen verband.

Der Scarabeo erschauerte ein letztes Mal und wurde reglos.

»Zu mir!«, rief Alessa ihren Fontes zu, und sie kamen an ihre
Seite. Die Macht des Scarabeo – sie konnte sie sich nicht als

Gabe vorstellen – begann bereits zu verschwinden, die präzise Symmetrie ihrer Kämpfer geriet aus dem Rhythmus. Aber als sie einen Sturm aus Eis und Blitzen schickte, der eine Schneise in die Formation der Scarabei schlug, kämpften die Soldaten unten mit neu erwachter Zielstrebigkeit und wieder miteinander vereint.

Es war gut möglich, dass sie Divorando überlebten.

Sie bedauerte den Gedanken, kaum dass er ihr gekommen war. Man sollte die Götter niemals versuchen. Niemals.

Feuer schoss durch sie hindurch. Ein Feuer, das sie schon zuvor erlebt hatte.

Nina schrie.

Sie hatte auch das schon zuvor gehört.

Alessa blickte nach unten auf die scharfe Klaue, die ein Scarabeo ihr im Todeskrampf in den Bauch gerammt hatte. Die Kreatur rollte sich zusammen.

Blut sickerte durch die Glieder ihres Kettenhemds.

Schreie. Das Klirren von Klingen. Ihre Fontes und ihre Wachen, die losstürzten und um sie herum kämpften, während sie taumelte.

Dieses Mal konnte Dante ihren Fall nicht verlangsamen. Er lag selbst auf dem Boden. Eine klaffende Wunde verlief vom Kinn bis zum Ohr, und er war so blutig, dass sie nicht sicher sagen konnte, ob sie ähnliche tödliche Wunden erlitten hatte oder verschiedene. Hände griffen nach ihr, versuchten, ihren Fall aufzuhalten, aber sie roch Erde, schmeckte sie. Dante lag ein paar Fuß entfernt, ein Streifen Sonnenlicht zog sich über sein Gesicht.

Die Armee würde sich um den Rest kümmern müssen. Sie würde sie nicht retten.

Dantes Augen öffneten sich, und seine Pupillen wurden kleiner, als er den Blick auf sie fokussierte. Er hob den Kopf, krallte die Finger in den Boden und zog sich näher heran, dann hielt er inne und hustete. Er machte sich nicht die Mühe, sich das Blut vom Kinn zu wischen, bevor er sich wieder weiterzog.

Eine Armeslänge. Und noch eine.

Seine Gabe mochte genügen, um ihn zu retten. Sie reichte nicht, um sie beide zu retten.

So viele Erfahrungen, die sie niemals machen würde. Küsse, die sie niemals teilen würden. Sonnenauf- und -untergänge, die sie niemals zusammen sehen würden.

Sie konzentrierte sich auf ihn, löste sich von der wütenden Schlacht. Sie konnte ihnen nicht mehr helfen. Sie konnte nicht einmal sich selbst helfen.

In ihrem Innern breitete sich Dunkelheit aus, aber sie hielt durch. Dante versuchte, zu ihr zu gelangen. Sie musste bleiben, bis er da war.

Was bedeutete schon eine Tote mehr – oder zwei – an einem Tag, an dem bereits so viele gestorben waren?

Alles.

Irgendwie schaffte er es zu ihr. Er stützte sich zitternd auf einen Ellbogen und heftete den Blick auf sie, strich ihr mit dem Handrücken über die Wange.

»Gabriele«, sagte er. »Mein Name ist Gabriele.«

Sie hob ihre Hand und tastete nach seiner. »Aber ich habe nicht gewonnen.«

Er lächelte. »Das wirst du.« Er packte ihre Hand, und sein Kiefer spannte sich an, als er einen Schmerzensschrei unterdrückte.

»Nein«, sagte sie und versuchte, sich aus seinem Griff zu befreien, als sie begriff, was er da tat. Aber Dante weigerte sich, sie loszulassen. Heiße Tränen ließen alles vor ihren Augen verschwimmen, als das Leben aus seinem Gesicht wich.

Er schenkte ihr seine Gabe.

Sie konnte nicht freikommen, und sie konnte sie nicht daran hindern, zu ihr zu strömen. Wenn sie versuchte, dagegen anzukämpfen, würde sie die Gabe, die er ihr so bereitwillig darbot, nur verschwenden.

Etwas wand sich an dem Ort, an dem ihre Macht ihren Ursprung hatte, hörte auf, eine Gabe zu nehmen, und verstärkte sie stattdessen. Sie kannte dieses Gefühl inzwischen sehr gut, aber sie hatte es bisher nur bei der Macht der Fontes gespürt, nie bei *seiner*.

Sie schluchzte, als der Schmerz nachließ und verschwand, und eine neue Kraft, größer als alles, was sie bisher erlebt hatte, ins Freie barst.

Dante rettete sie, damit sie die anderen retten konnte.

Die Welt verschwand in einem Blitz, gefolgt von einer so vollständigen Abwesenheit von Geräuschen, dass sie schon glaubte, ihre Trommelfelle wären geplatzt.

Eine Kuppel aus Licht bildete sich und wuchs immer weiter. Löschte dabei Scarabei aus, sobald es sie einhüllte, ließ aber die Menschen unberührt. Die Macht des Ghiotte zu heilen und sich selbst zu schützen erblühte strahlend nach außen und verbannte die Dunkelheit.

Alessa starrte nach oben, durch den Ring aus Fontes und Wachen, die ihre Waffen gegen Feinde erhoben, die ins Nichts verblassten.

Wo das Licht auf Schwärze traf, verschwanden beide, und die Kuppel begann auszusehen wie Spitze.

»Siehst du es?«, flüsterte sie ihm zu. »Siehst du, was du getan hast?«

Beständiges Licht schien durch ein göttliches Fenster und verbrannte die Dämonen zu Asche.

Dantes Gabe hatte sie alle gerettet.

»Dante?« Sie sah abermals zu ihm hin, nahm sein Gesicht in ihre Hände.

Seine Augen waren offen, aber er konnte nichts sehen.

Er würde nie wieder etwas sehen.

53

La speranza è l'ultima a morire.
Die Hoffnung stirbt zuletzt.

Alessas qualvoller Schrei ging im Lärm der Schlacht unter.

Sie berührte immer noch Dantes Haut, aber der Raum zwischen ihnen war so gewaltig wie das Meer. Noch nicht einmal seine Wimpern flatterten, als ein toter Scarabeo gegen den Gipfel prallte und sie mit seinem Blut und anderen Körperflüssigkeiten bespritzte.

Heftige Zuckungen durchliefen Alessa, aber ferne Stimmen drängten sie weiterzumachen, und Hände zogen sie hoch und packten sie dabei so fest, dass sie blaue Flecken bekommen würde. Sie würden sie nicht trauern lassen, würden sie nicht in Ruhe lassen.

Die Armee kämpfte immer noch. Ihre Freunde kämpften immer noch.

Sie war nicht allein.

Sie konnte nicht aufgeben.

Loszulassen war das Schwerste, was sie jemals getan hatte, aber die Schlacht war nicht vorüber.

Ihre Freunde waren überall um sie herum, flößten ihr ebenso Liebe und Mitgefühl ein wie ihre Magie.

Kaleb rappelte sich mühsam auf. Irgendwann hatte ihn die Klaue eines Scarabeo im Gesicht getroffen und eine tiefe klaffende Wunde hinterlassen, die sich über die Stirn und durch ein Auge zog. Aber er war am Leben, wenn auch mit einem zur Hälfte verunstalteten blutigen Gesicht. Er blinzelte mit dem gesunden Auge und streckte seine Hand nach ihr aus. Kamaria drückte die andere, so hart, dass es schmerzte, aber Alessa hielt sich an dem Schmerz fest.

Schmerz war real. Schmerz bedeutete, dass sie am Leben war. Sie *alle* waren am Leben. Die Fortezza war voller Menschen, darunter auch ihre Familie und viele Tausend andere, die am Leben waren.

Die undurchdringliche Mauer aus Klauen und Flügeln, die bisher den Blick auf den Himmel verhindert hatte, bestand jetzt nur noch aus einzelnen versprengten Scarabei. Wütenden, vor Verzweiflung wahnsinnigen Monstern, die spürten, dass sie scheitern würden. Die Scarabei würden verlieren, auf die eine oder andere Weise, aber Alessa konnte sie daran hindern, noch mehr Leben zu nehmen. Sie konnte mehr von ihnen daran hindern, in die Stadt zu gelangen, wo Menschen hinter verbeulten metallenen Fensterläden kauerten, während die Wände erzitterten und Scarabei an ihren Türen nagten.

Alessa errichtete eine Festung um das Mädchen mit dem gebrochenen Herzen, das in ihrem Innern weinte, und wandte sich dem Himmel zu.

Instinkt leitete ihren Kampf. Zwei Hände, zwei weitere. Alessa bewegte sich zwischen ihrem Bataillon aus Fontes, sammelte und hortete ihre Macht, um bei jeder Woge, die sie losschickte, so viele Gaben wie möglich zu nutzen.

Der Schrei des Kummers, den sie nicht ausstoßen konnte, wurde zu einer Waffe, und ihre Macht wurde ein Crescendo aus Wut und Kummer, das in einem Taifun aus Blitzen und Feuer und Eis explodierte, sich zu hohen Wellen auftürmte, die Scarabei verschluckte und in die Tiefen zog.

Stück für Stück wurde der Himmel gesäubert. Geräusche kehrten zurück.

Eine Hand ließ ihre los. Und noch eine. Kaleb sank auf den Boden und rollte sich auf den Rücken, sein Brustkorb hob und senkte sich heftig.

Stöhnen und Schmerzensschreie vermischten sich mit Siegesrufen. Alessa erschlaffte, ausgehöhlt und ausgewrungen, als die Gaben ihrer Fontes verblassten.

Sie sank zu Boden und legte sich über Dantes Körper, schützte ihn im Tod, wie sie es im Leben nicht getan hatte. Ihre Hände wanderten zu seinem Hals, suchten nach einem Puls, einem noch so schwachen Atem, irgendeinem Lebenszeichen, aber sie fanden nichts. Kein Flattern unter ihren Fingerspitzen, kein Hauch an ihrer Handfläche. Nichts.

Der General verbeugte sich vor ihr; sein narbiges Gesicht war voller Blut und anderer Körperflüssigkeiten der Scarabei. Er versicherte ihr, dass die Soldaten den Rest ohne sie erledigen konnten.

Sie blinzelte, und Nina und Saida nahmen sie bei den Armen und führten sie von der Finestraspitze herunter und die Straße entlang zur Stadt.

Panik wallte in ihr auf, und sie kämpfte sich frei, drehte sich um, wollte nach Dante suchen.

Er sollte nicht allein sein. Sie konnten ihn nicht allein lassen.

»Sie nehmen ihn mit«, sagte Nina, und Alessa hatte das seltsame Gefühl, dass Nina ihr das nicht zum ersten Mal versicherte. »Sie sind direkt hinter uns, siehst du?«

Tatsächlich schritten zwei Soldaten hinter ihnen her, hielten eine Trage, die Josef außerdem stabilisierte.

Die Stadttore öffneten sich quietschend, und die erste Welle der Aufräummannschaften trat heraus, die Speere bereit, um jeden Scarabeo aufzuspießen, der noch in den Schatten lauerte. Ein Mann, gefolgt von einer Frau, dann weitere. Sie starrten zum klaren blauen Himmel hoch, sahen sich dann um. So von der Schlacht gezeichnet und schmutzig Saverio auch war, die Stadt stand immer noch.

Einer nach dem anderen wandten sie ihre Blicke ihr zu und sahen sie erstaunt an.

Alessa hörte sich selbst verkünden, dass die Schlacht vorbei war, und Jubelrufe stiegen auf. Ein Triumphgeschrei, das sie nicht teilen konnte. Rufe voller Freude und Erleichterung, die so weit weg waren von dem Schmerz, der sie zerriss.

Sie hielt den Blick nach vorn gerichtet, als Leute zur Seite traten, um die müden Retter vorbeizulassen, aber sie konnte Dantes Anwesenheit hinter sich spüren, oder ihr Fehlen.

Wut strömte in die Löcher, die die Trauer hinterlassen hatte. Sie mussten erfahren, wer sie gerettet hatte, und es war nicht sie.

Sie blieb mitten in der Menge stehen. »Da liegt euer Retter. Sein Name war –« Sie riss sich zusammen. »Sein Name war Gabriele Dante Lucente.«

Gabriele Dante Lucente. *Gottgewährte Kraft und beständiges Licht.*

Sie schluchzte und lachte gleichzeitig. Kein Wunder, dass er ihn ihr nie verraten hatte.

»Er glaubte, dass er ein Monster war, weil wir ihm gesagt haben, dass er eines ist. Er glaubte, er könnte nur Dunkelheit in die Welt bringen, weil wir ihm gesagt haben, dass in ihm nichts als Dunkelheit ist. Aber er war das Licht. Und er hat *alles* gegeben, um euch zu retten.«

Eine kleine Hand legte sich zögernd auf Alessas Schulter. Nina, der Tränen über das blutverschmierte Gesicht liefen.

Dann Kamaria, die stockend, aber auf eigenen Beinen ging.

Josef blieb stehen, um sich tief zu verbeugen.

Weiter hinten in der Reihe salutierte eine Hand von einer Trage. Kaleb.

Alessa hatte die Schlacht nicht nur mit einem, sondern vielen überlebenden Fontes überstanden.

Ihre gebrochene, blutgetränkte Armee aus Freunden.

Schon bald würde sie ihre Familie sehen, und sie würde dankbar sein, dass sie ebenfalls überlebt hatte. Schon bald würde sie sich erinnern, dass die Welt aus mehr als nur einem Menschen bestand, und ein Tod nicht tausend gerettete Leben auslöschte. Schon bald würde sie spüren, dass sie ihre Pflicht getan hatte. Aber nicht an diesem Tag.

Sie wies die Männer an, die Dantes Trage hielten, ihr in den Tempel zu folgen.

»Du bist verletzt«, sagte Nina sanft, als die Soldaten Dantes Körper auf den Altar legten. »Du solltest reinkommen und dich untersuchen lassen.«

»Das wird sie«, warf Kamaria ein. »Gib ihr eine Minute Zeit.«

Saida winkte Nina zu sich. »Komm, hilf mir, Kamaria die Treppen hochzubringen.«

Sie gingen, gefolgt von den Soldaten, und Alessa blieb allein in der Dunkelheit zurück.

Dreimal hatte sie vor Leichen auf diesem Altar gekniet.

Dieses Mal kamen die Tränen leicht, aber die Tränen, die ihn überhaupt erst zur Cittadella geführt und ihn dann dort gehalten hatten, konnten ihn nicht zurückbringen.

Die feuchte Kühle griff nach ihren Knochen, doch sie verursachte kein Frösteln, weil sie an einem anderen Ort war. An einem Ort, an dem es warm war, mit heißem Sand unter den Füßen und einer schwieligen Hand in der ihren.

Sie schloss sanft seine Augen. Er hätte schlafen können, sofern man auf nacktem Stein schlief.

Sofern man in blutgetränkter Kleidung schlief.

Sie strich mit ihren Fingern über seine; sie waren so kalt und steif.

Allein im stillen Tempel, kniete sie vor dem Mann, den sie liebte. Kein juwelenbesetzter Sarg oder Samtbett. Kein Begräbnis und kein Chor. So wie er die meiste Zeit durchs Leben gegangen war, so war er auch im Tod – allein und vergessen.

Aber niemals von ihr.

Sie legte ihre zitternden Hände wie zum Gebet zusammen, neigte den Kopf und ließ die Tränen ungehindert fließen.

Die Leute draußen brauchten ihre Retterin. Verletzte und Sterbende, die es verdient hatten, dass ihnen gedankt und sie gesegnet wurden. Sie konnte es jedoch nicht ertragen, ihn ohne jeden Beweis, dass er im Leben geliebt und geschätzt worden war, allein zu lassen.

Eine Gabe.

Sie spreizte die Finger über seinem Brustkorb, und ihr Herz schlug schnell genug für sie beide.

Sie sollte nicht einmal hoffen.

Es war unmöglich.

Aber wie sie es letztes Mal für Hugo getan hatte, kniete sie auf dem Altar und suchte in ihrem Innern.

Anfangs war da nichts.

Dann ein Flackern.

Ein Echo von Dantes Gabe, das Stückchen, das sie gestohlen hatte – nein, der Teil, den er ihr gegeben hatte –, als er gestorben war.

Langsam und bedächtig zog sie die Macht tiefer, näher an den Teil in ihr, den die Götter gesegnet hatten.

Sie sammelte Dantes Gabe.

Und gab sie ihm zurück.

54

Piccola favilla gran fiamma seconda.
Ein kleiner Funke entzündet ein großes Feuer.

Erleichterung.

Der Schmerz, der Lärm, das Licht – alles hörte auf. Die Schlacht verschwand, und Dante fühlte nichts.

Nicht weil sein Körper taub geworden wäre, sondern weil er ... nicht war.

Er hatte kein Herz, deshalb schlug kein Puls. Er *kannte* Furcht, erkannte das geistige Kribbeln einer Warnung, aber nicht in einer Weise, wie er es bereits zuvor empfunden hatte. Er hatte keine Augen, also wusste er nicht, wieso er in der Dunkelheit etwas Glühendes sehen konnte. Aber es war da. Überall. Ein warmes, rosiges Licht, an einer bestimmten Stelle verdichtet, das sich ausweitete, um ihn zu erreichen.

Etwas an dem Licht versuchte, ihn zu beruhigen, und es *funktionierte nicht*.

Nachdem er zwanzig Jahre lang den Tod hinter jeder verdammten Ecke erwartet und die Götter wieder und wieder herausgefordert hatte, damit sie es *endlich taten*, war er schließlich tot. Und sauer.

Er hatte sich entschieden, Alessas Leibwächter zu werden. Auf diesen miesen Gipfel zu steigen. Sie mit seiner Gabe zu heilen, obwohl er wusste, dass es ihn töten würde. Und er würde es wieder tun.

Und dann bekam er nicht einmal die Möglichkeit zu sehen, ob es funktioniert hatte? Ob es ihr gut ging? Ob die Schlacht gewonnen worden war? Er hatte sich endlich entschieden, etwas anderes als ein selbstsüchtiges Arschloch zu sein, und sein Lohn dafür waren eine Lightshow und Kopfschmerzen ohne Kopf?

Fanculo. *Scheiß drauf.*

Er konnte sich nicht umdrehen, um die Quelle des Geräuschs zu finden, aber es spielte keine Rolle, denn sie war nicht hinter ihm. Oder vor ihm. Wenn es an diesem Ort überhaupt so etwas wie eine Richtung gab. Das Geräusch war in ihm. Vielleicht auch das Licht. Oder es wäre dort gewesen – vorausgesetzt, es gab irgendeinen *ihm*, in dessen Innern irgendetwas sein konnte.

Das Geräusch war keine Musik. Es gab kein Wort dafür. Es hatte allerdings *Bedeutung*. Es war eine Art Sprache, oder vielleicht war es auch Sprache in ihrer reinsten Form. Miseria ladra, sein Kopf hätte gepocht, hätte er einen besessen.

Der Tod sollte eine Erleichterung sein, ein Ende des irdischen Leidens.

Das hier war Unsinn.

Vielleicht würde er verstehen können, was das Licht ihm zu sagen versuchte, wenn er eine Ewigkeit Zeit hätte, um zuzuhören, aber der Tod hatte ihn nicht mit Geduld gesegnet.

Ich spreche nicht Farben oder Musik. Er richtete den Gedanken auf die hellste Stelle des glühenden Was-Zur-Hölle-Es-Auch-War. *Nimm eine Sprache, die ich kenne, oder hör auf damit. Ich hatte einen langen Tag.*

Das Ding ... lachte? Stumm. Eine Blase aus liebevoller Erheiterung, die in ihm aufplatzte.

Dante schickte ein mentales Stirnrunzeln. *Bitte sag mir, dass wir das hier nicht bis in alle Ewigkeit tun werden.*

Etwas kribbelte. Seine … Finger? Sie materialisierten sich vor seinem Gesicht. Seinem Gesicht! Er hatte ein Gesicht. Und einen Körper. *Dank Dea.*

Buchstäblich.

»Oh, danke«, sagte er, um seine Stimme zu prüfen. Sie klang wie immer. »Dea?«

Die Blase aus Heiterkeit kehrte zurück, wärmer und heller, aber auch nicht ganz eine Bestätigung. Zumindest war das Gefühl dieses Mal in seiner Brust, denn er hatte eine. Kleidung ebenfalls, was unnötig war, er jedoch zu schätzen wusste. Die Götter machten sich vermutlich nicht das Geringste aus Nacktheit, allerdings war es hart, eine solche Gewohnheit abzuschütteln.

»Also … *bist* du Dea? Oder bist du es nicht?«

Richtig.

Er kannte dieses Gefühl. War aber keine Antwort auf die Frage. Es war Dea und zugleich nicht Dea. Ein lustiges Spiel. »Hör zu, ich will nicht undankbar klingen, doch kannst du mir sagen, ob es funktioniert hat? Wird sie okay sein?«

Das Licht waberte, nahm beinahe, aber nicht ganz vollständig Form an, flackerte wie eine Kerze in einem offenen Fenster.

Das Trugbild einer Frau, groß und schlank, mit hellen braunen Haaren und den gleichen dunklen Augen, die er jedes Mal sah, wenn er in den Spiegel blickte.

»Mama?«

Seine Mutter – oder die Göttin, die wie seine Mutter aussah – streckte eine Hand nach ihm aus. Ihre Augen waren irgendwie zugleich voller Liebe und Bedauern.

Nichts hätte Dante davon abhalten können, seine Hand ebenfalls auszustrecken.

Seine Hand fand nur Wärme, wo ihre hätte sein sollen. Das Licht bewegte sich seinen Arm hinauf, prickelte auf seiner

Haut, sickerte in ihn ein, um ihn von innen zu erwärmen. Die erste Woge aus Gefühlen – Stolz, Liebe, Bestärkung – war so willkommen wie ein Herdfeuer nach einem eiskalten Regen, und er hätte für immer darin baden können.

Aber die Wärme verwandelte sich in Hitze – versengend, knisternd, angefacht – und war mit dem tiefgehenden Bedauern gefärbt, dass da keine Zeit war, es auf irgendeine andere Weise zu tun. Dies war der schnellste Weg, ihm zu zeigen, was er wissen musste. Und es war keine Zeit, um zu warten.

Seine Mutter lächelte, aber es war das Traurigste, was er jemals gesehen hatte.

Sie verschwand, und sein Geist explodierte.

Ein gefräßiger, trüber Ozean verschlang das Ufer, schlug gegen die Stadtmauern, stieß schuppige, mit Fängen versehene Kreaturen aus, deren Klauen wie Sensen waren. Aschewolken erstickten den Himmel über Flüssen aus Blut, und überall brannten Menschen, brannten und brannten und brannten.

Einer, der Fleisch gewordene Dunkelheit war, führte den Angriff, kämpfte gegen eine Armee von –

Die Erkenntnis schoss durch ihn hindurch, und ein Schrei entriss sich seiner Kehle, als das Inferno ihn verzehrte.

55

Chi mora mor, e chi camba cambe.
Jene, die sterben, sterben, und jene, die leben, leben.

Alessa beugte den Kopf zu Dantes regloser Brust, ohne auf den Dreck und das Blut und das Wundsekret der Scarabei auf seinem Hemd zu achten.

Die Welt zu retten war ein ziemlich hohler Sieg.

Sie presste die Augen zusammen und kämpfte darum, jede Erinnerung an ihn in sich zu verschließen. Die Art und Weise, wie seine dunklen Augen lächelten, auch wenn sein Mund es nicht tat. Wie er sie beobachtet hatte, als würde er sich verzweifelt wünschen aufzuhören, aber den Blick nicht abwenden konnte. Wie sicher und geschätzt sie sich in seinen Armen gefühlt hatte. Und wie sehr sie es geliebt hatte, wenn er zu ihr gesagt hatte –

»Luce mia.«

Alessa zuckte zusammen.

Dantes gequälter Blick begegnete ihrem.

Sie blinzelte, aber die Illusion verschwand nicht. Die Haut auf seinem Gesicht war vor Schmerz angespannt, doch er lebte.

»Dante.« Sie berührte seine Wange, und er schnappte nach Luft.

Alessa riss ihre Hand zurück, kam stolpernd auf die Beine und lief zum Korridor, wo sie um Hilfe rief.

Sie hielt sich im Hintergrund, als Ärzte eilig in den Tempel rauschten. Sie hatte den Krieg überstanden, ohne dass ihr übel geworden war, aber jetzt stieg ein säuerlicher Geschmack ihre Kehle hoch, als Dante aufschrie und in einer Grimasse der Agonie die Zähne bleckte.

Er war am Leben. Am Leben. Das Wort wurde ein Lied, dann ein Gebet.

Die Ärzte stocherten, stießen und bandagierten stundenlang, bevor sie Dante auf eine Trage legten, um ihn zum Triage-Zentrum in der Cittadella zu bringen, aber er war am Leben.

Er wäre auf dem Weg dorthin fast verblutet, doch als die Sonne aufging – oder unterging, sie war sich wirklich nicht sicher –, sagten sie, dass er stabil war.

Stabil.

Sie würde niemals die Geräusche oder die Gerüche der verletzten und sterbenden Soldaten vergessen. Ihr Kampf würde als einer der kürzesten in die Geschichte eingehen, aber die Opferzahlen waren hoch, und die Verwundeten waren zu sehr in ihrem Schmerz verloren, um sich um ihren Platz in der Geschichte zu scheren.

Alessa versuchte, bei Dante zu sitzen, doch er öffnete immer wieder die Augen, murmelte etwas von Schatten, die sprachen, und Erinnerungen an Zukünfte. Er schien so bekümmert zu sein, weil sie es nicht verstand, dass sie das Feld räumte, als eine Krankenschwester ihr vorschlug wegzugehen, damit er sich ausruhen könnte.

Dante war nicht der Einzige, der litt. Alessa schritt die unzähligen Reihen verwundeter Soldaten ab, blieb hier und da stehen, um ihnen zu danken und um Wasser und Brühe und Verbandsmaterial zu holen. Oder um Ärzte zu rufen, wenn es sich als wert darstellte zu versuchen, sie zu retten, oder ihren letzten Worten zu lauschen, wenn es nicht so war.

Sie hatte eigentlich geglaubt, dass sie vergessen hatte, wie man betet, aber sie betete mit Hunderten, und sie meinte jedes Wort.

Beschütze sie, Dea, und bring sie sicher nach Hause. Ob zu ihrem irdischen Leben oder zu ihrer ewigen Ruhe, trage sie in deinem sanften Griff und erleuchte ihren Weg mit Liebe.

Alessa hatte ihre Pflicht getan, und sie hatten ihre erfüllt.

Trotz der entsetzten Gesichter machte Alessa sich in jeder kleinen Weise nützlich, während sich die Stunden dahinzogen.

Sie betupfte die Stirn eines Soldaten mit einem feuchten Tuch, als eine dünne Stimme nach ihr rief.

»Jemand braucht Euch im Notfallbereich«, sagte eine Krankenschwester, die nicht alt genug aussah für diese Verantwortung.

Alessa schlug das Herz bis zum Hals, als sie zu dem Bereich zurückkehrte, der den schweren Fällen vorbehalten war. Dantes Verletzungen waren *so* schrecklich gewesen, aber sie hatte ihn schon zuvor heilen gesehen …

»Adrick?«, fragte sie verblüfft, als sie neben Dantes Feldbett einen blonden Lockenkopf sah.

Adrick war da und versorgte die Kranken. Er war Apothekenhelfer. Er war ihr Bruder. Natürlich war er gekommen.

Adrick erhob sich. »Ich habe die besten Schmerzmittel mitgenommen, die wir haben, aber er will sie nicht nehmen, bevor er nicht mit dir gesprochen hat.«

Dantes Augen waren geöffnet, doch er starrte zum Himmel hoch, nicht zu ihr. Sein Gesicht war blass, der Kiefer angespannt, die Hände hielt er zu Fäusten geballt an der Seite.

Er blinzelte, und sie atmete aus.

Adrick zog sie in eine Umarmung, riss sie vom Boden hoch und drückte sie fest an sich. »Du hast es getan, kleine Schwester.«

»Stell mich wieder ab, du Trottel.« Sie schlug ihm leicht auf den Rücken. »Ich bin immer noch gefährlich. Und um Deas willen, du bist zwei Minuten älter als ich. Also Schluss jetzt mit dem Kleine-Schwester-Unsinn.«

Adrick lachte und stellte sie wieder auf den Boden. »Ich möchte nicht, dass du größenwahnsinnig wirst, nur weil du uns alle gerettet hast. Und jetzt sag diesem gut aussehenden Dämon, dass er die verdammte Medizin nehmen soll, ja? Er ist noch störrischer als du.«

Sie sank auf die Knie und zog einen Handschuh aus. »Dante –«

Sein ganzer Körper verkrampfte sich, als ihre Hand seine fand.

»Es tut mir leid«, keuchte sie und zog sich zurück, beeilte sich, ihren Handschuh wieder anzuziehen. Sie fluchte innerlich. Natürlich war er noch zu schwach, um ihre Berührung ertragen zu können.

»Du willst die Medizin nicht nehmen, bevor du mir nicht etwas gesagt hast?«, fragte sie und lächelte unter Tränen. »Sprich also. Und danach werde ich sie dir einflößen.«

»Crollo«, röchelte Dante. Eine Träne glitt aus seinem Augenwinkel, und sie musste gegen den Drang ankämpfen, sie wegzuwischen. »Er ist noch nicht erledigt. Ich habe gesehen – habe gehört –« Er unterbrach sich und atmete kurz und zitternd ein. »Es ist alles miteinander verbunden. Deine Macht. Das Ende. Es ist noch nicht vorbei.«

Sie brachte ihn zum Schweigen. »Aber im Augenblick ist es vorbei, ja?«

Ein gepresstes, gequältes Nicken.

»Dann ruh dich jetzt ein wenig aus, damit du heilen kannst. Und um Deas willen, Dante, nimm die Medizin.«

Adrick maß eine Dosis ab und half Dante, den Kopf genug

zu heben, um zu schlucken. Alessa winkte die nächststehende Ärztin zu sich.

»Ihr wisst, was er ist, ja?«, fragte sie, unterstellte dabei der Frau mittleren Alters, dass sie mit Dantes Identität ein Problem haben könnte.

Die Frau nickte mit zusammengezogenen Brauen. »Das tue ich, und es würde mich faszinieren zu hören, was Ihr miterlebt habt. Was wiederum die gegenwärtige Situation betrifft – er ist stabil, doch es geht ihm noch nicht besser. Diese Dinge brauchen allerdings Zeit.«

»Aber Ihr habt schon einige Fortschritte gesehen?«, fragte Alessa. »Kleine Schnitte, die heilen, blaue Flecken, die verblassen?«

Es war nicht ungewöhnlich, dass jemand nach einer schweren Verletzung tagelang oder sogar wochenlang auf der Schwelle des Todes stand. Für einen Ghiotte war es allerdings nicht üblich.

»Ich fürchte, nein, Finestra. Wenn überhaupt, hatte er einen kleinen Rückfall, aber wir haben es in den Griff bekommen, bevor es zu schlimm wurde.«

Alessa runzelte die Stirn. Es war immer noch zu früh. Und er *war* von den Toten zurückgekehrt. Was für einen einzigen Mann eine ganze Menge war. Es war nicht viel, woran man sich klammern konnte, aber sie hielt sich an einem Hoffnungsschimmer fest.

56

Tutto sapere è niente sapere.
Alles zu wissen bedeutet, nichts zu wissen.

»Porca Troia«, fluchte Dante, als er aus dem Schlaf hoch-schreckte – die einzige Art und Weise, wie er in diesen Tagen aufwachte.

Jedes Mal, wenn er die Augen schloss, starb er erneut, und jedes Mal, wenn er sie öffnete, fühlte es sich an, als würde er abermals aus dem Feuer geboren.

Ob er schlief oder wach war, spielte keine Rolle. Es gab kei-ne Erleichterung.

Der niemals aufhörende Lärm zerrte an seinen Nerven. Mühsame Atemzüge, leises Stöhnen, tiefe Stimmen. Wenn er noch einen weiteren Tag auf diesem Feldbett verbringen, Des-infektionsmittel einatmen und zum Leid anderer Menschen aufwachen musste, würde es ihn töten.

»Puttana la miseria«, fluchte er mit zusammengebissenen Zähnen.

Dottoressa Agostino warf ihm einen finsteren Blick zu.

»Mi scusi«, sagte Dante nur halb sarkastisch. Jeden ver-dammten Tag hatte er von anderen Patienten Schlimmeres in der allgemeinen Sprache gehört, und sie warf ihm das hier vor?

Er *verspürte* keinen Schmerz, er *war* Schmerz. Jedes ver-fluchte Haar auf seinem Kopf tat weh. Aber er hatte es lange genug hinausgeschoben. Er schluckte ein weiteres Stöhnen hinunter und setzte sich auf.

Alessa zog seinen Blick an wie ein Magnet. Sie saß auf der anderen Seite des Raums auf einem Feldbett, und ihr Gesicht leuchtete vor Freude, als sie ihn sah.

Sie sprang auf, entschuldigte sich und eilte zu ihm; der Soldat, mit dem sie gesprochen hatte, konnte nur noch auf ihren Rücken starren. Dante kämpfte gegen ein Lächeln an. Sie tat das die ganze Zeit, und sie hatte keine Ahnung, flitzte von einer Person zur nächsten, von einem Gedanken zum nächsten, ohne zu bemerken, dass andere da womöglich nicht mithalten konnten.

»Wie fühlst du dich?« Sie kniete sich neben ihn und nahm seine Hand, Seidenhandschuhe auf nackter Haut.

»Zieh sie aus«, sagte er leise.

Ihre Augen, an diesem Tag mehr grün als braun, weiteten sich, und die langen Wimpern flatterten nervös. »Später. Du bist immer noch dabei, dich zu erholen, und –«

»Bitte«, bat er sie. »Zieh sie aus.«

Sie wurde blass. Ihre Hände zitterten, als sie die Handschuhe abstreifte und mit ihren Fingern über seinen Handrücken strich.

Seine Muskeln verkrampften sich. Er biss sich hart auf die Lippe. *Che palle.*

Alessa sprang auf, blinzelte Tränen weg. »Es ist zu früh. Du brauchst noch mehr Zeit, um gesund zu werden. Ich werde Adrick und Josef suchen. Sie haben versprochen, dir die Treppe hochzuhelfen, und die Ärztin sagt, dass du bereit bist –« Sie lief mitten im Satz weg.

Dante ließ den Kopf wieder gegen die Steinmauer sinken und starrte zum Metallgitter über dem Innenhof hoch.

Es war sinnlos, es noch länger zu leugnen.

Es ging ihm nicht schlechter, aber es ging ihm auch nicht besser. Zumindest nicht schneller als allen anderen.

Eine Krankenschwester kam mit einer Schüssel mit etwas Dampfendem darin zu ihm. Sie lächelte, doch er konnte das Lächeln nicht erwidern.

Sie behandelten ihn wie einen normalen Menschen, und anfangs hatte er angenommen, dass sie nicht Bescheid wussten. Aber das taten sie. Verdammt, sie stritten sich sogar darum, wer sich um den *Ghiotte Fonte* kümmern durfte. Seine Lippen kräuselten sich bei diesen Worten.

Sie wussten genau, was er war.

Oder zumindest, was er *gewesen* war.

57

Traduttore, traditore.
Übersetzer, Verräter.
Jede Übersetzung ist fehlerhaft.

Einen Monat nach Divorando sah Alessa zu, wie Kaleb und Dante einander halfen, sich hinzustellen. Wie sie schwankten, bis sie das Gleichgewicht fanden. Mit all den Verbänden und den locker sitzenden Gewändern wirkten sie wie zwei betrunkene Piraten, die ihre Hosen verloren hatten.

Dante bemerkte, dass Alessa ihn betrachtete, und wandte den Blick ein bisschen zu schnell ab.

Sie atmete durch die Nase ein und unterdrückte den Drang, ihn zu schütteln.

Ihre Gefühle hatten sich nicht geändert. Wenn überhaupt, machte sie sich sogar noch mehr aus ihm als zuvor. Dantes Stolz hatte jedoch einen Schlag verpasst bekommen, der brutaler war als der gegen seinen Körper, und seine Dämonen weigerten sich, ihm Frieden zu gewähren, flüsterten Drohungen oder Versprechungen, die er für sich behielt.

Zeit mochte vielleicht nicht ausreichen, um alle Wunden heilen zu lassen, aber es war das Einzige, was sie ihm bieten konnte.

Kaleb kippte zur Seite, seine Hand wedelte auf der Suche nach etwas, woran er sich festhalten konnte, durch die Luft. Alessa sprang auf, bereit, ihm zu helfen. Doch Dante stützte ihn, noch bevor sie es konnte, und die beiden Männer stählten sich, um anzufangen zu gehen.

Die anderen Fontes und die verwundeten Soldaten waren in ihr Zuhause zurückgekehrt, um sich dort zu erholen, aber Kaleb hatte behauptet, dass er sich zu sehr an den Luxus der Cittadella gewöhnt hatte, um ihn aufzugeben, und offiziell *war* er Alessas erwählter Fonte.

Dante hatte kein Zuhause.

Daher waren sie geblieben.

Kaleb fertigte Hüte aus Bandagen an, und er verlangte, dass die Krankenschwestern ihm sagten, dass er hübscher war als Dante. Er beklagte sich dramatisch, dass die Suppe zu suppig war und die Kekse zu süß, bis sie ihm etwas anderes brachten, und dann aß er all sein Essen und stahl Bissen von Dantes unangerührtem Tablett, bis dieser sich ärgerte und aus Trotz etwas aß.

Kaleb machte das nicht *trotz* Dantes wütenden Blicken, sondern wegen ihnen. Dante brauchte Ablenkung, und Kaleb bot sie ihm.

Noch viel wichtiger war, dass Kaleb ihm jene Art widerwärtiger Ermutigung durch Beleidigung bot, die Dante brauchte, so rätselhaft das auch war. Ihr erwählter Fonte und ihr erwählter Liebster verbrachten ihre Tage damit, Physiotherapeuten und Krankenschwestern zu frustrieren, die Übungen mit ihnen machten und ihre Genesung verfolgten, während sie einander mit einem bizarren Wettbewerb quälten, in dem es darum ging, wer sein Leiden mit der kreativsten Anwendung von Flüchen ausdrücken konnte.

Dante, der zweisprachig aufgewachsen war, war darin meistens besser.

Dea sei Dank hatte sie ihn kaum berührt, als er seine Augen auf dem Altar das erste Mal geöffnet hatte.

Wenn sie es getan hätte, wäre er womöglich sofort wieder gestorben.

Dante hatte seine letzte Heilkraft dazu benutzt, sie zu retten, und den größten Teil seiner Gabe mit sich genommen, als er die Welt der Sterblichen verlassen hatte. Den letzten Rest, den Nachhall, hatte er auf sie übertragen, als er gestorben war, und sie hatte ihn – mit mehr als nur ein bisschen Hilfe von Dea – benutzt, um seinen Körper zu überreden, zu den Lebenden zurückzukehren. Aber seine Macht war nicht mit ihm mitgekommen.

Alessa schluckte gegen einen Kloß in der Kehle an und rief Kaleb ein paar spöttische ermutigende Worte zu, als er einen zögernden Schritt machte. Er stöhnte und erfand ein neues Fluchwort, was der Krankenschwester einen Lachanfall bescherte.

Als Alessa beobachtete, wie Dante sich in seine Gedanken versunken auf das Kopfende ihres Bettes stützte, kämpfte sie die Hitze hinten in der Kehle nieder.

Er war *am Leben*.

Sie konnte ihn nicht berühren, oder zumindest jetzt noch nicht, aber er war am Leben.

Das war alles, das zählte.

Die Krankenschwester sagte etwas zu Dante, und er schüttelte den Kopf, biss die Zähne zusammen.

Kaleb wurde auf Alessa aufmerksam und bedeckte in einem übertriebenen Ohnmachtsanfall seine Stirn mit dem Handrücken. »Gnade! Schwester, dieser Ghiotte versucht, mich zu töten! Lass mich ruhen, Bestie!«

Dante verbarg ein halbes Lächeln, als Kaleb die Hilfe der Krankenschwester annahm und aus dem Zimmer humpelte.

Er setzte sich mit einer Grimasse aufs Sofa, und sein Kopf sank mit einem Seufzer der Erleichterung nach hinten.

»Kann ich dir irgendetwas bringen?«, fragte Alessa.

»Nein, komm einfach nur her«, murmelte Dante. »Ich verspreche, dass ich meine Hände bei mir behalte.«

Alessa vergewisserte sich, dass keine Haut zwischen ihren Handschuhen und ihren Ärmeln sichtbar war, bevor sie zu ihm ging. »Das habe ich schon mal gehört.«

Als sie an den offenen Balkontüren vorbeikam, stieg Jubel von der Piazza auf. Dort unten versammelte sich täglich eine Menge und hoffte, einen Blick auf ihre Retter auf dem Balkon zu erhaschen. Alessa kam ihnen jeden Morgen und jeden Abend entgegen, während Kaleb darauf bestand, oft zum Fenster gerollt zu werden, um seinen Anhängern von dort aus zuzuwinken.

Dante weigerte sich beharrlich. Er wusste nicht, wie er sich feiern oder lieben lassen sollte. Das war auch etwas, das Zeit benötigen würde.

Sie machte es sich neben ihm gemütlich, bemerkte die dunklen Ringe der Erschöpfung unter seinen Augen. »Du hast wieder geträumt.«

Ein Schatten wanderte hinter seinen Augen vorbei. »Ich bin mir nicht sicher, ob es *Träume* sind.«

Alessa runzelte die Stirn. »Das bedeutet?«

»Ich denke, sie versucht, mir etwas zu sagen.«

»Sie?«

»Dea. Meine Mutter. Wer auch immer sie ist. Sie war stolz, als würde ich endlich derjenige sein, der ich sein sollte, oder so. Aber sie wollte, dass ich weiß, dass ich noch nicht fertig bin.« Dante starrte zur Decke. »Je mehr Zeit vergeht, desto weniger sicher bin ich mir über das, was ich gesehen habe – gehört habe –, ich weiß nicht, wie ich es nennen soll. Aber sie hat versucht, uns zu helfen, uns einen Hinweis zu geben.«

Alessa trug immer noch ihre Handschuhe, daher strich sie ihm eine dunkle Locke von der Schläfe.

Dante lehnte sich in ihre Handfläche, seine Lippen bewegten sich an der Seide. »Ich glaube, sie will, dass ich La Fonte di Guarigione finde.«

Alessa setzte sich auf. »Sie existiert noch? Dann werde ich unverzüglich dorthin gehen und dir ihr Wasser bringen. Du wirst geheilt werden. Vielleicht kannst du sogar wieder –«

»Nein.« Er schüttelte den Kopf. »Ich glaube nicht, dass es so funktioniert.«

»Wieso nicht? Es ist mir egal, wie weit ich gehen muss, ich werde es tun. Du könntest geheilt, deine Macht wiederhergestellt werden. Und wenn du recht hast, und Crollo etwas viel Schlimmeres plant, brauchen wir das Wasser für die Soldaten.«

»Ich glaube, das versucht sie mir zu sagen. Dass wir sie finden müssen, bevor er schickt, was auch immer er vorhat.«

»Nun, wo ist sie dann? Ist sie auf Saverio?«

Er schloss die Augen. »Nicht mehr.«

»Nicht mehr?« Ihre Kopfhaut kribbelte. »Dante, wie kann eine Quelle sich bewegen?«

»Es ist eine andere Art Quelle.«

Sie verzog das Gesicht. »Ich kenne nicht viel von der alten Sprache, aber ich kenne diesen Teil ›Lei diede loro una fonte di guarigione – *sie gab ihnen eine heilende Quelle*‹.«

»Dein Akzent ist *immer noch* schrecklich.« Dante lächelte leicht. »›E quando venne il momento della battaglia, i guerrieri sarebbero stati forti, perché Lei diede loro una fonte di guarigione.‹ Es kann Quelle im Sinne von sprudelnder Quelle im Boden bedeuten, aber *alles* kann eine Quelle sein.«

Alessa sagte es flüsternd sich selbst vor, probierte die Worte mit der neuen Bedeutung.

Und wenn die Zeit für die Schlacht kam, würden die Kämpfer stark sein, denn ihnen gab sie eine heilende Quelle.

Sie erstarrte. »Du sagst also, dass Deas dritte Gabe nicht mehr auf Saverio ist, weil …«

Dante schloss die Augen. »Weil wir sie verbannt haben.«

Ihr blieb die Luft weg.

Um das Grauen zu überleben, das Crollo plante, brauchten sie eine Armee aus nahezu unbesiegbaren Soldaten.

Aber zuerst mussten sie sie finden.

DANKSAGUNG

Ich habe mir schon immer selbst Geschichten erzählt, aber erst vor ein paar Jahren habe ich damit angefangen zu versuchen, sie aufzuschreiben. Versteht ihr, »echte« Autor:innen sind mir immer wie ruhige, einsame Seelen vorgekommen, und das … bin ich nicht. Und doch, seit ich beschlossen habe, Autorin zu werden – oder zumindest, seit mir *klar geworden ist*, dass ich das beschlossen habe, denn anscheinend wussten das alle außer mir schon länger –, gibt es in meinem Leben viel mehr wunderbare Menschen als jemals zuvor. Ich könnte hundert Seiten mit Dankesworten füllen, und der Platz würde immer noch nicht reichen, aber ich werde versuchen, es (einigermaßen) kurz zu halten.

Als Erstes geht mein ewiger Dank an meine Agentin Chelsea Eberly, der größten Heldin, die man sich als Autorin nur wünschen kann. Danke dafür, dass du an dieses Buch und an mich geglaubt hast, und für deinen Enthusiasmus, deine Beratung und dafür, dass du einfach rundherum wunderbar bist.

Dann an Vicki Lane, meine unvergleichliche Lektorin; mit dir zu arbeiten war ein wahr gewordener Traum. Danke dafür, dass du all das gesehen hast, was dieses Buch sein könnte, dass du so unermüdlich gearbeitet hast, um es über die Ziellinie zu bringen, und dafür, dass du mich der unglaublichen Liste deiner Autor:innen hinzugefügt hast.

Meine ganze Dankbarkeit geht an alle, die früher oder jetzt bei Wednesday Books gearbeitet haben oder arbeiten: Jennie

Conway, Angelica Chong und Vanessa Aguirre für eure Geduld, Freundlichkeit und Aufmerksamkeit für Details, die dafür gesorgt haben, dass ich trotz meiner endlosen Fragen und der vielen Male, in denen ich vergessen habe, »Allen antworten« zu drücken, meine Deadlines (meistens) einhalten konnte. Ich schwöre, dass ich es irgendwann in den Griff kriegen werde. Michelle McMillian, Melanie Sanders, Lena Shekhter, Anne Newgarden, Meghan Harrington, Alexis Neuville und Brant Janeway für eure harte Arbeit hinter den Kulissen, und Rhys Davies für die wunderschönen Karten. Ein ganz besonderes Dankeschön geht an Kerri Resnick und Olga Grlic für das unglaubliche Coverdesign, und an Kemi Mai dafür, es zum Leben erweckt zu haben. Ich bin voller Bewunderung. Ich hätte mir kein besseres Verlagsteam als St. Martin's Press und Wednesday Books wünschen können, und ich fühle mich sehr geehrt, dass ich mit euch allen arbeiten darf.

Meinen tiefen Dank an die Critique Partners, Freund:innen, Expert:innen und Sensitivity Readers, die alles getan haben, mir dabei zu helfen, meinen Figuren gerecht zu werden, einschließlich – aber nicht begrenzt auf – Claudia Giuffrida, Amy Acosta, Anah Tillar, Iori Kusano, Anonymous und Irtefa Binte-Farid, die Bonus-Freundschaftspunkte dafür bekommt, das ganze Buch in einer Nacht gelesen zu haben. Ich hoffe, ich habe dich stolz gemacht.

Ron Harris, Kristie Smeltzer, Megan Manzano und allen bei Writer House danke ich dafür, dass ihr Potenzial in mir gesehen habt, bevor ich wusste, dass ich welches hatte. Taylor Harris, mein örtlicher Debut-Kumpel – schau uns jetzt an! Alice, Naomi, Christine, Jess, Meghann Chae-Yonn und all meinen geduldigen Freund:innen und meiner Familie danke ich dafür, dass ihr euch meine auf Bücher versessenen Abschweifungen angehört habt. Autumn Ingram, danke, dass du mir (und in Folge davon auch Alessa) beigebracht hast, wie man ganz unschuldig Anspielungen in jede Unterhaltung bringen kann.

Eliza, Melody, Ryan, Brook, Jeff, Emily, Kristine, Erin und der Rest des ganzen No-Excuse-Teams, danke dafür, dass ihr meine frühen Entwürfe gelesen habt, trotz des schrecklichen ersten Pitchs, vor allem Lyla Lawless fürs Analysieren all dieser Synopsen. Margie Fuston, du bist eine Lebensretterin und der einzige Grund, warum dieses Buch eine Fortsetzung haben wird. Danke, dass du der Engel (Teufel? Teuflischer Engel?) auf meiner Schulter warst.

Trotz Umwegen, Enttäuschungen und verworfenen Manuskripten war mein Weg zur Veröffentlichung dank Brenda Drake und Alexa Donne, den guten Feen der Mentor:innenschaft, von glitzernder Magie begleitet gewesen, und auch dank der Pitch Wars und Author Mentor Match Communities, besonders meiner Mentor:innen Molly E. Lee und Jamie Krakover. Pitch Wars Klasse von 2017, ihr habt für immer mein Herz. Kylie Schachte, Jade Loren, Ipuna Black, Julie Christensen und so viele andere – danke dafür, dass ihr mich mitgenommen habt, als ich dachte, ich würde nie hierher gelangen, und dafür, dass ihr am lautesten gefeiert habt, als ich es geschafft habe. Ein besonderer Shout-out an Shelby Mahurin für einen Peptalk, als ich ihn am meisten gebraucht habe, und fürs Inspirieren, sodass ich das Buch geschrieben habe, das ich lesen wollte.

Meine lieben Freundinnen Rajani LaRocca und Andrea Cantos, ich bin so dankbar, dass das Schreiben mich zu euch geführt hat. Anna Rae Mercier, meine schriftstellerische Seelenverwandte, Podcast-Partnerin und die geduldigste Critique Partner auf der Welt, danke, danke, danke. Für alles.

Ayana Gray, Lauren Blackwood und Natalie Crown, ich hätte nie gedacht, dass ich während des Lockdowns neue Freundinnen finden würde, aber ich bin so froh, dass wir einander gefunden haben. Lyssa Mia Smith und Sophie Clark, es war mir eine Freude, eure Mentorin zu sein, und sogar noch besser, dass wir Freundinnen wurden.

Tamora Pierce, Elle Cosimano, Sarah Glenn Marsh, Hannah Whitten, Lyndall Clipstone, Lauren Blackwood, Ayana Gray und Allison Saft – danke, dass ihr euch die Zeit zum Lesen genommen habt, und für das großzügige Lob, das ich ewig wertschätzen werde. Und ein Dankeschön aus tiefstem Herzen an all jene, die schreiben, lesen und Bücher verkaufen und ihre Begeisterung mit mir geteilt haben und Alessa und Dante lieben.

Grazie mille an Monica, Emma und Diletta dafür, dass ihr mich inspiriert, mir eure Namen geliehen und mein Italienisch korrigiert habt, wenn ich es aus Versehen verhunzt habe – und dass ihr mir vergeben habt, wenn ich es absichtlich getan habe. Ohne euch würde es dieses Buch überhaupt nicht geben. Dante hat Glück, euch seine Familie nennen zu dürfen, und ich auch.

Nichts von alldem wäre ohne meine erstaunliche Familie möglich gewesen. Meine Mutter, die mir ihre Liebe für Worte und die Entschlossenheit vermittelt hat zu versuchen, sie perfekt zu machen, und die immer noch tapfer versucht, mir italienische Grammatik und Kommasetzung beizubringen. Und mein Vater, der mich gelehrt hat, romantische Komödien, Fantastik und Katastrophenfilme zu mögen. Euretwegen bin ich, wer ich bin, und ist dieses Buch, was es ist.

Dank auch an Brian, meinen Mann, der der pragmatischste Mensch ist, den ich kenne; du hast dich entschieden, unbeirrt an mich und meinen unmöglichen Traum zu glauben, und das bedeutet mir alles. Mit einer Autorin verheiratet zu sein, *sollte* mit wirklich netten Vorteilen verbunden sein, doch leider ist alles, was du bekommst, dein Name in den Danksagungen, ein unordentliches Haus, ein Leben lang Fragen von anderen Menschen, welche Figur denn auf dir basiert, und meine Liebe. Und schließlich – meine Kinder. Danke für all die Umarmungen und Brainstormings, und dafür, dass ihr mich am meisten von allen angefeuert habt. Vor allem aber dafür, dass ihr so wunderbare Wesen seid. Ihr seid mein Licht.